W0287136

BLT
Mit der Welt
auf Buchfühlung

Irina Ratuschinskaja, 1954 in Odessa geboren, war bereits eine der bedeutendsten Lyrikerinnen ihres Landes, als sie 1982 wegen »antisowjetischer Agitation und Propaganda« zu sieben Jahren Arbeitslager verurteilt wurde. Ihre aus dem Lager geschmuggelten Gedichte, in England unter dem Titel *No, I'm not afraid* veröffentlicht, machten die Welt auf das Schicksal der Autorin aufmerksam. In Deutschland erschien 1992 *Kein Moses ist vor uns*, eine Auswahl ihres lyrischen Werks.
1986 wurde Irina Ratuschinskaja freigelassen. Die Erlebnisse ihrer Haftzeit schildert sie in dem Buch *Grau ist die Farbe der Hoffnung*, 1994. Ihr letzter Roman *Die Frauen von Odessa* ist ebenfalls im BLT Taschenbuch erschienen und erzählt die Vorgeschichte zu ihrem neuen Roman *Die Kinder von Odessa*.

IRINA RATUSCHINSKAJA

Die Kinder von Odessa

Aus dem Russischen von
Bernd Rullkötter

BLT

BLT
Band 92 166

1. Auflage: September 2004

Vollständige Taschenbuchausgabe

BLT ist ein Imprint der Verlagsgruppe Lübbe

Deutsche Erstausgabe
Titel der russischen Originalausgabe: Nasledniki minnogo polja
© 2001 by AST
© für die deutschsprachige Ausgabe 2004 by
Verlagsgruppe Lübbe GmbH & Co. KG, Bergisch Gladbach
Umschlaggestaltung: Gisela Kullowatz
Lektorat: Anita Krätzer
Titelillustration: COBIS/Strauss
Satz: hanseatenSatz-bremen, Bremen
Druck und Verarbeitung: GGP Media GmbH, Pößneck
Printed in Germany
ISBN 3-404-92166-6

Sie finden uns im Internet unter
www.luebbe.de

Der Preis dieses Bandes versteht sich einschließlich
der gesetzlichen Mehrwertsteuer.

Kapitel 1

Ganz Odessa nannte die Hundefänger Hitzels, doch über die Herkunft dieses Wortes hatte Sweta sich nie Gedanken gemacht. Keuchend vor Entsetzen sah sie, wie ein kleines weißes Hündchen im Fangnetz winselte und sich überschlug. Wie die Männer mit den feisten roten Nacken es in den Wagenkasten schleuderten, aus dem Geheul und Gewinsel zu hören waren. Die größeren Hunde fingen sie, wie Sweta selbst beobachtet hatte, mit einem Haken, an dem ein schmutziges Stück Fleisch steckte. Sie zogen, und die Hunde wanden sich, ohne einen Laut von sich zu geben. Wahrscheinlich konnten sie es nicht. Genauso wenig wie Sweta, denn sonst hätte sie losgeschrien. In die heiße, schläfrige Straße und in die ganze Welt hinein. Aber der Kerl oben auf dem Wagen – er trug ein verschossenes Trikot mit Schweißflecken unter den Achseln – konnte sehr gut schreien und brüllte fröhlich: »Geschafft! Fahr weiter, Ljopa!«

Das schreckliche Auto fuhr weiter, und Sweta lief hinter ihm her, aber so, als wäre es reiner Zufall. Sie spielte das »artige Mädchen«, wie man in ihrer Familie sagte. Dieses helläugige Wesen in den blauen Socken und dem blauen gebügelten Kleidchen hüpfte über den von der Hitze aufgeweichten Asphalt, ohne dass seine Schuhe Spuren hinterlassen hätten oder seine Söckchen verschmiert worden wären.

Die Situation war folgende: Mama hatte dem Mädchen

wegen seines vorbildlichen Betragens und seines prächtigen Zeugnisses Geld für ein Eis gegeben. Ein anderes Bild ließ sich weniger leicht zeichnen. Niemand wäre auf die Idee gekommen, dass dieses Kind sämtliche Bierbuden in einem Umkreis von zwanzig Blocks kannte. Nicht einmal das zynische Herz des Staatsanwalts für Minderjährigenangelegenheiten wäre von einem solchen Verdacht umwölkt worden.

Und dort stand die Bierbude tatsächlich: an der Ecke der Koblewskaja, wo die Soborka beginnt. Zum Glück war sie geöffnet. Der Wagen hielt an, und die verschwitzten Angestellten, die für die Säuberung der Stadt von streunenden Hunden zuständig waren, stiegen aus, um ihren Durst zu löschen.

Hinter einem krummen Akazienstamm lauerte Sweta reglos auf den richtigen Moment. Und erst als die drei den Schaum weggeblasen hatten und nach dem ersten Schluck zufrieden grunzten, stürzte sie zu dem grünen Wagenkasten. Sie hatte gesehen, dass der Hebel ganz unkompliziert zu bedienen war. Es genügte schließlich, dass die Hunde ihn nicht von innen öffnen konnten. Aber der Hebel war schwer und durch die Sonne aufgeheizt. Er gab nicht beim ersten Versuch nach, und die Hunde jaulten instinktiv.

»Pst, ihr Trottel! Ihr Lieben, pst«, flehte Sweta und rüttelte vorsichtig an dem verfluchten Eisenstab. Er musste ein wenig angehoben werden, und die Welt drehte sich unzählige Male, bis Sweta das herausgefunden hatte. Und dann wurde sie von der triumphierend bellenden, zottigen Meute über den Haufen gerannt. Oh, das war der Traum jedes Kindes der Stadt: die weit geöffnete Tür der Hundetodeskammer und die verschiedenfarbenen, jauchzend in alle Richtungen davonstiebenden großen und kleinen Hunde! »Halt! Schnapp sie, Ljopa! He, du Luder!«

Das brüllten sie hinter Swetas mageren Schulterblättern, die verzweifelt ruderten, aber dem Mädchen in keiner Weise helfen konnten. Die Luft war plötzlich dick und zäh geworden, und Swetas Beine in den blauen Söckchen durchstachen sie nur mühsam, als wäre sie Meerwasser. Sie musste einen Block bis zur Straße Peters des Großen zurücklegen, dann kam eine Biegung und noch eine und dann ein Durchgangshof, wo sie eine Chance hatte zu entkommen. Aber es war klar, dass sie es bis dahin nicht schaffen würde. Die Hitzels würden sie einholen und packen. Mit ihren Hundemörderpranken.

In den ersten besten Hof zu rennen war riskant, denn in diesem Viertel kannte sie die Höfe nicht. Vielleicht würde sie in eine Sackgasse geraten. Ob sie auf einen Baum, einen hohen Baum, klettern und dann über die Dächer ausreißen konnte? Sweta verschwendete einen wertvollen Moment auf einen flehenden Blick in die Höhe. Doch dort oben bot sich kein Ausweg. Die Häuser waren zu hoch, und kein einziger Baum reichte bis zum Dach.

Ljopa und die beiden namenlosen Kerle holten auf. Was würden sie tun, wenn sie Sweta am Kleid geschnappt hatten? Sie mit dem Gesicht auf den Asphalt knallen, sie in Stücke reißen oder zur Miliz schleppen? Die Männer wussten es genauso wenig wie Sweta. Und der riesige Hund mit dem dunklen Fell, das Prachtstück des heutigen Beutezugs, lief neben dem Mädchen her und überholte es aus irgendeinem Grund nicht. Aber er bremste die leidenschaftliche Jagd auch zu keinem Augenblick des Nachdenkens ab.

»Papa, Papotschka«, keuchte Sweta. Doch Papotschka konnte ihr aus Workuta – oder wo immer sonst er sein mochte – auf keinen Fall helfen. Oder vielleicht doch? Wahrscheinlich war er schon nicht mehr in Workuta, sondern an irgendeinem anderen Ort, ihr Papa Andrei.

In diesem Moment sprang Sweta ein Junge, der kaum größer war als sie, aus der Einfahrt von links in den Weg und packte sie am Ellbogen. »Hierher. Kommen Sie, schnell!«
Erstaunt darüber, dass sie plötzlich gesiezt wurde, rannte Sweta hinter ihm her. Sie rasten quer über den großen Hof, bogen in eine widerhallende Gasse, und der Junge zog sie nach unten und dann nach links durch eine abgewetzte Tür. Dort wehte ein kühler Luftzug, und es roch nach Keller. Sie hetzten ein paar Stufen hinunter, weg von den friedlichen Lichtstreifen, die durch die ausgetrockneten Bretter fielen. Der Junge hielt sie weiterhin am Ellenbogen fest, und Sweta, ganz auf ihn vertrauend, ging in der sicheren Dunkelheit weiter. Unter ihren Füßen klirrten Steinsplitter. Etwas Lebendiges und Weiches rieb an ihrer Hüfte, doch Sweta, von der Flucht betäubt, achtete nicht darauf. Vermutlich wohnte jemand in diesem Keller. Jemand, der ungefährlich war, warm und gutmütig. Und von Fell bedeckt.
Eine Lampe brannte schwach, aber das Licht stach Sweta in die Augen, und sie hielt sich schützend den Arm vors Gesicht. Dann wurde sie am Rocksaum nach unten gezogen.
»Nun zapple doch nicht. Es ist vorbei. Setz dich auf die Kiste. Hier erwischen sie dich nicht. Diese Stelle kennt keiner. Möchtest du was trinken?«
Tatsächlich hatte Sweta schrecklichen Durst. Schon als die Hitzels die kantigen Gläser gepackt hatten, war ihre Kehle ausgedörrt gewesen. Nun sog sie freudig und sich verschluckend an einer dunklen Wasserflasche.
»Ach, du Heldin kannst nicht aus der Flasche trinken«, sagte der Junge verständnisvoll. »Berühr den Flaschenhals nicht mit der Oberlippe, das ist doch kein Schnuller. Du musst einen Spalt lassen. Kapiert?«
Sweta nickte dankbar. Sie war bereits im Stande, sich um-

zuschauen, und das, was im gelben Kreis der Lampe zu sehen war, gefiel ihr. Eine etwas größere Kiste, auf der eine Zeitung lag, diente anscheinend als Tisch. Sie selbst saß auf einer kleineren Kiste, deren raue Oberfläche sich angenehm unter ihrem Hintern anfühlte. Der Junge war blond, trug ein kariertes Hemd und betrachtete Sweta voller Anerkennung.

Aus dem Innern der Tischkiste holte er zwei trockene Kringel hervor und reichte ihr einen davon. Den anderen zerbrach er und warf dem schwarzen Hund, der an Swetas Seite saß, ein Stückchen hin. Der Hund schnappte zu, und das Stückchen verschwand aus der Luft.

»Ein toller Bursche«, meinte der Junge achtungsvoll. »Wie heißt er?«

Sweta war nicht mehr fähig, sich zu wundern. »Ist das nicht deiner?«

»Wie kommst du denn darauf? Er ist doch mit dir weggelaufen! Ich dachte, du hättest ihn befreit. Klasse, ich hab alles gesehen! Wie du die Tür aufgemacht hast und wie die Hunde danach rausgesprungen sind! In alle Richtungen! Und wie die Gauner gebrüllt haben und hinter dir hergelaufen sind! Die Gläser haben sie fallen lassen, zersplittert sind die! Und du – wie eine Sprinterin mit aufgerissenen Augen! Der Hund hinter dir her! Deshalb dachte ich, sie hätten deinen Hund gefangen.«

Der Hund rieb seine Schnauze an Sweta, als wolle er bestätigen, dass der Junge sich nicht geirrt hatte. Er winselte überzeugend.

»Sieh mal, Blut! Er hat sich die ganze Schnauze aufgerissen!«

Sofort untersuchten sie den Hund im Lampenschein. Eine Wange war blutig, aber das Tier ließ nicht zu, dass sie die Wunde anfassten.

»Das haben sie mit dem Haken gemacht, die Mistkerle«, sagte der Junge und pfiff durch die Zähne. »Wir müssen geriebenes Horn draufstreuen. Dann heilt die Wunde. Ich weiß, wo Horn ist. Lass mich loslaufen und es holen. Du hast doch keine Angst? Bin gleich wieder da. Am besten knipsen wir die Lampe aus, denn wir müssen sparen. Aber ich zünde dir eine Kerze an. Rühr dich nicht von der Stelle.«
Sweta hatte nicht die geringste Angst. Die Kerze brannte sanft und zitterte ein wenig unter einem leichten, wer weiß woher kommenden Luftzug. Der Hund, gewaltig und warm, hatte Sweta die Schnauze auf die Schulter gelegt und die Augen vor stillem Glück geschlossen. Der Junge kehrte wirklich nach kurzer Zeit zurück und hatte einen seltsamen Gegenstand in den Händen. Es war tatsächlich ein Horn, silberbeschlagen und mit einer Kette daran. Sweta wusste nicht, welchen Zweck es haben konnte, aber es war ein erstaunliches Ding, an dessen Ende sich der ziselierte Kopf eines Drachens oder eines Seeungeheuers befand.
»Ist das deins?«, fragte Sweta ehrfürchtig.
»Hab's geliehen«, erwiderte der Junge. »Hier, ich kratze ein bisschen mit dem Messer ab, sodass man nichts merkt. Dann hänge ich es wieder zurück. Leg ein Stück Zeitung drunter.«
Zu zweit kratzten sie eine Menge winzige Späne von dem Horn ab und bestreuten die Wunde des Hundes damit. Dann fütterten sie ihn mit dem Rest des Kringels.
»Wie heißt du?«, fragte Sweta den Hund. Er spitzte die Ohren, verzichtete jedoch auf eine Antwort.
Der Junge, der die Frage auf sich bezogen hatte, antwortete dagegen bereitwillig: »Aljoscha. Aber sag bloß nicht Ljoscha zu mir, das kann ich nicht ausstehen.«
»Mhm. Und ich heiße Sweta. Aber er?«

Der Hund half ihnen bei der Lösung dieser Frage überhaupt nicht, denn er reagierte weder auf Rex noch auf King, noch auf irgendeinen anderen der aristokratischen Hundenamen. Aber er war offensichtlich kein gewöhnliches Tier. Das zeigte schon seine Größe. Ihn zu streicheln war so, als ließe man die Hand über eine Lokomotive gleiten, denn daran erinnerte seine beherrschte Kraft. Und obwohl er am Kopf verletzt war, hob er ihn stolz und bat trotz seiner Abmagerung nicht um mehr zu fressen. Er wusste, dass es nicht mehr gab, und wedelte nicht nutzlos mit dem Schwanz.

»Wohin mit ihm?«, fragte Aljoscha. Der Hund erhaschte eine Spur von Zweifel über sein weiteres Schicksal, und seine ganze stolze Haltung fiel von ihm ab. Er winselte wie ein Welpe, schluchzte sogar und schmiegte sich an Sweta. Ein Zittern durchfuhr ihn, und Sweta blieb nichts anderes übrig, als die Finger in sein Fell zu graben und tröstend zu flüstern: »Ach, Gaw, hab keine Angst, ich lasse dich nicht im Stich. Ganz ruhig, Gawtschik.«

Der Hund schloss die Augen und verstummte, doch sicherheitshalber schob er ihr die Nase unter die Achsel. Ihr Kleid war ohnehin zerrissen und verschmutzt, und sie dachte lieber nicht darüber nach, was Mama sagen würde.

»Deine Eltern erlauben das?«, fragte Aljoscha mit einem unschlüssigen Blick auf den Hund. »Meine Mama bestimmt nicht. Weil er den Kater fressen würde. Mursik.«

»Meine Mutter erlaubt es auch nicht«, seufzte Sweta.

»Und dein Papa?«

»Papa ... Papa würde mir alles erlauben!«

Sweta spürte entsetzt, dass in ihrer Kehle, ihren Augen und ihrer Nase bereits Tränen aufstiegen, die sich nicht mehr zurückdrängen ließen. Sie konnte nur schweigend das Gesicht an die Flanke des Hundes drücken.

Aljoscha stellte keine überflüssigen Fragen, sondern sagte nur behutsam: »Was der für 'ne Zunge hat! Einmal geleckt, und dein ganzes Gesicht ist nass. Und auf Gaw scheint er zu hören. Vielleicht verstecken wir ihn erst mal hier? Das Fressen können wir beide ranschaffen, und ich sag's auch meinen Freunden.«
Aber Gaw weigerte sich schroff, von Sweta Abschied zu nehmen, und sie beschlossen, er solle vorläufig in Swetas Schuppen wohnen. Ihre Mutter fürchtete sich nämlich, den Schuppen zu betreten, weil es dort Ratten gab, und so würde niemand etwas von Gaws Anwesenheit erfahren. Und sein Fressen würden sie ihm eben dorthin bringen müssen. Was später geschehen würde, blieb unklar, denn Swetas Mutter wollte sie am 3. Juli in ein Pionierlager schicken. Na ja, vielleicht konnte sie krank werden oder sich sonst etwas einfallen lassen. Sweta wohnte in der Nähe, in der Neschinskaja.
Aljoscha zog erneut los, und es dämmerte bereits, als sie auf der Neschinskaja in den Hof einbogen. Sie trugen ein gewichtiges Zeitungspaket bei sich, dessen Geruch den Neid sämtlicher Hunde der Umgebung erregte. Aljoschas Mutter hatte Dienst, weshalb Petriks und Manjas Mama auch für ihn Buletten gebraten hatte.
Gaw zeigte sich verständig und blieb in Swetas Schuppen zurück, ohne den sterbenden Schwan zu spielen. Vielleicht, weil es hier nach Sweta roch. Sie hatten einen alten Läufer hinter dem Feuerholz für ihn ausgebreitet. Aljoscha versprach, am Morgen zurückzukehren, und Sweta, das »artige« Mädchen, ging nach Hause. Erst im elektrischen Licht des Flures musterte sie ihr Kleid gründlich und merkte, dass sie nichts zu lachen haben würde.

Und wirklich kam es zu einer hässlichen Szene. Mama jagte Sweta mit dem Gürtel des Vaters um den Tisch. Der siebenjährige Andreika versteckte sich erschrocken hinter dem Sofa, während Sweta der Schnalle auswich und schrie: »Wenn Papa wiederkommt, erzähl ich ihm alles!«
»Sei still, die Leute können dich hören!«, zischte Mama, aber Sweta kümmerte es nicht mehr, was die Leute hörten. Doch sie hatte plötzlich keine Kraft mehr zum Schreien. Denn schon vor ein paar Stunden, als sie auf der Koblewskaja nach hohen, bis zu den Dächern reichenden Bäumen Ausschau gehalten hatte, war ihr der Gedanke gekommen, dass Papa nie zurückkehren würde. Davor hatte sie es geahnt. Doch nie war es ihr so klar geworden wie jetzt. Sie warf sich auf den Fußboden, und ihre mageren Schulterblätter zuckten verzweifelt.
Mama, die auch keine Kraft mehr hatte, saß nun über ihr, wischte sich die Tränen ab wie ein kleines Mädchen und jammerte schluchzend: »Den ganzen Tag bei der Arbeit ... Andreika ist ganz verwahrlost, hat nichts gegessen ... und du ...«
»Mama, ich hab keinen Hunger«, piepste Andreika hinter dem Sofa hervor, doch durch diese ungeschickte Verteidigung goss er nur Öl ins Feuer.
»Er hat keinen Hunger, weil ihn die Nachbarn gefüttert haben ... Was für eine Schande ... Ein Kind aus unserer Familie ... bettelt sich durch! Ich schufte wie ein Pferd, und du treibst dich rum ... mit dem Pack. Vier Nächte habe ich an dem Kleid genäht ...«

Swetas Mama war neunundzwanzig Jahre alt, und seit der Verhaftung ihres Mannes – »ohne Recht auf Korrespondenz« – rackerte sie sich bereits im vierten Jahr ab, um ihre Kinder aufzuziehen. Ihre Arbeit als Fahrdienstleiterin beim »Odessa-Warenhandel« brachte mit Überstunden gerade genug ein, um die Familie durchzufüttern. Aber kaum drehte sie sich um, da hatten die Kinder schon etwas angerichtet, etwas Überflüssiges ausgeplaudert oder waren unter schlechten Einfluss geraten. Marina packte das Entsetzen bei dem Gedanken, dass sie ohne Aufsicht zu Strolchen heranwachsen könnten. Wenn sie überhaupt heranwuchsen und nicht von einem Auto überfahren wurden oder im Meer ertranken.

Andreika, ihr kleiner Jendrus (so nannte sie ihn nach polnischer Art, wenn niemand zuhörte), war immer noch lieb und gehorsam. Aber wie würde er in Zukunft sein? Die elfjährige Sweta hätte bereits auf ihren Bruder aufpassen können, aber sie glich keinem Mädchen aus einer anständigen Familie, sondern war ein Wildfang und einfach zu nichts zu gebrauchen. Sie sah aus wie ihr Vater, und sie hatte dessen Gebaren. Marina hatte ihren Mann früher immer wieder ermahnt: »Sweta benimmt sich wie ein Junge, weshalb soll man das noch fördern?« Aber er, groß und breit, lachte nur und warf die beiden hoch: zuerst Sweta und dann Marina, mit der gleichen Leichtigkeit.

»Ihr seid meine Schätzchen!«

*

Ihm gefiel es, dass das Mädchen als Wildfang aufwuchs und Lieder über die rote Kavallerie sang, und er dachte nicht daran, sie mit Spitzenkragen und Seidenbändern herumlaufen zu lassen. Vielmehr war er entzückt, wenn Sweta auf die Frage gebildeter Bekannter, was sie werden wolle, stets antwortete: »Feuerwehrmann.« Und das mit sechs Jahren, als sie sich mit den Sitten schon hätte auskennen können!

Er verwöhnte Sweta, sie war »Papas Räuberin«, und die beiden hatten ständig ihre kleinen Geheimnisse. Sie wollte sich nicht mit Musik beschäftigen, und er verkaufte das Klavier eines schönen Tages für ein Butterbrot. Sweta maulte und weinte, wenn man ihre Zöpfe ausbürstete. Und was das für Zöpfe waren! Dicht und von herrlicher Honigfarbe! Aber er begleitete sie zum Friseur und ließ ihr die Haare wie die eines Jungen schneiden. Natürlich zu ihrem großen Entzücken. Und jedes Mal, wenn Marina Einwände erheben wollte, umarmte und küsste er sie. »Du bist auch noch ein kleines Ding für mich!«

Und was sollte sie antworten, da sie ihn doch mit siebzehn Jahren geheiratet hatte. Wie ein Dummerchen hatte sie sich in einen roten Kommandeur verliebt – wegen seiner wilden Kraft, seiner Fröhlichkeit und wegen seines schönen Namens Andrei; weil er Lieder über schwarze Rösser und blaue Augen sang, weil er beim ersten Rendezvous seinen Militärmantel über den Schlamm breitete, damit sie sich die Schuhe nicht verschmutzte ... Hals über Kopf hatte sie sich verliebt wie eine polnische Panienka.

Und genau das war sie auch: ein Fräulein aus guter Familie, die unter den Sowjets verarmt war, doch auf eine lange Tradition zurückblickte. Und nach bester Tradition scherte sich Marina nicht um den elterlichen Kummer noch um die raue Vergangenheit ihres roten Kommandeurs und ließ sich entführen. In eine andere, völlig fremde Stadt, in ein anderes Leben, ganz nach dem Willen ihres *kochany*, ihres Geliebten.

Und er küsste ihr die Füßchen, wobei er immer wieder darüber staunte, wie klein sie waren, kaufte ihr Pelze und überschüttete sie mit Blumen (auch mit Flieder, den er auf dem Friedhof gestohlen hatte). Nichts verschob er auf den nächsten Tag, obwohl er für die Partei, irgendwo beim

Nachschub, arbeitete. Sie verstand es nicht genau, aber er lachte bloß: »Wir leben nur einmal!«

Er richtete die Wohnung ein wie eine Konfektschachtel, hatte schon einen Dienstwagen mit Chauffeur und ließ es nicht zu, dass Marina arbeitete: Kommt nicht in Frage! Während der Traubenernte fuhr er mit ihr auf die Krim, und einmal hätte er sich in den Bergen fast den Hals gebrochen, als sie einen schönen Stein erblickte und zum Scherz danach verlangte – einfach, weil er unerreichbar zu sein schien, jenes rote Stück Karneol. Sonst hatte Marina alles Mögliche verkauft, aber davon konnte sie sich nicht trennen. Auch die Wohnung hatte sie nach Andreis Verhaftung sogleich verlassen müssen, und nun bewohnten die drei nur ein einziges Zimmer in einem Gemeinschaftsquartier. Andrei war nicht mehr da, doch der Karneol, der sich aus besseren Zeiten erhalten hatte, lag weiterhin auf einer wackeligen Truhe. Auch das Soldatenkoppel war zurückgeblieben – zur Erziehung der Kinder.
Die schniefende Sweta stand vor ihrer Mutter und strich ihr übers Haar. »Mamotschka, ganz ruhig ... Alles wird bestimmt gut. Und ich nehme mich jetzt in Acht. Ich werde zu Hause sitzen und auf Andreika aufpassen und nicht weiter als bis zum Schuppen gehen und mein Kleid selbst flicken und waschen ... und bügeln ... auch die Rüschen ... Bitte, Mamotschka!«
Eine Sekunde lang schöpfte Marina Verdacht. Wieso »nicht weiter als bis zum Schuppen?« Aber ermattet durch das Selbstmitleid und den Jammer über die Kinder ging sie auf keine Einzelheiten ein und drückte nur Swetas Schelmenköpfchen an sich. Nachdem sie sich ausgeweint hatten, schliefen sie zu dritt auf dem Sofa ein. In letzter Sekunde dachte Marina noch, dass sie eine schlechte,

leichtfertige Mutter sei, denn sie hatte nicht kontrolliert, ob sich die Kinder zur Nacht gewaschen hatten. Und ohne Kontrolle fuhren sie sich natürlich nur über die Nase und wuschen sich nicht hinter den Ohren.

Es war alles andere als ein friedlicher Tag gewesen, aber sie hatten einander abgeküsst und einander alles verziehen, bevor sie einschliefen. Daran hatten sie recht getan, denn es war wirklich ihr letzter friedlicher Tag, und er endete schon, ehe sich die von der Sonne erhitzten Dächer und Kopfsteine auf den Höfen abkühlten. Die Bäume lallten nach feuchter, nächtlicher Art, die Gespräche und das Lachen am Hofwasserhahn hatten geendet, nur bei den Nikitins an der fernen Hofecke wurde offenbar gefeiert. Dort waren zwei Fenster erhellt, und das abgedroschene »Rio Rita« klang herüber. Vom Abend und der Nacht blieben ihnen noch ganze fünf Stunden, denn in der sechsten gehorchten die Piloten des Dritten Reiches ihrem Befehl und eröffneten die Ostfront. An dieser Front lag auch Odessa.

Kapitel 2

Mama war bei der Arbeit, als im Rundfunk die Nachricht über den Kriegsbeginn verkündet wurde. Aber Sweta machte sich keine besonderen Sorgen. Alle hatten ohnehin gewusst, dass ein Krieg kommen würde, und zwar einer, bei dem man wenig Blut vergoss und der auf fremdem Territorium stattfand. Dann würden die befreiten Völker neue Republiken gründen. Hitler war ein »Erzfreund« gewesen, was bedeutete, dass die Russen nur auf seinen Erstschlag gewartet hatten. Gewiss, die Musik aus dem Hoflautsprecher klang etwas anders. Bedrohlich.

Andreika drückte sich vorsichtshalber an seine Schwester, und sie machte sich ans Werk, das heißt, sie bereitete das Frühstück für ihr Brüderchen und Gaw zu. Dort in dem blauen Kochtopf war noch etwas Reisbrei, der nur auf dem Primuskocher aufgewärmt zu werden brauchte. Und Mama hatte ein Paar Würstchen hingestellt. Die eine würde Sweta für Andrei kochen und mit der anderen Gaw füttern. Bei dieser Hitze hatte sie sowieso keinen Appetit.

Sweta hatte beschlossen, in den folgenden Tagen das »artige« Mädchen zu spielen. Dann würde Mama, wie sie hoffte, Gaw akzeptieren. Zumal das Pionierlager glücklicherweise ausfiel. Was für ein Lager konnte man schließlich im Krieg abhalten? Andreika war von Gaw begeistert, besonders nachdem der Hund ihn tüchtig abgeleckt hatte. Im Tageslicht sah Gaw nicht schwarz, sondern dunkelgrau aus, und Sweta fiel es schwer, seine Rasse zu bestim-

men. Für einen Schäferhund war er zu groß und zottig, aber was für Riesenhunde gab es sonst noch?
Nachdem Andreika von der Behandlung mit geriebenem Horn gehört hatte, schaute er sich mit frischem Kinderblick um und hatte eine glänzende Idee: Der Kleiderbügel an der Tür, woraus war der? Tatsächlich hatte Sweta noch nie zur Kenntnis genommen, dass der Kleiderbügel vorwiegend aus kleinen Hörnchen bestand, aus sechs Sprossen, die in einen Zierstab aus dunklem Holz eingelassen waren. Den beiden war es gelungen, so viel wie nötig abzuschaben, den Kleiderbügel wieder zu befestigen und sogar Mamas Regenmantel und ihre eigenen Jacken wie vorher daran aufzuhängen, als der aufgeregte Aljoscha hereinstürzte. Er hatte Gaw einen vom Borschtsch übrig gebliebenen Knochen mitgebracht, aber vor allem wusste er von einem nervenaufpeitschenden Gerücht zu erzählen: einer zusätzlichen Aushebung! Man würde jetzt alle Männer an die Front schicken! Auch die aus den Lagern! Schon seit zwei Monaten würden sie genommen, habe Filipp Sanytsch zu Aljoschas Mutter gesagt, und er sei gerade zu ihr ins Krankenhaus gelaufen und habe es gehört. Nein, seine Mutter liege nicht im Krankenhaus, sondern arbeite dort, aber das nebenbei. Die Aushebung dagegen sei eine wichtige Sache. Das bedeute, dass Swetas Papa auch an der Front sein werde, nicht mehr als Volksfeind, sondern als Soldat wie alle anderen, um den Feind zu schlagen. Den richtigen.
»Aber wieso werden sie schon seit zwei Monaten eingezogen, wenn der Krieg erst heute Nacht begonnen hat?«, fragte Sweta ohne besondere Zuversicht.
»Das habe ich vielleicht falsch mitgekriegt. Filipp Sanytsch hat nämlich ganz leise gesprochen. Er hat dort auch einen Schwager, und man muss trotz allem vorsich-

tig sein. Bist du denn nicht froh? Gestern habe ich gedacht, dass dein Vater auch ...«

»Stimmt. Aber ich glaube, dass er schon tot ist.«

»Wieso?«, staunte Aljoscha. »Habt ihr eine Mitteilung gekriegt?«

»Nein, haben wir nicht.«

»Warum glaubst du dann so was? Was soll das bloß? Mit welchem Recht, nein, mit welchem Recht!«, empörte sich Aljoscha.

Und je mehr er sich empörte und auf Sweta einredete, dass es Verrat sei, so zu denken, denn bestimmt sei ihr Vater am Leben, und nun werde er kein Häftling mehr sein, sondern Soldat, desto deutlicher wurde Sweta, dass er Recht hatte. Seine Worte waren absolut vernünftig. Andererseits wusste sie, dass ihr Papa nicht mehr am Leben war. Allerdings konnte und wollte sie nicht erklären, woher sie es wusste. Und sie wollte Aljoscha rasch abfertigen, weil er sie vielleicht überreden konnte, sich einen unwirklichen Papa vorzustellen, keinen getöteten Häftling, sondern einen lebendigen Soldaten. Und dann würde sie darauf warten müssen, dass dieser unwirkliche Papa aus dem Krieg zurückkehrte.

So etwas zu glauben war schlimmer als jeder Verrat. Das konnte Aljoscha nicht verstehen, denn sein Vater war am Leben, und er wollte, dass es allen anderen genauso gut ging. Heute trug er ein frisches Hemd, ebenfalls kariert, aber ein anderes. Ein sauberes. Aljoscha, der saubere Junge, wünschte ihr das Beste.

»Du weißt schon, wohin du dich scheren kannst, du Karo-Bauch!«, rief sie mit gefletschten Zähnen.

Aljoscha wich überrascht zurück und blinzelte durch die hellen Wimpern. »Spinnst du? Reiß dich zusammen, du blöde Ziege!«

Zuletzt wären sie um einen ernsthaften Streit nicht herumgekommen, doch auf dem Hof ertönten Schreie und Geplärre, und sie liefen hinunter. Tante Schura aus der fünften Wohnung schrie Ach und Weh. Ihr Ljonka, der gerade erst die Schule abgeschlossen hatte, setzte eine finstere, doch heldenmütige Miene auf. Er hatte seinen Rucksack gepackt, um sich sofort freiwillig beim Kriegskommissariat zu melden, und Tante Schura hatte sich das mehr oder weniger gleichgültig angeschaut. Aber dann war im Rundfunk durchgegeben worden: Kiew. Sie haben Kiew bombardiert! Zweihundert Tote und Verwundete! Wiederum bedrohliche Musik, was Schura den Rest gab. Denn nun spielte es keinen Rolle mehr, ob sie Ljonka gehen ließ oder nicht, er würde ohnehin eingezogen werden. Und man würde ihn dorthin schicken, wo Bomben abgeworfen wurden und wo es Tote gab. Ganz bestimmt. Mit ihr weinten wohl alle Frauen des Hofes. Die Ingenieurswitwe Viktoria, die sich gestern noch wegen der an ihrer Leine hängenden Wäsche mit Schura gezankt hatte, umarmte die Frau. Schura zitterte und schluchzte unter bitteren Tränen in Viktorias kirschbraunen Kittel hinein: »Ach, Vikotschka, was wird nun werden?« Viktorias Kopf zitterte ebenfalls, und unter ihrer Blondfärbung war der dunkle Streifen dort sichtbar, wo sich die Haare teilten. Ihre Haarnadel mit den gebogenen Zinken fiel heraus und klirrte auf einen krummen gelben Stein. Mit diesen Steinen war der Hof gepflastert, und zwischen ihnen wuchsen alle möglichen Pflanzen aus dem Lehm hervor. Aljoscha hob die Haarnadel auf und blieb mit ausgestreckter Hand stehen: Wie sollte er sie jetzt zurückgeben? Seine ratlose Haltung ließ Swetas ganzen Zorn verfliegen. Warum hatte sie so getobt? Sie lächelte versöhnlich und nahm Aljoscha die Haarnadel aus der Hand.

»Ich geb sie ihr später, in Ordnung?«
In diesem Moment kam der Hausverwalter Suikow herbei und sagte, es habe keinen Zweck, in Kriegszeiten zu weinen. Man müsse jetzt für Verdunklung sorgen, damit abends kein Licht zu sehen sei. Er schraubte eine blaue Birne am Haupteingang ein. Suikow trug ein Sporthemd und eine Militärhose und blies sich auf vor Wichtigkeit.
Die Frauen eilten davon, aber nicht, um sich der Verdunklung zu widmen, sondern um einzukaufen. In Kriegszeiten würde es bald nichts mehr geben, nicht einmal Salz. Es galt, sich einzudecken. Sweta wusste, wo Mamas Geldtäschchen war, und sie machte sich ebenfalls auf. Vorher verabredete sie sich mit Aljoscha für den folgenden Tag, und er lief wieder zu seiner Mutter ins Krankenhaus.

»Aber was sollen wir kaufen?«, fragte Andreika.
»Mal sehen, was angeboten wird. Wir kaufen das Gleiche wie die anderen«, erwiderte Sweta entschlossen. Gaw nahmen sie mit, was kein Fehler war, denn vor dem »Gastronom« hatte sich eine aufgeregte Schlange gebildet, und jemand wurde schon zur Seite gestoßen. »Sie sind noch nicht dran!«
»Noch nicht dran? Haltet mich fest, Leute, sonst sorge ich dafür, dass sich dieser Idiot in Luft auflöst!«
Sweta und Andreika wurden von niemandem aus der Schlange gestoßen. Neben ihnen stand Gaw, und wenn jemand auch nur ein wenig drängelte, fletschte er schweigend seine mächtigen Zähne.
»Was für ein Säbelzahntiger!«, sagte ein unrasierter Kerl mit Mütze respektvoll. Er stand hinter Sweta und rief der Schlange von Zeit zu Zeit gebieterisch zu: »Nehmt doch ein wenig Rücksicht, Leute, schiebt mich nicht auf die kleinen Kinder zu!«

Zwei Stunden lang standen sie hinter einer Frau mit gelbem Kopftuch, und dann kauften sie so viel Salz, Zucker und Grieß, wie sie tragen konnten. Ein zweites Mal stellten sie sich nicht mehr an, denn sie waren erschöpft. Aber Sweta räumte zu Hause das ganze Zimmer auf, fegte es und wischte Staub. Nun, da Andreika von Gaw wusste, würde das Geheimnis nicht mehr lange gewahrt bleiben. Und sie hatte Glück, denn beim Aufräumen stieß sie auf ihre Sporthose. Mama hatte die Hose eigens versteckt, damit das Mädchen in Kleidern und Röcken herumspazierte und nicht wie ein Junge über den Hof rannte. Sweta war klug genug, die Hose an einem sicheren Ort unterzubringen, sie jedoch vorläufig noch nicht anzuziehen, denn Mama würde bald von der Arbeit heimkehren. Sie bügelte eine weiße Bluse und einen blauen Glockenrock aus Satin für sich. Dann drehte sie sich vor dem grünlichen Spiegel, scheitelte sich das Haar links und schob die Oberlippe vor. So wurde sie zu einem »aniolok«, wie Mama sie immer auf Polnisch nannte, wenn sie ordentlich aussah. Engelchen hatten jedoch keine so grünen, fast durchsichtigen, frechen Augen.

Die beiden warteten lange auf ihre Mutter. Auf dem Hof brüllte jemand: »Verdunkeln!«

Sweta wusste nicht, wie sie das Zimmer verdunkeln sollte, und knipste einfach nur das Licht aus. Andreika setzte sie an ihre »warme Seite«, und sie erzählte ihm, wie die Schmiede den Floh beschlagen hatten und wie Onkel Schora zum Angeln gegangen war.

Mama kehrte müde und mit Ringen unter den Augen heim und bemerkte zunächst nicht, welche Anstrengungen Sweta unternommen hatte. Ihr Betrieb werde in Kriegsbereitschaft versetzt, sie müsse nun länger arbeiten, weshalb Sweta mehr ... Und man werde Lebensmittelkarten verteilen, zumindest für Brot.

Die Frage der Verdunklung löste Mama im Handumdrehen: Sie verhängte beide Fenster mit dunkelblauen Decken, drapierte sie und schickte Sweta auf den Hof, damit sie überprüfte, ob noch etwas zu sehen war. Kein Lichtspalt war zu sehen, und Sweta fragte sich neidisch, warum sie nicht selbst an die Decken gedacht hatte. Schließlich hatten die zusammen mit dem Winterplunder den ganzen Sommer hindurch unter dem Sofa gelegen. Erst im Licht der Glühbirne nahm Mama endlich Swetas vorbildliches Aussehen und die Ordnung im Zimmer zur Kenntnis.

»Und wir haben auch Lebensmittel gekauft, einen halben Beutel voll«, prahlte Sweta. »Allein drei Kilo Zucker, wir konnten sie kaum herschleppen.«

»Mein Aniolok! Du geniales Kind! Wirklich drei Kilo? Und Grieß! Nein, keiner hat so kluge Kinder wie ich! Und Salz! Dabei habe ich mir schon Gedanken gemacht, dass das Geld jetzt verschwendet ist. Wie fürsorglich ihr seid.«

»Mama ...«

»Was, Kindchen?«

»Nichts. Soll ich Tee kochen?«

Sweta hatte das Gefühl, dass es eine allzu offensichtliche Erpressung wäre, jetzt von Gaw zu sprechen. Mama würde nun ganze Tage lang nicht zu Hause sein, und man konnte abwarten. Solange es warm war, mochte Gaw im Schuppen übernachten.

Ungewöhnliche, aufgeregte Tage brachen an, jeder mit seinen eigenen Neuigkeiten. Man riss den Hof auf und grub ein »Deckungsloch«. Auf der einer Seite waren Bänke, auf der anderen ein Tunnel, und darüber häufte man

alles Mögliche. Aljoscha kam selten vorbei. Er war zu einer sehr wichtigen Person geworden und trug stets eine Gasmaske bei sich, denn er hielt auf den Dächern Wache.
Am schwierigsten war es, die auf den Dächern angebrachten Wasserfässer für die Bekämpfung von Brandbomben aufzufüllen. Auf den oberen Etagen gab es wegen des niedrigen Drucks oft kein Wasser, und um es in Eimern aufs Dach zu schleppen, musste man ein ausgeklügeltes System entwickeln. Aljoscha und seine Freunde kamen auf die Idee, eine Art Förderband zu organisieren. Dazu verbündeten sie sich sogar mit den Gaunern aus Nummer zweiundvierzig. Ein Waffenstillstand wurde geschlossen: bis Kriegsende. Nicht für immer, denn wenn die älteren Brüder erst einmal von der Front zurückkehrten, würde bestimmt alles wie früher weitergehen.
Aljoscha trug nun ausschließlich gestreifte Matrosentrikots, die in Odessa »Rebhühner« genannt wurden. Nie im Leben hätte ein normaler Junge einem anderen Kleidungsstück den Vorzug gegeben. Die Verbreitung von Hemden und Jerseys war nur durch den Einfluss nicht allzu intelligenter Mütter zu erklären. Aber alle Mütter – ob intelligent oder nicht – waren nun von morgens bis abends beschäftigt, und diejenigen, die vorher nicht gearbeitet hatten, wurden herangezogen, um Barrikaden zu errichten und Gräben auszuheben. Somit konnten die Kinder ihre Freiheit genießen, denn die nachts heimkehrenden Mütter waren schon glücklich, wenn sich die Kinder nicht den Hals umgedreht und das Haus nicht angezündet hatten.

Aljoscha brüstete sich zuerst ein wenig, doch nach mehreren Nächten auf dem Dach beruhigte er sich allmählich. Zwar kam es noch nicht zu Bombenangriffen, aber der

Wachdienst war bereits eingeführt worden. Gegen Morgen waren die Jungen so müde, dass sie mit »Blick aufs Meer« ständig gähnten. Und vor wem hätte sich Aljoscha auch brüsten können, wo alle so viel zu tun hatten und Sweta Steine für das »Deckungsloch« auf dem Nachbarhof heranschleppte, Kartoffeln kochte – die Schlangen waren nun schon drei Blocks lang! – und ihren kleinen Bruder beaufsichtigen musste. Sogar die Wäsche blieb ihr überlassen, und das für drei Personen, denn ihre Mutter fiel abends immer sofort ins Bett. Aber sie wäre lieber gestorben, als so tief zu sinken, dass sie mit einer schmutzigen Bluse aus dem Haus gegangen wäre.
Und dann begannen die Bombenangriffe doch. Vorläufig nicht auf die Stadt, sondern auf Datscha Kowalewskowo, doch der Lärm war nicht zu überhören. Und obwohl Andreika schon ein großer Junge war, nässte er eine Woche lang nachts das Bett, bis er sich an die Geräusche gewöhnt hatte. Also musste Sweta auch noch die Laken waschen. Ein Glück nur, dass Gaw keine Kleidung brauchte und Sweta nicht noch mehr Arbeit machte.
Sie wusch nach ihrer eigenen Methode. Da sie nicht genug Kraft in den Händen hatte, nahm sie ihre viel stärkeren Füße zu Hilfe. Um den Kübel leichter mit Wasser füllen zu können, stellte sie ihn neben den Hahn im Zentrum des Hofs, warf die Wäsche hinein, fügte Seife hinzu und tanzte mit nackten Beinen auf der Wäsche herum. Um nicht zu rasch zu ermüden, sang sie etwas zu der Gelegenheit Passendes:

»Otz-totz-pirmindotz,
Die Oma ist gesund,
Otz-totz-pirmindotz,
Und sie isst sich rund

Otz-totz-pirmindotz,
Und sie träumt erneut,
Otz-totz-pirmindotz,
Dass sie sich des Lebens freut.«

Die Nachbarinnen lachten, und nach einem solchen Auftritt half jemand Sweta gewöhnlich bei dem schwierigsten Teil der Arbeit: dem Auswringen der Laken.

»Da muss es erst Krieg geben, damit diese Teufel zur Vernunft kommen«, sagte der Hausverwalter Suikow kopfschüttelnd. Allerdings wurde er zwei Tage später einberufen, und darum mussten die Mieter wohl oder übel auf seine Anleitung und sogar auf seine politischen Ermahnungen über die Abwehr des Feindes verzichten.
Das Leben ging rasch in den Kriegszustand über: Manche wurden bereits evakuiert, andere bereiteten sich darauf vor. Durch die Straßen fuhren Agitationswagen mit heiseren Mädchen, die antifaschistische Liedchen sangen. Kolonnen von Seemännern in Hosen mit weitem Schlag und Matrosenhemden marschierten dahin, und ungezählte Pferdegespanne erschienen, die irgendetwas irgendwohin beförderten. Aus dem Hafen erklangen Tag und Nacht Sirenen. Ohne Sondererlaubnis durfte niemand mehr die Stadt verlassen.

Kaum hatte Sweta sich auf die neue Kriegsexistenz eingestellt, als Andreika krank wurde. Zwei Tage zuvor war er ungewohnt still geworden, und Sweta hatte den Zeitpunkt verpasst, an dem sich seine Temperatur erhöhte. Er lag schwer atmend da und konnte den Kopf nur mühsam auf seinem schmalen Hals drehen. Sein Mund schwoll an und öffnete sich nur noch schnabelförmig. Sweta versuchte, ihm mit einem Teelöffel etwas zu trinken zu geben, aber er wollte nichts, nur seine Mama. Die würde jedoch frühestens am Abend zurückkehren, wenn sie nicht sogar am Arbeitsplatz übernachtete, und Sweta hatte keine Ahnung, wo sie nach einem Arzt suchen sollte. Deshalb lief sie zur Ingenieurswitwe Viktoria, die allerdings nur hilflos die Arme ausbreitete.

»Kindchen, es gibt kaum noch Ärzte! Die sind alle in Militärlazaretts! Was heißt ›herholen‹? Woher willst du sie herholen? Aber sieh mal, ich habe etwas Aspirin ...«

Sweta blieb nichts anderes übrig, als Andreika die Tablette in den Mund zu stecken und ihm den Kopf mit feuchten Handtüchern zu kühlen. Er stöhnte leise und sagte kein Wort. Dieser Albtraum dauerte bis zur Dämmerung, dann kam Aljoscha vorbei und begutachtete die Situation.

»Hör zu, ich hol meine Mutter! Sie ist nämlich Pflegerin oder eigentlich Krankenschwester oder fast Ärztin. Sie weiß alles!«

Eine Stunde später kehrte er mit der streng wirkenden Tante Anja zurück. Sie zog ohne überflüssige Worte ein Stethoskop aus ihrem Köfferchen und befahl Andreika, abwechselnd tief durchzuatmen und den Atem anzuhalten (er gehorchte klaglos). Dann seufzte sie: »Das kann zu einer Lungenentzündung werden. Er hat sich irgendwie verkühlt. Jeden Sommer gibt es in allen Krankenhäusern solche Fälle, und zwar in der größten Hitze. Ich lasse dir diese Tabletten da ... Wie heißt du? Sweta? Gut, Swetotschka, gib ihm jetzt eine und heute Abend und morgen früh noch eine. Deck ihn nicht allzu warm zu, er hat hohes Fieber. Ich werde versuchen, einen Arzt zu holen, den ich kenne.«

Mama kam am Morgen, als Andreika ein bisschen gleichmäßiger atmete, und er klammerte sich wie ein Äffchen an sie.

»Mamotschka, du gehst doch nicht weg? Du fährst nirgends hin?«

Mama, die ganz blass geworden war, hielt seine heißen Pfötchen. »Nirgendwohin, Jendrus, nirgendwohin, mein Kleiner.«

»Geh nicht weg, ohne dich sterbe ich.«

Tatsächlich erschien am selben Tag ein bekannter Arzt. Es war ein grauhaariger Greis mit geradem Rücken und grünlichen Wollbüschelchen, die ihm aus den Ohren wuchsen. Er hatte ein schwer auszusprechendes Fachgebiet, denn er war Otolaryngologe. Es handelte sich um den berühmten Doktor Schlippe, der schon vor der Revolution im Evangelischen Krankenhaus gearbeitet hatte. Er horchte Andreikas Lunge ab und redete sich nicht auf den Mangel an Medikamenten hinaus, sondern schrieb rasch ein Rezept.

»Gehen Sie unbedingt in die Gajewski-Apotheke, und sagen Sie, dass ich Sie geschickt habe. Dort erinnert man sich an mich und wird Ihnen alles geben. Und Pflege, Pflege und Pflege! Besorgen Sie ihm Milch, wenn möglich.«

Er gab Mama lange Instruktionen, und sie nickte gehorsam. Aber eines vermochte dieser bemerkenswerte Arzt nicht: Er konnte Mama nicht für die Pflege ihres Kindes von der Arbeit freistellen.

»Meine Liebe, ich praktiziere seit fünfzehn Jahren nicht mehr! Schon in den Zwanzigerjahren hat man mir eine feindliche Herkunft bescheinigt! Vom Standpunkt jeder Behörde aus bin ich überhaupt kein Arzt, sondern Buchbinder ohne Rentenansprüche. Und jedes Schreiben von mir ist ein rechtsungültiges Dokument, mehr nicht ...

Schön, wenn Sie wollen, kann ich Ihnen eine Empfehlung mit meiner Unterschrift geben ... Aber unter den Bolschewiken bedeutet mein Name nichts, glauben Sie mir. Wer erinnert sich denn noch an den alten Dr. Schlippe? Lächerlich!«

Mama ließ Dr. Schlippes Empfehlung als äußerst wichtiges Dokument zusammen mit ihrem Pass in einem Muschelkästchen von der Krim verschwinden. Dann nahm sie das Risiko auf sich, ungeachtet der Kriegsgesetze bei ihrem Sohn sitzen zu bleiben. Andreika fühlte sich anscheinend besser, doch er wurde sehr launisch: Mal wollte er einen Apfel, mal einen Brei, und er ließ Mama überhaupt nicht von seiner Seite.

Am vierten Tag schickte Mama Sweta nach Fontan und gab ihr in einem säuberlichen Umschlag eine Notiz für Tante Tamara mit. Auf einem detaillierten Plan zeichnete Mama ein, welche Straßenbahn Sweta nehmen musste und wie sie die Datscha der Tante finden konnte. Sie markierte den Ort mit Pfeilen und einem gestrichelten Häuschen. Dabei setzte Mama eine verstörte und irgendwie schuldbewusste Miene auf.

An Tante Tamara konnte Sweta sich nur vage erinnern: eine fröhliche junge Frau mit sehr roten Lippen und so langen Fingernägeln, dass sich nicht begreifen ließ, warum sie sich nicht dauernd selbst kratzte. Eigentlich war sie keine Tante, sondern eine entfernte Verwandte von Papa, die selten in der Wohnung erschien. Aber wenn sie es tat, dann mit herrlichen Geschenken. Einmal hatte sie Sweta einen schwarzen Spitzenfächer mit Pailletten mitgebracht, der tatsächlich aus Spanien stammte. Sweta war im siebten Himmel gewesen, doch Mama hatte der Fächer aus irgendeinem Grund nicht gefallen. Ebenso wenig wie

Tante Tamaras Lieder und ihre Ausgelassenheit. Einer solchen Frau wurde ein »leichtfertiger Lebenswandel« zugeschrieben, was anscheinend nichts Gutes war, denn Mama erwähnte es Papa gegenüber mit einem wütenden Flüstern, nachdem sie Sweta ins Bett gebracht hatte.

Der Fächer war sehr bald verschwunden, und nach Papas Verhaftung hatte Sweta Tante Tamara nicht mehr gesehen. Ihr war etwas unbehaglich zu Mute, denn was sollte sie sagen, wenn sich die Tante nach dem Fächer erkundigte? Oder wenn sie Sweta nicht erkannte und fragte: »Kind, wo kommst du denn her? Ich kenne keine Sweta Burlak. Hier laufen so viele verdächtige Leute herum ...«

Es war zu hoffen, dass die Tante nicht zu Hause sein würde. Sweta hatte Glück und brauchte kaum auf die Straßenbahn zu warten. Auch ohne Mamas Plan verirrte sie sich nicht. Denn an der Haltestelle, an der sie aussteigen musste, stand unzweifelhaft Tante Tamara mit genauso roten Lippen wie früher, mit einem schicken Strohhut – toll war der – und mit einem Körbchen voller Kirschen. Ein prächtiges Bild. Sie erkannte Sweta sofort, wirbelte sie herum und küsste sie direkt an der Haltestelle.

»Swetotschka, was machst du denn hier? Wie groß du geworden bist, mein Gott! Willst du zu mir? Wirklich zu mir? Wie geht es dir und Andreika denn?«

Ihre stürmische Freude bewirkte, dass Sweta sich ebenso schuldbewusst wie ihre Mutter fühlte. Mit einer ungeschickten Bewegung reichte sie der Tante den Brief, und Tamara überflog das vierfach gefaltete Blatt in Windeseile.

»Ach, ihr Armen, meine Schätzchen! Wir gehen jetzt beide zur Datscha, holen alles, was wir brauchen, und fahren dann sofort zu euch.«

Die Tante war offenbar nicht böse auf Mama; sie schien

sich überhaupt nicht ärgern zu können. Sie sprudelte wie Kohlensäure, und obwohl die Nachrichten sie betrübt hatten, gingen winzige Blitze stürmischer Energie von ihr aus. Anscheinend konnte sie sogar Gedanken lesen, denn sie führte Sweta sogleich zu einer lehmigen Treppe an einem Abhang und sagte: »Spring erst mal ins Wasser. Ich sammle alles zusammen und bringe dir dann ein Handtuch. Macht nichts, dass du keinen Badeanzug hast! Schwimm einfach nackt. Alle Nachbarn sind weggefahren, hier ist keine Seele!«
Das Wasser war ganz warm, grün und ruhig. Sweta drehte sich selig auf den Rücken und breitete die Arme zu einem Kreuz aus. Wenn du so daliegst, nur leicht die Beine und die Handflächen bewegst und die Augen öffnest, dann wird alles gut, dann kommt alles irgendwie in Ordnung, sogar der Krieg.
Die Tante verlor keine Zeit und packte zwei riesige Körbe, die sie mit Gaze zudeckte.
»Schaffen wir das, Sweta?«
»Das schaffen wir!«
Als sie das Haus dann erreichten, bedauerte Sweta schon, dass die Tante so viel eingepackt hatte, aber Tamara lachte nur.
»Wir haben Johannisbeeren in der Dose, und die waschen wir gleich. Weißt du, wie gut Johannisbeeren gegen Erkältung sind? Und Brot und junge Kartoffeln und Äpfel ... Bei Onkel Petja wachsen Frühäpfel vor der Datscha, und er hat mir erlaubt, sie zu pflücken, bevor er abgefahren ist! Wir bereiten ein Festmahl für die ganze Welt!«

Auf das Klingeln öffnete nicht Mama, sondern die Nachbarin, Oma Tata, aus dem Zimmer neben der Küche. Bei Swetas Anblick schüttelte sie den Kopf und presste sich

die Schürze an den Mund. Sweta wurde es heiß in der Kehle, und ihr Herz zog sich zusammen.
»Oma Tata? Was ist? Andreika?«
Aber Oma Tata antwortete nicht, sondern flüsterte Tante Tamara zu: »Sind Sie eine Verwandte?«
Und dann legte sie die Arme um Tamaras Schultern und murmelte ihr noch leiser etwas zu. Tante Tamara nickte nur und stellte keine Fragen. Sweta stand schweigend da und versuchte den Worten einen Sinn abzugewinnen.
»Vor einer Stunde hat man sie geholt ... Vom NKWD, beide mit Koppel und Uniform ... Und dann ins Auto ... Packen durfte sie nichts, und das Zimmer ist nicht durchsucht worden. Sie ist ganz ruhig mit ihnen gegangen, wie ein Mäuschen ... Dauernd hat sie gebeten, Andreika nicht zu wecken, und er schläft noch. Atmet gleichmäßig, ich hab reingeschaut ... Aber ich wusste nicht, was ich tun sollte, wenn er plötzlich aufwacht ...«
Auf dem Tisch lag ein schräg aus Swetas Heft herausgerissenes Blatt: »Swetotschka, Töchterchen. Bitte, bitte, pass auf Andreika auf! Und auf dich. Ich küsse euch herzlich. Mama.«
Auf dem Sofa schlief Andreika unter einer fliederfarbenen Decke. Er hatte die Arme ausgebreitet, und auf seiner Stirn und seinen Wangen standen winzige Schweißtropfen.

Kapitel 3

»Sweta, hörst du mich, hörst du mich?«

Tante Tamara schüttelte sie an der Schulter, sprach jedoch aus irgendeinem Grund ganz leise. Sweta lächelte verwirrt und nickte.

»Hör zu, Swetotschka, wir fahren jetzt zu mir hinaus. Ich erkläre dir alles später. Weck Andreika noch nicht, sondern pack rasch alles zusammen, was du tragen kannst. Die Geburtsurkunden. Weißt du, wo eure Geburtsurkunden sind? Wo hat Mama die Papiere aufbewahrt? In der Schachtel da? Ein helles Köpfchen. Ich guck mir die Papiere an, und du beeilst dich: Andreikas Sachen und deine und etwas Warmes, Pullover oder Jacken. Schuhe habt ihr doch? Nimm alles mit, was in den Rucksack passt, und ich trage Andreika. Die Lebensmittelkarten. Weißt du, wo eure Lebensmittelkarten für August sind?«

Tante Tamara hatte das Zimmer im Handumdrehen durchstöbert und war mit dem Ergebnis anscheinend zufrieden. Sie stopfte Papiere und irgendwelche Notizhefte in ein Ledertäschchen, das ein Schnappschloss in Form von zwei Kugeln hatte.

»Tante Tamara, hier habe ich unsere Lebensmittelkarten, und das ist Mamas. Und Geld. Soll ich mein Zeugnis mitnehmen? Ist das auch ein Dokument?«

Sweta weinte zu ihrer eigenen Verwunderung nicht und war nicht einmal besonders bekümmert. Entweder Mamas beschwörende Worte oder die fieberhaften Vorbereitungen verdrängten jegliche Furcht, und sie wollte nun wie Tante Tamara nur noch eines: Andreika fortbringen. So schnell wie möglich. Bevor noch etwas geschah. Zur Datscha mit den schwarzen Johannisbeeren. Sie packte systematisch und rasch wie fürs Pionierlager. Unterhosen-Socken-Hosen-Jacken ... Und Andreikas Tabletten. Nach einigem Zögern stopfte sie auch den Karneol vom Regal und das Foto, auf dem Mama und Papa einander umarmend lachten, in die Rucksacktasche. Den Zimmer- und den Wohnungsschlüssel vergaß sie ebenfalls nicht.

»Und die Körbe, Tante? Wie schleppen wir die zurück?«

Tante Tamara winkte ab. »Wir schleppen sie nicht zurück, sondern wir lassen sie hier. Ich komme noch einmal vorbei, morgen.«

»Nein, Tante, ich habe eine Idee! Gaw kann sie tragen.«

Sie hatte die Körbe schon mit einem breiten Handtuch zusammengebunden und in jeden noch ein Päckchen Salz gelegt. Tante Tamara hob bei Gaws Anblick nur kurz die Hand.

»Na schön, Gaw kommt mit. Mit der Frage beschäftigen wir uns später. Kann man ihm wirklich das alles aufladen? Er ist dressiert, oder?«

Gaw, der mit den Körben an den Seiten wie ein Esel beladen war, schüttelte nur den Kopf, und auch diese Geste hatte etwas von einem Lasttier an sich.

Seit mehr als einer Woche wohnten sie nun in der einsamen Datscha. Hier gab es tatsächlich keine Menschen außer Tante Tamara und ihnen. Andreika hatte unterwegs zwar etwas gebrummelt, doch er konnte sich nicht an den Umzug erinnern. Die Tante hatte ihn, in seine Decke eingehüllt, bis zur Datscha und bis zu ihrem Eisenbett mit den Knäufen getragen. Sweta erinnerte sich an alles: daran, wie es gekracht hatte, als sie auf die Straßenbahn warteten, wie die verzagten Menschen hineinstürzten und wie die Straßenbahn an der vierten Station stehen blieb, weil schon an allen Seiten Bomben fielen, und wie sie sich, nachdem sie eine Zeit lang in den Büschen gesessen hatten, zu Fuß weiter vorschoben und wie der Rucksack immer schwerer wurde. Aber Gaw und Tante Tamara trugen ihre Last, ohne sich zu beklagen, und auch Sweta jammerte nicht.

Jetzt war für sie nichts mehr wie früher. Alles hatte sich so grundlegend verändert, dass der rasch genesende Andreika, ohne weitere Fragen zu stellen, die Erklärung akzeptierte, seine Mutter sei für lange Zeit zur Arbeit gefahren und werde erst zurückkehren, wenn die Bombardements aufhörten. Nun wurden schon pausenlos Bomben abgeworfen. Nachts kreuzten und trennten sich die Strahlen von Scheinwerfern über dem Meer, und in Richtung Stadt war der Himmel rot. Die wenigen stillen Stunden schienen hingegen so ruhig zu sein, dass man ein Klingeln in den Ohren zu hören meinte. Dann entstand der Eindruck, dass es außer Grillen, Eidechsen und diesen drei Menschen niemanden mehr auf der Welt gab. Sie fühlten sich wie Robinsons an dem von der Sonne ausgebrannten Ufer. Hin und wieder fragte Swetas Brüderchen, das während seiner Krankheit abgemagert, aber auch gewachsen war: »Und die Grashüpfer? Die haben doch Flügel. Warum fliegen sie nicht weg? Zu ihrer Mama?«

Er wollte jetzt unbedingt in einem Bett mit Sweta schlafen, doch nachts trat er um sich wie eine ganze Fußballmannschaft mit sämtlichen Reservespielern.

Tante Tamara fuhr trotz der Bombardements mehrere Male in die Stadt, denn sie hatte dort »wichtige Kontakte« und bemühte sich, zusammen mit den Kindern evakuiert zu werden. Sie kam immer staubbedeckt zurück und lief sogleich zum Meer, um zu baden. Danach packte sie Beutel mit seltenen Sachen aus. Einmal hatte sie Andreika eine Tafel Schokolade mitgebracht. Brot vergaß sie nie. Auch Seife und Fleischkonserven waren in den Beuteln. Und Lederstiefel für den Winter. Sie waren ein wenig groß für Andreika, aber bei kleinen Jungen wachsen die Füße sehr schnell. Einmal traf sie ganz verstört erst nach Mitternacht ein. Man hatte ihr Plätze auf dem Dampfer »Lenin« versprochen, doch der Plan zerschlug sich in letzter Minute. Die Kinder nahm sie kein einziges Mal mit.
»Wenn ihr wüsstet, was sich dort abspielt! Die Rumänen haben Beljajewka besetzt und das Wasser abgedreht. Alle Bewohner der Stadt sind zu den Brunnen und zurück gelaufen. Aber dann sind unsere durchgebrochen und haben das Wasser wieder angestellt. Nur werden sie sich dort wohl nicht lange halten. Und so viele Häuser sind zerbombt, ein schrecklicher Anblick. Die Front verläuft jetzt bei Lusanowka. Sweta, weißt du, wo die Quelle ist? Wir werden Wasser von dort holen, sonst kommen wir nicht über die Runden.«
Die Quelle lag unten am Abhang in einer benachbarten kleinen Bucht. Man musste einen langen heißen Pfad entlanglaufen, der von Wermut überwuchert war, und dann die in den Lehm eingehauenen Stufen – manche waren sogar mit Bretterresten ausgelegt – hinuntersteigen. Dort floss ein kalter Strahl aus der hellblauen Tonerde. Das eisenhaltige Wasser schmeckte nicht gut, aber sie hatten keine Wahl. Die Tante gestattete Sweta nicht,

Eimer zu tragen, sondern gab ihr zwei Milchkannen, während Andreika einen kleinen Topf an einer Schnur erhielt. Wasser heranschleppen – das war nun ihre Arbeit.

»Beeilt euch nicht, meine Häschen, wir haben den ganzen Tag Zeit!«, erklärte Tante Tamara. Auf Strom hoffte sie nicht mehr, weshalb sie vor der Außentreppe eine Kochgelegenheit aufbaute. Da auch Fontan bombardiert wurde, brauchten sie die Ziegelsteine nur aus einem halben Kilometer Entfernung herbeizuholen. In den zertrümmerten Datschen gab es eine Menge davon, ebenso Holzstücke, die sie als Brennstoff verwendeten.

Auf dem Ziegelherd stellte die Tante erstaunliche Gerichte her. Johannisbeerbrei, Pfannkuchen aus Maismehl mit Stachelbeeren, alle möglichen Kompotte und, als die Maulbeeren reif wurden, sogar Konfitüre. Sweta und Andreika stopften sich schamlos voll, und Tante Tamara freute sich darüber.

»Wirklich, was für schöne Kinder ihr geworden seid!«

Gaw missfiel es auf der Datscha – entweder wegen des Maismehls oder wegen der Stachelbeeren. Ein so großes Tier brauchte eben Fleisch, und das war eine kompliziertere Angelegenheit. Er begann zu winseln und wollte das Weite suchen: Es war doch wirklich nicht nötig, ihn anzubinden! Er war ein freiheitsliebender Hund und würde vielleicht selbst etwas für sich auftreiben. Sweta stupste seine Nase an und band ihn los.

»Lauf schon, Gawtschik!«

Er verschwand für anderthalb Tage und kehrte mit runden Flanken und beschämter Miene zurück. Was er gefressen hatte, verriet er natürlich nicht, aber es war ihm offensichtlich lieb, dass er nicht danach gefragt wurde. An den

Straßenrändern lagen so viele tote Pferde – und nicht nur Pferde –, dass Sweta die fehlende Redegabe von Hunden überhaupt nicht bedauerte. Diese Gabe hatte sich auch bei den Menschen in letzter Zeit verflüchtigt.

*

Zum Beispiel kehrte Tante Tamaras Nachbar – derjenige, der die Frühäpfel hatte – auf seine Datscha zurück. Mit der ganzen Familie und mit Freunden, deren Haus an der Olgijewskaja zerbombt worden war. Er war ein bebrillter Mann mit spitzen Augenbrauen und einem Mopsgesicht: ein mächtiger Intelligenzler. Seine Kinder waren still, hatten dicke weiße Wangen und trugen ebenfalls Brillen. Jeden Satz begann er mit: »Gestatten Sie.«
An Sweta wandte er sich folgendermaßen: »Gestatten Sie, also Sie sind Swetlana? Freut mich wirklich sehr, Ihre Bekanntschaft zu machen! Man hört überaus viel über Sie.«
Solche erwachsenen und ungereimten Wendungen sprudelten aus ihm hervor wie aus dem Hausverwalter Suikow, aber auf altmodische Art. Wie in Mamas polnischen Lieblingsromanen von Kraszewski. Erst wenn man vergaß, dass es polnische Wörter waren, ergaben sie einen mehr oder weniger verständlichen Sinn. »Prosze pani« zum Beispiel oder »jak Boga kocham«.
Aber er hatte mit Tante Tamara sprechen müssen, und sie schluchzte auf ihrer Liege, wohin sie aus dem Bett mit den Knäufen übergesiedelt war. Wie Mama, wenn sie ihre Romane gelesen hatte. Sweta setzte die Füße, die sie sich ohne Aufforderung zur Nacht gewaschen hatte, behutsam auf den Läufer und kroch unter die gestreifte Tischdecke, die nun als Laken diente.
»Tante Tamara, was ist denn? Hat er Sie beleidigt? Wegen

der Äpfel; er hat sich's anders überlegt, stimmt's? Und er ist wütend, weil wir so viele gegessen haben?«

Die Tante drückte Sweta an ihre süß duftende Schulter, vergaß die unüberbrückbare Kluft zwischen Erwachsenen und Kindern und flüsterte aufgeregt: »Ihr habt mich gerettet, meine Häschen. Dabei habe ich dumme Gans gedacht, dass ich euch rette! Swetotschka, keiner, verstehst du, kein Einziger hat überlebt!«

Sweta musste sich den Sachverhalt aus Tamaras kaum vernehmlichen Worten zusammenreimen (wenn Erwachsene weinen, vereinfachen sie nichts, sondern machen alles im Gegenteil komplizierter): Der Dampfer, auf der man der Tante einen Platz versprochen hatte, war beim Auslaufen aus der Bucht durch eine Mine in die Luft gejagt worden, und Tamara wäre an Bord gewesen, hätte es keine Schwierigkeiten mit den Dokumenten der Kinder gegeben. Die Verwandtschaft hatte sich kaum nachweisen lassen – schon gar nicht, da der Vater der Kinder ein Volksfeind war. Und die Zeit hatte nicht gereicht, eine Vormundschaft oder eine Adoption zu beantragen. Also hatte der Dampfer ohne sie abgelegt und war versenkt worden.

Aber Tamara, Sweta und Andrei waren noch am Leben und würden morgen Konfitüre aus wilden Aprikosen kochen, die man am Straßenrand finden konnte. Dank sei Dir, Gott, für die Kinder und dafür, dass Du sie zur Rettung vor dem Dampfer und vor der Mine geschickt hast. Amen. Nun pflücken wir wilde Aprikosen, und Mama kommt zurück, und alle kommen zurück, und wir fangen ein neues Leben an – wenn das kein Riesenfest wird!

Andreika hatte am Morgen keine Lust, wilde Aprikosen zu pflücken. Er hatte am Abhang eine Höhle gefunden und wollte dort Räuber und Gendarm spielen. Nun beab-

sichtigte er, Schätze und alle möglichen Speisen dorthin zu bringen. Tante Tamara solle ihm eine Decke geben. Pfeil und Bogen habe er schon selbst.
Die Tante lachte und gab ihm eine Decke. »Dann los, du Räuber!«
Was Sweta am besten an der Tante gefiel, war deren Verzicht auf jegliche Nörgelei. Bei ihr war alles möglich, alle Dinge erledigten sich problemlos, wie von selbst. Jetzt zum Beispiel hockte die Tante, als wäre es ihr überhaupt nicht heiß, in ihrem orangefarbenen Kleid mit dem Blumenmuster auf allen vieren vor dem Ziegelofen und fachte das im Sonnenlicht unsichtbare Feuer an, um Kartoffeln zu kochen. In ihrem Gefühlsüberschwang ließ sich Sweta ebenfalls auf alle viere nieder und rieb ihre Wange an der gebräunten Schulter der Tante.
»Tante Tamara, wie ich Sie wegen Ihres leichtfertigen Lebenswandels liebe!« Tamara sah verstört aus, als hätte man ihr einen Schlag versetzt, und Sweta merkte, dass sie Unsinn geschwatzt hatte. Sie versuchte, eine Erklärung abzugeben: »Na, weil Sie nie schimpfen ... und alles erlauben ...«
Das schien die Sache ins Gleis zu bringen, denn die Tante lachte wie verrückt, ohne Sweta zu Ende sprechen zu lassen. Dann gab sie dem Mädchen einen Klaps auf den Po. »Marsch zum Wasserholen, mein Dummerchen! Mach dich auf die Socken.«
Sweta behagte es nicht, den Weg allein zu gehen, denn schließlich war die Quelle recht weit entfernt. Sie überzeugte Andreika davon, dass auch Räuber Wasser holen. Dann brachen sie auf. Als sie die Milchkannen füllten, rutschte Andreika auf der blauen Tonerde aus, purzelte hin und beschmierte sich am ganzen Körper. Deshalb musste er sofort gewaschen werden. In diesem Moment

heulte und donnerte es, und ein ganzes Stück des Abhangs prasselte direkt neben ihnen ins Wasser. Sweta warf sich auf das warme Geröll und schützte den Kopf ihres Bruders mit der Schulter. Dann donnerte es wieder und wieder, und jedes Mal schien es, dass das Geschoss sie treffen würde, aber es explodierte anderswo. Das Bombardement ging weiter, und Sweta hatte schon keine Kraft mehr, sich zu fürchten. Endlich wurde es wieder still.
Sie blieben noch eine Zeit lang liegen und pressten sich an die runden Steine mit den bläulichen Adern. Der Gedanke aufzustehen war allzu schrecklich. Wenn es nun wieder anfing? Aber Tante Tamara machte sich wahrscheinlich Sorgen, deshalb liefen sie mit den Wasserkannen nach Hause. Oben am Hang sah Sweta, wie verwüstet der Strand war: herabgestürzte Tonbrocken, zertrümmerte Felsen. Auch das Meer war bombardiert worden, denn in dem grünen Wasser bildeten sich gewaltige trüb-gelbe Flecken.
Die beiden beeilten sich, aber sie liefen nicht, damit das Wasser nicht verschüttet wurde. Doch als sie in dem dichten Himbeergestrüpp in »ihren« Pfad einbogen, erblickten sie nur ein mächtiges Loch! Mit Rauch darüber. Die Datscha war verschwunden, nur am Rand des Loches ragten die Johannisbeerbüsche mit einer daran festgehakten Hängematte schief hervor. Die benachbarte Datscha mit dem mopsgesichtigen Onkel und seinen stillen Kindern war ebenfalls nicht mehr da. Sie wussten sofort, dass es keinen Zweck hatte, nach Tante Tamara zu rufen. Hier die Stimme zu erheben wäre entsetzlich gewesen – so lautlos stieg der Rauch aus dem Loch hervor.
Die Hände vor Grauen an den Mund gedrückt, stiegen sie zu der Bucht hinunter, in der Andreikas Höhle lag. Gaw flog ihnen entgegen, hüpfte herum und schleckte sie ab,

und in seiner Freude warf er Andreika von den Beinen. Gaw hatte nichts begriffen, sondern er wusste nur, dass er wieder mit seiner Herrin zusammen war und dass die Welt nicht mehr bebte und nicht mehr explodierte.
»Fahren wir jetzt nach Hause?«, fragte Andreika. »Ich möchte nach Hause, hier habe ich Angst.«
»Ja, du und ich und Gaw. Wir fahren. Nach Hause.«
»Warte mal eben ...« Andreika kroch in seine Höhle und kam mit der Decke und dem roten Karneol wieder hervor. »Unsere Sachen nehmen wir doch mit? Auch den Pfeil und Bogen?«

Sie gelangten nach Hause, obwohl sie kein Geld für die Straßenbahn hatten. Aber die Schaffnerin mit dem grauen Schnurrbart schien sie nicht zu bemerken. Dabei war die Straßenbahn fast leer, und die Kinder hatten sich sogar hingesetzt.
Die Stadt war kaum wiederzuerkennen. Sie schien umgepflügt zu sein. Die Straßenpflaster waren aufgerissen und etliche Häuser eingestürzt. Frauen gingen mit Wassereimern umher, in denen Holzkreuze schwammen. Nicht etwa aus Frömmigkeit, sondern nur, damit kein Tropfen überschwappte.
Ihr Haus war unversehrt: sowohl das Deckungsloch als auch der Wasserhahn im Hof, als auch ihre beiden Fenster im Erdgeschoss. Die Wohnungstür war geöffnet, ihre Zimmertür auch. Der Nachbar, Onkel Schora, in »Freizeitunterhosen« bis zu den Knien, schleppte ihr Regal heraus. Mamas Muschelkästchen lag an der Seite auf ihrer Truhe, die bereits in den Flur geschoben worden war.
»Onkel Schora, was machen Sie denn?«, fragte Sweta erstaunt.
Er stellte das Regal behutsam auf den Boden und drehte

sich zu den beiden um. »Sieh mal an, wer da eingetrudelt ist! Und ich hatte schon gedacht, dass ihr mit eurer Mama im Kittchen sitzt. Dabei geht ihr nur mit dem Hund spazieren. Jemand vom NKWD wollte wissen: Wo sind denn bloß die Kinder der Feinde? Ich bringe euch jetzt dorthin, wohin ihr gehört.«

Sweta und Andreika wichen langsam zurück, und Onkel Schora, derselbe Onkel Schora, der ihnen früher Sonnenblumenkerne geschenkt und Mama geholfen hatte, das Regal an der Wand anzubringen, grinste böse hinter ihnen her. Er versuchte nicht, sie zu packen, sondern wischte sich nur den Schweiß mit seinen behaarten Unterarmen von der Visage ab, riss die Augen auf, stampfte mit den Füßen und brüllte: »Haut bloß ab, solange ich noch gute Laune habe!«

Sie drehten sich um und liefen davon, bis sie die Kräfte verließen. Gaw jagte mit kurzen Sprüngen hinter ihnen her.

Das medizinische Personal des Krankenhauses, in dem Anna arbeitete, wurde in die Militärlazaretts versetzt. Doch sie war nur Krankenpflegerin und deshalb nicht wehrpflichtig. Vielmehr leistete sie ihren Dienst in den Schützengräben ab. Das machte Anna nichts aus, kräftig wie sie war. Und sie konnte Aljoscha ruhig zu Hause lassen, denn er war schon groß. Es gab Frauen, die ihre kleinen Kinder den ganzen Tag in der Wohnung einschlossen, und die konnten einem Leid tun. Aber alle wussten, dass man keine Wahl hatte. Wenn man die Stadt nicht verteidigte, würde sie fallen, und was dann geschehen würde, war nicht auszudenken.

Eine Flucht kam bei ihrer Biografie nicht in Frage. Außerdem gab es keine Orte mehr, zu denen man fliehen konnte. Im August war Odessa von drei Seiten belagert. Aber das wussten die Bewohner noch nicht, und sie hofften weiter. Die Front war so nahe, dass man seinen Söhnen mit der Straßenbahn Speisen und Zigaretten bringen konnte, obwohl sie auch dort einiges an Verpflegung erhielten. Die Jungen, die ihre Uniformblusen modisch aufknöpften, damit ihre Matrosenhemden zu sehen waren, pfiffen auf all die Besorgnis. Die Rumänen waren ihrer Meinung nach keine Krieger. Die würden schon beim Anblick der Matrosenhemden türmen.

Aljoscha fuhr heimlich dorthin. Auch er hatte ein Matrosentrikot, und er hoffte, dass man ihm ein Gewehr geben würde. Was für eine Beschäftigung war es denn für einen kampfbereiten Jungen, Lebensmittelkarten auszuteilen! Vor dem Krieg war er zwei Jahre lang zum Scheibenstand gegangen und hatte gut getroffen, weshalb er mit einem richtigen Gewehr schon gar nicht danebenschießen würde. Und hingen nicht an jeder Ecke Plakate mit der Aufschrift: »Alle auf zur Verteidigung Odessas«? Und wo keines hing, war der Aufruf mit Kreide an die Wände geschrieben.
Aber man gab ihm kein Gewehr, sondern drohte ihm stattdessen Ohrfeigen an, wenn er sich noch einmal hier blicken ließ. Zur Bekräftigung packte ein alter Haudegen, ein echter Verwundeter mit einem eleganten Verband am Ohr, Aljoscha am Schlafittchen und stieß ihn in Richtung Stadt.
»Nach Hause mit dir, Kleiner. Hat deine Mutter nicht schon genug Kummer? Los, Söhnchen, sei nicht blöd. Merkst du, wonach es hier riecht?«
Aljoscha war nicht einmal beleidigt. Es lag entweder an dem Wort »Söhnchen« oder an der Freundlichkeit, mit der ihm der Mann den Stoß versetzt hatte. Den Geruch hatte er natürlich bemerkt und durchaus erkannt. So ro-

chen die Toten, die Leichname. Man roch sie nicht dauernd, sondern nur, wenn der Wind von der rumänischen Seite her wehte. Außerdem herrschte eine drückende Hitze. Und der Heldenmut, den Aljoscha auf der Herfahrt verspürt hatte, war schon gewichen. Er hatte gedacht, dass der Krieg nach Pulver roch. Schön wär's …

Damit blieb ihm die Aufgabe, mit der Hofmannschaft Brände zu löschen (inzwischen wurden viele Sprengbomben abgeworfen). Aljoscha lernte, geschickt über die Dächer zu laufen, ohne sich mit den Händen abzustützen. Und die Feuerzange, mit der man die Sprengbomben packen musste, kam ihm nicht mehr schwer und klobig vor. Es war ein ganz gewöhnliches Gerät. Und wie ihm die Hände gezittert hatten, als er seine erste Sprengbombe in den Kübel mit dem schwarzen Wasser steckte, in dem Glanzlichter züngelten! Wie er sich gefürchtet hatte, dass eine Explosion seinen Bauch erwischen konnte! Das war Unerfahrenheit gewesen. Lächerlich, sich daran zu erinnern.

Es war August, und Sternschnuppen prasselten in die Tiefe. Sie bewegten sich in Schwärmen wie Makrelen, als schiefe Schnörkel. Sogar durch den fliegenden Ruß und den roten Feuerschein konnte man sie manchmal sehen, wenn man auf dem Dach Wache hielt. Aljoscha hatte sie früher immer gern betrachtet. Im vergangenen Jahr hatte er zusammen mit Manja und Petrik vom Dach des Schuppens aus etliche Wünsche für das ganze Leben ausgesprochen. Aber die alte Hofwärterin, Tante Nata, hatte die Sternschnuppen anders gedeutet. »Da ist eine Seele untergegangen«, sagte sie und wiegte mitleidig den Kopf.

Aljoscha gefiel diese Deutung überhaupt nicht, und er erinnerte sich empört daran: Was hatten die Verstorbenen

damit zu tun? Auch in diesem August fielen die Sternschnuppen wie immer herunter. Aber Aljoscha stand nicht mehr der Sinn danach, sich an ihnen zu erfreuen. Von dem, was vom Himmel fiel, war nichts Gutes mehr zu erwarten, und er wollte sich nichts mehr wünschen. Wer wusste schließlich, ob da ein unschuldiges Sternchen herunterschoss oder etwas Schlimmeres. Doch er konnte es nicht übersehen: Sie prasselten nieder, unaufhörlich.
Mitte des Monats drangen die Deutschen durch Nikolajew vor. Alle wussten: An diesem einen Tag haben wir fünfzehntausend Tote und Verwundete hinnehmen müssen. Das war kein Gerücht, denn es erschienen Zeitungen, und in ihnen stand: fünfzehntausend. Aljoscha hatte es selbst gesehen. Sein Bruder Oleg war an der Front gegen die Finnen, und Papa kämpfte wahrscheinlich auch an der Front, genau wie jener Matrose, der ihn »Söhnchen« genannt und davongejagt hatte ... Weshalb? Damit er sich anschaute, wie die Sternschnuppen niedergingen?

Aljoscha musste neue Erfahrungen sammeln, als wäre er nicht schon zwölf Jahre alt, sondern ein neugeborenes Kind. Jegliche frühere Kenntnis vom Leben taugte nun nichts mehr, genauso wenig wie die Luftgewehrkugeln am Scheibenstand. Menschen tauchten auf, die mit Eisenstäben in den zerbombten Ruinen stocherten und sämtliche unversehrten Gegenstände herauszogen. Das war natürlich eine Gemeinheit und nichts als Plünderei. Als Aljoscha ein dickes Mädchen von dreizehn Jahren, das noch dazu anständig gekleidet war, bei dieser Beschäftigung erblickte, konnte er nicht umhin, auf sie zuzugehen und sie zu tadeln: »Was tust du da denn bloß? Wahrscheinlich bist du auch noch Pionierin!«
Das Mädchen schaute ihn an wie einen Wahnsinnigen:

»Das ist unsere Wohnung, misch dich nicht ein. Hier, gepunktete Tapeten, das war unser Zimmer, und dahinten ist der Flur.«

Tatsächlich war das eingestürzte Eckmauerwerk von einer gepunkteten Tapete überzogen, und an einem Nagel hing schief ein Garderobenbrett aus kunstvoll zurechtgesägtem Furnierholz. Aljoscha, der sich wie ein Trottel vorkam, schlich davon, und das Mädchen holte das Brett mit einem Haken vorsichtig herunter. Vielleicht hatte sie es wirklich im Zirkel »Geschickte Hände« gesägt. Vielleicht hatte sie auch gelogen, um plündern zu können. – Aber was für eine Rolle spielte das noch? Wer würde sich jetzt damit befassen? Die Stadt war voll von herrenlosen Sachen, unversehrten und zerbrochenen, von herrenlosen Katzen, Hunden und sogar Pferden, in deren Augen man besser nicht schaute. Die Ratten waren unverschämt geworden, setzten Fett an und spazierten in aller Ruhe am helllichten Tag durch die Straßen. Und wenn ein Gegenstand einem Menschen in diesem anomalen Leben zupass kam, wenn jemand trotz der Kanonade vom Meer her und trotz der brennenden Häuser noch immer Interesse an nützlichen Dingen hatte, dann war das wahrscheinlich gar nicht schlecht.

Manja und Petrik Krasnow, die achtjährigen Zwillinge vom selben Hof, besaßen eine Doppelkarre, die ein Könner aus so stabilem Holz angefertigt hatte, dass sie bis zum Krieg nicht zerbrach, obwohl die beiden damit immer wieder durch den ganzen Hof rollten. Nun eignete sie sich sehr gut zum Feuerholztransport. Diese Aufgabe erledigten zunächst Tante Musja und Mama, doch als die beiden zum ersten Mal Blut für Verwundete gespendet hatten und mit blauen Lippen zurückgekehrt waren, übernahm Aljoscha die Arbeit. Schließlich war er jetzt für zwei Familien – die Petrows und die Krasnows – der einzige Mann. Der kleine Petrik zählte nicht, obwohl er ein aufgewecktes und übermütiges Bürschchen war. Seine Schwester und er gehorchten Aljoscha nun widerspruchslos. Sie begleiteten ihre Mütter zu den Schützengräben und machten sich dann auf Beutesuche zu den Nachbarblocks auf. Bretterstücke, zerbrochene Stühle – was konnte man nicht alles in den Ruinen finden! Bald war Herbst, und womit sollte man heizen, wenn es kalt wurde?

Aber vielleicht würden sie alle den Einbruch der Kälte gar nicht erleben. Was ein direkter Treffer auf ein »Deckungsloch« anrichten konnte, hatte Aljoscha schon gesehen. Und er fürchtete sich nicht mehr vor den Toten auf den Straßen. Wenn jemand von einem Bombensplitter getroffen worden war, blieb er einfach liegen, wurde schwarz und schwoll an, bis man ihn schließlich fortbrachte. Aber gerade um solche Dinge durfte man sich keine Sorgen machen. Entweder ist alles vorbei, oder du lebst weiter. Und dann hast du alle Hände voll zu tun.

Durch die Ruinen zu klettern war, wenn man keinen düsteren Gedanken nachhing, eine fröhliche Angelegenheit. Es empfahl sich allerdings, mit einer ganzen Schar loszuziehen, um mögliche Rivalen und Prügel zu vermeiden. Und sehr bald sah Aljoscha wie die Übrigen nichts Verwerfliches mehr darin, die Gegenstände, die er gefunden hatte, auf die Karre zu laden. Einmal wäre er fast durch morsche Bretter geplumpst, als er für Manja die Hand nach einem am Mauerwerk verhakten Clown aus Seidenfetzen – und mit Halskrause – ausstreckte. Der Clown hatte einen Porzellankopf ohne jeglichen Kratzer, nicht einmal die Nase war abgeschlagen. Und so lachte er mit

himbeerroten Lippen in die Welt hinein: völlig unversehrt, fast wie neu.
Noch auf dem Hof wurde die Beute ehrlich geteilt. Die Bretter schleppten sie in die Schuppen, die anderen Sachen in die Häuser. Um seine empfindliche Mutter nicht zu beunruhigen, trug Aljoscha seinen Anteil in den Keller und versteckte ihn unter dem Feuerholz. Der Eifer des Familienernährers verzehrte ihn: ein echter Silberlöffel, unbeschädigte Gummischuhe, ein kleines Beil, das genau richtig in der Hand lag, mit nur leicht wackelndem Griff – solche Schätze konnte man in den Ruinen finden! Vielleicht wird auch unser Haus zerbombt, und dann ärgert es uns im Jenseits doch bestimmt nicht, wenn unsere Sachen jemandem nützlich sind. In leere Wohnungen drang Aljoscha allerdings nicht ein, obwohl es nach den Evakuierungen viele davon gab. Manche Leute brachten dort – zuerst heimlich, dann schamlos – Teppiche, Vasen, Uhren und sonstige Dinge an sich. Aber das war zweifellos Diebstahl. Es wäre dumm gewesen, zertrümmerten Geschäften keine Aufmerksamkeit zu schenken. Allerdings war das gefährlich, denn dort hantierten nicht nur krakeelende alte Frauen herum, sondern auch ernst zu nehmende, raue Burschen, und man konnte sich eine ordentliche Tracht Prügel einfangen. Erstaunlich, dass so kräftige Männer noch in der Stadt geblieben waren, denn die letzte Aushebung hätte sie eigentlich alle erwischen müssen.
Aljoscha spürte, dass diese Männer bald noch unverschämter und bedrohlicher werden würden. Nicht ganz so wie die Deutschen, aber immerhin.

Im September regnete es, wenn auch nicht lange. Nun galt es wirklich, sich auf den Winter vorzubereiten. Aljoscha gelang ein gutes Geschäft: Er riss sich in einem zerbombten

»Gastronom« zwei Päckchen Halwa unter den Nagel und tauschte sie bei einem Invaliden aus der Hafenstraße gegen einen kleinen, doch funktionierenden Eisenofen ein. Der Invalide arbeitete als Wächter in einem Magazin. Während Aljoscha den Ofen mit der Karre nach Hause beförderte, wäre er bei dem Gedanken, dass man ihn unterwegs berauben könne, fast geplatzt. Aber er kam wohlbehalten an. Mama stellte keine Fragen, denn der Ofen wurde gebraucht. Der hohe Kachelofen, der in der Wohnung stand, konnte nicht mit Feuerholz beheizt werden.

Ihre wunderbare Behausung in den Katakomben suchten sie kaum noch auf, denn die Lust auf Partisanenspiele war ihnen vergangen. Zum letzten Mal hatte Aljoscha sich dort mit dem wilden Mädchen und dem von ihr geretteten Hund aufgehalten. Aber seit das Mädchen verschwunden war, zog es Aljoscha nicht mehr in den geheimen Unterschlupf. Deshalb wunderte er sich, als Petrik das Gespräch auf die Höhle brachte. Dort könne man doch Vorräte lagern. Die Katakomben seien schließlich besser als jeder Luftschutzbunker.

»Und wenn wir dort verschüttet werden?«, fragte Aljoscha verblüfft.

»Kennst du einen Platz, wo wir ganz bestimmt nicht verschüttet werden?«, beantwortete Petrik – nach bester Odessa-Tradition – seine Frage mit einer Frage. Dabei schaute er mit seinen klaren braunen Augen drein, als hoffe er wirklich, dass Aljoscha einen solchen Ort kannte.

An einem düsteren Oktobertag liefen die letzten Militärtransporter aus dem Hafen aus und nahmen die noch verbliebenen Vertreter der Sowjetmacht mit. Odessa wurde den Rumänen übergeben. Mit seinen Menschen und allem anderen.

Kapitel 4

Die Rumänen hinterließen als Erstes einen schrecklichen Eindruck. Sie zogen auf unterschiedliche Art in die Stadt ein: auf Lastwagen, auf Fuhrwerken, auf irgendwelchen unglaublichen Korbgefährten. Einige kamen auch zu Fuß. Überraschenderweise trugen sie Wickelgamaschen. Wirklich, statt Stiefeln hatten sie Schuhe mit Gamaschen an, sogar die Offiziere. Die Gamaschen waren vom gleichen Grün wie die Uniformen.

»Das sollen Kämpfer sein? Abschaum ist das! Unsere Leute werden diesen Zigeunerhaufen ganz schnell wieder raustreiben!«, ereiferte sich Madam Kiritschenko auf dem Hof. Sie war die Witwe des Anwalts Kiritschenko, den man unter Orchesterbegleitung und mit Grabreden beerdigt hatte, und sie war nach dem Tod ihres Mannes immer noch sehr von sich eingenommen. Der ganze Hof musste sich anhören, wie gut es sich ihre Tochter Njusja in Moskau eingerichtet hatte. Deren Mann habe eine solche Position, dass Njusja über eine Hausangestellte verfüge und vergessen habe, wie man Kartoffeln schält.

Doch in Moskau schien man überhaupt keine Sehnsucht nach Madam Kiritschenko zu haben. Deshalb wohnte sie allein in der Anwaltswohnung in der ersten Etage und sprudelte dauernd über, weil sie sich anderen mitteilen wollte. Sie hatte ihre Mucken, und sogar wenn sie ihre Gardinen über das Trockengerüst breitete oder sich am Hofhahn Wasser holte, erzählte sie politisch korrekte

Dinge. Als wäre der Hof eine Parteiversammlung. Aber auf Parteiversammlungen ging sie nicht. Sie war kein Mitglied, weil ihr Vater Gerüchten zufolge vor der Revolution eine Mühle besessen hatte. Deshalb brachte ihr die Agitation für die Sowjetmacht auch nicht den geringsten Vorteil ein. Aber sie scheute nicht einmal davor zurück, sich gegenüber der »verrückten Rochl« auszulassen (als diese noch am Leben war): über die Volksschädlinge, die man alle erschießen müsse, und über den Kampf gegen die Spekulanten, sodass man letzten Endes kaum noch wusste, wer von den beiden verrückt war.
Allerdings redete sie nicht mehr lange so, denn zwei Tage später kam das Gerücht auf, dass entweder die Rumänen oder die Deutschen drei Leute aufgehängt hätten. Vielleicht Kommunisten oder einfach nur die ersten Besten. Direkt auf dem Markt. Dem schenkte niemand sonderlichen Glauben, doch sehr bald verbreitete sich die Nachricht über die Pulvermagazine auf der Lustdorfer Straße. Dort habe man die russischen Gefangenen (andere sagten, es seien Juden gewesen) hineingejagt, sie mit Benzin übergossen und angesteckt. Zweieinhalbtausend. Das war so unvorstellbar, dass es sich niemand hätte ausdenken können, und daher bestand kein Zweifel: Es stimmte. Man hatte sie verbrannt. Bei lebendigem Leibe.
Auf den Straßen tauchten in der Tat Deutsche auf: in grauen Uniformen, mit Stiefeln und Armbinden. Sie fragten keinen Passanten nach dem Weg, überprüften keine Dokumente und räumten keine Panzersperren an den Straßenrand. Nein, sie gingen einfach spazieren. Sehr selbstbewusst. Mit Hakenkreuzen an den Armbinden.
Neue Zeitungen erschienen, in denen Odessa als Teil von Transnistrien bezeichnet wurde. Ein solches Wort hatten sich nur die Rumänen ausdenken können, aber es war

durchaus nicht komisch. In den Zeitungen wurden Anweisungen der neuen Macht abgedruckt: Kommunisten müssen sich unverzüglich melden ... Angehörige der Sowjetarmee müssen sich unverzüglich melden ... Mitwisser werden erschossen ... Juden müssen sich unverzüglich melden ... Gleichzeitig wurde erklärt, was Juden seien: unabhängig vom Glaubensbekenntnis all jene, die unter ihren männlichen oder weiblichen Vorfahren Juden hatten.

Anna brachte Aljoscha zu Musja, wo er übernachten sollte. Schon früher hatten sie einander die Kinder zur Übernachtung anvertraut. Beide Wohnungen lagen im Erdgeschoss, und man brauchte nur den Hof zu überqueren, um von der einen zur anderen zu gelangen. Dadurch hatte eine von ihnen jeweils die Hände frei, und die Kinder waren ebenfalls zufrieden. Sie hielten zusammen wie Pech und Schwefel.

Anna war außer sich vor Entsetzen, denn am Morgen hatte man an die Tür gepocht, und draußen stand ein rumänischer Offizier mit Stöckchen. An seiner Seite war ein zweiter Mann in Uniform, anscheinend ein einfacher Soldat. Sie waren in die Wohnung eingetreten, als wären sie hier zu Hause. Schön, der Offizier hatte sich verneigt und auf Rumänisch etwas gesagt, das Anna nicht verstand. Nach einem kurzen Zögern versuchte er es in durchaus passablem Französisch und freute sich offensichtlich, als Anna nickte. Dann erklärte er, man habe seine Einheit in diesem Viertel einquartiert. Und er sei in dieser Wohnung untergebracht worden. Das heißt bei Anna. Es tue ihm Leid, wenn er ihr Unannehmlichkeiten bereite, doch Madame müsse verstehen: Krieg sei Krieg. Er hoffe, dass sie gute Nachbarn sein würden. Der Offiziersbursche (nämlich der einfache Soldat) schleppte schon Säcke und ein Grammofon in das »warme« Zimmer. Auf beide Zimmer erhob der Offizier keinen Anspruch, sondern er überließ Anna das »kühle« Durchgangszimmer. Sie dürfe sich die nötigen Sachen aus seinem Zimmer und aus der Küche holen, aber er bitte sie, Möbelstücke nicht ohne Erlaubnis zu entfernen. Außerdem solle sie seinem Burschen etwas von ihrem Geschirr überlassen, damit er das Essen zubereiten könne.

Aljoscha hatte diesen höflichen Offizier mit bösen Blicken betrachtet, und als der versuchte, ihm über den Kopf zu streichen, war er zurückgesprungen wie von der Tarantel gestochen. Deshalb brachte Anna ihn nun zu Musja: etwas weiter weg von der Gefahr. Auch Aljoscha konnte die französische Sprache recht gut verstehen.

»Aljoscha, Söhnchen, wir überlegen uns später, was wir tun sollen. Ich kann ihn doch nicht wegjagen, mein Junge, das begreifst du doch? Ich bitte dich: Mach keinen Unfug, sei sehr vorsichtig. Sie bringen Leute um, verstehst du? Sag nichts Überflüssiges, reg dich nicht auf.«

»Aber darf er mich am Kopf anfassen?«

»Er wollte doch nichts Schlechtes. Sieht ein Kind und streichelt es eben.«

»Ein Kind – das werd ich ihm schon zeigen!«

Hier mischte sich Musja ein. Sie verehrte Anna, denn diese war gebildet und um einiges älter und hatte solche Manieren ... Eine wirkliche Dame, und man merkte ihr gar nicht an, dass sie die Vierzig schon überschritten hatte. Anna war stark und klug, und es gefiel Musja, sich ihr gegenüber fast wie ein Mädchen zu fühlen: sie anzubeten und ihr zu gehorchen und nichts fürchten zu müssen, wenn Anna an ihrer Seite war. Aber manchmal sind gute Manieren eher eine Schwäche. Besonders Jungen gegenüber, denn wissen die eine gute Behandlung etwa zu schätzen? Ganz bestimmt nicht. Ob man ihm ein Handtuch übers Maul ziehen soll? Was für eine Grimasse er gemacht hat! Der eigenen Mutter gegenüber.

Musja stieg die unvermeidliche Röte ins Gesicht, an der auch das Ausheben von Schützengräben und das dünne Maismehl nichts ändern konnten, und sie schlug empört mit der Handfläche auf die Kommode. An Anna gewandt, fuhr sie fort: »Warum redest du ihm denn zu, als wäre er noch klein? Zwölf Jahre ist der Knabe alt! Er wird's den Rumänen zeigen, der Blödmann! Und deine Mama hängen sie im Alexejew-Garten auf, oder? Und dann guckst du dir wie meine Manja den Galgen an und fragst: ›Was ist das, eine Schaukel?‹ Willst du das etwa, du Lausejunge?« Sie packte Aljoscha an den Wangen und drehte ihn mit dem Gesicht zu sich. »Du bist für deine Mama verantwortlich, ist das klar? Und niemand will jetzt wissen, wer wie alt ist. Wenn dieser Rumäne glaubt, dass du ein Rotzjunge bist, dann umso besser. Und Französisch kannst du nicht, kapiert? Rede nicht mit ihm, spiel den Dummkopf. Und wenn du etwas Wichtiges hörst, sag es Mama oder mir. Wer weiß, was die vorhaben. Aber wir werden es früher als alle anderen erfahren, wenn du kein Idiot bist. Und keine Streiche, klar? Versprichst du das?«

Aljoscha nickte. Die Sache mit dem Galgen hatte Eindruck auf ihn gemacht, obwohl er noch keinen gesehen hatte. Aber er stellte sich vor, wie Mama zu einer solchen »Schaukel« gezerrt wurde. Und dann hatte Tante Musja der Angelegenheit einen ganz neuen Dreh gegeben. Warum war er nicht selbst darauf gekommen? Er würde eine Art Spion sein! Er würde all ihre Gespräche belauschen, all ihre Geheimnisse aufdecken!

Worüber der Rumäne auf Französisch mit seinem Burschen oder sogar mit anderen Offizieren sprechen sollte, das konnte sich Aljoscha allerdings nicht ausmalen. Er begriff nicht, dass Tante Musja ihn unverschämt hinters Licht geführt hatte. Nun hütete er ein Geheimnis, und die Umstände nahmen eine romantische Färbung an. Wenn der Halunke ihm über den Kopf streichen sollte, würde er sogar lächeln und unschuldige Augen machen. Noch kannten sie Aljoscha Petrow nicht, die gemeinen Besatzer.

*

Musja sorgte dafür, dass Aljoscha ihre beiden Kinder sogleich vom Hof holte und dass alle drei mäuschenstill bis zum Abend zu Hause saßen und den Soldaten keine Scherereien machten. Dann zog sie sich eine grüne Strickjacke an und packte die Eimer.

»Ich hole Wasser, Anetschka, und du kannst hier sitzen bleiben, wenn du willst. Aber an deiner Stelle würde ich mich darum kümmern, wie dieser Offiziersbursche bei dir wirtschaftet. Wenn der Offizier kein schlechter Kerl ist, dann hat es Sinn, sich mit ihm zu vertragen. Nun haben sie schon einen hierher geschickt, und bald ist der ganze Hof voll von ihnen. Schließlich gibt es wenig Platz. Wir kriegen das schon hin, nur mit der Ruhe.«

Sie gab Anna einen Schmatzer auf die Wange und klirrte temperamentvoll mit den Eimern. Anna lächelte ihr dankbar hinterher. Ein wunderbarer Mensch war diese Musja. Als der Krieg erklärt worden war, hatte sie zuerst den Mut verloren, sich dann aber aufgerafft und überhaupt nicht mehr genörgelt. Flink wie ein Spatz schaffte sie alles und lächelte noch dazu. Und die Kinder waren gut versorgt: die Kleidung geflickt und gewaschen, die

Schnäuzchen sauber. Morgens hatte Musja keine verheulten Augen, obwohl ihr Ältester sich freiwillig gemeldet hatte und ihr Mann sonst wo sein mochte. Zwei Tage vor dem Krieg hatte er mit seiner sechsten Klasse einen Ausflug nach Moskau gemacht, und bisher gab es keine Nachrichten von ihm.

Musja kam nicht zum Wasserholen, denn am Hofausgang rief Madam Kiritschenko ihr scheinbar freundlich zu: »Oh, wen sehe ich denn da? Madame Geiber! Haben Sie vielleicht etwas von Ihrem Jaschenka gehört? Ist er noch Lehrer oder wieder Kommissar wie 1918? Haben sie ihm bei der Tscheka nicht den Namen Krasnow gegeben? Bitte teilen Sie ihm mit, dass sich alle im Hof an ihn erinnern und Näheres über ihn wissen möchten ...«

Mit einem honigsüßen Lächeln schob sie ihre Leibesfülle an der erstarrten Musja vorbei und kehrte in ihre Anwaltswohnung zurück.

Musja stürzte in ihre eigene Wohnung und ließ sich von Anna, die noch nicht aufgebrochen war, umarmen.

»Was sollen wir tun, Anetschka, was sollen wir tun? Sie weiß Bescheid, die Schlange, sie denunziert uns!«

Beide wussten, dass all die Nöte mit dem Überleben unter den Bombardements, mit dem Verkauf eines Mantels auf dem Markt für einen Beutel Mehl, mit dem Wasserschleppen und sogar mit den einquartierten Rumänen noch nicht das Schlimmste waren. Das Schlimmste begann jetzt erst: wohin mit Manja und Petrik? Sie hatten einen jüdischen Vater, und wenn der Befehl erging, sich ins Ghetto aufzumachen, galt er dann auch für die Kinder? Und wenn keine Hoffnung bestand, dass die Nachbarn schweigen, was sollte man dann tun?

Alle Reden der ersten Besatzungstage darüber, dass die Deutschen kultivierte Menschen seien, dass 1918 alle an-

deren – außer ihnen – die Juden verfolgt hätten und dass sie denen im Ghetto ein normales, wenn auch isoliertes Leben ermöglichen würden, wirkten nun, milde gesagt, wenig überzeugend. Genauso wenig wie die Versprechungen in der Presse, dass sie nichts von ihrem Eigentum verlieren würden: Sie könnten außer dem Allernotwendigsten alles unbesorgt zu Hause zurücklassen.
Noch gingen die Menschen nicht mit verängstigten Augen durch die Mjassojedowskaja, nachdem sie sich all ihre warmen Sachen angezogen hatten, noch schleppten sie keine Bündel und schoben keine Kinderwagen mit Habseligkeiten, noch führten sie keine bis zur Nase eingewickelten Kinder an der Hand – unter dem ersten Schneefall, der unterschiedslos auf sie und die Wachmannschaft niederrieselte. Der erste Abtransport ins Ghetto war erst für übermorgen vorgesehen. Aber Musja stellte sich alles sehr eindringlich vor, wenn sie an die Wachmannschaft und die Hunde dachte. Denn Jakow hatte ihr erzählt, wie die Menschen ins Lager gejagt worden waren und wie man die Hunde auf einen zurückgebliebenen alten Mann gehetzt und wie er geschrien hatte, während sie ihn auffraßen ...
Was im Ghetto sein würde, stellte sie sich lieber nicht vor. Wenn sie nicht darüber nachdachte, würde vielleicht alles vorbeigehen. Schließlich waren sie keine Juden. Jakow war auch im Pass als Russe ausgewiesen, und die Kinder, obwohl dunkelhaarig, sahen Juden nicht sehr ähnlich. Petrik am allerwenigsten.

*

Doch es ging nicht vorbei. Und es galt, rasch eine Entscheidung zu treffen. Noch am selben Abend. Alle drei

Kinder wurden aufs Sofa gelegt und erst in eine Woll- und dann in eine Wattedecke gehüllt. Nach kurzem Kichern und unterdrücktem Quieken war aus dem Zimmer kein Laut mehr zu hören. Denn die Kinder hatten sich tagsüber müde gelaufen.

Ins Ghetto zu gehen sei Wahnsinn, betonte Anna. Ihren Papieren zufolge seien sie alle drei Russen. Warum solle man Madam Kiritschenkos Geplapper mehr Glauben schenken als den Geburtsurkunden der Kinder? Jakow sei nicht da, und Musja sehe schließlich wie eine russische Blondine aus, sogar ihre braunen Wimpern seien hell. Man erkenne auf den ersten Blick, dass sie keine Jüdin sei.

»Aber Manja könnte für eine gehalten werden, Anetschka, deshalb habe ich Angst. Und die anderen Nachbarn werden vielleicht auch sagen, dass Jakow hier seit vor der Revolution gewohnt hat. Alle kennen ihn doch ...«

Beide wussten aus bitterer Erfahrung, dass auch die Sowjetmacht eher Gerüchten als Dokumenten Glauben schenkte. Damit musste nun unter den Deutschen ebenfalls gerechnet werden. Musja war außer sich. Sie packte Annas Hände, drückte sie an ihre Brust und schwatzte sich fieberhaft wer weiß was zusammen:

»Anetschka, hör zu. Um Petrik geht es hier überhaupt nicht. Jakow ist damals, als ich Manja erwartete, auf eine Dienstreise gefahren. Und gerade als ich sie geboren hatte, kam er zurück, hat ein paar Fetzen ausgewickelt und mir Petrik gereicht. Wir würden Zwillinge haben, sagte er. Damals herrschte in den Dörfern Hunger; du erinnerst dich, als alle in die Kolchosen gejagt wurden ... Und irgendeine Frau hat sich zum Zug vorgedrängt und Jakow ein Baby gegeben, damit es nicht verhungert. Das war Petrik. Eigentlich ist er Ukrainer, und deshalb hat er jetzt mit der ganzen Sache gar nichts zu tun ... Du kannst mir glauben, ich geb dir mein Ehrenwort ... Jakow und ich haben die beiden natürlich als Zwillinge eintragen lassen ... und den Kindern nichts gesagt. Nur wir beide wussten Bescheid. Wenn ich mit Manja ins Ghetto gehe, nimmst du Petrik zu dir, nicht wahr? Ich lasse euch alles, alles zurück, Anetschka!«

Die entgeisterte Anna wusste nicht, was sie von der Geschichte halten sollte. Konnte das die Wahrheit sein? Aber sie versuchte, Musja zur Vernunft zu bringen.

»Musja, Kindchen, ich glaube dir, nun weine doch nicht. Nein, weine nicht, sondern hör mir zu.«

Natürlich blubberte Musja trotzdem weiter und schlug sich die Hände vors Gesicht. Doch Anna hatte das Gefühl, dass sie aufmerksam zuhörte. Sie redete so eindringlich wie möglich auf Musja ein.

»Denk mal nach. Wer außer mir wird dir jetzt glauben? Und Petrik und Manja – ich hätte nie geahnt, dass sie nicht Bruder und Schwester sind. Beide haben einen dunklen Teint und braune Augen ... Also wer würde dir glauben? Nach Lage der Dinge sind beide Kinder in Gefahr. Aber vom Ghetto will ich nichts mehr hören. Ich lasse Manja nicht dorthin und dich auch nicht, Dummerchen. Morgen, wenn es dunkel wird, versteckt ihr drei euch bei uns im Keller – nicht in dem unter dem Flur, sondern in dem im Vorgarten, wo das Feuerholz liegt. Er ist direkt unter dem Fenster, aber Aljoscha geht dauernd rein, um Holz zu holen. Er kann euch Getränke bringen. Und Essen. Und dann überlegen wir uns die Sache. Wir finden eine leere Wohnung, weit von hier, denn eure Papiere sind ja in Ordnung. Ihr müsst nur diesen Transport abwarten, und dann kommt alles ins Reine.«

»Und wenn man den Keller durchsucht?«, fragte Musja und blinzelte mit noch feuchten Augen.

»Bei mir ist ein rumänischer Offizier einquartiert. Wer sollte sich also um unseren Keller kümmern? Ich werde ihn bitten, sich für eine schutzlose Frau einzusetzen, denn er möchte offenbar den Gentleman spielen. In meinem besten Französisch werde ich ihn bitten, wie eine Dame aus adliger Familie.«

Und so geschah es. Aljoscha brauchte am Morgen nicht in den Plan eingeweiht zu werden, denn er gab mit entwaffnender Offenheit zu, dass er nicht geschlafen und die beiden Frauen belauscht hatte. Den ganzen Tag lang hielt er sich in der Nähe des Kellers auf, holte Stuhltrümmer hervor und zerhackte sie vor den Augen des ganzen Hofes. Der Offiziersbursche half ihm sogar, mit einer besonders elastischen, gebogenen Stuhllehne fertig zu werden, die wie eine Sprungfeder unter der Axt hervorhüpfte. Aljoscha belohnte ihn mit einem dankbaren Kinderlächeln und half ihm seinerseits, den Küchenherd anzumachen. Denn der hatte bei den Petrows so seine Launen.
Anna und der Offiziersbursche einigten sich gütlich über die Küchenutensilien: ein Topf für den Burschen und den Hauptmann, einer für sie und Aljoscha, die Kaffeekanne hierhin, die Teekanne dorthin. Danach kochte der Bursche das Offiziersessen, und Anna richtete sich im Flur eine Küche ein. Dort stand der Sommerofen, der etwas kleiner war, doch dafür weniger Feuerholz verschlang. Lange war er nur als Unterlage für den Primuskocher verwendet worden. Aber als das Petroleum ausging, freute sich Anna darüber, dass Pawel ihrem älteren Sohn Oleg, der damals noch Pionier war, nicht gestattet hatte, die Roststäbe, Ofenringe und übrigen Metallteile zum Schrottplatz zu bringen. Wo mochten sie jetzt sein, Pawel und Oleg? Ob sie irgendwo bei Moskau kämpften? Die

Zeitungen schrieben, dass Moskau bereits eingekesselt sei …

Aber den Zeitungen werden wir nicht glauben, denn alle Zeitungen lügen und haben immer gelogen, die sowjetischen genauso wie die faschistischen. Am besten stellen wir Trennwände im »kalten« Zimmer auf und teilen die Ecke mit dem Sofa und dem Bett ab, sonst wäre es ungemütlich. Schließlich ist es ein Durchgangszimmer, wie soll man sich da zum Schlafen hinlegen? Und warten wir ab, was Aljoscha zu Stande bringt.

Aljoscha gelang es, das Feuerholz so umzuschichten, dass die nun freigeräumte fernere Ecke vom Eingang aus nicht zu sehen war. Er stellte dort auf Ziegelsteinen eine Art Tisch aus Holzstücken her und holte, wer weiß aus welchen Vorräten, noch vier Kerzen und einen Kerzenstummel herbei.

Musja schrie die kleinlauten Zwillinge von Zeit zu Zeit an und packte ihre Sachen hastig in zwei Beutel. Auf dem Boden des einen brachte sie Wertgegenstände unter: Silberlöffel, eine Zwiebeluhr mit Schlagwerk an einer Kette, ihren goldenen Ring … Dabei ging ihr der flüchtige Gedanke durch den Kopf, dass sie sich so wahrscheinlich auch aufs Ghetto vorbereiten würde. Aber da das nicht der Fall war, nahm sie auch noch einen Emailleeimer mit Deckel, stopfte ein paar Wollsachen hinein und band den Deckel fest, damit er beim Transport nicht schepperte. Hierbei verließ sie sich nicht auf Aljoschas Organisationstalent. Solche Jungen haben zwischen ihren Abenteuerfantasien nur Luft im Kopf. Sie sind unfähig einzuplanen, dass lebendige Menschen auch auf die Toilette gehen müssen und dass sie den Keller mehrere Tage lang nicht verlassen dürfen. Davon ist in Abenteuerromanen natürlich keine Rede, denn dort kämpft man nur mit Degen oder feuert aus Pistolen.

Der nächtliche Umzug lief ab wie geschmiert. Die Kleinen, die vorher angewiesen worden waren, unablässig zu schweigen und absolut gehorsam zu sein, gaben keinen Piepser von sich. Doch Manja, die die Lippen hartnäckig schürzte, zog den Seidenclown hinter sich her, und man hatte keine Zeit, ihr eine Szene zu machen. Der Eimer schepperte nicht.

Der umsichtige Aljoscha hatte daran gedacht, rechtzeitig mehrere Kissen und eine Federsteppdecke in den Keller zu schmuggeln. Deshalb schliefen Manja und Petrik, durch das Feuerholz und die Decken von der Welt abgeschirmt, wie in einem warmen Nest, als gegen Morgen Schnee fiel. Musja saß in einen Mantel gehüllt da und bedauerte, dass sie nicht an Gott glaubte und keine Gebete kannte. Sonst hätte sie den ganzen Tag hindurch – den ersten von vielen Monaten, in denen sie nicht das Geringste zu tun hatte – leise beten und hoffen können, dass ihre Worte irgendwo im Himmel gehört wurden. Sie wusste, dass sich viele ins Ghetto aufmachten und wahrscheinlich schon unterwegs waren.

Diese Prozession, die den ganzen Tag dauerte, erschütterte die Mjassojedowskaja-Straße. Und zwar so sehr, dass niemand Onkel Schura und Tante Vera anzeigte, als dem kinderlosen Paar plötzlich ein Töchterchen namens Ljaletschka geboren wurde, das bereits sechs Monate alt war und zwei Zähne in seinem winzigen Mündchen hatte. Von Anfang an war sie ein sehr gewitztes Mädchen. Eine andere hätte vielleicht im Vorgarten, unter den Schneeflocken und in feuchten Windeln, gebrüllt. Aber sie schnaubte nur und verzog das Gesichtchen, bis Onkel Schura die Tür geöffnet hatte.

Die sowjetischen Lebensmittelkarten waren nun nicht mehr gültig. Die in der Stadt verbliebene Bevölkerung, die beim Machtwechsel ohne Ausnahme arbeitslos geworden war, musste sich jetzt selbst Nahrung beschaffen. Das heißt mithilfe der Märkte. Von den Gehöften kam inzwischen wieder Nachschub, und im Prinzip konnte man einen Spiegel mit Bronzerahmen gegen ein gutes Stück Speck oder einen Pelz gegen eine gewichtige Kanne mit Sonnenblumenöl eintauschen. Auf den Markt zu gehen war nicht ganz ungefährlich, denn die Patrouillen hatten es sich zur Gewohnheit gemacht, Diebe zu erschießen, und es war einfacher für sie, eine Kugel abzufeuern, als in einer fremden Sprache Untersuchungen durchzuführen. Auf dem Priwos erschossen sie einen jungen Zeitungsverkäufer, weil er sich mit seinem Beutel im Laufschritt bewegte. Im Beutel waren Zeitungen, aber der Junge brüllte in jenem Moment gerade keine Schlagzeilen, sodass er in der Tat verdächtig gewirkt haben mochte.

Sweta lernte die Lektion sehr rasch. Wenn man über den Markt oder durch die Straße lief, war es am besten, für alle Fälle eine Tasche mit ein paar Zeitungen bei sich zu haben und möglichst laut haarsträubende Nachrichten hinauszuschreien.

»Ankunft von Marschall Antonescu! Antonescu kommt! Blutige Szenen auf der Kanatnaja-Straße! Ehemann erschlägt Schwiegermutter mit Feuerhaken!«, schmetterte sie. Und mit diesem Ruf wäre sie fast in einen Jungen hineingerannt, der ihr entgegenkam.

»Swetka! Wo bist du denn abgeblieben?«, freute sich Aljoscha. Denn das war unzweifelhaft Sweta, allerdings nicht in einem blauen Kleid, sondern in einer Männerjacke mit aufgekrempelten Ärmeln und in einer Pluderhose aus Satin. Er hatte sie schon vorher an ihren Bewegungen erkannt, denn sie verdrehte das Rückgrat beim Laufen auf eine ganz bestimmte Art. Und dann an der Stimme. Und dann an allem.

Sweta warf rasch einen Blick über die Schulter. Nein, niemand jagte hinter ihr her, und niemand schrie: »Haltet sie!« Danach durfte sie sich ebenfalls freuen.

»Grüß dich! Was machst du hier?«

»Ich gebe Unterricht im Gesellschaftstanz«, erwiderte Aljoscha genau wie seine Mutter, die dumme Fragen gewöhnlich mit diesen Worten beantwortete. Über seiner Schulter hing ein abgeschabter Silberfuchspelz. Tante Musja hatte ihn gebeten, den Pelz ganz schnell aus der Truhe zu holen und gegen Lebensmittel umzutauschen, bevor jemand in ihre leere Wohnung eindrang. »Und wo treibst du dich rum? Wenn ich an eurem Fenster vorbeikomme, guckt da irgendein Tölpel heraus.«

Sweta erklärte ihm in kurzen Zügen, weshalb sie dort nicht mehr wohnte.

»Auweia, und was esst ihr denn bloß?«, fragte Aljoscha entsetzt.

»Zuerst Maulbeeren, und dann haben wir auf den leeren Datschen Äpfel gesucht. Und Kartoffeln. Und als der Schnee fiel, musste ich Geschäfte machen«, entgegnete Sweta unschuldig.

»Und wo wohnt ihr?«

»Wir hatten eine Wohnung, aber dann, noch unter den Unsrigen, hat uns die Hausverwalterin angequatscht: Woher wir aufgetaucht und wo unsere Eltern sind. Danach hab ich eine tolle Ruine gefunden. Im Keller tropft kein Wasser durch, und keiner kommt rein, weil das früher ein Geschäft war und alles längst leer geräumt worden ist. Aber nun ist es da kalt. Vielleicht suche ich ein Zimmer, denn jetzt wird man nicht mehr zum NKWD gebracht. Aber umziehen ist fürchterlich, und bis man erst einmal einen guten Platz gefunden hat ... Jeden Tag muss man was zu essen auftreiben, da kommt man einfach zu nichts. Weißt du vielleicht ein Plätzchen für uns – mit einem Ofen und wo sich noch keiner breit gemacht hat?«

»Ich sehe mich um. Wo kann ich dir Bescheid geben? Verkaufst du hier immer Zeitungen?«

»Zeitungen, die bringen wenig ein«, sagte Sweta grinsend. »Damit möchte ich am liebsten aufhören. In der Kälte verkühlt man sich den Hals. Ein Karaim hat hier eine Bodega aufgemacht ... Du machst dir keine Vorstellung! Der Karaim ist in Wirklichkeit Jude, aber in seinen Papieren steht, dass er Karaim ist ... Das ist so ein Volk, das nicht schlecht lebt. Und solche Papiere kosten eine Menge Geld, klar? Und eine Bodega, das ist eine Art Kneipe oder Restaurant. Dort werd ich abends dafür bezahlt, dass ich singe und tanze. In einem Ballettröckchen. Das haben sie vermutlich in einer Ballettschule abgestaubt, und eine Erwachsene passt da nicht rein. Wenn ich ankomme, ziehe ich mich um. Außerdem schmücken sie mich mit ein paar Bändchen. Der Wirt ist ein Geizhals und zahlt fast nichts. Und dann meckert er noch, weil ich spindeldürr bin. Außerdem regt er sich auf, weil ich nicht nach dem Stanislawski-System singe. Weil ich nicht genug Gefühle zeige und vergesse zu lächeln. Nein, man muss richtige Geschäfte machen. Hast du schon was gefunden?«

»Noch nicht.«

»Na ja, der Silberfuchspelz wird deiner Mama nicht lange helfen«, bemerkte Sweta skeptisch.

Das wusste Aljoscha selbst. »Ist Gaw bei dir?«, fragte er, um das Thema zu wechseln.

»Oho, Gaw!«, sagte Sweta mit einem Lächeln. »Gaw ist wunderbar! Und mit ihm zu schlafen – weißt du, wie warm das ist? Ohne ihn wären wir längst draufgegangen, aber nun hustet Andreika nicht einmal.«

»Und wie fütterst du ihn?«, wollte Aljoscha wissen.

»Die Frage ist, wer wen füttert«, sagte Sweta mit listigen Augen, aber über Einzelheiten wollte sie nicht sprechen. Anscheinend fütterte Gaw Sweta nicht sehr reichlich, denn sie hatte eingefallene Wangen. Sogar wenn sie lächelte.

»Swetka, du bist auf Draht. Lass dich mal wieder blicken. Wir wohnen noch immer dort, nur ist bei uns jetzt ein Rumäne einquartiert. Aber du brauchst keine Angst zu haben, er ist harmlos und lässt uns in Ruhe. Komm doch morgen früh vorbei, pfeife, und ich lauf heraus. Wir gehen in unsere Höhle, weißt du noch, wo wir uns vor den Hitzels versteckt haben? Also abgemacht. In solchen Zeiten muss man zusammenhalten«, sagte Aljoscha auf Erwachsenenart, wie Tante Musja.

Aber zur verabredeten Zeit erschien Sweta nicht, denn an jenem Morgen flog in der Maraslijewskaja der rumänische Stab mit dem neuen Kommandanten von Odessa und einer Menge anderer hoher Offiziere in die Luft. Antonescu hatte Glück, denn er war noch nicht eingetroffen. In der Stadt begannen Razzien, und auf den Straßen wurden die ersten besten Passanten verhaftet. Im Alexejew-Garten wurden Menschen unter Trommelschlägen aufgehängt. Es empfahl sich, ein paar Tage zu Hause zu sitzen und sich nicht auf den Straßen herumzutreiben. Denn sonst wurde man, wenn die Rumänen einen nicht als Geisel nahmen, von ihnen gezwungen, sich die Hinrichtungen anzuschauen. Das galt auch für Kinder.

In dem anderen Garten, wo früher Menschen aufgehängt worden waren, erschoss man sie nun mit Maschinengewehren. Denn es war schwierig, Galgen für dreihundert Personen aufzustellen. Auch die Bäume reichten nicht.

Kapitel 5

Mehrere Tage lang riskierte Aljoscha es nicht, auf den Markt zu gehen. Und seine Mutter auch nicht. Sie hatten noch einen halben Sack Bohnen und kamen über die Runden. Für Manja und Petrik tauschte Anna bei einer Frau aus dem Nachbarhof ein fast volles Glas mit Zwetschgenmus ein. Denn die arme Musja war schon so viele Tage im Keller, und man musste dafür sorgen, dass die Kinder schwiegen und nicht herumhüpften.
Aber Aljoscha, der öfter in den Keller hinunterstieg, wusste mehr als seine Mutter. Manja war immer aktiver als Petrik gewesen und begann vom langen Sitzen launisch zu werden. Sie greinte und bat um alle möglichen Sachen. Zum Beispiel wollte sie einen Lutscher haben und setzte Musja damit schon seit zwei Tagen zu. Deshalb zog Aljoscha unter dem Feuerholz einen silbernen Löffel hervor, den er in einer Ruine gefunden hatte und nun auf dem Markt verkaufen wollte. Der Löffel war schwer, und Aljoscha wünschte sich sehnlich, dass er aus echtem Silber bestand. Auf diesem Löffel ruhten all seine Hoffnungen.
Erwachsene sind nicht immer fähig, die einfachsten Dinge zu verstehen. Sie begreifen nur, was nützlich oder was unmöglich ist. Ein Lutscher ist ihrer Meinung nach keine Speise, sondern eine Spielerei. Und deshalb verzichten sie darauf, wenn sie stattdessen Bohnen kaufen können. Aber dass jemand, abgesehen von allen Speisen und je-

dem Nutzen, eine Freude braucht – und zwar sofort, nicht morgen –, das will ihnen nicht in den Kopf.
Er blieb im Hauseingang stehen, um den Löffel im Licht zu betrachten. Silber musste einen Prägestempel haben, aber Aljoscha hatte keine Ahnung, wie so etwas aussah. Am Griff waren ein paar kleine Dellen – konnte das der Stempel sein?
»Was willst du dafür haben, Jungchen?«, hörte er von oben und fuhr zusammen.
Über ihm stand Onkel Stasja Bubyr aus der dritten Etage. Seit dem Einmarsch der Rumänen war er eine Art Hausverwalter geworden. Er ging mit wichtiger Miene durch die Wohnungen und stellte Mieterverzeichnisse zusammen. Den Rumänen – Offizieren und Soldaten – erwies er »Respekt«, nahm die Mütze ab und verbeugte sich. Aber vor den Mietern plusterte er sich auf, als wäre er ein hoher Vorgesetzter. Bei jeder Durchsuchung führte er die Rumänen durch sämtliche Wohnungen, und danach fehlte in jeder etwas. Er trieb die Mieter anhand seiner Liste an, den Hof und das Straßenpflaster zu säubern, und hinter seinem Rücken hörte man ein ohnmächtiges Flüstern: »Spitzel.« Die Petrows ließ er in Ruhe, denn bei ihnen wohnte ein Offizier, weshalb er sich auf dem Hof auch vor Anna verneigte. Für alle Fälle. Und nun warf er einen interessierten Blick auf Aljoschas Löffel. Bubyr war nicht entgangen, dass der Junge dummerweise zusammengezuckt war.
»Weiß deine Mama von diesem Löffel?«
»Was geht Sie das an?«, knurrte Aljoscha und strebte zum Ausgang.
»Lauf nur, lauf nur. Und wer wird aus eurem Keller den Eimer zum Klo tragen?«, ertönten hinter ihm die entsetzlichen Worte. Also hatte er sie beobachtet, der Mistkerl! Und was nun?

Bubyr trat auf Aljoscha zu und nahm ihm den Löffel, als wäre es bereits sein eigener, aus der erschlafften Hand. Er drehte ihn und biss prüfend darauf.
»In Ordnung. Morgen will ich die übrigen sehen, kapiert? Die ganze Garnitur. Sonst werd ich ungemütlich.«
Dann klopfte er Aljoscha auf die Schulter, der Lump, und verschwand mit dem Löffel.
Mama nähte etwas auf einer Singer-Nähmaschine mit Pedal, als Aljoscha leise eintrat und sich mit verzweifelten Augen hinter sie stellte.

Am selben Abend wechselten Musja und die Kinder in die »Höhle« über. Nun hatte es keinen Sinn mehr, dass Aljoscha das Versteck geheim hielt, denn am nächsten Morgen konnten die Erwachsenen wegen Begünstigung erschossen werden. Deshalb waren auch die beiden Mütter bei der Erwähnung des Wortes »Katakomben« nicht allzu erschrocken gewesen und hatten keine überflüssigen Fragen gestellt.
In der »Höhle« war es einerseits viel angenehmer als im Keller. Denn in den Katakomben herrschen, wie jeder weiß, im Sommer wie im Winter 15 Grad. Außerdem war die »Höhle« geräumiger, ungefähr so groß wie die Küche. Deshalb konnte man sich die Beine vertreten, und die Kinder konnten herumspringen. Andererseits führte aus der »Höhle« ein weiterer Gang nach unten, in die stille Dunkelheit, und von dort wehte ein unerfreulicher Luftzug herüber. Oder vielleicht hatte es nur den Anschein. Ständig spürte man dieses schwarze Loch im Rücken und im Nacken. Als warte es ab und wolle die Menschen zu sich locken. Wohin der Gang führte, hatten die Kinder nicht auskundschaften können, da sie erst knapp vor dem Krieg auf die »Höhle« gestoßen waren. Aber sie planten

einen Vorstoß. Und das gefiel den Müttern nun überhaupt nicht.

Über die Katakomben kursierten wilde Gerüchte. Sie sollten sich, verworren wie ein Labyrinth, unter der ganzen Stadt ausbreiten. Zuerst waren es Steinbrüche gewesen, in denen man Muschelkalk abgebaut hatte. Daraus war die Stadt errichtet worden. Dann trieben Schmuggler zusätzliche Gänge durch den Untergrund, um Waren aus der Stadt über die Grenze des Freihafens zu befördern. Danach wurden die Katakomben noch komplizierter: Jede illegale, räuberische Tätigkeit vieler Generationen der städtischen Verbrecherwelt machte geheime Kommunikationswege erforderlich. Manchmal verschwanden Menschen dort spurlos. Es gab keine Möglichkeit, jemanden, der sich verirrt hatte, zu finden. Niemand kannte dieses verworrene System von einem Ende zum anderen, zumal es kein zusammenhängendes Netzwerk bildete. Durchaus nicht jeder Gang erstreckte sich bis zu den Hauptsteinbrüchen im Dorf Ussatow. Manchmal war ein Korridor nur zwei Häuserblocks lang, aber einem unerfahrenen Menschen empfahl es sich nicht, auch nur so weit zu gehen.
In einem Punkt vertraten die Sowjetmiliz und die zaristische Polizei eine einmütige Haltung, nämlich gegenüber den Katakomben. Wenn sie in einem städtischen Hof oder Keller einen Gang dorthin fanden, dann mauerten sie ihn rasch zu, sodass keine Spur von ihm übrig blieb. Und beide Mütter hätten dieses Verfahren zu anderen Zeiten von Herzen gebilligt.
Wie auch immer, niemand wusste, wohin der Gang führte. Also verließ man die »Hohle« durch einen schmalen Durchschlupf mit zwei Biegungen. Dann gelangte man in den Keller der ewig kranken Oma Dusja, wo früher direkt

an der Tür Kohle, nun aber Feuerholz gelagert war. Dahinter häufte sich jeder mögliche Plunder, der sich, wie es schien, seit der Entstehung der Welt dort angesammelt hatte. Kein Wunder, dass Dusja, deren Familie schon im Bürgerkrieg ins Jenseits geschickt worden war, keine Anstalten machte, in die Tiefen des Kellers vorzudringen. Ihr Keller führte in eine Art Sackgasse: in eine dunkle Schlucht zwischen den hohen Häusern bis hin zur Hoftoilette. Die Sackgasse, die jederzeit von anderen Bewohnern durchquert werden konnte, war also nicht der günstigste Ort für ein Versteck. Man konnte ertappt werden. Und wie sollte man Wasser und Vorräte dorthin befördern?

Aber über all das musste später nachgedacht werden. Die Rumänen verstanden zum Glück kein Russisch. Und Aljoscha hatte das Gefühl, dass seine Mutter daheim ein paar Fragen haben würde.

Tatsächlich musste er zu Hause fast alles ehrlich schildern und versprechen, dass er die Nase nicht ohne Erlaubnis in den Korridor stecken würde. Aber er verschwieg wohlweislich, dass sie einen Plan der Katakomben besaßen, den Manja und Petrik im Zwischengeschoss unter den Papieren ihres Vaters gefunden hatten. Zum einen verschwieg er es, um seine Mutter nicht zu beunruhigen, und zum anderen musste man den Plan noch entziffern. Onkel Jakow war früher im revolutionären Untergrund gewesen, doch das hatte offenbar nicht zu einer guten Handschrift geführt. Nicht nur die Notizen neben den Zeichen und Pfeilen mussten enträtselt werden, sondern es galt auch, die Frage zu klären, wie sich die Seiten dieses abgegriffenen karierten Heftchens aneinander fügten und wo der Ausgang zu Oma Dusjas Keller auf dem Plan eingezeichnet war.

Vorerst zahlten Sweta und Aljoscha es diesem Bubyr heim, und wie! Bubyr wartete einen Tag lang, und am nächsten bedachte Aljoscha ihn genussvoll mit all den Worten, die anständigen Jungen nach Meinung seiner Mutter verboten waren. Bubyr verschlug es zunächst die Sprache, aber dann wurde er schrecklich wütend, lief zu ihrer Wohnung und klopfte an die Tür. Der rumänische Hauptmann war gerade zu Hause und hörte sich Bubyrs sprühende Rede mit gerunzelter Stirn an.

»Euer Wohlgeboren, Achtung ... Die verstecken dort Juden. Und noch jemanden ...«

Der Rumäne zuckte die Achseln und wollte das Haus verlassen, doch Bubyr packte ihn am Ärmel.

»Juden! Juden! Partisanen!«, brüllte er über den gesamten Hof hinweg und deutete mit dem Finger auf die schiefe Kellertür.

Das verstand der Rumäne, und er bat Anna um eine Erklärung. »Madame, ist dort jemand?«

»Monsieur Tiriescu, dort ist Feuerholz«, erwiderte Anna würdevoll, ohne eine Miene zu verziehen. Sie holte den Schlüssel aus einer Schreibtischschublade und gab ihn dem Offizier. Dieser drehte den Schlüssel in den Fingern und reichte ihn Bubyr: »Schließ auf.«

»Gleich, Euer Wohlgeboren, einen Moment ...«

Bubyr machte sich an dem Schloss zu schaffen. Er rasselte mit dem Schlüssel und riss die Tür weit auf. Dann beugte er sich die Stufen hinunter und schrie: »Raus mit euch!«

Aus dem Keller antwortete niemand, und Bubyr hatte keine Lust hinunterzusteigen. Plötzlich dachte er: Wer weiß, wer da hockt? Und wenn die nun schießen? Schließlich hatten sie nichts mehr zu verlieren ... Aber der Hauptmann, immer noch mit der gleichen angewiderten Miene,

bewegte den Finger: Geh runter. Er selbst griff für alle Fälle nach seiner Pistole.
Bubyr kletterte hinunter, polterte mit dem Feuerholz und heulte dann schrill. Er sprang mit einer Geschwindigkeit heraus, die er sich wohl selbst nicht zugetraut hätte. Denn der wild knurrende Gaw hatte sich in seine Schulter verbissen. Und obwohl Aljoscha sich wünschte, dass Gaw Bubyr an der Kehle gepackt hätte, fürchtete er zugleich, der Rumäne könne ohne große Umstände einen Schuss abgeben. Deshalb rief er: »Lauf los!«
Aus dem Torweg ließ sich Sweta vernehmen: »Gaw! Gaw!«
Der Hund hetzte mit mächtigen Sprüngen zum Torweg, und Aljoscha ließ sich auf den Boden sinken und schrie unter Tränen: »Mein Hündchen! Mein Hündchen!«
Durch die Finger schaute er vergnügt auf Bubyr. Gaw hatte ihn übel zugerichtet – er drehte sich brüllend und sein Blut verschmierend auf der Stelle.
Anna, die in die Verschwörung nicht eingeweiht war, schüttelte Aljoscha ganz ungekünstelt an den Schultern. »Woher kommt das Ungeheuer, Aljoscha? Aljoscha!«
»Mein Hündchen«, schluchzte Aljoscha unter Tränen aus Speichel, den er sich auf die Handfläche gespuckt hatte. »Jetzt ist es weggelaufen!«
Der Rumäne brach in Gelächter aus, genau wie sein Bursche. Sie hielten sich die Seiten, und Bubyr, der nicht auf Mitgefühl zu hoffen wagte, schleppte sich zu seinem eigenen Hauseingang. An einem Holztisch unter den Kastanien, an dem die Männer des Hofes manchmal abends Domino spielten, saßen rumänische Soldaten und teilten sich ihre Tabakpäckchen. Sie lachten jetzt ebenfalls und schüttelten den Kopf unter ihren albernen Mützen. Mit ihnen prusteten die sich aus den Fenstern lehnenden Mie-

ter, und das Gelächter hallte im vereisten Brunnen des Hofes wider.
Anna packte Aljoscha erbittert am Kragen und stieß ihn zur Tür. »Marsch nach Hause, du Lümmel!«
Aber Hauptmann Tiriescu nahm sanft ihren Ellbogen. »Ärgern Sie sich nicht über Ihren Sohn, Madame. Ich kann ihn verstehen. Als Junge wollte ich auch einen Hund haben. Und meine arme Mama hat es mir auch nicht erlaubt. Die Kindheit, die Kindheit, sie geht so schnell vorbei. ›Mein Hünd-chen‹«, wiederholte er mit klarer russischer Aussprache und lachte erneut.

Noch viele Monate danach riefen auf dem Hof stehende rumänische Soldaten beim Anblick von Aljoscha grinsend: »Mein Hünd-chen.« Offenbar waren sie dankbar für das Vergnügen, das er ihnen bereitet hatte. Aus irgendeinem Grund hatten sich die Beziehungen zwischen den auf dem Hof einquartierten Rumänen und den Bewohnern nach diesem allgemeinen Gelächter verbessert. Vielleicht deshalb, weil Gelächter in allen Sprachen gleich klingt. Vielleicht deshalb, weil beide Seiten Bubyr gleichermaßen verachteten. Und nun, nach dem Fehlalarm, schenkten die Rumänen ihm wenig Glauben. Die Wohnungen durchsuchten sie nicht mehr, denn welche »Partisanen« hätten sich dort verstecken können? Die mochten sich sonst wo in der Stadt aufhalten, aber nicht auf »unserem Hof«. Die Rumänen hatten sich eingelebt und meinten, Glück gehabt zu haben: Konnten andere Soldaten etwa so lange von »unserem Hof« sprechen? Hier wurde einem nicht in den Rücken geschossen. Und wenn jemand in einem Keller saß, dann höchstens ein »Hünd-chen«.
Obwohl Bubyr häufig in die Präfektur ging und dort sogar in einer der zahlreichen neuen Behörden einen ständigen

neuen Posten hatte, wussten alle, dass er ein Dreckskerl und keine Amtsperson war. Auf dem Hof knüpfte man allmählich geschäftliche Beziehungen zu den Rumänen an. Die Soldaten hatten Lebensmittel, und die Mieter besaßen noch ein paar Habseligkeiten. Handel und Tauschgeschäften brachten die Rumänen ein großes Interesse entgegen. Wenn nicht gar Leidenschaft, als wären sie überhaupt gar keine Faschisten, sondern normale Menschen.

Die Galgen standen noch, und die im Frost erstarrten Körper wurden lange, lange nicht heruntergenommen. In den Zeitungen erschien ein brutaler Erlass nach dem anderen. Auch über die Katakomben: Wer wisse, wo die Eingänge seien, habe Meldung zu machen; auf Verheimlichung stehe der Tod durch Erschießen. Nach 22 Uhr nahmen die Patrouillen alle Passanten fest. Und die letzten Juden wurden ins Ghetto gejagt, diesmal nach Dalnizkoje. Auch das städtische Gefängnis war schon zum Bersten mit ihnen gefüllt.

Doch die Hofbevölkerung machte einen Unterschied: Diejenigen, die Menschen aufhängen und auf den Märkten Razzien veranstalten, sind andere Rumänen. Oder es sind Deutsche. Schließlich verwalten die Deutschen alles, nicht nur Transnistrien. »Unsere« Rumänen dagegen sind mehr oder weniger harmlos. Eine spitzbübische Nation, keine Frage. Die Händler sind sogar noch gerissener als unsere. Alles Mögliche verkaufen oder tauschen sie, nur eben bis jetzt unter Waffen ...

Aber sie gaben den Hofkindern Kartoffelschalen, und abends sangen sie traurige Lieder. Überhaupt hatten sie zeitweise ganz und gar menschliche Züge.

Trotzdem waren alle heranwachsenden Mädchen auf dem

Hof krank geworden. Die einen hatten sich das Gesicht mit grünem Farbstoff beschmiert, die anderen trugen über die Nase gewickeltes Verbandsmaterial. Die Absichten der Soldaten sind bekannt, und auf den, der sich in Acht nimmt, achtet Gott. Doch als sich die siebzehnjährige Rita aus der vierzehnten Wohnung nicht mehr in Acht nahm, sondern im Gegenteil ihr Haar zu Korkenzieherlöckchen drehte und ganze Tage lang verschwand, und zwar nicht auf den Markt, machte ihr niemand allzu große Vorwürfe. Schließlich war das Mädchen allein mit ihrem beinamputierten Großvater – wie sollte sie sich denn durchbringen? Gleichwohl musste der Gang ausgekundschaftet werden. Aljoscha war sich fast sicher, dass ein lila Kreuzchen auf der zweiten Seite des Planes nichts anderes als Oma Dusjas Korridor in die Katakomben kennzeichnete, denn an den weiteren Ausgängen fehlten solche Kreuzchen. Wenn diese Annahme stimmte, konnte man durch den Gang eine Gabel erreichen und nach rechts zu einem Kreis abbiegen, über dem »Brunnen« stand. Wie schön es wäre, das Wasser nicht von draußen holen zu müssen! Und nach zwei weiteren Biegungen kam der Ausgang, der durch ein Häkchen markiert war. Dort konnte man alle unbemerkt hinausführen und dann eine leere Wohnung suchen. Tante Musja würde Geld verdienen und die Kleinen würden am Ofen sitzen können. Endlich hätten sie die Möglichkeit, sich selbst und die Wäsche vernünftig zu waschen. Man würde die Kindersachen nicht mehr hinter einem Wandschirm verbergen und sie jedes Mal, wenn Männerschritte an der Tür zu hören waren, von der Leine zerren müssen. Drei Menschen zu verstecken – das war leichter gesagt als getan. Und die Versorgung? Seine Mutter und er hatten ihre Kräfte fast erschöpft.
Mama nähte jetzt ganze Tage lang. Irgendein Mann brach-

te ihr Stoff und Fäden, und sie stellte wattierte Filzstiefel her, an denen man später Sohlen aus alten Automobilreifen anbrachte. Auf dem Markt rissen sich die Leute darum. Der Mann bezahlte Mama nicht schlecht, denn kaum eine Maschine konnte Watte steppen. Doch Mamas Singer war alt, noch aus vorrevolutionärer Zeit. Damit hätte man sogar Furnierholz nähen können. Einmal am Tag – öfter ging es nicht – stieg Mama in die »Höhle« hinunter und nahm so viele Sachen mit, wie sie unter ihrem Mantel verstecken konnte. Alles Übrige musste Aljoscha erledigen. Sweta kaufte manchmal das Nötigste auf dem Markt und brachte es vorbei, doch sie musste ja auch noch Andreika durchbringen. Es galt, genug zu verdienen, um ihn durchzufüttern, und außerdem hatte sie für seine Erziehung zu sorgen. Wie konnte sie da auch noch fremden Menschen helfen? Allerdings beklagte sie sich nicht.

Die Batterien für die alte Taschenlampe waren seit langem leer, aber sie besaßen noch einen großen Schatz: eine Dynamolampe. Man drückt so lange wie nötig auf den Hebel, und sie brennt. Wie auch immer, man musste sich auf den Weg machen, und zwar sofort. Die Himmelsrichtungen waren auf dem Plan gekennzeichnet, und einen Kompass konnte man bei dem Rumänen borgen. Dessen Instrument lag immer auf dem Klavier, und Aljoscha hatte kein einziges Mal gesehen, dass es jemand benutzte. Das bedeutete jedoch, dass man aufbrechen musste, wenn der Rumäne nicht zu Hause war. Sonst würde er den Kompass vielleicht vermissen.

Sweta brachte an jenem Tag ein fürstliches Mahl in die »Höhle«: ein ganzes Päckchen Kringel. Es war unwahrscheinlich, dass es auf der Welt überhaupt noch Kringel gab, aber auf dem Neuen Markt hatte tatsächlich eine alte

Frau gestanden, die in eine Daunendecke mit einem weißen Tuch darüber gehüllt war. Sie war mit solchen Päckchen behängt gewesen und hatte heiser gerufen: »Kringelchen!«

Die Stelle war für ein Ablenkungsmanöver besonders gut geeignet. Sweta wartete, bis ein Käufer an die Frau herantrat und zu feilschen begann, zog eine Zeitung aus ihrer Tragetasche, drehte sie zu einem Rohr und schrie: »Kaufen Sie die Zeitung ›Gemunkel‹! Sensationelle Nachrichten!«

Geschickt rutschte sie auf dem vereisten Weg auf die Frau und den Käufer zu, sodass beide von den Beinen purzelten. Als sich die schimpfende Frau daran machte, ihre verstreuten Kringelpäckchen einzusammeln, hatte Gaw sein Werk schon erledigt. Er raste herbei und enteilte mit einem Päckchen zwischen den Zähnen. Sweta wusste, dass er am Tor auf sie warten würde. Um den Erfolg abzurunden, verkaufte sie sogar noch ihre beiden letzten Exemplare des »Gemunkels«. Damit hatte sie ihre Arbeit für heute getan, und es war erst elf Uhr. Deshalb erschienen Gaw und sie voller Stolz in der »Höhle«.

»He, ihr Stubenhocker, ich bin's, Sweta! Machen Sie die Funzel an, Tante Musja, ich hab was mitgebracht!«

Die schwache Flamme flackerte auf. Sie sparten Baumöl und zündeten die Lampe sonst nur beim Essen an. Manja und Petrik zwitscherten vor Freude und streckten ihre zarten Händchen aus.

»Kringel! Ach, Mama, Kringel! Und Gawtschik ist auch da!«

Vor Entzücken wussten sie nicht, was sie als Erstes tun sollten: sich auf das Geschenk stürzen oder Gaw umarmen? Gaw war ein seltener Gast, denn es war schwierig, einen solchen Riesenhund unbemerkt über den Hof zu bringen. Mit einem Zeitungsjungen sah es jedoch anders

aus. Die Stadt war voll von ihnen, und sie rannten dauernd in die Hoftoiletten, denn schließlich waren sie den ganzen Tag unterwegs.
Aber Musja schien die Kringel gar nicht zu bemerken und flüsterte beunruhigt: »Herrje, Swetotschka, ich mache mir solche Sorgen! Aljoscha ist dort reingegangen, schon vor langer Zeit.« Sie deutete mit dem Kopf in Richtung des verbotenen Korridors. »Wir gehen auch manchmal rein, aber nicht weit. Da ist so eine Ecke ... also, wegen der Geschäfte ... Aljoscha wollte sich nur ganz kurz umsehen, und nun kommt er nicht zurück. Ich sage ja, es ist lange her. Eine Stunde. Oder zwei. Und ich möchte die Kinder nicht allein lassen, mit nur einer Lampe ...«
Sie brauchte Sweta nicht zu erklären, was das bedeutete. »Tante Musja, Sie haben doch eine Kerze für den Notfall. Geben Sie mir die bitte, und ich hab auch ein Feuerzeug. Regen Sie sich nicht auf. Nehmen Sie Platz, wir kommen gleich wieder. Darf ich Ihren Schal haben?« Dann befahl sie Gaw: »Such Aljoscha!«
Es fiel ihr nicht ein, dem Hund etwas von Aljoscha zu geben, damit er dessen Witterung aufnehmen konnte. Gaw war doch kein Idiot, er würde Aljoscha auch so erkennen. Sie band ihm Tante Musjas Schal um den Hals. Gaw ließ sich zwar nicht an der Leine führen, doch in der Dunkelheit war es besser, dicht beieinander zu bleiben.

*

Aljoscha hatte mit allem Möglichen gerechnet, bloß nicht damit, dass die Gabel dreigeteilt war. Er hatte sich für den Weg nach rechts entschieden, was ein Fehler gewesen sein mochte. Seine beiden Hände waren vom Knipsen ermüdet, und einen Brunnen konnte er nicht entdecken.

Der Schacht bog nach Norden ab, obwohl er laut dem Plan nach Westen hätte führen müssen. Dann gelangte er zu einer neuen Gabel, die auf dem Plan nicht eingezeichnet war. Hatte er vielleicht schon die zweite Seite des Planes erreicht? Er betrachtete die verdammte Skizze, aber er fand sich nicht zurecht. Dann wurde es wirklich schlimm: Die Lampe erlosch. Aljoscha drückte wild auf den Hebel und hörte ein Knipsen, doch das Licht blieb aus. Ob die Birne durchgebrannt war? Warum hatte er nicht daran gedacht, eine Reservebirne mitzunehmen? Er hätte sie aus der alten Lampe herausdrehen können.

Nun stand er in der Dunkelheit da, und nur das Zifferblatt des Kompasses leuchtete schwach. Es war an der Zeit umzukehren. Da er nach Norden gegangen war, musste er sich nun nach Süden wenden. Vorsichtig drehte er sich um, aber seine Finger glitten über die dumpfe Wand, und ihm wurde angst und bange. So sehr wie noch nie im Leben. Aber noch schrecklicher wäre es gewesen, zu schreien und zu weinen. Er tastete sich mit zitternden Händen an der Wand entlang.

Da war er, der Durchgang! Pfui, du Feigling, du Angsthase. Du Vollidiot. Einen Dachschaden hast du wohl ... Er beschimpfte sich selbst, und dadurch wurde ihm leichter ums Herz. Der Durchgang schien nach oben zu führen. Nun tastete sich Aljoscha an der linken Wand entlang. Aber bald stießen seine Finger wieder ins Leere. Es gab noch eine weitere Gabel, an die er sich nicht erinnerte. Und den Plan konnte er nicht zu Rate ziehen ... Ruhig, ganz ruhig ... Du hast dich verirrt, ruhig ... Setz dich hin, und denk nach. Dummkopf. Blödmann. Aber es half nicht mehr, und die mächtige Dunkelheit legte sich mit ihrer ganzen Last auf Aljoscha.

Gaw zog Sweta selbstsicher durch die Gänge. Sie verließ sich ganz auf den Instinkt des Hundes und versuchte gar nicht, sich zu orientieren und sich den Weg einzuprägen. Das wäre auch unmöglich gewesen, denn sie bewegten sich im Dunkeln, da Sweta die Kerze nur im äußersten Notfall anzünden wollte. Mal bogen sie nach links, dann nach rechts ab, mal gingen sie nach unten, dann nach oben. Eine ganze Stunde lang oder zwei. Sie hatte keine Uhr, sonst hätte sie gewusst, dass erst fünfzehn Minuten verstrichen waren. In der Stille hörte Sweta, wie ihr Herz so laut wie ein Wecker pochte. Und plötzlich zerrte Gaw so kräftig, dass Sweta kaum den Schal festhalten konnte. Sein Schwanz klopfte wie ein Stock an ihrer Seite.

»Warte, Gaw, warte.«

Sie suchte das Feuerzeug und steckte die Kerze an. Ein zitternder Kreis, sehr grell nach der Dunkelheit, erhellte ein niedriges Gewölbe. Ein Erwachsener hätte sich hier bücken müssen. Gaw zog weiter und winselte sogar.

Mit gepresster Stimme (hier zu rufen war irgendwie beängstigend) brachte Sweta hervor: »Aljoscha! Aljoscha!«

Dann ging sie rasch hinter Gaw her, so schnell, wie es möglich war, ohne die Kerze zu löschen.

Sie hatten ihn gefunden, sie hatten ihn gefunden! Gaw hüpfte herum und küsste beide, denn Hunde schämen sich nie. Aber Menschen von elf Jahren verstehen sich nicht auf Zärtlichkeiten. Sweta knuffte Aljoscha mit der Faust in die Seite und er sie an die Schulter. Mit Gaw war es etwas anderes. Ihn durfte man streicheln und loben und ihm mit den Fingern durchs Fell fahren, sodass ihre Hände einander berührten. Schließlich kamen sie zur Besinnung ... Sie mussten immer noch einen Weg nach draußen finden.

»Gawtschek! Zurück!« Aber Gaw strebte, genauso selbst-

sicher wie vorher, nicht in die Richtung, aus der sie gekommen waren. Aljoscha zauderte, und Sweta zischte ihm zu: »Folg ihm! Gaw ist tausendmal klüger als du.«
Jetzt führte der Tunnel unzweifelhaft nach oben und wurde gleichzeitig schmaler. Über Steinstufen erreichten sie eine quadratische Öffnung, auf der ein Holzdeckel lag. Durch die Spalten des Deckels drang milchfarbenes Tageslicht. Darüber befand sich ein halb verschüttetes Gewölbe, aus dem man in einen riesigen Betonsaal, durch dessen zahlreiche Löcher der Wind pfiff, klettern konnte. Von dort gelangte man über Steintrümmer an die Oberfläche. Es war ein anderer Ausgang, nicht der in den Keller von Oma Dusja.
Sie schlichen unter größter Vorsicht hinaus. Die ganze Umgebung war aufgewühlt, als hätten hier Teufel getanzt. Verbogene Balken, Ruß, angesengter Beton ... Es war offenkundig eine Ruine, doch nicht die eines Wohnhauses. Vielleicht die eines Geschäfts? Jedenfalls war dieses Gebäude durch einen direkten Treffer zerstört worden. Oder die Unsrigen hatten es beim Rückzug gesprengt und dadurch den alten Gang freigelegt.
»Wo sind wir denn?«
Auch eine vertraute Straße ist schwer zu erkennen, wenn man behutsam hinter einer zusammengestürzten Mauer hervorschaut. Deshalb merkten sie nicht sogleich, dass es die Richelieu-Straße war. Doch dann begriffen sie: Da drüben geht's zur Deribassowskaja und dort zum Bahnhof! Schade, dass es ein recht belebter Ort war; hier würden sich Patrouillen herumtreiben. Aber trotzdem freuten sie sich darüber, dass es einen Ausgang gab.

Sie beschlossen, nicht durch die Katakomben zurückzukehren. An der Oberfläche war es schneller zu schaffen.

Auf der vereisten, windigen Straße sah man kaum einen Passanten, und so machten sie sich unbemerkt auf den Weg. Keine Patrouille überprüfte ihre Papiere. Was für einen Pass sollte ein Kind denn auch haben? Anfangs hatten Kinder ihre Geburtsurkunden vorweisen müssen, aber auf diese Maßnahme wurde bald verzichtet, denn auf den sowjetischen Geburtsurkunden gab es ohnehin keinen Hinweis auf die Nationalität.

Aber auch wenn man die beiden überprüft hätte, wäre ihnen kein Verstoß nachzuweisen gewesen. Sie waren keine Juden, und zudem hatten die Kommunisten ihre Väter eingesperrt. Das waren ganz normale Zeitungsjungen. Der eine trug eine Mütze mit und der andere eine ohne Ohrenklappen. So etwas war nicht verboten, obwohl es sich bei dem einen um ein verkleidetes Mädchen handelte. Aber was zog sich die Stadtbevölkerung in diesem Winter nicht alles an? Gewiss, der Hund war ein kräftiges Exemplar. Doch die Präfektur hatte es Hunden nicht untersagt, durch die Straßen zu laufen. Und niemand kam auf den Gedanken, zum Spaß auf ihn zu schießen. Ein solcher Hund verreckt nicht bei der ersten Kugel. Vielleicht auch nicht bei der zweiten. Vor dem letzten Atemzug springt er dich noch an, und seine Zähne lassen dich nicht wieder los.

Die vollständige Aufdeckung von Verbrechen – Diebstähle eingeschlossen – kommt nur in Schulbüchern für die unteren Klassen vor. Aljoscha legte den Kompass in dem Bewusstsein, dass sein erster richtiger Diebstahl glücklich verlaufen war und dass die Gesetze der sofortigen Vergeltung auf ihn nicht zutrafen, an seinen Platz zurück. Niemand war zu Hause, und er konnte sofort loslaufen, um Tante Musja zu beruhigen.

Sie hatte keine Kraft mehr, sich aufzuregen, und gab Aljoscha nur einen symbolischen Klaps in den Nacken. Beide zweifelten nicht daran, dass Gaw den Ausgang auch ein zweites Mal finden würde.

Kapitel 6

Für die nächste Expedition rüsteten sie sich sorgfältig aus. Bei einem rumänischen Soldaten tauschten sie Tante Musjas Uhr gegen einen Kompass und eine Dynamolampe ein. Außerdem nahmen sie ein Stück Kreide mit, um die Wände mit Pfeilen zu markieren. Tante Musja hatte Sweta eigentlich begleiten wollen, während Aljoscha bei den Kindern bleiben sollte. Aber Manja hustete und schien Fieber zu bekommen. Also brachen die beiden in der alten Besetzung auf.

»Gaw, such den Ausgang!«

Aljoscha war unbehaglich bei dem Gedanken, wieder in den bedrückenden Gewölben herumzuwandern. Aber er ließ sich natürlich nichts anmerken. Erstaunlicherweise ließ sich auch Sweta nichts anmerken. Oder war ihr wirklich alles schnuppe? Was sollte man von dem Mädchen halten? Manchmal war sie still, schaute vor sich hin und schien kein Wort zu hören. Und manchmal erzählte sie von dem Karneol und davon, wie Tante Tamara durch eine Bombe getötet worden war, und hatte dabei Tränen in der Stimme. Dann wieder hüpfte sie herum, machte Faxen und sang lustige Lieder, als wäre ihr fröhlich zumute. Doch das tat sie nur, um nicht heulen zu müssen. Sie heulte nie. Das ließ ihr Stolz nicht zu.

Aber dann wurde Aljoscha von der zu bewältigenden Aufgabe abgelenkt, und er fühlte sich besser. Sweta ließ die Dynamolampe summen und hielt sich hinter Gaw, während Aljoscha dreieckige Pfeile zeichnete. Außerdem hielt er Stahldraht in den Händen. Je nach ihrer Richtung bog er ihn mal hierhin, mal dorthin, denn er hatte kein Vertrauen mehr zu dem Plan. Die Entfernungen interessierten ihn nicht, nur die Biegungen, sodass ein kleines, zusammengedrängtes Modell entstand. Wenn eine Abzweigung kam, machte er an den entsprechenden Stellen Krümmungen in den Draht. Und als ein kalter Luftzug seine Füße umwehte, staunte er: Sind wir etwa schon angekommen?

Die Stufen zur Luke waren steiler, und kein Licht drang durch den Deckel. Er hatte also keine Spalten.

»Gaw, wohin hast du uns geführt?«

Gaws Miene verriet, dass er glaubte, seine Pflicht erfüllt zu haben, und er wedelte mit dem Schwanz. Man hatte ihn nach einem Ausgang gefragt – und hier war einer. Aljoscha drückte die Hand vorsichtig gegen den Deckel. Er war teuflisch schwer, gab schließlich jedoch mit einem Knirschen nach. Auch hier herrschte Dunkelheit, doch es war viel kühler als weiter unten. Folglich hatten sie die Oberfläche erreicht. Sie leuchteten mit der Taschenlampe: eine Art Abstellraum. Die Tür war geschlossen. Sanft drückten sie dagegen. Ein schräger Lichtstrahl blendete ihre noch nicht an Helligkeit gewöhnten Augen. Alles war still. Blinzelnd erblickten sie ein leeres Zimmer mit einem einzigen Fenster. Es zeigte auf eine graue Wand in Höhe der Straße hinaus. Hier wohnte offensichtlich niemand, denn aus der Scheibe war eine Ecke herausgeschlagen, und auf der Fensterbank lag Schnee. Hinter dem Raum befand sich noch ein Zimmer mit zwei Fenstern. Auf dem Boden waren Zeitungen und Papierfetzen verstreut.

Das Schlimmste war, jene Türen zu öffnen, die wer weiß wohin führten. – Was, wenn sie nun auf der anderen Seite jemand packte und schrie: »Was habt ihr in einer fremden Wohnung zu suchen?«

Und dann die Haustür: War dahinter ein Hof, eine Straße? Oder vielleicht eine Patrouille oder gar ein Deutscher mit einer Maschinenpistole?

Wie sich herausstellte, befand sich dort eine Straße. Aus der steinernen Öffnung zwischen der Wand und den Fenstern führten Stufen hinauf, aber ein Eisengitter versperrte den Ausgang zum Bürgersteig. Was für eine Straße das war, darüber brauchten sie nicht lange nachzudenken. Es musste, vier Blocks von der Koblewskaja entfernt, die Staroportofrankowskaja sein, die früher Komsomolskaja geheißen hatte. Deshalb waren sie so schnell hier angelangt.

Den Rückweg schlugen sie durch die Katakomben ein, denn sie mussten sich die Strecke so gut wie möglich einprägen. Das war nun sehr leicht. Aljoscha hatte deutliche Dreiecke hinterlassen, und das Drahtmodell erwies sich als gute Idee. Da dieser Weg nur zwei Gabeln hatte, konnte man sich kaum verirren. Und mit Gaw sowieso nicht. Aber Aljoscha wollte sicher sein, dass er im Notfall auch allein durchkommen würde.

Tante Musja und die Kinder siedelten noch am selben Tag in jene erstaunliche Wohnung um. Wahrscheinlich hatte sie in alten Zeiten Schmugglern gehört. Ein separater Eingang von der Straße her, wie herrlich! Und die Kinder konnte man im Abstellraum oder unten in den Katakomben verstecken.

Vor dem Krieg galten solche Kellerwohnungen als die schlechtesten von allen. Doch in Wirklichkeit waren sie die besten, denn mit ihren kleinen Zimmern und niedrigen Decken konnten sie ohne große Mühe beheizt werden. Vorläufig herrschte in dieser Wohnung allerdings noch eine eisige Kälte. Aber Tante Musja machte sich sofort enthusiastisch daran, ein Nest zu bauen. Die Scheibe mit der ausgeschlagenen Ecke dichtete sie mit dem Papier aus dem großen Zimmer ab, Schicht um Schicht, wobei sie gekochte Kartoffeln als Leim benutzte. Wenn es kräftig zog, würde natürlich alles abblättern. Doch Aljoscha (was für ein Goldjunge, und wie er mit allen möglichen Eisengegenständen umgehen konnte!) würde Nägel und einen Hammer holen, um die Reparatur später zu vollenden. Sweta würde selbstverständlich auch hierher ziehen. Das war unterhaltsamer für die Kleinen, und zu zweit konnte man leichter Lebensmittel besorgen.

Tante Musja schwebte geradezu auf Wolken. Alles kam ihr nun machbar vor. Manja, in eine Wattedecke gehüllt, schlief in einem Winkel der Abstellkammer. Aber Petrik, angeregt durch die frische Luft, setzte seiner Mutter tüchtig zu: »Mama, darf ich ins andere Zimmer, das mit dem Fenster? Ich gucke mal und komme gleich zurück ... Können wir die Tür aufmachen? Und wenn es dunkel ist, lässt du mich dann auf die Straße?«
Musja schrie ihn an, bedauerte es jedoch sofort und küsste ihn. Der arme Junge, wie lange war er schon eingesperrt. Keine Sorge, mein Kleiner, Mama bringt jetzt alles in Ordnung, damit sich die Kinder wohl fühlen ...
Allerdings kostete es sie einige Überwindung, zum ersten Mal mit der Kanne auf die Straße zu gehen, um herauszufinden, wo sie Wasser holen konnte. Doch schon nach dem ersten Block verspürte sie nicht mehr die geringste Furcht. Niemand schaute sie an, niemand rannte hinter ihr her. Kaum zu glauben: Sie schritt wie alle anderen, das heißt wie die übrigen vereinzelten Passanten, in der bläulichen, flaumigen Winterdämmerung dahin. Manchmal

rutschte sie auf den vereisten Wegen aus oder wickelte ihren Mantel fester um sich. Alle anderen waren auch so angezogen, als kämen sie gerade aus dem Keller: in alles Mögliche gehüllt, wenn es nur warm war. Und Musja war wie alle anderen. Sie genoss die grenzenlose Freiheit, mit der Kanne durch den Schnee zu stapfen.

Andreika wusste sich vor Freude nicht zu fassen. Der eiserne Ofen, der jetzt jeden Tag mit Holzspänen in Gang gesetzt wurde, und seine neuen Freunde Manja und Petrik und ihre lachlustige, zärtliche Mutter – all das war herrlich. Und welche Wärme, wenn er sich mit den anderen ins Bett legte und mit ihnen um den Platz an der Seite ihrer Mutter wetteiferte! Tante Musjas Körper war so warm, wirklich, noch wärmer als der von Gaw! Und vor dem Schlafengehen sang sie ihnen immer ein Lied über die Sonne, den Wind und den Adler vor. Das Lied begann: »Schlaf, Kindlein, schlaf«, und Andreika gehörte natürlich auch zu ihren »Kindlein«. Sie streichelte ihm genauso über den Kopf und küsste ihn, und er versuchte immer, gehorsamer als seine Freunde zu sein. Denn es gefiel ihm, wenn Tante Musja die beiden ermahnte: »Andreika ist ein Jahr jünger als ihr, aber er macht alles. Sogar ausgefegt hat er!« Im Gegensatz zu Manja und Petrik bat er nie darum, auf die Straße hinausgehen zu dürfen, obwohl es gerade ihm möglich gewesen wäre. Aber was hatte die Straße schon zu bieten? Viel schöner war es, mit allen zusammen Mohrrübentee zu trinken. Dabei schlürften sie abwechselnd aus einem Aluminiumbecher, um den ein Tuch gewickelt war, damit sie sich nicht verbrannten.

Swetas Autorität war in Andreikas Augen stark gesunken. Schließlich war sie keine Erwachsene, auch wenn sie sich so aufspielte. Aber Tante Musja, die war erwachsen und konnte alles so richten, wie es sich gehörte. Hatten Sweta und er etwa jeden Tag heiße Suppe gegessen? Nein, Sweta hatte ihn dauernd in eine Decke gewickelt und war mit Gaw verschwunden. Er hatte gefroren, denn der Wind pfiff durch die Ruine, und überhaupt war ihm angst und bange gewesen: Wenn sie nun plötzlich nicht mehr zurückkam? Sobald sie etwas zu essen mitbrachte, war zunächst alles gut, doch kurz darauf fror er wieder. Auch in dem Zimmer, in dem sie danach gewohnt hatten, war es kalt gewesen. Der Ofen dort reichte bis zur Decke, und sie hatten einmal eine ganze Reihe Bücher samt Regal hineingestopft, aber er hatte sich trotzdem kaum erwärmt. Und Swetka hatte Andreika dauernd eingeschärft: »Du bist schon groß, du musst Verständnis haben.« Nun aber war er überhaupt nicht groß, sondern der Allerkleinste. – Pustekuchen, Swetka!

Sweta merkte, dass er nun auf jede ihrer Anweisungen mit unschuldiger Miene entgegnete, Tante Musja habe etwas anderes gesagt. Aber sie ärgerte sich nicht darüber, denn was sollte man von dem Dummerchen erwarten? Begriff er etwa, was es hieß, seinen Lebensunterhalt zu verdienen? Wie viele Papirossy hatte sie verkaufen müssen, um ihm den Mantel auf dem Markt zu besorgen! Und einmal hätte man sie fast wegen eines Stücks Speck umgebracht! Sie war gerade noch davongekommen, und dann hatte er zum Überdruss gemault, er könne Speck nicht ohne Brot essen.

Sollte Tante Musja doch das Kommando führen. Sie hatte einen guten Posten als Geschirrwäscherin in einem Café gefunden und brachte häufig eine ganze Tasche voller Reste mit nach Hause. Und sie verstand sich tatsächlich auf ein ordentliches Leben. Einmal trieb sie sogar Seife auf und richtete ein Bad für alle her. Eine Schüssel auf den Hocker, eine zweite auf den Fußboden, dann steckte sie die Kinder der Reihe nach in die untere Schüssel und wusch sie mit warmem Wasser aus dem Teekessel.

*

In den ersten Tagen konnten sich Sweta und Aljoscha vor Arbeit kaum retten. Unzählige Male schoben sie die Karre von der Koblewskaja zur Staroportofrankowskaja. Anna ging zu den Rumänen, die sich nun in Musjas Wohnung aufhielten, und bat sie ohne jegliche Verlegenheit, die Sachen der Hausherrin – und auch die der Kinder – herauszugeben. Ohne mit der Wimper zu zucken, fügte sie hinzu, sie wolle ein Päckchen ins Ghetto schicken. Das schien den Männern peinlich zu sein, und sie rückten alles heraus, was sie noch nicht auf dem Markt umgetauscht hatten. Schließlich war ihr Hauptmann in Annas Wohnung einquartiert, und es mochte sehr gute Gründe dafür geben, dass sie sich solche Forderungen erlauben konnte.
Auch der Bullerofen, den Aljoscha gegen Halwa eingetauscht hatte, wurde in das neue Quartier transportiert. Die Petrows brauchten ihn nicht, denn man hatte Hauptmann Tiriescu eine Fuhre Feuerholz gebracht, und der Offiziersbursche heizte nun immer mit dem großen Kachelofen. Dessen eine Seite stand im Zimmer des Hauptmanns und die andere in dem von Aljoscha und Anna. Dadurch war das »kalte« Zimmer, das seinen Spitznamen schon im Bürgerkrieg erhalten hatte, überhaupt nicht mehr kalt.
Später, nach dem Umzug in die Kellerwohnung, hatte Sweta eine Menge Freizeit. Sie empfand es als große Erleichterung, einige von ihren Pflichten abgeben zu kön-

nen. Am schwersten fiel es ihr immer noch, morgens aufzustehen. Wie grässlich, unter der Decke hervorzukriechen, die gemeinsame Wärme hinter sich zu lassen, eine Jacke überzuwerfen und über den eisigen Boden zum Ofen zu laufen. Bevor er angeheizt war, bevor der Maismehlbrei brodelte ... Tante Musja hatte Recht, morgens musste man unbedingt etwas Heißes essen. Sonst fror man ganz elend bis zum Abend. Und es war schön zu hören, wie die Kleinen mit den Löffeln klapperten und schwatzten und kicherten.

Sweta handelte mittlerweile mit Spielkarten. Die Deutschen verkauften sie in großen Mengen, und der Großhändler Karl Ottowitsch, der sein ganzes Leben lang in der Puschkinskaja gewohnt hatte – dabei war er ein richtiger Deutscher, wie man nun wusste! –, stellte mehrere Kinder ein, um die Päckchen einzeln anzubieten. Die schönen, schweren Päckchen fanden auf dem Priwos und dem Flohmarkt einen recht guten Absatz. Karl Ottowitsch sagte, Sweta verkaufe am meisten, obwohl sie die Jüngste sei. Überhaupt war er ein gutmütiger Mann und rechnete ehrlich ab. Kein einziges Mal machte er sich einer Betrügerei schuldig. Tante Musja verdiente hundert Mark im Monat, wenn man die Speisereste nicht mitrechnete, und Sweta im günstigsten Fall nahezu das Vierfache. Deshalb machte es Tante Musja nicht viel aus, dass sie nun auch Gaw füttern musste.

Karl Ottowitsch hatte die Bodega besucht, in der Sweta sang und tanzte, und ihr stets applaudiert. Nachdem sie entlassen worden war (weil man ein so schmutziges Mädchen nicht im Balletröckchen auftreten lassen könne, um die Besucher nicht zu verscheuchen), begegnete er ihr eines Tages auf der Straße und bot ihr sofort Arbeit an. Er achtete nicht darauf, ob sie unter dem Jackett sauber war oder nicht. Doch er hatte ihre Kleidung bemerkt, denn bald überließ er ihr eine gefütterte Lederjacke zu einem lächerlichen Preis (nur, damit es nicht nach einem Geschenk aussah). Gewiss, die Jacke war klein, und ein Erwachsener hätte nicht hineingepasst, höchstens eine Ballerina. Aber für Sweta war sie wie ein Mantel, und wenn sie die Ärmel hochkrempelte, hatte sie plötzlich elegante, bis zum halben Ellbogen reichende Pelzmanschetten!

Vor dem Krieg waren alle Dinge, außer Spielzeug und Eiscreme, nicht richtig gewürdigt worden. Das Anprobieren von Mänteln und Schuhen – wie sterbenslangweilig das gewesen war! Und die Notwendigkeit, Hafergrütze zu essen! Etwas anderes war es schon zur Zeit von Tante Tamara, denn sie konnte sich ungekünstelt über alle Dinge freuen. Welch schöne Kleider mit wattierten Schultern und was für Schühchen sie besessen hatte! Und dann, in jenem schrecklichen Herbst, als Andreika und sie nur Sommerkleidung besaßen, hatte Sweta begriffen, dass sich das ganze Leben so oder so um die nützlichen Dinge dreht. Jedes Tuch und jede Konservendose konnten größere Schätze sein als Eintrittskarten für den Zirkus.

*

Aber wie angenehm es war, wenn man die Notwendigkeit vergessen konnte, solche Dinge zu kaufen, zu verkaufen oder zu stehlen – wenigstens für ein paar Stunden am Tag. Wenn man tun konnte, was man wollte. Aljoschas Mutter hatte Sweta sehr freundlich aufgenommen und ihr mehrere Bücher geliehen. Was für eine Freude! Besonders die

Musketiere und die bezaubernden Damen ... Und dort wurden nur Dinge erwähnt, die der Aufmerksamkeit wert waren: Degen, Musketen, Spitzengewebe und Umhänge. Lustige Bücher waren auch darunter. Am lustigsten fand sie »Die vorbildlichen Mädchen« – zum Totlachen! Wie die Menschen damals gelebt hatten! Das Gute war strikt vom Schlechten getrennt. Und diesen Mädchen wurde übel, nachdem sie schwarze Johannisbeeren gegessen hatten, wirklich!

Aber am interessantesten waren natürlich die Katakomben. Sweta und Gaw kannten ihren unterirdischen Gang inzwischen auswendig, und Sweta überredete Aljoscha, die Kreidepfeile wegzuwischen. Denn wenn man plötzlich ausreißen musste und jemand nach der Kellerwohnung suchte, war sie mithilfe der Pfeile leicht zu finden. Deshalb hinterließen sie weniger auffällige Zeichen: Steinchen an den Abzweigungen, Rußflecke an den Decken und so weiter. Und an einem der Februartage blickte Sweta aus der Ruine des Geschäftsgebäudes hinaus auf die Richelieu-Straße – einfach nur so, weil es ihr gefiel, an einem geheimen Ort zu sein. Sie sah alles, während sie von niemandem gesehen wurde.

Wieder wurden Menschen durch die Straße getrieben. Gab es in der Stadt wirklich noch Juden, die keine Karaim waren? Auch russische Gefangene gab es seit langem nicht mehr in der Gegend, denn der Krieg hatte sich in Richtung Moskau verlagert. Allerdings schrieben die Zeitungen nicht mehr, dass Moskau erobert worden sei. Man trieb eine kleine Menschenschar dahin, mit Hunden und einer Begleitmannschaft – ganz so, wie es bei denen Brauch war. Von weitem sah die Menge schwarz aus, doch als sie näher kam, erkannte Sweta grelle Röcke, die über den Schnee

schleiften, schwarze Locken und dunkle Tücher ... Zigeuner! Wohin mit ihnen? Vielleicht auch ins Ghetto?
Sweta wusste nicht, dass das neue Regime kein Zigeunerghetto vorgesehen hatte. Man trieb die Zigeuner einfach aus der Stadt, um sie zu erschießen. Es war eine von mehreren Gruppen, die bei den Razzien aufgestöbert worden waren. Die Zigeuner hatten überhaupt kein Recht zu leben. Ein Kind plärrte, und eine junge Zigeunerin, die es fester in ihren Schal einwickelte, verlangsamte den Schritt ein wenig. Ein Wächter stieß sie mit dem Gewehrkolben, und eine alte Frau, zerlumpt und schrecklich wie eine Hexe aus einem Bilderbuch, packte den Kolben, um die Gestürzte zu schützen.
Sweta wandte sich um und hielt Gaw das Maul zu. »Leise, Gawtschik, leise ...«
Sie hatte große Angst, dass Gaw sich auf die Hunde stürzte. Oder dass sie ihn witterten.
Schreie ertönten, und dann knallte ein Schuss. Sweta drückte das Gesicht in die Flanke des Hundes, um möglichst wenig zu hören. Sie zitterte. Und Gaw auch.

Danach wurde alles still. Man trieb die Zigeuner weiter, und die Straße war leer. In der rasch bläulich werdenden Winterdämmerung sah der Körper der alten Frau im lockeren Schnee wie ein Haufen schwarzer Lappen aus. Und Sweta hatte den Eindruck, dass sich die Lappen nicht nur durch den Wind bewegten.
»Leise, Gaw. Bleib hier sitzen. Ich komme gleich wieder.«
In der Nähe war niemand zu entdecken, und Sweta schlüpfte aus der Ruine hinaus. Zwar fürchtete sie Leichen nicht, aber sie hatte noch nie überprüfen müssen, ob ein Mensch schon tot oder noch lebendig war. Ihr blieb nichts anderes übrig, als die Hand auszustrecken und den

Körper zu berühren. Nur so konnte sie fühlen, ob das Herz noch schlug.
Aber das war nicht nötig. Aus den schwarzen Fetzen ertönte ein schwaches und monotones »Ei ... ei ... ei ...«

Schlimm war, dass sie eine Spur im Schnee hinterließ, als sie die alte Frau in den zweiten Keller, unter das Ziegelgewölbe, zerrte. Man konnte sofort erkennen, dass hier jemand über den Boden geschleift worden war. Träge rieselte körniger frischer Schnee vom Himmel herab, aber sie wusste nicht, ob er die Spur bis zum Morgen zugedeckt haben würde. Vorsichtshalber zog Sweta die alte Frau die Stufen bis zum Beginn der Katakomben hinunter. Sie war mager, aber so schwer! Sweta musste sie auf dem Steinfußboden liegen lassen, wo es immerhin wärmer war als im Schnee. Die Dynamolampe konnte sie nicht anknipsen, um nachzusehen, wo der Schuss die Frau getroffen hatte, denn sie brauchte beide Hände, um die Fetzen aufzuwickeln. Zögernd holte Sweta eine halbe Kerze unter der Achselhöhle hervor. Seit die Birne in Aljoschas Taschenlampe durchgebrannt war, machten sie sich nie mehr ohne eine Ersatzkerze auf den Weg. Das friedliche gelbe Licht erleuchtete flackernd das Steingewölbe und die Stufen; nur der nach unten führende Tunnel blieb hinter einem runden Loch in der Dunkelheit verborgen. Die Augen der alten Frau waren geöffnet und folgten Sweta. Sie stöhnte nicht mehr, aber sie sagte auch kein Wort, sondern blickte nur mit schwarzen, abgrundtiefen Augen vor sich hin.
Sweta wurde es unbehaglich zumute. »Mütterchen, haben Sie Schmerzen? Wo sind Sie getroffen worden? Mütterchen, sprechen Sie bitte!«
Die Alte drehte ihre rechte Seite nach oben. »Es tut weh, hab keine Angst ... Leuchte hierher.«

Die Wunde kam Sweta entsetzlich vor, denn die Bluse der alten Frau und ihre anderen Kleidungsstücke waren blutverschmiert. Und das Blut wirkte im Licht der Kerze dunkel, fast schwarz.

Später dachte Sweta häufig: Hatte der Rumäne absichtlich so geschossen, oder kannte die Alte ein Zigeunerwort zum Schutz gegen Kugeln? Denn das Geschoss war der Alten unter der Achsel durchgefahren und hatte ihr schlaffes Fleisch kaum berührt. Würde nur immer auf diese Weise geschossen werden!
Auch Gaw schob die Schnauze zu einem neugierigen Blick vor, und die alte Frau hielt ihm ihre Achselhöhle hin und flüsterte: »Leck nur, mein Guter, leck nur, mein Herzchen.«
Sweta schauderte es, als Gaw das Blut der Greisin bereitwillig aufleckte. Aber sie erhob keinen Einwand, und der Hund leckte sehr lange. Und als die Wunde sauber war, erwies sie sich als gar nicht so groß, und Sweta verband die Achsel der Alten mit einem ihrer Tücher, mit einem helleren und dünneren.
»Mögest du dein ganzes Leben lang glücklich sein!«, bedankte sich die Alte. »Mögest du zu einer Schönheit heranwachsen, damit du auf Händen getragen wirst ... Hast du was zu trinken?«
»Ich hole Schnee, Wasser gibt's hier nicht.«
Sie brachte der alten Frau mehrere feste Schneebälle und ein Stück Holz, damit sie wenigstens mit der Seite nicht auf den Steinen zu liegen brauchte.
»Mütterchen, ich muss nach Hause. Das hier ist eine Ruine. Haben Sie keine Angst, diese Stelle kennt niemand. Bleiben Sie hier, und ich komme am Morgen zurück und bringe Ihnen alles Nötige. Aber gehen Sie nicht in den Tunnel, damit Sie sich nicht verirren. Sie werden doch

keine Angst haben? Ich lasse Ihnen die Kerze zurück, und wenn sie aus ist – keine Sorge, ich komme wieder.«
Die Alte nickte. Es war unwahrscheinlich, dass sie plötzlich munter werden und durch den Korridor wandern würde. Sweta eilte hinunter in die Katakomben. Auf den Straßen konnte sie nicht mehr zurückkehren, denn die Polizeistunde würde gleich beginnen.

Tante Musja hatte sich Sorgen gemacht und lag noch nicht im Bett. Sie stürzte auf Sweta zu, um sie zu umarmen, und kochte ihr Tee aus geraspelten Möhren. Nachdem Sweta ihr alles erzählt hatte, seufzte sie und sagte mitleidig: »Armes Kind, was für ein Risiko! Die Schurken, was tun sie bloß, was tun sie bloß ...«
Am Morgen, bevor sie zur Arbeit ging, gab sie Sweta eine Tüte mit Brotrinden und ein Stück Ölkuchen für die Zigeunerin. Außerdem eine Dose als Wasserbehälter. Sie goss etwas in eine Kanne.
»Gieß es dort um, und bring die Kanne zurück. Und hier ist ein sauberes Handtuch. Lass es uns der Länge nach durchschneiden, damit du sie neu verbinden kannst.«
Nach kurzem Zögern holte sie ein kostbares Fläschchen Jod und füllte einen Teil davon mit einem Teelöffel in einen leeren Parfümflakon, der Manja als Puppe Fifi diente. Sie hätte Sweta am liebsten begleitet, aber wenn sie zu spät im Café eintraf, würde sie wahrscheinlich ihre Stelle verlieren, während Sweta frei über ihren Tag verfügen konnte.
Doch nach mehreren Tagen begann Tante Musja zu murren. »Ums Essen ist es mir nicht schade! Essen zu teilen, das ist in Ordnung; schließlich sind wir Menschen. Aber es tut mir Leid, dass ich ihr die Lampe gegeben habe und Fleisch und die Jacke und alles. – Haben wir denn selbst keinen Kummer? Außerdem ärgert's mich, dass du von

morgens bis abends verschwindest. Hat dich wohl verhext, die Zigeunerin, was? Du kommst ja nur noch zum Übernachten nach Hause ... Was ist das denn für eine Frau? Warum bist du dauernd bei ihr?«

Sweta zeigte sich überraschend widerborstig. »Und wer sind Sie? Etwa meine Mama, dass Sie mich ausschimpfen können? Ich gehe, wohin ich will!«

Musja fiel keine Entgegnung ein. Sie weinte nur leise, nachdem Sweta hinausgelaufen war. Wie konnte sie sich mit ihr streiten? Das Mädchen hatte so viel für sie getan, genau wie Anetschka und Aljoscha. Und schließlich waren die drei keine Verwandten von ihr, nur Nachbarn. Und doch standen sie Musja näher als die meisten Angehörigen. Wo wäre sie jetzt mit Manja und Petrik ohne die Hilfe dieser drei Menschen? Das Mädchen hatte Recht gehabt, ihr Vorwürfe zu machen. Für Sweta gab es keine Fremden. Alle waren ihre Angehörigen, auch die Zigeunerin. Das war eben ihre Art ... Aber trotzdem: Warum hatte sie sich so aufgeregt? War es etwa Musjas Schuld, dass sie nicht Swetas Mutter war? Dabei wäre sie mit Freuden ihre Mama gewesen ...

Sweta hatte Musja überhaupt keine Vorwürfe machen wollen. Sie wusste selbst nicht, warum sie so heftig reagiert hatte. Na gut, Tante Musja hatte gemeckert, aber so waren die Erwachsenen eben. Natürlich war Tante Musja ein guter Mensch. Aber heute hatte Sweta Geburtstag, und niemand auf der ganzen Welt wusste etwas davon. Von Andreika konnte sie nicht erwarten, dass er sich an das Datum erinnerte und jeden Tag auf den Kalender schaute, den sie aus einer Zeitung ausgeschnitten hatte.

Sie war zwölf Jahre alt geworden. Ein schwieriges Alter für ein Mädchen.

Bei der Zigeunerin, Oma Gruscha (allerdings hatte Sweta den Verdacht, dass dies nicht ihr wirklicher Name war), gefiel es ihr besser als irgendwo sonst auf der Welt! Die alte Frau benahm sich recht seltsam. Zum Beispiel wies sie das Jod zurück, und jeden Tag, wenn der Hund die Wunde geleckt hatte, kratzte sie Fetzen Spinngewebe von den Wänden und drückte sie auf die offene Stelle. So, behauptete sie, werde die Wunde am besten verheilen. Sweta beobachtete ihr Tun mit einigem Befremden, aber die Wunde zog sich tatsächlich mit jedem Tag stärker zusammen. Und Oma Gruscha wusste ganz erstaunliche Dinge!

Wenn das Tageslicht durch die Dachspalten sickerte, holte sie ein abgegriffenes Päckchen Karten unter ihren Röcken hervor und brachte Sweta bei, was die Karo- und was die Herzdame war und welche Scherereien Pik ankündigt. Und sie erzählte: Wenn man wissen will, ob ein Mensch lügt, hat es keinen Zweck, ihm in die Augen zu schauen. Man muss sich vielmehr seine Hände angucken und außerdem darauf achten, ob er häufig das Wort »nicht« benutzt. Außerdem sind jedem Menschen kleine Bewegungen eigen, die »ja« oder »nein« bedeuten. Und das ist ein wirkliches »Ja« oder »Nein« – egal, was jemand sagt oder auch nur denkt.

Und auf Schmeicheleien sind nur die dümmsten Frauen erpicht, während die klugen im Gegenteil Verdacht schöpfen. Doch Männer fallen ausnahmslos darauf herein, sogar wenn sie so tun, als wären ihnen Schmeicheleien unangenehm.

Oma Gruscha erklärte Sweta auch, was es heißt, eine Karte zu »fühlen«, und weshalb eine Karte manchen Leuten zufällt und anderen nicht.

Und was für Lieder sie kannte! Sie brachte Sweta etliche Melodien bei und zeigte ihr, wo man die Stimme verklingen lassen und wo man mit dem Fuß aufstampfen musste. Aber sie zuckte nur mit der linken Schulter, während Sweta beide bewegen sollte.

Das Wunderbarste war die Kugel der alten Frau. Sie hatte die Größe eines kleinen Apfels und war aus trübem Glas, und wenn sie unter den Lichtstrahl aus der Dachspalte gestellt wurde, begann sie, von innen her zu glänzen. Oma Gruscha forderte Sweta auf, konzentriert in die Kugel zu schauen und den Blick nicht abzuwenden.

»Siehst du was?«

Natürlich sah Sweta etwas. Die Kugel zeigte Bilder, doch nicht lange. Nach einem Augenblick zitterte jedes Bild, verschwamm und wurde von einem ganz anderen abgelöst. Zu hören war nichts.

»Ich sehe, wie ein Mann und eine Frau ein kleines Kind baden ... in einem Waschtrog mit Griffen ... Es ist ein Mädchen, sie hat eine Scham ... Jetzt haben die beiden sie aus dem Trog auf ein Handtuch gelegt, der Mann küsst ihr das Füßchen, und sie strampelt ... Nun ist alles weg.«

»Kennst du die Leute?«

»Nein, ich hab sie noch nie gesehen.«

Die Alte war erstaunt. »Du bist mit ihnen verbunden, aber du kennst sie nicht? Guck noch einmal.«

Wieder sah Sweta unbekannte Menschen und irgendwelche Vögel, die im Kreis flogen, und zahlreiche Feuer. Manche der Menschen waren nicht nach russischer Mode gekleidet. Dann erschien ein Abhang, und dort standen zwei Frauen in sehr kurzen Röcken, die einander an den Armen packten.

Oma Gruscha hörte sich das alles an und sagte: »Das kommt selten vor. Einmal in hundert Jahren. Viele sehen nur ihre eigenen Sachen, aber du – das ist eben dein Schicksal. Bei meiner Uroma soll es genauso gewesen sein. Das heißt, bald wirst du auch was hören. Hab keine Angst, frag die Kugel, und sie zeigt dir alles. Und wenn du erwachsen bist, siehst du nichts mehr. Pass auf die Kugel auf, und gib sie deinen Kindern.«

»Oma Gruscha, wir werden jetzt doch immer zusammen sein? Sie werden bei uns wohnen?«

Die Alte lächelte. »Wir beide sind auch so miteinander verbunden. Aber weißt du, was du tun musst, damit die Tiere keine Angst vor dir haben?«

Sie unterhielten sich lange über Tiere, und Sweta begriff, warum sie sich immer noch ein bisschen vor Ratten fürchtete und wie die Ratten das zu Stande brachten. Und sie sprachen über Menschen, Männer und Frauen, und darüber, wie man schön sein kann. Und über alte Zeiten und über alle möglichen Bäume und Kräuter und über stehendes und fließendes Wasser und darüber, wem das Tragen von Goldschmuck Glück und wem es Kummer bringt.

*

Am nächsten Tag, als Sweta direkt vom Markt mit köstlichen Pasteten, die mit Kutteln gefüllt waren, herbeirannte, war Oma Gruscha nicht mehr da. Auf einer der Stufen stand die Dose für das Wasser, und auf dem Brett, auf dem Oma Gruscha geschlafen hatte, lag ein seltsam gefaltetes Tuch und darauf eine Karte: die Herzdame. Sweta entfaltete das Tuch und erblickte die Kugel. Oma Gruscha hatte sie ihr hinterlassen und würde nicht wiederkommen. Sie war für immer weggegangen, und es hatte keinen Zweck zu weinen, denn jeder hat sein eigenes Schicksal und seinen eigenen freien Willen.

Kapitel 7

Hauptmann Tiriescu ging Aljoscha immer stärker auf die Nerven. Alles an ihm war abstoßend: sowohl die tellerförmige Schirmmütze als auch die drei Messingstreifen auf den schmalen Schulterklappen und sogar die Tatsache, dass er keine Gamaschen, sondern Stiefel trug. Lackstiefel. Der Schurke war listig, denn er versuchte, Sympathie zu gewinnen. Er bot ihnen sogar seine Lebensmittel an, doch darauf verzichteten Mama und er. Es hätte gerade noch gefehlt, sich von dem Besatzer durchfüttern zu lassen. Dabei gab er sich kultiviert, als wäre er gar nicht beleidigt. Von irgendwoher holte er einen Klavierstimmer, der das Piano in Ordnung brachte, und abends fing der Rumäne an, Walzer zu spielen. Das Scheusal hatte gemerkt, dass Mama Musik mochte. Und ihre Gespräche auf Französisch wurden immer ausgedehnter. Worüber wohl? Das war die Frage.

Gewiss, als sie Manja und Petrik versteckt hatten, war Mama nichts anderes übrig geblieben, als mit ihm zu liebäugeln. Vorsichtshalber. Aber warum jetzt noch? Tiriescu erzählte Mama mit trauriger Stimme, wie sehr er sich nach seiner kleinen Tochter sehne, die zu Hause wehmütig auf ihn warte. Angeblich gefiel es ihr nicht, bei ihrer Tante zu wohnen. Seine Frau war im Kindbett gestorben, und darum hatte er allein mit seiner Tochter zusammengelebt. So wäre es auch geblieben, hätte nicht der Krieg begonnen.

Mama hatte in letzter Zeit Glück. Hin und wieder kam nun eine Aufkäuferin in einem orangefarbenen Mantel mit einem Fuchspelz auf den Schultern vorbei. Sie brachte mal Stapel deutscher Armeedecken mit, mal Fäden, die im letzten Jahr zu einem unerschwinglichen Luxus geworden waren. Und sie verlangte keine hohen Preise. Mama freute sich, denn sie nähte aus den Decken Jacketts, die sie günstig verkaufen konnte. Bloß Knöpfe hatte sie nicht. Trotzdem wurden ihr die Jacketts aus den Händen gerissen. Kaum jemand besaß noch Knöpfe, und die Leute gaben sich einfach mit Gürteln zufrieden.

Dann beobachtete Aljoscha, dass Tiriescu mit dieser Aufkäuferin irgendein Gespräch führte, und zwar nicht zu Hause – der Schlaumeier! An der Straßenecke. Aljoscha fragte sich sofort misstrauisch, warum sie Mama ihre Sachen so billig überließ. Aber wie sollte er seinen Verdacht beweisen?

Der Offiziersbursche Ion rief bei Aljoscha keinen Zorn hervor, denn es stand fest, dass der Mann unfrei war. Die rumänischen Offiziere prügelten ihre Burschen sogar. Und obwohl Ion ein gutmütiger, knorriger Kerl mit einem freundlichen, sommersprossigen Gesicht war, wünschte Aljoscha sich manchmal, dass Tiriescu ihm in Mamas Gegenwart ein paar runterhauen würde. Dann hätte sie vielleicht nicht mehr über seine Scherze gelacht.

Aber Tiriescu hielt sich unbeirrt an seine heimtückische Methode. Er brüllte den Burschen nicht einmal an, ganz zu schweigen davon, dass er ihn angerührt hätte. Am abscheulichsten war, dass Aljoscha selbst ein wenig vom sympathischen Wesen des Hauptmanns gefangen genommen wurde. Er ertappte sich manchmal sogar dabei, dass er dem Besatzer mit einem Lächeln antwortete.

Plötzlich brach ein frühes Tauwetter an. Ein warmer Wind wehte, und Mama schneiderte sich mir nichts dir nichts einen Hut aus einem Stück graublauen Samts. Sie erzählte Aljoscha, dass Tante Gelja ihr im Bürgerkrieg beigebracht habe, Hüte zu machen. Damit hätten sie sich einen Sommer in Kiew durchgeschlagen und den kleinen Oleg ernährt. Wozu man in Kiew während des Bürgerkriegs Hüte benötigt hatte, konnte Aljoscha nicht begreifen. Aber als Mama ihr Erzeugnis vor dem hohen Spiegel anprobierte, der in dem Zwischenraum zwischen den Fenstern stand, da begriff er sofort, dass der Hut nicht für den Verkauf gedacht war. Denn Mama sah damit wunderschön aus. Sogar in einem Jackett aus einer grauen Decke.
Hauptmann Tiriescu tauchte natürlich während der Anprobe auf und ging durch ihr Zimmer in sein eigenes. Gewöhnlich durchquerte er es sehr rasch, um feinfühlig zu wirken. Doch nun blieb er stehen und erklärte entzückt, was für eine Zauberin Madame sei und wie charmant. Noch immer wusste er nicht, dass Aljoscha Französisch verstand. Er betrachtete Mama, wie ein Junge ein Karussell anschauen mochte. Plötzlich merkte Aljoscha, dass dieser Rumäne trotz seiner grauen Haare überhaupt nicht alt war. Und Mama lächelte nett und verlegen und sagte kein Wort.
Aljoscha wünschte sich nichts sehnlicher, als Tiriescu mit dessen eigener Pistole zu erschießen. Ihm die Pistole zu stehlen wäre kinderleicht gewesen. Aber für die Ermordung eines Faschisten wurden die Bewohner von vier Häusern hingerichtet, alle nacheinander. So diente einer für den anderen als Geisel.
Aber dann hatte Aljoscha einen genialen Einfall: Er würde den Hauptmann nicht erschießen! Und warum nicht? Er wusste, dass man in der Sowjetarmee für den Verlust sei-

ner Dienstwaffe unweigerlich vor ein Militärgericht gestellt wurde. Und da wurde nicht lange gefackelt. In seiner Klasse gab es einen Jungen namens Senka Woronenko, dessen Vater so etwas passiert war. Und nun hatte Senka keinen Vater mehr. Nur noch eine Mutter und eine Großmutter.
Die Faschisten würden Tiriescu in einem solchen Fall erst recht erschießen, wahrscheinlich sogar ohne Verhandlung. Genau das stand ihm bevor, und kein Russe würde damit in Verbindung gebracht werden.

Doch wie sich herausstellte, war nicht jeder Diebstahl ein Kinderspiel. Der verfluchte Tiriescu hatte Aljoscha bemerkt und war hinter ihm her gejagt.
Deshalb saß Aljoscha nun mit der Pistole auf dem schmalen Sims an der ersten Etage des gegenüberliegenden Hauses, und die Frühlingssonne blendete ihn mit ihren Regenbogenfarben. Tiriescu trat unten auf der Stelle und flehte ihn an herunterzukommen. Ganz vorsichtig. Im Schachspiel bezeichnet man eine solche Situation als Patt. Der Sims war höllisch schlüpfrig, denn er war mit einer Eisschicht überzogen, und am Rand hingen Eiszapfen. Wohin sollte er auf diesem Sims entkommen? Aljoscha reizte den Rumänen mit der Pistole: Sieh mal, gleich lass ich sie fallen. Ihm war klar, dass er Tiriescu nicht erschießen konnte, denn dann würde man auch Mama aufhängen. Hinunterklettern und aufgeben? Und was würde der Giftmolch dann mit ihm anstellen? Jeden Augenblick konnte ein anderer Rumäne den Hof betreten, und dann würde das Patt vorbei sein. Man würde Aljoscha abschießen wie ein Blechhäschen am Schießstand, direkt hier auf dem Sims.
Tiriescu redete ihm weiter zu, wobei er rumänische und

französische Wörter vermischte. Die Pistole sei geladen ... Das sei kein Spielzeug, sondern eine gefährliche Waffe ... Der Garçon solle mit dem Schabernack aufhören, dann könne man die ganze Geschichte vergessen. Er solle vorsichtig runterklettern.

Aljoscha überlegte: Wenn er die Pistole weit hinaus in den Hof schleuderte, zu den Kastanien hinüber, würde der Rumäne hinter seiner Waffe herlaufen, und dann konnte Aljoscha vom Sims springen, um die Ecke biegen und in Oma Dusjas Keller verschwinden. Aber dazu kam es nicht. Er sah, wie der Offiziersbursche Ion aus dem Hauseingang hervortrat, und zuckte zusammen, ohne seine Überlegungen fortzusetzen. So geht es dem Hasen beim Anblick eines Jagdhundes, obwohl auch ihm vielleicht noch ein Ausweg bleibt. Aljoscha konnte sich nicht mehr auf dem Sims halten, und ein wilder Schmerz fuhr ihm durchs Bein: vom Unterschenkel bis zum Genick.

Das tat weh, so weh, dass er, sogar als er die Augen wieder öffnete, nicht begriff, warum er auf Tiriescus Armen lag, während Mama seine Hand hielt und fortwährend zitternd schluchzte. Dann war er in einem fremden Haus, wo man weiße Kittel trug und ihn auf einen ekelhaft riechenden Tisch legte. Dort wurden ihm solche Schmerzen zugefügt, dass er aufschrie. Es wurde dunkel.

»Madame, ich bitte Sie inständig, mir zu verzeihen. Es tut mir zutiefst Leid ... Ich hätte die verdammte Pistole keine Sekunde lang aus den Augen lassen sollen. Der arme Junge ... Was für Glück, dass er glimpflich davongekommen ist. Madame, haben Sie gehört, was der Arzt gesagt hat? Es sind zwei Knochen, eine Dislokation ist ausgeschlossen ... Keine Folgen ... Ach, was für ein Esel ich bin!«

Diese Worte wurden bereits an dem Sofa gesprochen, auf

dem Aljoscha mit unter dem Knie eingegipstem Bein lag. Anna ließ ihren Tränen schweigend freien Lauf. Alles war vorbei, und nun durfte sie es. Sie hob das verweinte Gesicht.

»Herr Hauptmann, ich bin Ihnen ... Dank schuldig ... Sie sind ein großherziger Mann ...«

Sie war noch nicht völlig bei sich, und in ihrem Schrecken konnte sie sich nur an Fragmente erinnern. Wie Tiriescu Aljoscha zu einer Droschke getragen hatte, wie er Anna unterwegs mit zuckenden Lippen zu erklären versuchte, was geschehen war, und wie Aljoscha bei jedem Schlagloch wimmerte. Und wie ihr selbst das Herz bei jedem Ruck erstarrt war. Wie sie im Warteraum des Krankenhauses saßen, wie man den Gips angelegt und Anna versichert hatte, dass es nichts Gefährliches sei. Danach mussten einige Formulare ausgefüllt werden, und man fragte Anna, wo ihr Mann sei.

»Bei der Armee«, antwortete Anna und glaubte, dass Aljoscha und sie sofort im Gefängnis landen würden. Doch der Fragesteller trug kommentarlos ein paar Worte in ein dünnes Heft ein, und Tiriescu brachte sie mit derselben Droschke wieder nach Hause.

Und jetzt entschuldigte er sich sogar noch, als wäre nicht ihm die Pistole gestohlen worden und als hätte er sie nicht vor den Folgen der ganzen Angelegenheit gerettet. Es stand fest, dass er niemandem ein Wörtchen verraten würde. Und er schaute mit seinen schwarzen Augen schuldbewusst drein ... Ein Mensch in rumänischer Uniform. Anna reichte ihm die Hand, und Tiriescu beugte sich vor, um sie zu küssen.

Aljoscha lag drei Wochen lang herum. Das Bein juckte schrecklich unter dem Gips, aber es schmerzte nicht

mehr, und Aljoscha kam sich vor wie der letzte Trottel. Als er sich zu erholen begann, wollte seine Mutter ihm erklären, was jeder andere an Tiriescus Stelle getan hätte.
»Mama, nicht nötig ... Ich weiß schon«, erwiderte Aljoscha mit solchem Kummer in der Stimme, dass Anna ihm Glauben schenkte und ihre Ermahnung einstellte.
Er aß gehorsam alle möglichen Leckerbissen, die seine Mutter ihm zur Erholung brachte. Sogar eine Dose Dickmilch: drei Löffel am Tag. Aljoscha war klar, woher diese Leckerbissen stammten, aber er sträubte sich nicht. Er musste einräumen, dass Tiriescu, obwohl Rumäne, kein schlechter Mensch war. Und es wäre peinlich gewesen, sich zu verstellen, wenn Tiriescu an Aljoschas Sofa herantrat, ihm die Haare zauste und ihm mal einen Bonbon, mal einen ausländischen Bleistift schenkte. Aljoscha nahm die Sachen mit niedergeschlagenen Augen an und sagte: »Merci.« Durch seine eigene Schuld war er dem Feind nun zur Dankbarkeit verpflichtet, und das war eine schwere Last.

Onkel Iwan führte Mischa hinaus ins Wäldchen, als es schon dunkelte, und reichte ihm ein Bündel.
»Hier, das hat Christina für dich gepackt. Lauf, Junge, sonst kommt der Dreckskerl Mikola zurück, und dann ist's zu spät. Du siehst nicht wie ein Jude aus, aber hier weiß eben jeder Bescheid, weil das Ghetto gleich nebenan ist. Sonst erkennt dich bestimmt keiner. Na, viel Glück.«
Er bekreuzigte sich und schubste Mischa ins Dickicht.
Sie waren gute Menschen, Onkel Iwan und Christina, und sie hätten Mischa bei sich aufgenommen. Wenn Mikola nicht gewesen wäre. Dann hätte Mischa jetzt bei ihnen auf der mit einem bunten Läufer überzogenen Truhe gesessen, der Ofen wäre warm gewesen, und Christina hätte

ihn mit Leckerbissen gefüttert und ihn beruhigt. Und er müsste sich nicht durch das feuchte Dickicht, durch den schmatzenden Schlamm und die Blätter vom letzten Jahr zur anderen Seite des Wäldchens durchquälen, wo es immerhin einen Weg gab. Hinter ihm bellten Hunde, und Mischa hielt den Atem an. Nein, die Geräusche kamen aus dem Dorf, und sie galten nicht ihm. Man würde ihn nicht fangen; er würde zu Tante Nina laufen. Er erinnerte sich, wo ihre Wohnung war. Und dann würde ein schönes neues Leben beginnen. Sie hatte ein Klavier und würde ihm Musikunterricht geben. Tante Nina war keine Jüdin und er kein Jude. Und was im Ghetto geschehen war, würde sich als böser Traum herausstellen: wie Mama entsetzlich geröchelt und die Decke zerrissen und dann die Zunge herausgestreckt hatte.

Er wimmerte und schüttelte den Kopf.

»Daran darfst du nicht denken«, hatte Tante Betja ihm gesagt, »sonst schlägst du wieder um dich und bekommst einen Anfall.«

Er würde nicht daran denken. Er würde an überhaupt nichts denken, sondern so weitermarschieren, wie Onkel Iwan es ihm gesagt hatte: durch das Wäldchen, ganz vorsichtig, und den Weg entlang. Und wenn er dort auf jemanden stieß, würde er sich im Wäldchen verstecken. Obwohl er wirklich nicht wie ein Jude aussah.

Sweta hatte den Spinner bemerkt, als er auf dem feuchten Bürgersteig an der Wand des abgebröckelten Hauses saß und nicht einmal um Almosen bat. Er hatte unter Tränen geschluckt und gewürgt wie ein kleines Kind. Anscheinend erhoffte er sich nichts mehr, wünschte sich nichts und hatte vor nichts Angst. Dann war er Sweta wimmernd und schluchzend gefolgt, mit einem feuchten

Fleck am Hinterteil der kurzen, eine Handbreit über den Knöcheln endenden Hose. Als er aufgestanden war, hatte sich gezeigt, dass er Sweta um fast einen halben Kopf überragte.

Zuerst war es schwer, ihn zu verstehen, denn er schaute wie ein Bekloppter drein und quasselte etwas von Tante Nina. Diese Tante habe nämlich ein Klavier, und deshalb könne sie nicht einfach verschwinden.

Sweta schrie ihn an: »Hör auf mit dem Klavier! Wisch dir das Maul ab, und hau rein. Das ist Maisbrei, runter damit. Wir haben nämlich schon gegessen.«

Er betrachtete den Topf mit dem Brei verständnislos, als frage er sich, was er damit anfangen solle. Sweta reichte ihm einen Löffel und dachte zweifelnd: Vielleicht ist er wirklich verrückt und weiß nicht, wie man einen Löffel hält? Aber nein, er wusste es. Und dann machte er sich mit der Geschwindigkeit eines normalen Menschen ans Werk, der seit mindestens zwei Tagen nichts gegessen hat. Oder vielleicht auch seit vier Tagen. Er war so abgemagert, dass seine Haut blau wirkte, und seine Lippen waren ebenfalls blau. Er hatte borstige Haare mit schwarzen und weißen Büscheln darin. Die Augen wandte er ab, solange er sich dem Brei widmete.

Was sollte man jetzt mit ihm anfangen? Alle Jungen, die ohne Onkel und Tanten, gar nicht zu reden von Vätern und Müttern, zurückgeblieben waren, hatten sich seit langem sonst wohin verdrückt. Von denen, die den Winter überlebt hatten, waren nur die Pechvögel in einem Waisenhaus gelandet. Dort wurden sie von rumänischen Erziehern, wie es hieß, auf die Wangen – und nicht nur auf die Wangen – geschlagen. Unter Aufsicht wohltätiger Damen.

Alle übrigen waren bereits Fachmänner und konnten ohne Waisenhäuser überleben. Zumal fast jeder irgendwann auf gute Menschen stieß, die ihn entweder ernährten oder ihm Arbeit gaben. Manchmal nahmen sie die Jungen auch bei sich auf und behandelten sie wie ihre eigenen Kinder. In ruhigen Zeiten hätten sie länger darüber nachgedacht, aber wenn der Tod nicht fern ist, lässt sich alles viel leichter durchschauen. Und schließlich hatten die Erwachsenen den gleichen Kummer wie die Kinder.

Deshalb wirkte die Verzweiflung des Jungen Ende Februar 1942 seltsam. Als hätte man ihn aus dem Herbst des Jahres 1941 herausgeholt und in einer Konservendose über den Winter hinweggeworfen. Sweta stellte ihm keine Fragen. Sollte er sitzen bleiben und zu sich kommen, bis Tante Musja erschien. Und er saß da, blickte auf den vergilbten Zeitungskalender an der Wand und sagte kein Wort.

Tante Musja stellte sich zu Swetas Verblüffung ohne Schwierigkeiten auf diesen Sonderling ein. Bald saßen die beiden auf der Matratze, wo sie ihn unter ihre Fittiche nahm und ihm etwas Beruhigendes und Sinnloses zuflüsterte. Aus seinem unzusammenhängenden Gemurmel erfuhr sie alles Nötige: über seine Mutter und das Gehöft mit dem Ofen und einiges mehr. Der Junge kam aus dem Ghetto, und sie würde ihn natürlich nicht durch die Straßen von Odessa wandern lassen, wo schon lange an jedem Hauseingang ein Kreidekreuz darauf hinwies, dass hier keine Juden wohnten. Sonst würde er zu seinem eigenen Schaden vielleicht auf irgendeinen Bekannten treffen. Musja hatte überhaupt nicht vor, ihn losziehen zu lassen. Mein Gott, genau das Gleiche hätte Manja und Petrik zustoßen können, wenn sie die beiden eigenhändig ins Ghetto hätte bringen müssen.

Eine Viertelstunde später wand sich Mischa vor Magenschmerzen auf der Matratze. Tante Musja kümmerte sich um ihn, und Sweta machte sich Vorwürfe: Niemals hätte sie ihm gleich so viel Brei geben dürfen!

Als Aljoscha schließlich in der Staroportofrankowskaja auftauchte, wusste er noch nichts von Mischa. Sweta hatte ihn mehrere Male besucht, um ihm ihr Mitgefühl auszudrücken, jedoch nicht, um in einer Wohnung, in der Rumänen einquartiert waren, über einen Flüchtling aus dem Ghetto zu sprechen! Was, wenn die Rumänen nun plötzlich Russisch verstanden? Daher konnten die beiden erst jetzt Bekanntschaft miteinander schließen. Sweta hatte Aljoscha eingeschärft, Mischa keine Fragen zu stellen, denn dessen Mutter sei unter schrecklichen Umständen im Ghetto gestorben. Sie sei vor Kälte und Unterernährung krank geworden, weil die beiden kein Gold zur Erleichterung ihres Schicksals besessen hätten. Und Mischas graue Haarsträhnen könnten, wie Tante Musja sagte, mit der Zeit verschwinden, denn er wachse noch. Im nächsten Monat werde er erst dreizehn.

Alle hatte sich auf zwei Matratzen niedergelassen, die nebeneinander in die Ecke geschoben worden waren. Sie befanden sich in dem Zimmer, von dem eine Tür in die Abstellkammer führte. Musja hatte sich davon überzeugt, dass alle lautlos und in Sekundenschnelle untertauchen konnten, und erlaubte ihnen nun, dort zu spielen. Allerdings sollten sie nur eine einzige Puppe in das Zimmer mitnehmen. Denn schließlich konnte man Andreika nicht zumuten, sich um die Puppen zu kümmern, falls sich jemand näherte!

Aber Musja war zur Arbeit gegangen, und ihre Tochter brach das Verbot schamlos. Sie zerrte nicht nur den Seidenclown durch den Katakombentunnel, sondern auch die Puppe Natascha aus einer gestopften Socke sowie Mamsell Fifi aus dem Parfümflakon, der in einen blauen Lappen gewickelt war. Denn sie alle wollten ebenfalls hören, was Mischa von Kapitän Drake erzählte.

»Er war der mutigste Pirat der Welt und entdeckte neue Länder, und niemand konnte ihn erwischen! Aber nicht deshalb ist ihm ein Denkmal gesetzt worden, sondern wegen der Kartoffel. Er hat in Amerika nämlich die Kartoffel entdeckt. Und die Menschen lernten, Kartoffeln anzubauen, und starben nicht mehr vor Hunger. Sonst hätten sie nämlich nicht genug zu essen gehabt.«

»Lasst uns Pirat spielen!«, schlug Petrik begeistert vor. »Wir sind Piraten und entdecken neue Länder und finden neue Lebensmittel. Zum Beispiel die Galoffel. Und dann haben alle immer genug zu essen.«

»Und sie ist süß wie Lebkuchen!«, unterstützte ihn Andreika.

»Mischa ist der Kapitän«, warf die Schmeichlerin Manja ein.

Mischa erklärte sich natürlich einverstanden, und sie hissten das Wolldeckensegel und machten sich auf die Reise nach der Galoffel.

In diesem Moment trafen Sweta und Aljoscha ein. Wie es sich gehörte, gab Sweta ein Signal, bevor sie die Tür öffnete: zwei Huster, eine kurze Pause und dann noch einer. Sie hätte auch anklopfen können, aber es gelang ihr nicht, sich das verabredete Zeichen einzuprägen: War es ti-ti, ta-ta-ta oder ta-ta, ti-ti-ti?

Aljoscha betrachtete Mischa mit einer gewissen Enttäuschung. Der aus dem Ghetto entflohene Held, der sämtlichen Patrouillen ausgewichen war, der unsagbar Entsetz-

liches durchgemacht hatte, saß im Schneidersitz auf einer Steppdecke, und in den Händen hielt er einen Schrubber mit einer zweiten, daran befestigten flauschigen Decke. Und seine Miene sah gar nicht tragisch, sondern ganz zufrieden aus. Fröhlich drehte er sich zu Sweta um. »Ah, Prinzessin Turandot! Wir spielen Piraten!«
Er erblickte Aljoscha und verstummte.
»Das ist einer von uns«, sagte Sweta. »Aljoscha, ich hab dir ja von ihm erzählt. Gibt es hier eigentlich was zu beißen? Ich bin todmüde. Und dich, Gaw, nehme ich morgen nicht mit. Du verdirbst mir die Geschäfte. Wie oft soll ich dir denn noch sagen, dass du den Käufern nicht die Zähne zeigen darfst? Eh, Hundeschnauze?«
Andreika klapperte mit dem Teekessel, woraufhin Gaw auf die Decke sprang und die Pfoten in die Höhe streckte. Habt Erbarmen, gute Leute. Die guten Leute Manja und Petrik machten sich daran, ihn abwechselnd zu trösten und zu umarmen. Währendessen musterten Mischa und Aljoscha einander. Eine komplizierte Sache, der erste Blick zwischen Jungen. Selbst wenn die beiden Freundschaft schließen wollen, verbirgt sich in dem Blick ein natürliches Abschätzen: Wer würde der Chef sein?

Hauptmann Tiriescu ließ Anna wissen, dass man bald die Gymnasien und überhaupt sämtliche Lehranstalten wieder öffnen werde. Er freue sich sehr darüber, dass der Junge nun weiterlernen könne. Auch Anna freute sich, ehrlich gesagt. Gott weiß, was man den Kindern an den rumänischen Gymnasien beibringen würde, aber Aljoscha lief offensichtlich keine Gefahr, eine besondere Liebe zu König Michael oder zu dem neuen Regime zu entwickeln. Jedenfalls würde er sich seltener auf den Straßen herumtreiben. Er schien außer Rand und Band zu geraten,

und sie mochte sich gar nicht ausmalen, zu welchen Streichen er noch fähig war.
Aljoscha aber war alles andere als entzückt. Was sollte er noch auf dem Gymnasium, nachdem er eine so hervorragende Geschäftsidee entwickelt hatte! Saschka Myschenko hatte, wie sich herausstellte, noch aus der Vorkriegszeit eine Dose Möbellack in seinem Besitz. Und seiner Mutter wollte es nicht gelingen, die Dose zu verkaufen, denn wer legte in diesem Winter noch Wert darauf, Möbel zu lackieren? Alles, was brennbar war, wurde in den Ofen gesteckt, nicht etwa lackiert.
Bei Aljoscha lag noch eine Sammlung Bauklötze herum, die er ganz vergessen hatte. Darunter waren allerlei runde Hölzchen. Wenn man die in dünne Scheiben zersägte und in jede zwei Löcher bohrte, erhielt man vortreffliche Knöpfe! Im Haus gab es noch Werkzeug, das Oleg zurückgelassen hatte: ein Schraubstock, ein Fuchsschwanz, Feilen und sogar ein Beizgerät. Als Oleg einem Hobbykreis für Flugzeugmodellbauer beigetreten war, hatte Papa nicht mit Werkzeug gespart. Damals hatte Oleg seinen jüngeren Bruder natürlich nicht an diese Schätze herangelassen, doch nun gehörten sie Aljoscha. Jedenfalls vorläufig. Wenn er eine Teilhaberschaft mit Saschka einging, um die Knöpfe lackieren zu lassen, dann würde man sie ihnen auf dem Markt bestimmt aus den Händen reißen! Und wenn sie keine runden Bausteine mehr hatten, konnten sie vielleicht einen Ast mit geeignetem Durchmesser trocknen lassen!
Überhaupt beschäftigte er sich mit so vielen Dingen, die weit interessanter waren als das Gymnasium. Es hieß, dass bald wieder Straßenbahnen verkehren würden. Wenn dazu der Strom angeschaltet wurde, konnte er eine Möglichkeit finden, einen Empfänger ans Netz an-

zuschließen. Schon im Herbst, sofort nach ihrem Einmarsch, hatten die Rumänen befohlen, sämtliche Radios abzugeben. Aljoscha hatte sich gern erboten, den Apparat wegzubringen, um ihn dann natürlich in den Katakomben zu verstecken. Aber ohne Strom war das Radio nutzlos.

Was das Erschreckendste war: Wenn die Rumänen planten, die Gymnasien wieder zu eröffnen, dann hatten sie sich auf eine lange Zeit eingerichtet. Aljoscha wagte nicht zu hoffen, dass die Russen im Frühjahr zur Offensive übergehen und dieses Pack aus der Stadt jagen würden – die Rumänen ebenso wie die Deutschen; dazu die kurz vorher aufgetauchten rätselhaften Männer in den dunkelblauen Uniformen. Die Eröffnung der Theater, der Kinos und Geschäfte mit grellen Aushängeschildern hatte seine Hoffnung noch nicht erschüttert. Aber die der Gymnasien ...

»Mama, haben unsere uns völlig aufgegeben?«

»Wie kannst du so etwas sagen, Aljoscha. Die Kämpfe gehen weiter, Menschen kommen um, und du redest solchen Unsinn. Wenn Papa und Oleg das gehört hätten.«

»Unsere kommen also ganz bestimmt zurück, Mama?«

»Bete zu Gott, Söhnchen, und hab Geduld.«

Ja, wer zu Gott betete, brauchte in der Tat große Geduld. Denn Er war undurchschaubar. Nein, Aljoscha war kein kleiner Junge mehr, der, als er von Mama gehört hatte, Gebete könnten Berge versetzen, sofort versuchte, den Schewachow-Berg zu verrücken. Aber Gott war allzu großzügig, wenn Er zu Seinen unerforschlichen Zwecken das zuließ, was sich hier in Odessa abspielte.

Aljoscha betete weiterhin. Für alle Fälle. Aber die Wärme und den Trost früherer Zeiten verspürte er dabei nicht mehr. Er spürte überhaupt nichts, wenn er die gewohnten

Worte flüsterte. Ihm war nur langweilig, und die Worte gerieten ihm zu allem Unglück auch noch durcheinander.

Madam Kiritschenko fing Anna auf dem Hof ab. »Anna Iwanowna, eine Sekunde!«

Das Schicksal war ihr offensichtlich nicht hold gewesen. Sie trug ein schlecht geflicktes Wams und abgenutzte Schuhe, die von Bändern zusammengehalten wurden, und ihr Kinn hing schlaff herunter wie ein Lumpensack. Offenbar hatte sie ihre anständige Kleidung im Winter gegen Lebensmittel eingetauscht. Unter dem neuen Regime war ihr politisch frommes Gerede genauso unnütz wie unter dem alten. Sie neigte den Kopf kummervoll zur Seite und sprach mit halblauter Stimme.

»Anna Iwanowna, Sie haben doch Einfluss ... und ich, sehen Sie mich nur an, bin eine sehr kranke Frau. Schon unter dem bolschewistischen Gesindel habe ich mir eine Arthritis zugezogen, und nun kann ich mich kaum noch bewegen. Jetzt soll ich zum Arbeitsdienst. Das muss doch ein Missverständnis sein! Die Rumänen lieben die Ordnung. Nicht so wie die Deutschen, aber immerhin ... Die können doch bestimmt eine kranke Frau von einer gesunden unterscheiden ... Wenn Sie darum bitten ...«

»Wen soll ich darum bitten?«, fragte Anna.

»Ach, Sie wissen schon. Hauptmann Tiriescu ist so ein humaner Mensch, das sieht man gleich, ein echter rumänischer Offizier, der die neue Kultur mit sich bringt. Alle verehren ihn ... sämtliche Bewohner stehen eisern hinter ihm«, lispelte sie und unterbrach sich. Aber dann schnappte sie nach Luft und fuhr fort: »Wenn Sie sich für mich einsetzen, schlägt er es Ihnen bestimmt nicht ab. Und ich werde Ihnen dankbar sein«, setzte sie bedeutungsvoll hinzu.

Darum ging es also! Der Schnee war noch nicht ganz getaut, aber verbogene Pfähle, Schmutz- und Trümmerhaufen waren bereits freigelegt. Nun klebte am Hauseingang ein Befehl, mit dem alle Bewohner aufgefordert wurden, sich zu einer bestimmten Zeit zur Reinigung der Straße zu versammeln und ihre Arbeitsdienstbescheinigungen mitzubringen. Anscheinend sollte die Bevölkerung gezwungen werden, die Fahrdämme zu reinigen und die Ruinen mit Barrikaden abzusperren, bis Gouverneur Alexian mit dem Äußeren der Stadt zufrieden war. Diese Aufgabe konnte man sich nicht vom Hals schaffen, indem man Baumwollsocken oder Handschuhe spendete.
Anna breitete die Arme aus. »Sie verstehen da etwas falsch, Madam Kiritschenko. Welchen Einfluss habe ich denn? Auch ich gehe morgen hinaus, das lässt sich nicht ändern. Ich habe nicht gehört, dass für irgendjemanden Ausnahmen gemacht werden.«
Am nächsten Morgen schob Anna unter Bubyrs Zurufen eine Karre mit Steinen, und sie hörte schadenfroh, wie Madam Kiritschenko seufzte und ächzte. Die litt wohl tatsächlich an Arthritis, denn sie humpelte stark, und ihr ganzer Körper war nach rechts verkrümmt. »Schadet nichts, mein Täubchen, du wirst es schon überstehen. Musja ist es deinetwegen schlecht ergangen. Freu dich doch über die neue Ordnung«, dachte Anna mit einem Lächeln. Sie spürte sogar eine gewisse Fröhlichkeit – vielleicht wegen der Seufzer oder vielleicht durch den fahlen Dampf, der vom Pflaster aufstieg. Dabei schien ihr die Karre die Arme abzureißen, besonders wenn sie sich aufrichtete. Aber Anna richtete sich auf. Wer hätte das gedacht, sie musste Steine schleppen. Man wollte ihr wohl Angst machen ... Halt den Kopf höher, bald ist es vorbei. Es duftet nach Frühling, ach, wie es nach Frühling duftet!

Und die Spatzen zwitscherten frech und vergnügt wie unter jedem Regime in jedem Frühjahr: »Wir haben überlebt! Wir haben überlebt!«
Zur selben Zeit schritt Hauptmann Tiriescu auf das Haus zu. Seine Lackstiefel reagierten ebenfalls auf den Frühling: Sie glänzten heiter in der klaren Sonne. Er bemerkte Annas Lächeln und wandte die Augen ab.

Kapitel 8

Alles ging Musja in jenem Frühjahr schief. Gerade erst hatten sie sich ein mehr oder weniger geregeltes Leben aufgebaut, mit dem Bullerofen, mit ausreichendem Essen und sogar mit einer gewissen Sicherheit, und da schnappten alle Kinder gleichzeitig über. Noch vor einer Woche war alles in Ordnung gewesen. Du kommst von der Arbeit heim, hustest wie verabredet, und in dem warmen Zimmerchen freuen sich die Racker verschwörerisch, ohne jeden Laut, und stürzen auf dich zu, um sich an dich zu schmiegen. Sie reichen dir heißen Tee und zünden die Tranfunzel an. Und während du trinkst, strahlen die lieben Gesichter. Die ganze Familie ist beisammen. Auf der Straße mag es kalt und ekelhaft sein, die Patrouillen frieren genauso wie ihre Hunde, aber uns geht es gut. Ihnen zum Hohn.

Doch kaum waren die Tage etwas wärmer geworden, da ging es los. Sie schmollten herum und gerieten außer Rand und Band. Es kam zu Streitereien. Sie musste Andreika und Petrik voneinander trennen und gab beiden einen Klaps auf den Hintern, damit sie vernünftig wurden. Und Mischa begann wieder mit der alten Leier: Er sehe nicht wie ein Jude aus – warum er nicht auf die Straße dürfe? Nachts erschreckte er alle ein paar Mal, brüllte und schlug um sich, sodass Musja Angst hatte, jemand könne ihn hören. Wie kleine Tierchen spürten sie den Frühling und wurden unruhig. Und sie konnten nichts mit sich anfangen. Sie wollten schreien und toben und herumlaufen. In einem kleinen Raum eingesperrt verloren sie den Verstand. Sie fühlten das Gleiche wie die Knospen an den Kastanienbäumen, wie die herrenlosen Katzen in den Ruinen und wie die lärmenden Krähen, die sich wie schwarze Wolken auf den Bäumen an der Preobraschenskaja niedergelassen hatten. Auch die Kinder wurden von mächtigen, geheimnisvollen und gefährlichen Frühjahrskräften aufgewühlt.

Eine Zeit lang schufen die »Knäuel« Abhilfe. Zwei Frauen verkauften sie auf dem Markt: große Mengen unglaublich verworrener Fäden, die in irgendeiner Fabrik gestohlen worden waren. Diese Knäuel musste man geduldig entwirren, ohne dabei einen Faden durchzureißen. Danach wurden die Fäden auf Pappröllchen gewickelt, sodass Anna sie auf die Nähmaschinenspule übertragen und mit der Arbeit beginnen konnte.
Das war eine Aufgabe, die die Kinder begeisterte. Wer konnte die Fäden am geschicktesten entwirren? Petrik ging als unbestrittener Sieger aus dem Wettbewerb hervor und war sehr stolz darauf, dass er zum Verdienst beitrug. Als Stachanowarbeiter bemühte er sich fast jeden Tag eifrig, seine eigenen Rekorde zu brechen: fünf Röllchen, sieben, acht. Als er zehn Röhrchen vorzeigte, erwischte Manja ihn bei einer Mogelei. Er wickelte Papierstreifen unter die Fäden, damit die Röllchen dicker aussahen. Aber niemand hänselte ihn deshalb allzu sehr. Was machte es schon aus? Schließlich wurden die Fäden nicht auf dem Markt verkauft, sondern an Tante Anna weitergegeben. Und ihre Zahl blieb ja unverändert.
Aber Petrik verlor das Interesse an den »Knäueln« und an allem anderen auf der Welt. Er lag tagelang auf der Ma-

tratze, ohne ein Wort zu sagen. Und er wollte nichts mehr essen. Auf Musjas Zureden schlürfte er matt ein, zwei Löffel Brei oder Mehlschleim und schüttelte dann den Kopf.

»Ich kann nicht mehr.«

Er wurde zusehends schwächer und konnte kaum noch auf den Beinen stehen.

»Söhnchen, mein Sonnenschein, was tut dir weh?«

»Nichts«, flüsterte er.

Sein Gesicht war so eingefallen, dass nur noch die Augen übrig blieben. Und auch sie öffnete er nur unwillig. Musja wurde von Entsetzen gepackt. Das Kind wird sterben! Einfach so. Und zwar nicht an Hunger, denn es gab ja genug Brei.

Unter unglaublichen Anstrengungen wurden zwei Büchsen mit echtem deutschen Schmorfleisch beschafft. Die anderen schnupperten gierig, als die erste geöffnet wurde und der betäubende Duft von echtem Fleisch durchs Zimmer zog. Aber nicht einmal Andreika vergriff sich daran, denn alle wussten, dass es für Petrik bestimmt war. Doch der wandte sich ab und versank wieder in seiner eigenen, schon fast jenseitigen Existenz. Mit unendlicher Geduld gelang es, ihm wenigstens einen halben Löffel voll in den Mund zu stopfen und ihn dazu zu bewegen, das Fleisch hinunterzuschlucken.

*

Wer weiß, wie alles geendet hätte. Aber eines Morgens, nachdem der Markt gerade erst geöffnet worden war, kehrte Sweta überraschend zurück. Sie legte Petrik ein flauschiges Bündel, dunkelbraun mit schwarzen und weißen Flecken, auf die Decke. Das Bündel zappelte. Es hatte

Pfoten und kleine Äuglein. Nun rutschte es unter Petriks Kinn, und er öffnete die Lider.
»Weißt du, was das ist, Petrik? Ein Meerschweinchen. Und es gehört dir.«
»Für immer?«
Das Meerschweinchen, das noch am selben Tag den Namen Filja erhielt, war so lebhaft und atmete so hastig mit seinen warmen Flanken, dass Petrik zu lächeln begann, sich rührte und ebenfalls lebhafter wurde. Und Musja konnte nur die Arme in die Luft werfen, als sie gegen Abend zurückkehrte, denn niemand bemerkte ihre Ankunft. Petrik kauerte auf allen vieren, die übrigen drängten sich um ihn und stießen einander mit den Köpfen an. Eine äußerst wichtige Frage musste geklärt werden: Fraß Filja Kartoffelschalen oder nicht?
Sweta hatte Filja beim Kartenspiel gewonnen. Er war der Sohn eines bekannten, hoch gelehrten Meerschweinchens, das auf dem Priwos die Zukunft prophezeite, indem es straffe Papierröllchen herbeiholte, auf denen in einer winzigen Handschrift der Lauf der Sterne vorhergesagt wurde. So konnte es nicht erstaunen, dass Filja einiges von der Allmacht der Sterne geerbt hatte.

Unter den Jungen auf dem Markt wütete das Spielkartenfieber schlimmer als der Scharlach. Darin spiegelte sich die Passion der Erwachsenen wider. In der Stadt wurden große Geschäfte gemacht. Man eröffnete neue Kasinos, Sängerinnen trillerten Operettenmelodien, und die hohen Kotflügel der Droschken glänzten vor Lack. Orchester spielten auf den gereinigten Boulevards, und Frauen in bunten Kleidern flanierten Arm in Arm mit Rumänen und Deutschen. Turbanartige Hüte waren in Mode. Es gab Buden mit Clowns und Kammerlichtspiele mit der umwerfenden Marika Rökk. All das wurde untermalt von dem Geklapper der Holzsandalen, die von der Hälfte der Stadtbevölkerung getragen wurden, von den Petroleumlampen in den Restaurants, den Patrouillen und den stetigen Schlangen, die nach Wasser anstanden. Das eine war kein Hindernis für das andere, sondern verlieh ihm sogar Auftrieb: Na gut, die Stadt ist besetzt, aber müssen wir uns deshalb hinlegen und sterben?

Im Winter taten es einige gleichwohl – vor Hunger und Verzweiflung. Besonders alte Menschen. Es war leicht zu sterben. Man brauchte morgens nur nicht aufzustehen, das genügte. Dann konnte man ruhig im Schlaf erfrieren und spürte nichts. Aber alle, die nicht sterben wollten, lebten nun wie im Fieberrausch, mit erhöhter Geschwindigkeit. Ernst zu nehmende Schwarzhändler verloren beim Kartenspiel ganze Blöcke Süßstoff, Päckchen mit Penizillin und Brillantringe.

Die Jungen verloren kaum Wertgegenstände; dafür andere Dinge, die für sie ebenso wichtig waren. Ein weiterer Unterschied bestand darin, dass sie beim Kartenspiel nicht so gut betrügen konnten. Aus Mangel an Erfahrung. Und wer ertappt wurde, den schlug die ganze Bande zusammen. Deshalb spielten sie nach mehreren blutigen Prügeleien vergleichsweise ehrlich. In diesem Kreis konnte Sweta sich entfalten.

Sie brauchte nicht zu mogeln, denn sie fühlte die Karten. So fiel es ihr nicht schwer, die Leute vom Markt zu übertrumpfen. Aber sie wollte es nicht übertreiben, da sie ahnte, dass unablässige Erfolge niemals verziehen werden. Immerhin verschaffte sie sich einen kleinen Nebenverdienst, und sie bewirtete alle nach dem einen oder anderen Gewinn mit Kringeln oder Bonbons. Danach ging sie dann ihren bedeutenderen Geschäften nach.

An jenem Tag versuchte sie, den schlaksigen Kljow, einen bekannten Langweiler und Trottel, loszuwerden. Mit vierzehn Jahren hatte er noch keine bessere Beschäftigung gefunden, als einzelne Papirossy zu verkaufen. Er lief in einer zerschlissenen Hose herum, die von einem Strick gehalten wurde, und streckte den Hals albern vor, als wolle er etwas mit seiner ewig triefenden Nase aufpicken. Und nun näselte er: »Sweta, lass uns nochmal spielen, du Pestbeule. Sweta, wie wär's? Noch einmal, und dann ist Schluss ...«

Als hätte er ein Erbgut verloren und nicht fünf Feuersteine, die er bestimmt auf dem Priwos geklaut hatte. Es dämmerte schon, und sie musste noch etwas zu essen kaufen und Karl Ottowitsch den heutigen Erlös bringen.

»Morgen!«, sagte Sweta schroff, aber der aufdringliche Kljow brüllte, das sei ungerecht. Sweta hatte keine Angst vor einer Prügelei, denn Gaw war bei ihr, der Kljow so wenig ernst nahm, dass er noch nicht einmal die Zähne gefletscht hatte, als der Junge laut wurde.

»Wirst du frech, du Mistkerl?«, zischte Sweta und blickte ihn herausfordernd an. Sich mit ihm zu prügeln würde jedenfalls nicht so lange dauern wie eine neue Partie.

Aber durch Kljows Gebrüll wurden zwei nicht mehr ganz junge Männer angelockt, die, nach ihrer Kleidung zu urteilen, Geschäftsleute waren. Der eine trug Halbstiefel und der andere eine cremefarbene Jacke. Es war klar, dass sie nicht auf dem Priwos Handel trieben und schon gar nichts mit Diebstahl zu tun hatten. Sie mussten einfach spazieren gegangen sein, um eine Zeitung zu kaufen oder vielleicht Blumen für ihre Damen. Dieses Paar kam ihnen amüsant vor: der zerzauste, ungelenke Junge und das Mädchen mit dem zarten Hals, das eine Pluderhose trug und ihn mit solcher Verachtung musterte, wie es nur ein erfolgreicheres Straßenkind tun konnte. Oder wie eine Fürstin aus dem Geschlecht der Rurikiden.

»Was soll der Lärm?«, fragte der Mann in der cremefarbenen Jacke freundlich. »Noch eine Partie? Na dann ... Und wir gucken zu.«

Die beiden Männer hatten beschlossen, das Vergnügen zu verlängern, denn sie wollten herausfinden, wer von diesen Gören die Karten wenigstens richtig halten konnte. Sweta und Kljow begriffen, dass es besser war, nicht zu widersprechen, sondern zu tun, wie ihnen geheißen. Die Männer schlossen sofort eine Wette ab.

»Ich setze vierzig Mark auf den Jungen. Der Bursche braucht nur eine einzige Chance zum Glück. Ich kenne ihn doch, er treibt sich auf der Rasumowskaja herum.«

»Und ich halte sogar hundert Mark für kein Risiko. Auf diese grünen Augen. Das Mädchen schafft's bestimmt, so etwas wittere ich schon aus der Ferne. Ui, da wird sich aber gleich jemand ärgern!«

Sweta fühlte sich geschmeichelt, war aber auch verängstigt, denn der Mann, der auf sie gesetzt hatte, war bestimmt kein Durchschnittsbürger. Er strahlte eine verborgene Kraft aus, sogar noch mehr als Gaw. Doch dann vergaß sie die Männer und konzentrierte sich auf die Karten. Beim Spiel lief ihr immer ein angenehmer Schauder über den Rücken, als springe sie vom Turm, ohne jemals das Wasser zu erreichen.

»Sieh mal, wie sie das gemacht hat! Ei, die Kleine!«, lachte Swetas »Partner«. Der zweite lachte ebenfalls, doch Kljow, durch und durch gedemütigt, stand mit untröstlicher Miene da. Er tat Sweta Leid, und sie reichte ihm die unglückseligen Feuersteine.

»Hier. Reg dich nicht auf.«
Der Mann in der cremefarbenen Jacke, der die sofort abgezählten hundert Mark erhalten hatte, hielt Sweta das Geld hin. »Für die Unterhaltung! Zier dich nicht, Kleine, nimm's, du hast es verdient! Lauf nach Hause zu deiner Mama. Hast du eine? – Wen denn? – Also gut, dann lauf zu deiner Tante, du Wunderkind. Und füttert dich deine Tante anständig?«
»Wieso, bin ich etwa ein kleines Kind?«, entgegnete Sweta beleidigt. »Ich verkaufe Karten, Schweizer Karten. Mit Goldrand.«
»Ach was. – Wie geschäftstüchtig!«
Der Mann bückte sich, wobei er die Hände auf die Knie stützte, um Sweta besser mustern zu können. Er hatte ein mindestens vierzig, wenn nicht gar fünfzig Jahre altes Gesicht. Seine Augen waren von Lachfalten umrahmt.
»Die Karten würde ich gern sehen! Vielleicht kaufe ich dir ein oder zwei Päckchen ab. Für den Anfang, oder?«
Beide Männer lachten aus unerfindlichen Gründen erneut, aber nicht auf kränkende Art. Sweta verabredete sich bereitwillig mit ihnen für den folgenden Tag, denn die heutige Ware war bereits verkauft.

Onkel Pascha – so stellte er sich Sweta vor – bot ihr ein seltsames Geschäft an. Er werde ihr sofort ungefähr zehn Päckchen Karten abkaufen. Am folgenden Tag werde er ihr die versiegelten Karten zurückgeben und noch einmal die gleiche Summe zahlen. Am selben Tag solle sie um 16 Uhr mit genau diesen Päckchen an der Ecke Troizkaja und Jekaterinskaja erscheinen. Und wenn sie Onkel Pascha oder den anderen Mann, der mit ihm auf dem Priwos gewesen war, in Begleitung entdecke, dann solle sie so tun, als kenne sie die beiden nicht. Aber Sweta dürfe den

Begleitern so viele Päckchen aus ihrem Vorrat verkaufen, wie sie haben wollten.
Die Uhrzeiten und die Treffpunkte änderten sich, aber Swetas Verdienst blieb konstant – und was für einer! Denn für jedes Päckchen erhielt sie den dreifachen Preis! Davon teilte sie Karl Ottowitsch natürlich nichts mit, denn sie fürchtete, dass seine deutsche Ehrlichkeit so etwas nicht dulden würde.

Manchmal traf Sweta Onkel Pascha auf den üblichen Märkten, und dann durfte sie ihn erkennen.
»Na, wie geht's, Töchterchen?«
In solchen Fällen war er stets fröhlich und spendierte ihr etwas, hin und wieder sogar Eis. Sweta gefiel alles an ihm, vor allem jedoch sein Lachen. Es gab ihr das Gefühl, eine kühne Siegerin zu sein. Und dauernd machte er Scherze, als wäre er überhaupt nicht erwachsen. Irgendwann fragte er sie nach ihrem Leben und ihren Eltern. Und Sweta erzählte ihm von ihrem Vater Andrei. Dazu drängte es sie, denn sie war davon überzeugt, dass Onkel Pascha begreifen würde, welch ungewöhnlicher Mann ihr Papa war.
Onkel Pascha schien es wirklich zu begreifen, denn er hörte aufmerksam und etwas traurig zu.
Dann sagte er mit einem Nicken: »Ja, Töchterchen, genauso einen Freund hatte ich vor der Revolution. Damals waren wir jung, unternehmungslustig. Was für eine Seele ... Und wenn er einen Schabernack machen wollte, war er nicht zu halten! Ein stürmischer Kerl. Er hieß auch Andrei. Andreika Burlak. Dann haben wir einander im Bürgerkrieg aus den Augen verloren ... Moment, Töchterchen ... Was für ein Blödmann ich bin! Ich hab doch gesehen, was für grüne Augen du hast! Wie ist dein Nachname, Töchterchen? Ach du meine Güte. Andreikas Mäd-

chen lungert auf dem Markt herum und spielt mit allen möglichen Gören Karten!«
Seitdem ließ er Sweta eine besondere Fürsorge angedeihen. Anscheinend hatte er auch Beziehungen auf dem Priwos, denn als Sweta in der Milchschlange von zwei Frauen beschimpft wurde, weil ihr Hund an den Lebensmitteln schnuppere, ging ein Kerl mit wiegenden Schritten auf sie zu. Seine Mütze war auf einen eindrucksvollen Schopf gestülpt, und er sagte sanft und freundlich: »Mamachen. Die Gottesmutter möge verhindern, dass Sie diesem Mädchen noch einmal zu nahe treten. Und du, Kindchen, sag mir Bescheid, wenn dich jemand ärgert. Das bringe ich dann schon in Ordnung.«

Sweta war geradezu verliebt in Onkel Pascha, denn niemand konnte sich mit ihm vergleichen. Von seinen Augen und seinen Fältchen ging ein gefährlicher Blick aus, doch der wurde sogleich durch sein sprühendes Lachen verdrängt. Er roch angenehm und kräftig nach irgendeinem Kölnischwasser, und sein Anzug war elegant, was allerdings nicht die geringste Rolle für ihn zu spielen schien. Er hatte Hände wie ein Pianist. Sie bewegten sich sicher und ruhig, und Sweta erinnerte sich an die Lektionen der Zigeunerin. Diese Hände verrieten nichts Schlimmes. Auf sie konnte man sich ohne langes Hin und Her verlassen. Onkel Pascha hatte ein geheimes Leben, in das er Sweta nicht einweihte, aber er mischte sich auch nicht in ihres ein. Sie brachte ihm weiterhin Spielkarten von Karl Ottowitsch, und er bezahlte sie so großzügig, dass es ihr geradezu peinlich war. Aber er wollte keine Einwände hören. »Töchterchen, geh mir nicht auf die Nerven. Geld ist Dreck, und bei Onkel Pascha kommt genug von dem Dreck zusammen.«

Den Verkäufen an der Straßenecke hatte er sehr rasch Einhalt geboten. Und er lächelte nur, als Sweta ihn in dem Wunsch, sich irgendwie nützlich zu machen, daran erinnerte.
»Wenn du erwachsen bist, Wunderkind, dann sehen wir weiter. Lang kräftiger zu, denn sonst bleibst du Haut und Knochen. Wie sollen wir sonst einen Mann für dich finden, wenn du groß bist?«
Sweta lachte mit ihm. Zum Schießen. Sie klopfte sich auf ihre spitzen Knie in der Pluderhose. Das hätte noch gefehlt: ein Mann!

Anna hatte Musja überredet, Andreika bei Aljoscha und ihr wohnen zu lassen. Erstens könne er dann in die Schule gehen oder vielleicht sogar aufs Gymnasium, wenn man ihn als Achtjährigen dort akzeptiere. Zweitens sei das besser für die Kinder. Andreika dürfe man hinauslassen, Petrik und Manja jedoch nicht. Wie viele achtjährige Jungen könnten dort draußen schon ein Geheimnis wahren? Das sei gefährlich. Diese Gefahr bestehe bei Sweta in deren Alter nicht mehr. Und der Rumäne – was solle denn mit dem Rumänen sein? Warum dürfe sie nicht ihren verwaisten Neffen zu sich nehmen? Außerdem werde der Junge umsorgt sein, denn Anna arbeitete schließlich zu Hause.
Musja hatte das eingesehen, obwohl es ihr Leid tat, Andreika ziehen zu lassen. Aber es war ja nicht für immer; man würde sich wiedersehen.
Die Kinder dagegen hatten in dem vergangenen gemeinsamen Jahr vor allem eines gelernt: Sogar hier in diesen bereits wohnlich gemachten Katakombenwinkel brach eine unwandelbare Kraft ein und trennte sie voneinander, wenn es die seltsamen Erwachsenen anordneten. Und jedem war etwas anderes beschieden.

Sie hatten sich absichtlich hierher geschlichen, um in Ruhe gelassen zu werden. Hier saßen Manjas Puppen, hier brannte eine Lampe der Marke Fledermaus. Und sie hatten sogar eine eigene Anschaffung gemacht: eine Flickendecke für ein paar Holzbalken, die auf Ziegelsteinen lagen. Dadurch entstand eine Art Sofa. An der Wand lehnte auf gespreizten Stelzen das »Gespenst«, das Andreika aus einem zerrissenen Bettlaken hergestellt hatte. Die Kinder hatten sich so sehr daran gewöhnt, dass nicht einmal Manja mehr vor ihm Angst hatte. Filja krabbelte von einer Hand zur anderen, und Gaw hatte es sich neben Swetas Füßen bequem gemacht. Und alle schmausten gemeinsam: Sie tranken Tee mit Süßstoff und aßen Maispiroggen.
Man konnte durch die Tunnel hetzen, die ihnen bereits sehr vertraut waren, und Verstecken spielen. Dort unten konnte man beliebig viel Lärm machen, nicht so wie im Zimmer. Manja durfte dort auch aus voller Kehle singen, da von draußen nichts zu hören war. Sie hatte eine klare Stimme und sang nur zu gern. Allen gefiel es, denn ihre Stimme flog in der steinernen Leere ganz leicht davon.

Manja sang über die hundert jungen Krieger aus Budjonnys Armee und dann Mamas Lied über den kleinen See und das Wasser. Aljoscha, nach den Vorschriften des Gymnasiums bereits kahl geschoren, betrachtete ihre Wange, die von der Funzel schräg beleuchtet wurde, und die rührende dunkle Locke auf ihrer Stirn. Aber vielleicht war es auch nur ein Haarbüschel. Ihm war traurig, doch auch fröhlich zumute.
Petrik und Andreika, die ihre früheren Streitereien begraben hatten, bissen nacheinander von derselben Pirogge ab. Die Marmelade im Inneren war flüssig, und sie leckten sich die heruntergeflossenen Tropfen von den Händen ab.

Mischa, der anerkannte Bücherwurm und Alleswisser, erzählte, was im Weiteren mit Benvenuto Cellini passiert war. Die Kinder besaßen ein Buch über ihn, doch sie waren bisher erst zu der Stelle gekommen, an der man die schöne Kolumbine im Kopf der Perseusstatue versteckt hatte. Aber Mischa wusste, was danach geschah, und trug es druckreif vor. In einer kurzen, doch malerischen Darstellung. Als er geendet hatte, sagte er plötzlich nach mehreren Sekunden des Schweigens: »Jedenfalls werde ich einen Deutschen töten. Wenigstens einen. Den erwische ich schon.«

Und niemand hielt ihm entgegen: Selbst wenn er eine Waffe hätte und einen einzigen Deutschen tötete, würde man eine ganze Schar Einheimischer erschießen, und deshalb konnte in der Stadt nichts unternommen werden. Und was wollte Mischa außerhalb der Stadt anstellen? Und wie einen Deutschen erwischen? Wahrscheinlicher war, dass die Deutschen ihn erwischten …

Das alles war schon tausendmal durchgesprochen worden, und Sweta meinte: »Es wird nicht immer so sein wie jetzt. Vielleicht ändert sich alles, und dann kriegst du eine Chance.« Lachend fuhr sie fort: »Versprich mir bloß, dass es nicht Karl Ottowitsch sein wird! Sonst bekommst du's mit mir zu tun!«

Alle hatten von Karl Ottowitsch gehört, der sozusagen ihr Ernährer war. Sweta hatte ihnen sogar häufig seine Gangart – gebeugt und leicht hüpfend – beschrieben. Und seine Sprechweise: »Mein Kind, niemand kann sich die Zeit zum Leben aussuchen! Denn sonst wäre nach dem Jahr 1914 niemand mehr zur Welt gekommen.«

Seltsam: Sie alle wussten – nicht einmal Mischa hätte es bestritten –, dass es sogar unter den Deutschen gute und schlechte Menschen gab. Ebenso wie unter den Rumänen und den Juden und allen anderen. Es gab Karl Ottowitsch einerseits und Bubyr andererseits. Aber die Erwachsenen wussten es nicht, sie kannten keine Unterschiede. Und wenn sie es wussten, hielten sie sich trotzdem wie geheißen voneinander fern. Je nach Haar- und Hautfarbe. Auch wenn sie es eigentlich nicht wollten.

Hatte vor dem Krieg etwa jemand davon gesprochen, wer Jude war und wer nicht? Dann stellte sich heraus, dass alle Erwachsenen Bescheid gewusst und geschwiegen hatten. Und deshalb durfte Mischa jetzt nicht mehr auf die Straße, denn er sah aus wie ein Jude. Das konnten sogar ihre Mütter, Musja und Anna, erkennen. Und überhaupt alle anderen, von Madam Kiritschenko gar nicht zu reden.

Und wenn sie erwachsen wurden und sich genauso verhielten? Wer konnte wissen, wem dann das Lebensrecht abgesprochen wurde. Vielleicht den Deutschen. Oder den Rumänen. Und wer würde sich vor wem im Keller verstecken müssen? Vielleicht würde dann Karl Ottowitsch, schon ganz alt und grau, hier bei ihnen auf dem Balken sitzen und altmodisch zu reden anfangen: »Mein Kind ...«

Sweta fröstelte es bei dem Gedanken. Sie sprang von der Flickendecke hinunter, pfiff durch die Zähne und machte sehr überzeugend einen kleinen Gauner nach. Sie schien sogar eine Mütze auf dem Kopf zu haben und hielt sie mit der Hand fest.

In einer langen Mondnacht kehrte ich zurück,
und alle Lampen bebten arg im Wind.
Damit kürzer ward mein Weg ein Stück,
sang der Nacht ich dieses Lied geschwind ...

Alle prusteten los und nahmen den Refrain auf.
Musja freute sich sehr, als sie die Kinder in heiterer Stimmung antraf. Aljoscha sagte, sie hätten Folgendes beschlossen: Wenn er auf dem Gymnasium etwas Gescheites lernte, dann werde er es an Mischa und Sweta weitergeben. Und Manja und Petrik würden mithilfe von Andreikas Lehrbüchern weiterlernen. Damit niemand hinter den anderen zurückblieb.
Anna trat ein, und Musja reichte ihr eine Tasche mit Andreikas Habseligkeiten. Dann gab sie ihm einen Schmatzer auf den Scheitel. Sein Haar war noch nie geschoren worden, und es duftete so frisch, wie es nur bei kleinen Kindern der Fall ist. Sodass man es wieder und wieder küssen wollte.
Sie werde morgen wieder vorbeischauen, und auch Sweta werde ihrerseits einen Besuch machen. Und überhaupt werde man sich häufig treffen. Alle lächelten tapfer und wahrten die Fassung. Andreika winkte den Zurückbleibenden mit dem Händchen zu und brach in sein neues Leben auf. Bei Tante Anja war er noch nie gewesen, aber er wusste von ihrer Gutherzigkeit. Aljoscha hatte ihm erzählt, dass sie nicht einmal Ohrfeigen verteilte. Den ganzen Weg über hielt er Anna an der Hand. Um sich an sie zu gewöhnen.

Für diese Schule benötigte man eine Taufurkunde und andere Papiere. Aber das Fehlen einer Geburtsurkunde bereitete keine besonderen Probleme. Durch die Bombenangriffe waren zahlreiche Häuser abgebrannt. Und dann hatten diese Idioten die Geburtsurkunden in der ersten Zeit der Besatzung auch noch auf den Straßen überprüft und verlangt, dass jeder sie ständig bei sich trug. Viele Kinder hatten sie natürlich verloren.

Deshalb kam mit den Papieren alles in Ordnung, und man registrierte ihn, Annas Angaben entsprechend, als Andrei Andrejewitsch Burlak, acht Jahre. Mutter Polin, Vater Russe, beide in Haft. Der Junge war blond und blauäugig, und auch seine übrigen Merkmale erinnerten nicht an die Zugehörigkeit zu einer verdächtigen Gruppe. Man forderte ihn nicht einmal auf, die Hose hinunterzulassen, um nachzusehen, ob er beschnitten war oder nicht. Es gab keinen Zweifel.

Zur Taufe hatte Anna ihn in die Uspenski-Kathedrale gebracht. Auch das ging glatt, denn die Priester tauften nun große wie kleine Kinder. Andreika hatte nichts dagegen und fand sogar Gefallen an dem Gesang in der Kathedrale. Zu Hause wiederholte er für Anna bereitwillig die Gebete. Vor allem »Jungfräuliche Gottesmutter, freue dich«. Denn er hoffte, wenn die Gottesmutter sich freute, würde auch für ihn etwas Freude abfallen.

Die Glaskugel war Sweta keineswegs zuwider, nur konnte sie den rasch verschwimmenden Bildern kaum einen Sinn abgewinnen. Immerhin schaute Sweta ab und zu in die Kugel, wenn sie allein war. Aus irgendeinem Grund wollte sie das Geheimnis mit niemandem teilen.

Sie saß auf dem Fußboden. Sonst war niemand zu Hause. Mischa war mit Manja und Petrik zum »Luftschnappen« in die Ruine auf der Richelieu-Straße gegangen. Dort war nichts Interessantes zu entdecken, schon gar nicht im Spätherbst. Kälte herrschte, ein schneidender Wind wehte, und bald würde Schnee fallen. Aber für die »Stubenhocker« war es trotzdem ein Abenteuer, lange durch die Geheimgänge zu wandern und dann, nachdem sie sich an dem feuchten, betäubenden Wind gelabt hatten, auf demselben Weg zurückzuspazieren. Dadurch war die Wohnung kein unausstehliches Gefängnis mehr, sondern eine warme und gemütliche Bleibe, zu der man gern zurückkehrte.

Sweta wusste von diesen Ausflügen und machte sich keine Sorgen. Mischa hatte sich im Sommer mit »ihrer Abzweigung« vertraut gemacht, und weiter im Westen war der Tunnel ohnehin zugeschüttet, sodass niemand hindurchkonnte. Der Gang in Richtung Moldowanka führte zu einem Betonverschluss. Entweder hatten die Rumänen den Schacht dort versperrt, oder er war schon unter den Sowjets zubetoniert worden. Damit blieben drei Ausgänge. Alle übrigen Tunnel endeten in Sackgassen.

Tante Musja hatte sich nach der Arbeit noch in ein Geschäft aufgemacht, wo man ihr billig einen Eimer und zwei Päckchen Kunsttorf verkaufen wollte. Gaw lag träge am Bullerofen. Das war sein Lieblingsplatz, selbst wenn nicht geheizt wurde. An dem Streifen rosigen Abendlichts, der auf die trübe glatte Metallwölbung fiel, hatte er nicht das geringste Interesse.

*

Sweta erblickte endlich etwas Bekanntes: ein Haus an der Neschinskaja. Nicht das, in dem sie gewohnt hatten, sondern ein anderes. Eines mit geduldigen weiblichen Statuen, die das erste Stockwerk trugen. Solche Steinfiguren hießen Karyatiden. Das musste wohl ein polnisches Wort sein, wie Mama gemeint hatte. Und Papa hatte immer, wenn sie an ihnen vorbeigingen, gesagt: »Wie schön, wenn man nur ein Laken zu tragen braucht!« Oder: »Oi, die müssen Eisbeine haben in ihren Laken!« Je nach Jahreszeit.

Sweta hatte sich noch gar nicht richtig freuen können, als

mehrere deutsche Autos vor dem Haus vorfuhren. Soldaten in grauer Uniform und mit Gewehren in den Händen stürzten hinein. Wie bei einer Razzia oder einer Durchsuchung. Auf jeden Fall waren es Deutsche, nicht Rumänen, das erkannte Sweta zweifelsfrei. Dann trübte sich das Bild ein, doch nur einen Moment lang, bevor die Karyatiden erneut sichtbar wurden. Zwischen ihnen wurden Menschen hindurchgeschleppt, sehr viele Menschen. Und plötzlich tauchte Onkel Pascha auf. Man zerrte ihn an seinen verdrehten Ellenbogen dahin. Sein Kopf war zurückgeworfen, und er schaute mit klarem, bösem Blick aus der Kugel heraus. Aber Sweta schien er nicht zu sehen.

Sweta quälte sich bis zum Morgen und rannte schon zum Priwos, bevor er geöffnet wurde. Dann lief sie auf den Burschen mit den wiegenden Schritten zu. Er wies ein paar Händlerinnen bereits ihre Plätze zu, und sie gehorchten ihm aus unbekannten Gründen. Sweta gab ihm ein Zeichen, damit er zur Seite trat.
»Weißt du vielleicht, wo Onkel Pascha ist?«
»Was für ein Onkel Pascha?«, fragte der Bursche erstaunt.
»Na, er ist oft hier auf dem Markt. Ein Bekannter von mir ... Im Anzug ... Es ist eilig ...«
Sweta wusste nicht, wie sie es erklären sollte, denn der Bursche kannte Onkel Pascha anscheinend unter einem ganz anderen Namen. Aber er verstand sie und neigte sich zu ihr. Sein Atem roch übel, nach Zigarettenqualm, und auf einem Eckzahn hatte er eine Goldkrone.
»Sag's mir, wenn's eilig ist.«
»Nein, nur ihm.«
»Oho, es geht wohl ums Geschäft«, meinte der Bursche mit einem Zwinkern. »Dann warte hier, und hab Geduld.«
Sweta war bereit, bis zum Abend Geduld zu haben. Doch

schon bald, nach höchstens einer Stunde, erblickte sie den zwischen den Reihen hindurchgehenden Onkel Pascha, heil und unversehrt, in einem kaffeebraunen Mantel mit hellem Kragenschoner. Nun erst wurde ihr klar, dass sie nicht wusste, wie sie ihm von der Sache erzählen konnte. Dass sie die Kugel nicht erwähnen durfte, davon war sie jedoch überzeugt.

»Onkel Pascha, ich hab einen Traum gehabt. Einen bösen Traum«, begann Sweta. Ihr wurde bewusst, dass es auch im besten Fall albern war, einen solchen Mann herbeiholen zu lassen, nur um von Träumen zu schwatzen!

Aber Onkel Pascha musterte sie, machte ein ernstes Gesicht und nickte in Richtung Ausgang. »Na, dann los. Erzähl mir von deinem Traum.«

Kapitel 9

Sweta wusste nur wenig über Onkel Pascha. Aber eines stand fest: Dieser geheimnisvolle Mann glaubte an Träume. Jedenfalls hörte er ihr sehr aufmerksam zu und erkundigte sich sogar nach Einzelheiten. Zum Beispiel danach, ob sie wirklich genau dieses Haus gesehen habe. Schließlich gebe es an recht vielen Straßen in Laken gehüllte Karyatiden. Ob es möglich sei, dass sie etwas durcheinander gebracht habe?

Anscheinend nahm er die Geschichte des Mädchens, das verschnupft schniefte und vor Aufregung stammelte, wirklich ernst. So ernst, dass die geheime Spielhalle, in der sich die Größen der Diebeswelt von Odessa versammelten, noch am selben Tag verlegt wurde. Die Razzia, die tatsächlich ein paar Tage später stattfand, traf auf eine ganz gewöhnliche, noch dazu ungeheizte Wohnung. Und die Hausherren erwischte man nicht.

Allerdings musste geklärt werden, wer den Deutschen einen Hinweis auf diese Adresse gegeben hatte. Wäre es eine routinemäßige Haussuchung gewesen, so hätten die Rumänen sie durchgeführt, und zwar ohne den Einsatz von Autos. Aber es handelte sich um eine bedeutende Razzia, und auch den Tag der Aktion hatte man nicht zufällig gewählt. Die Deutschen hätten mit einem einzigen Schlag die gesamte Crème de la crème des Banditentums von Odessa bei einem großen, vorher angekündigten Spiel ertappen können. Es war keine alltägliche Zusammenkunft, vielmehr erschienen zu diesem Ereignis auch Gäste aus anderen Städten und Dörfern.

Also lud Onkel Pascha das Mädchen zu sich nach Hause in die Sadikowskaja-Straße ein. Es war eine ganz bescheidene Wohnung: abgenutzte Tapeten, Rüsselkäfer auf einem verstaubten Regal, ein Stück Furnierholz anstelle einer herausgeschlagenen Fensterscheibe – alles wie bei normalen Leuten. Und Sweta hatte gedacht, sie werde sich in Aladdins Höhle wiederfinden!

Dafür bewirtete Onkel Pascha sie fürstlich. Es gab Kaffee mit Milch und richtigem Zucker; außerdem richtigen Kuchen mit Sahne, wie Sweta ihn bisher nur durch das Schaufenster des feudalen Cafés »Artistik« gesehen hatte. Er lachte und scherzte, und nach dem Kaffee ließ er Sweta wie eine Prinzessin auf einer Couch Platz nehmen und breitete eine karierte Decke über ihre Knie, da es in der Wohnung ein wenig kalt war. Sweta fuhr mit dem Finger über das Blumenmuster des Teppichs, der auf der Couch lag (er hatte einen zarten, fast glatten Flor) und spürte, dass sie ihren seltsamen Traum noch einmal erklären musste.

Während sie merkte, wie er sich an das Thema herantastete, krallte sie die Finger verzweifelt in den glatten Blumenteppich. Sie versuchte, Onkel Pascha in die Augen zu blicken, und verteidigte sich, bevor er eine direkte Frage stellen konnte: »Onkel Pascha, was kann ich denn tun, wenn ich solche Sachen träume? Ich sehe eben alles Mögliche, und ich weiß auch nicht, wieso. Aber ich sage niemandem was davon, wer würde mir schon glauben ... Nur Ihnen hab ich's gesagt, weil es so schrecklich war: alles so wie in Wirklichkeit, der Regen und die nassen Autos, wie Sie weggeschleppt worden sind und wie Ihr Kopf gewackelt hat … Vor ein paar Tagen haben Sie mir geglaubt, aber jetzt plötzlich nicht mehr … Was kann ich dazu? Wenn es eine Lüge gewesen wäre, hätte ich gesagt, ich hätte jemanden von der Razzia reden hören …«

Sie hatte Tränen in der Stimme, aber sie wandte den Blick nicht ab. Ihre Augen flehten Onkel Pascha an, ihre Liebe und ihr Vertrauen nicht zu zerstören und sie nicht nach etwas auszufragen, das sie selbst nicht verstand.

Onkel Pascha blieb nichts anderes übrig, als an Mystik und Wunder zu glauben, denn ihm wurde klar, dass das Mädchen nicht log. Sie hatte einen Traum erzählt, wie Kinder ihres Alters einen Stummfilm erzählen. Hätte sie die Worte eines Dritten wiedergegeben, wäre ihr Tonfall ein anderer gewesen. Und als sie den Traum zum ersten Mal erzählte, hatte sie den Regen erwähnt, der tatsächlich zur Zeit der Razzia gefallen war. Wie hätte sie das im Voraus wissen können? Eine seltsame Sache, aber andere Informationsquellen hatte die Kleine offenbar nicht. Umso besser.

»Töchterchen, du brauchst nicht rumzuzappeln. Glaubst du, Onkel Pascha weiß nicht, wer lügt und wer nicht? Das erkennt er noch drei Meter unter der Erde, da kannst du sicher sein. Wunderbar, dass du alles erzählt hast. Damit hast du Onkel Pascha ordentlich geholfen. Wenn du noch was träumst, brauchst du dich nicht zu schämen. Sag's mir nur. Wir sind Freunde, nicht, du Wunderkind?«

Er umarmte sie, und Sweta fühlte sich wohl und ruhig im Duft seines Kölnischwassers. Sie schmiegte sich an ihn wie ein Kätzchen. Wie ein hageres junges Kätzchen mit scharfen Krallen, das schon vom Straßenleben und von der Ungerechtigkeit der Menschen gekostet hat.

Na ja, dachte Onkel Pascha, es gibt eben Kinder mit ungewöhnlichen Fähigkeiten. Das eine spielt Geige, das andere

Schach. Einmal hatte er selbst gesehen, wie ein Knirps, der noch nicht gehen konnte und dessen Gliedmaßen noch ganz krumm waren, schwamm wie ein Frosch. Alle am Strand hatten damals gestaunt: So klein, und er schwimmt schon! Und wenn er daran dachte, was Andreika und er vor der Revolution angestellt hatten und weshalb sie aus Unerfahrenheit im Gefängnis gelandet waren, dann kam es ihm gar nicht so seltsam vor, dass Andreikas Tochter von der Razzia geträumt hatte. Wenn sie diesen siebten Sinn nicht verlor, würde sie als Erwachsene Gold wert sein. Es galt nur, ihre Fähigkeiten zu entwickeln.

»Und du kannst Karten wirklich fühlen?«, fragte er mit einer genau dosierten Spur von Zweifel.
»Manchmal schon«, schnurrte Sweta sanft, ohne auf die Herausforderung einzugehen.
»Probieren wir's mal!«, sagte Onkel Pascha mit Spieleifer in der Stimme. »Ich breite ein Päckchen aus, und wenn du das Karo-Ass findest, darfst du dir wünschen, was du willst. Wenn nicht, bekommst du drei Klapse. – Einverstanden?«
Geschickt, fast ohne die Finger zu bewegen, fächerte er das Päckchen auf dem Couchteppich aus.
»Na, sind wir so weit? Aber gib dir Mühe, meine Klapse sind kräftig!«
Wieder spürte Sweta ein Frösteln und einen Drang genau zu jener Karte hin, dem Karo-Ass, der einzigen, die sie benötigte. Die ganze übrige Welt rollte sich gewissermaßen zusammen und störte sie nicht mehr. Sie strich mit ihren schmalen Fingern über die Karten. Die Nägel könnten geschnitten werden, dachte Onkel Pascha. Oder wenigstens gesäubert. Ach, ein Mädchen ohne Mutter! Ob die Tante keinen Blick auf sie wirft?

Sweta ergriff eine Karte und reichte sie ihm. Onkel Pascha betrachtete das Ass und konnte nur hüsteln. »Sieh mal an! Ich sage ja immer – ein Wunderkind! Dann wünsch dir was!«

»Gut, eine Pistole«, erwiderte Sweta bescheiden.

»Was für eine Pistole?«, fragte Onkel Pascha erstaunt.

»Am besten eine Parabellum«, entgegnete sie und blickte ihn mit den klaren grünen Augen eines »artigen« Mädchens an.

Onkel Pascha rieb sich kräftig den Nacken. Blödmann, selber Schuld hatte er. Wie kann man denn mit einem solchen Mädchen um alles oder nichts wetten? Da sitzt sie, kann kein Wässerchen trüben, die Wimpern gesenkt, die Lippen zusammengepresst, mit dem Hals eines sterbenden Schwanes. Eine Parabellum ... Sollte er ihr den Hintern versohlen? Plötzlich ertappte er sich bei dem Gedanken, dass es recht reizvoll wäre, ihr den Hintern zu versohlen. Doch er bremste sich mitten in dem Gedanken und sah sie noch einmal von der Seite her an: Wer war sie eigentlich, in Dreiteufelsnamen? Noch ein Kind oder schon groß genug, um sündige Fantasien hervorzurufen?

»Wie alt bist du, Töchterchen?«

»Dreizehn am vierzehnten«, antwortete sie, ohne zu zögern.

»Aha ...«

In der besetzten Stadt konnten auch andere auf sündige Gedanken kommen. Wie gerade sie das Köpfchen hielt, ein wenig kapriziös ... Selbst weiß sie es noch nicht. Oder doch? Solange sie als Junge herumlief, bestand keine Gefahr. Jedenfalls keine größere als für die Übrigen. Wer schaut sich Jungen schon genauer an? Wenn sie doch ein wenig mit dem Heranwachsen warten könnte! Denn Onkel Pascha würde nicht immer in der Nähe sein ... Schön, der Hund war tüchtig. Für seine Herrin würde er jede Kehle durchbeißen und alle Hindernisse niederreißen. Aber wenn sich dem Mädchen nun ein bewaffneter Angreifer näherte?

»In Ordnung, Töchterchen, du kriegst 'ne Pistole. Aber du musst versprechen, nur im äußersten Notfall ... Wenn man dich ermorden will oder – du weißt schon ...«

Hol's der Teufel. Es war verdammt schwierig, für ein Mädchen den Vater zu spielen! Wie erklärt man einem Grünschnabel solche Sachen? Aber sie schien ihn verstanden zu haben, denn sie war ebenfalls errötet.

Onkel Pascha reichte ihr ein schweres, kompaktes Päckchen, das mit einem Bindfaden verschnürt war. »Hier, für den Traum. Mach's zu Hause auf, morgen ist ja auch noch ein Tag. Aber allein. Ob deine Tante etwas erfahren soll, das musst du selbst entscheiden. Jetzt geh nach Hause, dann sehen wir weiter. Ich habe zu tun. Und wenn dir ein Mann in einem braunen Mantel folgt, dann hab keine Angst. Er passt auf, dass unterwegs alles glatt geht. Schließlich wollte ich, dass du heute ohne deinen Hund kommst.«

Sweta ging gelassen nach Hause und öffnete das Päckchen, wie Onkel Pascha ihr geraten hatte, als sie allein war. Es enthielt Geld: zahlreiche Bündel deutsche Mark – so viele, dass man es kaum glauben konnte. Doch das Hauptgewicht machten Münzen aus – goldene natürlich und anscheinend noch aus Zarenzeiten. Es waren dreißig Münzen. Die deutschen Mark versuchte Sweta mehrere Male zu zählen, geriet jedoch durcheinander. Der Betrag reichte nicht für eine Woche oder für einen Monat, sondern für fünf Jahre. Sie versteckte die Bündel so gut wie möglich. Wie schade, dass sie Tante Musja nichts davon zeigen konnte: Tantchen, Sie brauchen nicht mehr zu

arbeiten, das hier reicht für alle! Aber Tante Musja würde kein Verständnis haben, in Furcht geraten und Fragen stellen. Sweta glaubte nicht, noch mehr Fragen aushalten zu können. Und es würde über den Verstand der Tante hinausgehen. Onkel Pascha war der Einzige auf der Welt, der alles begriff, und auch er hatte Mühe gehabt.
Nein, sie musste schweigen und das Geld vorsichtig, in aller Stille ausgeben. Außerdem: Als sie noch vor dem Krieg fünfundzwanzig Rubel auf der Straße aufgelesen hatte, war Mama da etwa erfreut gewesen? – Nein! Sie wollte nicht glauben, dass Sweta den Teufelsschein gefunden hatte, sondern hatte geweint, ihre Tochter geohrfeigt und wissen wollen, woher das Geld stammte. Dabei hatte Sweta damals nie etwas gestohlen, nicht einmal Bonbons.

Gegen Winteranfang trennte sich die Clique zwar nicht, doch man sah sich seltener. Andreika ging mit Aljoscha aufs Gymnasium. Beide wurden von ihren eigenen Interessen, ihren Prügeleien und den Gemeinheiten, die sie den Lehrern zufügten, in Anspruch genommen. Das galt natürlich vor allem für Aljoscha. Andreika dagegen wurde von den Lehrern, wie Tante Anja erzählte, über den grünen Klee gelobt. Ein so tüchtiger Junge, der gut lernte und auch noch fromm war. Aljoscha hingegen schlug dauernd über die Stränge, und über ihn gab es immer wieder Klagen. Wenn er den Rumänischlehrer nachäffte oder erzählte, was er im Zeichenunterricht angestellt hatte, wurde Sweta aus irgendeinem Grund böse. Früher hatten sie wenigstens Gesprächsthemen gehabt, doch nun war er wie ein kleiner Junge: Schulhefte, Schulstunden ... Ein sauberer Knabe wie vor dem Krieg. Sogar kleiner als sie war er nun. Für Andreika freute sie sich, während sie Aljoscha verspottete: »Werdet ihr an den Ohren gezogen, wenn ihr

’ne Dummheit gemacht habt? Oder in die Ecke gestellt? Und wie heißt ›Musterschüler‹ auf Rumänisch?«
Aljoscha versuchte, sich mit dieser Bekloppten nicht weiter abzugeben. Woher kam ihre Boshaftigkeit nur? Früher hatte sie doch, obwohl ein Mädchen, mehr oder weniger zu den Jungen gehört. Nun besuchte er hauptsächlich Mischa und natürlich die Kleinen. Diese drei harmonierten bestens. Nur der Unterricht war Manja und Petrik gleichgültig, wie es sich für normale Kinder gehört. Ohne Mischa wären die Schulstunden nutzlos für sie gewesen. Aber er zwang sie, das Einmaleins zu lernen und die Wassermenge in einem Becken zu berechnen. Mischa wäre bestimmt der beste Schüler auf dem Gymnasium gewesen! Aljoscha konnte es nicht fassen: Wie war es möglich, dass jemand freiwillig rumänische Vokabeln paukte? Oder Mathematik? Mischa schien es egal zu sein, was er lernte, solange er nur die Nase in ein Buch stecken konnte. Oder in ein Heft.
Andererseits – womit hätte er sich sonst beschäftigen sollen? So war die Situation eben. Auch die Revolutionäre in den Gefängnissen des Zaren hatten Fremdsprachen gelernt! Für Mischa galt das Gleiche. Anna brachte ihm ein altes Französischlehrbuch, das er von vorn bis hinten durcharbeitete. Aussprechen konnte er kaum etwas, aber mit dem Schreiben hatte er keine Mühe. Schließlich fragte er Aljoscha nach der Aussprache und brachte sich das französische »R« bei. Nur mit den Verben hatte er Probleme. Außerdem las er leidenschaftlich gern: Cervantes oder Dumas oder griechische Mythen oder was immer ihm in die Hände geriet. Hätte Anna nicht eine solche Menge Bücher zu Hause gehabt, wäre er kaum imstande gewesen zu überleben. Durch die mysteriöse Erkrankung von Petrik war Musja klüger geworden: Du denkst, dass Kinder vom Brot allein leben können. – Na gut, auch von Mais und Öl-

kuchen ... Aber das stimmt nicht. Sie brauchen mehr, und sei es auch etwas Dummes. Wie Filja. Deshalb schimpfte sie nicht mehr, dass Mischa jeden Abend das Licht brennen ließ, sondern schüttelte nur den Kopf.

»Was zeichnest du da?«

»Ich stelle die Genealogie der griechischen Götter zusammen, Tante Musja. Also wer von wem abstammt. Aber das ist nicht immer klar. Die Griechen müssen irgendwas verwechselt haben.«

»Pass auf, dass du dir nicht die Augen verdirbst. Guck mal, du bist ganz blass und wächst überhaupt nicht ... Die Hose, die Tante Anja dir geschickt hat, muss immer noch hochgekrempelt werden.«

Beide seufzten, und Musja zog seinen klugen Kopf an sich, küsste ihn und strich ihm über die Wangen. Mischa konnte sie noch problemlos abherzen, genau wie die Kleinen. Sweta dagegen nur, wenn diese selbst es wünschte. Sonst fing sie an zu fauchen. Sie reichte Musja bereits bis zum Ohr, doch sie wollte nicht vernünftig werden, sondern benahm sich weiterhin wie eine Wildkatze. Aber sie verdiente gut. – Einfach unglaublich, wie sie das schaffte. Musja wurde allmählich misstrauisch. Aber wenn sie Sweta Fragen stellte, lachte das Mädchen nur oder schwieg. Manchmal wurde sie auch kiebig.

»Ich stehle nicht, wenn Sie das denken! Aber ich könnte es, wenn ich's wollte. Bloß, es lohnt sich nicht. Sie können also beruhigt sein.«

Was sollte Musja da erwidern – zumal sie nicht wusste, wie sie sich ohne Swetas Einnahmen durchschlagen konnten? Sämtliche Preise stiegen dauernd. Sonnenblumenöl zum Beispiel: Wie viel das kostete! Aber sie kamen trotzdem über die Runden, und es wäre undankbar gewesen, sich zu beklagen. Zu Weihnachten hatten sie nicht nur genug zu essen gehabt, sondern sich sogar eine Tanne mit Kerzen gekauft. Jakow wusste einen richtigen Baum zu schätzen. Zwar hatten sie ihn vor dem Krieg zum neuen Jahr aufgestellt, doch Musja wusste, dass ein Tannenbaum zu Weihnachten angebracht war.

Hätte man ihnen gesagt, dass sie auch das nächste Weihnachtsfest unter der Besatzung feiern würden, so hätten sie den Worten wahrscheinlich keinen Glauben geschenkt. Jeder wurde von der verrückten Hoffnung beherrscht, dass sich der Krieg sehr bald zu Gunsten der Russen wenden würde. Gerüchte gingen um, dass die Deutschen an den Fronten bedrängt würden, und die Zeitungen hatten ihre Siegesgewissheit verloren. Vielleicht nicht ganz, aber wer an die sowjetischen Zeitungen gewöhnt war, konnte nun auch bei den rumänischen zwischen den Zeilen lesen. Und nach der deutschen Niederlage bei Stalingrad scheute man sich in den Schlangen vor den Geschäften nicht mehr, miteinander zu tuscheln. Überhaupt hatten alle in letzter Zeit weniger Angst. Dann wurde Trauer verkündet, und niemand brauchte mehr so zu tun, als wisse er nicht Bescheid.

In den Trauertagen wurden mehrere Menschen aufgehängt: wegen der Verteilung von Flugblättern. Einer war ein ganz junger Bursche von siebzehn Jahren. Er hing mit dem Kinn nach oben da, und an seinem Fuß war ein gelber Eiszapfen aus Urin erstarrt.

Anna und Musja, die ihre Kinder kannten, leisteten erzieherische Arbeit. Bloß keine dummen Streiche! Zumal in den Schlangen geredet wurde, dass jemand auf der Richelieu-Straße Papierflugzeuge, wie die Jungen sie im Unterricht herstellten, in die Luft geworfen hatte. Schwalben aus Schulheften. Und auf den Flugzeugen stand mit

Druckbuchstaben: »Wir haben die Ungeheuer von Stalingrad verjagt.« Natürlich würden die Deutschen noch weiter verjagt werden, aber vor ihrem Abzug reagierten sie möglicherweise brutal, und dann konnte eine einzige Dummheit alle ins Verhängnis stürzen. Die Frauen nahmen allen Kindern, sogar Sweta, ihr Ehrenwort ab.

Im Sommer rechneten alle fest damit, dass die Deutschen in die Flucht geschlagen werden würden. In den Zeitungen erschienen die Namen »zeitweilig aufgegebener« Orte. Dann verschwanden die Rumänen allmählich aus der Stadt, und die Zahl der Deutschen erhöhte sich. Auch wurde nicht mehr so ausgiebig gehandelt wie im Vorjahr. Und als SS-Truppen in schwarzen Uniformen in die Stadt einmarschierten, stand fest, dass das Vorjahr eine rumänische Idylle gewesen war.

Musja schluchzte erneut in Annas Armen, wie in den ersten Kriegstagen. »Ich habe Angst, Anetschka, solche Angst!«

Am meisten fürchtete sie, dass die Kinder nicht genug Angst haben würden.

Onkel Pascha erschien jetzt seltener, denn er hatte irgendwelche Geschäfte zu erledigen, die längere Abwesenheiten erforderten. Mit Sweta ging er nun strenger um. Zu ihrer Verwunderung zeigte er sich wenig begeistert über ihr schickes Sommerkleid mit lila Pünktchen und einer Schleife am Kragen, das sie gekauft hatte, um nicht immer wie ein Junge auszusehen. Sie wollte ihn überraschen und rannte auf ihn zu. Ihre Füße fühlten sich in den Leinenschuhen besonders leicht an, und der Seidensaum des Kleides raschelte so angenehm an ihren Knien. Aber Onkel Pascha knurrte nur: »Hat Zeit gehabt, sich rauszuputzen, das Dummchen.

Vielleicht hättest du dir auch noch Zöpfe flechten sollen ... Dass ich dich bloß nie wieder in diesem Aufzug sehe. Damit bringst du dich nur in Schwierigkeiten.«
Trotzdem war es so schön, vertraut bei ihm auf dem Blumenteppich zu sitzen, während er lustige Geschichten erzählte. Manchmal trug er auch Gedichte vor. Tatsächlich, er liebte Gedichte. Ein ganz unberechenbarer Mensch war er. Zwar sprach er nicht sehr kultiviert, aber wie viel er wusste! Kaum zu glauben! Nicht irgendeinen Blödsinn über Nachtigallen und Schwärmereien, sondern wirkliche Gedichte für Männer. Omar Chajjam verehrte er. Und Kipling. Er bedauerte Sweta wegen ihrer Unwissenheit: »Herrje, was dir entgeht!«
Sweta lauschte wie gebannt, während seine Stimme den Rhythmus aufnahm, ohne ihm immer ganz zu folgen, als gebe es hinter den Worten noch wichtigere Dinge, die man genauer betrachten musste. So unterbricht ein Reiter wohl den Rhythmus seines Pferdes, wenn er plötzlich am Zügel zerrt und in die neblige Ferne blickt.

Sie haben einander in die Augen geschaut und fanden darin kein Fehl,
Sie haben den Blutsbrüder-Eid geschworen bei gesäuertem Brot und Salz:
Sie haben den Blutsbrüder-Eid geschworen bei Feuer und frischem Soden,
Bei Heft und Griff des Khyber-Dolchs und den Wunderbaren Namen Gottes.[1]

*

[1] Rudyard Kipling, *Die Ballade von Ost und West : ausgewählte Gedichte*. Übers. von Gisbert Haefs (Zürich 1992). *Anm. d. Übers.*

Anfang September – es war ein Tag mit blauem, wolkenlosem Himmel – schlenderte Sweta ziellos auf dem Priwos umher und hoffte, dass Onkel Pascha auftauchen würde. Da kam der Bursche mit der goldenen Zahnkrone auf sie zu und schaute zur Seite, als gehe er zufällig an ihr vorbei.

»Lass dich hier nicht mehr blicken. Gestern haben sie ihn umgebracht. Und jetzt sucht dich Sedoi, kapiert? Jetzt wird alles umgekrempelt, und viele wissen, dass du seine Kleine warst und irgendwas Besonderes kannst. Versteck dich lieber, denn es schützt dich keiner mehr.«

Er schlenderte weiter, ohne stehen zu bleiben.

Sweta verließ den Markt still und unauffällig, später erinnerte sie sich, wie die Tantchen mit gespreizten Beinen vor Haufen gelber und roter Äpfel gesessen hatten. Und wie jemand monoton und kläglich rief: »Dunkelblaue, schöne dunkelblaue …«

Gaw stupste sie dauernd in die Seite und schaute ihr ins Gesicht. Wahrscheinlich hatte er sie nach Hause gebracht, denn sie wusste anschließend nicht mehr, wie sie dort hingekommen war. Sie ließ sich auf die Matratze fallen und biss ins Kissen. Ihr kamen keine Tränen, aber sie hatte dunkle Explosionen vor den Augen, die nach links und rechts sprühten. Mischa warf einen Blick ins Zimmer, packte ein Feuerzeug und führte die Kinder nach unten. Ohne ein einziges Widerwort und ohne Gerangel folgten Manja und Petrik ihm auf Zehenspitzen. Sweta wäre ihnen für ihr Feingefühl dankbar gewesen, hätte sie die Kraft zu etwas anderem außer Kummer gehabt.

Als Tante Musja eintraf, war Sweta schon nichts mehr anzumerken. Wie lange sollte sie denn auf der Matratze liegen? Also spielte sie mit Petrik Händeklatschen. Manja hatte bereits gegen Mischa verloren. Es war klar, dass auch Petrik siegen würde, denn Sweta vergaß dauernd, die Hand zurückzuziehen. Und wenn sie es tat, dann mit einer allzu schwachen Bewegung. Aber alle übersahen ihr Verhalten geflissentlich und setzten das Spiel fort.

Musja hatte rote Flecken auf den Wangen. »Sweta, meine Liebe, wir müssen uns etwas einfallen lassen. Es heißt, dass die Kinder nach Deutschland verschleppt werden sollen, besonders die heranwachsenden. Man wird sie auf den Straßen schnappen und in Autos stecken. Das sind schon keine Gerüchte mehr, sondern damit ist zu rechnen. Zur Hölle mit deinem Handel, Kind, du musst zu Hause durchhalten. Ich werd schon genug für alle verdienen, keine Sorge.« Da Sweta nicht antwortete, ereiferte sie sich sofort: »Schließlich bin ich erwachsen und habe die Verantwortung für dich! Dein Vater ist kein Fremder für unsere Familie. Ich erlaube es nicht – basta! Du setzt keinen Fuß über die Schwelle, bis ich es dir gestatte! Und basta!«

Ein solches Gespräch fand nicht zum ersten Mal statt. Von der Verschleppung nach Deutschland war schon früher die Rede gewesen. Aber Sweta hatte nur gelacht. »Die müssen mich erst mal kriegen!«

Damals hatte Musja beschlossen, keine Härte an den Tag zu legen, und nun konnte sie sich zufrieden von dem Erfolg ihres energischen Auftretens überzeugen: Sie hatte ordentlich geschrien, und Sweta war plötzlich ganz sanft geworden. Das Mädchen gehorchte, ohne sich zu sträuben. Es ist verboten, also geht sie nicht hinaus. Man darf die Kinder eben nicht verhätscheln. Mit der ihr eigenen Konsequenz umarmte sie Sweta und drückte sie an sich.

»Mein armes Vögelchen ... Wie dein Herzchen pocht, durch die Knochen kann man's hören ... Mach dir keine

Sorgen, Tante Musja passt schon auf, dass dir keiner was tut. Tante Musja kümmert sich um alles ... Wir warten hier ab, und später werden wir darüber lachen. Weißt du was? Ich hab mir Schühchen für dich angeguckt, mit Schnürsenkeln, und fast neu sind die ... Die Tochter von Tanka – das ist unsere Kellnerin – ist aus ihnen rausgewachsen. Dir werden sie genau passen, und Tanka überlässt sie mir billig ... Dann siehst du aus wie ein Mädchen aus dem Bilderbuch!«

Sweta heulte unter Musjas Achselhöhle los, bitter und untröstlich.

Musja strich ihr mit ihrer geschwollenen roten Hand über den bebenden Rücken. Sie wusste Bescheid: ein schwieriges Alter – das Mädchen brauchte mütterliche Zuneigung.

*

Anna, die ebenfalls durch die Gerüchte über Deutschland beunruhigt war, entschied sich, Tiriescu um Rat zu fragen. Er musste doch schließlich wissen, was die Wahrheit war und was nicht. War es denn ein Spaß, wenn die beiden Jungen eines Tages nicht mehr aus dem Gymnasium zurückkehrten? Andreika besuchte jetzt dasselbe Gymnasium wie Aljoscha, allerdings eine Klasse tiefer.

Tiriescu breitete die Arme aus. »Madame, darüber habe ich bis jetzt nichts gehört. Wenn es dazu kommt, werden Vorbereitungen nötig sein. Sobald ich etwas höre, sage ich Ihnen Bescheid, damit die Jungen zu Hause bleiben. Glauben Sie mir, diese Kinder sind mir nicht gleichgültig.«

»Aber meinen Sie, dass es überhaupt möglich ist?«

»Wer weiß, was die sich in den Kopf setzen? Madame, ich bin kein solcher Gesinnungsgenosse von denen, dass ich alles voraussehen kann. Glauben Sie bloß nicht, dass die unsere Soldaten um ihre Meinung fragen.«

»Die« waren die Deutschen, wie Anna begriff. In der Tat, warum sollten sie den Rumänen ihren Plan anvertrauen, wenn sie Kinder nach Deutschland verschleppen wollten? Für die Russen waren alle Besatzer gleich, aber in Wirklichkeit gab es auch zwischen ihnen Unterschiede. Manche Cafés waren »nur für Deutsche« zugänglich; Rumänen wurden nicht eingelassen. Und die Italiener hatten, wie alle wussten, Granaten in eine Bodega geworfen, aus der sie von den Deutschen vertrieben worden waren. Niemand hatte überlebt, alle anderen genauso wenig wie die Deutschen.

Das war alles sehr interessant, aber mit Annas Leben hatte es nichts zu tun. Schweren Herzens schickte sie die Kinder weiter in den Unterricht. Hauptsächlich deshalb, weil sie sonst eine aufregendere Beschäftigung gefunden hätten. Aljoscha knurrte und nörgelte. Doch nicht lange, denn schon bald erfüllten sich seine Wünsche: Die Gymnasien wurden aufgelöst. Transnistrien stand nicht mehr der Sinn nach ihnen. Man hörte Gerüchte, dass die Rumänen die Evakuierung vorbereiteten.

Zu Annas Erstaunen fand Aljoscha trotz dieser Widrigkeiten eine sehr nützliche Beschäftigung. Er verbrachte nun seine gesamte Freizeit in einer kleinen Werkstatt neben dem Neuen Markt. Dort wurden Schlüssel und Schlösser angefertigt: äußerst wichtige Gegenstände in einer Stadt, in der dauernd Einbrüche verübt wurden. Geh mal zur Arbeit und schließ die Tür nicht ab. Dann findest du bei deiner Heimkehr ein von oben bis unten umgekrempeltes Zimmer vor, aus dem alle Wertsachen verschwunden sind. Und du zerbrichst dir den Kopf: Waren das Einbrecher oder deine Nachbarn, oder handelte es sich einfach um eine polizeiliche Kontrolle, um Hehlerei aufzudecken oder Sprengstoff zu finden. Auch die Polizisten hatten keinen sonderlichen Respekt vor fremdem Eigentum.

Wer es sich leisten konnte, versorgte sich daher mit zwei oder drei zusätzlichen Schlössern unterschiedlicher Bauart. Man brauchte außerdem Zweitschlüssel, für den Fall, dass man einen verlor. Deshalb erlebte das Lädchen eine bescheidene Blüte. Aljoschas Fingerknöchel waren tüchtig abgeschürft, aber er konnte schon einen Gussblock mit allen nötigen Zacken zurechtfeilen. Den Lohn übergab er seiner Mutter mit lässiger Miene: Hier ist ein bisschen Kleingeld für den Haushalt.

Ach, wie er seine stille Rache genoss: Sweta saß geknickt zu Hause. Sie flocht irgendwelche Quasten an Tücher, die Tante Musja ihr brachte. Dafür erhielt sie einen Hungerlohn, während er fast wie ein Erwachsener bezahlt wurde. Damit nicht genug: In der Werkstatt erschienen manchmal sehr interessante Leute. Sie waren unterschiedlich angezogen, bestellten aber immer das Gleiche: ein französisches Schloss mit vier Schlüsseln. Das Auffällige daran war, dass französische Schlösser am unzuverlässigsten und daher am wenigsten gefragt waren.

Der Chef, der alte Pal Sanytsch, sprach halblaut mit den Männern und versperrte stets die Tür zum Nebenraum mit den Geräten. Aber Aljoscha lauschte: Kursk ... Orel ... Südwestfront ... Er schwieg, obwohl die Leidenschaft in ihm überkochte. Diese Leute hörten offensichtlich den russischen Rundfunk! Waren sie Untergrundkämpfer? Partisanen? Vielleicht würden sie ihn in ihre Organisation aufnehmen! Dauernd scharwenzelte er um Pal Sanytsch herum. Der musste doch begreifen, wie ungeheuer vertrauenswürdig Aljoscha war. Doch Pal Sanytsch nahm seine Signale nicht zur Kenntnis. Daraufhin versuchte Aljoscha es auf direktem Weg und flüsterte, als niemand in der Werkstatt war: »Die Deutschen kriegen doch eins drüber, nicht wahr, Pal Sanytsch?«

Der Chef setzte sich hinter dem Tresen auf und richtete seinen krummen, von Metallstaub bedeckten Finger gegen Aljoscha. »Noch ein Wörtchen über Politik, und du verschwindest aus der Werkstatt, verstanden? Dies ist, Gott sei Dank, ein anständiger Betrieb, in dem nicht geschwatzt wird.«

Aljoscha musste den Tadel hinunterschlucken und eigene Anstrengungen unternehmen. Ach, wenn er doch einen Empfänger in den Katakomben gehabt hätte! Die Rumänen hatten die Stromversorgung wieder in Gang gebracht, und sogar die Straßenbahnen fuhren mittlerweile. Aber wie eine Leitung in die Katakomben gelegt werden konnte, das wusste Aljoscha nicht. So etwas wurde ihm auf dem Gymnasium natürlich nicht beigebracht.

Kapitel 10

Die Stadt wirkte still und tot. Als hätten die unbarmherzigen Winterwinde die gesamte Bevölkerung von den vereisten Straßen gefegt. Zumindest galt dies für die leichtgewichtigen Bewohner. Die besser genährten deutschen Patrouillen waren geblieben. Sie überprüften nun jeden, sogar die Rumänen und ihre eigenen Landsleute. Den Peressyp und die Moldawanka mieden sie übrigens. Bis zum heutigen Tag steht nicht fest, ob es in Odessa einen wirksamen kommunistischen Untergrund gab. Aber das Verbrechertum in der Stadt war sehr wirksam. Unvorsichtige Deutsche wurden einfach ermordet, doch die Polizei fand selten eine Leiche und wusste daher nicht, welche Häuser zu bestrafen waren.

Man bestrafte jetzt nach Gutdünken. In den Dörfern um die Stadt erschoss man manchmal einfach alle, die zum Sonntagsgottesdienst erschienen waren. In der Stadt nahm man auf den Märkten Geiseln und erschoss sie ebenfalls. Die Insassen des Stadtgefängnisses waren bereits alle hingerichtet worden, ganz unabhängig von der Schwere ihres Vergehens.

Inzwischen waren es die Russen, die Odessa bombardierten. Wieder musste man verdunkeln, wieder brannten Häuser, und etliche warfen sich schreiend in den Flammen hin und her. Für sie würde die Befreiung zu spät kommen. Alle, die sich eine Genehmigung für die Ausreise nach Rumänien hatten ausstellen lassen, waren schon

abgereist. Noch vor einem Monat waren die »besten Pariser Schneider«, die Kasinobesitzer und die Dämchen mit den vor Sorge schief sitzenden Turbanen von einer Behörde zur anderen durch die Straßen gezogen. Nun herrschte Leere.
Auch die rumänischen Armeeverbände schrumpften einer nach dem anderen.

Hauptmann Tiriescu bat Anna an jenem Abend, ihn in seinem Zimmer aufzusuchen. Ion war nicht da, aber er hatte das Fenster, wie es sich gehörte, mit einem Vorhang verdunkelt. Das mit Spiralen versehene Notenpult war heruntergeklappt, und an den Seiten brannten Kerzen: zwei wirkliche und zwei als Spiegelbilder auf der dunklen Politur. Außerdem leuchtete eine Petroleumlampe, deren Flamme ebenfalls vom Klavier reflektiert wurde.
Tiriescu wusste offensichtlich nicht, wie er beginnen sollte, denn er drehte eine leere Papirossaschachtel zwischen den Fingern. Er stand in all seiner Männlichkeit vor ihr: mit seinen grauen Schläfen, seinen schwarzen Augen, seinem hageren, gespaltenen Kinn, in seiner makellos sauberen grünen Uniform mit den schmalen Schulterklappen. Aber Anna wusste im Voraus, worüber er sprechen wollte.
»Madame, ich kehre nach Rumänien zurück. Bisher habe ich nicht gewagt, darüber ... Vielleicht war ich zu kleinmütig. Meine Beziehung zu Ihnen – so beschränkt sie ist – war mir sehr teuer, und ich wollte sie nicht aufs Spiel setzen. Aber nun habe ich die letzte Gelegenheit, und ich will es wagen. Sie kennen mich jetzt besser und betrachten mich nicht mehr als Feind ... Fahren Sie mit mir. Nehmen Sie die Kinder, und wir reisen alle zusammen ab. Ich bin Witwer, also gibt es keine Hindernisse. Wir können

schon morgen heiraten. Nein, ich will nicht ... nein ... Ich liebe Sie, Anna, Sie wissen ja, dass ich Sie liebe!«

Er schaute Anna voller Qual und Hoffnung an, und sie wandte die Augen ab. Sie wusste es seit langem. Welche Frau hätte so etwas nicht gespürt? Diesen ergrauenden Kopf an sich drücken und die Falten auf den eingefallen Wangen glätten ... Diesen traurigen Mann küssen, diesen Gescheiterten mit dem königlichen Vornamen, diesen bejahrten Hauptmann der zurückweichenden Armee, der sich weder neue Schulterklappen noch neue Kreuze verdient hatte. Nichts außer einer bitteren, erfolglosen letzten Liebe.

Sie küsste ihn gegen ihre Absicht, trotz ihrer vorher zurechtgelegten Worte. Das hätte sie nicht tun sollen, aber es war geschehen und ließ sich nicht mehr ändern. Die Kerzen würden abbrennen, er würde fahren und sie zurückbleiben. Warum sollte sie verbergen, dass es sie beide schmerzte? Es war eben geschehen ... Wenigstens wollte sie ihn zum Abschied bei seinem Vornamen nennen.

»Michai, Sie wissen, dass auch ich ... nein, ich will es sagen. Ich habe mich in Sie verliebt, wer weiß, wie es passiert ist ... Aber das ist unmöglich. Unmöglich, mein Guter, mein Lieber ... Sie verstehen es doch. So ist das Schicksal ...«

Sie flüsterte bereits auf Russisch, aber er verstand sie und nickte gehorsam wie ein Kind. Dann weinte er, und sie weinten gemeinsam, denn mit fünfzig Jahren sind einem die Tränen näher als mit zwanzig, und man schämt sich weniger, wenn es Tränen der Liebe sind.

Er gab noch nicht ganz auf, sondern versuchte, ihr zu erklären, dass er Angst um sie und die Jungen habe. Was würde sein, wenn die Russen eintrafen? Sie solle sich keine Illusionen über ihre Landsleute machen. Damit meine er nicht nur den Hausverwalter Bubyr, sondern auch ihre Nachbarn. Zwei hätten ihm bereits heimlich gemeldet, dass Anna Juden verberge. Er nannte Namen. Der einen Nachbarin hatte Anna eine Anzeige zugetraut, aber der anderen – niemals. Schon damals habe er sich Sorgen um sie gemacht, sie jedoch nicht warnen können, denn ihre Familie sei ihm damals noch ganz unbekannt gewesen. Einer denunziere hier den anderen – das sei sein erster Eindruck gewesen. Er habe sich erst beruhigt, als das nächtliche Gerumpel im Keller aufgehört hatte. Ja, es sei sehr laut gewesen, aber Ion sei ein prächtiger Kerl, ein treuer Mann. Und welche Erleichterung zu wissen, dass diese Leute fort waren und es keine Unannehmlichkeiten mehr geben würde. Aber wolle sie jetzt mit solchen Nachbarn dieselbe Luft atmen? Die würden sie auch bei den Kommunisten anzeigen, aus welchem Anlass auch immer. Und was solle aus den Kindern werden?

All das stimmte, doch es half ihr nicht weiter. Die Welt war eben in Landsleute und Fremde aufgeteilt, und das würde immer so sein. Das Schicksal trennte die beiden voneinander. Denn Landsleute waren nicht nur die Nachbarn oder jene, die Pawel verhaftet hatten, sondern auch Pawel selbst und Oleg, von denen niemand wusste, ob sie noch lebten. Und selbst wenn sie tot waren, konnte Anna sie nicht verraten.

Sie saßen noch eine Weile still da und hielten einander an den Händen. Anna würde ihm am Morgen beim Packen helfen. Sie wollte für ihn beten und dafür, dass es ihm und seiner Tochter gut erging. Da sie spürte, dass erneut Tränen in ihr aufstiegen, küsste sie seinen Kopf und schlüpfte hinaus in ihr »kaltes« Zimmer.

Aljoscha atmete gleichmäßig auf seinem kleinen Sofa,

und Andreika lag in Annas Bett, wohin er bei jeder Gelegenheit aus seinem Klappbett überwechselte. Er konnte sich einfach nicht daran gewöhnen, allein zu schlafen.

Sweta fürchtete sich nun, in die Kugel zu schauen. Manchmal sah sie schreckliche Dinge. Ohne zu wissen, warum, hatte sie immer größere Sehnsucht nach ihrer Mutter. Sie brauchte ihre Mutter und erinnerte sich nur an die guten Seiten ihrer Beziehung. Sogar die Streitigkeiten kamen ihr schön und lustig vor. Wie sehr die Arme versucht hatte, Sweta nicht zu verwöhnen!

Einmal hatte Papa ihr im Warenhaus in der Puschkinskaja eine elegante, sehr teure Puppe gekauft. Als sie vor der Tür standen und Sweta hastig in den Korb gegriffen hatte, um Mama das Geschenk sofort zu zeigen, hatte sie die Puppe fallen lassen, sodass ihr das Gesicht zerschmettert wurde! Papa hatte Swetas Verzweiflung bemerkt und sie leise weggeführt. Und dann hatten sie noch einmal die gleiche Puppe gekauft. Die beiden Verschwörer wussten genau, dass Mama so etwas niemals erlaubt hätte, weshalb sie ihr nichts davon sagten. Doch auch die zweite Puppe ging kaputt, als sie beim Spiel um den Bürgerkriegshelden Tschapajew die Schützin Anka sein sollte und vom Maschinengewehrwagen fiel.

Als sie bereits arm waren, hatte Swetas Mutter sich sehr bemüht, ihr das Nähen und die Hausarbeit beizubringen. Mama zwang das Mädchen, sich die Füße zu waschen, und schimpfte, wenn sie anschließend immer noch schmutzig waren.

»Mamotschka, jetzt bin ich erwachsen und verstehe dich. Du kannst jeden Tag mit mir schimpfen, wenn du nur bei mir bist! Wohin haben sie dich geschleppt? Was haben sie mit dir angestellt?«

Am Ende hielt sie die Ungewissheit nicht mehr aus und schaute trotz ihrer Furcht in die Kugel. Schließlich hatte Oma Gruscha sie ermuntert: »Hab keine Angst, frag einfach!« Denn die Kugel konnte antworten.
Sweta erblickte ein seltsames Bild: Eine Frau im weißen Kittel war von hinten zu sehen. Sie säuberte eine weiße Tür oder einen Schrank. Sweta begriff nicht sofort, wer es war, denn Mama hatte nie etwas mit weißen Kitteln zu tun gehabt. Aber als sie sich mit dem Unterarm die Haare aus der Stirn schob, erkannte Sweta sie sofort. Noch bevor Mama sich umdrehte. Mager, wie unendlich mager sie jetzt aussah ... War das ein Gefängnis? Neben dem Schrank hing ein Kleiderbügel mit einer schwarzen Wattejacke, die eine Nummer auf dem Rücken trug. Was das bedeuten sollte, verstand Sweta allerdings nicht.
Das Bild wurde trüber und verschwand, und erst zwei Wochen später gelang es Sweta, ihre Mutter erneut in der Kugel einzufangen. Sie hatte immer noch den Kittel an und öffnete einem hoch gewachsenen Burschen – er trug die Wattejacke – die Tür. Er hatte graue Augen und lächelte. Mama erwiderte sein Lächeln.
Mehr konnte Sweta nicht erkennen, doch nun war sie überzeugt, dass ihre Mutter noch lebte. Wahrscheinlich arbeitete sie in irgendeinem Krankenhaus, und natürlich konnte sie keine Briefe in eine besetzte Stadt schicken. Schließlich hatte man sie bereits vor der Besetzung weggeschleppt, um dann wahrscheinlich zur Vernunft zu kommen und sie freizulassen. Mittlerweile arbeitete sie in einem Krankenhaus, und der Mann war wahrscheinlich ein verwundeter Soldat. Unsere kommen bald, und Mama kehrt zurück, und dann werden wir in Freuden leben! Mama würde sich darüber freuen, wie Sweta sich um Andreika gekümmert hatte.

Musja jubelte: Das Mädchen war fröhlicher geworden, sang sogar wieder und rüttelte die Kleinen auf. Denn wenn Sweta fröhlich war, dann gelang es ihr, auch die Stimmung aller anderen zu heben. Noch eine weitere Sorge verschwand: Das Mädchen hatte endlich seine Periode bekommen. Musja hatte sich insgeheim seit langem gesorgt, denn der Zeitpunkt war überfällig. Lag es vielleicht an der Unterernährung? Oder daran, dass Sweta sich erkältet hatte?

Dem Mädchen tat es natürlich weh, und in jenem Februar 1944 herrschten nicht gerade die besten hygienischen Voraussetzungen. Aber Musja wusste, dass Alltagsprobleme immer irgendwie gelöst werden konnten. Und es war besser, sie zu lösen, als sich aufzuregen, weil es sie nicht gab. Sie zerriss so viele Sachen wie möglich, um Lappen herzustellen, und Sweta gewöhnte sich daran, diese mit Schnee zu waschen.

Seitdem sah Sweta nichts mehr in der Kugel. Nie wieder. Oma Gruscha hatte ihr das vorausgesagt: »Wenn du erwachsen bist, siehst du nichts mehr.« Nun war sie anscheinend erwachsen geworden.

Der Wert der deutschen Mark verringerte sich von Tag zu Tag, und die von Onkel Pascha hinterlassene gewaltige Summe hätte sich in nichts aufgelöst, wäre Sweta nach einigem Zögern nicht eine Verschwörung mit Aljoscha eingegangen. Ohne ihn hätte sie nicht rechtzeitig Vorräte kaufen können. Es war erstaunlich leicht, sich mit ihm zu verständigen. Dabei hatte Sweta beschlossen, ihn, sollte er ihr mit Fragen zusetzen, irgendwohin zu jagen – und durchaus nicht zu einer Postadresse.

Aber in den Katakomben wollte, wie sie schon früher bemerkt hatte, kein richtiger Streit ausbrechen. Als wären sie tatsächlich Verschwörer und sich von vornherein einig, sobald die ihnen vertraute gelbe Flamme durch das unregelmäßige Gewölbe flackerte. Wo sonst konnte man über geheime Angelegenheiten sprechen, ohne von jemandem gestört zu werden?

»Hör zu, Aljoscha, ich hab 'ne Menge deutsche Mark. Hier, guck mal.«

»Mann o Mann!«

»Aber stell mir keine Fragen! Und keiner erfährt was, klar?«

»Mhm.«

»Ich darf nicht nach draußen, und wer weiß, wie lange das noch dauert. Wenn ich gefunden werde, ist's aus mit mir. Also musst du so viel wie möglich kaufen, solange du für das Geld noch was kriegst. Wir verstecken es hier und holen es dann nach und nach raus.«

»Mhm.«

Damit endete das Gespräch, und Aljoscha erledigte alles auf vorzügliche Art. Später, als die Mark kaum noch etwas wert war, hatten sie kein Geld mehr. Aber dafür so viele Vorräte, dass selbst ein Hamster vor Neid hätte erblassen können. Natürlich nicht genug für fünf oder zehn Jahre. Nicht einmal für ein Jahr, aber trotzdem ...

Die Erwachsenen an der Nase herumzuführen war eine Kleinigkeit! Aljoscha behauptete einfach, seinen Lohn in der Werkstatt nun in Form von nützlichen Dingen und Lebensmitteln zu bekommen. Naturalienwirtschaft sei doch ganz normal. Und für Tante Musjas kümmerliche Bezahlung – solange das Café noch nicht geschlossen war – tätigte Aljoscha geniale Einkäufe. Auf alles Staunen und Entzücken hin zuckte er nur die Achseln. »Man muss eben handeln können, so ist das. Sie werden übers Ohr gehauen, Tante Musja, die verlangen von Ihnen immer das Zehnfache. Aber ich bin denen gewachsen.«

Tiriescu ließ Anna seine Uhr zurück: zum Verkauf in schwierigen Zeiten. Den Jungen schenkte er jeweils einen Feldstecher in identischen Etuis aus berauschend duftendem, straffem Leder. Andreika war im siebten Himmel, als Anna ihm das Fernglas aushändigte. Er polierte die Linsen mit einem Tuch, schaute mit verzücktem Stöhnen durch beide Seiten und nahm den Feldstecher sogar mit ins Bett.

Aljoscha ergriff seinen schweigend und ging hinaus auf den Hof. Aus dem Vorgarten erklang ein metallisches Klirren. Als Anna hinausschaute, hatte Aljoscha die Linsen schon mit einem Hammer zertrümmert und schlug wie rasend auf die widerspenstigen Rohre ein. Der Ziegel, auf dem er sein Werk verrichtete, war in zwei Hälften geborsten und von kleinen Emaillesplittern bedeckt.

Er spürte den Blick seiner Muter und hob den Kopf. Sein Gesicht war ausdruckslos, und er betrachtete Anna wie einen unbelebten Gegenstand.

Musja verbrachte ihre ganze Zeit mit den Kindern, nachdem sie ihren Arbeitsplatz verloren hatte. Die Nase aus dem Haus zu stecken war gefährlich. Es knallte und donnerte Tag und Nacht, und wenn das Getöse verstummt war, hörte man Schüsse auf den Straßen. Sie saß da und legte die Arme um die Köpfe aller Kinder, wenn Bomben fielen. Sollte eine treffen, dann am besten alle. Immerhin lag ihre Wohnung tief und war besser als jeder Luftschutzbunker. Trotzdem war auch hier unten ein dumpfes Dröhnen zu hören, und manchmal rieselten tablettengroße Steinsplitter von der Gewölbedecke.

Sie erinnerte sich an Jakows Erzählungen: Die Katakomben sind unberechenbar, und es kann zu Einstürzen kommen. Irgendwo hatte man, noch im Bürgerkrieg, Waggons

mit Munition gesprengt. Damals hatte die ganze Stadt so gezittert, dass mehrere der besten Tunnel zum Meer in sich zusammengefallen waren. Den Kindern erzählte Musja natürlich nichts davon, denn welchen Zweck hatte es, sie zu erschrecken? Doch sie selbst ängstigte sich mehr als an allen vorherigen Tagen der Besatzung.
Wie entsetzlich es wäre, die kurze Zeit bis zu Sjomas und Jakows Rückkehr nicht zu überleben! Sie stellte sich vor, dass die beiden am selben Tag zurückkehren würden. Schließlich waren beide nach Moskau gefahren. Jakow war wegen seines Knies nicht kriegstauglich, und Sjoma wollte zwar nach der Schule eine Militärakademie besuchen, doch da er noch ein ganzes Schuljahr absolvieren musste, hatte man ihn nicht an die Front schicken können. Sie hatte ihn als Siebzehnjährigen im Gedächtnis: nicht sehr hoch gewachsen und mit Sommersprossen. Er hatte verbotenerweise das Rasiermesser seines Vaters benutzt, um sich erwachsen zu fühlen, obwohl es noch gar nichts abzuschaben gab.

Als der Befehl erging, zu Hause zu bleiben, die Türen zu schließen und nicht an die Fenster zu treten – natürlich unter der Drohung, man werde sonst erschossen, denn anders konnte sich diese Bande einfach nicht verhalten –, wussten alle Bescheid: Jetzt ziehen die Deutschen bald ab. Sie ziehen ab, und unsere marschieren ein! Nur noch ein, zwei Tage. Musja hatte Matratzen und Decken in die Katakomben geschleppt. Denn vielleicht würden die Deutschen zuallerletzt durch die Wohnungen gehen und die Menschen niedermetzeln oder die Häuser abbrennen. Man sprach davon, dass sie dafür asiatische Spezialverbände hätten: um die ganze Bevölkerung am Ende abzuschlachten, wenn sie eine Stadt verließen. Da Musja sah, dass die Kinder vor Aufregung zappelten, befahl sie mit freudig klingender Stimme: »Also, Untergrundkämpfer, lasst uns die Freiheit feiern! Sweta, zünde noch eine Kerze an! Los, wir feiern! Petrik, Manja, schnell das Schmalzgebäck auf den Tisch. Wir essen alles auf, warum sollen wir etwas aufbewahren? Wisst ihr, was ich noch habe?«

Sie holte eine dunkle, feucht glänzende Flasche aus einem Einkaufsbeutel.

»Die habe ich noch vom letzten Jahr. Jeder nimmt einen Schluck. Aus einem solchen Anlass dürft ihr das! Mischa, was treibst du dich dort in der Dunkelheit herum? Wie lange sollen wir noch warten? Komm her! Mischa ...«

Mischa war schon weit, hinter der zweiten Gabel. Swetas Parabellum lag ihm schwer in der Hand, was sein nervöses Zittern linderte. Sweta glaubte, sie sei so schlau mit all ihren Geheimnissen. Sie ging nicht ohne Pistole auf die Straße und schien Mischa für blind zu halten. Dabei war ihr klar, dass Mischa einen Deutschen töten musste. Trotzdem hatte sie die Waffe bisher nicht erwähnt. Dann schweig eben, Prinzessin Turandot. Mischa ist schon seit dem Winter bestens über deine Heimlichkeiten informiert, aber er hat gewartet, bis dir vielleicht das Gewissen schlägt. Doch es hat nicht geschlagen, also hat es keinen Zweck, dich um etwas zu bitten. Umso besser, denn sonst hättest du dich bestimmt angehängt. Aber Mischa musste seinen Deutschen ganz allein erledigen. Für Mama und für Tante Betja und für alle, die auf jene kahle Fläche gezerrt worden waren und nun dort unter dem Schnee lagen. Nach ihrem Tod hatte man sie noch durchsucht und ihre Zähne überprüft. Wenn Mischa daran dachte, zitterte er immer am ganzen Körper. Aber diesmal hatte sich das Zittern bei dem Gedanken daran im Gegenteil gelegt. Über-

haupt fühlte er sich ganz ruhig, und ihm war sogar ein bisschen warm.
Schon früher hatte er alles genau durchdacht und nur warten wollen, bis die Deutschen die Flucht ergriffen. Dann würden sie keine Zeit haben, irgendjemanden wegen eines toten Fritzen zu erschießen. Und wenn es schon zu spät war? Was, wenn es auf der Richelieu-Straße schon niemanden mehr gab? Dann lauf rum, und such die Deutschen. Auch sorgte er sich, dass er vielleicht keine einzelnen Deutschen ausfindig machen würde und auf mehrere gleichzeitig schießen musste. In diesem Fall durfte er sich mit den Patronen nicht verrechnen, damit eine übrig blieb. Aus Büchern hatte er erfahren, dass man die letzte Kugel unbedingt für sich selbst aufspart.
Er kehrte gegen Morgen zurück, als es vom Peressyp her schon donnerte, und sprach kein einziges Wort. Mit dem Gesicht nach unten ließ er sich schweigend auf die Decke fallen. Musja stürzte mit Vorwürfen und Klagen auf ihn zu, aber er schien nichts zu hören. Sie packte ihn an den Schultern und drehte ihn zur Kerze hin. Dann musterte sie sein Gesicht und sagte kein Wort mehr, sondern legte ihn aufs Bett zurück und zog die andere Hälfte der Decke über ihn. Er schien einzuschlafen, doch bald krampfte er sich zusammen und schrie auf. Mein Gott, es fängt wieder an ... Dabei dachte sie seit einem Jahr, dass seine Anfälle nur mit seinem Wachstum zu tun gehabt hätten und nun vorbei seien.
Mischa hatte einfach nicht gewusst, dass ein Deutscher, wenn man ihm in den Rücken schießt, nicht sofort tot umfällt wie in den Filmen über spanische Antifaschisten. Dass er mit schwacher Stimme schreien, sich hin und her winden, den Kopf schrecklich verdrehen und seine Hände in die zertrümmerten Ziegel krallen würde. Und dass da-

nach alles fremd war: Mischas eigene Hände und sein übriger Körper. In seinem Innern schien wie in der Musikschule ein metallisches Metronom zu ticken: Getötet. Getötet. Getötet. Ohne Vorwurf und ohne Lob, aber unablässig. Und es gab keine Möglichkeit, das Metronom zum Schweigen zu bringen.

*

Die russischen Soldaten marschierten über die Primorskaja, und alle standen auf dem Trottoir: Musja und Anna und die Kinder und zahlreiche Menschen. Mischas, Petriks und Manjas Gesichter wirkten in der Sonne grau und ein wenig aufgedunsen. So lange Zeit fast ohne Licht. An Aljoschas Hals und Wange prangten Furunkel. Sweta, nun größer als die Jungen, hatte dunkleres Haar, nicht mehr honigfarben, sondern mittelblond. Nur Andreika hatte sich seinen kindlichen Liebreiz bewahrt und drehte sein Lockenköpfchen hin und her. Kunterbunt angezogen (herausputzen können wir uns immer noch) und nicht sehr laut jubelnd, da sie noch keine Zeit gehabt hatten, sich dem Rausch der Freude hinzugeben, standen sie da und schauten zu, wie die Unseren marschierten. Erschöpft, mit Stoppeln im Gesicht, in schmutzigen Stiefeln, denn auch sie hatten nach der erst am Morgen beendeten Schlacht noch keine Zeit gehabt, sich herzurichten. Die ersten Russen, die in die Stadt marschierten.
Eine halbe Stunde später waren die Kinder nicht mehr zu zähmen. Sie platzten vor Entzücken und konnten nicht mehr still neben ihren Müttern stehen. Als Erste – übrigens hielten sie sich dabei weiter an ihren Händen – stürzten Manja und Petrik in die Menge. Musja machte eine Bewegung, um sie zurückzuhalten, doch dann lachte sie auf

und winkte ab: Was konnte ihnen jetzt noch Böses zustoßen? Die beiden, trunken von der Aprilsonne, vom Glanz der Militärorden, vom Glück, vor aller Augen über die Straßen rennen, hüpfen und brüllen zu können, liefen die Preobreschenskaja entlang, und auch dort marschierten die russischen Befreier: So viele! So viele!

Am Abend hatten sich beide Mütter frisch frisiert und trugen Kleider. Die damals von Musja noch nicht geöffnete Flasche stand auf dem Tisch im »kalten« Zimmer, aus dem sie die Wandschirme entfernt hatten. Es gebührte sich, dort zu feiern, wo der Krieg sie überrascht hatte, wo sie zu zweit, einander umarmend, auf der Couch gesessen und sich nach dem Abschied von Semjon getröstet hatten, dass sie alles irgendwie überstehen würden. Auf dem Tisch lag ein frisch gewaschenes Laken, denn die Tischdecken waren schon 1941 verkauft worden. Die Kinder, ebenfalls frisch gewaschen und ermüdet von der Rennerei, saßen unter dem Eindruck der Feierlichkeit sittsam da. Jeder hatte Teller und Gabeln vor sich, dazu Wein und Kerzen aus gelbem Wachs, nicht weniger als neun Stück, die auf gesprungenen Porzellanuntertassen hafteten. Eine Kerze pro Person, Gaw eingeschlossen, der mit dem Schwanz aufs Parkett trommelte. Nur der arme Filja erlebte den Tag nicht mehr. Denn Meerschweinchen ist nur eine kurze Existenz beschieden, kürzer als die Besatzungszeit, und daran hatte niemand Schuld.

Alle hoben die »Pokale«: Teetassen und emaillierte Becher – je nachdem. Sogar für Andreika war Wein in den Deckel einer rumänischen Thermosflasche gegossen worden.

»Darauf, dass all unsere Lieben zurückkehren!«

Wenn es doch jetzt an die Tür geklopft hätte und alle

gleichzeitig eingetreten wären: die Väter und die älteren Brüder und Mama Marina! Anscheinend dachten alle das Gleiche, denn Manja sagte: »Mama, können wir jetzt nicht zu uns zurück? Sonst wissen Papa und Sjoma nicht, wo sie uns suchen sollen.«
Anna lachte. »Die würden sich schon zurechtfinden. Aber wirklich, Musja, ihr solltet umziehen. Und ich möchte dabei sein, um Bubyrs Fresse zu sehen!«

Sie war so schön in ihrem Kleid mit dem Spitzenkragen aus dem abgewetzten Couchüberwurf, und sie sprach so kühn, so jungenhaft über Bubyrs Fresse, dass Aljoscha seine tapfere Mutter wie früher anschaute: verliebt und stolz. Fast wie früher. Und er schwor sich, nie wieder an ihr Gespräch mit dem Rumänen zu denken. Sie sollte nie erfahren, dass er alles belauscht hatte.
Andreika erklärte Petrik, dass die russischen Soldaten schon seit 1943 Schulterklappen hätten, aber die Ränge nun andere seien. Dann ging er darauf ein, was die Sternchen bedeuteten.
Mischa saß versonnen da. Der Wein schien das Metronom zum Stillstand gebracht zu haben, aber auf die Richelieu-Straße hatte er heute nicht gehen können. Er war nur bis zur Ecke gekommen und dann umgekehrt. Obwohl er von dort den Klang einer Ziehharmonika, Gesang und sogar zwei Schüsse gehört hatte. Offenbar wurde ausgiebig gefeiert.
»Manja, sing ein Lied, Kindchen«, bat Anna. Und Manja zierte sich nicht. Aus voller Kehle hier im Zimmer zu singen und draußen durch die geöffnete Fensterklappe gehört zu werden – das musste man sich mal vorstellen, welch ein Glück.
»Dort in der Ferne, hinter dem Fluss, erglühten die Lich-

ter«, begann sie mit klarer Stimme, und alle blieben ganz still sitzen, als das Lied schon längst beendet war.
Plötzlich waren von der Soborka her Schüsse zu hören. Alle fuhren zusammen und lachten dann auf, als sie begriffen, dass es das Geräusch russischer Signalwerfer war. Die Kinder eilten zum Tor, um sich anzuschauen, wie rote und grüne Leuchtspuren über den dunkelblauen Himmel zogen.
Alle übernachteten bei den Petrows. Aber nicht wie früher vor dem Krieg, denn Manja, Petrik und Aljoscha konnten nicht mehr im selben Zimmer untergebracht werden. Manja war elf Jahre alt und an Petrik, der ihr nie von der Seite wich, gewöhnt. Genau wie an Mischa, denn alle hatten früher in einer Reihe unter Decken und Mänteln geschlafen. Aber vor Aljoscha schämte sie sich nun, und ihm ging es ähnlich. Wie sie herangewachsen waren, die Kinder ... Mischa war bereits vierzehn Jahre alt, Aljoscha würde ebenfalls seinen vierzehnten Geburtstag feiern, und Sweta folgte im Herbst. Aufgeschossen war sie, fast so groß wie Musja. Ein richtiges Fräulein.
Musja schlang die Arme um Anna und wirbelte sie durchs Zimmer. »Die Kinder sind herangewachsen, aber wir sind nicht älter geworden, stimmt's, Anetschka? So sind wir eben!«

Am Morgen ging Musja über den Hof zu ihrer Wohnung in der ersten Etage. Madam Kiritschenko, die ein rotes Kopftuch trug, säuselte von der anderen Seite des Hofgartens: »Hallo, Mussetschka, ich gratuliere zur Rückkehr! Wie froh ich bin, Sie zu sehen!«
Doch Musja wandte den Kopf ab. Manja und Petrik, die ihr folgten, taten das Gleiche.
Die Wohnung war leer. Nach der Abfahrt der Rumänen

hatte noch niemand Zeit gehabt einzuziehen. Auf dem Boden lagen allerlei Papierfetzen herum, die Tür war nicht abgeschlossen, aber die Fenster schienen intakt zu sein, sodass man wieder hier wohnen konnte.

»Also los, Manja, lauf zu Tante Anna, und hol einen Besen und Feudel! Wir werden den Dreck beseitigen, bis alles glänzt!«

Sweta putzte die Fenster, Musja und Anna scheuerten die Fußböden, und die Jungen wurden angewiesen, Wasser zu holen. Fast alle waren in der Wohnung, als jemand an die offen stehende Tür klopfte. Auf der Schwelle trat Bubyr in höchsteigener Person von einem Fuß auf den anderen. Und die Fresse, die Anna so gern hatte sehen wollen, war überaus freundlich.

»Mussenka, ich habe auf Ihre Möbelchen aufgepasst, als Sie weg waren ... Na ja, die Rumänen haben einiges kaputt gemacht und weggeschleppt, dafür bin ich nicht verantwortlich. Aber was ich konnte, habe ich aufbewahrt. Das Schränkchen und den Spiegel ... ganz unversehrt.«

Alle prusteten plötzlich los und hörten nicht auf, bis ihnen die Tränen kamen. Bubyr blieb geduldig stehen und lächelte unverändert freundlich.

Ein paar Tage später ging Sweta mit Gaw spazieren – einfach so, um ein angenehmes Prickeln im Rücken zu spüren. Und um sich darüber zu freuen, dass alle Behinderungen abgeschafft worden waren und man sich wieder frei bewegen konnte. Mit einem Mal war es möglich, ohne Parabellum auf die Straße zu gehen, und obwohl sie kein Kopftuch trug, kam es ihr in der Sonne nicht kalt vor. Das gemusterte Kleid vom letzten Jahr spielte ihr um die Knie und drückte nur an der Brust ein wenig. Sonst passte es wie angegossen. Sie hatte sich die Haare mit Musjas Lockenwicklern gewellt und sich sogar die Brauen mit einem Stift nachgezogen.

Auf der Deribassowskaja flanierte das Volk. Ein paar Mädchen sangen und tanzten, und die Jungen setzten den Soldaten zu: »Onkelchen, lass mich mal schießen!«

Manche waren einverstanden und legten die Patschhand des Jungen oben auf den Lauf. »Na dann, Söhnchen. Runter mit den faschistischen Flugzeugen! – Feuer!«

»Onkelchen, lass mich nochmal!«

»Was für ein fleißiger Bursche!«

Auf der Polnischen Straße wurden gefangene Deutsche und sogar einige Rumänen entlanggeführt, wobei verwunderlich war, wieso man hier noch Rumänen gefunden hatte. Die Kinder pfiffen ihnen hinterher, denn sie genossen es, so etwas nun ungestraft tun zu können.

Am Eingang mit den steinernen Fratzen an beiden Seiten sang eine Gruppe Rotarmisten zur Ziehharmonika. Sie hatten anscheinend schon tüchtig gebechert, denn sie schrien durcheinander und hatten rot glänzende Gesichter. Einer packte Sweta am Ellenbogen und zog sie an sich.

»Los, Lockenköpfchen, tanzen wir!«

Sweta zuckte zusammen und riss sich los. Schon in der Vorkriegszeit hatte sie vor Betrunkenen Angst gehabt.

Der Mann, der sie gepackt hatte – er trug einen Orden an seiner verschossenen Uniformjacke –, wurde plötzlich wütend. »Deutsche Hündin! Für die Fritzen hast du dich bestimmt hingelegt, aber jetzt zierst du dich!«

Er packte sie erneut am Oberarm. Sweta schrie vor Schmerz auf und krümmte sich. In diesem Augenblick warf ein grauer Wirbelwind beide um. Sweta stürzte zur Seite, und dann krachten Schüsse – drei oder vier hintereinander.

Weinend umarmte sie Gaw und seinen von Kugeln durchbohrten Kopf. Er atmete schon nicht mehr, und seine Augen verdrehten sich. Sweta schmiegte sich an sein noch warmes Fell, und alles war ihr gleichgültig: Sollten die Männer sie doch auch erschießen, wenn sie es wollten ... Die Rumänen hatten sie nicht getötet, die Deutschen auch nicht ... »Mein Gawtschik, Gaw! Ich will auch nicht ... auch nicht mehr leben!« Sie drehte den Betrunkenen ihr tränenüberströmtes Gesicht zu. »Schießt doch! Schießt doch, ihr Dreckskerle!«

Aber die Männer schienen ernüchtert zu sein, traten verlegen auf der Stelle und zogen sich in den Torweg zurück. Sweta blieb allein bei dem in der Frühlingssonne erstarrenden Gaw und nahm weder die Schüsse noch das Gelächter, noch die Musik wahr.

Kapitel 11

Sie beerdigten Gaw hinter der vierten Station der Fontan-Linie oben an einem dicht mit Ginster bewachsenen Hang. Zunächst hoben sie in dem rötlichen Lehm eine Grube aus. Dann küssten sie ihn der Reihe nach und legten ihn, in Sackleinwand gewickelt, hinein. Schließlich schütteten sie das Grab zu und kennzeichneten es durch einen flachen Stein, den sie von unten heraufgeschleppt hatten. Manja legte einen Strauß aus Beifuß auf die Platte, denn bisher blühten noch keine Blumen.

Sweta feuerte einen Schuss aus der Parabellum über das Grab hinweg ab. Sie hatte sich wieder wie ein Junge angezogen, sprach kein Wort und schaute unverwandt aufs Meer hinaus. Alle hatten Gaw geliebt. Aber er war ihr Hund gewesen und bei dem Versuch, sie zu verteidigen, umgebracht worden. Deshalb war sie durch ihren besonderen Schmerz von allen anderen getrennt. Und durch die Schuld, die sie auf sich geladen hatte. Aber als Aljoscha ihre Hand ergriff, reagierte sie mit einem schwachen Druck. Darum führte er sie an der Hand bis zur Straßenbahn. Sie hatte schmale Finger, fast wie Stöckchen, und Aljoscha erinnerte sich bis zur Koblewskaja an dieses Gefühl.

Mama lag auf der Decke, und Tante Musja kümmerte sich um sie. Bei Aljoschas Anblick lächelte Mama verstört und presste die Worte hervor: »Sie haben eine Gefallenenmeldung gebracht: Oleg ...«

Es schüttelte sie erneut. Musja wollte Aljoscha aus dem Zimmer schieben, doch Mama ließ es nicht zu. Sie wollte, dass Aljoscha bei ihr blieb und niemals, niemals mehr fortging ... Am Abend stand sie auf, um Tee zu kochen, vergaß ihre Tasse jedoch. Aljoscha flößte ihr den Tee ein und half ihr, sich wieder hinzulegen.
Er begriff, dass er mit Mama sprechen musste: nicht über Oleg, sondern über irgendwelche alltäglichen Kleinigkeiten. Aber sein Gehirn sträubte sich, und ihm fiel nichts ein. Deshalb redete er über das nächste Beste: darüber, dass es in der Nacht wahrscheinlich ein Gewitter geben werde und er die Wäsche von der Leine nehmen wolle. Sie antwortete mit zusammenhängenden Worten, doch Aljoscha hatte den Eindruck, dass sie kurz davor war loszuschreien. Aber sie schrie nicht und vergoss keine Tränen. In der Nacht, in der sie immer noch ein Zittern unterdrücken musste, meinte sie gedankenverloren zu Aljoscha: »Weißt du, er hatte ein Lieblingskleid ... Damals trugen kleine Jungen Kleider ... Tante Gelja hatte es noch für ihn genäht, gestreift war es. Oleg wollte es dauernd haben und rief: ›Streifen!‹ Ich kann mich nicht mehr daran erinnern, wo das Kleid abgeblieben ist.«
Aljoscha legte den Arm um die Schultern seiner Mutter, und so blieben sie schweigend bis zum Morgengrauen sitzen, Wange an Wange.
Oleg war bereits 1943 gefallen, in den Kämpfen um Charkow, und er hatte posthum einen Orden erhalten. Davor waren die Meldungen nicht weitergeleitet worden, doch jetzt, nach der Befreiung, wurden sie von der Post ausgeliefert. Genau wie die Briefe von der Front. Auf jedem Hof wusste man genau, wann die Post kam. Die Gefallenenmeldungen sahen anders aus als die verschmutzten Briefe von der Front, doch auch diese konn-

ten Todesnachrichten enthalten, zum Beispiel durch Regimentskameraden.
Bald traf ein Brief von Pawel ein: Er war am Leben, hatte es zum Generalmajor gebracht, zahlreiche Orden erhalten und besaß eine Feldpostnummer, an die man schreiben konnte. Von Swetas Mutter jedoch kam keine Nachricht, obwohl das Mädchen jeden Tag in die alte Wohnung lief, um sich nach Briefen zu erkundigen. In ihrem Zimmer wohnten jetzt gute Menschen: eine Großmutter mit zwei erwachsenen Jungen, Roma und Gena. Onkel Schora, der Nachbar, der Sweta und Andreika fortgejagt hatte, war von den Rumänen aufgehängt worden. Er war bereits im November 1941 unter die Geiseln geraten.

Sweta blieb weiterhin bei Musja und Andreika bei Anna. Das spielte kaum eine Rolle, da die Wohnungen nur durch den Hof voneinander getrennt waren. Aber Sweta stellte sich die quälende Frage: Wie soll es weitergehen? Bisher hatte sie geglaubt, sie brauche nur bis zur Befreiung auszuharren. Dann werde Mama heimkehren und sich um Andreika und Sweta kümmern. Sie würden in die Schule gehen und nach dem Unterricht zum Meer laufen. Aber es gab immer noch keine Nachrichten von Mama, und es galt zu entscheiden, wie Andreika und sie weiterleben sollten. Diese Entscheidung musste sie, Sweta, treffen. Bei allen anderen änderten sich die Lebensumstände, nur bei ihnen nicht. Doch Andreika fühlte sich bei Anna wohl, und sie brauchte ihn jetzt ebenfalls, wie Sweta merkte.
Andreika tat das, was sonst niemand wagte. Er stellte Anna Fragen nach Oleg und betrachtete seine Fotos. Dadurch wurde ihr leichter ums Herz, denn er schmiegte sich an sie und spendete ihr Trost. Gemeinsam gingen sie zum Beten in die Uspenski-Kathedrale. Andreika war das einzige der

Kinder, das oft und bereitwillig betete. Mit seinen zehn Jahren wollte er unbedingt noch ein kleiner Junge sein, der untrennbar zur Familie gehörte. Sogar zum Meer lief er selten, während sich Manja und Petrik, gebräunt und verwildert, vom frühen Morgen an am Ufer herumtrieben, ohne dass sie die Hand des anderen losließen.
Aber bald würde der Sweta unbekannte General zurückkehren – und was dann? Auch Musjas Mann, der ihr bereits einen Brief aus Taschkent geschickt hatte, wurde wieder in Odessa erwartet. Natürlich würden sie Sweta und Andreika nicht hinauswerfen. Aber sich einem Mann unterwerfen zu müssen und von ihm erzogen zu werden – auch wenn es sich um den prächtigsten Mann der Welt handelte ... Und dann noch getrennt. Schließlich waren Andreika und sie eine Familie und gehörten zusammen. Sweta hatte erfahren, dass man Geschwister, wenn sie im Waisenhaus landeten, zuweilen an verschiedenen Orten unterbrachte. Mit Musja sprach sie nicht über ihre Sorgen, denn die würde loskreischen, die Hände ringen und dann zusammen mit Anna alles nach eigenem Gutdünken regeln. Sweta behagte es nicht, ihre Unabhängigkeit zu verlieren. Mama hatte sie und niemand anderen gebeten, auf Andreika aufzupassen. Und nur Mama konnte sie ihn anvertrauen. Doch welche Verhältnisse demnächst herrschen würden, vermochten sich sogar Musja und Anna kaum auszumalen.
Sweta beschloss, Karl Ottowitsch um Rat zu fragen, denn der war ein praktisch veranlagter Mann, der sich im Leben auskannte.

Die Platanen an der Puschkinskaja trieben bereits Knospen, in dem hallenden Aufgang zog es, und es roch nach Katern, und die Marmortreppe mit ihren nachlässig gescheuerten Stufen schimmerte im Halbdunkel. Während Sweta ohne Pause in die erste Etage rannte, hielt sie sich ihre eigene Gemeinheit vor. Sie war verschwunden, ohne ihn zu warnen. – Nun gut, dafür hatte es einen Grund gegeben. Aber nicht sofort nach der Befreiung zu ihm zu laufen, um ihm Bescheid zu sagen! Dabei hatte er Sweta immer gut behandelt, nicht bloß wie eine beliebige Straßenverkäuferin. Er hatte ihr eine Jacke besorgt und ihr in einem Zimmer mit blauen Tapeten, einer Stuckdecke voller Amoretten und einer Uhr aus handgeschnitztem Holz echten Tee serviert. Er hatte selbst den Zucker hinzugefügt, damit sie sich nicht genierte, und sie mit philosophischen Worten bedacht, wobei er einen Finger mit einer gewundenen Ader reckte. Einen ganzen Monat lang hatte sie ihn nicht besucht. Doch als sie Karl Ottowitsch erneut brauchte, war sie sofort zu ihm gegangen.

An Karl Ottowitschs Tür war ein unverständliches Siegel angebracht worden, und Sweta klingelte an der gegenüberliegenden Wohnung. Dort öffnete eine Frau in einem Sommerkleid mit tiefem Ausschnitt. Sie trug Lockenwickler und hatte eine lange Papirossa in der einen Hand.

»Karl Ottowitsch? Kindchen, den haben sie schon vor drei Wochen verhaftet! Weshalb? Er ist doch Deutscher! Bist du etwa mit ihm verwandt? ... Ach, einfach nur so ... Und einfach nur so rate ich dir, nicht mehr herzukommen.«

Dann zog sie Sweta über die Schwelle in den Hausflur und flüsterte, wobei sie einen Geruch von Parfüm und gebratenen Zwiebeln verströmte: »Ich weiß, dass er ein guter Mensch ist ... Aber jetzt kann man ihm nicht helfen. Du musst verschwinden und bist nie hier gewesen. Hast ihn nie besuchen wollen, verstanden?«

Andreika half der seltsamen alten Frau, ihre Sachen hineinzutragen. Sie ging an Krücken und hielt in beiden Händen einen Koffer. Gewichtig und vollbusig war sie und hatte graue, zu einem Knoten gebundene Haare. Ihre Wangen waren eingefallen, sodass ihre Lippen fast einen Kreis bildeten, und das passte überhaupt nicht zu ihrem monumentalen Anblick: Sie trug eine Uniform mit zwei Medaillen und dem Orden der Roten Fahne. Mann o Mann! Wohlwollend akzeptierte sie seine Hilfe.

»Vielen Dank, mein Junge! Zwei Schritte nach der Haltestelle dachte ich noch, ich würde es selbst schaffen. Hatte vergessen, dass ich nur noch auf einem Bein herumhüpfe.«

»Sind Sie an der Front verwundet worden, Tantchen?«, fragte Andreika ehrfurchtsvoll.

»Wo denn sonst? Hab noch Glück gehabt, dass sie nicht amputieren mussten. Sonst hätte ich jetzt ein Holzbein wie 'ne Piratin.« Sie lachte unbekümmert und zerzauste ihm die Haare. »Hör zu, tu mir 'nen Gefallen. Lauf zur Hausverwaltung und sag, dass Timofejewa von der Front zurückgekommen ist. Sie sollen schnellstens die Schlüssel rausrücken.«

Eine Stunde später saß er immer noch bei Tante Klara am Tisch, die ihm von Stalingrad erzählte und ihn mit Fleischkonserven und Schokolade bewirtete.

»Hau rein, sei nicht schüchtern. Ich hab 'ne Sonderration gekriegt, und was soll ich denn mit Schokolade? Die ist was für kleine Jungs. Wie alt bist du?« Nachdem sie die Antwort gehört hatte, runzelte sie nachdenklich die Stirn. »Mein Petka wäre jetzt elf Jahre alt. Seine Mutter ist zurückgekehrt, aber den Sohn haben sie zu Tode gebombt.«

Sie sprach leichthin, was erkennen ließ, dass sie seit langem Bescheid wusste und sich gezwungen hatte, damit zu

leben. Wie Frauen sprechen, die so etwas gerade erst erfahren haben, hatte Andreika bei Tante Anna beobachten können. Es tat ihm sehr, sehr Leid für Tanta Klara und auch um Petka. Wäre der durchgekommen, hätte er jetzt eine heldenhafte Mutter, die den Neid aller anderen Jungen erregen musste.
Jemand klopfte an die Tür, und einige Nachbarn traten mit einer Flasche ein. »Klarotschka, auf deine Rückkehr!«
Das Zimmer füllte sich rasch mit allen möglichen Leuten, und es gab schon nicht mehr genug Sitzplätze. Eine Frau in einem Kittel mit Lilienmuster schenkte allen ein, und danach verstummten die Anwesenden. Niemand sagte ein Wort oder stieß mit einem anderen an. Schweigend tranken sie aus.
Tante Klara reichte Andreika eine schwere, durch die Verpackung duftende Tafel Schokolade und sagte: »Du kommst doch morgen vorbei? Hilf mir ein bisschen, wenn du sonst nichts zu tun hast.«
Die Tafel teilte er ehrlich in acht Teile. Es war ganz einfach, eine Rippe nach der anderen abzubrechen. Am folgenden Tag besuchte er Klara erneut und auch am übernächsten, und bald ging er täglich vorbei. Eine ungestüme Frau, diese Klara: Sie lachte mit tiefer Stimme, rauchte so viel, dass das Zimmer eingenebelt wurde, und sang Frontlieder. Zum Beispiel: »Im schmalen Öfchen flackert ein Feuer«. Oder: »Warte, bis ich zurückkehre«. Die Löcher in ihren Wangen waren, wie Andreika bereits wusste, die Folgen einer Kugel, die ihr hindurchgefahren war.
Darüber lachte sie nur. »Als sie mich operiert haben, hatte ich vor allem Angst, dass der Doktor mir die Zunge abschneidet! Eine Frau kann auf manches verzichten. Aber die Zunge – dann ist's vorbei!«
Als wäre es eine Kleinigkeit gewesen. Am erstaunlichsten

war, dass sie Sweta und die anderen Kinder ganz ernsthaft für Helden hielt. Wie sie die Besatzung bloß überstanden hatten! Wenn sie eine Patrouille sahen, hatten sie sich dann sofort in einer Ruine versteckt? Furchtbar, die armen Kinder. Und die Nazis ganz frech auf den Straßen – hätte die nicht jeder am liebsten erschossen? Und sie hatten noch jemanden versteckt? Und Sweta wäre fast nach Deutschland verschleppt worden? Meine Güte, was hatten sie nicht alles durchgemacht!
Über die Geschichte von den Papierflugzeugen, die auf der Richelieu-Straße in die Luft geworfen worden waren, lachte sie donnernd, sodass ihr Busen wogte. »Ach, die Gauner! Noch so klein, aber schon kämpferisch genug, um ihre Mütter zu erschrecken!«
Die Kinder merkten gar nicht, wie sie Tante Klara ihrerseits alles erzählten ... Na ja, fast alles. Sie sprudelte geradezu über: Was würde nun geschehen? Die Kinder glaubten immer noch, dass man sie in ein Waisenhaus stecken könnte? Vor den eigenen Leuten brauchten sie doch keine Angst zu haben! So weit war es also schon gekommen! Wofür hatten wir denn dann bloß gekämpft? Nein, sie wollte sofort mit den beiden Müttern sprechen, mit Musja und Anna, denn wessen Kinder waren das schließlich?
Von diesem Treffen erwartete Sweta nichts Gutes. Wenn die Erwachsenen einander nun nicht sympathisch waren? Denn sie hatten wenig miteinander gemeinsam. Sweta stellte sich vor, wie Tante Klara der zurückhaltenden Tante Anna erzählte: »Man bringt uns Brei, und wir haben einen Wolfshunger. Fast zwei Tage gab's nur Zwieback, Scheiß drauf. Die Zwiebäcke fliegen sofort durch die Küche – batz, vorbei ist's mit den Mistdingern!«
Die Behörden wurden neu aufgebaut, und Anna hoffte, an ihrem früheren Arbeitsplatz als Pflegerin beschäftigt zu

werden. Aber sie hatte noch nichts unternehmen können, als ihr eine Vorladung gebracht wurde, deren Empfang sie quittieren musste. Am folgenden Tag, um zehn Uhr, sollte sie beim NKWD erscheinen.

Musja durchschaute die Dinge diesmal schneller als Anna.

»Wenn sie dich verhaften wollten, hätten sie dich einfach abgeholt. Mach dir keine Sorgen, Anetschka, vielleicht ist das bloß irgendeine Überprüfung.«

»Aber wenn ich nicht zurückkomme ... Musja, alles ist möglich. Du kümmerst dich um die Kinder ...«

»Was redest du denn da! Sie gehören doch schon lange zu uns beiden! Anetschka, schlag dir solchen Blödsinn aus dem Kopf!«

Früher hatte das NKWD seinen Sitz in der Mareslijewskaja gehabt, doch von jenem Gebäude war nichts übrig geblieben, weshalb Anna zu der neuen Adresse ging, die auf der Vorladung genannt wurde. Demonstrativ nahm sie weder Wäsche noch auch nur eine Zahnbürste mit. Sie hatten verabredet, dass Musja, wenn Anna bis zum Abend nicht zurückkehrte, ein Päckchen mit ein paar Sachen hinbringen würde. Ein Offizier mit Schulterklappen (es war sehr ungewohnt, beim NKWD zu sein und plötzlich Offiziere mit Schulterklappen vorzufinden) verhielt sich sehr höflich und bat Anna, sich auf einen am Fußboden festgeschraubten Hocker zu setzen. Er breitete verschiedene Papiere aus und ließ sie wissen, dass es sich nicht um ein Verhör, sondern nur um eine Besprechung handele. Anna lächelte überlegen. Nun, da Pawel General war und der Krieg seinem Ende entgegenging, hatte sie nicht mehr die geringste Angst. Jakow war bereits unterwegs nach Hause, Musja und er würden sich der Kinder annehmen. – Wovor also sollte man Angst haben?

»Welche Beziehung hatten Sie zu dem Hauptmann der rumänischen Armee, der in Ihrer Wohnung einquartiert war?«

Jetzt begann also genau das, wovor Michai sie gewarnt hatte.

»Gar keine. Er ist mit seinem Burschen in meine Wohnung eingezogen. Das konnte ich nicht verhindern.«

»Es gibt Material darüber, dass Sie mit ihm zusammengelebt haben.«

Dieser Mann konnte Anna nicht beleidigen, denn sie hatte seit 1914 viele Schulterklappen gesehen. Und dazu »Würfel« auf Kragenlitzen und über die Brust geschwungene Maschinengewehr-Patronengurte. Sie war eben ein verschlossener Mensch, dem nicht jeder in die Seele spucken konnte. Nur die Lampe auf seinem Schreibtisch störte sie, denn sie wurde wegen der zugezogenen Vorhänge durch den Glanz geblendet.

»Ich kenne Ihre Quellen nicht, aber das ist eine Lüge.«

»Doch die Quellen kennen Sie, und von dort sind solche Aussagen zu hören. Sie leben unter Menschen, Anna Iwanowna.«

Vier Stunden später ging Anna hinaus und staunte darüber, dass es noch hell war, dass die Sonne herrlich durch die Blätter schien, dass plaudernde und lachende Menschen die Straßen entlanggingen, dass es heiß war und sie das Gebäude überhaupt verlassen hatte: Herrgott, welch ein Gefühl. Zu Hause musste sie sofort Wasser kochen und sich waschen. Man hatte ihr befohlen, am nächsten Tag wieder zu erscheinen. Die Gespräche würden wohl noch lange andauern.

»Michai, mein Lieber, mein Armer, Sie haben Recht gehabt. Aber ich bedaure trotzdem nicht, dass ich nicht mit Ihnen gefahren bin. Das werden Sie niemals verstehen.

Dabei sind Sie von allen Fremden bestimmt der Verständnisvollste.«

Die empörte Musja rannte von einer Instanz zur anderen und schrieb sogar an das Jüdische Antifaschistische Komitee. Wie sich herausstellte, gab es in Moskau eine solche Organisation. Wie konnte das angehen? Anna und ihr Sohn hatten schließlich drei Kinder vor dem Tod gerettet und dabei ihren eigenen Kopf riskiert! Was für ein Scheusal warf ihnen nun vor, mit dem Feind zusammengearbeitet zu haben?

Musjas Einsprüche wurden offenbar von den zuständigen Stellen gelesen, denn bald lud man sie ebenfalls vor. Sie musste mit dem Auto herumfahren und den Ermittlern mitteilen, wo sie sich mit den Kindern am Anfang und später versteckt hatte, das heißt, sie zeigte ihnen Annas Keller und die beiden Gänge in die Katakomben. Nach dem dritten Versteck in der Richelieu-Straße fragte niemand, und Musja erwähnte es nicht. Auch das »Gespenst« der Kinder verschwieg sie aus Rache. Sollten die doch hinuntersteigen und sich erschrecken. Musja hatte beim ersten Anblick aufgeschrien, und denen sollte es genauso ergehen. Das war anscheinend der Fall, denn später wurde sie nach dem »Gespenst« befragt.

Sie lachte mit unschuldiger Miene. »Ach, das hatte ich vergessen ... Da haben die Kinder gespielt.«

In jenen Tagen machten Musja und Anna auch die Bekanntschaft der heldenhaften Funkerin Klara. Das verlief ungefähr so, wie Sweta es sich ausgemalt hatte. Tante Klara qualmte eine Papirossa nach der anderen, wodurch sich ihre Wangen noch stärker zusammenzogen, und erzählte temperamentvoll: »Wir hatten ’nen deutschen Unter-

stand eingenommen, und ich sitze beim Chiffrieren, da taucht plötzlich 'ne Ratte in der Ecke auf! Ein Riesenbrocken, und ich habe seit meiner Kindheit Angst vor denen – zum Heulen! Die Nachricht ist für Marschall Rokossowski selbst, und ich darf den Rhythmus nicht verlieren. Aber wisst ihr, was das Scheusal macht? Es tanzt, ob ihr's glaubt oder nicht! Wahrscheinlich hatten die Fritzen sie dressiert ... hatten sie vielleicht mit deutschem Speck gefüttert. Ich beende die Nachricht, und sie steht tatsächlich da und streckt die Pfoten aus: Wie wär's mit Abendbrot?«
Doch zu Swetas Verblüffung kamen alle drei gut miteinander aus und tranken sogar einen Schluck aufs »Du«. Tante Klara rief: »Anetschka, du bist 'ne Heldin. Ich werde denen schon einheizen, damit sie dir nicht das Leben vergällen! Bei uns an der Front haben sie für geringere Sachen Medaillen verteilt. Nein, ich begreif es nicht: Hier ist ein Fritz, und da bist du, und du hast nichts, womit du auf ihn schießen kannst! Da hätte ich mir vor Angst in die Hosen gemacht!«
Tante Anna, die so gute Manieren hatte, umarmte Tante Klara, und sie weinten gemeinsam, die eine lautlos, die andere heftig schluchzend. Sie verstanden einander, ohne weitere Fragen zu stellen. Und Musja hatte noch Hoffnung. Sie hatte sich nach Sjoma erkundigt, doch bisher keine Antwort erhalten.

Jakow kehrte im selben Sommer zurück: hager und distanziert, wie aus dem Jenseits. Er trat ein, gab Musja und den Kindern schnell einen Schmatzer, als erkenne er sie nicht ganz – und verschwand wieder für zwei Tage. Er musste zu den Häusern seiner neunzehn Schutzbefohlenen laufen, die er am 19. Juni 1941 zu dem Pioniertreffen nach Moskau begleitet hatte. Insgesamt waren dreißig Kin-

der losgefahren, aber einige evakuierte Eltern hatten ihre Sprösslinge gefunden und abgeholt.
Er nahm nicht nur an freudigen Szenen teil, sondern musste auch eine Unterkunft für Tjoma und Nadja finden, die keine Wohnung mehr hatten. Außerdem sprach er mit der Mutter von Serjoscha Boiko, der im Zug an Ruhr gestorben und am Wolga-Ufer begraben worden war. Alle Übrigen hatte er gerettet, nur Serjoscha nicht. Dessen Mutter versetzte ihm einen Schlag ins Gesicht, heulte auf und warf eine leere Flasche nach ihm. An ihrem Rockzipfel hingen noch zwei wuschelköpfige Kinder, die ebenfalls heulten, um dem Beispiel ihrer Mutter zu folgen.
An seinem ersten Abend im Kreis der Familie war Onkel Jakow traurig und still. Er konnte sich nicht freuen, sondern gab nur seiner Verwunderung Ausdruck: darüber, wie groß Manja und Petrik geworden waren und dass Musja ihre Schönheit nicht verloren hatte. Darüber, dass sich die Familie um Mischa und zwei weitere Kinder vergrößert hatte, äußerte er keine Verwunderung, denn er war ein taktvoller Mann. Oder vielleicht hatte es nichts mit Takt, sondern nur mit seiner Gewohnheit zu tun. Seine braunen Augen zählten immer noch neunzehn Personen, sodass sechs ihm als schmerzlich wenig erschienen. Auch als Anna und Aljoscha eintrafen, waren die Versammelten für ihn nicht vollzählig. Jakow wirkte abwesend, und Sweta gewann ihn an jenem Abend sehr lieb. Er hatte tief liegende, eng zusammenstehende Augen, buschige, aber spärlicher werdende Intelligenzlerhaare, die ihm in die Stirn hingen, und eine reuevolle, schuldbewusste Miene. Als solle er Serjoschas wegen geprügelt werden.
Er konnte immer noch nicht glauben, in welcher Situation er sich plötzlich wiedergefunden hatte. Anna musste la-

chen. »Jakow, 1915 hat mir ein Friseur in Moskau gesagt, er sei ›vielköpfiger Familienvater‹. Nun weiß ich, was das ist.« Alle prusteten los.
Allmählich gelang es Jakow, die Kinder – Mischa, Sweta und Andreika – voneinander zu unterscheiden. Dazu brauchte er nur Manja und Petrik zu lauschen, die wie alle Zwillinge gleichzeitig plapperten, sich an ihn drückten, an seinen Händen zogen und sich an seinen Knien zu schaffen machten. Sie markierten ihren Papa als Eigentum, so wie Katzen deutlich machen, wer ihnen gefällt, indem sie sich mit Wangen und Nacken an ihm reiben.
Jakow hörte ihnen jedoch nur mit halber Kraft und halbem Ohr zu, denn er war zutiefst erschöpft. Wer eine unerträgliche Last herbeigebracht hat, die er nicht abwerfen, sondern nur behutsam auf den Boden stellen darf, der wird für eine gewisse Zeit taub und stumm und spürt nichts. Es ist wie eine lebenserhaltende Narkose. Doch bald würde er wieder zu sich kommen.
In den Katakomben hatten sie einen Heidenspaß gehabt, das wusste Jakow bereits. Sie hatten dort Verstecken gespielt, waren nie erwischt worden und klatschten nun triumphierend mit den Handflächen an den Zaun, an dem es geheißen hatte: Halt, Zutritt verboten! Allerdings waren die Katakomben nur für die Jüngeren ein Spielparadies gewesen. Ihnen war alles überlassen worden, was nicht für die ganze Schar reichte. Er bemerkte, dass die Kleinen sogar bei Tisch immer als Erste ihren Anteil erhielten. Das Mädchen und die beiden Jungen, aufmerksam und in sich gekehrt, meinten offensichtlich, sie seien erwachsen. Und Anna und Musja gingen dementsprechend mit ihnen um. Dabei waren alle drei mindestens ein Jahr jünger als seine Schüler. Aljoscha und er waren immerhin gute alte Bekannte. Aber was sollte er mit den beiden anderen anfan-

gen? Sie waren wie vermint: Rühr mich nicht an. Nun gut, er würde sehen, wie es weiterging.

Tanta Klara hatte die Fähigkeit, mit den Orden an ihrem üppigen Busen wie ein Panzer in eine beliebige Behörde hineinzuplatzen und dann mit der Faust auf den Tisch zu schlagen. Gleich beim Eintreten. Wenn auf dem Weg zum Büro des Amtsleiters Sekretärsschreibtische standen, zögerte sie nicht, die Faust auch auf diese knallen zu lassen. Und ausführlich zu erklären, wofür sie gekämpft hatte, hol euch der Teufel. Sie habe nicht in der Etappe gesessen wie manch anderer. Außerdem habe Genosse Timoschenko persönlich sie für die Parteimitgliedschaft vorgeschlagen, und wer die Anwesenden empfohlen habe, das sei noch zu prüfen. Sweta und Andreika wären bestimmt ins Waisenhaus geraten, hätte Tante Klara nicht diese Panzereigenschaften an den Tag gelegt.

»Sie rufen dazu auf, die Kinder aus den Waisenhäusern zu holen«, brüllte sie, und es hörte sich an wie Geschützdonner über dem Meer. »Ach, Sie rufen nicht dazu auf? Aber die Sowjetmacht tut es! Wieso bilden Sie sich ein, keine Zeitungen lesen zu müssen?« Und eine zusammengerollte Zeitung flog auf den betreffenden Schreibtisch. »Also vermerken Sie, dass ich die Kinder aus dem Waisenhaus geholt habe! Bevor man sie dorthin gebracht hat! Was, ich kann sie nicht erziehen? Was Sie nicht können, das erkennt man auch ohne 'ne Leuchtkugel! Leute wie Sie sollten auf meinen Petka Acht geben, als ich an der Front war!«

Jakow, Musja und Anna versuchten ebenfalls, die Barrikaden der Amtsstuben im Sturm zu nehmen, aber sie hatten weniger Erfolg. Schließlich hatten die Kinder einen Volksfeind zum Vater und eine Saboteurin zur Mutter. Sie gehörten in ein Sonderinternat, wenn sich keine engen

Verwandten ihrer annehmen konnten. Jakow, obwohl Parteimitglied, fühlte sich unsicher, denn er war ja nur als einfacher Angestellter in der Etappe gewesen. Und als Intelligenzler konnte er höchstens einmal im Jahr eine richtige, alle Sperren überwindende Wut entwickeln. Musja und Anna erklärte man einleuchtend, man müsse sie erst noch unter die Lupe nehmen, weil sie auf besetztem Gebiet gelebt hätten, und es stehe ihnen nicht an, den Sowjetbehörden gegenüber auf ihre Rechte zu pochen.
Also beruhigten sich Anna und das Ehepaar Krasnow damit, dass die Kinder, bis alles geregelt war, unter den mächtigen Fittichen von Tante Klara am besten aufgehoben seien.

Im September wurden Sweta und Andreika bei Tante Klara in der Hafenstraße und auch, wie es sich gehörte, in der Schule angemeldet. Außerdem stellte man Lebensmittelkarten für sie aus.
»Herrlich, wie wir leben!«, polterte Tante Klara und nagelte eine erbeutete Kuckucksuhr mit Hirschmäulern über Swetas Leinenklappbett. »Wir werden dir ein Bett mit Kugeln kaufen, Swetka, dann bist du unsere Prinzessin.«
Sie hatte eigenmächtig ein zweites Zimmer belegt, das neben ihrem früheren leer stand, und der Hausverwaltung erklärt: »Bei mir wohnen Kinder, die unter den Deutschen gelitten haben, und als Invalidin habe ich Anspruch auf zusätzlichen Platz!«
Dort kannte man sie bereits und wandte nicht ein, dass Invaliden auf nichts dergleichen Anspruch hätten. Die vom Militär Entlassenen waren noch bewaffnet, und wenn eine Verwundete nun plötzlich anfing zu schießen? Das hätte noch gefehlt ... Sie überließ Sweta und Andreika das etwas größere Zimmer, weil die Kinder mehr Platz

benötigten. Nachdem sie sich in dem kleineren eingerichtet hatte, öffnete sie die mit Sperrholz vernagelte Tür zwischen den beiden Zimmern und stellte ihre frühere Funktion wieder her.

Sie warf einen Seitenblick auf die Ikone des Wundertäters Nikolai, die Andreika in seiner Ecke aufgehängt und hinter die er kleine lila Immortellen gestopft hatte. Aber sie schwieg und tat recht daran. Diese Ikone war Andreika von Anna geschenkt worden, und er liebte sie über alle Maßen. Der heilige Nikolai war darauf ein grauhaariger alter Mann mit strenger Miene, aber wenn man genauer hinschaute, sah er gutmütig und freundlich aus.

Doch Klara schwieg auch deshalb, weil der Junge während der Besatzung wenig gelernt haben und sich keiner Schuld bewusst sein konnte. Mit der Zeit würde sich die Einsicht schon von allein einstellen. Außerdem war es nicht so schlimm, denn Genosse Stalin persönlich hatte 1943 die Kirchen wieder geöffnet und sie seitdem nicht erneut geschlossen. Also waren solche Dinge erlaubt. Über ihr eigenes Bett heftete sie das Titelblatt einer Zeitschrift mit dem Porträt Stalins. So entstand ein politisch korrektes Gleichgewicht.

»Kinder, wir laden alle zur Einzugsfeier ein! Wir brauchen ein Fest!«

Es war eine prächtige Einzugsfeier. Erstens erhielt Tante Klara ein großes Paket von ihrem Befehlshaber, mit einem Brief, den er und die ganze Funkerkompanie geschrieben hatten. Liebe Klara, wir wünschen dir Glück im Zivilleben, gute Besserung und nur Schönes. Bald werde man sie besuchen und sich alles selbst ansehen, wenn man die Ungeheuer erledigt habe.

Zweitens wurden Tante Klaras Krücken verbrannt. Sie

hinkte noch stark, konnte sich jedoch schon ohne Hilfsmittel fortbewegen. Warum also sollte sie die Krücken im Haus aufbewahren? Aljoscha zerhackte sie mit Jubelgeschrei auf dem Hof. Die Nachbarn lehnten sich aus den Fenstern und riefen: »Klarotschka, wir gratulieren! Bald werden Sie wieder tanzen!«

Alle Gäste setzten sich hin und schmausten am Ofen, in dem die Krücken glühten. Es gab eine große, mit rotem Pfeffer bestreute Speckseite, Bitterschokolade, die ersten Äpfel vom Markt und Konserven mit ausländischen Etiketten. – Tante Klara öffnete alles gleichzeitig: Was soll das Geknauser, wir feiern ...

Dann kam Makar aus der dritten Wohnung mit seinem Akkordeon, und Sonja aus der ersten Etage brachte Selbstgebrannten. Beide Zimmer waren zum Bersten gefüllt. Allen wurde eingeschenkt, und man sang und küsste einander.

Auch Sweta sang an jenem Abend. Zigeunerlieder, die Oma Gruscha ihr beigebracht hatte. Alle gerieten in Fahrt, stampften im Takt und baten um Zugaben. Sie hatte lange nicht gesungen und zierte sich, denn schließlich konnte sich ihre Stimme nicht mit der Manjas vergleichen! In jenem ersten Winter hatte sie sich erkältet, und nun klangen die hohen Töne ein wenig rau. Aber wenn sie eine niedrigere Tonlage anschlug, was bei Zigeunerliedern möglich war, dann drangen ihr so schöne Laute aus der Kehle ...

Die anderen rückten zusammen und bildeten einen Kreis. Sweta brauchte nicht viel Platz, nur eine kleine Lücke zwischen zwei Paar Knien, das genügte.

Ach, Abend, Feld, Feuer,
Weg in die Ferne ...

Sie vergaß alles außer jener Sehnsucht nach jenen fremden Feuern. Alles, außer jenem Weg ohne Grenzen und Schranken, so weit die Augen blicken. Und der Kreis des Horizonts war genauso fremd und schön wie der Kreis der Knie und der erhitzten Gesichter. Am liebsten hätte sie ihn geöffnet und sich fortziehen lassen. Hinter der Sehnsucht und dem Weg gab es eine andere Welt, und dort brauchte man keine Rätsel zu lösen.

Auch Tante Klara tanzte: im Stehen, nur mit den Armen und der Brust. Aber von ihr ging wie von einem Freudenfeuer eine lodernde, übermütige Fröhlichkeit aus, die alle im Kreis mitriss.

Sweta legte die schlaffe, lallende Tante Klara aufs Bett und zog ihr vorsichtig die Schuhe aus, um ihr nicht wehzutun. Das war überhaupt nicht Ekel erregend, nur sehr traurig. Tante Klara stammelte: »Swetka, sei nicht böse. Was soll's, man muss den Menschen entgegenkommen. Unbedingt. Und Petka und Andreika sind sich so ähnlich, nur ist der eine dunkel und der andere blond ...«

Kapitel 12

Mischa war der Einzige, der mit einem Pionierhalstuch in die Schule kam. Die anderen betrachteten ihn erstaunt, aber niemand fing Streit mit ihm an. Alle beäugten einander vorläufig noch. Die Evakuierten konnte man an ihren albernen Klamotten aus den amerikanischen Hilfssendungen erkennen, die Besatzungskinder an ihren unglaublich farblosen Sachen, die aus beliebigen Stoffen zusammengenäht worden waren. Und an ihren aufreizend unabhängigen Mienen. Man spürte, dass Zusammenstöße unvermeidlich waren.

Schon beim Antreten fiel Mischa dem Schuldirektor ins Auge. Er stellte ihn allen als Beispiel hin: Da hatte jemand nicht vergessen, dass er ein sowjetischer Pionier war.

»Wie alt bist du?«

»Vierzehn.«

»Oh, das bedeutet, dass wir dich bald in den Komsomol aufnehmen werden. Aber ich hoffe, dass du bis dahin ein guter Vorsitzender des Gruppensowjets sein wirst. Dein Familienname?«

So gehörte Mischa vom ersten Tag an zu den Aktivisten, und schon am zweiten kam es während der Schulversammlung zu einer hässlichen Störung der Disziplin. Die Anstifter waren Aljoscha Petrow und Petja Krieger.

Aljoscha begann: »In welcher Straße hast du gewohnt? Vor der Evakuierung?«

Petja erwiderte hochnäsig: »Mit den Speichelleckern der Besatzer spreche ich prinzipiell nicht.«
Und dann brauchte er kein Wort mehr zu sagen. Petja hatte breitere Schultern, Aljoscha jedoch war wütender. Er hämmerte Petjas Kopf bereits auf die bläulichen Steinplatten, mit denen der Schulhof ausgelegt war, als einer der Evakuierten kreischte: »Haut die Faschisten!«
So fing es an. Die Evakuierten und die Besatzungskinder gingen aufeinander los. Die Lehrerinnen, die sie trennen wollten, wurden wie welke Blätter zu den Toren gefegt. Nur die Pionierführerin Tonja bewies Geistesgegenwart. Entweder hatte sie solche Auseinandersetzungen schon früher erlebt, oder sie war eine Kennerin der Psyche von Mittelschülern der Nachkriegszeit. Jedenfalls rannte sie hinaus auf die Straße und klammerte sich an den ersten vorübergehenden Offizier. »Onkelchen ... ich meine, Genosse ... Ich bitte Sie, schießen Sie in die Luft, sonst schnappen die noch völlig über!«
Der Offizier schoss in die Luft. Das zeigte Wirkung.
»Mord!«, kreischte jemand, und das Gedränge löste sich sofort auf. Alle wollten sehen, wen man ermordet hatte. Nun waren beide Seiten einander ähnlicher, zumindest schienen sie genauso zerzaust zu sein. Die blauen und roten amerikanischen Hosen und Jacken, durch den hochwertigen Großstadtstaub gezogen, hatten weniger aggressive Farben angenommen, während sich die zerlumpte Kleidung der Kinder von Odessa nicht verändert hatte, sodass annähernd Gleichheit hergestellt war. Und die Veilchen waren ebenfalls mehr oder weniger gleichmäßig verteilt: Auge um Auge.

Der Direktor nahm an der Versammlung teil und behielt sich das letzte Wort vor. Vorher forderte er Mischa auf, sich zu äußern. Aljoscha, dessen Braue aufgeplatzt war, betrachtete Mischa mit dem unversehrten Auge: Der arme Kerl, wie wird er sich aus der Schlinge ziehen? Ihn, Aljoscha, hatte man bereits befragt, und seine Antwort war kurz und bündig gewesen: »Wenn mich nochmal jemand einen Faschisten oder einen … Speichellecker nennt, schlage ich ihn tot. Da kenne ich nichts.«

Deshalb hatte man Petja vorsichtshalber nicht das Wort erteilt. Damit nicht sonst was geschah und weil der Direktor keine Pistole hatte.

Mischa jedoch – weiß der Teufel, woher – verstand zu reden. Er war kein bisschen verlegen.

»Ihr seid hergekommen und wisst nicht, wer ein Faschist ist und wer nicht. Aber ich kenne den Unterschied. Wir sind ins Ghetto gejagt worden. Sie haben den Mund meiner toten Mama abgesucht. Deshalb weiß ich Bescheid. Ich hab einen Deutschen auf der Richelieu-Straße erschossen … Nur einen, aber wie viele habt ihr erschossen? Petrow hat die Katakomben gefunden, und es gab einen Untergrund, in dem wir uns vor den Deutschen versteckt haben. Und Petrow hat Schriften gegen die Deutschen verfasst. Wir haben Papierflugzeuge aus einer Ruine geworfen, damit alle von Stalingrad erfuhren. Und wir sollen Faschisten sein? Petrows Vater und meiner sind an der Front und eure Väter auch, wenn sie nicht in der Etappe arbeiten. Und das, damit wir uns jetzt in einer sowjetischen Schule prügeln? Da ist ein Porträt von Genosse Stalin, und wenn die Deutschen eins bei jemandem gefunden haben, wurde er aufgehängt. Deshalb sagt nun vor Stalins Porträt: Sind wir eure Genossen, oder sind wir Faschisten?«

Aljoscha war verlegen. Mischa hatte so gesprochen, als wären sie richtige Untergrundkämpfer gewesen und hätten etwas mit Stalins Porträt zu tun gehabt. Als hätten sie in den Katakomben zu dem Porträt gebetet oder es wenigstens hoch gehalten. Waren sie denn verrückt? Für sich genommen stimmte alles, was Mischa gesagt hatte, doch die Einzelheiten waren allzu geschickt miteinander verknüpft. Wie in den Zeitungen.

Aber Mischas Verteidigung hatte anscheinend die richtige politische Nuance, um den Direktor zu überzeugen. Unter seiner Leitung verurteilten die Versammelten den Boykott derjenigen, die unter der Besatzung gelebt hatten, in gleichem Maße wie Prügeleien in der Schule. Petrow und Krieger wurde ihr Benehmen vorerst verziehen. Man beendete die Versammlung damit, dass alle aufstanden und die Nationalhymne sangen. Aljoscha widerstrebte es aufzustehen, denn er war ja nicht im Kindergarten. Aber er sah ein, dass ihm keine andere Wahl blieb. Er war diese Dinge einfach nicht mehr gewohnt. Die Evakuierten dagegen sangen so innig, als sprächen sie ein Gebet. Mit ganzer Leidenschaft.

Nach dieser Versammlung wurde Mischa vom Direktor höchstpersönlich für den Komsomol empfohlen. Der Bursche war politisch noch nicht völlig gefestigt, aber er besaß den nötigen Instinkt. Man konnte ihn zu einem tüchtigen Organisator heranziehen.

Zu Hause bei den Krasnows kam es zu lautstarken Szenen: Manja und Petrik weigerten sich schroff, in verschiedene Schulen zu gehen. Das bedeutete ja, dass sie einen halben Tag lang voneinander getrennt sein würden! Das hielten sie nicht aus, basta! Sie klammerten sich aneinander und rollten auf dem Fußboden herum. Was sollte man da unternehmen? Jakow schwenkte seinen Gürtel, mahnte, drohte und zerrte sie auseinander. Aber er konnte sie nicht

überzeugen. Schließlich hatten die Kleinen drei Jahre lang so gelebt: Hand in Hand. Damit sie ihre Angst ertragen konnten.
Aber nun gab es getrennte Schulen für Jungen und Mädchen. Musja nahm Manja fest an der Hand und begleitete sie, wobei sie das Mädchen abwechselnd mit Klapsen und Küssen bedachte. Petrik ging zusammen mit Mischa los, der Bestechungsmethoden anwandte. In den beiden ersten Wochen musste er dem kleinen Gauner schweren Herzens die dreifarbige Taschenlampe versprechen, die er erbeutet hatte. Petrik besaß sogar die Unverschämtheit, Ansprüche auf Mischas Reißzeug zu erheben, aber damit kam er nicht durch.

Mischa fühlte sich nun reich und glücklich, denn sein Vater war ausfindig gemacht und schickte ihm Päckchen und Briefe! Sweta neckte Aljoscha triumphierend: Na bitte! Es war nämlich fast unmöglich gewesen, Mischas Vater aufzuspüren. Man hatte ihn in den ersten Kriegstagen eingezogen, und Mischas Haus lag inzwischen in Schutt und Asche. Wenn sein Vater noch am Leben war, wohin sollte er dann schreiben?
Kurz nach der Befreiung hatte Sweta eine Idee gehabt, auf die nur ein Mädchen wie sie kommen konnte: Was ist eine Feldpostnummer? Eine Kombination aus fünf Ziffern. Die brauchte man also nur zu erraten. Wenn man nicht einen, sondern mehrere Briefe abschickte, würde einer vielleicht an die richtige Adresse gelangen. Aljoscha versuchte, ihr zu erklären, dass es zu viele Kombinationen gebe. Da könne man nichts erraten. Aber seine rationalen Argumente wurden von der Mehrheit weggefegt. Warum sollte man es nicht einfach mal versuchen?
Jeder der sechs schlug eine Nummer vor, und Mischa

schickte identische Briefe an sechs Feldpostadressen. Eine Nummer erwies sich als die des Regiments, bei dem Mischas Papa vor seiner Verwundung gedient hatte. Dort erinnerte man sich an ihn, machte ihn ausfindig und sandte Mischas Brief an ihn weiter. Wer die richtige Nummer erraten hatte, wussten die Kinder nicht mehr. Damit fiel Sweta der gesamte Triumph zu, den ihr bis auf Aljoscha auch niemand streitig machte.

Anfangs brauchten die Kinder nicht allzu viel zu lernen, und sie verbrachten viel Zeit miteinander. Im Winter baute Aljoscha einen lenkbaren Schlitten: mit beweglichen Vorderkufen und einem Griff, der mit einem Scharnier an der Sitzfläche angebracht war. Nun konnten sie durch die steilen, vom Schnee bläulichen Gassen bis hinunter ans Meer fahren.

Der listige Petrik machte ein Geschäft daraus, indem er den Jungen aus der Umgebung zehn Kopeken für eine Tour abverlangte. Lebensmittel nahm er ebenfalls. Aber Aljoscha erfuhr davon und gab ihm ein paar Ohrfeigen, damit er sich nicht so durchtrieben aufführte. Petrik ärgerte das, denn durch sein starkes Wachstum hatte er dauernd einen solchen Hunger, dass ihm der Kopf schmerzte. War es etwa seine Schuld, dass die Lebensmittelration für ihn nicht ausreichte? Und konnte er etwa ignorieren, dass auch Manja nicht genug zu essen hatte? Dabei steckte Mama ihnen schon so viel wie möglich zu.

Das in der Schule streng verbotene »Feuerspiel« brachte höchstens ein paar Kopeken ein. Aber Petrik sparte diese Kopeken und kaufte einem uralten Mann auf dem Markt einen Schatz ab, dessen Wert dem Alten offenkundig nicht bewusst war. Es war ein geschliffener Becher mit sehr dicken Wänden und einem noch dickeren, fast anderthalb Finger hohen Boden. Bei seinen Bummeleien über die Märkte begegnete Petrik auch einer Händlerin, die zentnerweise Sonnenblumensamen feilbot. Er kaufte einen ganzen Sack voll und benötigte jetzt nur noch eine Wärmflasche, einen Beutel und Zeitungen.

»Glühend hei-ei-ße Sonnenblumenkerne«, schrie er mit klarer Diskantstimme, und die Leute rissen ihm die Ware aus den Händen. Becherweise. Das Geheimnis des Bechers war, dass man den Boden, wenn er richtig gehalten wurde, nicht erkennen konnte. Allerdings musste Petrik dauernd seinen Standort wechseln, denn er wollte auf keinen Fall, dass ihn seine Lehrer und Bekannten bei dieser Beschäftigung erwischten. Der Becher verhalf ihm zu kleinen, aber stetigen Einnahmen. Nun konnte er sich manchmal eine Wurst und Pfefferkuchen leisten. Er beabsichtigte nicht, sie allein zu verputzen, aber zu Hause würde man ihm nur lästige Fragen stellen. Deshalb zog er es vor, in dem Zimmer, das Sweta sich mit Andreika teilte, zu schlemmen. Tante Klara war nicht daran interessiert, ihm zuzusetzen, und außerdem ging sie abends und nachts häufig aus dem Haus.

Sie arbeitete jetzt als Fahrdienstleiterin im Hafen und war immer noch froh darüber, dass man sie eingestellt hatte. Aus irgendeinem Grund hatte es niemand eilig, Frontkämpfern, besonders wenn sie kriegsversehrt waren, einen Arbeitsplatz zu geben. Überhaupt wurden sie nirgends mit offenen Armen aufgenommen. Das Sagen hatten wohlgenährte Schreibtischhengste. Wenn sie allein gewesen wäre, hätte sie sich mit ihrer Rente durchgeschlagen, um vor niemandem katzbuckeln zu müssen. Aber das Geld reichte nicht, um zwei Kinder großzuziehen. Und Nachtschichten wurden am besten bezahlt.

Sweta schöpfte als Erste Verdacht und fragte Petrik ohne

Umschweife unter vier Augen: »Klaust du, oder machst du Geschäfte?«
Petrik gab offen zu, dass er Geschäfte machte. Diese Formulierung gefiel ihm. Danach stellte Sweta keine weiteren Fragen mehr. Welchen Appetit heranwachsende Jungen hatten, konnte sie an Andreika beobachten. Sie kochte Tee, und alle Anwesenden aßen anderthalb Lebkuchen und bissen ein Stück von der grauen Leberwurst ab. Mischa schnurrte: »Was für ein Leben! Fast wie in den Katakomben!«
In den Katakomben hatten sie von Onkel Paschas Geld vielleicht sogar noch besser gelebt. Sweta bedauerte, dass es ihr nicht gelungen war, die Goldmünzen in Umlauf zu bringen. Wie sollte sie die jetzt loswerden? Ein Glück, dass sie die Münzen wenigstens zusammen mit der Parabellum aus den Katakomben geholt hatte. Nachdem Tante Musja dem NKWD die Eingänge gezeigt hatte, waren diese sofort zubetoniert worden.
Wenn Sweta an ihrer früheren Wohnung in der Komsomolskaja (inzwischen hieß die Straße wieder so) vorbeiging, wurde ihr ebenfalls traurig zumute. Die Fenster waren erleuchtet, also wohnte dort bereits wieder jemand, und »unser Gespenst«, für immer eingemauert, langweilte sich ganz allein in der Dunkelheit.

Abends liefen sie ins Kino und ergötzten sich an den erbeuteten Filmen. Alle schafften es, ohne Karte durchzuschlüpfen, doch Petrik ging besonders virtuos vor. Er benutzte mancherlei Tricks. Zum Beispiel fing er am Kinoeingang irgendjemanden in Uniform ab. »Onkelchen, nehmen Sie meine Schwester und mich mit? Karten brauchen wir nicht. Ich zeig Ihnen, wie das geht.«
Gewöhnlich hörte sich der Soldat Petriks Instruktionen

aufmerksam an, lachte dann und klatschte sich an die Seiten. »Ach, du Gauner! Was für ein schlauer Bengel du bist!« Der Rest verlief nach dem immer gleichen Plan:
Der von Petrik auserwählte Mann schritt durch die Kontrolle, und aus der Menge erklang eine aufgeregte Kinderstimme: »Papa! Guck mal, da ist unser Papa!«
Der Auserwählte schaute sich um, riss die Augen auf, wie es seine Instruktionen verlangten, und brüllte: »Söhnchen!«
Die Menge machte Platz, Petrik und Manja stürzten an der Kontrolleurin vorbei und fielen dem Soldaten um den Hals. Die Menge und die Kontrolleurin waren gerührt: Ein Vater war von der Front zurückgekehrt und hatte seine Kinder gefunden! Frauen bekamen feuchte Augen und strichen den Kindern über den Kopf. Und man überließ ihnen Sitzplätze neben dem Soldaten. Niemand stellte sich die Frage, wieso der Vater nach seiner Rückkehr nicht nach Hause, sondern sofort ins Kino gegangen war. Alle freuten sich darüber, Zeugen eines bewegenden Wiedersehens geworden zu sein.
Manja sang sämtliche Lieder aus allen Filmen, und ihre Auftritte hatten eine erstaunliche Wirkung: Jedes männliche Wesen von zwölf und mehr Jahren fühlte sich beim Klang ihres arglosen hellen Stimmchens wie ein Westernheld. Manja besuchte die Musikschule, glänzte beim Laienspiel und wurde von Petrik arg beneidet. Doch ihr Gesang brachte nichts ein, sondern bereitete nur Vergnügen. Hätte er ein solches Talent gehabt, welche Summen wären ihm dann in jeder Kneipe zugeflogen! Er hatte eine feste, laute Stimme, aber er traf unweigerlich den falschen Ton, und Manja hielt sich lachend die Ohren zu, wenn er sang.

Der Nachrichtensprecher Juri Lewitan verkündete den Sieg im Rundfunk. Er klang stets feierlich, doch diesmal übertraf er sich selbst. Nun würde sich alles ändern, alles würde herrlich und neu sein. Die Menschen umarmten einander auf den Straßen und küssten sich wie zu Ostern. Tante Klara veranstaltete wieder ein Fest. Die Jungen pflückten sämtlichen Flieder, den sie in der Nachbarschaft finden konnten. Üppige weiße und violette Blüten quollen aus allen Flaschen und Dosen in Tante Klaras zwei Zimmern. Die Feier war schon in den Hof übergeschwappt, und die Frauen schleppten Tische hinaus und deckten sie mit dem, was sie hatten. Nun würde bestimmt alles gut werden. Die Angst vor den Gefallenenmeldungen war vorbei, und wer überlebt hatte, würde zurückkehren. – Zu ihnen!

Doch am Morgen schrie die rothaarige Tante Lisa aus der sechsten Wohnung verzweifelt: »Kolja! Kolenka, mein Goldjunge!« Und alle im Hof erinnerten sich niedergeschlagen an diesen Goldjungen. Von sämtlichen Lausbuben im Hof war er der mutwilligste, der lauteste und einfallsreichste gewesen.

Die Gefallenenmeldungen trafen also zunächst weiter ein, das ließ sich nicht ändern. Schließlich kamen keine mehr, aber bis zur Demobilisierung war es noch so lange hin. Musja und Jakow erhielten keine Totenmeldung, sondern die Nachricht, dass Semjon verschollen sei. Bei den Kämpfen um Krakau. Aber noch bestand Hoffnung, denn manchmal tauchten Verschollene unerwartet wieder auf. Das jedenfalls behaupteten alle Bekannten beschwörend und eindringlich, wobei sie unzählige Beispiele anführten.

Im April vernachlässigten fast alle Jungen die Schule. Sie mussten sich unbedingt den Bauch füllen, und im April fingen die Fische an zu beißen. Sogar Mischa schwänzte von Zeit zu Zeit und lernte die Kunst, mit Angelschnüren umzugehen. Auf den Schulversammlungen verurteilte er die Schwänzerei jedoch leidenschaftlich und verlangte, sie zu bekämpfen. Die anderen dagegen missachteten die Spielregeln und kehrten dafür jeden Abend mit gefangenen Fischen heim.

*

Aljoscha und seine Mutter litten nun keine Not mehr. Üppige Generalspakete trafen ein. Pawel war noch nicht zurückgekehrt, doch ihr Leben hatte sich bereits gewandelt, und aus seinen Briefen ließ sich entnehmen, dass nach seiner Heimkehr alles ganz anders aussehen würde. Deshalb lebten sie seltsam sorglos und ziellos dahin. Sie mussten eben einfach abwarten. Schließlich wussten sie nicht einmal, ob sie weiterhin in Odessa wohnen oder mit Pawel irgendwohin umziehen würden.

Anna verdingte sich immer noch als Pflegerin im Krankenhaus. Man hatte sie eingestellt, ohne sie auch nur mit einer einzigen unangenehmen Frage zu konfrontieren, und sie hatte sich nicht einmal darüber gewundert. Möglicherweise war das in ihrem neuen, nicht ganz realen Leben so üblich. Plötzlich hatte sie eine Menge Freizeit und konnte, von der Arbeit abgesehen, tun, was sie wollte! Zum Beispiel stand es ihr frei, sich ein Kleid aus der kirschbraunen Seide zu nähen, die Pawel ihr geschickt hatte. Oder sie konnte auf die Näherei verzichten und sich mit einem französischen Buch auf dem durchgelegenen Sofa ausstrecken.

Auch Aljoschas Freiheit schränkte sie nicht ein. Der Junge hungerte nicht, war gesund und hatte sympathische Freunde. Es gab also keinen Grund, um ihn Angst zu haben, und es war eine Wonne, keine Angst mehr haben zu müssen! Jetzt konnte ihm nichts Böses mehr zustoßen! Deshalb ließ sie ihm seine neue Selbstständigkeit, zumal die Streiche der Pubertät der Vergangenheit anzugehören schienen. Wie erwachsen der Junge geworden ist, staunte sie, und zauste ihm die Haare. Die waren borstig und ein wenig klebrig vom Meerwasser. Ihr fünfzehnjähriger Kapitän!

»Du bist schon so groß, Aljoscha, nicht zu glauben! Wie hast du das geschafft?«

»Gefällt es dir nicht?«

»Doch, sehr. Bald wirst du ein junger Mann sein, und ich bin dann dein altes Mütterchen.«

Aljoscha lachte kopfschüttelnd. Wie lustig es war, dass sie sich als altes Mütterchen bezeichnete. Er wartete inbrünstig auf seinen Vater, aber er wusste auch, dass diese Wartezeit, in der er mit seiner Mutter ein schönes Leben führte, schon sehr bald beendet werden würde. Und dann würde es nie wieder so sein wie jetzt.

Gewöhnlich schleppte Aljoscha seinen ganzen Fang zu Sweta und war glücklich, wenn sie die Beute annahm. Denn man konnte nie wissen, wie sie reagieren würde. Mama hatte Sweta ein Paar Schuhe aus einem der Pakete schenken wollen, aber Prinzessin Turandot hatte abgelehnt: höflich und mit großer Würde.

Früher hatten sie immer alles miteinander geteilt, weshalb sich Aljoscha beleidigt fühlte. Doch später begriff er schmerzlich, dass in diesem neuen Leben bereits unsichtbare Trennungslinien gezogen worden waren. Sweta hatte sie sich nicht ausgedacht, sondern sie einfach nur früher als er gewittert. Was verband sie mit einem General, dem sie noch nie im Leben begegnet war?

Doch Aljoscha hoffte, dass sich alles regeln werde. Die Hauptsache für ihn war, dass sich zwischen ihnen nichts änderte. Und tatsächlich brach Sweta nicht mit Aljoscha. Manchmal tauschte sie sogar bei den Nachbarn einen überzähligen Fisch gegen ein anderes Nahrungsmittel ein.

Sweta erneuerte ihre Kartenspielerlaufbahn am Strand, als einer fröhlichen Gesellschaft, die auf einer verschlissenen Leinenbettdecke spielte, der vierte Mann fehlte. Er war schwimmen gegangen. Lachend rief man sie heran: »Mädchen, willst du's mal probieren?«
Als der Vierte zurückkehrte, lachten sie bereits nicht mehr. Sweta, die sich nach dem Spiel gesehnt hatte, entfaltete ihre vollen Fähigkeiten. Der Vierte war der Fähigste unter ihnen, sodass Sweta fast zweihundert Rubel gewann. Sie hätte noch mehr gewonnen, wäre ihr Einsatz am Anfang nicht zu klein gewesen.
Den ganzen Sommer hindurch war sie beschäftigt. Es gab anständige Mahlzeiten, und sie kleidete sich und vor allem Andreika neu ein, denn er wuchs schnell aus allen Sachen heraus. Auf Tante Klara wollte sie sich nicht verlassen. Die Tante liebte die beiden so sehr, dass sie Seide getragen hätten, wenn es möglich gewesen wäre, Liebe in Geld zu verwandeln. Aber Tante Klara war schwächer geworden, trank heftig und beschwerte sich dauernd darüber, dass ihr ihre Frontkameraden nicht mehr schrieben. Ihre frühere Stelle hatte sie verloren, und nun sortierte sie Briefe auf dem Postamt. Sie litt unter neuralgischen Schmerzen, denn der durchschossene Kiefer wollte nicht ausheilen. Aljoscha und Mischa besorgten Schlamm vom Golf, der den Schmerz ein wenig linderte. Wenn Tante Klara sich zu Hause den grünlichen Schlamm aufs Gesicht

geschmiert hatte, ähnelte sie einer Wasserleiche. So ging sie auch in die Küche oder auf den Hof, um mit den Nachbarn zu schimpfen.

Im Herbst verlagerte sich das Glücksspiel in die Wohnungen, aber Sweta hatte inzwischen recht gute Kontakte geknüpft. Zum Beispiel fand sie sich an einem warmen Oktoberabend in einem Haus in der Preobraschenskaja wieder. Die Wohnung gehörte einem rotwangigen, grauhaarigen Mann. Sie war von geradezu unverschämter Eleganz, überall mit Teppichen ausgelegt und vor Kristall funkelnd, und die Gäste schienen sehr bedeutende Leute zu sein. An Getränken standen nur Flaschen mit Champagner und Mineralwasser auf dem Tisch. Man hatte Sweta eingeladen, um sie zur Schau zu stellen, und sie beabsichtigte nicht, sich zu blamieren.

»Das ist also unser junges Talent?«, fragte der Hausherr mit einer lässigen halben Verbeugung. »Charmant, charmant. Und was können Sie spielen, meine Liebe?«

»Alles«, erwiderte Sweta kühn.

Erst als die Einsätze gemacht wurden, begriff Sweta, dass sie endlich am richtigen Ort gelandet war. Aber wie konnte sie an solche Summen herankommen? Als sie an der Reihe war, drehten sich alle mit einem gewissen Hohn, wie ihr schien, in ihre Richtung. Bescheiden legte sie drei Goldimperiale auf den Tisch und betrachtete die Gäste voller Genugtuung. Diese zuckten nicht mit der Wimper, aber die nun entstandene Spannung hätte ausgereicht, das ganze Zimmer zu elektrisieren.

Sweta verlor einen geringen Betrag und legte mit einem verstörten Lächeln weitere sechs Goldmünzen auf die weiße Tischdecke. Sie hatte das Gefühl, dass das Spiel nun ernsthaft begann. Außerdem spürte sie, dass man ihr erlauben würde, ihren gesamten Gewinn mitzunehmen. Jedenfalls diesmal.

Aber sie hatte sich nicht ausgemalt, wie hoch der Gewinn sein würde. Und dann zweifelte sie: Durfte sie wirklich alles mitnehmen?

»Ach, Sie haben uns alle mit Ihren grünen Augen verzaubert!«, sagte der Hausherr, der sich entgegenkommend über sie gebeugt hatte und ihr ein straffes Geldbündel reichte, auf dem ihre neun Goldmünzen akkurat aufgestapelt waren. »Belieben Sie weiterzuspielen?«

»Nein danke. Ich muss morgen in die Schule«, antwortete Sweta keck.

»Sehr vernünftig, sehr vernünftig. Wer sich hinreißen lässt, der verliert alles«, meinte der Hausherr mit einem Lächeln und begleitete sie zur Tür. Erst im Hausflur begriff Sweta plötzlich: Das ist Sedoi! Der Grauhaarige. Sie spürte, dass dies kein Zufall war.

Nach einem Häuserblock hörte Sweta auf der dunklen Straße hinter sich Schritte. Sie bückte sich und gab vor, einen Strumpf hochzuziehen. Gleichzeitig packte sie ihre Parabellum. Der Alexandrowski-Prospekt war leer, denn die Menschen gingen nicht gern in der Dunkelheit spazieren, und dafür gab es im Herbst 1945 gute Gründe. Auf den Straßen trieben sich große und kleine Kriminelle herum. Die konnten einen niederstechen oder noch Schlimmeres anstellen.

Aber in der Allee war es still. Zur Rechten lag ein kleiner Garten, in dem Blätter raschelten und der nun völlig harmlos aussah. Den Galgen hatte man längst entfernt – nicht sofort, doch bald, nachdem die Rumänen abgenommen worden waren, die man am ersten Tag nach der Befreiung auf den Straßen gefangen und aufgehängt hatte.

Sweta begann zu laufen und ihr Verfolger ebenfalls. Das Getrappel verriet, dass er allein war.
»Bleib stehen, du Aas!«
Sie raste über die Straße zum Garten, und hinter ihr krachte ein Schuss. In diesem Moment hatte sie bereits das kratzende Geäst der Büsche erreicht. Das Ganze glich einem schrecklichen Traum: Gleich würde sich zeigen, dass sie weder fortlaufen noch sich überhaupt bewegen konnte. Als hinter ihr Zweige knackten, drehte sich Sweta verzweifelt um und sah einen dunklen Schatten: gewaltig, schwankend, ebenfalls wie aus einem Albtraum. Sweta hatte Angst, auch nur zu blinzeln, und zog den Hahn durch. Der Rückstoß der Parabellum ließ ihre Hand heftig zucken. Es war kein Traum, denn sie konnte laufen.
Und sie lief in die ihrem Haus entgegengesetzte Richtung, um die Ecke in die Troizkaja. Hinter ihr war alles dunkel und still, niemand verfolgte sie. Auf Schüsse – vor allem am Alexandrowski-Prospekt – reagierte die Bevölkerung von Odessa inzwischen gleichgültig. Nach mehreren Blöcken war Sweta überzeugt, dass ihr wirklich niemand mehr folgte. Daraufhin kehrte sie nach Hause zurück und öffnete leise die Tür.
Andreika schlief wie immer mit dem Kopf unter dem Kissen, und Tante Klara hatte Nachtschicht. Sweta legte die für den folgenden Tag nötigen Hefte bereit. Seltsamerweise erinnerte sie sich daran, dass ihre Klasse eine Algebraarbeit schreiben würde. Den Gewinn und die Goldmünzen brachte sie im Wäschekasten unter. An das, was nun geschehen würde, wollte sie lieber nicht denken. Aber da sie damals nicht zusammen mit Gaw erschossen worden war, musste sie weiterleben. Sie hatte sich darum bemüht, ihr Leben fortzusetzen, ohne jemanden zu töten, und war bis zu ihrem fünfzehnten Lebensjahr gekommen. Ohne On-

kel Paschas Parabellum wäre dies ihr letztes Jahr gewesen. Die Pistole roch noch nach Pulver, und Sweta wurde so schlecht, dass sie sich auf den Fußboden erbrach. Zum Glück schlief Andreika sehr fest.

Als Tante Klara am Morgen hereinkam, schlief Sweta ebenfalls. Ihr schmales Händchen ruhte unter ihrem blonden Nacken, und sie hatte das Gesicht nach kindlicher Art im Kopfkissen vergraben. Der Fußboden war sauber gewischt, und Tante Klara dachte gerührt: Da wachsen großartige Kinder heran. Fleißig sind die.

Kapitel 13

Was in jener unglaublichen Zeit nicht alles auf dem Markt verkauft wurde! Von schwer erhältlichen Sonnenblumenkernen bis hin zu erbeuteten Fahrrädern! Im Vergleich mit den Sonnenblumenkernen kosteten die Fahrräder nicht allzu viel. Die Stadtbewohner wollten sich den Bauch voll schlagen – bis zur Bewusstlosigkeit, bis sie ächzten, und es hatte den Anschein, dass es stets so sein würde.

Sweta war fest entschlossen, das gewonnene Geld nur für Lebensmittel und nichts anderes auszugeben! Weitere Gewinne würde sie nicht mehr einheimsen, das wusste sie. Denn solche Spiele kamen für sie nicht mehr in Frage. Sie würde mucksmäuschenstill sein, sich ganz klein machen und ausschließlich in die Schule gehen, und auch dorthin nicht allein, sondern mit Ljolka aus der 39. Wohnung. Und sie musste sich etwas einfallen lassen, wie sie ihr Äußeres ändern konnte. Wäre sie ein Mann gewesen, hätte sie sich den Kopf kahl geschoren und sich einen Schnurrbart angeklebt, aber was sollte ein Mädchen tun? Noch dazu eine sowjetische Schülerin?

Andreika, den Sweta auf den Markt geschickt hatte, kam erst nach einem halben Tag schimpfend zurück: »Was hast du mir da bloß aufgehalst! Die ganze Stadt habe ich abgesucht, von wegen die Haare färben ... Puh, was hast du denn mit dir angestellt? Du siehst ja toll aus!«

Sweta, die noch nach Friseurladen roch, hatte sich die Haare so kurz schneiden lassen, wie es dem Friseur, Onkel Njoma von der Sadowaja, nach ihren überzeugenden Worten möglich gewesen war. Sie hatte lange auf ihn einreden müssen, denn wie jeder echte Künstler besaß er einen tyrannischen Charakter. Njoma vertrat den unerschütterlichen Grundsatz: »Mich interessiert Ihr Kopf, aber Ihre Ideen dürfen Sie für sich behalten.«

Und da Onkel Njoma der festen Überzeugung war, dass Sweta sich die Haare nicht schneiden, sondern sie sich im Gegenteil noch eine Handbreit länger wachsen lassen solle, drohte der Streit sich so ausgiebig hinzuziehen, bis ihre Locken diese Länge tatsächlich erreicht hatten. Zumal sich alle im Friseurladen Anwesenden engagiert in die Diskussion einmischten, besonders die Kassiererin mit dem Muttermal über die halbe Wange. Deshalb fehlte Sweta jetzt der Schwung für eine bissige Antwort an ihren Bruder.

»Hast du's?«, fragte sie nur.

»Und ob. Ich bin in den Botanischen Garten gegangen, als es schon dunkel wurde, und irgendein Kerl hat mir gezeigt, wo eine Eiche steht. Ich hab einen Sack voll für dich abgerissen, aber trocknen kannst du blöde Ziege das Zeug selbst.«

Sweta hatte beschlossen, sich die Haare dunkel zu färben, und dafür eignete sich, wie sie gehört hatte, Eichenrinde am besten: Du brauchst dir nur den Kopf damit zu waschen und fertig. Aber wo in Odessa bekam man Eichenrinde? In einer Apotheke etwa? Wie zum Trotz wuchsen hier keine Eichen; es war der falsche Boden für sie. Das heißt, einige besonders widerstandsfähige gab es natürlich doch, aber die musste man erst einmal finden.

Ihre rote Baskenmütze, die Sweta sich in besseren Zeiten zugelegt hatte, tauschte sie bei ihrer Klassenkameradin Katja gegen eine selbst gehäkelte blaue Mütze ein, woraufhin die undankbare Katja sie nicht ohne Grund als saublöd bezeichnete. Aber Swetas Absichten zerstoben, als die Lederjacke an der Reihe war, die der gutmütige Karl Ottowitsch ihr geschenkt hatte. Von ihr konnte sich Sweta beim besten Willen nicht trennen, weder durch Verkauf noch durch Umtausch. Lieber hätte sie den Kopf verloren als ihre Lieblingsjacke. Aber welchen Sinn hatte es dann, sich von ihren Locken und ihrer Baskenmütze zu trennen? Nachdem sie sich ausgeweint hatte, entschied sie schließlich, alles Weitere dem Schicksal zu überlassen. Den nächsten Monat hindurch fühlte sie sich, als würde sie auf einem Nagelbett leben, aber dann beruhigte sie sich allmählich. Da nichts passierte, war sie anscheinend davongekommen.

*

Pawel hatte den Chauffeur am Hauseingang fortgeschickt. Seine Sachen konnte er später hineinbringen lassen, denn nun wollte er wenigstens für ein paar Schritte allein sein. Der Hof war noch nicht aufgewacht, es wurde gerade erst hell. Deshalb bemerkte ihn niemand in seiner makellosen Generalsuniform, als er durch den abgenutzten, krummen Torbogen schritt. Seine Absätze schlugen auf den Asphalt. Er ging am Wasserhahn und der Grünanlage mit den Kastanien vorbei und hielt ein paar Sekunden an der niedrigen Tür inne, bevor er anklopfte. Er atmete durch. Neun Jahre war es her ...

Aljoscha wurde durch den Schrei der Mutter geweckt und eilte hinaus ins »kalte« Zimmer. Was er sich schlaftrunken ausgemalt hatte, wusste er selber nicht, aber nun stand er in Unterhemd und Unterhose da, hielt ein deutsches Bajonett in der Hand und blinzelte ungläubig hinüber. Seine Mutter und sein Vater – das war sein Vater? – sahen ihn an und lachten.

»Na, sei mir gegrüßt, du Vaterlandsverteidiger!«
Der Junge spürte, wie die Orden in seine Haut stachen, so fest wurde er von dem Mann umarmt, der beinahe Aljoschas ganzes Leben hindurch eine Fotografie, ein Traum, eine Erinnerung gewesen war.

Am folgenden Tag sollten sie in eine Generalswohnung umziehen, die so riesig war, wie Aljoscha es sich niemals hätte vorstellen können. Die Fenster gingen auf die schattige Theatergasse hinaus, ein paar Schritte vom Palais Royal entfernt. Pawel ließ es nicht zu, dass Anna weiterarbeitete. Er lachte laut über ihren Einwand, dass sie nicht innerhalb eines einzigen Tages kündigen könne, und gestattete ihr nicht einmal, ihre Unterlagen aus dem Krankenhaus abzuholen. Die Unterlagen wurden ins Haus gebracht, ebenso wie das letzte Gehalt. Aber am Abend – dem letzten in der Koblewskaja-Straße – war alles so, wie Anna es sich wünschte. Der Umzug mochte anstehen, doch sie wollte alle einladen, mit denen Aljoscha und sie Not gelitten hatten. Davon hatten Anna und Musja geträumt, als die Unsrigen in die Stadt einmarschiert waren. Nur Oleg würde nicht mehr zurückkehren. Trotzdem musste gefeiert werden. Und Pawel, der gehofft hatte, den Abend nur mit seiner Frau und seinem Sohn verbringen zu können, fügte sich ohne ein Wort.

*

Die Feier verlief nicht ganz so unkompliziert, wie Anna es erwartet hatte. Denn Jakow und Pawel demonstrierten allzu angestrengt, dass ihre früheren Meinungsverschiedenheiten keine Rolle mehr spielten. Und Mischas Vater, ein pensionierter Major, war kurz zuvor zurückgekehrt

und hatte noch keine Zeit gehabt, mit den anderen Bekanntschaft zu schließen. Auch schien Mischa durch Pawel Iwanowitschs Ordenspracht in Verlegenheit gesetzt zu werden: Sein Vater hatte nur einen einzigen Orden.
Wäre Musja nicht gewesen, hätte sich anfangs vielleicht eine gewisse Steifheit eingestellt. Aber Musja rief unbekümmert gleich von der Türschwelle her: »Ach, Paschenka, was für ein schöner Soldat Sie geworden sind! Ach, das ist ja nicht zu fassen! Ach, drehen Sie sich mal zum Licht!« Die Gäste prusteten los, wurden lebhaft, tranken ein Gläschen und gossen nach. »Auf alle, die zurückgekommen sind!«
Beim dritten Mal wurde schweigend getrunken, wie es sich gehört.
Tante Klara war bester Stimmung. Sie mochte ein bisschen beschwipst sein, doch umso einträchtiger sang sie zusammen mit dem General und dem Major Frontlieder. Andreika beobachtete scharf, ob der General und der Major sie auch mit dem gebührenden Respekt behandelten, aber er beruhigte sich bald. Und als Pawel Iwanowitsch ihm einen erbeuteten Dolch schenkte, kannte sein Entzücken keine Grenzen. Pawel war sehr aufmerksam und bedachte alle mit Trophäen: zur Erinnerung. Man feierte ausgelassen, doch die Abschiedsstimmung ließ sich nicht verdrängen – zu viel hatten sie in dieser engen Wohnung erlebt. Es war immer so einfach gewesen, hierher zu Anna zu kommen – mit allem, was man an guten oder bitteren Neuigkeiten hatte. Undenkbar, dass sie schon morgen nicht mehr hier sein würde.
»Anetschka, mein Herzchen, viel Glück in eurer neuen Wohnung!«
Tante Klara gab Anna einen schallenden Kuss und versprach, an der Einzugsfeier teilzunehmen. Alle versprachen es, bevor sie sich verabschiedeten. Auf dem Weg

nach Hause zur Hafenstraße stützten Sweta und Andreika Tante Klara von beiden Seiten. Sie schniefte und seufzte. Es ist eben leichter, Kummer statt Freude mit allen anderen zu teilen.

*

Marschall Schukow hörte nicht auf zu trinken, aber es gelang ihm nicht, sich zu besaufen. Jedenfalls nicht so sehr, dass er sich nicht mehr daran erinnerte, ob er bei der Siegesparade auf einem Schimmel oder auf einem Rappen geritten war. Aber er hätte sich sehr gern betrunken, damit ihm leichter ums Herz wurde. Oder er hätte gern so viel Holz gehackt, dass es auch Ihm Selbst nicht wenig vorgekommen wäre. Genosse Stalin. Genosse Stalin, warum haben Sie mich beiseite geschoben? Sie spielen mit dem Feuer ... Er wollte sich unbedingt selbst überzeugen, dass die Beleidigung ihn nicht gebrochen oder auch nur eingeschüchtert hatte und dass er wirklich noch einiges Feuer besaß, mit dem zu spielen sich nicht empfahl. Deshalb betrachtete er später nicht irgendeinen militärischen Sieg oder jene Parade als seine Sternstunde, sondern den Moment, in dem er sich wenigstens teilweise für die Erniedrigung gerächt hatte, die ihm nach dem Sieg zugefügt worden war. Zwar traf die Rache nicht Ihn Selbst (Er Selbst war bereits außer Reichweite), doch zumindest den Haupterniedriger[2] gleich nach Ihm Selbst. Ja, Schukow ist noch zu Staatsstreichen fähig!
Aber an jenem regnerischen Abend saß der Befehlshaber

[2] Gemeint ist der sowjetische Geheimdienstchef Lawrenti Berija, den Schukow 1953 nach Stalins Tod verhaftete. Durch Berijas Hinrichtung wurde Chruschtschow der Weg an die Macht geebnet. *Anm. d. Übers.*

des Militärbezirks von Odessa in seinem Arbeitszimmer und entkorkte die zweite Flasche Soldatentrost. Nicht irgendeinen armenischen Kognak, sondern das einheimische Getränk. Er entkorkte sie und füllte mutterseelenallein ein Glas. Zum Trinken kam er jedoch nicht mehr, denn von den zahlreichen Telefonen auf dem Schreibtisch klingelte das eine, das noch nie geklingelt hatte.

»Ich höre, Genosse Stalin!«, sagte der völlig nüchterne Marschall mit völlig nüchterner, abgehackter Stimme. Eine mysteriöse Kraft riss ihn vom Sessel, schmiedete ihm einen Eisenring um die Brust und zog ihm den ohnehin nicht schlaffen Bauch zusammen.

»Was geht da bei dir im Militärbezirk vor, lieber Genosse? Herrscht bei dir in Odessa noch die Sowjetmacht, oder ist das schon vorbei? Ich habe nämlich erfahren, dass bei dir in Odessa die Kriminellen am Ruder sind und die Miliz nicht mit ihnen fertig wird.«

»Ich werde schon mit ihnen fertig, Genosse Stalin.«

»Nur zu, mein Lieber. Ich gebe dir eine Woche. Reicht das?«

»Drei Tage, Genosse Stalin.«

Eine Stunde später war der Bezirksstab sehr fleißig an der Arbeit. Sämtliche Offiziere mussten ihre jeweilige Beschäftigung unterbrechen und erhielten neue Anweisungen.

Andreika hatte sich nach der Schule verspätet, weshalb Sweta selbst zum Brotkaufen gegangen war. Sie umklammerte ihren nicht allzu schweren Beutel aus Lederresten etwas kräftiger, als ein anständig gekleideter, doch zweifellos krimineller Bursche neben ihr her schritt und den verhangenen Himmel bewunderte. Wie fast alle in Odessa hatte Sweta ein Gespür für solche Leute. Aber der Mann zeigte kein Interesse an ihrem Beutel, sondern sprach leise ins Leere.

»Mach keine Zicken, sondern hör mir zu, bevor ich verschwinde. Deinen Bruder brauchst du nicht zu suchen. Wenn du Sehnsucht nach ihm hast, sei morgen um zehn Uhr abends am Eingang zum Herzogsgarten. Da kommt ein sympathischer Knabe auf dich zu. Verhandle mit ihm. Sedoi lässt dich grüßen. Sei nicht blöd, sonst gibt es keine Verhandlungen.«

Plötzlich trat er zur Seite und bog in einen Hof ab – mit einem Durchgang, wie Sweta wusste. Ihre Handflächen waren feucht und ihr Rücken kalt geworden. Mechanisch ging sie nach Hause. Was sollte sie tun, mein Gott, was sollte sie nur tun? Natürlich hoffte Sweta nicht auf Gottes Hilfe, aber die Panik hatte Seinen Namen in ihr hochsprudeln lassen. Andreika wurde offenbar von Sedois Männern irgendwo festgehalten. Wenn es ihr einfallen sollte, sich an die Miliz zu wenden, würden diese Leute reichlich Zeit haben, ihn umzubringen. An die Miliz dachte sie ebenfalls nur aus Panik. Von der war durchaus Unheil zu erwarten; aber dass sie jemandem aus einem Unheil herausgeholfen hätte – davon hatte Sweta noch nie gehört. Es regnete, und das Brot würde in dem löchrigen Lederbeutel feucht werden. Auf der Treppe suchte Sweta lange und gedankenverloren nach dem Schlüssel, obwohl sie nur zwei Taschen hatte. Andreikas Rollschuhe, die Aljoscha aus Kugellagern zusammengebaut hatte, lagen neben der Haustür, und Sweta durchfuhr ein Schauder. Was würden sie mit ihm anstellen? Sie konnten mit ihm machen, was sie wollten.

Er würde weinen und nach Mama rufen. Oder nach Sweta. Als er im letzten Winter an Husten und Fieber litt, hatte er dauernd nach Sweta verlangt. Und sie hatte nieman-

den, einfach niemanden fragen können, was sie tun sollte. Weder Papa noch Mama, noch Onkel Pascha. Gut, sie würde tun, was Sedoi wollte, wenn sie bloß Andreika zurückkriegte! Ihren Kleinen. Wenn sie ihn nur nicht kränkten und ihm nichts antaten! Sie erinnerte sich an die schrecklichen Geschichten, die in der Stadt kursierten. Auch über verloren gegangene Kinder, die man tot aufgefunden hatte. Über abgeschnittene Finger, ausgestochene Augen ... Andreika hatte blaue Augen wie Mama.
Es klingelte an der Tür, und Sweta machte sie mit hölzernen Bewegungen auf.

Aljoscha, durchnässt und fröhlich, stürzte herein. »Swetka! Guck mal, was ich dir mitgebracht habe!«
Sie sollte jedoch nie erfahren, was er ihr mitgebracht hatte, denn beide vergaßen es sofort. Immerhin wurde die Situation durch Aljoscha erträglicher. Sweta erzählte ihm alles, und obwohl sie keine besonders fachmännischen Ratschläge erwartete, hatte sie eine gewisse Hoffnung, dass ihnen zu zweit etwas einfallen würde.
»Was kann Sedoi von dir wollen? Will er den Gewinn zurückhaben?«
»Dann gebe ich ihm alles, was übrig ist, sogar das Kleingeld! Aber wenn er mir nicht glaubt, dass das alles ist, und Andreika umbringt? Oder wenn er das Geld nimmt und ihn trotzdem ermordet? Oder wenn er will, dass ich für ihn arbeite? Die denken nämlich, dass ich was Besonderes kann: mit Karten und überhaupt. Und wenn sie Andreika nun bei sich behalten?«
»Kannst du so etwas wirklich?«
»Wenn ich es könnte, dann würde ich jetzt erraten, wo er ist und ihn rausholen. Ich würde den Kerl erschießen, der ihn versteckt hält, und ihn retten. Wenn ich das könnte,

würde ich all die Ungeheuer erschießen. Und Sedoi als Ersten.«

»Immer mit der Ruhe! Warte mal, Swetka, und denk nach. Vielleicht errätst du es doch? Dann könnten wir es meinem Vater sagen, und er würde uns helfen. Schließlich ist er aktiver Offizier.«

»Pawel Iwanowitsch?«

Plötzlich hatte Sweta eine wahnsinnige Hoffnung. Warum denn nicht? Schließlich kannte er ihren Papa, und er war Frontkämpfer mit genau solchen Freunden ... Früher war er fort gewesen, aber nun konnte sie diesen starken Mann zu Hilfe rufen. Sie hatte nicht an ihn gedacht, weil sie noch nicht an seine Rückkehr gewöhnt war; außerdem fühlte sie ihm gegenüber eine gewisse Verlegenheit.

Wenn sie es erriet und wenn man dann dort ganz schnell hineinstürzte, ehe jemand reagieren konnte – vielleicht hätten sie dann keine Zeit, Andreika umzubringen. – Aber wie sollte sie es erraten?

In Gedanken schritt sie an der Preobraschenskaja entlang ... Warum an der Preobraschenskaja? Darüber brauchte sie sich nicht den Kopf zu zerbrechen. Sie musste bloß weitergehen, aber nicht dorthin, wo sie bei Sedoi Karten gespielt hatte, sondern ans andere Ende. Da stand ein Haus mit einer Zuckerbäckerfassade, und dort klingelte eine Straßenbahn ... Aber wir wenden uns nach links, wo die Ecke schräg abgeschlagen ist. Ein Maulbeerbaum steht auch dort, eine Explosion hat ihn in der Mitte geknickt ...

Aljoscha schlug sich die Hand vor die Stirn, und Sweta fragte wütend: »Was machst du denn?«

»Ich hab's vergessen! Als ich zu dir gegangen bin, hat Mama gerade telefoniert ... Also, Papa hat angerufen, um zu sagen, dass er heute nicht nach Hause kommt. Es gibt da eine dringende Sache.«

»Und morgen?«
»Das weiß ich nicht. Als sie geantwortet hat, habe ich bewusst weggehört.«

Sweta ließ die Schultern fallen, und sie wirkte so klein und unglücklich, wie sie da mit untergeschlagenen Beinen auf der zerschlissenen Couch saß, dass es Aljoscha ganz mulmig wurde. Er machte sich verzweifelt klar, dass sie sich morgen diesem Sedoi ausliefern und alles tun würde, was der Schurke wollte. Wenn sie sich erst einmal mit den Banditen eingelassen hatte, dann würden die dafür sorgen, dass es keinen Rückweg mehr gab ... Ob Swetka nun ungewöhnliche Fähigkeiten oder einfach nur Glück hatte, sie würde nun in jedem Fall versklavt werden. Er stellte sich vor, was die Diebe mit dem Mädchen anstellen konnten, und kniff die Augen vor Entsetzen zu. Mit ihr! Mit Swetka! Weil sein Vater etwas Dringendes zu erledigen hatte. Zwar besaßen sie in ihrer Wohnung ein Telefon, aber Pawel hatte Aljoscha und seiner Mutter verboten, im Stab anzurufen. Nicht einmal die Nummer hatte er ihnen gegeben.
Plötzlich wurde Aljoscha wütend auf sich selbst: Wieso hatte sein Vater die Schuld? Als wenn Papa ihm sein ganzes Leben lang bei allen Problemen geholfen hätte. War er denn ein kleiner Junge? Bald würde er siebzehn Jahre alt werden. Er schüttelte Sweta an den Schultern.
»Hör zu. Wenn ich es schaffe, bis morgen Abend mit meinem Vater zu sprechen, kommen wir zu dir. Wenn nicht, komme ich allein um acht Uhr. Du gibst mir deine Pistole, und ich folge dir heimlich. Für alle Fälle. Mischa nehme ich mit, damit er aus der Entfernung aufpasst.«
»Dann ist es schon dunkel.«
»Zieh was Helles an, dann erkennen wir dich bestimmt.

Und wenn es zu Verhandlungen kommt, dann versprich alles, sei mit allem einverstanden, damit sie dich bloß wieder nach Hause lassen. Danach erzählst du es uns, und wir reagieren entsprechend. Vielleicht ist mein Vater bis dahin wieder zurück. Und wenn sie dich irgendwohin schleppen, dann werden Mischa und ich ebenfalls entsprechend reagieren.«

Das war kein sehr präziser Plan; eigentlich war es überhaupt kein Plan, sondern nur eine kindliche Skizze. Aber Sweta wollte unbedingt, dass eine selbstbewusste männliche Stimme die Führung übernahm. Und in diesem Moment klang Aljoschas Stimme sehr selbstbewusst. Außerdem war er schon fast ein Mann. Also musste er wissen, was zu tun war!

Erst als er fortgegangen war, begriff sie, dass es Unsinn, eine Illusion und Selbstbetrug war. Gleichgültig, wie metallisch Aljoscha seine Stimme klingen lassen mochte, Sweta allein trug die Verantwortung für Andreika. Wenn ihm etwas zustieß, wer konnte dann Aljoscha Vorwürfe machen? Er wollte das Beste, aber Unmögliches konnte er nicht vollbringen. Er liebte Andreika und sie, Sweta, ebenfalls. Ein echter Freund. Aber er war keiner, der die Welt um der Liebe willen umwälzen konnte. Und sie selbst? Nein, sie konnte es auch nicht. Trotzdem: Sweta trug die Verantwortung und konnte sie niemand anderem übertragen. Jedenfalls niemandem, der noch am Leben war. Mischa? Auf ihn setzte sie wenig Hoffnung. Gewiss, er war kühn, aber er schwebte in den Wolken. Er spielte Kommunismus, und was nicht seinen Vorstellungen entsprach, war eben eine Ausnahme. Andreika, ihr kleiner Jendrus, würde zu diesen Ausnahmen gehören, wenn er nicht gerettet wurde.

Sie schloss die Augen und ging wieder in Gedanken die Preobraschenskaja entlang, aber diesmal von jenem anderen Ende her. Sie wusste selbst nicht, warum. In diesem Augenblick traf Tante Klara ein und schimpfte über das feuchte Brot. Sweta log ihr vor, dass Andreika bei einem Freund sei und dort auch übernachten werde. Danach schimpfte Tante Klara noch ausgiebiger, aber das war immer noch besser, als wenn sie die Wahrheit erfahren hätte. Tante Klara konnte ebenfalls nichts ausrichten, sondern sich nur beunruhigen. Und sich betrinken.

Pawel wurde zum Marschall gerufen, und er nahm seine Anweisungen entgegen. Alle Offiziere sollten morgen in der Abenddämmerung in Zivilkleidung auf den Straßen sein – bewaffnet. Die ganze Nacht hindurch. Und sie sollten alle erwachsenen Männer erschießen, die den geringsten Verdacht auslösten. Wenn sich jemand in einem Haus versteckte, musste er verfolgt und dort erschossen werden. Keine Verhaftungen! Nur Spitzel durfte man festnehmen, wenn man es wollte. Für vierundzwanzig Stunden, nicht länger. Bei Dunkelheit riskierten es friedliche Bürger nicht, ihre Häuser zu verlassen, sodass alle anderen Verdacht erregten. Wer im Dunkeln hinausging, konnte nur ein Krimineller sein. Operationsfrist: zwei Tage. Genauer gesagt, zwei Nächte. Die Stadt wurde in Zonen eingeteilt, und wenn am Ende des dritten Tages noch ein einziger Krimineller in Odessa am Leben war, würden die zuständigen Offiziere bestraft werden. Hart bestraft. Und damit basta. Wie man vorzugehen hatte – einzeln, zu dritt oder alle zusammen –, war nicht die Sache des Marschalls, sondern der Genossen Offiziere. Denn herrschte die Sowjetmacht in Odessa oder nicht?
Pawel wurde ein nicht allzu übles Revier zugeteilt: der

Woroschilow-Distrikt. Er sollte die Gegend mit einer Gruppe ihm unterstellter Offiziere von Verbrechern säubern. Deshalb befahl er nicht nur den Offizieren, Zivilkleidung anzuziehen, sondern auch den bevollmächtigten Hauptfeldwebeln und sogar einigen gemeinen Soldaten. Er ernannte sie zu Vollstreckern, schickte Beobachter mit Militärlampen an die nötigen Punkte, sprach sich mit den Vollstreckern der Nachbarbezirke ab und war überzeugt, dass die Kräfte ausreichten, mit einer beliebigen Zahl krimineller »Früchtchen« in seinem Revier fertig zu werden. Seiner Frau hatte er telefonisch mitgeteilt, dass er eine dringende Arbeit erledigen müsse.

Es war schade um den Anzug, seinen bisher einzigen, denn der Regen ließ nicht nach. Aber schließlich konnte man nicht einen Regenschirm aufspannen, um Menschen zu erschießen! Und schießen würde er persönlich. Um den Untergebenen ein Vorbild zu liefern. Da alle Zivil trugen, bestand die Gefahr, dass sie sich gegenseitig erschossen. Deshalb banden sie sich Halstücher um und wurden zudem instruiert, bestimmte Gesten und Pfiffe zu verwenden. Auch die Banditen trugen ja möglicherweise Halstücher. Pawels Truppe war in voller Kampfbereitschaft. Alle kannten einander, und zu Irrtümern konnte es nicht kommen. Sie gingen hinaus auf die Straßen. Plötzlich hörte der Regen auf.

Andreika war aus der Schule zurückgekehrt, als es geschah. Aus einem Hauseingang schrie eine Frau: »Aua, ich habe mir das Bein gebrochen. Aua, helft mir doch!« Er lief hin, denn außer ihm war niemand in der Gasse, und an das Übrige konnte er sich nur noch vage erinnern. Er kriegte keine Luft mehr, überhaupt keine Luft, dann wurde es dunkel. Danach fand er sich in einer Kellerecke wieder, wo er auf einem zerrissenen Stück Sackleinwand lag. Es roch nach Feuchtigkeit und Schimmel. Er stand auf, obwohl ihm der Nacken wehtat, und donnerte an eine Holztür, durch deren Spalte Lichtstrahlen eindrangen. Die Tür war abgeschlossen, aber eine Stimme brüllte: »Hör mit dem Lärm auf! Noch ein Mucks, und ich schneide dir die Nase ab! Pinkle in den Eimer, dort in der Ecke. Und sei bloß still!«

Dem unbeteiligten, sachlichen Ton der Stimme entnahm Andreika, dass man ihm wirklich die Nase abschneiden würde, und er sagte kein Wort mehr. Er fürchtete sich so sehr, als wäre er kein großer Junge von zwölf Jahren, sondern noch der Knirps, der in der Ruine weinte, wenn Sweta lange fortblieb. Andreika verstand es, leise zu weinen, denn das hatte Sweta ihm damals eingeschärft, bevor sie auf Beutesuche ging und ihn allein ließ. Wenn man ihn hörte, würde man ihn umbringen und keine langen Fragen stellen. Und hier war es genauso.

Aber im Moment war er noch am Leben. Deshalb suchte er den Eimer in der Ecke und benutzte ihn. Danach drückte er leise ein Ohr an den Spalt. Dort, in einem Zimmer mit Teppich, saßen zwei Männer und spielten Tschapajew. Das war ein Spiel für Jungen, und er selbst spielte es häufig mit Petrik. Andreika schöpfte ein wenig Hoffnung. Solche Männer, die ihre Spielsteine mit einem Klappern vorrückten und sich über den Gewinn freuten, würden ihm doch nicht die Nase abschneiden! Aber nach einem gründlicheren Blick begann er zu zweifeln: Sie konnten es doch! Besonders der mit dem dichten Lockenschopf spielte irgendwie raubtierhaft. Und der vierschrötige, schwergewichtige Kerl – was tat der, nachdem er gewonnen hatte? Er haute dem Lockenkopf auf die Nase, und mit was für einer Pranke! Dem Lockenkopf lief das Blut in zwei

Rinnsalen herunter, doch er zuckte nicht mit der Wimper und wischte es sich nicht ab. Das war offenbar der Einsatz. Was würde sein, wenn Andreika etwas zu trinken haben wollte? Oder etwas zu essen? Und kalt war es hier. Seine kurze Jacke wärmte ihn kaum.

Andreika hockte sich entmutigt auf den Sack und begann zu beten. Er kannte viele Gebete, die er schon während der Besatzungszeit gelernt hatte, und nun fielen ihm alle ein. Gott war sein Schutz und hatte ihm immer geholfen. Andreika dachte voller Reue daran, wie oft er Sweta hintergangen, wie er in der Schule eine Ration Brot gestohlen und wie schändlich er in der Toilette und unter der Decke an sich herumgespielt hatte. Und wie er Tante Klara beim Baden belauscht und sie durch Mauerritzen beobachtet hatte – all das und manches andere bereute er. Schließlich betete Andreika darum, dass die schrecklichen Männer verreckten, aber dafür im Jenseits nicht mehr bestraft wurden. Dass sie nur auf dieser Welt, und zwar sofort, umkamen – das genügte. Und für sich selbst betete er, dass Sweta bald eintraf und ihn befreite. Darum, dass Mama kam, betete er schon nicht mehr, denn sonst hätte er laut losgeheult.

Seine beiden ersten Opfer entdeckte Pawel sofort. Sie nahmen zu zweit die ganze leere Straße ein, und als sie Pawel zusammen mit Leutnant Meschko sahen, der die Verbindung zum Oberkommando hielt, wurden sie auf böse Art lebendig. Anscheinend hielten sie die Soldaten für spazieren gehende Intelligenzler. Das freute Pawel, denn er wusste, dass seine Untergebenen ihn beobachteten. Er trat heran, um die beiden aus nächster Nähe zu erschießen. Sie stürzten ungläubig zu Boden. Auch zur Linken knallte ein Schuss, und dann folgten zwei weitere. Dort waltete Hauptmann Gapnenko seines Amtes.

Bis vier Uhr morgens hatten sie nicht nur die Straßen, sondern auch die ihnen zuvor von Spitzeln genannten Keller, Wohnungen und Restaurants gesäubert. Die Erfahrung, die Pawel in Preußen mit dem Straßenkampf gesammelt hatte, machte sich jetzt bezahlt. Es gab nur eine einzige Komplikation, als jemand von oben – entweder vom Dach oder aus einer Mansarde – das Feuer auf sie eröffnete. Aber man schickte eilends so viele Autos, wie sie im Distrikt benötigt wurden, und Gapnenko, obwohl verwundet, wurde lebend ins Krankenhaus gebracht. Die Soldaten umzingelten das Haus, und da sie ihre Taschenlampen in alle Richtungen leuchten ließen, konnte ihnen kaum jemand entkommen.

Als Pawel zwei Kugeln auf einen aus der Hofgasse Fliehenden abgefeuert und einen wackligen Zaun getroffen hatte, nachdem ihm der Verbrecher nach allen Regeln der Kunst vor die Waffe getrieben worden war, stutzte er für einen Moment. Doch er dachte nicht weiter darüber nach. Aber als Pawel sich nach drei Tagen zum ersten Mal mit warmem Wasser waschen und sanft in seinem eigenen Bett einschlafen konnte, da erschien ihm das verschwommene Gesicht dieses Verbrechers vor Augen. Petka Medwedew, ein Kamerad im Strafbataillon, der waghalsigste Kämpfer und der einzige Nichtraucher unter ihnen. – Wie hatte er ihn nicht erkennen können? Pawel erwachte und ging in die Küche, um eine Zigarette zu rauchen. Doch im gelben elektrischen Licht bildeten sich Petkas Züge erneut heraus. Seine Stimme war Pawel in bester Erinnerung, weil Petka dauernd herumgealbert hatte. Doch jener Verbrecher hatte keinen Laut von sich gegeben, weshalb Pawel sich beruhigte und sich wieder hinlegte. Nur um sich daran zu erinnern, wie Petka ihn über glitschigen Lehm aus einer feuchten Schlucht gezerrt und mit seinem Fußlappen verbunden hatte. Da erhob sich Pawel erneut, ging hinaus zum Rauchen und hatte wiederum Petkas Gesicht vor sich. Er entfernte sich in Gedanken aus der Küche und kehrte zurück ins Jahr 1941, in jene elende Schlucht, die mit zähen Brombeersträuchern, schlimmer als Stacheldraht, bewachsen war.

Sweta rief Aljoscha am Morgen an und befahl ihm mit knappen Worten, am Telefon sitzen zu bleiben und abzuwarten. Er solle das Haus auf keinen Fall verlassen. Und Mischa werde nicht benötigt. Ihre Pläne hätten sich geändert, und Aljoscha dürfe nicht vom Telefon weggehen. Am Abend werde sie sich melden. Woher, wisse sie noch nicht. Jedenfalls nicht von zu Hause aus, denn die Wohnung hatte noch keinen Telefonanschluss. Wenn sie also Entwarnung gab, werde man danach keinen Kontakt mit ihr aufnehmen können. Aljoscha blieb am Telefon sitzen und wartete voller Qual den ganzen Tag hindurch. Und am Abend ebenfalls.

Die berühmte »schukowsche Erschießung« wurde in der Stadt zwar später bekannt, doch am ersten Abend sickerten nicht einmal Gerüchte durch. Normale Sowjetbürger steckten nachts die Nase nicht aus der Wohnung. Und als die Schüsse knatterten, riskierte es kaum jemand, auch nur die Hoftoilette aufzusuchen. Vielmehr benutzte man nach alter Gewohnheit einen Eimer.
Schießereien auf den Straßen waren keine Seltenheit, denn die Diebe teilten sich jetzt in Soldaten und Zivilisten. Jene, die an die Front gegangen waren, hatten das Diebesgesetz gebrochen. Aber sie waren mit der Überzeugung, im Recht zu sein, zurückgekehrt. Die anderen dagegen, die das Diebesgesetz eingehalten hatten, taten die

Rechte der Kämpfer als reine Erfindung ab. Dadurch war die Verbrecherwelt unversöhnlich gespalten. Hier konnte kein Friede herrschen, und die Auseinandersetzungen gingen nur selten ohne Schießerei ab. Aber so etwas hatte man noch nie erlebt ...
Um halb neun spürte Sweta, dass sich etwas Ungewöhnliches anbahnte. Entweder gab es wieder Krieg, oder die Regierung wurde abgelöst. Da Tante Klara schon vor Anbruch der Dunkelheit zur Nachtschicht gegangen war, konnte niemand Sweta aufhalten. Sie warf sich ein schwarzes Tuch um und machte sich auf. Allerdings ging sie in Richtung der Preobraschenskaja, denn sie wusste irgendwie, dass es keinen Zweck hatte, den Herzogsgarten aufzusuchen, weil dort bestimmt niemand auf sie wartete. Etwas Neues spielte sich ab, und Sedoi mischte die Karten. Jendrus war in jenem Hof, vor dem ein Maulbeerbaum gestanden hatte. Dort war mit Kreide an einen niedrigen Eingang geschrieben: »Keine Toilette im Hof!« Sie hatte den Hof noch nie betreten, aber ihr war klar, dass sie sich nach links in die Dunkelheit wenden und mehrere Stufen hinabsteigen musste. Warum sonst wurde sie wie von einem Gummiband am Herzen dorthin gezogen, sodass sie keinen Zweifel, sondern nur Angst hatte? Aber ihre Angst bedeutete wahrscheinlich, dass Jendrus noch am Leben war. Um wen hätte sie sich sonst ängstigen sollen?

Andreika hatte großen Durst, aber er wagte nicht, an die Tür zu klopfen, und von außen wurde sie nicht geöffnet. Die beiden spielten zuerst und schlangen dann eine Wurst aus einer Zeitung herunter. Danach verschwand der eine, um bald darauf zurückzukehren. Sie traten an die Tür, polterten draußen herum und gingen schließlich bei-

de fort. Das Licht im Zimmer brannte weiter, und Andreika sah den fast leeren Tisch, die Zeitung mit den Fettflecken und den mit angekohlten Fettschichten überzogenen grünen Teekessel. Von oben krachte es mehrere Male, als würden in der Ferne Schüsse abgefeuert. Andreika zerrte an der Tür, aber die war zugesperrt. Bittere Tränen hinunterschluckend, rüttelte Andreika noch mehrere Male am Griff, aber er konnte nichts ausrichten.
Plötzlich knarrte die äußere Tür und löste sich von einem ihrer Scharniere. Zwei Männer in Anzügen sprangen mit gezückten Pistolen ins Zimmer, schauten sich in der Leere um und liefen wieder hinaus. Andreika war scharfsinnig genug, keinen Laut von sich zu geben. Er wusste später nicht, ob er gebetet oder geweint hatte, aber jedenfalls hielt er die Augen weiterhin an den Spalt gepresst.
»Jendrus! Bist du hier?«
Das war unzweifelhaft Swetas Stimme, und nun brüllte Andreika los. Seine Schwester, in etwas Schwarzes gehüllt, lief zur Tür, und ein Knirschen ertönte. In der Eile konnte sie den schweren Hebel nicht gleich bewegen und rüttelte hektisch daran. Genauso einen verdammten Hebel hatte sie schon früher einmal öffnen müssen. Schließlich riss sie ihn hoch und schob ihn dann erst zur Seite. Es klappte wie beim letzten, längst vergessenen Mal! Die Tür knirschte erneut, und ein feuchter Gestank quoll ihr entgegen. Sweta wollte ihren Bruder wie ein kleines Kind auf den Arm nehmen, doch sie besann sich und ergriff seine Hand.
»Los!«
Über den dunklen, feuchten Hof rannten sie zum Torweg und schmiegten sich ans Seitentor. Etwas Schweres trampelte über die Fahrbahn. Sie konnten wenig erkennen, aber Andreika erstarrte und verging fast vor Angst. Das

war der Vierschrötige, bestimmt! Und er kam genau hierher, zum Tor! Irgendjemand folgte ihm. Von der Kreuzung her wurden mehrere Schüsse abgegeben. Der Vierschrötige fiel sofort um, der andere erst nach ein paar Schritten. Mehrere Männer traten mit Taschenlampen auf die Liegenden zu und leuchteten ihnen ins Gesicht. Wirklich, es waren der Vierschrötige und der Lockenkopf – so nahe, dass Andreika sich nicht irren konnte. Der Lockenkopf wälzte sich auf die Seite und stöhnte mit hoher Stimme. Einer der Männer mit den Taschenlampen beugte sich vor und schoss ihm in den Kopf.

»Beide sind erledigt, Genosse Hauptmann!«

»Durchsuch sie, ich leuchte sie an.«

Sie drehten die Toten an den Beinen um, durchstöberten ihre Taschen und nahmen ihnen Pistolen und Geld ab. Aus der Ferne ertönten weitere Schüsse, und die Männer liefen dorthin. Es wurde dunkel und still. Sweta zog Andreika hinter sich her. Hier durften sie nicht bleiben. Im Hof knallte ein Fenster oder eine Tür zu, und sie rannten los.

An eine Rückkehr nach Hause war jetzt nicht zu denken. Sweta war klar geworden, dass es sich hier nicht bloß um Streitigkeiten zwischen Banditen handelte. Deshalb brauchten sie sich nicht allzu weit zu entfernen. Sedois Leute würden heute nicht mehr in das Gebäude zurückkehren. Die Worte »Genosse Hauptmann« waren dicht neben Sweta erklungen, und sie konnte sich nicht verhört haben.

Also übernachteten sie, nachdem sie sich in einen Kohlenhaufen eingegraben hatten, im Keller eines der Nachbarhäuser. Andreika zitterte hin und wieder, und Sweta drückte ihn die ganze Nacht hindurch an sich, küsste und streichelte ihn. Erst allmählich begriff sie ihr Glück. Jendrus war unversehrt. Sie hatten ihm noch nichts antun können, sondern ihn bloß verängstigt. Jetzt verstand sie auch, was ihr Bruder geflüstert hatte: wer die beiden Toten waren. Plötzlich hatte sie die triumphale Gewissheit: Wenn die Soldaten mit Sedois Männern aufräumen wollten, dann würden sie es schaffen. Und nicht nur mit denen, denn in der ganzen Stadt wurde geschossen. Bei jedem fernen Knall küsste sie Andreika freudig. Und er vergaß, den Erwachsenen zu spielen, sondern schmiegte sich in ihre Achselgrube, rieb den Kopf an ihrer Seite und hätte fast geschnurrt.

Tante Klara, die gerade von der Nachtschicht heimgekehrt war, fand bei ihrem Anblick zunächst keine Worte. Und als sie losdröhnte, strahlten die mit Kohle verschmierten Schnäuzchen, die sich bemüht hatten, Reue erkennen zu lassen, so unbezähmbar, dass sie in wirkliche Besorgnis geriet: Wo hatten sich die Kinder bloß herumgetrieben? Sweta erzählte, dass sie am Abend ausgezogen seien, um Kohle zu stehlen. Wo denn? Na ja, nicht direkt am Bahnhof, aber weiter hinten gebe es eine gute Stelle ... Doch dann sei geschossen worden, sie hätten Angst bekommen und bis zum Morgen dort gewartet. Kohle hätten sie nicht mitzunehmen gewagt, da sie nicht wussten, wer auf wen geschossen habe.

Tante Klara winkte ab: die armen Kinder. An allem war nur die verfluchte Besatzung schuld. Natürlich stahlen sie. Das würde man ihnen später abgewöhnen müssen. Im Übrigen hielt sie den Diebstahl von Kohle, die an den Bahnhöfen herumlag, für keine große Sünde. Sie war während des Krieges mit Militärtransportzügen unterwegs gewesen und wusste, dass die Züge nur deshalb weiterfahren konnten und die Passagiere nicht erfroren, weil die Heizer ihre Kohle an den Bahnhöfen zusätzlich zur Norm durch Diebstähle ergänzten. Ohne zu murren, schleppte Sweta vom Hofhahn Wasser zum Waschen herbei. Sie dachte daran, Aljoscha anzurufen, aber Tante Klara würde sie jetzt nicht mehr vom Hof lassen. Dass sie sich ausgerechnet in einem Kohlenhaufen versteckt hatten!

Aber Aljoscha kam von sich aus in die Hafenstraße. Schließlich kann man nicht ewig wie ein Trottel am Telefon sitzen! Der bereits gewaschene Andreika erzählte ihm, was vorgefallen war, wobei er gnadenlos aufschnitt. Sweta polterte unterdessen in der Küche herum. Die Wäsche wurde im Spülbecken gewaschen, was sehr viel Umsicht erforderte, damit nichts durch den Bretterfußboden auf die Nachbarn unter ihnen lief. Die Küche durfte Aljoscha natürlich nicht betreten, aber er wusste ohnehin nicht, was er lieber getan hätte: das verrückte Mädchen küssen oder ihm ein paar Ohrfeigen geben.

Sweta war Pawel Iwanowitsch gegenüber immer noch verlegen, doch sie verehrte ihn zutiefst. Wie sie erfuhr, war er vielleicht nicht Andreikas unmittelbarer Retter gewesen, aber er hatte bei der Befreiung eine nicht geringe Rolle gespielt. Immerhin war sie froh, dass er nichts davon ahnte. Wie viele mochten genau wie sie gerettet worden sein?

Die Stadt ließ sich übrigens nicht zu inbrünstiger Dankbarkeit hinreißen. Nur wenige Bürger ahnten, dass der Militärbezirk Odessa an der Schießerei beteiligt gewesen war. Die meisten deuteten die Sache anders: Die Verbrecher hätten sich gegenseitig umgebracht. Deshalb sei es nun so still geworden. Das geschehe ihnen recht. Nach kurzer Zeit galt es schon nicht mehr als übermäßiger Leichtsinn, im Dunkeln auf die Straße zu gehen. Genosse Stalin lobte den Genossen Schukow, und seitdem herrschte die Sowjetmacht in Odessa ganz eindeutig.

Andreika war nun endgültig davon überzeugt, dass, wenn Gott nicht sofort auf ein Gebet reagiert, auch keine Eile besteht. Ist es dagegen eilig, reagiert er sofort.

Kapitel 14

Die Lederjacke, die Karl Ottowitsch ihr geschenkt hatte, war wie verzaubert, denn sie nutzte sich überhaupt nicht ab. Nur brauchten die Ärmel jetzt nicht mehr umgekrempelt zu werden. Sweta hatte gute Aussichten, darin alt zu werden, wenn sie nicht mehr wuchs. Und das war unwahrscheinlich, denn heute feierte sie ihren achtzehnten Geburtstag.

Tante Klara hatte ihr ein Geschenk unters Kissen gelegt, als wäre sie ein kleines Mädchen. Ein Paar Socken und eine schöne Karte mit der herzlich empfundenen Aufschrift: »Ich gratuliere meinem lieben Mädchen und wünsche ihm Erfolg beim fleißigen Studium und Gesundheit im persönlichen Leben.« Andreika verehrte ihr einen Spiegel mit einem Zierrahmen, den er selbst mit der Laubsäge in der Schule angefertigt hatte. Sie frühstückten festlich von einer weißen Tischdecke und tranken Tee, zu dem Kringel und Zwetschgenmus serviert wurden. Aber alle mussten sich beeilen, denn es war Sonnabend, also ein Werktag. Andreika machte sich in die Schule und Sweta ins Institut auf, wo man eine strenge Anwesenheitsliste führte. Tante Klara musste Vorbereitungen im Haushalt treffen, da am Abend Gäste erwartet wurden. Sie arbeitete nicht mehr und war zwei Wochen zuvor aus dem Krankenhaus entlassen worden.

Auf der Straße sah es grässlich aus: Vom Meer her fegte ein brutaler Wind über die Kreuzungen, sodass sich der feuchte Schnee kräuselte. Aber Sweta gefiel der Anblick. Je scheußlicher das Wetter war, desto lieber ging sie die Straße entlang. Ihr rechter Schuh war ein wenig durchlässig, aber das störte sie nicht. Außerdem sah er von außen immer noch anständig aus.

Sie hastete nicht einmal dahin, denn es machte ihr Spaß, sich der Vorfreude hinzugeben. Der erste Tag ihres Erwachsenenlebens – und war es etwa ein schlechtes Leben? Studentin am pädagogischen Institut. – Wie das klang! Bald standen ihr die ersten Prüfungen bevor, aber die würde sie schon schaffen ... Auch hatte sie Vergnügen daran, ihr Äußeres zur Schau zu stellen: die keck zur Seite geschobene Baskenmütze, die grünen Augen und die Jacke – ach, die Jacke!

Tante Klara war von ihrer Sucht geheilt und benahm sich vorbildlich. Nach dem Krankenhaus trank sie keinen Tropfen mehr. Und noch etwas Gutes würde geschehen, doch Sweta wollte nicht einfallen, was. Ja, am Abend erwartete sie ihre Freunde, und es würde hoch hergehen. Und Aljoscha ... Aber da war noch etwas ... Nun entsann sie sich! In der Nacht hatte sie von Mama geträumt, die nicht tot, sondern gesund und munter war. Und in dem Traum waren Sweta und Andreika mit ihr irgendwohin gefahren.

Die Gäste hatten sich bereits verabschiedet, Tante Klara war ins Bett gegangen, und nur Swetas engste Freunde saßen noch in der Wohnung und planten offensichtlich, bis zum Morgen durchzufeiern. Swetas und Andreikas quadratisches, auf den Hof hinauszeigendes Zimmer kam ihnen besonders gemütlich vor. Auch Aljoscha hatte ein eigenes Zimmer, aber dort konnten sie nicht unbeschwert Lärm machen, weil sie fürchteten, die anderen Mieter zu stören. Hier jedoch durfte man nach Herzenslust singen und tanzen. Sweta hatte ihre Nachbarn entweder kleingekriegt oder besänftigt, sodass sie sich fast nie aufregten. Davon abgesehen hatte die Jugend des Jahres 1948 kein überflüssiges Gramm Fleisch auf den Knochen, weshalb kein Risiko bestand, dass der Fußboden durchbrach. Außerdem galt es als unanständig, Leute an ihrem Vergnügen zu hindern.

Nun hatten sie ausgiebig gesungen und getanzt und sich auf ihrer »Lagerstätte« niedergelassen – wie früher in der Koblewskaja und davor noch bei Musja auf zwei Matratzen. Anstelle der durchgesessenen Couch hatten Aljoscha und Mischa schon im Frühjahr eine Art Liege über die gesamte Ecke hinweg gezimmert. Das Gebilde war mit einem Teppich bedeckt. Große Truhen unter ihm enthielten allen möglichen Krempel, und nun hatte die ganze Gesellschaft darauf Platz, wenn sie zusammenrückte. Manja ließ sich allerdings im Sessel nieder, um nicht von der Gitarre angestupst zu werden. Mischa streckte sich wie ein Fürst auf dem Läufer aus und legte sich ein Kissen unter den Kopf.

Sie hatten sich lange nicht mehr versammelt – zuletzt im Frühjahr, als drei von ihnen gleichzeitig Studenten geworden waren. Das Leben schien es darauf abgesehen zu haben, sie in verschiedene Richtungen zu verteilen, doch sie leisteten Widerstand. Die Dinge hatten sich auf ärgerliche Weise gefügt, als wären die Freunde Opfer eines Verrats geworden. Jedenfalls waren die Zeiten, in denen sie in einer einzigen Familie gelebt hatten, für immer vorbei.

Petrik sah die Dinge positiv: »Unser Leben hat sich sogar sehr gut entwickelt. Hört zu, in fünf Jahren hat jeder von uns überall einen, dem er vertrauen kann!«

»Das stimmt«, erwiderte Mischa träge, »nur Aljoscha lässt

uns noch im Stich. Warum willst du denn bloß Ingenieur werden, Aljoschenka? Ingenieure werden heutzutage doch nur ins Gefängnis gesteckt. Ein kluger Bursche wie du – werd doch Installateur. Da kannst du dir 'ne goldene Nase verdienen, wenn du deine Einnahmen nicht versäufst. Und weißt du, was du unter der Hand einstreichen kannst? Einen Installateur können wir gut gebrauchen.«
Aljoscha schleuderte als Antwort nur ein Kissen in seine Richtung. Mischa grinste mephistophelisch und schob es sich unter die Seite. Manja fauchte vom Sessel her: »Was für Reden sind das denn? *Du* hast uns im Stich gelassen, Mischa. Warum bist du nicht Staatsanwalt geworden? Petrik ist Geschäftsmann. Wenn einer sitzen muss, dann er. Wir brauchen unseren eigenen Staatsanwalt und keinen, der sich mit Geschichte und Philosophie auskennt.«
»Mischa wird ein großes Tier in der Partei«, meinte Sweta optimistisch. »Das ist sogar noch besser als ein Staatsanwalt.«
»Dann wird er doch auch eingesperrt!«
»Eingesperrt wird man wegen übermäßiger Treue zum Marxismus«, erklärte Mischa sachverständig. »Sehe ich etwa so aus, liebe Leute?«
Er erhob sich ein wenig, damit die lieben Leute ihn anschauen konnten, und Andreika zog das Kissen unter seinem Kopf hervor.
»Eins genügt, noch bist du kein großes Tier! Swetka! Ich möchte noch ein Tässchen Tee!«

Alle wollten noch Tee. Außerdem waren vom Gelage noch gefüllte Bonbons und etwas Gemüsesalat übrig geblieben. Das große Licht knipsten sie nicht an. Stattdessen stellte Sweta zwischen die verschieden großen Tassen eine aus einer Büchse hergestellte Funzel.

»Erinnert ihr euch?«
Und ob sie sich erinnerten! Sie zuckten mit den Schultern und schwiegen. Plötzlich guckte »unser Gespenst« aus der Ecke hervor. Nicht dasselbe, aber ein sehr ähnliches. Petrik und Manja hatten es angefertigt und heute als Geschenk mitgebracht.
Beim Teetrinken unterhielten sie sich weiter über ihre Zukunft: Manja war die geborene Musikerin und Sängerin. Da war nichts zu machen, sie würde wenig praktischen Nutzen bieten. Aber immerhin konnte sie der ganzen Gruppe kostenlose Konzertkarten besorgen.
Petriks Planung stand bereits fest, Mischas ebenfalls, wenn er sich mit all seinen Ideen nicht selbst zum Verhängnis wurde. Im Übrigen schien er klüger geworden zu sein. Bevor Aljoscha das Polytechnikum abschloss, würde die Mode, Ingenieure einzusperren, vielleicht vorbei sein. Und seine technische Begabung mochte ihm zustatten kommen. Wer im Handumdrehen irgendein neues Maschinengewehr ersann, der würde sofort den Stalinpreis erhalten.
Andreika hatte noch kein Talent erkennen lassen, außer einem dichterischen. Aber das war vielleicht altersbedingt und nicht von langer Dauer. Schließlich war er der Jüngste von ihnen. Sollte es doch von längerer Dauer sein, würden sie ihn nicht als armen Poeten darben lassen.
Nein, Andreika war es sicher nicht beschieden, ein reicher Poet zu werden. Man brauchte sich nur anzusehen, was er schrieb! Nichts über den Ersten Mai oder den Geliebten Parteiführer. Das, was er dichtete, war kein Stoff für die Wandzeitung.
»Über den Ersten Mai – das soll Dichtung sein?«, ereiferte er sich.
»Ich hab's ja gesagt – die Pubertät«, stichelte Petrik – nicht ohne den Hinweis zu vergessen, dass er ein Jahr älter war.

»Ich hab ihn einmal gefragt: Dichtung, was ist das? Da hat er sich die Sache eine halbe Stunde lang überlegt. Und was hat er geantwortet? ›Als nun die morgengeborene, rosenfingrige Eos ans Tageslicht kam …‹ Ich schwör's euch, ich hab kein Wort abgeändert. Also, diese Eos hat lila Finger. Ich hab mal am Langeron-Strand 'ne Ertrunkene gesehen. Die war ganz blau und ihre Finger lila. Solche Flecken hatte sie auch unter den Augen. Das ist also Dichtung für ihn, der Erste Mai aber nicht!«

»Petrik, du musst auch alles in den Schmutz ziehen!«

»In den Schmutz gezogen wurden die Dinge schon vor unserer Zeit. Ich versuche nur, sie zu verbessern. Man muss klar denken, um gut zu leben.«

Na schön, soll Petrik doch klar denken. Schließlich versteht er mehr vom guten Leben. Und Andreika von der Dichtung. Wir werden uns schon durchfüttern, wenn nötig auch mithilfe der rosenfingrigen Eos. Aber was ist mit Sweta? Was soll sie denn bloß am Pädagogischen Institut? Sicher, sie hat eine Begabung als Tierbändigerin, aber ist so ein Talent nicht ein bisschen üppig für eine Lehrerin? Was soll aus ihr werden? Eine große Spionin? Eine Schauspielerin? Eine Tigerdompteuse?

»Leute, lasst sie in Ruhe! Soll sie doch tun, wozu sie Lust hat«, rief Mischa. »Schließlich ist sie unsere Glücksbringerin!«

Alle stimmten zu, und Sweta räumte gern ein, dass sie eine Glücksbringerin sei.

»Wer von dem Pantoffel getroffen wird, der hat als Erster Glück!« Sie warf ihn zur Decke. Alle ließen sich lachend auf den Fußboden fallen, und der Pantoffel traf Aljoscha in den Nacken.

»Klug wirst du sein! Ein Maschinengewehr wirst du bauen!«, schmetterte Andreika.

Sie alberten bis zum Morgen weiter. Niemand brauchte dem anderen einen Eid zu schwören. Sie würden auch so zueinander halten.

Sweta kam nach der letzten Prüfung heißhungrig nach Hause. Sie musste noch die Kartoffeln für das Püree reiben, aber die übrigen Mitbringsel lagen bereits im Beutel. Denn sie wollte Tante Klara besuchen, die man wieder ins Krankenhaus eingeliefert hatte, und diesmal mit dem Unfallwagen. Tante Klara litt an immer heftigeren Herzbeschwerden. Nachts träumte sie häufig von ihrem Petja, schrie nach ihm und weinte. Die wissenschaftliche Bezeichnung für ihre Krankheit war Myokarditis. Aber gestern hatte der Arzt gesagt, sie sei schon fast ganz außer Gefahr.

Andreika flog seiner Schwester entgegen und ließ sie nicht einmal die Jacke ausziehen. »Ein Brief von Mama! Aus Polen! Sie lädt uns über die polnische Botschaft zu sich ein. Damit wir dort leben!«

Sweta setzte sich benommen hin. »Moment, brüll nicht so. Das muss ein Irrtum sein. Oder eine Provokation. Überleg mal, wie soll Mama denn in Polen gelandet sein, und wieso kennt man dort unsere Adresse?«

»Aber guck doch! Kennst du Mamas Handschrift nicht mehr?«

Sweta nahm den Brief. »Meine liebe Sweta, mein lieber Jendrus!« Ihr wurde klar, dass sie Mamas Handschrift wirklich nicht kannte. Die Notiz, die Mama hinterlassen hatte, als sie abgeholt worden war, lag weiterhin in ihrer früheren Wohnung. Acht Jahre lang hatte Sweta dort immer als Erstes diese beiden Zeilen befühlt. Aber sie konnte sich einfach nicht daran erinnern, wie die Buchstaben aussahen.

Andreika wollte sofort zur polnischen Botschaft rennen! Sweta riet ihm jedoch davon ab. »Warte und überleg dir die Sache: Polen ist doch Ausland. Wer wird uns erlauben, dorthin umzuziehen? Du brauchst nur zur Botschaft zu gehen, und schon wirst du als Spion eingestuft. Das Gegenteil musst du erst mal beweisen ... Nein, das ist irgendeine Überprüfung oder sonst etwas Unbegreifliches. Vielleicht will uns jemand an der Nase herumführen.«

»Wer außer Mama würde uns denn haben wollen?«

Andreikas Augen waren böse und fordernd. So hatte sie ihn noch nie erlebt.

»Wir müssen uns mit jemandem beraten. Drängele nicht so.«

»Sag lieber gleich, dass du Angst hast, aus dem Institut zu fliegen!«

Dieser Streit würde sich hinziehen. Sweta packte den Einkaufsbeutel und schlug die Tür hinter sich zu. Sie hatte keine Zeit mehr gehabt, die Kartoffeln zu reiben, denn die Besuchszeit im Krankenhaus endete schon um fünf.

Andreika setzte sich hin, um einen Brief zu schreiben: »Mama, Mamotschka! Ich habe immer gewusst, dass du dich meldest!« Seine Augen brannten, und er fügte hinzu: »Hol mich zu dir, ganz schnell.«

Tante Klara wurde auf dem zweiten Friedhof beerdigt. Wie sich zeigte, hatte sie in Odessa Frontkameraden, die sie früher nicht besucht hatten, nun jedoch erschienen waren. Pawel Iwanowitsch hatte die Begräbnisvorbereitungen übernommen, denn sein Verhältnis zu Tante Klara war immer sehr herzlich gewesen. Das erwies sich als vernünftiger Schritt, denn Sweta war völlig verstört und vor Schmerz abgestumpft.

Das Begräbnis verlief würdevoll: begleitet von einer Militärkapelle, mit Blumen und Tante Klaras Orden, die auf einem Polster getragen wurden. Sogar Madam Swanskaja, die Unruhestifterin des Hofes, die Tante Klara immer nur als Säuferin bezeichnet hatte, jammerte nun: »Unsere Heldin! Klarotschka! Ach Leute, gebt mir doch die Möglichkeit, mich von ihr zu verabschieden!«

Aljoscha wich Sweta nicht von der Seite, und Anna übernachtete nach der Beerdigung bei ihr in der Wohnung.

Am Morgen kam es zu einem hässlichen Gezänk, denn die Nachbarn, zwei Familien gleichzeitig, erhoben Anspruch auf Tante Klaras Zimmer.

»Kein Gesetz besagt, dass Waisen in dasselbe Zimmer gesteckt werden müssen! Die sind doch von verschiedenem Geschlecht!«, brüllte Madam Swanskaja. Andere brüllten ebenfalls, und jemand packte einen Rivalen bereits an den Aufschlägen. Der Hausverwalter trat mit einem Bandmaß in Tante Klaras Zimmer.

Sweta wurde so wütend, dass sie, hätte Anna nicht eingegriffen, ihre Sachen geschnappt hätte und hinausgestürzt wäre. Auf die Straße. Sie hatten schon so vieles hinter sich und alles überlebt. Andreika stand nur bleich da und schaute Sweta fragend an. Doch Anna hielt dem Hausverwalter eine Standpauke und befahl Sweta und Andreika, die Wohnung nicht zu verlassen.

Dann nahm sie die Sache energisch in die Hände. Sie hatte sich bereits an ihren neuen Status als Generalsfrau gewöhnt. Oder vielleicht hatte Tante Klara ihr etwas von ihrem Kampfgeist hinterlassen. Jedenfalls brauchte Sweta nur einmal zur Hausverwaltung zu gehen und sich dort anzumelden, denn sie war ja mittlerweile volljährig. Damit wurde sie zur Mieterin. Anna begleitete sie. Für alle Fälle.

Eine alles durchdringende Furcht ergriff von Sweta Besitz. Das Leben hatte ihr schon früher seine schrecklichen Seiten gezeigt, aber diesmal konnte sie einfach keine Lösung finden. Sie hatte Angst um Andreika, der ihr nicht mehr gehorchte. Wer weiß, was er anstellen würde ... Abgesehen von dem Brief, den er nach Polen geschickt hatte, ohne Sweta vorher Bescheid zu geben. Und wenn man ihn verhaftete? Oder wenn man sie verhaftete und er ganz allein blieb? Er hatte noch nicht einmal einen Pass ... Und wie oft kam es vor, dass Menschen nach Denunziationen durch Nachbarn, die ein Zimmer benötigten, verhaftet wurden?

Sie erhielt ein Stipendium und sortierte nachts Briefe auf dem Hauptpostamt. Diesen Nebenverdienst hatte ihr Tante Klara noch zu Lebzeiten verschafft. Aber das Geld reichte trotzdem nicht aus, und es quälte sie, Andreika nachts allein lassen zu müssen. Wenn sie nun zurückkehrte und er plötzlich nicht mehr da war? Sollte sie die übrig gebliebenen Goldmünzen vielleicht doch in Bargeld umtauschen? Aber dazu musste man bestimmte Wege finden, und inzwischen fürchtete sie sich, nach illegalen Möglichkeiten Ausschau zu halten.

Im Institut erwartete sie ebenfalls nichts Gutes. Ein paar Studenten des dritten Kurses hatten etwas Lächerliches geschrieben. Was genau, wurde nicht vorgelesen, doch alle mussten auf der Komsomolversammlung der Fakultät erscheinen und die vier Schuldigen brandmarken, ohne deren Text zu kennen. Sweta hatte Angst, dass man ihr befehlen würde, ebenfalls das Wort zu ergreifen, aber sie kam davon. Vorläufig.

So hatte Aljoscha sie noch nie gesehen. Es drehte ihm das Herz um: Sweta, seine Sweta, hatte den Mut verloren!

Aber wie viel konnte sich ein Mädchen allein aufbürden? Alle hielten sie für die Glücksbringerin. Aljoscha dagegen hatte all die Jahre bei seiner Mutter gelebt, und dann war auch noch sein Vater zurückgekehrt. Sweta und er waren einem unterschiedlichen Maß an Kummer ausgesetzt gewesen. Sie hatte nicht nur den kleinen Spinner versorgt, sondern sich außerdem noch um die betrunkene Tante gekümmert. Da konnte man einen Knacks kriegen. Er hatte sie böse und fröhlich, verängstigt, zärtlich und grob erlebt. Einmal sogar verheult. Aber schwach noch nie.

»Swetka! Rate mal, was ich denke?«

Sie hob nicht einmal den Kopf, sondern schüttelte nur das Kinn. »Die Parabellum gebe ich nicht ab!«

Die Parabellum hatte Aljoscha völlig vergessen, und nun spürte er einen kalten Klumpen im Magen. Er packte sie an den Schultern. Sie hatte so zarte Knochen und wirkte so hilflos. »Mein kleines Dummchen ...«

Alles wurde fortgeweht: was geschehen war und was geschehen würde. Es gab kein Jahr mehr, keine Gemeinschaftswohnung, keine Generale, keine Komsomolversammlungen, keine Verhaftungen, keinen Hunger und keine seltsamen Briefe. Und auch keinen Tod.

Als Aljoscha in die Welt zurückgekehrt war, auf der es all diese Dinge gab, handelte er rasch und entschlossen. Er wies Andreika zurecht: Du Blödmann, was trampelst du deiner Schwester auf den Nerven herum? Dann ließ er sich die Hälfte der Goldmünzen von Sweta geben. Wie er sie in Geld verwandelte, sollte nicht ihre Sorge sein.

Er selbst wusste auch nicht, wie er es anstellen würde, aber plötzlich fiel ihm ein, dass Mischas Papa sich kurz vorher einen Goldzahn hatte einsetzen lassen und immer noch von dem genialen Zahntechniker schwärmte, den er dabei kennen gelernt hatte. Ohne lange nachzudenken, wandte sich Aljoscha an ihn: mit alten Goldmünzen an einen Mitarbeiter des Parteibezirkskomitees. Mischas Vater beschimpfte Aljoscha als Abenteurer und Spekulanten, nahm die Münzen jedoch entgegen und händigte ihm ein paar Tage später eine unerhörte Summe aus. Gleichzeitig sagte er eindringlich zu Aljoscha, er solle vergessen, dass er jemals Gold in den Händen gehabt habe, so ein Dummlack und Grünschnabel.

Danach führte Aljoscha ein gewichtiges Gespräch mit seinem eigenen Vater. Pawel war zuerst verdutzt, aber dann packte ihn eine stille Wut. Während er, ein Adliger und Ritter des Georgsordens, sich als Entrechteter, als Häftling und Strafgefangener mit letzter Kraft ans Leben geklammert hatte, um sich dann aufzurappeln und den ihm gebührenden Platz in der Gesellschaft einzunehmen, sodass er seine Familie aus Armut und Erniedrigung befreien konnte, kam sein Sohn auf den Gedanken, eine Barfüßlerin von der Straße zu heiraten! Nein, er war ein Mann mit großzügigen Ansichten, und er zweifelte nicht daran, dass seine Frau und sein Sohn schwierige Jahre durchgemacht hatten, in denen sie sich mit allen möglichen Leuten abgeben mussten. Für sich betrachtet, weckten das Mädchen und der Junge sogar eine gewisse Sympathie in ihm. Schließlich war es nicht ihre Schuld, dass sie in Ruinen lebten und sich durch Diebstähle auf den Märkten ernährten. Es hatte ihn auch nicht erstaunt, dass Anna eine so herzliche Beziehung zu ihnen unterhielt, denn sie war eine gute Seele und immer bemüht, alle in ihrer Nähe zu unterstützen. Und er hatte sich ebenfalls gefreut, den beiden helfen zu können. Aber dieses Mädchen als Braut seines Sohnes? In seiner Familie? Ein gutes Ziel hatte sie sich ausgesucht. Auf den Märkten wachsen

praktische Mädchen heran. Aber begriff Aljoscha denn nicht, dass er nach Olegs Tod der Stammhalter war?
Pawel verkniff sich all diese Worte lieber, denn der junge Petrow sah ihn mit einem allzu vertrauten Blick an. Deshalb erwiderte er lediglich: »Meinst du denn, dass das vernünftig ist? Noch bist du niemand. Du stehst noch nicht auf eigenen Beinen, bist noch nicht dein eigener Herr. Was ist schon ein Student? Etwa ein selbstständiger Mensch? Ein Mann, der eine Familie ernähren kann? Jemandem einen Heiratsantrag zu machen, wenn man noch keinen Boden unter den Füßen hat – ist das deiner Meinung nach anständig? Oder findest du, dass du damit zufrieden sein kannst, Generalssohn zu sein? Wenn sie ein Mädchen mit Selbstachtung ist, wird sie dich abweisen. Und wenn nicht, kann ich dir nicht gratulieren.«
Er betrachtete seinen Sohn aufmerksam. Ob Aljoscha ihn durchschaute? Auch er war ja ein Petrow. Wenn man so einen davor warnte, sich mit seinem Mädchen an den Bettelstab zu bringen, dann konnte er es als Herausforderung auffassen, die Tür zuschlagen und genau das tun: sich an den Bettelstab bringen. Pawel lehnte sich auf dem Sofa zurück und setzte mit ruhiger Stimme hinzu: »Vom Standpunkt der männlichen Ehre aus würde ich dir raten, das Institut abzuschließen, es im Leben zu etwas zu bringen und ihr dann einen Heiratsantrag zu machen. Wenn man sich auf sie verlassen kann. Sonst habe ich dazu nichts mehr zu sagen.«

*

Aljoscha konnte seinem Vater in Fragen der Ehre nicht widersprechen. Deshalb schwieg er und dachte angestrengt nach.

Pawel beendete das Gespräch in sanfterem Tonfall: »Junge, ich war schon als Gymnasiast in deine Mutter verliebt. Aber geheiratet haben wir erst, als ich aktiver Offizier war. Vorher hätte ich nicht gewagt, ihr Leben mit meinem zu verbinden. Auf keinen Fall möchte ich, dass sich die Sitten der Menschen von einer Generation zur nächsten verflachen. Aber da habe ich bei dir bestimmt nichts zu befürchten. Du bist der Erbe meines Offiziersdegens und hast mir schon als kleines Kind gezeigt, dass wir auf dich stolz sein können. Deine Mutter genauso wie ich. Deshalb zweifle ich nicht daran, dass du dich auch in Zukunft tadellos verhalten wirst.«
Er ließ die Hand auf Aljoschas Schulter ruhen und dachte: Ach, mein Sohn, wie viele Jahre bist du ohne Vater herangewachsen. Wir sind nicht mehr aneinander gewöhnt. Schließlich kann ich dir nicht über den Kopf streichen wie einem Siebenjährigen. Du musst noch drei oder vielleicht vier Jahre studieren, und währenddessen findet solch ein flinkes Mädchen hundertmal einen neuen Ehekandidaten. Ich darf nicht vergessen, Anna zu warnen. Es kommt nicht mehr in Frage, dass wir mit früheren Bekannten aus dem Keller feiern. Sonst haben wir plötzlich die Bescherung.

Kapitel 15

Am Anfang des Krieges war Marina erst neunundzwanzig Jahre alt gewesen. Deshalb kam sie während des Transports nicht um. Jung und stark, wie sie war, erreichte sie das Lager lebend, nur mit ein paar kleinen Erfrierungen. Und mit einer lächerlichen Strafe: fünf Jahre.
Die erfahreneren Frauen im Lager erklärten ihr, dass es schlimmer hätte ausgehen können, denn bei Kriegsbeginn habe man einfach alle verhaftet, die als Verdächtige auf den Listen standen. Und sie hätte natürlich auch auf einer Liste stehen können: erstens als Polin und zweitens, weil ihr Mann Häftling war. Also hatte sie Glück gehabt, als sie sich, ohne zu wissen, wessen sie angeklagt war, vor dem Untersuchungsrichter sofort wegen eigenmächtigen Fortbleibens von der Arbeit zu rechtfertigen begann. Denn konnte es ihm nicht egal sein, was ihr verpasst wurde? So bekam sie eine geringe Strafe, die sie in ihrer Naivität jedoch für gewaltig hielt. Deshalb trat sie die Reise tränenüberströmt an.
Aber Jacek war wie durch ein Wunder am Leben geblieben, und auch alles Weitere kam ihr wie ein Wunder vor: seit jener Minute, als er unter seinen langen Wimpern hervor den Blick auf sie gerichtet hatte.
»Pani mówi po polsku?«
Woher hatte er es gewusst? Wie hatte er, ein Häftling, der als Holzfäller arbeitete, eine Krankenschwester in der Lagerverwaltung als Landsmännin erkennen können? Doch

Jacek konnte alles, und auch sie war durch ihn zu allem imstande: sogar dazu, nicht ständig zu fürchten, dass er die nächsten Stunden nicht überleben würde.

Sie schickte sich an aufzubrechen, und er war ihr im Weg und störte sie, wie alle Männer es bei Reisevorbereitungen tun. Den Hut, sollte sie den blauen Hut mitnehmen? Oder war es dort inzwischen nicht mehr Sitte, Hüte zu tragen? Hoch gewachsen, von militärischer Straffheit und mit einem jugendlichen Gesicht, war er der bestaussehende Mann in der Menge der Begleiter. Er küsste ihr die Hand und lächelte zuversichtlich. »Ich warte auf euch.«
Oh, wie die Kinder ihn lieben würden, sobald sie ihn kennen lernten. Natürlich würden sie ihn lieben! Dann würde der Albtraum ihres Lebens enden, und alle würden glücklich sein: Marina und Jacek und die Kinder – alle zusammen! Matka Boska, konnte es Wirklichkeit werden? Wie viele Jahre hatte sie sich gegrämt, sich wegen der Ungewissheit verzehrt, aber nun waren die Kinder aufgetaucht! War es etwa kein Wunder, dass sie überlebt hatten? Oh, Jacek konnte alles. Hätte sie selbst etwa veranlassen können, dass die Kinder mithilfe der Botschaft gesucht wurden? – So lange, so lange, fast hätte es ihr die Seele zerrissen. Aber man hatte nicht aufgegeben und die beiden schließlich gefunden! Und hätte sie wirklich daran geglaubt, wenn Jacek nicht gewesen wäre? Ohne ihn hätte sie es nicht ausgehalten und wäre einfach gestorben!
Sie musste sich bremsen. Jacek hatte sie darauf hingewiesen, dass noch alle möglichen Formalitäten zu erfüllen waren. Aber Pan Michal von der Botschaft würde ihr in allen Angelegenheiten helfen.
Sie ließ die Puderdose aufschnappen und fuhr sich mit der

Quaste über das Gesicht. Hinter dem Fenster glitten schaukelnd Mischwälder vorbei, lila in der untergehenden Sonne. Bald kam die sowjetische Grenze. Paní Teslenkowa überzeugte sich, dass sie ihren Pass in der Handtasche hatte.

Ach, was für ein Loch dieser Hof an der Hafenstraße war, die man nach Sowjetart dazu noch umbenannt hatte! Marina war nicht mehr an den Schmutz von Odessa gewöhnt, denn nun führte sie mit Jacek ein vernünftiges Leben. Schwül war es auch, noch schlimmer als auf der Straße, und es roch nach gebratenem Fisch. Eine aufgedunsene Frau in einem schmierigen Kittel jagte mit einer Fliegenklatsche hinter brüllenden Jungen her.

»Ich werd's euch zeigen, ihr Lümmel, saubere Wäsche mit 'nem Ball zu verdrecken!«

Die Jungen riefen fröhlich: »Hoppla!«

Marina musterte die Schar, aber Jendrus war nicht darunter. Doch das war nicht verwunderlich, denn er würde bald sechzehn werden und daher kaum mit den anderen hier herumtollen. Die dicke Frau bremste ihre Bewegungen jäh ab und ließ die Unterlippe hängen.

»Zu wem wollen Sie, Madam?«

»Wohnung neunzehn. Zu den Burlaks.«

»Da drüben, die Treppe rauf. Und was haben Sie mit denen zu tun?«

Die Augen der Frau glänzten neugierig. Eine so ausländisch wirkende Dame kam nicht jeden Tag auf den Hof, und sie hatte die Besucherin als Erste gesehen! Aber Marina fehlte die Zeit, sich mit ihr zu unterhalten.

An der Tür, von der die alte Farbe in Schuppen absprang, waren fünf Namensschildchen angebracht. Auf einem – aus Sperrholz – stand mit Tinte: »Timofejewa, Burlak. 3x.«

Marina klingelte dreimal. Was für eine Timofejewa? Und wenn die nun öffnete? Oder überhaupt niemand? Vielleicht waren die Kinder nicht zu Hause. Sie konnten ja sonstwo sein. – Das wäre schrecklich! Aber sie würde nicht fortgehen, sondern sich hier vor die Tür setzen und, wenn nötig, bis zum Abend warten.
Die Tür wurde von einem großen, mageren Heranwachsenden geöffnet, der sie überragte. Im Flur war es so dunkel, dass sie sein Gesicht aus der Helligkeit nicht erkennen konnte. Aber er hatte ihres anscheinend erkannt. Denn er erstarrte für einen Augenblick und keuchte dann leise: »Mama?!«

Wie sie jetzt aussah, ihre Mama Marina! Fast wie eine Filmschauspielerin. – Ach wo, viel schöner! Sie roch nach Flieder und noch nach etwas anderem, etwas Glücklichem und Unbekanntem. Andreika vergrub die Nase in ihren Haaren und flüsterte wie damals als kleiner Junge: »Mamusja!« Und Sweta, langbeinig wie ein Fohlen – Herrgott, wie groß sie geworden waren –, kam auch und rieb den Kopf an ihrer Schulter. Viel, viel Zeit verging, bevor sie fähig waren, vernünftig miteinander zu sprechen.
Sweta begriff es nicht sofort, aber dann wurde ihr klar: Ja, Mama ist gekommen, um uns abzuholen. Sie hatte Andreikas Brief erhalten und war sofort aufgebrochen – so schnell, wie es die verschiedenen Behörden zuließen. Die Wiedervereinigung polnischer Familien war nun erlaubt, und sie würden polnische Bürger werden. Wie Mama. Polen hatte nun besondere Beziehungen zur Sowjetunion, und so etwas war möglich.
Mama hatte seit 1943 in der polnischen Armee gedient, die damals auf sowjetischem Boden aufgestellt worden war. Es war eine lange Geschichte, aber man hatte Mama

direkt aus dem Lager als Krankenschwester zu dieser Armee geschickt.
Wie Marina im Lager unter die Krankenschwestern geraten war, das würde sie den Kindern nicht sagen und überhaupt niemandem. Nur einmal würde sie darüber sprechen – wenn sie ihre Beichte ablegte.
Damals, 1943, hatte man die noch lebenden Polen aus den Lagern herangezogen, und auch ihr war durch einen frommen Menschen ein Posten verschafft worden. Sonst hätte sie nicht überlebt! Jacek und sie hatten begonnen, die Kinder zu suchen, sobald die polnischen Botschaften wieder geöffnet worden waren. Sweta und Jendrus würden ihn wahrscheinlich zunächst Pan Jacek nennen, aber ihn sehr bald lieben lernen. Er wartete auf sie wie auf seine eigenen Kinder. Jacek war Mamas Mann, sie hatte wieder geheiratet. Und die beiden hatten nun ein polnisches Schwesterchen, das Jasja hieß. Alles klang so unwahrscheinlich und verwirrend, dass Sweta manches nicht verstand. Aber sie stellte keine Fragen. Morgen war auch noch ein Tag. Die Hauptsache war, dass Mama überlebt hatte. Und auch Andreika hatte überlebt, denn sie, Sweta, hatte ihn beschützt. – Siehst du, Mama? Ihr wurde so leicht ums Herz, dass sie hätte heulen können. Nun brauchte sie um niemanden mehr Angst zu haben! Plötzlich fühlte sie sich so sorgenfrei, dass sie körperlos zu sein schien. Kein Gedanke ging ihr mehr durch den Kopf. – Was für ein wunderbarer Zustand!

Als Sweta mit der heißen Teekanne zurückkam, schluchzte Mama vor sich hin. Sie saß auf der Liege und umarmte Andreika. Es war nicht nötig, Mama sofort ihre ganze Geschichte zu erzählen. Aber Andreika wollte ihr unbedingt schildern, wie Sweta und er ohne sie gelebt hatten.

Draußen donnerte es, und sie klappten die geöffneten Fenster zu. Alle drei erschraken zunächst und lachten dann: Ein Gewitter brach los, mehr nicht! Die Fliederzweige, die Aljoscha am Tag zuvor herangeschleppt hatte, zitterten in einem Glas, und lila Explosionen erhellten das Zimmer. Andreika entkorkte mühsam eine warme Flasche moldawischen Weines. Die hatte ihnen ihr Nachbar, Onkel Grischa, für einen solchen Anlass geschenkt.

Madam Swanskaja hatte bereits allen erzählt, dass die Mutter der »Waisen« gekommen sei. Man möge ihr das Fell über die Ohren ziehen, wenn es nicht die Mutter sei. Das sehe man sofort. Die Besucherin habe genau Swetas Gesicht. Aber Andreika sei sie noch ähnlicher, weil sie wie er unglaublich blaue Augen habe. Eine solche Dame, nach der neusten Mode gekleidet. Alles ausländische Sachen, sogar durchsichtige Strümpfe – und das im Mai! Der ganze Hof wusste also schon Bescheid und hatte mehrere Berichte gehört. Aber niemand klopfte an die Tür und bat um Salz oder Streichhölzer. Die Kinder hatten ihre Mutter so lange nicht gesehen, dass es rücksichtslos gewesen wäre, sie zu stören. Und vielleicht war sie tatsächlich Ausländerin und fuhr wieder weg und ließ die Kinder zurück. Da war es besser, sich nicht einzumischen.

Der nächste Tag war ein Sonntag, sodass keine Papiere ausgefertigt werden konnten. Deshalb gingen sie durch die Stadt spazieren. Die Maisonne hatte die Straßen getrocknet, ein frischer Wind wehte, die Signalhörner der Dampfer ertönten aus dem Hafen, und alles machte Mama Freude: dass die Oper noch an Ort und Stelle stand und dass die Händlerinnen an der Soborka Tulpen und Narzissen verkauften. Aber zu ihrer früheren Wohnung gingen sie nicht – es widerstrebte allen dreien.

Erst gegen Abend fiel Sweta ein, dass sie sich mit Aljoscha fürs Kino verabredet hatte. Sie traf atemlos, aber nicht zu spät ein: in Mamas umwerfender Spitzenbluse, mit blauen Ärmeln und was für einem Kragen! Mama und sie hatten jetzt nämlich dieselbe Größe!

»Du fährst also?«, fragte Aljoscha ruhig und leise. Sweta hatte noch gar nicht darüber nachgedacht. Aber Mama war schließlich nur zurückgekehrt, um ihre Kinder abzuholen und sie zu diesem prächtigen Jacek mitzunehmen, der sie erwartete, als wären sie seine eigenen. Mamas Mann, doch nicht Swetas und Aljoschas Vater.
Nach Polen zu reisen wäre natürlich schön – aber für immer? Was hatte sie denn hier außer Andreika? Doch ihr Bruder gehörte jetzt zu Mama. Er packte schon, um so schnell wie möglich zu ihr ins Hotel zu ziehen. Gestern hatten sie darüber gesprochen, wie gut es sei, dass er noch nicht sechzehn Jahre alt war, denn sonst wäre er wehrpflichtig gewesen, was alles noch weiter verkompliziert hätte. Andreika war also noch ein Kind und gehörte zu Mama. Aber zu wem gehörte Sweta?

Aljoscha senkte die Augen und mied ihren Blick, um sie nicht zu bedrängen. Aber er wartete auf eine Antwort. Gleich wird sie sagen, dass sie nach Polen fährt, in das Zauberland, in dem ihre Mutter wohnt. Dort wird man sie lieben und beschützen, und ihre Blusen werden solch einen Ausschnitt haben. Und was wurde ihr hier geboten? Kartoffelschalen? Ein geordnetes Leben mit einem Dach über dem Kopf und einem Stipendium, aber dafür auch mit einer bis in die Knochen reichenden Angst, die nie aufhört? Deshalb wird sie gleich sagen, dass sie mit ihrer Mutter fährt. Dann wird er ihr Glück wünschen und sich keine Regung gestatten: nicht einmal ein Zucken der Augenwinkel oder der Lippen. So hatte er sich schon als Junge verhalten, wenn ihm etwas Böses zugestoßen war. Wie damals, als Gaw begraben wurde. Er würde hier bleiben und sogar auf dem Bahnhof noch tapfer lächeln. Damit Sweta nicht weinte. – Damit sie frei war. Ganz und gar. Für immer.

»Nirgends fahre ich hin. Du hast dich wohl schon gefreut?«

»Wieso? Soll ich etwa auf die Gelegenheit verzichten, dich loszuwerden?«

Sie waren es nicht gewohnt, anders miteinander zu reden. Aber dafür konnten sie sich richtig küssen. Das taten sie auch, direkt auf dem Nikolajew-Boulevard, der damals noch einen anderen Namen trug. Aljoscha begleitete sie zur Tür, doch es war schon so spät, dass sie ihn ihrer Mutter nicht mehr vorstellen wollte. Aber Marina schlief nicht, sondern wartete auf ihre Tochter. Sie beabsichtigte nicht, ins Hotel zurückzukehren, denn es war ihr unerträglich, noch eine Nacht von ihren Kindern getrennt zu sein.

»Swetotschka, Kindchen, ist dir nicht kalt? Nachts nur mit der Bluse. Wo warst du denn so spät noch? Ich habe mir Sorgen gemacht.«

Das war offensichtlich, denn sie versuchte mit aller Kraft, sich nicht aufzuregen und Sweta keine Vorwürfe zu machen. Aber unter den Augen hatte sie rote Flecke, und Sweta hätte sich unter Mamas unruhigem Blick am liebsten wieder wie vor langer Zeit in einen »aniolok« verwandelt. Wahrscheinlich war auch ihr Haar zerzaust, denn Aljoscha brachte ihr beim Küssen immer die Frisur durcheinander. Deshalb umarmte sie Mama so schnell wie möglich. Andreika schlief schon tief und fest, und nun saßen sie zu zweit beisammen. Mama warf Sweta ein Tuch mit samtenen Fransen über – es war ja wirklich frisch. Aber das Fenster wollte sie nicht schließen.

Es wäre schön gewesen, einfach nur mit Mama zusammenzusitzen und sich über etwas Angenehmes und Erfreuliches zu unterhalten. Zum Beispiel darüber, was die Frauen in Polen trugen. Aber leider ließ sich ein ernstes Gespräch nicht umgehen.

»Ich habe mich mit meinem Verlobten getroffen, Mamotschka. Morgen stelle ich ihn dir vor.«

»Wie bitte – mit deinem Verlobten?«

Marina schaute ihre Tochter an, als hätte sie etwas Unglaubliches gehört. Aber je länger sie hinschaute, desto klarer wurde es ihr: Natürlich, wieso denn nicht? Sweta war erwachsen und sah hübsch aus. Etwas mager, mit wilden Augen und ungelenken Bewegungen, aber das würde sich von allein geben. Ein Verlobter. – Was hatte sie denn erwartet? Nur gut, dass die beiden noch nicht geheiratet hatten, sonst wäre die Sache wirklich kompliziert geworden.

»Wer ist es denn? Kennst du ihn schon lange?«

»Seit dem Krieg. Von Anfang an. Ich war mit ihm zusammen – na ja, in unserer Gruppe. Andreika hat dir davon erzählt ...«

»Aber er hat nichts von einem Verlobten gesagt. Welcher ist es denn: der Russe oder der Jude?«

»Was für ein Jude, Mama? Meinst du Mischa?«

Sweta schien ein wenig verdutzt zu sein.

»Jendrus hat gesagt, dass ihr mit Juden Kontakt hattet und euch sogar zusammen mit ihnen versteckt habt. Einer war älter als du und die Übrigen jünger. Ist er es?«

»Es ist Aljoscha. Er ist Russe.«

»Das ist gut«, erwiderte ihre Mutter und blickte Sweta eindringlich in die Augen. »Hast du ihm gesagt, dass du wegfährst?«

Also dann. Mit dem Kopf ins kalte Wasser. Was blieb ihr anderes übrig? »Ich habe ihm gesagt, dass ich nicht wegfahre. Mamotschka, begreif doch. Wie könnte ich weg von hier?«

»Und warum hast du so lange geschwiegen?«

»Ich war so froh, dass du gekommen bist. Alles war so schön, und ich dachte einfach nicht daran, dass ich mit dir fahren soll. Mit Andreika ist es etwas ganz anderes. Aber weshalb sollte ich wegfahren?«

»Ach, du Dummchen. Schließlich bist du nicht verheiratet. Du brauchst dich von niemandem scheiden zu lassen und niemanden um Erlaubnis zu bitten. – Ihr seid doch noch nicht verheiratet?«

»Wir wollten vorher unser Studium beenden. Und ich liebe ihn. Was meinst du mit der Erlaubnis?«

Das Argument »ich liebe ihn« mit all seiner unanfechtbaren Kraft war Marina bestens vertraut. Aber konnte sie das Mädchen hier zurücklassen? In diesem fürchterlichen Land? Damit sie einen Russen heiratete? Damit sie die Dummheit wiederholte, die ihre Mutter fast das Leben gekostet hätte? Aber sie durfte nicht laut werden, keinen Streit vom Zaun brechen, denn sonst hatte sie keine Chance.

»Kindchen, wenn ihr sowieso beschlossen habt zu warten, wieso kannst du dann nicht mitfahren? Er beendet hier das Institut, du studierst in Polen, und in ein paar Jahren, wenn eure Gefühle ...«

Marina war listig, doch Sweta durchschaute sie. Das Herz tat ihr weh, und ihre Kehle wurde trocken. So lange hatte sie auf ihre Mutter gewartet. Und nun stellte sich heraus, dass sie Mama, ihrer Mama, nicht trauen konnte!

»Mama. Ich fahre nicht nach Polen. Nur wenn ich euch besuchen und dann zurückkehren darf. Das möchte ich sehr, sehr gern. Aber das geht wahrscheinlich nicht. Und für immer – nein.«
Diese Worte sagte Sweta mit ganz ruhiger Stimme. Wie ordentliche Leute eine Tür zuschlagen: ohne überflüssigen Lärm.
»Aber wie stellst du dir das vor – hier zu bleiben? Du liebst ihn. Und mich? Und Jendrus? Oder willst du, dass wir beide auch hier bleiben? In einem Land, in dem man deinen Vater ermordet hat und mich beinahe auch? Weißt du, was sie für Lager haben? Früher oder später bringen sie hier alle um! Das sind Wilde, nicht besser als die Deutschen!«
»Meinst du die Russen?«
»Ja, die meine ich! Warum siehst du mich so an? Haben die Polen ihr Land etwa in Blut getaucht? Wer hat denn polnische Offiziere erschossen. – Waren das etwa nicht die Russen? Selbst mit ihren eigenen Landsleuten haben sie kein Mitleid, mit niemandem. Was weißt du denn. Du kannst dein halbes Leben hier verbringen, ohne etwas zu erfahren. Solange du nicht selbst ins Lager musst.«
»So etwas hast du mir früher nie gesagt.«
»Was habe ich denn gewusst, bevor euer Vater verhaftet wurde? Auch ich war dumm und habe mir eingebildet, dass man hier leben kann. Töchterchen, glaub mir, hier kann man nicht leben! Swetotschka! Wie viel Kummer kann eine Mutter ertragen? Hab Mitleid mit mir, zerreiß mir nicht die Seele!«
Marina weinte, doch Swetas Augen blieben trocken. Es war nicht zu ändern. Der rote Flor des Teppichs, mit dem die Liege bedeckt war, stach in ihre Finger, und sie zupfte unbewusst daran. Sie hatte nicht geahnt, wie weh die

Nächsten einem tun können. Höchstens Andreika konnte es, doch er war noch klein und dumm. Aber Mama war erwachsen.

»Und die Polen haben Mitleid mit ihren Landsleuten?«

»Ja! Die Polen haben Mitleid! Wenn du von dem redest, was sich jetzt bei uns abspielt: Bei uns gibt's keine Polen in der Staatssicherheit! Auf all diese Posten sind bei uns sofort nach dem Krieg Juden gesetzt worden. Von den Russen. Das ist ihre Nationalitätenpolitik. Sie packen uns an der Kehle. Du bist eben nicht informiert. Kein Pole steckt einen anderen ins Gefängnis!«

»Und hast du Mitleid mit mir? Oder wenigstens mit Andreika? Habe ich denn keine Seele, die mir zerreißen kann? War Papa denn kein Russe? Und ich bin auch Russin ...« Swetas Stimme versagte, und sie brachte kein Wort mehr hervor.

»Meine Kleine! Wie kann ich denn kein Mitleid mit dir haben?« Mama umklammerte sie und schluchzte: »Ihr Armen. Meine Armen, was haben sie mit euch gemacht!«

*

Doch Sweta gab nicht nach. Also musste Mama nachgeben. Gut, sie werde mit Jendrus abfahren, und Sweta solle später zu Besuch kommen. Das sei schwieriger als die Übernahme einer anderen Staatsbürgerschaft, aber nicht unmöglich. Mama werde sich informieren und sich um alles kümmern. Und sie würden einander Briefe schreiben. Andreika und Sweta hätten doch wegen Mamas Briefen keine Unannehmlichkeiten gehabt, oder? Also spreche nichts dagegen. Sweta werde sich bei ihrem Besuch selbst von allem ein Bild machen können und Mama dann besser verstehen.

Nachdem die Entscheidung gefallen war, wurde ihnen beiden leichter ums Herz. Wieder konnten sie sich übereinander freuen. –Nicht so ungetrübt wie am ersten Tag, doch dafür auf eine neue, behutsame Art. Sie mieden heikle Themen und genossen die Gespräche zwischen Mutter und erwachsener Tochter. Auch über das, was in Polen getragen wurde, sprachen sie. Dazu über kleine weibliche Geheimnisse. In Wirklichkeit waren es große Geheimnisse, von denen die Männer nichts zu wissen brauchten. Hier konnte Marina ihrer Tochter noch vieles beibringen.

Wie das Mädchen die Füße bewegte! Man sah sofort, dass sie zu lange in Jungenkleidung herumgelaufen war. Und wie sie die Stirn runzelte, wenn sie angestrengt nachdachte. Flirten konnte sie überhaupt nicht. Sie begriff nicht einmal, welchen Sinn das hatte. Um Freundschaft mit Männern zu schließen, brauchte man nicht unbedingt zu flirten. Aber was, wenn man sie um den Verstand bringen wollte? Denn wie sollte eine Frau sonst mit ihnen fertig werden? Vom allerhöchsten Vorgesetzten bis hin zum frierenden Schuster in der Bude an der Ecke. Damit sie sich nicht störrisch verhielten, wie es Männer so gern tun, sondern froh waren, einem jeden Wunsch zu erfüllen? Sweta schien zu glauben, dass eine Frau durchs Flirten den Eindruck erwecke, sie wolle sich jemandem an den Hals werfen, könne es sich jedoch noch anders überlegen. Oh, welch heilige Einfalt mit fast neunzehn Jahren! Wenn die Männer damit rechnen müssten, dass ihre Männlichkeit wirklich von allen Frauen, die mit ihnen flirteten, auf die Probe gestellt werden würde, dann würden sie eher erschrecken als auftauen. Doch alle tauen auf, wenn man es richtig anstellt.

Aljoscha wurde Marina vorgestellt, und sie war sehr liebenswürdig zu ihm. Den Plan, ihm unter vier Augen ins Gewissen zu reden, dass er dem Mädchen nicht das Leben verdarb, gab sie beim ersten Anblick sofort auf. Der junge Bursche wirkte energisch und hatte ein willensstarkes, prägnantes Gesicht. Seine Züge hatten nichts von der russischen Unbestimmtheit, bei der man hätte ansetzen können. Natürlich liebte er Sweta – arglos wie alles, was diese Jungen taten. Gegen Arglosigkeit gab es ein Mittel: die Zeit. Diese Liebe war wie ein Gelöbnis für ihn – und für Sweta auch. Ein, zwei Jahre lang würde sich daran nichts ändern, bis sie beide erwachsen wurden, wirklich erwachsen.

Marina dachte auch an die guten Zeiten zurück, als ihr erster Mann mit ihr durch Moskau gefahren war. Was hatten sie sich nicht alles angeschaut! Auch den Zoo. Dort gab es ein Gehege für Jungtiere. Wie rührend es gewesen war: Wolfsjunge tollten gemeinsam mit Zicklein und anderen kleinen Tieren herum und vergnügten sich, als wären sie Geschwister. Nur mit einiger Erfahrung konnte man voraussehen, dass diese paradiesischen Verhältnisse nicht lange anhalten würden: Sobald das Wolfsjunge heranwuchs, würde es das Zicklein zerreißen. Wenn es nicht lernte, mit den Hörnern zu stoßen. Marina hatte das damals noch nicht durchschaut, sondern nur über die Tiere gelacht. Aber später hatte sie die Zusammenhänge erkannt. So sind die Dinge eben: Die Arten trennen sich voneinander, ob sie es wollen oder nicht. Da braucht man nichts zu tun, sondern nur abzuwarten. Die beiden würden es selbst spüren, sodass man auf Erklärungen verzichten konnte.

Sweta und der Junge holten das nach, was sie in ihrer Kindheit verpasst hatten, und glaubten, erwachsen zu sein. Sie hüpften einfach über die grüne Wiese und schauten nicht nach vorn. Mit Jendrus würde es solche Probleme nicht geben, denn er hatte seine Kindlichkeit ausleben können. Deshalb würde er rascher erwachsen werden. Sweta dagegen hatte ihre ganze Kindheit für ihn geopfert. Konnte man ihr deshalb etwa Vorwürfe machen? Sie war klug und würde mühelos alles lernen, was ihre Mutter ihr beibrachte. Warum also etwas überstürzen? Jedenfalls würde dieser kleine Wolf in nächster Zukunft keine anderen an Sweta heranlassen. Auch würde er Marina nicht Hals über Kopf mit einem russischen Enkel beglücken, denn er wollte zuerst eine zuverlässige Lebensgrundlage schaffen. Man hatte also noch Zeit.

Sie scherzte und plauderte mit Aljoscha und zeigte sich entzückt über die roten Päonien, die er ihr mitgebracht hatte. Außerdem war er gut erzogen – anscheinend besser als ihre Tochter. Wer hatte ihm beigebracht, einen weltmännischen Ton anzuschlagen und einer Dame sogar die Hand zu küssen? Ob er das wirklich von Russen gelernt hatte?

Ach, auf den ersten Blick war alles in Ordnung. So einen musste Sweta in Warschau erst einmal finden. Und auch Jacek wäre mit ihm einverstanden gewesen. Aber wenn man genauer hinschaute, so konnte man erkennen, dass es ihm an Geschmeidigkeit fehlte. Die Weisheit, die sich mit dem Alter einstellt, würde hier auch nicht helfen.

Sweta begleitete Mama und Andreika mit fröhlichem Gesicht zum Zug. Dabei brauchte sie sich nicht zu verstellen. Na ja, fast nicht. Sie würden einander nicht verlieren. Andreika war versorgt, und Sweta musste nur noch für sich selbst sorgen. Eine viel versprechende Aussicht! Morgens aufzustehen und zu tun, was man wollte – wie das wohl war? Wenn du dir kein Frühstück zubereiten und stattdessen eine halbe Stunde länger schlafen möchtest, dann

tu's einfach. Das war natürlich Egoismus, aber sie war einfach erschöpft.
Andreika verkraftete die Trennung von seiner Schwester ohne Probleme, denn sie würde ja nur kurz sein. Schließlich würde Sweta ihn bald besuchen, nicht wahr? Er genoss die doppelte Zärtlichkeit – durch Sweta und Mama – und wollte diesen glücklichen Zustand nicht durch unnötige Sorgen trüben.
Mama hatte darum gebeten, dass Andreikas Freunde ihn nicht zum Bahnhof begleiteten. Dort könne jemand von der Botschaft lauern, und überhaupt solle man überflüssiges Aufsehen vermeiden. Deshalb wurde Andreika am Abend zuvor verabschiedet, bei Tante Musja in der Koblewskaja. Auch Mama nahm an der Feier teil. Andreika war selig: Was für eine Mutter er hatte! Und wie freundlich sie war und wie sie Tante Musja sogar irgendeine Pomade schenkte. Doch Marina konnte einen unsichtbaren Kreis um sich ziehen, höflich und charmant, aber spürbar. Und Andreika befand sich innerhalb dieses Kreises. Dadurch wollte die gewohnte Offenheit und Fröhlichkeit diesmal nicht aufkommen. Die Freunde wünschten Andreika Glück, und er versprach zu schreiben.

Das Unangenehmste an einem Abschied sind die Minuten, in denen alle auf die Abfahrt des Zuges warten, aber so tun, als warteten sie nicht. Alles ist bereits besprochen, man hat sich schon Lebewohl gesagt. – Wenn er bloß endlich abfährt, der Zug! Aber er fährt noch nicht ab. Doch sobald er sich von der Stelle bewegt und die Räder knirschen, verschwindet jegliche Peinlichkeit. Alle werden munter und winken aufrichtig mit der Hand. Und plötzlich fällt ihnen ein, was sie vergessen hatten, einander mitzuteilen.

Sweta verabschiedete zum ersten Mal jemanden auf dem Bahnsteig, und niemand hatte sie wissen lassen, dass es so ist. Als sie den falschen Ton in ihrem Inneren spürte, empfand sie sich daher erneut als gefühllose Egoistin. Genauso gefühllos verließ sie den Bahnhof, kehrte in die Hafenstraße zurück und weinte nicht, als sie die leeren Zimmer betrat. Zwei Tage lang schlief sie wie ein Murmeltier. Nein, sogar noch ein bisschen länger.

Kapitel 16

Sweta gab ihre Stelle als Briefsortiererin auf. Doch »Onkel Iljuschas Geld« – so nannten Aljoscha und sie die Summe, die Mischas Papa für die Goldmünzen herausgeholt hatte – war durch Andreikas Ausstattung stark geschrumpft. Sweta hatte ihm unbedingt neue Schuhe, einen Koffer aus echtem Leder und einen Anzug kaufen wollen.

Mama hatte gelacht und ihr abgeraten. »Die Sachen können wir doch in Warschau kaufen!« Aber genau das wollte Sweta nicht. Jendrus sollte nicht wie ein abgerissener Vagabund in Polen eintreffen, sondern wie ein Pan, der sich vor den anderen nicht zu verstecken brauchte. Also wurde Andreika neu eingekleidet. Der Friseur, Onkel Nema, verpasste ihm außerdem eine umwerfende Frisur nach dem Vorbild von Ringo Kidd und besprühte ihn zum Abschluss großzügig mit Parfüm. »Junger Mann, ich habe Sie für den Export bearbeitet!«

Sweta war sehr zufrieden. Unglaublich, dass von Onkel Paschas Geld noch etwas übrig geblieben war! Gut so.

Nun brauchte sie sich bis zum Herbst keine Sorgen um ihren Lebensunterhalt zu machen. Die Sommerprüfungen standen bevor, und die Mädchen in ihrem Kurs zitterten: Kein Geringerer als Professor Dudkin sollte die Prüfung im Altkirchenslawischen abnehmen! Der gestrenge Gott der philologischen Fakultät, der für flehende Mädchenaugen völlig unempfänglich war! Vielmehr fand er, dass Frauen für die Wissenschaft wenig geeignet seien. Seine

Art, wie er Kandidaten absägte, war Legende, und zumindest ein kleiner Teil davon entsprach der Wahrheit. Die mollige Tanka keuchte: »Kinder, ich begreife nichts davon! Sweta, ich werd verbrennen wie ein Holzflugzeug!«
»Wetten wir, dass du nicht abstürzt?«
»Doch, doch! Ich brauch die Mumie nur zu sehen, und schon bin ich aus dem Gleichgewicht.«
»Los, essen wir Kompott!«
Der Topf mit dem Kompott war in ein feuchtes Laken gewickelt, damit er kühl blieb. Alle wandten sich erleichtert von den Nasallauten und den anderen slawischen Feinheiten ab. Das Treffen fand natürlich bei Sweta statt. Die Liege war mit Notizheften überhäuft, und die Mädchen hatten sich bis auf Höschen und Büstenhalter ausgezogen. Es war so heiß, dass die Fliegen auf der glühenden Fensterbank verschmorten. Wenn es an der Tür dreimal klingelte, kreischten alle auf und schlüpften rasch in ihre Kleider. Denn das Klingeln bedeutete meistens, dass Aljoscha oder ein anderer der Jungen vor der Tür stand, um beim Lernen zu stören.

Nach der ersten Prüfung erschien Aljoscha mit Bambusrohren und einer Spule.
»Swetka, du hattest doch irgendwo eine grüne Decke.«
»Willst du ein Flugzeug bauen?«
»Halt den Mund, Unglückselige. Zieh dich unter deine Burka zurück! Weißt du, was ein Punkah ist?«
Sweta knurrte und winkte ab. Der Bau des Punkah – also eines Fächers, wie ihn die englischen Kolonisatoren in Indien benutzt hatten – dauerte bis zum Abend. Dann war ein ziemlich albern wirkender Rahmen mit einer darüber gespannten Decke entstanden, der vom Zimmerbalken herunterhing. An seinem unteren Ende war eine Schnur

befestigt, die Tanka in die Hand gedrückt wurde. »Wedele, du unterdrücktes Wesen!«
Beim ersten Schwung fegten die Becher mit dem nicht vertilgten Kompott und die Büchse mit den verwelkten Teerosen von der letzten Woche auf den Boden. Aber schließlich funktionierte die Vorrichtung. Wenn man gleichmäßig und behutsam zog, entstand eine angenehme Ventilation. Die Kolonisatoren waren gar nicht so dumm gewesen. Sie verstanden zu leben. Alle zogen der Reihe nach an der Schnur, aber am besten konnte es die Sportlerin Nadka. Sie saß im Sessel, bewegte den Fuß mit der daran angebundenen Schnur und schlug monoton den Takt. Je nachdem, was auswendig gelernt werden musste.

Die Prüfungen lagen bald hinter ihnen. Sweta hatte nun plötzlich sehr viel Zeit und wusste nicht, was sie damit anfangen sollte. Aljoscha und sie fuhren zur 16. Station und schwammen ins Meer hinaus – weit, weit hinaus, sodass der Strand wie ein rötlicher Streifen zwischen zwei blauen aussah.
Sweta hatte sich zwei neue Röcke genäht, und es war wunderschön, mit Aljoscha durch die abendliche Stadt zu spazieren: unter den Laternen, unter den Sternen und im Rauschen der Blätter im Wind. Aljoscha brach ihr einen Akazienzweig mit großen, harten Blütentrauben ab. Jede Blüte glich einem Mädchen im Morgenrock. Der Duft der Akazien schien jedes Jahr neu zu sein und verdrehte den Stadtbewohnern immer wieder den Kopf. Aber der Mensch darf sich nur einmal im Leben wirklich von ihnen den Kopf verdrehen lassen. In jenem Sommer waren Sweta und Aljoscha an der Reihe, und sie glaubten, dass es immer so sein würde.
Sweta verstand Aljoscha nicht, als er ihr – sie war benom-

men bis zur Schwerelosigkeit – beim ersten Mal zuflüsterte: »Ist das jetzt eine gefährliche Zeit für dich?«
Sie nickte nur. Wann war für sie keine gefährliche Zeit gewesen? Worauf wollte er hinaus? Später erklärte ihr die Sportlerin Nadka, was das bedeutete. Sweta mochte es nicht glauben: Das also war gefährlich – ein Kind zur Welt zu bringen? Ein winzig kleines Kind? Wen sollte es stören, wem gefährlich sein?
Aber dann schloss sie sich Aljoschas Meinung an. Es bestand keine Eile. Natürlich würden sie ein Kind haben, aber es war besser, erst ihre Prüfungen abzulegen. Nadka hatte ihr beigebracht, die Tage zu zählen. Aber auch das konnte »etwas unsicher« sein. Ach, es war zum Verrücktwerden! Warum musste man dauernd über irgendetwas nachdenken?

Sweta hatte wieder begonnen, Briefe zu sortieren, um ein wenig Geld hinzuzuverdienen. Auf dem Hauptpostamt gefiel es ihr: Es roch nach erhitztem Siegellack, der Raum war kühl und die Arbeit nicht schwer. Sämtliche Handschriften konnte sie mühelos entziffern. Die Briefe wurden in zwei Kategorien eingeteilt: in Odessa ankommend und aus Odessa hinausgehend.
Besonders vorsichtig musste man mit Briefen nach Moskau sein. Auf manchen Umschlägen stand einfach nur: »Moskau. Kreml. Stalin.« Solche Briefe wurden aussortiert. Aber nicht, wie Sweta vermutete, damit sie Stalin schnellstens zugestellt werden konnten. Vielmehr wurden sie von ganz anderen Leuten gelesen. Deshalb legte Sweta Umschläge, die eine kindliche Handschrift trugen, heimlich beiseite. Ein Kind konnte alles Mögliche schreiben, jedwede Dummheit, und damit vielleicht der ganzen Familie schaden.

Sweta las den einen oder anderen Brief, bevor sie ihn bei sich zu Hause im Ofen verbrannte: Genosse Stalin solle persönlich feststellen, dass Papa, Mama oder der Onkel unschuldig seien. Er solle irgendjemanden aus dem Kinderheim ans Suworow-Institut schicken. Ob er vielleicht dafür sorgen könne, dass Anna Achmatowa nicht mehr beschimpft werde? Oma habe gesagt, sie sei eine große Dichterin. Er solle anordnen, dass für Papa, der im Krieg gedient habe, gute Prothesen angefertigt würden, damit er nicht in einem Rollstuhl fahren und auf dem Markt singen müsse. Ein Brief betraf sogar die Schwarzmeergriechen: Es sei unvernünftig gewesen, sie auszusiedeln.

Ein Briefschreiber – an der Handschrift war nicht zu erkennen, ob es sich um ein Mädchen oder einen Jungen handelte – ging Sweta gründlich auf die Nerven. Sie hatte schon zwei Briefe vernichtet, ohne sie gelesen zu haben. Aber die Schrift war Sweta im Gedächtnis geblieben. Dann fiel ihr noch ein dritter in die Hände. Was für ein hartnäckiges Kind. Als wolle es sich selbst anzeigen. Auch diesen Brief stempelte sie nicht ab, sondern ging zu der Absenderadresse, die auf dem Umschlag stand. Es war nicht weit, hinter dem Neuen Markt. Ein rundlicher Mann in Pyjamahose und Unterhemd öffnete die Tür.

»Wohnt Sascha Menaiko hier?«

»Ich bin sein Vater. Hat er was angestellt?«

Es war ein sympathischer Mann mit fröhlichen Augen. Und anscheinend gutmütig. Sweta musterte seine Hände, die ebenfalls keinen Verdacht erregten. Sie wollte kein Risiko eingehen, denn sie durfte Briefe, die eine eindeutige Adresse trugen, nicht unbefugt aus dem Hauptpostamt entfernen. »Schreibt er mit Ihrem Wissen an den …« Sie stockte und flüsterte, damit kein Unbefugter sie hören konnte: »Kreml?«

»Was?«
»Ich weiß nicht, was. Aber verstehen Sie, ich sortiere Briefe – heute ich, morgen eine andere. Wer weiß, was er schreibt ... Ich dachte, Sie sollten es erfahren.«
»Kindchen, ich verstehe, ich verstehe! Um Gottes willen, treten sie ein!«
Der verschlossene Umschlag brannte dem Mann in den Händen, aber er öffnete ihn erst, nachdem er Sweta zu einem eleganten roten Ledersofa geführt und ihr ein Glas Mineralwasser eingeschenkt hatte, das erstaunlicherweise kalt war. Er überflog den Brief und blickte Sweta mit aufgerissenen Augen an.
»Kindchen! Wie kann ich Ihnen danken? Sie können sich nicht vorstellen ... Sie können es sich einfach nicht vorstellen, was der Blödian ... Was Sie für uns getan haben!«
Seine Dankbarkeit machte sie zutiefst verlegen. Sie konnte sich nicht mehr rasch verabschieden, denn er wollte ihr seine Frau vorstellen, die sogleich kommen werde, und er wollte ihren Namen wissen, damit er bis ans Ende seiner Tage für ihre Gesundheit beten könne. Außerdem bot er ihr eine kostenlose Zirkuskarte, wenn ihr so etwas gefalle.
Plötzlich schrie jemand hinter ihr: »Sauber in der Schachtel!«
Sweta verschüttete ihr Mineralwasser. In der Ecke saß ein kräftiger Papagei, weiß mit einer zitronenfarbenen Haube. Seine mächtige, mit Flaum bedeckte Klaue rüttelte an der Käfigtür. Der Hausherr entschuldigte sich und nannte den Papagei einen Trottel. Der Vogel murmelte zurück: »Wenn ich meine Rente kriege, gebe ich ihn weg!«
Sweta wurde klar, warum der Mann vom Zirkus gesprochen hatte. Da er einsah, dass Sweta ihren Namen nicht nennen wollte, schrieb er seinen eigenen mit Adresse und Telefonnummer auf einen Zettel.

»Kindchen, wenn ich Ihnen irgendwie helfen kann … Man weiß nie, wer einem vielleicht nützlich ist … Egal, Sie sind mir jederzeit willkommen, und wenn ich mir die Beine ausreißen muss! Wie schade, dass Sie auf dem Postamt arbeiten! Soll ich Sie vielleicht beim Zirkus unterbringen? Aber was rede ich denn … Ich muss ewig dankbar dafür sein, dass Sie auf dem Postamt arbeiten. Und wahrscheinlich bin ich nicht der Einzige …«

Dann zeigte er Sweta den Papagei, aber es gelang ihr, das Weite zu suchen, bevor er ihr das Tier schenken konnte. Den Zettel mit der Telefonnummer steckte sie zwischen ihre Bücher und erinnerte sich erst anderthalb Jahre später wieder daran.

Aljoscha machte eine großartige Erfindung nach der anderen, bevor er sich endgültig auf Rundfunkempfänger festlegte. Aus Trödel und allen möglichen Radioteilen, die er sich an geheimen Orten beschaffte, baute er märchenhafte Ungeheuer zusammen. Sie rasselten und heulten, und manchmal strömte Musik aus ihnen hervor. Schließlich baute er einen riesigen Apparat, bei der ihm sein ganzes Zimmer als Gehäuse diente. Darin waren Leitungen verlegt, die er mit Röhren und Spulen verband. Aljoscha war fest entschlossen, nicht eher zu ruhen, bis er nicht alle Sendungen rund um die Welt empfangen konnte. Allerdings war er klug genug, seinen Eltern nichts davon zu verraten. Pawel schmunzelte, denn er selbst hatte auch einmal eine Passion für die Technik gehabt. Soll der Junge doch dasitzen und löten. Dann wuchs er sich wenigstens nicht zu einem Liederjan aus. Anscheinend machte das Lernen ihm nicht die geringste Mühe. Aber dieser Hang, sich möglichst nachlässig anzuziehen, die geschmacklosen Zitate aus irgendwelchen amerikanischen Filmen, die wilde Begeisterung für Jazzmusik, die er mit seinen Rundfunkgeräten empfing … Anna dagegen war nicht allzu besorgt. Gut, Aljoscha schien leichtsinnig geworden zu sein, und seine Freunde sahen noch provozierender aus als er. Auch konnte sie nicht überhören, dass die Jungen unsinnige Lieder zur Gitarre sangen. Aber Anna war sich sicher, dass sie ihre im Krieg versäumte Kindheit nachholten und alles vorbeigehen würde, wenn sie sich hinreichend ausgetobt hatten.

Sweta bekam regelmäßig Post von Mama und Andreika. Andreika gehe in die Schule, die polnische Sprache sei kein Problem für ihn, und er könne schon fehlerlos schreiben. Er verfasse weiterhin Gedichte, doch jetzt auf Polnisch. Das Schwesterchen Jasja sei sehr lieb und lasse Sweta grüßen. Sie wünschten sich so sehr, dass ihre große Schwester sie wenigstens für ein paar Tage besuche! Aber ein Visum für einen fremden Staat zu beantragen war keine Kleinigkeit, auch wenn Polen jetzt zu den Freundstaaten zählte. Schließlich nahm Sweta ihren Mut zusammen und ging los. Sie rechnete damit, stundenlang in langen Schlangen vor Amtszimmern stehen, endlose, verhörartige Fragen beantworten und zahlreiche Laufereien für irgendwelche Bescheinigungen auf sich nehmen zu müssen. Aber dann erwies sich alles als erstaunlich einfach. Man half ihr sogar, die Formulare auszufüllen. Und sie musste lediglich ein Charakterzeugnis vom Dekanat und die vorschriftsmäßige Einladung von Mama vorlegen.

Sofort nach den Prüfungen im Winter machte sie sich auf die Reise. Sie fuhr tatsächlich nach Warschau, nicht zu glauben! Es war eine herrliche Reise. Draußen lag überall Schnee, aber im Abteil war es warm. Nachts leuchtete

eine blaue Glühbirne, und auf dem Gang lag sogar ein Teppich. Ins Ausland fuhr man nur erster Klasse.
Hinter dem Fenster flogen schneebedeckte Tannen, Häuschen, aus deren Schornsteinen wie in Bilderbüchern Rauch aufstieg, und weiße Felder vorbei. Über allem schwebten niedrige Wolken. Auch Swetas Reisegefährten waren sympathisch: zwei junge Soldaten und eine ältere Dame, eine Offiziersfrau. Die Soldaten boten Sweta die untere Liege an, doch sie verzichtete darauf. Es war so schön, von oben aus dem Fenster zu schauen und einen Würfel des Eisenbahnzuckers zu lutschen, der zum Tee serviert wurde.
Die Dame wollte Sweta dauernd füttern und erzählte ihr von Warschau. Ihr Mann und sie wohnten nun schon seit mehr als zwei Jahren dort. Sie kam von einem Neujahrsbesuch bei ihrem Sohn und dessen junger Frau zurück. Ein Enkel war geboren worden. Er hieß Mitka. Von Mitka erzählte sie natürlich am ausgiebigsten: Wie klug er sei, und welch eine kräftige Stimme er habe – er werde bestimmt General.
Auch auf die Polen ging sie ein. »Sicher, die leben nicht wie wir. Europa! Arm sind sie nach dem Krieg. Aber unendlich stolz! Jemand hat vielleicht eine geflickte Hose an, aber dafür ist sie gebügelt wie zur Parade. Die Frauen laufen mit Hüten herum, prächtig herausgeputzt! Aber wenn du genauer hinguckst – alles ist abgetragen, immer wieder geflickt, und die Schuhe sperren das Maul auf. Uns Russen lieben sie nicht, überhaupt nicht. Sie sind höflich – dauernd heißt es ›prosze‹ und ›przepraszam‹ –, aber sie lieben uns nicht.«

Sweta wurde von Mama und Andreika abgeholt, und sie fuhren vom Bahnhof aus vornehm mit dem Taxi. Es schneite, und der Schnee deckte die Häuser, die Gerüste auf den Bauplätzen und die schwarzen Schlaglöcher zu. Schlaglöcher gab es viele. Und überall sah man die Aufschrift: »Odbudejemy!«

Sweta ließ sich durch Ruinen nicht irritieren, doch hier standen mehr davon als in Odessa. Es dämmerte bereits, und an den beleuchteten Fenstern konnte man sehen, wo jemand wohnte und wo nicht. Aber der Schnee ließ alle Konturen weicher werden. Ob hier in Warschau getanzt wird?, dachte Sweta mit unbegründeter Fröhlichkeit.

Pan Jacek war nicht nur ein Herr, sondern auch ein angenehmer Mensch. Er freute sich über Swetas Ankunft, machte jedoch kein großes Theater. Die kleine Jasja im karierten Kleidchen plapperte auf Polnisch mit der Besucherin und zog sie in die Ecke, um ihr die Puppe Karolinka und all deren Sachen zu zeigen. Sweta hatte fast nie Polnisch sprechen müssen, aber sie konnte alles gut verstehen. Schließlich hatte sie früher Mamas polnische Bücher gelesen.

Als Andreika sie zum Tee holte, hatten Sweta und Jasja Karolinka bereits gefüttert, sie wegen eines Streiches in die Ecke gestellt, ihr wieder verziehen und sie auf einer Schaukel aus einem Taschentuch hin und her schwingen lassen. Jacek, der bei einem russischstämmigen Ziehvater aufgewachsen war, sprach ausgezeichnet Russisch und wechselte nun dazu über, um Sweta nicht zu ermatten. Bevor er seine Berufstätigkeit als Architekt aufgenommen hatte, war er wie alle anderen Soldat gewesen. Das ließ sich schon daran erkennen, wie er den Kopf und die Schultern hielt. Alles war harmonisch, ganz anders als Mama und Sweta erwartet hatten, während sie sich in Odessa stritten und einander kränkten. Das war vorbei. Es gab keine unsichtbaren Gräben mehr zwischen ihnen. Zur

Feier des Tages entkorkte Pan Jacek zu Mamas Butterbroten eine schwere, schwarz glänzende Champagnerflasche. »Auf unsere Freundschaft!«
Marina hatte immer gesagt, Sweta sei ein schwieriger Mensch, aber Jacek hatte sie sich nach seinen Kenntnissen über ihr Leben anders vorgestellt. Sie war wie eine Waise aufgewachsen, hatte all ihre Kraft auf Jendrus konzentriert und nichts als Armut kennen gelernt. Jacek hatte mit einem grobknochigen, verbittert dreinblickenden Mädchen gerechnet. Aber davon konnte keine Rede sein. Sie war lebensfroh, zart, schelmisch, und ihre Augen schienen zu tanzen. Wie der sprühende Champagner. Man sah sofort, was sie von Marina geerbt hatte. Aber darüber hinaus hatte sie etwas an sich, das sich nicht fassen ließ. Was für eine Panienka! Irgendjemandem würde sie zum Verderben werden.
Hatte Andreika in Odessa mit seiner Mama geprahlt, so protzte er nun mit seiner Schwester. Sie könne herrlich singen, was Mama und Jacek noch nicht wüssten. Nun sing schon, Swetka, irgendwas! Wie früher ...
Sweta sang, doch nicht das, was Andreika erwartet hatte, sondern Tante Annas altes Lied. Sie kannte es auswendig, weil Tante Anna es ihnen in der Koblewskaja so oft vorgesungen hatte. Nachdem Onkel Pawel aus dem Krieg zurückgekehrt war, hatten sie die Kerzen auf dem Klavier angezündet und es zu zweit vorgetragen. Es handelte von Liebe und Treue. Jacek begleitete sie auf der Gitarre. Er kannte dieses russische Lied, und er erinnerte sich häufig daran. Es war das Lied seines Vaters. Er hatte es immer gesungen, wenn er traurig gewesen war. Er dachte an Kozelsk, Katyn und alles andere. Marina hatte ihn gebeten, dass er Sweta davon erzählte. Aber das hatte Zeit.

Kapitel 17

Sweta fuhr hochgestimmt nach Hause. Die fünf Tage waren so ungetrübt gewesen. Alles an der polnischen Familie hatte ihr gefallen, die nun auch ihre Familie war! Die Gitarre, die Pan Jacek ihr geschenkt hatte, schaukelte im Takt des Eisenbahnwagens an einem Haken. Die Hülle war angenehm abgeschabt. Sweta blickte aus dem Fenster. Sie konnte jederzeit zurückkehren! – Zu ihrer Familie.

Zu Hause angekommen, sprudelte Sweta über. »Stell dir vor, dort ist mehr als die Hälfte der Stadt zerbombt, aber sie wollen alles wieder genauso aufbauen wie früher. Jacek arbeitet mit Zachwatowicz zusammen, tatsächlich, und sie werden das Königsschloss wiederherstellen. Davon ist kaum noch was übrig, nur ein Stück des Turmes mit einem quadratischen Loch. Er hat mir das Projekt gezeigt, wie sie die Altstadt restlos wieder aufbauen wollen ... Andreika ist dort erwachsen geworden. Ein langer Kerl mit Bassstimme, kannst du dir das vorstellen? Und er ist jetzt durch und durch Pole und Katholik. Er hat sogar versucht, mich zu bekehren. Und in Warschau gibt es so gemütliche Cafés. Wir sind abends hingegangen. Dort wird Jazz gespielt. – Du wärst von den Socken gewesen!«

Aljoscha hörte ihr zu und stellte Fragen. Aber er ließ sie nicht von seinem Schoß aufstehen, sondern hielt sie an den Schultern fest, als sie den Teekessel auf den Herd stellen wollte.

»Swetka, wie schön, dass du wieder da bist! Ich hatte

schon befürchtet, dass sie dich in Warschau betören und dort behalten. Vielleicht irgendein interessanter junger Bursche.«

»Na, du kannst alles noch besser vermiesen als Petrik! Und überhaupt bin ich ungebunden ...«

»Das könnte dir so passen – ungebunden!«

Lachend und einander küssend fielen sie auf die Liege.

Sweta fand eine Vorladung im Briefkasten: Sie musste beim städtischen Komsomol erscheinen. Morgen um 13 Uhr. In die Spalte »Aus Anlass ...« war nichts eingetragen worden.

Sweta wusste, wo das war: auf dem Kulikowo-Feld, wo die Demonstrationen endeten. Ein großes graues Gebäude mit allen möglichen Stadt- und Gebietskomitees der Partei und des Komsomol. Sie ahnte schon, warum man sie vorlud: vermutlich wegen des Stalin-Stipendiums, denn sie hatte in allen Prüfungen Bestnoten erhalten. Man würde wohl ihre ideologische Festigkeit unter die Lupe nehmen. Sie konnte die Litanei herunterrasseln, im Gegensatz zu Aljoscha, dem die Worte nicht über die Zunge wollten. Aber für Sweta war alles wie ein Spiel. Ein König sitzt auf einem Fass. Dann fällt er hinein, und du musst's sein! Hatte das etwa mehr Sinn?

Sie zeigte der Lehrgangssprecherin Ljuska die Vorladung. Das war ein ausreichender Grund, um Vorlesungen zu versäumen. Dann löste sie ihr Haar, sodass ihre Locken auf die Schultern fielen, und fuhr los.

Es war ein sehr strenges Amtsgebäude: Man prüfte ihren Pass am Eingang und führte sie in ein Büro. Dort saß ein Mann mit Geheimratsecken, der offenkundig nicht im Komsomolalter war. Sweta begrüßte ihn schüchtern und reichte ihm die Vorladung.

»Burlak, Swetlana Andrejewna? Nehmen Sie Platz. Können Sie sich denken, weshalb wir Sie hierher bestellt haben?«

»Nein.«

»Und was vermuten Sie?«

Es wäre peinlich gewesen, als Erste auf das Stalin-Stipendium zu sprechen zu kommen. Wenn es nun um etwas anderes ging und sie sich aufdrängte – beschämend wäre das!

»Ich weiß es nicht.«

»Also, Swetlana, Sie werden sich denken können, dass der direkten Kontaktaufnahme mit Ihnen der indirekte Kontakt vorangegangen ist. Am Institut äußert man sich positiv über Sie. Sie haben bemerkenswerte Fähigkeiten und nehmen an Laienaufführungen teil ... Und ideologisch sind Sie gefestigt. Kurz, Sie eignen sich in jeder Hinsicht für uns.«

Meine Güte, wie offiziell ... Aber das Stalin-Stipendium war keine Kleinigkeit. Man sollte sich der Ehre bewusst werden. Sie schlug bescheiden die Augen nieder, damit er es leichter fand, sie mit der Nachricht zu überraschen.

Aber was sie hörte, war etwas ganz anderes, das sie zunächst gar nicht begriff. Sie, Sweta, Komsomolmitglied und den Ideen des Marxismus-Leninismus ergeben, sei der hohen Ehre würdig, mit dem NKWD zusammenzuarbeiten. Und zwar folgendermaßen: Sie werde erneut nach Polen zu ihren Verwandten reisen, dort an der Universität studieren und sich der Familie anschließen. Denn das NKWD interessiere sich für die national gesonnene polnische Intelligenz, und der zweite Mann ihrer Mutter bewege sich genau im Mittelpunkt jener Kreise. Sweta könne leicht in diese Gruppen vordringen und Kontakt zu unseren Mitarbeitern in Polen halten. Wie, das werde

man ihr beibringen. Ob sie das Polnische schon ausreichend beherrsche?
Aber Sweta hatte es jegliche Sprache verschlagen, und der Rand des Stuhles, auf dem sie saß, grub sich unerbittlich in ihre Schenkel. Sie sollte also Jacek ausspionieren? Und Mama? Sie sollte zum Spitzel werden? Sweta schüttelte den Kopf. Dann schüttelte sie den Kopf noch einmal, bevor sie wieder imstande war zu sprechen. »Nein. Das kann ich nicht.«
Der Mann mit den Geheimratsecken wirkte erstaunt. »Also, Swetlana, das hätten wir ausgerechnet von Ihnen nicht erwartet!« Er drehte an der Wählscheibe des Telefons. »Swjatoslaw Palytsch? Könnten Sie herkommen?«
Swjatoslaw Palytsch hatte ein rotes Gesicht, graue Haare und stechende graue Augen. Sweta stand, als er eintrat, auf wie eine Schülerin, doch er nickte gnädig. »Setzen Sie sich.«
»Tja, Swjatoslaw Palytsch, es gibt Schwierigkeiten.«
An alles Weitere konnte sich Sweta kaum erinnern, nur daran, dass es sehr lange dauerte. Am liebsten hätte sie sich einfach umgedreht und wäre hinausgegangen, aber man schrie sie an: »Hinsetzen! Bei uns entfernt sich keiner ohne Erlaubnis!«
Sie blieb sitzen und bat nicht einmal darum, auf die Toilette gehen zu dürfen. Immer wieder schüttelte sie den Kopf. »Nein. Nein.«
Man sprach im Guten mit ihr, drohte jedoch, dass man auch anders könne. Swjatoslaw Palytsch zeigte auf seine grauen Haare: So alt sei er schon geworden, aber wenn er wieder jung wäre und man ihm erneut anböte, für die Sicherheitsorgane zu arbeiten, würde er keine Sekunde zögern, sondern dies für eine große Ehre halten.
Sweta konnte keinen Gedanken mehr fassen und hörte

nur noch Mamas Worte: »Sie haben mit niemandem Mitleid, nicht einmal mit ihren eigenen Landsleuten.« Aber Jendrus war weit weg, in Warschau. Mama auch. Warum hatte sie solche Angst? Um wen denn? Sie hob den Kopf, um den Männern zu zeigen, was die russische Ehre wirklich bedeutete.

Obwohl sie nichts mehr sagte, durfte sie danach sehr rasch gehen. Ohne dass sie eine Verpflichtung zur Zusammenarbeit unterschrieben hatte. Man ermahnte sie eindringlich, nichts über das Treffen verlauten zu lassen, und rief bei der Passierstelle an, damit sie hinausgelassen wurde.

Sweta spürte ihre Beine kaum, als sie durch die hohe Tür schritt und die Stufen hinunterstieg. Seltsam, dass die mich weggelassen haben, dachte sie, gleich werde ich verhaftet. Oder wollte man vielleicht vorher herausfinden, ob sie jemandem etwas verriet? Aljoscha war ausgerechnet gerade zum Praktikum nach Leningrad gefahren. Erst übermorgen würde er zurückkehren. Aber vielleicht war es sogar gut, dass er sich in Leningrad aufhielt.

Am nächsten Tag geschah nichts Besonderes. Sweta machte sich in den Vorlesungen Notizen. Der Kugelschreiber, den Mama ihr geschenkt hatte, schrieb glatt und mit dünnem Strich, wie es Sweta am liebsten war. Die schwarz lackierten Bänke waren schlimmer zerkratzt und beschmiert als in der Schule. Sweta musterte das scharf eingeritzte Bild einer Fregatte oder eines Klippers. Es schien von dem Dichter Gumiljow inspiriert zu sein, dessen Werke man nicht mehr lesen durfte, die jedoch einer still und leise vom anderen abschrieb. Die Kühnsten trugen sie sogar abends unter Freunden vor.

War es vielleicht vorbei? Schließlich hatte sie nichts unterschrieben, und man würde sie jetzt in Ruhe lassen. Sie würde auf zerkratzten Bänken sitzen, keine einzige Komsomolversammlung auslassen und die Wandzeitung mitgestalten. Am Nachmittag war sie fast davon überzeugt, es überstanden zu haben. Aber am folgenden Tag wurde sie von der ersten Bank in die Abteilung für Studienangelegenheiten gerufen.

Sweta wusste, dass Aljoscha nach seiner Rückkehr sofort zu ihr kommen würde, aber sie war verzweifelt und rief die Petrows aus dem Zimmer der Sportlerin Nadka an, die ein Telefon hatte. Pawel Iwanowitsch nahm den Hörer ab und erwiderte mit höflicher Kühle, dass Aljoscha tatsächlich heute oder morgen erwartet werde, aber noch nicht eingetroffen sei.

Sie wusste, dass Pawel Iwanowitsch ihr nicht grün war, obwohl er es nicht offen zum Ausdruck brachte. Aber sie hatte es nicht auf seine Sympathie abgesehen, und Tante Anna behandelte sie genauso freundlich wie früher. Wenn nicht, hätte Sweta es gespürt. Doch sie wollte Tante Anna nicht in Verlegenheit bringen und besuchte die Petrows immer seltener. Aber nun brauchte sie Aljoscha! Sie wollte sich an ihn kuscheln und sich von ihm sagen lassen, was sie tun solle ... Zwei Stunden später hielt sie es nicht mehr aus und rief erneut an. War Aljoscha vielleicht doch schon zurück? Aber wiederum nahm Pawel Iwanowitsch den Hörer ab. Trotzdem rief sie nach anderthalb Stunden zum dritten Mal an.

»Ich kenne eure Beziehung nicht, Sweta, aber das ist etwas aufdringlich, findest du nicht?«

»Entschuldigen Sie ...«

Nadka hantierte herum und füllte Marmelade in Behälter. Swetka fragte sich, warum sie hier saß und Nadka gefährdete. Heute hatte man sie aus dem Institut ausgeschlossen, und morgen würde man sie vielleicht verhaften. Aber sie saß hier bei Nadka, sodass ein Schatten auf ihre Freundin fiel. Wenn sie bloß Verbindung mit Aljoscha aufnehmen könnte! Doch durfte sie Aljoscha gefährden? Wenn ihr Leben zerstört wurde, wieso wollte sie dann auch seines zerstören? Er war Pawel Iwanowitschs Sohn. Der Sohn eines Generals. Er hatte Talent und die besten Aussichten. Sie würde ihm alles verderben, denn er würde um jeden Preis zu ihr stehen. Nein, sie musste im Gegenteil die Beine in die Hand nehmen, bevor er eintraf. Damit er nichts erfuhr. Und vielleicht würde man sie nicht verhaften, wenn sie ganz schnell verschwand. Aber wohin?

Am selben Tag beschloss sie, sich mit Onkel Iljuscha, Mischas Vater, zu beratschlagen. Sie erinnerte sich an die Geschichte mit den Goldmünzen. Onkel Iljuscha hatte einen nicht geringen Rang und vielleicht ganz unvermutete Beziehungen. Was brauchte sie denn letzten Endes? Sie musste die Stadt zumindest vorübergehend verlassen, und zwar aus ganz legalen Gründen. Das heißt, sie benötigte eine Arbeit, die ihr die Ausreise ermöglichte. Es konnte ruhig ein schäbiger Posten sein, sie hatte keine hohen Ansprüche. Die Tochter eines Volksfeindes, die sich noch dazu auf besetztem Gebiet befunden hatte. Am Institut konnte jemand wie sie nicht bleiben, aber eine Stelle musste sich doch irgendwo finden lassen. Wenn sie das nicht schaffte, würde man sie ohnehin wegen Schmarotzertums anklagen.
Onkel Iljuscha, der eine paradoxe Ähnlichkeit mit Mischa hatte – sie waren einander so ähnlich, wie es zwischen einem kleinen, rundlichen Mann und einem langen, hageren Jüngling nur möglich war –, hörte sich Swetas Bericht

stirnrunzelnd an. Dann ereiferte er sich: »Dummes Zeug! Mädchenhaftes Getue! Was ist denn dabei, sag's mir doch, was? Ist es so schlimm, mit dem NKWD zusammenzuarbeiten? Weißt du, was du Gans angerichtet hast? Und nun zu Onkel Iljuscha! Aber Onkel Iljuschas Sessel wackelt auch. Onkel Iljuscha würde gerne mit dir tauschen, denn in Onkel Iljuschas Personalakte gibt es einen unangenehmen Punkt ... Deshalb würde das NKWD Onkel Iljuscha keinen Posten geben!«

Sweta schwieg. Damals, als es um die Goldmünzen ging, hatte er Aljoscha genauso angebrüllt, aber dann doch alles erledigt. Ihr Dekan zum Beispiel hatte nicht gebrüllt, sondern die Augen abgewandt, als er Sweta ihre Unterlagen zurückgab. Onkel Iljuscha dagegen schaute einem direkt in die Augen, wenn auch mit großer Empörung.

»Nichts will ich mehr hören. Damit will ich nichts zu tun haben! Keinen Finger rühre ich! Idiotin! Ruf mich morgen unter dieser Nummer an, um halb zwei!«

Dann überlegte er es sich anders, rechnete mit den Fingern und nahm ihr den Zettel mit der Telefonnummer wieder ab.

»Es hat keinen Zweck, dass du fleißigen Leuten durch Anrufe die Zeit stiehlst. Sei um vier Uhr bei mir. Und denk dir bis morgen bloß nichts Neues mehr aus. Scher dich weg, du Spinnerin!«

»Gut, San Stepanytsch, sehen Sie sich das Prachtstück an. Sie braucht Arbeit. Auf Ihrem Gebiet kann sie nichts, und ob sie überhaupt etwas kann, weiß niemand.«

Die Rede war natürlich von Sweta. Wahrscheinlich war bereits alles mit San Stepanytsch abgesprochen, aber das bekam Sweta nur am Rande mit. Denn San Stepanytsch, der diesmal keine Pyjamahose, sondern einen Anzug trug, schlug die Hände zusammen und seufzte: »Kindchen! Sind Sie's? Sie sind's! Wo sind Sie denn abgeblieben? Warum haben Sie nicht angerufen? Ich habe Ihnen doch meine Nummer gegeben! Ilja Samoilytsch, kein Problem. Ich nehme sie! Nein, ich bin *Ihnen* verpflichtet!«

Onkel Iljuscha wirkte nach diesem Gefühlsausbruch etwas betroffen, aber er setzte rasch wieder seine frühere strenge Miene auf.

»San Stepanytsch, ich überlasse Ihnen diesen Quälgeist. Hör auf San Stepanytsch, du Göre!«

San Stepanytsch, der Mann mit dem Papagei und dem Blödian Saschka, der einen Briefwechsel mit Stalin hatte anfangen wollen, war für das Repertoire des Zirkusses von Odessa verantwortlich. Schon auf der Straße überlegte er laut, mit welcher Rolle er Sweta betrauen konnte.

»Hm, die Clowns sind bei uns alle Männer. Außerdem gibt's keine Frauenkostüme. Die Käfige sauber zu machen, will ich Ihnen nicht zumuten ... Auch auf ein Pferd werde ich Sie nicht setzen ... Die Dame mit den Hündchen ist schwanger, sonst hätte ich Sie zu ihrer Assistentin gemacht ... Der Zauberer zersägt seine Frau ... Keine Sorge, Kindchen, wir haben ganz bestimmt Arbeit für sie, mir fällt schon was ein. Ich werd das ganze Repertoire ändern und eine spezielle Nummer für Sie einbauen. Alles kommt in Ordnung. Sie fahren noch in dieser Woche ab.«

»Mit Hunden kenne ich mich aus.«

»Was sagen Sie, Kindchen? Hatten Sie etwa Zirkusleute in der Familie?«

»Soll ich es Ihnen zeigen?«

Sweta bat San Stepanytsch in ihre Wohnung und führte ihm Kut vor. Aljoscha hatte den kleinen Kerl aus einer Hunderauferei gerettet, bevor er zu Tode gebissen wurde. Seitdem war er – grau und zottelig und von unbekannter

Rasse – kaum gewachsen. Aber er erwies sich als Hund von großer Würde. Vor niemandem hatte er Angst, und er konnte Respekt und Geringschätzung auseinander halten. Er war überhaupt ein Pfundskerl. An Sweta hing er kaum weniger als an Aljoscha und gehorchte ihr aufs Wort. Deshalb hatte Aljoscha ihn vor seiner Abreise zu Sweta gebracht. Damit Kut sich nicht langweilte und Sweta auch nicht. Kut übertraf sich selbst. Er schlug Purzelbäume, tanzte zu Gitarrenbegleitung, bellte im Takt, apportierte, zog San Stepanytsch ein Tuch aus der Tasche und wehrte im Sprung einen Ball ab – kurz, er stellte sich vor dem Gast zur Schau wie ein verwöhntes Kind. Es gefiel ihm sehr, dass man ihm so viel Aufmerksamkeit widmete. »Kindchen, Swetotschka, das ist schon eine fertige Nummer!«, applaudierte San Stepanytsch. »Dazu würden sich Tauben gut machen. Meinen Sie, dass Sie auch mit Tauben umgehen könnten?«
»Keine Ahnung. Wahrscheinlich. Ich muss es versuchen. Sie haben also Tauben?«
»Die finden wir schon, Swetotschka! Sie sind eine Zauberin, Ihnen gelingt alles! Wir müssen uns nur noch eine Ideologie einfallen lassen ... Eine Nummer mit einer Ideologie lässt sich leichter im Programm unterbringen.«

Aljoscha hatte einen Zweitschlüssel zu Swetas Wohnung, und er stürzte mit einer Dose Pflaumenmarmelade und einer Kilotüte Pfefferkuchen hinein. Swetas Zimmertür war abgeschlossen, aber auch dieser Schlüssel gehörte zu der Garnitur, die er von Andreika übernommen hatte. Die Gardinen waren zugezogen. Auf dem Tisch lag eine Notiz: »Bin zum Zirkus gegangen. Auf Tournee. Kehre in anderthalb Monaten zurück. Kut ist bei mir.« Das war alles, abgesehen von einem schwungvollen »S« als Unterschrift.

Aljoscha rannte nach Hause und fragte seine Eltern: »Hat Sweta angerufen?«
»Vor drei Tagen. Fast hätte sie das Telefon gesprengt«, erwiderte Pawel trocken.
»Und seitdem nicht mehr?«
»Seitdem nicht mehr.«
Anna war beunruhigt. »Hör auf, Pawlik. Vielleicht ist dem Mädchen etwas zugestoßen?«
Aljoscha bestätigte es geistesabwesend: »Das kann man wohl sagen. Sie hat Arbeit in einem Zirkus gefunden und ist weggefahren.«
»Genau das war von ihr zu erwarten«, meinte Pawel und entfaltete seine Zeitung.

Der Junge mit den ungebärdigen Locken, die unter der Mütze hervorquollen, ließ die weißen Tauben zur Kuppel hinauffliegen, wobei Musik ertönte. Sie kreisten in der Luft, und das Licht erlosch langsam, bis nur noch die Tauben im Strahl des Scheinwerfers zu sehen waren. Die Tauben brachten, wie jeder begriff, den Völkern der Welt unseren Gruß.
Unterdessen erschien in der Dunkelheit der Manege ein Käfig, in dem ein zweiter Junge stand. Er trug einen Turban und zerfetzte Kleidung. Mit braunen Armen, die in Eisen gelegt waren, rüttelte er an den Stäben des Käfigs und versuchte, sie auseinander zu biegen. Ein dicker Gefängniswärter in einer grünen Uniform hatte ihm den Rücken zugewandt. Auf den Gefängniswärter traten der Reihe nach alle möglichen ausländischen Generale und Kapitalisten zu – mit Zylinderhüten, Tropenhelmen und Mützen in Gestapomanier. Jeder heftete dem Gefängniswärter unter dröhnendem Trommelwirbel einen Orden aus Silberfolie an die Brust, während der versklavte Jun-

ge entkräftet immer weiter an den Stäben hinunterrutschte.
Dann setzte wieder die Friedensmusik ein. Die Tauben flogen in klassenmäßiger Solidarität auf den Gefängniswärter zu und rissen ihm die Folienorden ab. Der Mann hampelte zur lauten Freude der Zuschauer herum und versuchte, sie zu fangen. Eine der Tauben hackte auf den kahlen Schädel des Schurken ein, und dazu donnerten die höhnischen Schläge von Kesselpauken. Der metallische Klang sollte die Starrköpfigkeit der Kolonialherren symbolisieren.
Die Beine des Gefängniswärters gaben nach, er stürzte mit der Nase zuerst in die Sägespäne und reckte seinen dicken Hintern in die Höhe. Das Publikum schrie und pfiff. Da zerrte ein kleiner Hund einen mächtigen vergoldeten Schlüssel aus dem Gürtel des hingestreckten Feindes und brachte ihn dem Jungen im Käfig. Danach kläffte er den Gefängniswärter wild an, und dieser, am ganzen Körper zitternd, suchte auf allen vieren vor dem kühnen Hündchen das Weite. Der versklavte Junge öffnete den Käfig mit dem Schlüssel und riss sich, von heroischer Musik angespornt, die Fesseln vom Leib. Danach stellte er sich mit ausgebreiteten Armen in die Manege, und die Tauben ließen sich auf seine Schultern nieder. Das Publikum jubelte so sehr, dass man das musikalische Finale nicht mehr hören konnte.
Nach ihrem Auftritt brauchte Sweta nur noch die Tauben in ihre Käfige zu stecken – natürlich musste jede vorher mehrere Male geküsst werden –, dem Clown, Onkel Fedja, bei der Entfernung der Kissen zu helfen, die er sich um den Leib gebunden hatte, und die eklige braune Schminke abzuwaschen. In dieser Nummer war es Sweta natürlich nicht beschieden, ein Kostüm mit Federn und Pailletten

zu tragen. Dafür brauchte sie sich mit ihrer Kleidung nicht abzumühen.
Was das auf Reisen bedeutete, begriff Sweta schon während der ersten Tournee, als sie den Akrobatenschwestern und der Reiterin Ricci half, all die verschlissenen Kostüme zu flicken. Die Trikots rissen besonders gern in den Achselhöhlen und zwischen den Beinen, vor allem bei der fülliger werdenden Elionora Ricci. Außerdem scheuerten sie an den Fersen durch. An den silbernen Schühchen platzten die Spitzen und wurden dunkel. Die Pailletten flogen häufig davon, sodass neue angenäht werden mussten. Garderobieren galten auf Tourneen als überflüssiger Luxus, weshalb Sweta nach allgemeiner Meinung Glück mit ihrem Kostüm hatte.
Auch das Füttern ihrer Tiere bereitete ihr keine Probleme. Kut war klein und nicht wählerisch. Und was benötigten die Tauben schon? Das ließ sich nicht mit dem vergleichen, was drei Bären oder Schimpansen oder Pferde verputzten. Die Künstler, die ebenfalls Tiernummern vorführten, beneideten Sweta einmütig.
Aber vor allem musste sie nie mit einem Fiasko rechnen. Sicher, ein- oder zweimal kam es vor, dass der vom Beifall berauschte Kut im heldenhaften Finale zu ausgelassen tanzte. Doch das rief beim Publikum nur zusätzliches Entzücken hervor. Und als der Täuberich Fyrtschik, der für die Hackaktion zuständig war, seinen Einsatz verpasste, wartete der erfahrene Onkel Fedja nicht auf den tödlichen Angriff, sondern ließ sich einfach auf den Boden fallen und streckte mit idiotischer Miene alle viere von sich. Da merkte Fyrtschik, dass man auch ohne ihn auskommen konnte, und hackte auf den bereits besiegten Onkel Fedja ein. Daraufhin donnerte der an der Kesselpauke sitzende Markowitsch zum zweiten Mal los. Offenbar war es

ideologisch korrekt, noch auf den bereits niedergestreckten Feind einzuhacken. Die Nummer war eben einfach zum Erfolg verurteilt.

Kapitel 18

Ach, Abende, freie Flächen, Lichter – wie viele gab es davon im vagabundierenden Zirkusleben! Sweta hatte Spaß daran. Der Wagen schaukelte, Kut wärmte sich unter ihrer Achsel, und die Tauben schliefen im Tierabteil. Onkel Fedja zerschnitt eine Wurst auf einem Stück Zeitungspapier. Mit Tomaten.

»Na, Töchterchen, essen wir Abendbrot?«

Der Zirkus war ein Familiengeschäft, und Sweta gehörte nicht dazu. Deshalb hatte sie sich Onkel Fedja angeschlossen. Er stammte aus der Stadt Lwow, die nun zur Westukraine gehörte. Seine beiden Söhne und seine Tochter saßen ebenfalls am Tisch: das Trio Maretti, Jongleure. Auch Onkel Fedja war in seiner Jugend Jongleur gewesen, aber dann hatten seine Hände durch die Anspannung zu zittern begonnen. Doch darüber wollte er nicht reden.

Das Trio Maretti wirkte niedergeschlagen, denn sein Fisch Dunka war gestorben. Vielleicht an Überhitzung. Für den Auftritt konnte man keinen beliebigen Fisch verwenden. Erstens musste er groß und von heller Farbe sein, damit man ihn auch in den oberen Reihen noch sehen konnte. Zweitens musste er gute Nerven haben, denn nicht jeder Fisch nimmt es gleichmütig hin, wenn man ihn in ein rundes Aquarium setzt, das Aquarium auf einen Stock, dann auf einen zweiten und dritten stellt und einer der Jongleure es schließlich auf dem Kopf balanciert. Außer-

dem ist ein Scheinwerfer auf den Fisch gerichtet, der unter solchen Belastungen hochspringen, herumplantschen und sogar aus dem Aquarium hüpfen kann. Es war nicht leicht, für die kluge Dunka rasch einen Ersatz zu finden.
»Swetka, sing uns was vor.«
Sweta war gern dazu bereit. Sie verfügte über ein reichhaltiges Repertoire.

Wer das schöne Odessa besucht,
Sollte auf seinen Beutel achten.
Bei uns ist's Gesindel so verrucht,
Dass manche später barfuß schmachten.
Ach, das warn so schöne Sohlen,
Wer hat sie mir denn bloß gestohlen?

Tatsächlich näherten sie sich bereits Odessa. Die erste Tournee war beendet, und bis zur nächsten würden die Marettis sicher einen neuen Fisch gefunden haben.

*

Marina erhielt einen Brief von ihrer Tochter. Doch nachdem sie ihn geöffnet hatte, verflog ihre Freude schnell.
»Mama, ich komme nie mehr nach Warschau und werde auch nicht mehr schreiben. Verzeih mir, aber es ist am besten, wenn du mich vergisst. Sweta.« Marina ließ sich stöhnend auf einen Stuhl sinken.
»Jacek, was hat das zu bedeuten? Haben wir etwas falsch gemacht? Ob sie dort in die Partei eingetreten ist?«

Als Sweta heimkam, erwartete Aljoscha sie bereits sehnsüchtig. Er saß in ihrem Zimmer, als sie mit regenfeuchten Haaren und mit Beuteln beladen die Tür öffnete. Kut hüpfte freudig tänzelnd auf Aljoscha zu und leckte ihm Nase und Wangen.

Wo sonst hätte Aljoscha auf dieses halb verrückte Mädchen warten sollen? Er war nicht einmal sicher, ob sie nach ihrer Rückkehr anrufen würde. Zu seltsam hatte sie sich auf jenem Zettel ausgedrückt: »... wenn du hier auftauchen solltest.« Was hieß wenn? Aber bei ihrem Anblick verzichtete er darauf, die Dinge zu klären. Auch Sweta verzichtete darauf, denn sie hatte sich fest vorgenommen, Aljoscha nichts zu erzählen. Sie hatte das Recht, ihre Pläne zu ändern. Also war sie zum Zirkus gegangen, und damit Schluss. Außerdem hatte sie sich vorgenommen, ihn so höflich und kühl abfahren zu lassen, wie Pawel Iwanowitsch es ihr gegenüber getan hatte. Ohne jede Erklärung. Und die »gefährliche Zeit« sollte er mit anderen ausrechnen.

Doch Aljoscha nahm sie, nass wie sie war, einfach in die Arme, hob sie hoch, wirbelte sie herum und küsste sie, sodass sie kein Wort hervorbrachte. Und sie war einfach zu nichts anderem fähig, als sich an ihn zu schmiegen und ihre Lippen an seine zu drücken. Mädchen sind keine Generale, sondern charakterschwache Wesen.

Immerhin konnte sie eines durchsetzen: Sie arbeitete im Zirkus und würde auch weiter dort arbeiten. Es gefalle ihr eben. Ja, und die Reisen auch. Um Aljoscha zu überzeugen, erzählte sie ihm alle möglichen amüsanten Geschichten und schilderte die praktische Erfahrung, die sie gesammelt hatte. Wenn zum Beispiel die Kartoffeln in einer bestimmten Stadt billig seien, empfehle es sich, gleich eine größere Menge zu kaufen. An manchen Orten seien Schuhe preiswert und an anderen Emailletöpfe. Die Zirkusleute wüssten Bescheid, denn Not mache erfinderisch. Sie nervte Aljoscha mit Reiseberichten und mit erstaunlichen Erzählungen über bemerkenswerte Menschen (stell dir vor, er hatte sich das Schlüsselbein gebrochen, aber am selben Abend ist er wieder in Uniform aufgetreten – der Gips war unter der Uniform nicht zu sehen). Sweta führte nun ein eigenes, separates Leben, zu dem Aljoscha keinen Zugang hatte. Kut war ein wichtiger Teil ihrer Zirkusnummer, aber er, Aljoscha, spielte keine Rolle darin. Sie war grenzenlos zärtlich, aber auch grenzenlos ungerecht, als wolle sie aus irgendeinem Grund mit ihm abrechnen. Den Grund konnte er nicht durchschauen, doch Sweta zu verlieren wäre unerträglich für ihn gewesen. Ja, sie liebte ihn. Vorläufig. Sie liebt mich, gut, aber sie braucht mich nicht.

Er blieb immer wieder für längere Zeit allein. Ihr alter Kreis schien sich aufgelöst zu haben. Mischa war verschlossen und musterte Aljoscha wie einen Fremden, und auch er gab keine Erklärung dafür ab. Aber ein Grund ließ sich finden: Mischa war jetzt Komsomolorganisator der Fakultät und baute sich wahrscheinlich eine Karriere auf. Da konnte er seine alten Freunde nicht mehr gebrauchen. Andreika schrieb niemandem aus der Gruppe. Er war jetzt Pole und Katholik. Und Swetka schien ein Gelöbnis abgelegt zu haben, sich möglichst selten in Odessa aufzuhalten.

Die Gruppe, die sich so selbstverständlich um Sweta gebildet hatte (nun erst wurde ihm klar, um wen!), gab es nicht mehr. Ihm blieben nur noch Manja und Petrik. Manja studierte am Konservatorium, Petrik am Wirtschaftsinstitut, aber die Zwillinge würden sich nie trennen. Sie hatten ihre eigenen Ausdrücke, die Aljoscha noch aus ihrer Kindheit kannte.

Tante Musja und Onkel Jakow hielten sich gut. Ihre Falten wurden zwar zahlreicher, aber es waren Lachfältchen. Al-

joscha fühlte sich wohl bei ihnen, wohler als in der Theatergasse. Schließlich war er in der Koblewskaja aufgewachsen, und auf dem Hof kannte man ihn noch. Immer wenn er zu den Krasnows ging, rief irgendjemand: »He, Aljoscha ist da! Wie geht's, Aljoschenka? Oi, wie groß du geworden bist – als wärst du schon ein Bräutigam!«
Musja war immer begeistert, wenn er sie besuchte, und sie stopfte ihn mit großer Begeisterung voll. »Hau rein, du mageres Gestell! Was heißt, ich hab keinen Hunger? Wie du aussiehst! Kein anständiger Hund würde dich beißen! Jascha, du bist doch Pädagoge. Sag ihm, dass man sich vernünftig ernähren muss!« Dann schmierte sie ihm eine dicke Schicht Butter aufs Brot. Jakow grinste und zwinkerte Aljoscha zu: Fang bloß keinen Streit mit der Frau an. Sonst wird's bloß noch schlimmer.

Als die »Demaskierungskampagne« der Juden begann, wurde Jakow leidenschaftlicher verteidigt als sonst jemand in der Stadt. Die Literaten Iwanow erwiesen sich in Wirklichkeit als Literaten Rabinowitsch, was man ihnen deutlich vorhielt. Und auch allen Lesern, denen sie blauen Dunst vorgemacht hatten. Maler, Komponisten, Parteifunktionäre – alle mussten mit der Überprüfung ihrer Personalakten rechnen, die in den Zwanziger- und Dreißigerjahren mit ungerechtfertigtem Liberalismus behandelt worden waren. Und alle gerieten ins Zittern, besonders in Odessa. Abgesehen natürlich von den wirklichen Iwanows und solchen alten Füchsen wie Jakow.
Viele von Jakows Schülern waren mittlerweile erwachsen und bekleideten die verschiedensten Ämter. Und alle erinnerten sich an Jakow Isakytsch! Wer von ihnen in den ersten sechs Klassen ein Spitzbube gewesen war, der hatte früher als die anderen eine einträgliche Position erreicht.

Und gerade diese Spitzbuben verehrten Jakow Isakytsch zutiefst. Sogar an seine Tätlichkeiten erinnerten sie sich mit Wehmut.

Als Jakow Isakytsch Krasnow bei der Bezirksverwaltung angezeigt wurde, weil er in Wahrheit kein Krasnow, sondern ein maskierter jüdischer Geiber sei, wurde er nicht einmal damit behelligt, dass man die Denunziation auf ihre Richtigkeit überprüfte. Sie wurde einfach ignoriert. Ja, Jakow Isakytsch, der seit den Zwanzigerjahren vom miserablen Lehrergehalt lebte und nie irgendwelche Macht besaß, hätte auch ohne jede Bezahlung gut über die Runden kommen können! Jedenfalls in Odessa.

Zu allen Feiertagen, seien es revolutionäre oder religiöse, erhielt er Pakete mit Fleisch geliefert, das so frisch war wie eine Mairose. Er hätte sich innerhalb von vierundzwanzig Stunden einen Anzug im besten Atelier anfertigen, sich im besten Krankenhaus jedes beliebige Organ herausschneiden, sich jederzeit Goldzähne einsetzen, sich jeden Monat einen Platz in jedem Sanatorium in Odessa zuteilen lassen und, wenn ihm der Sinn danach gestanden hätte, die Hauptrolle in jedem Film des Studios Dowschenko spielen können.

Aber danach stand ihm nicht der Sinn. Er arbeitete weiterhin in derselben Schule wie früher. Noch im Herbst 1952 humpelte er friedlich wie immer zum Unterricht – ein unermesslich reicher Mann ohne einen Groschen auf dem Sparbuch und mit Flicken an den Ellbogen.

*

Ilja Samoilytsch konnte nicht auf seinem Parteiposten verweilen. Man holte ihn nach bester Tradition mitten in der Nacht ab. Bei der Durchsuchung wurde er aus irgendeinem Grund immer wieder gefragt: »Wo sind Ihre übrigen Anzüge?« Man wollte nicht glauben, dass er nur drei hatte.

Mischa, der in Unterhosen dastand, wurde von einem mächtigen Schauder geschüttelt. Nicht aus Angst, sondern vor Erbitterung. Papa küsste ihn, als er abgeführt wurde. »Halt dich wacker, Söhnchen, lass dich nicht kleinkriegen! Schließlich hast du Freunde.« Die Tür knallte zu, und Mischa ließ sich weinend wie ein kleiner Junge auf sein Bett fallen.

Die Leute erfuhren immer sehr rasch, wenn jemand verhaftet worden war, und bei Parteifunktionären erfuhren sie es besonders schnell. Deshalb führte der Parteiorganisator Nikolai Dmitrijewitsch ein klärendes Gespräch mit Mischa – zur Beurteilung der Situation. Heute fand die allgemeine Komsomolversammlung der gesamten Fakultät statt, und sie sollte wie immer von Komsomolorganisator Mischa geleitet werden. Was geschehen sei, werfe keinen Schatten auf ihn. Er sei ein vorzüglicher Student, ein Aktivist, und werde in jeder Hinsicht respektiert. Bei uns ziehe man die Kinder nicht für ihre Väter zur Verantwortung. Aber es könne Mischa nur schaden, wenn der Vorfall verschwiegen werde. Was ihm zugestoßen sei, müsse man nach Art des Komsomols, also öffentlich, bewerten. Zum Beispiel am Anfang der Versammlung. Er, der Parteiorganisator, werde die Versammlung persönlich eröffnen und Mischa dann das Wort erteilen. Mischa habe drei Stunden Zeit, sich vorzubereiten.

Aber Mischa hatte nichts vorbereitet, als er über die Seitenstufen auf die Bühne der Aula stieg: schmalschultrig und hoch gewachsen, in einer Samtjacke mit Reißverschluss, dem Gipfel der Komsomol-Eleganz. Nun saß er vor aller Augen an dem mit einer roten Decke geschmückten Tisch. Auch seine Zukunft war vor aller Augen ausgebreitet. Ihr war Mischa seit dem ersten Schultag nach dem Krieg selbstbewusst entgegengeschritten. Der ebenfalls am Tisch sitzende Parteiorganisator nickte ihm ermutigend zu. Nun also würde Mischa den ausgetrockneten Mund öffnen und sich von seinem Vater lossagen. Er würde eine prinzipielle Bewertung vornehmen. Einen anderen Ausweg gab es nicht. Nein-nein-nein-nein, schlug ein Metronom in seinem Kopf. Nein-nein-nein.

Mischa schrie auf und sackte zu Boden, wobei er sich an die Tischecke klammerte und die rote Decke zerknüllte. Er schlug um sich, krümmte sich auf der Holzbühne und hörte das Metronom schon nicht mehr. Blut floss ihm aus dem Mund. Man musste einen Unfallwagen rufen.

Manja erfuhr es als Erste von einem Historiker im zweiten Studienjahr, mit dem sie sich am Abend zu einem Kinobesuch traf. »Stell dir vor, eine Unmenge Blut. Er reißt den Kopf nach hinten, brüllt und schlägt auf den Boden. Danach haben wir erfahren, weshalb. Jetzt ist es wohl zu Ende mit dem Komsomolorganisator. Er fing schon an zu zucken.«

Er bedauerte sogleich, es Manja erzählt zu haben, denn sie rannte sofort davon, ohne sich auch nur zu verabschieden.

Unterdessen beratschlagten die Spezialisten über Mischa: Ist er unser Patient oder nicht? Einerseits handelt es sich um keinen epileptischen Anfall, denn sonst hätte er sich nass gemacht. Da er sich nicht nass gemacht hat, muss es ein Nervenzusammenbruch gewesen sein. Dann könnte man ihn morgen entlassen, ohne ein Krankenblatt anlegen zu müssen. Aber andererseits hat er einmal eine Schädelverletzung erlitten. Dort, wo die weiße Strähne ist, lässt sich eine Narbe ertasten. Und die Zungenspitze ist angebissen, was darauf hindeutet, dass es nicht einfach ein Nervenzusammenbruch war. Allerdings bestand die Möglichkeit, dass er sich beim Sturz ganz ohne epileptische Symptome auf die Zunge gebissen hatte. Schließlich war er irgendwo aufgeschlagen. Dass er eine Gehirnerschütterung hat, daran besteht kein Zweifel, denn die Pupillen sind unterschiedlich geweitet. Befragungsfähig ist er noch nicht. Nach einer Gehirnerschütterung muss er ohnehin zwei Wochen liegen. Aber unbedingt bei uns? Oder können wir ihn den Verwandten übergeben? Die haben sich nämlich schon beim Chefarzt um seine Entlassung bemüht. Warum denn nicht? Wenn sie den Transport übernehmen. Wiederholt sich der Anfall, kommt er zu uns.

Das wurde Jakow ausgerichtet. Als wenn er in der Stadt Odessa nicht für ein Transportmittel hätte sorgen können. Lächerlich!

Musja ernährte Mischa mithilfe eines Schlauchs. Und nicht einmal zur Toilette ließ sie ihn gehen. Bleib liegen, du Held. Das hat der Arzt angeordnet, und du brauchst dich nicht zu schämen. Der kleine Dummkopf, er schämt sich vor Tante Musja ... Überhaupt war Mischa in den ersten Tagen völlig auf Tante Musja angewiesen. Seine Zunge war so geschwollen, dass er kein Wort sprechen konnte. Musja beschloss, eine Liege neben Mischas Bett zu stellen und dort zu übernachten. Es konnte ja zu einem neuen Anfall kommen.

Bis Mischas Zunge wieder funktionierte, fühlte er sich, als wäre er in seine Kindheit zurückgekehrt: beschützt, verzärtelt, warm eingewickelt. Alles Schlimme ist draußen. Hier gibt es nur Gutes, und die Lampe brennt. Wie damals in den Katakomben sind all seine Lieben bei ihm. Klar,

nicht alle, aber trotzdem. Außerdem ist Onkel Jakow hier. Und ist Swetka nicht auch zurückgekehrt?
Mit Aljoscha knüpfte er in diesen Tagen wieder eine unkomplizierte Beziehung an. »Aljoschka, weißt du, warum Swetka zum Zirkus gegangen ist?«
»Ich habe sie immer wieder gefragt, aber sie redet nur Unsinn. Und lügt noch dazu. Das Institut aufzugeben ... Aber sie ist eigenwillig, du kennst sie ja.«
»Sicher. Also, damit du Bescheid weißt: ...«

Aljoscha fand Sweta in Kemerowo. Nicht etwa in einem Hotel, sondern in einer heruntergekommenen Wohnung. Klirrender Frost herrschte in Kemerowo. Der Schnee reichte den Menschen bis zu den Ohren, und sie schien nicht einmal Filzstiefel zu haben. Egal, sie brauchte keine Filzstiefel mehr! Er, Aljoscha, mochte sich närrisch verhalten haben, aber er ließ niemanden im Stich. Genau das erklärte er ihr, nachdem er wie ein bitterböser Ehemann in die Wohnung gestürzt war.
»Schluss jetzt. Pack deine Sachen. Der Zug fährt um sechs.«
»Bist du denn verrückt geworden, Aljoscha. Was fällt dir ein? Wir haben um sechs eine Vorstellung.«
»Du arbeitest nicht mehr im Zirkus. Denn du wirst heiraten. Überhaupt bist du schwanger.«
»Hast du nicht mehr alle Tassen im Schrank?«
»Sollen wir es jetzt sofort machen? Oder bis Odessa warten? Swetka, noch ein Wort, und ich übernehme keine Verantwortung mehr. Ich lasse nicht zu, dass du mich dauernd an der Nase herumführst. Dummkopf. Mein Dummerchen ...«
So schön ist es, wenn man herumkommandiert wird ... Sweta hatte sich daran gewöhnt, stark zu sein, aber nun

stand nicht der Junge vor ihr, den sie kannte, sondern ein richtiger Mann, der wusste, was er tat. Jedenfalls wollte sie unbedingt glauben, dass er wusste, was er tat.

Die Vorstellung um 18 Uhr konnte natürlich nicht mehr abgesagt werden. Aber Sweta feierte das Jahr 1953 als verheiratete, wenn auch vorläufig arbeitslose Frau.
Aljoscha informierte seine Eltern knapp und förmlich, als erstatte er Rapport. Dann ging er hinaus, ohne auf eine Antwort zu warten. Pawel hätte ihm sowieso nichts erwidern können. Anna setzte sich feinfühlig auf die Sessellehne und legte ihm die Arme um die Schultern. »Ach, Pawlik, alles wird gut. Sweta ist ein prächtiges Mädchen, wirklich. Aljoscha tut genau das Richtige, und wir sollten uns freuen. Hat sich das Mädchen denn etwa unwürdig benommen? Du kennst sie doch gar nicht.«
»Ich muss mich mit ihr aussprechen.«
»Nur zu. Wenn du willst, kann auch ich mit ihr reden. Wir hatten schon immer ein gutes Verhältnis zueinander.«
»Nein, das mache ich selbst.«

Die Einzelheiten dieser Aussprache teilte Pawel niemandem mit, aber sie fand statt. Anna lächelte erleichtert, als Sweta am folgenden Abend mit Aljoscha in die Theatergasse kam und ihren Mann »Onkel Pawel« nannte. Sie küsste ihn sogar furchtlos. Anna hatte schon immer gewusst, dass das Mädchen nicht nachtragend war. Sie deckte vergnügt den Tisch, und Sweta half ihr wie in guten alten Zeiten.
»Tante Anna, wo haben Sie Ihre Gabeln?«
Die beiden würden getrennt von den Eltern wohnen, bei Sweta. Darauf bestand Aljoscha. Pawel erhob kaum Ein-

wände, denn er schätzte Selbstständigkeit bei jungen Leuten. Aber die Hochzeit musste formvollendet ausgerichtet werden.
Und so geschah es. Nur auf dem Standesamt hatten sie sich daneben benommen. Aus irgendeinem Grund wurden die Trauzeugen Mischa und Petrik von einem unbezähmbaren Gelächter ergriffen, als die griesgrämige Standesbeamtin dem Bräutigam und der Braut eine Belehrung über die fest gefügte Sowjetfamilie erteilte. Da man nicht lachen durfte, erschien die Sache noch lächerlicher. Auch Sweta prustete bereits, und Aljoscha hielt sich nur mit Mühe zurück.
»Hören Sie auf zu lachen, oder ich traue Sie nicht! Was ist das für ein unseriöses Verhalten ...«
Die griesgrämige Beamtin schaute die Braut streng an, und ihre Augen trafen sich. Da konnte die Beamtin nur kapitulieren. Auch sie lachte gutmütig. Dann brachte sie die Zeremonie rasch hinter sich und wünschte dem Brautpaar Glück.

Petrik wurde im Februar verhaftet. Und nicht einmal zu Hause, denn dort ließ er sich nicht mehr blicken. Von den Ermittlern konnte man kaum etwas erfahren, aber Petriks Kommilitonen erzählten, was vorgefallen war. Im Institut sollte die »ärztliche Schädlingsgruppe«[3] öffentlich kritisiert werden. Man hielt eine Versammlung ab, und Petrik brauchte nicht einmal das Wort zu ergreifen. Oder er hätte sich ausweichend äußern können, denn auch ohne ihn gab es genug Redner. Es handelte sich um eine rein for-

[3] Im Rahmen der antijüdischen Kampagne gegen Ende der Stalinzeit bezichtigte man 1953 eine Gruppe jüdischer Ärzte der Verschwörung und Spionage. Mehrere kamen in der Untersuchungshaft um. Nach Stalins Tod wurde die Anklage fallen gelassen. *Anm. d. Übers.*

melle Veranstaltung, wie sie überall abgehalten wurde. Doch Petrik legte los: Das sei ein Judenpogrom. Er sei selbst Jude, egal, was im Pass stehe, und werde sich an dieser Schande nicht beteiligen. Dadurch hatte er sich im Handumdrehen eine Gefängnisstrafe eingehandelt. Welcher Floh hatte ihn nur gebissen? Er war doch immer so pragmatisch gewesen und hatte sich nie etwas anhängen lassen ...

Musja packte weinend ein Päckchen. Jakow sagte, er könne dafür sorgen, dass es Petrik ausgehändigt werde. Er ließ all seine Kontakte spielen: Gut, der Junge hat eine Dummheit gemacht, aber muss man ihn deshalb gleich einsperren? Andererseits war die Sache nicht zu vertuschen, denn Petrik hatte sich unter Zeugen, in einem vollen Saal, geäußert. Wer konnte es in einer solchen Zeit riskieren, den Fall niederzuschlagen?

Sweta versuchte, Musja zu trösten: »Die lassen ihn bald raus, glauben Sie mir. Das spüre ich im tiefsten Innern. Tante Mussetschka, Sie werden schon sehen!«

Musja wurde tatsächlich von dieser albernen Gewissheit angesteckt, aber nur, wenn Sweta an ihrer Seite war. Deshalb blieb Sweta bis Ende Februar bei Musja und ging nur zum Übernachten nach Hause.

Aljoscha murrte nicht, sondern zeigte Verständnis. Ein Mordsmädel war seine Swetka. Ohne sie hätte Tante Musja den Verstand verloren!

Sweta sah als Erste den Artikel in der *Prawda* vom 1. März und eilte sofort zu Jakow. Was hatte er zu bedeuten? Jakow, ein erfahrener Zeitungsleser, musste ihr zustimmen: Wenn »sie« dachten, dass Stalin gesund werden würde, hätten sie sich gehütet, so etwas zu schreiben. Bisher hatte kaum jemand gewusst, dass er krank war, doch nun stand da schwarz auf weiß noch etwas anderes: dass er das Land in absehbarer Zukunft nicht regieren könne! Das hätte »sie« früher sofort den Kopf gekostet. Da sie aber keine Angst hatten, mussten sie überzeugt sein, dass er nicht genesen würde. Und das wiederum bedeutete ...

Die Freunde trafen sich bei Sweta und Aljoscha. Sie waren nur zu viert.
»Auf Petrik!«
Eine irrsinnige Zeit, also feiern wir! Warum verzagen? Und lasst uns Jazz hören! Alle vier waren aufgedreht, denn es schienen große Veränderungen bevorzustehen. Dann würde Petrik vielleicht wirklich bald frei sein? – Und Onkel Iljuscha?
Aljoscha machte sich fachmännisch an dem alten Plattenspieler zu schaffen. Sie tranken billigen Weißwein – der Reihe nach aus der Flasche. Das war angenehmer als aus Gläsern. Aljoscha saß auf dem Fußboden und hatte den Kopf auf Swetas Knie gelegt. Manja, zierlich und schwarzhaarig – früher hatten sie ihr den Spitznamen »Beine mit Augen« gegeben –, rollte sich in ihrem Lieblingssessel zusammen und hörte der silbernen Trompete zu. Und aus dem Sessel schienen wirklich nur noch ihre Augen hervorzugucken.
»Und wenn? Und wenn?«, fragte die verbotene Trompete und weckte verbotene Hoffnungen.
»Auf uns!« Mischa umarmte Manja zusammen mit dem Sessel. »Darauf, dass wir zusammenhalten. – Das ist die Hauptsache! Lass den Kopf nicht hängen, Manetschka. Alles wird gut. Swetka ist so empfindlich wie ein Barometer. Sie spürt, was los ist.«
Manja lächelte und nahm einen kräftigen Schluck aus der Flasche – einen so kräftigen, dass sie sich verschluckte und

den Wein versprühte. Alle lachten, auch Manja. Sie sangen ihre Lieblingslieder, neckten einander, amüsierten sich, und Kut kletterte ihnen auf die Knie.
Am Morgen klopfte jemand aus dem Gemeinschaftsflur an die Tür. »Hört auf zu feiern! Stalin ist tot!«
In der Küche rief Madam Putko schluchzend: »Was soll jetzt aus uns werden? Was denn? Ohne Stalin – wa-a-s?«
»Auweia, als wär's der eigene Vater!«, stichelte Madam Swanskaja. »Um ihren Mann hat sie nicht so laut geheult!«
»Was hast du gesagt, du Judenfresse?«
»Nimm dich mit deinen Judenfressen lieber ein bisschen in Acht. Die Zeiten sind vorbei!«
»Hört ihr, Leute? Hört ihr das? Die werden schon wieder frech!«
In der Küche ertönten Kampfgeräusche, und jemand rief nach der Miliz. Aber die Freunde kümmerten sich nicht darum. Eine Epoche war vergangen, eine andere hatte begonnen. Wer weiß, welche. Es galt zusammenzuhalten. Sweta riss das verquollene Fenster weit auf, und der feuchte, frühlingshafte Morgenwind ließ sie frösteln.

Kapitel 19

In der Stadt wurde niemand mehr verhaftet. Alle Zeitungskampagnen waren verstummt. Marschall Schukow beorderte Pawel dringend nach Moskau, wo der unbesiegbare Feldherr jetzt weilte. Kurz nach der »schukowschen Erschießung« war er noch weiter ins Abseits geschoben worden: in den Fernöstlichen Militärbezirk.

Pawel fuhr nichts ahnend, doch voller Hoffnung nach Moskau. Schukow rief niemanden ohne Grund zu sich. Auch war er froh darüber, sich ein wenig ablenken zu können, denn Stalins Tod hatte ihn schwer getroffen. Keiner in seiner Umgebung teilte diesen Schmerz, nicht einmal sein Sohn.

Aljoscha meinte kopfschüttelnd zu Sweta: »Stell dir vor, er trauert! Ich gehe mitten in der Nacht in die Küche, um was zu trinken, und er sitzt da und ist betrübt. Stalin hat Russland gerettet, sagt er, aber die Dummköpfe begreifen es nicht. Wenn Stalin nicht gewesen wäre, hätten Trotzki und seine Bande das ganze Land vernichtet. Sie waren schon fast so weit, aber Stalin hat alles gerettet. Die Familien, das Bildungswesen, die Kirche und die Armee. Auch die Repressionen rechtfertigt er: Stalin musste die Behörden vor dem Krieg von allem nichtrussischen Gesindel säubern, sonst hätten wir verloren. Und über die Georgsorden: Die konnte man während des Krieges tragen, das war wie eine Auferstehung. Außerdem hat er sich über seinen geliebten Schukow ausgelassen ... Was sollst du da noch antworten?«

»Gar nichts. Bist du denn solch ein Prinzipienreiter, dass du dich mit einem Trauernden streiten musst?«

»Aber ich habe doch ein Recht auf andere Prinzipien!«

»Nur zu. Mischa hat uns mit seinem Kommunismus bis ins zweite Studienjahr genervt. Und Andreika – du müsstest mal hören, was der für Prinzipien hat ... Noch strengere als meine Mama. Also werde ich auch dich und deine Prinzipien ertragen.«

»Was soll das heißen – du wirst sie ertragen? Hast du etwa andere? Weinst du vielleicht auch um Stalin?«

»Ich habe keine Prinzipien«, sagte Sweta fröhlich. »Und was soll daran gut sein?«

»Nein, was soll an Prinzipien gut sein? Prinzipien führen zu Brutalität. Habe ich das etwa nicht erlebt? Manchmal denke ich, dass Prinzipien dazu dienen, den Hass auf andere zu erleichtern und dabei auch noch eine würdevolle Miene aufzusetzen. Versuch mal, jemanden aus prinzipiellen Erwägungen zu lieben. Daraus wird nichts! Sich zu ärgern ist dagegen kein Problem. Bitte sehr, du ärgerst dich schon!«

»Aber es gibt doch auch humane Prinzipien ...«

»Aha, das versuch mal. Liebe mich aus Humanität!« Sie lachte und kitzelte ihm die Wange. Aljoscha fiel wie ohnmächtig auf die Liege und riss sie mit sich. Wie konnte man sich mit einem solchen Mädchen denn ernsthaft unterhalten?

Petrik schickte einen Brief aus dem Lager: Alles sei in Ordnung, man solle sich keine Sorgen um ihn machen. Der Brief klang munter, und Petrik schien anzudeuten, dass er sich Hoffnungen auf bessere Zeiten machte. Musja begann Mut zu fassen. Den Gerüchten nach war das Regiment in den Lagern viel milder geworden, und überhaupt würde man bald alle nach Hause entlassen. Von Mischas Vater kam allerdings kein Brief.

Im Sommer erhielt Sweta eine Anstellung in einem Kindergarten zwischen Langeron und Arkadia, der auch als Heilstätte diente. Schließlich hatte sie eine – wenn auch nicht abgeschlossene – pädagogische Ausbildung. Sie hoffte, weiterstudieren zu können, denn in diesen neuen Zeiten war alles möglich. Aber um wieder vom Institut aufgenommen zu werden, war es besser, eine gewisse pädagogische Erfahrung vorweisen zu können. Die Arbeit erwies sich als angenehm: ein schickes Gebäude, Grünanlagen, und das Meer gleich nebenan. Man brauchte nur eine Treppe hinunterzusteigen. Die Gruppe war klein, denn der Kindergarten stand nur den privilegierten Schichten zur Verfügung. Vom vielköpfigen Personal überanstrengte sich niemand.

Swetas Partnerin war eine gutmütige, dicke und unglaublich träge Frau. Sobald sie begriffen hatte, dass sie Sweta die Lauferei überlassen konnte, machte sie aus ihrer Begeisterung kein Hehl. Die beiden teilten sich ihre Pflichten einmütig: Tamara Saweljewna las den Kindern aus Büchern vor und führte während der Mittagsruhe und bei den Lernspielen Aufsicht. Zum Beispiel beim Zusammenlegen von Würfeln und beim Erlernen der Verkehrsregeln mithilfe von Spielautos und Puppen. Sweta dagegen übernahm die Tänze, die Bewegungsspiele, das Baden, die Spaziergänge zum Speisesaal und die übrige Rennerei. Das machte ihr Spaß. Die Kleinen waren urkomisch, und in der Mittagspause konnte sie ans Meer eilen und nach Herzenslust baden.

Die wildesten Kinder betraute Sweta mit verantwortungsvollen Posten: Die mit Sommersprossen übersäte Irma passte darauf auf, dass alle in der Sonne Hüte trugen, und der schwarzäugige, flinke Teufelsjunge Ljonka hastete dauernd zurück und sorgte dafür, dass die Nachzügler zur Formation aufschlossen. Swetas Gruppe bewegte sich nur im Laufschritt, denn sonst wären die Kinder vor unverbrauchter Energie geplatzt. So jedoch fielen alle mustergültig in ihre Bettchen und schliefen ohne lange Zicken ein. Sie übernachteten auch im Kindergarten, und die Eltern besuchten sie nicht an festgelegten Tagen, sondern nach Belieben. Die meisten kamen in Limousinen mit Chauffeur.

Was geschehen würde, wenn die Eltern mit der Erzieherin ihrer Sprösslinge nicht zufrieden waren, versuchte sich Sweta gar nicht erst auszumalen. Sie konzentrierte sich lieber darauf, dass sich die Kinder ordentlich vergnügten und nicht nur herumtrödelten. Alle lernten, Rad zu schlagen und Bälle in einen Korb, der an einem Ast hing, zu werfen. Ihre Taschen waren mit vom Meer abgeschliffenen Glasscherben und schönen Steinchen gefüllt, und Swetas Gruppe hatte ein besonders gutes Verhältnis zu dem herumstreunenden Kater Urka, den die Verwaltung wegen der Infektionsgefahr nicht aufs Gelände ließ.

Zu Swetas Entsetzen konnten nur zwei aus der Gruppe einigermaßen schwimmen, und es gab kaum Möglichkeiten, es den Übrigen beizubringen. Beim Baden wurde ein winziger Uferstreifen mit einem an Schwimmkörpern befestigten Seil abgetrennt, damit das Wasser den Kindern höchstens bis zum Gürtel reichte. Und um den Spaß vollends zu verderben, ließ man sie nur 15 Minuten herumplanschen. Aber wer eine Portion gesunden Menschenverstands besaß, konnte all diese strengen Maßnahmen umgehen – je nach der Wachsamkeit der Verwaltung.

Deren Wachsamkeit ließ manchmal nach, zumal Swetas Gruppe nie etwas zustieß. Alle Kinder waren gesund, gebräunt, laut und lebensfroh, und keines heulte in der Umarmung der Eltern oder beschwerte sich, weil es seinen Brei nicht aufessen mochte. Auch über die Zweikämpfe, die Sweta mit Bangen beaufsichtigte, beschwerte sich niemand. Die Kinder liefen hinter Tante Sweta her und freuten sich genauso über jegliche Dressur wie das Hündchen Kut. Sogar die Heulsuse Tonetschka fand eine interessantere Beschäftigung. Sie konnte am besten flache, runde Steinchen über die Wasseroberfläche hüpfen lassen: drei- und manchmal auch viermal. Wenn eines der Kinder nicht gehorchte, verteilte Sweta Klapse, und in seltenen Fällen gab es »etwas auf den Po«, womit sich die Kleinen jedoch sehr schnell abfanden. Dadurch wurde ihnen die Laune nicht verdorben. Jedenfalls nicht länger als zwei Minuten.

In jenem Sommer hatte Sweta nicht mit Schwierigkeiten gerechnet. Aber sie geriet in Schwierigkeiten. Wegen des Jungen Romotschka, der in ihrer Gruppe nicht zu den Aufgewecktesten gehörte. Romotschka stotterte heftig, konnte die Hälfte aller Buchstaben nicht aussprechen und war nur schwer zu verstehen. Aber wenn er etwas wollte, dann wussten alle sehr bald, was es war. Dazu war er imstande. Sonst bereitete er Sweta keine große Mühe. Aber manchmal »überkam« es ihn, und er fing von einem Moment zum anderen eine Prügelei an, die dann in ein genauso grundloses Gebrüll überging. Doch das geschah nicht allzu häufig. Zudem war der Junge unablässig mit wichtigen Angelegenheiten beschäftigt, sodass das Gebrüll rasch verstummte, weil er sich der Herstellung von Briefkarten, dem Teppichklopfspiel oder dem Abwurf von Papierflugzeugen widmen musste.

Aber einmal »überkam« es Romotschka stärker als sonst. Irgendetwas wollte er mit der stillen Ljuba nicht teilen, spuckte ihr ins Ohr, zerrte an ihrem Kleidchen und versuchte, ihr die Unterhose hinunterzuziehen. Ljuba brüllte sich die Seele aus dem Leib, bis Sweta herbeieilte. Ohne lange zu überlegen, versetzte sie Romotschka eine schallende Ohrfeige und machte sich daran, Ljubas Kleidung in Ordnung zu bringen. Da heulte Romotschka auf, und zwar so durchdringend, dass sogar die schläfrige Tamara Saweljewna erschien, um ihren Einfluss geltend zu machen. Aber sie konnte Romotschka nicht beruhigen. Das hielt Sweta auch nicht für nötig, denn selbst wenn es die erste Ohrfeige in Romotschkas Leben gewesen war, würde sie ihm nicht schaden.

Doch genau zu diesem Zeitpunkt kam Romotschkas Mutter auf die Idee, ihr Söhnchen zu besuchen. Romotschka, noch tränenüberströmt und mit Rotznase, sah sie als Erster und rannte die Allee entlang auf sie zu, wobei er nicht vergaß, hin und wieder zu heulen. Tamara Saweljewna erstarrte vor Schreck. Unterdessen machte Sweta sich nicht die Mühe, hinter Romotschka herzulaufen. Wenn seine Mutter eine Erklärung haben wollte, sollte sie zu ihr kommen.

Romotschka klammerte sich an seine Mutter und murmelte ihr etwas zu. – Es war klar, dass er petzte. Seine Mutter, eine elegante Dame in einem seidenen Sommerkleid und mit einem durchscheinenden Strohhut, richtete sich auf und warf Sweta einen seltsamen Blick zu. Als habe sie einen Tiger mit Pünktchen gesehen. Sie nahm ihren Sohn auf den Arm und schleppte ihn zum Auto. Es rollte langsam auf die Umzäunung zu. Offensichtlich wollte die Mutter auf eine Erklärung verzichten. Auch gut.

Was das bedeutete, erfuhr Sweta von Tamara Saweljewna: Morgen würden die Eltern bei der Direktorin des Kindergartens erscheinen und einen unglaublichen Skandal wegen Kindesmisshandlung machen. Wenn Sweta dann nur mit einem entsprechenden Zeugnis davongejagt werde, solle sie Gott eine Kerze stiften. Am besten sei es, wenn sie selbst der Direktorin erklärte, was vorgefallen war.

Sweta aber zuckte nur mit den Schultern: Sie hatte sich hier nicht als Speichelleckerin, sondern als Erzieherin anstellen lassen. Sie beabsichtigte nicht, ihr Schicksal durch ein freiwilliges Schuldbekenntnis zu mildern, und wandte sich wieder den Kleinen zu, um ihnen einen neuen Abzählvers beizubringen und mit ihnen Räuber und Gendarm zu spielen. Wie schade, dass noch nicht alle schwimmen gelernt hatten.

Bis zum Abend rannten sie auf den Pfaden um die Petunienbeete herum und über die von Lebensbäumen eingefassten Alleen, aßen dann fröhlich ihr Abendbrot, wuschen sich die Füße und krochen in ihre Betten. Für alles Weitere war Tamara Saweljewna zuständig, die ihnen noch ein Märchen vorlas. Aber die Kinder hörten sich die Geschichte nie bis zum Ende an, weil sie schon lange vorher schliefen wie die Murmeltiere.

Am nächsten Tag erschienen natürlich Romotschkas Eltern und brachten das angeblich verletzte Kind mit. Sweta hielt die Luft an, als sie Romotschkas Vater erblickte. Denn sie sah ihn nicht zum ersten Mal: Es war eben jener Mann mit den Geheimratsecken, der versucht hatte, sie als NKWD-Mitarbeiterin anzuwerben! Er hielt einen riesigen Gladiolenstrauß in der Hand und betrachtete Sweta. Auch er hatte sie erkannt. Romotschkas Mama verstand diese stumme Szene nicht und lief sofort auf Sweta zu.

»Swetlana Andrejewna, meine Liebe, Sie machen sich ja

kein Bild ... Es ist ein Wunder ... Wir wussten gar nicht mehr, ob wir ihn in die Schule schicken können. – Unser einziges Kind ... Sie können sich überhaupt nicht vorstellen, wie dankbar wir Ihnen sind!« Sie drückte Sweta, die durch diese Ergüsse verwirrt war, die Hände und schubste Romotschka auf sie zu. »Nun raus mit der Sprache, du Lümmel!«

Romotschka bohrte seine Sandale in den Sand des Pfades und leierte: »Tante Sweta, entschuldigen Sie bitte. Ich werd's nie wieder tun. Nehmen Sie mich wieder in die Gruppe auf, und ich werd mich mit Ljuba vertragen.«

Sweta traute ihren Ohren nicht, denn der »Lümmel« stotterte nicht mehr und konnte sogar den Buchstaben »R« aussprechen. Auch das »L« und alle übrigen. Entweder hatte die Ohrfeige seine Gehirnwindungen korrigiert, oder seine Zunge war durch das drängende Bedürfnis, Sweta ganz schnell zu verpetzen, in Kampfbereitschaft versetzt worden. Jedenfalls hatte er sich ohne jeden Sprachfehler bei seiner Mutter beschwert, was deren seltsames Benehmen vom Vortag erklärte.

Romotschka, dem seine Sünden sofort vergeben wurden, flitzte strahlend auf die Gruppe zu. Und Sweta hörte sich noch lange Lobreden über ihre bemerkenswerten Qualitäten an. Erstaunt merkte sie, dass sie nicht einmal auf den Mann mit den Geheimratsecken böse sein konnte: Er war so verlegen und freute sich so sehr über seinen Romotschka, dass er nicht wusste, was er zu Sweta sagen und wie er die Blumen übergeben sollte. Am Ende tat er ihr sogar Leid, denn schließlich hatte sie eine bessere Arbeit als er. Sie nahm den Strauß entgegen und lächelte ihn an. Freude und Ärger vertrugen sich in ihrem Innern nicht – entweder das eine oder das andere. Im Moment hätte sie über Romotschka jubeln können, denn sogar von fern war zu hören, wie deutlich er im Laufen brüllte: »Nur keine Hast, der Mensch hat seine Last!«

Übrigens erwies sich Romotschka als mitfühlendes, verständiges Kind. Als er Ende August nach Hause zurückkehrte, überredete er seine Eltern, den Kater Urka mitzunehmen, damit das Tier nicht obdachlos war.

Sweta erhielt nach ihrer Aushilfstätigkeit ein vortreffliches Zeugnis und fand mühelos einen Posten in einem anderen Kindergarten in der Straße Peters des Großen. Diesmal war es eine Festanstellung. Gut, mit dem Zirkus konnte man sie nicht vergleichen, aber die Arbeit war ebenfalls unterhaltsam.

Es dauerte einige Zeit, bis Pawel aus Moskau zurückkehrte. Als er heimkam, war er finster und schweigsam, obwohl man ihn zum Generalleutnant befördert hatte. Doch gleichzeitig hatte man ihn in den Ruhestand versetzt. – Man brauchte ihn nicht mehr. Ach, Russland war aufgegeben worden!

Als Schukow seine zuverlässigsten Männer in Moskau um sich versammelte – wie hatte Pawel da gehofft! Berijas Verhaftung war vorbildlich abgewickelt worden. Der Marschall hätte die Dinge nur bis zum Ende in die Hand nehmen müssen. Verhafte auch alle Übrigen, und übernimm die Macht! Hätte er es sofort getan, wäre kein Muckser zu hören gewesen. Hatte Stalin etwa lange überlegt, als sich ihm die gleiche Möglichkeit bot? Doch der Marschall hatte sich nicht entscheiden können. Und nun häuften die anderen immer mehr Macht an. Nach seiner Pensionierung begann Pawel, an der Artillerie-Hochschule zu unterrichten. Auch beschäftigte er sich damit, die Datscha in Ordnung zu bringen, wozu ihm früher die Zeit gefehlt hatte. Aber nun drängte es, denn Anna und er würden einen Enkel haben. Und ein Kind brauchte doch frische Luft!

Sweta hatte keine Probleme mit der Schwangerschaft (die eigene Last ist nicht schwer!) und tanzte auf der Neujahrsfeier sogar. Aljoscha würde seine Diplomprüfung erst im kommenden Jahr ablegen, aber es gelang ihm, sich Geld hinzuzuverdienen, indem er Nachbarn Grammphone und andere Geräte reparierte. Seine Geschicklichkeit sprach sich bald herum: Er ist nicht teuer, aber er kann alles.

Abends saß Sweta friedlich zu Hause. Besonders in der zweiten Hälfte ihrer Schwangerschaft sehnte sie sich nach idyllischen Verhältnissen. Und die Idylle stellte sich ein, trotz des Lärms aus der Gemeinschaftsküche. Aber wenn man die Tür schloss, war kaum etwas zu hören. Und was trotzdem zu hören war, kam ihnen meistens recht lustig vor.

»Madam Swanskaja, wann werden Sie die Toilette putzen? Im nächsten Schaltjahr?«

»Machen Sie bloß keinen Wind wegen der Toilette. Ich habe mit Njusja getauscht, damit Sie's wissen!«

»Und warum hat Njusja sie dann nicht geputzt?«

»Was weiß ich? Bin ich vielleicht 'ne Seelenärztin? Ich kann kaum noch für mich selbst sorgen, und jetzt soll ich's auch noch für Njusja tun! Passen Sie lieber auf Ihre Katze auf, die hat mir schon wieder vor die Tür gepinkelt!«

»Der Flur muss auch gesäubert werden. – Wer ist an der Reihe?«

Das Leben ging in der Küche also seinen normalen Gang, und bei ihnen auch. Sweta bestickte ein paar Tücher. Aljoscha hantierte mit dem Lötkolben und pfiff ein Lied über das Mädchen aus der kleinen Taverne. Kut rekelte sich auf dem Sessel und zupfte sein Herrchen am Hosenbein:

Wann gehen wir denn spazieren? Eine Hundeleine lehnte er allerdings, selbstständig wie er war, entschieden ab.

*

Manja besuchte die beiden nun häufig. Ohne Petrik fühlte sie sich verloren, aber zu Hause bemühte sie sich, eine muntere Miene aufzusetzen. Für politische Häftlinge gab es keine Amnestie, und Petrik saß immer noch. Die Gerüchte, dass man alle Politischen gleichzeitig entlassen werde, kursierten immer noch, aber niemand kam frei ... Wie lange sollte das noch weitergehen?
Mischa war zur allgemeinen Verwunderung nach seinem Anfall nicht von der Universität geflogen. Man hatte nur einen neuen Komsomolorganisator gewählt, während er auf dem Krankenbett lag. Sonst verlief alles glimpflich. Außerdem wurde er bald wieder Komsomolorganisator – zwar nicht für die ganze Fakultät, aber immerhin für seinen Lehrgang. In der neuen Zeit war so etwas möglich. Die Abschlussprüfungen standen bevor, und wäre jene Geschichte nicht gewesen, hätte er mit einem Posten beim Komsomol rechnen können. Oder war auch das in der neuen Zeit denkbar?

In die Entbindungsklinik in der Komsomolskaja wurde Aljoscha nicht eingelassen. Er kletterte auf eine große Akazie, sodass er sich auf der Höhe des ersten Stockwerks befand.
»Swetka! Swetka, he!«
Obwohl die Fenster fest geschlossen waren, erschienen dort sofort mehrere Köpfe. Die ungerufenen anderen Swetkas warfen einen Blick heraus und verschwanden, während seine Swetka lächelte und mit der Hand winkte.

Aus dem Fenster wurde eine Schnur heruntergelassen, an der Aljoscha ein Päckchen mit Mitbringseln befestigte. Aus irgendwelchen Gründen waren keine Äpfel dabei, aber genau die wollte Sweta haben!

Die Bruderschaft der Strohwitwer trat unter den Akazien nervös auf der Stelle, und obwohl sich ihre Zusammensetzung immer wieder änderte, blieb ihre Beharrlichkeit gleich. Manchmal kletterten sie der Reihe nach auf die Bäume.

Sweta und Aljoscha waren aus Unerfahrenheit in die Entbindungsklinik geeilt, denn die Wehen schienen begonnen zu haben, waren dann jedoch wieder verklungen. Aber nach Hause wollte man Sweta jetzt nicht mehr entlassen. – Man konnte ja nicht wissen. Am dritten Tag stellte sich die ganze Familie ein, doch nun hieß es, Sweta liege bereits im Wochenbett.

An den beiden folgenden Tagen drehte Aljoscha fast durch. Das gesamte Klinikpersonal kannte ihn, weil er allen immer wieder zusetzte: Was ist mit ihr? Verbirgt man mir etwas? Habe ich etwa kein Recht zu wissen, was sich abspielt? Was heißt »schwache Wehen«? Ist das gefährlich?

»Beim ersten Mal zieht es sich immer etwas länger hin«, tröstete ihn eine Hebamme im Empfangszimmer. »Manchmal dauert es seine Zeit.«

Nachdem Aljoscha bereits resigniert hatte, rief eine Frau mit Dutt aus dem Fenster: »Es lebt. Es ist da. Drei Kilo, 200 Gramm. Ein Mädchen.« Das las sie aus irgendwelchen Papieren ab. Dann fügte sie mit Metallzähnen lächelnd hinzu: »Gratuliere, Papascha!«

Das Mädchen Katharina, voll ausgetragen, drei Kilo, 200 Gramm, wurde im Jahr 1954 geboren. Es sollte noch die letzten Pferdewagen auf den Straßen von Odessa, die letzten Seepferdchen in der Bucht und die letzten Scherenschleifer sehen, die mit ihrem Schleifstein von Hof zu Hof zogen und riefen: »Messer, Scheren, Rasiermesser schä-ärfen!« Man würde Katharina noch die Kindheit mit Miedern und Strumpfhaltern und braunen Schulkleidern mit schwarzer Schürze beschweren. Sie würde sich an den Oktober- und Maidemonstrationen mit ihrer donnernden Blechmusik ergötzen und von Zigeunerinnen Luftballons kaufen, die in unnatürlichen, wunderbaren Anilinfarben leuchteten.

Ihre Kindheit würde ohne Fernsehapparate und Barbiepuppen vergehen, aber dafür würde sie vieles in den Brotschlangen lernen. Mit der ganzen Stadt zusammen würde sie eine Cholera- und eine Auswanderungsepidemie und unzählige Währungsreformen überleben. Dazu einen Machtwechsel mit allem, was dazu gehört: einer neuen Nationalitätenpolitik, Banditen auf den Straßen, Stromausfällen, einem lahm gelegten Hafen, der Verarmung der einen und der Bereicherung der anderen Bürger auf dem Kamm einer hektischen und trüben Geldwelle. Und dann kam noch ein Machtwechsel. Als Einzige aus der Familie würde Katharina einen Geschichtsabschnitt beenden, was viel einfacher, aber auch viel weniger interessant sein sollte, als die meisten erwartet hatten. Vorläufig jedoch trug ihr Großvater Pawel sie voller Wonne auf den Armen und sang ihr ein Liedchen aus seiner Schulzeit vor:

Mit wem bist du gegangen, Katenka?
Mit 'nem Offizier, Papenka.
Wie konntest du nur, Katenka!
Tut mir Leid, Papenka.

Kapitel 20

Eines Abends wurde Aljoscha in der Griechischen Straße von mehreren Burschen unter den Achseln gepackt. Ihre roten Armbinden wiesen sie als Komsomolangehörige und »Druschinniks« aus, das heißt als freiwillige Helfer der Miliz.

»Halbstarker!«

»Was ist denn mit euch los, Leute. Habt ihr den Verstand verloren?«

»Amerikaner, marsch, Finger aus dem Arsch! Haltet ihn fest, Genossen!«

Zwei rissen Aljoschas Ellbogen hoch, und der andere bückte sich, um seine Hose mit einer Schere zu bearbeiten.

Es war wieder einmal eine neue Kampagne: der Kampf gegen die »Halbstarken«. Als solche galten alle, die nicht völlig sowjetisch angezogen waren. Wenn sie zum Beispiel Hosen mit »amerikanischem« Schlag trugen. Das Ganze hatte natürlich mit Karikaturen in den humoristischen Zeitschriften »Krokodil« und »Perez« angefangen. Nun jedoch kam es bereits zu Razzien und Kontrollen durch Druschinniks.

Dieser Halunke schickte sich tatsächlich an, ihm seine beste und neueste Hose zu zerschneiden!

»So ist das?«

Aljoscha holte mit dem Stiefel nach der vorgebeugten Fresse aus. Anscheinend hatte er gut getroffen, denn irgendetwas knirschte, und der Druschinnik knallte auf den Rücken. Im gelben Licht der Taschenlampe war nicht zu erkennen, was genau Aljoscha getroffen hatte, denn das Gesicht des Jungen war schon über und über mit schwarz wirkendem Blut bedeckt. Die beiden beugten sich zu ihrem Gefährten hin und lockerten den Griff. Aljoscha wollte sich losreißen, aber in diesem Moment kamen noch mehrere andere Kerle herbeigelaufen, die wohl auch rote Armbinden trugen. Im Licht der Taschenlampe sahen sie ebenfalls schwarz aus.

»So ein Schurke! Zur Miliz mit ihm!«

Sie schleppten Aljoscha zum Milizrevier. Nach einem Häuserblock sah er, dass auch andere dorthin gezerrt wurden. Jemand stand am Eingang des Reviers und gab Befehle.

»Mischa, wir haben noch einen geschnappt. Er hat Widerstand geleistet und Schwidko die Nase kaputt gehauen.«

»Nicht kaputt gehauen, sondern gebrochen! Das ist schon Rowdytum, schwere Körperverletzung!«

Der Befehlshaber richtete die Taschenlampe auf Aljoschas Augen.

»Gut, den extra. Hierher, an die Wand. Den führe ich selbst ab.«

Herrje, Mischa! Er war es, der die Razzia leitete! Rasch schickte er die anderen fort und packte Aljoscha am Ellbogen.

»Los, Saukerl! Auf geht's!«

Mit raschem Fingerdruck übertrug er auf Aljoschas Ellbogen das Signal, das sie sich in der Besatzungszeit an der Staroportofrankowskaja ausgedacht hatten: Ti-ti, ta-ta-ta. Deshalb folgte Aljoscha dem Komsomolanführer gehorsam aufs Revier. Zwischen der ersten und der zweiten Tür zog Mischa seinem Freund rasch eine rote Binde über

den Arm und flüsterte: »Die verschwinden gleich. Komm mit mir, aber dalli.«
Aljoscha verzog das Gesicht. »Und was soll ich mit der Hose anfangen?«
»Wer achtet denn schon darauf, was für Hosen ein Druschinnik trägt! Kämm dich schnell und setz 'ne wachsame Visage auf.«
Nach ein paar Minuten trat er zusammen mit Aljoscha hinaus und ordnete lautstark an: »Sofort zu Komenski an der Ecke der Griechischen. Er hat nicht genug Leute, einem haben sie die Nase gebrochen. Wird's bald!«
Er schubste Aljoscha in den Schatten, und der verzog sich sofort in die Dunkelheit. Wenn man gut beleuchtete Straßen mied und die Durchgangshöfe kannte, konnte man sich nach Hause durchschlagen.
Später lachten sie immer unbändig, wenn sie sich an die Szene erinnerten. Aljoschas Hose war heil geblieben! Freundschaft ist wichtiger als ein Amt, auch wenn man sich hin und wieder übereinander ärgert.
Die Kampagne gegen die Religion war ebenfalls wieder aufgenommen worden. Deshalb hatte Mischa zu Ostern die ganze Nacht im Sperrgürtel um die Uspenski-Kathedrale gestanden. Die Anweisung lautete: alte Frauen durchlassen, junge Leute nicht. Menschen mittleren Alters je nachdem, aber möglichst wenige. Aber auf keinen Fall solche, die Kinder dabei hatten. Das war nicht so widerlich wie die Razzien, denn Mischa meinte, etwas Nützliches zu tun. Doch manche Frauen weinten und schimpften ohnmächtig. Und einige Kinder weinten auch. Das macht nichts, dachte Mischa. Sie leben in der Realität. Kein Opium fürs Volk. Später werden sie dafür dankbar sein. Denn in Wirklichkeit gibt es keinen Gott.
Pawel räusperte sich nur bitter: Wieder hatten sie sich die

Kirche vorgenommen – ganz klar. Warum noch warten? Jetzt ging es wieder los. Und das war erst der Anfang.

Sweta kümmerte sich um die Kleine und ging häufig mit ihr spazieren. Pawel hatte ihnen einen schicken Kinderwagen geschenkt, der in einer Flugzeugfabrik angefertigt worden war. Niedrig liegend und stromlinienförmig. Ein solides Gefährt, das etwas Militärtechnisches an sich hatte. Am liebsten hätte man an den Seiten zwei Maschinengewehre angebracht. Es machte Spaß, den Wagen zu schieben, aber er war teuflisch schwer. Sweta konnte ihn über die enge Treppe aus der ersten Etage hinunterbefördern, doch Aljoscha musste ihn wieder hinaufzerren.
Sie hatten beschlossen, Swetas Mutterschaftsurlaub bis zum letzten Moment zu nutzen und ihn vielleicht sogar noch zu verlängern. Zwar würde das Geld knapp werden, aber irgendwie würden sie sich schon durchschlagen. Auf keinen Fall wollten sie Katharina in die Krippe geben, denn dort waren die Kinder dauernd krank, und außerdem herrschte eine trübselige Atmosphäre. Wenn sie erst einmal auf den Beinen stand, konnte man sie tagsüber den Großeltern anvertrauen. Mit drei Jahren würde sie wieder bei Sweta sein, denn das war das Kindergartenalter.

Ganz unerwartet stattete San Stepanytsch ihr einen Besuch ab. Wie lange war es her! Er war damals nicht beleidigt gewesen, als Sweta den Zirkus verlassen hatte. Schließlich hatte sie die letzte Tournee nicht abgebrochen und sich damit nicht am Heiligsten vergangen. Die Nummer war zwar gut gewesen, aber man hatte eine andere für das Repertoire in Reserve gehabt. San Stepanytsch zeigte Verständnis: Ehe, Schwangerschaft ...
Er redete zärtlich auf Katharina ein, zog Grimassen, be-

wunderte ihre Schönheit und vergaß nicht, auf Holz zu klopfen und »toi, toi, toi« zu sagen. Dann kraulte er Kut hinter den Ohren. »Zum Zirkus wollen Sie wohl nicht wieder, Swetotschka, oder?« Er sah Sweta an. »Und wenn wir Sie zeitweilig – sagen wir, für ein, zwei Monate – nehmen? Ihre Katenka ist schon groß. Es wird Zeit, sie in die Nummer einzubauen. Ich mache natürlich nur Spaß!«
In Warschau, erzählte er, werde das Internationale Jugend- und Studentenfestival stattfinden. Und der Zirkus werde hinfahren. Allerdings nicht der von Odessa, sondern ein sowjetischer. Ende Sommer, ja. Das Programm müsse noch in Moskau abgesegnet werden. Bisher sitze man noch bei der Planung. Auf jeden Fall würden Friedenstauben gebraucht werden. Natürlich nicht für den Auftritt, den sie sich damals mit Sweta ausgedacht hätten. Der sei für das einheimische Publikum gedacht gewesen, für die internationalen Beziehungen sei er politisch vielleicht nicht so ganz geeignet. Unsere Tauben hätten sich damals aggressiv gezeigt, was den Ausländern nicht gefallen würde. Und einfach weiße Tauben fliegen zu lassen – das wäre zu banal. Man wolle glänzen. Und für ihn, San Stepanytsch, wäre es schmeichelhaft, wenigstens eine Kleinigkeit aus dem Zirkus von Odessa ins Programm einzubauen. Bevor die Moskauer und Leningrader das ganze Repertoire mit Beschlag belegten.
Das, was Sweta mit den Vögeln zustande bringe, könne niemand anders. Er, San Stepanytsch, sei schon sein ganzes Leben lang beim Zirkus und wisse, was möglich sei und was nicht. Übrigens habe man es früher für unmöglich gehalten, dass ein Akrobat einen einarmigen Handstand auf dem Kopf seines Partners macht ... Wie auch immer, es gebe auf der Welt niemand anderen mit den gleichen Fähigkeiten wie Sweta. Nebenbei gesagt würden

auch Zirkusse aus anderen Ländern mitmachen, sogar ein chinesischer. Die Kollegen wüssten gute Leistungen schließlich am besten zu würdigen. Eine kleine, doch umwerfende Nummer, direkt nach der Begrüßung! Danach könne man dann mit Bären und Clowns herumalbern. Also wie wär's, Swetotschka? Für den Zirkus von Odessa? Für mich?

Aljoscha ereiferte sich ausgiebig über Sweta. »Bist du etwa unzufrieden? Hast du immer noch nicht genug? Und nun willst du dich wieder mit der gleichen Chose beschäftigen?«, donnerte er. »Schön, dressiere die Tauben, wenn's unbedingt sein muss. Aber ich bin nicht so verrückt, dich ins Ausland zu lassen! Dort kommen sie ohne dich prächtig zurecht! Auch hier findest du genug Abenteuer!«

»Das geht nicht. Eine Taube für jemand anderen zu dressieren hat keinen Sinn. Man kann ihr höchstens etwas ganz Einfaches beibringen. Sie müssen den Menschen spüren. Was sie für mich tun, machen sie nicht für andere, versteh das doch! Außerdem möchte ich Mama und Andreika wiedersehen.«

»Weißt du nicht mehr, wie das beim letzten Mal geendet hat?«

»Die werden nicht mehr versuchen, mich anzuwerben. Das habe ich dir doch schon gesagt. Der Mann ist mir jetzt sehr verbunden.«

»Und wenn nicht? Natürlich erinnere ich mich an die Geschichte mit dem kleinen Scheißkerl. Und sein Vater ist jetzt für sämtliche Sicherheitsorgane zuständig? Dabei kann er doch nur ein kleines Rädchen sein, wenn er junge Leute anwerben muss!«

»Das glaubst du! Guck dir mal sein Auto an.«

»Aber du kriegst kein Auto, sondern eine Gefängniszelle!«
»Ach was. Jetzt sind andere Zeiten.«
»Wie dumm du bist, Swetka!«
»Mhm.«
»Und das mit Katka hast du dir wirklich gut überlegt?«, fragte Aljoscha und spielte seinen Trumpf aus.
»Das ganze Programm dauert nur zwei Wochen. Katka ist doch schon fast anderthalb Jahre alt. Ich kann die Sache mit Onkel Pawel und Tante Anna besprechen.«
»Genau, rede mit ihnen. Über den Zirkus. Das möchte ich sehen!«
Aber Sweta wäre nicht Sweta gewesen, wenn sie sich nicht mit seinen Eltern geeinigt hätte.

*

Warschau hatte keine Ähnlichkeit mehr mit der Stadt, an die sich Sweta erinnerte. Dieses Warschau des Jahres 1955 war festlich, sonnig, bunt vor Blumen und von Musik durchdrungen. Und wie viel wieder aufgebaut worden war – fast das ganze Zentrum! Aber auch die Trümmerviertel verbarg man nicht schamhaft. Einige Ruinen waren mit erläuternden Schildern und Plakaten versehen und wurden nachts sogar beleuchtet.
Sweta erschien wie aus heiterem Himmel bei ihrer Familie. Sie hatte vorab keinen Brief geschickt, weil sie fürchtete, es könne sich alles noch zerschlagen. Mama seufzte vor Glück und umarmte ihre Tochter. Aber trotzdem verlangte sie sofort nach einer Erklärung: Warum hatte Sweta damals diesen kränkenden Brief geschrieben?
Kränkend? Eine derartige Absicht hatte sie nicht gehabt. Sie erklärte die Vorkommnisse in allen Einzelheiten.
»Mein armes Mädchen!«, weinte Mama.

Und durch welches Wunder war sie nun in Warschau? Auch das erklärte sie. Marina musterte ihre Tochter aufmerksam. »Und du trittst auf – hier, für einen sowjetischen Zirkus?«
»Eigentlich nicht. Ich gehöre eher zur Kulisse zwischen Vorhang und Manege. Die Tauben arbeiten von ganz allein. Sie müssen nur wissen, dass ich da bin. Auf einen unhörbaren Pfiff hin fliegen sie zurück. In eine große Seidentrommel. Ich werde hinter der Trommel stehen und sie festhalten. Mama, wieso reden wir denn von Tauben? Ich freue mich so, dich zu sehen! Du weißt es noch nicht, aber du bist nun Großmutter!«
Sweta zeigte ihr ein Foto von Katharina. Darauf stand die Kleine, nur mit ihrem Höschen bekleidet, fröhlich da und hatte einen gestreiften Ball in den Händen. Marina war gerührt. Sie zuckte zusammen, als es klingelte und Jacek, Andreika und Jasja hereinstürmten. Jasja war jetzt kein kleines Kind mehr, sondern ein Fräulein mit langen Zöpfen, das sich schämte, Sweta zu küssen.
Mama hastete geschäftig von einem zum anderen, um ihnen Katharinas Foto zu zeigen, aber es gelang Sweta trotzdem, sich zu verplappern: »Ich bin mit dem Zirkus gekommen. Hast du Lust, in den Zirkus zu gehen, Jasja?«
»In einen sowj-e-e-tischen?«
»Sicher, in was für einen denn sonst?«
Jasja neigte den Kopf zur Seite und reckte ihr spitzes Kinn. »Natürlich habe ich Lust. Wir haben uns schon verabredet, um pausenlos zu pfeifen.«
»Wieso pfeifen?«, fragte Sweta erstaunt.
Jasjas graue Augen loderten. »Den Russen genügt's wohl nicht, dass sie Polen mit Blut getränkt haben. Nun wollen sie hier auch noch Zirkusveranstaltungen machen! Wir werden alle pfeifen! Die ganze Vorstellung hindurch!«

»Jasja, halt den Mund, und geh ins andere Zimmer«, befahl Jacek mit ruhiger, aber entschiedener Stimme.
Jasja marschierte ohne ein weiteres Wort hinaus, warf Sweta aber noch einen Blick zu, als wären sämtliche russischen Gefängniswärter mit ihr ins Zimmer gekommen.
Jacek verzog keine Miene und bat die Zirkuskünstlerin, auf der Couch Platz zu nehmen. »Na, Sweta, nun erzähl schon.«
Nachdem sie geendet hatte, seufzte er und lächelte. »Wie schön, dass du gekommen bist. Kümmere dich nicht um Jasja, Kinder reden immer viel dummes Zeug daher. Bitte, sei nicht böse.«
»Onkel Jacek, ich bin nicht böse. Aber bitte erklären Sie mir, was los ist. Zum Beispiel, warum wir ausgepfiffen werden sollen. So etwas tun Kinder nicht ohne Grund. Es ist besser, wenn ich Bescheid weiß. Und mit Jasja werde ich mich schon vertragen. Herrlich, wie sie sich aufregen kann! Soll sie doch nach Herzenslust pfeifen.«
Sweta machte Jasjas Gesichtsausdruck nach, als sie ihren Plan verkündet hatte, und alle lachten erleichtert. Jasja wurde sofort verziehen – zu ihrer nicht geringen Enttäuschung. Egal, sie würde es der Zirkusdame schon zeigen! Eine russische Verwandte hatte ihr gerade noch gefehlt.
Beim Tee riss sie sich aus Respekt vor ihrem Vater zusammen, aber später bot Sweta ihr eine Gelegenheit: »Morgen wird bei uns nur geprobt. Jasja, hast du vielleicht ein, zwei Stunden für mich Zeit? Wenn du mir kurz die Stadt zeigen könntest?«
»Mit Vergnügen.« Jasja setzte ein tugendhaftes Gesicht auf.
Sweta schmunzelte. Wie sehr Jasja sie an ihre eigene Kindheit erinnerte!
Unterwegs überließ sie es Jasja, die Richtung zu bestimmen. Und genau darauf hatte das Mädchen gehofft.

»Hier waren die wichtigsten Schlachten. Beim Warschauer Aufstand. Die Landesarmee hat gegen die Deutschen gekämpft, und ihr habt vom anderen Ufer aus zugeguckt. Habt abgewartet, damit die Deutschen die Unsrigen alle umbringen. Und dann seid ihr selbst einmarschiert und habt überall in Polen Menschen hingerichtet – zuerst die Landesarmee.«

So vieles erzählte sie Sweta und musterte ihre Schwester dauernd, um zu sehen, welchen Eindruck ihre Worte machten. Nein, ihr Vater sei beim Aufstand nicht dabei gewesen. 1939 sei er von den Russen gefangen genommen worden, genau wie Großvater. Papa sei wie durch ein Wunder davongekommen, aber Großvater hätten sie erschossen. Die Russen hätten Tausende, Zehntausende hingerichtet. Sie seien genau solche Ungeheuer wie die Deutschen, kein bisschen besser. Das wisse Sweta nicht? Verhaftung und Folter seien ihr wohl egal? Sie interessiere sich anscheinend nur für Tauben. Wieder warf sie Sweta einen Blick zu. Ob sie ins Schwarze getroffen hatte?

»Deshalb wollt ihr also pfeifen?«

»Ja, genau.«

»Kannst du es denn?«

Jasja schaute sich um. Ob sie jemand beobachtete? So ganz gehörte es sich wohl doch nicht, wenn ein Mädchen auf der Straße ... Sie schob die Lippen vor und formte ein rosiges Röhrchen. Ein kläglicher, kindlicher Pfiff ertönte.

»Auf den Fingern kannst du es nicht?«

»Mädchen pfeifen nicht auf den Fingern.«

»Aber sonst hört man nichts. Soll ich's dir beibringen?«

»Jetzt sofort?«

Ein wildes Volk, diese Russen. Aber die Verlockung war zu groß. Nur, wo konnte man üben? Zu Hause natürlich nicht. Sie fanden schließlich einen Platz: einen stillen Gartenweg, auf dem niemand spazieren ging. Zuerst klappte es nicht, aber Jasja war hartnäckig. Sie gefiel Sweta immer besser. Solche Mädchen können alles erreichen, was sie sich vornehmen. Und es gelang, es gelang!

»Nochmal, Jasja, nochmal!«

Beide strahlten und lachten so unbändig, dass sie von der Bank rutschten. Dann kehrten sie in bester Laune nach Hause zurück.

Marina hatte sich während ihrer Abwesenheit Sorgen gemacht. Hoffentlich redete Jasja kein dummes Zeug daher und brach einen Familienstreit vom Zaun. Obwohl Sweta es durchaus verdient hatte, wenn ihr das eine oder andere unter die Nase gerieben wurde: Das habt ihr Russen davon! Trotzdem, sie konnte sich ihre Tochter nicht aus dem Herzen reißen, weil Katharina einen russischen Papa hatte.

Als Marina dann schon von der Treppe her fröhliches Gelächter hörte, brachte sie der Heiligen Jungfrau stumm ein Dankgebet dar.

Jasja interessierte vor allem eines: Warum wollte Sweta, die doch ein anständiger Mensch und außerdem zur Hälfte Polin war, unbedingt Russin sein? Jendrus sei doch schließlich auch unter den Russen aufgewachsen wie Mowgli unter den Wölfen, aber dann zu seinen Landsleuten zurückgekehrt und nun durch und durch Pole. Sweta erklärte es, so gut sie konnte. Dass es möglich war, Russland zu lieben, verstand Jasja nicht. Aber dass es möglich war, einen Menschen wahnsinnig zu lieben und deshalb in Russland zu bleiben, das verstand sie. Natürlich kannte sich eine Panienka von zwölf Jahren mit der Liebe aus! Dass man vor Liebe wahnsinnig werden kann, ist ja klar. In Sachen Zirkus änderte Jasja ihre Meinung jedoch nicht.

Mit Sweta war es etwas anderes, denn nun konnte sie deren Beweggründe verstehen.

Jasja ging natürlich mit ihren Freunden zur Vorstellung, und alle pfiffen wie vereinbart. Aber das war eine Kleinigkeit im Vergleich zu dem, was Swetas Tauben anstellten! Sie kreisten mit einem großen Tuch aus dünner Seide in der Kuppel. Darauf stand in mehreren Sprachen »FRIEDE«. Jasja musste zugeben, dass es ein schönes Schauspiel war. Unter den letzten Akkorden flogen die Tauben über die Köpfe der Zuschauer hinweg und schissen auf das sowjetische diplomatische Korps hinunter! Es war zur ersten Vorführung vollständig erschienen, und das übrige Publikum warf den Russen immer wieder Blicke zu. Deshalb wusste Jasja, wer dort in den prächtigen Uniformen saß. Die Tauben waren so zahlreich, dass man von einem flächendeckenden Bombardement hätte sprechen können. Jasja und ihre Freunde jauchzten, lachten und kreischten, genau wie alle anderen Polen im Saal. Einfach herrlich!
Sweta musste sich natürlich vor der Zirkusleitung verantworten: Ein Skandal, wie man's auch wendet. Aber Sweta wies alle Verdächtigungen zurück: »Was denn, soll ich den Tauben vor der Vorstellung ein Klistier verabreichen? Das sind doch keine Elefanten. Mit Pferden kommt so was auch manchmal vor, und niemand beschwert sich. Und was soll's – ein Vögelchen hat getröpfelt!«
Wirklich, man konnte Sweta nichts anhängen. So etwas kam bei Vögeln ja vor. Und im Saal hatte jemand gepfiffen, was die Tauben gerade zu jenem Zeitpunkt erschreckt haben mochte. Ein Vorsatz ließ sich nicht nachweisen. Schließlich konnte man Tauben nicht zwingen, sich gleichzeitig – und dann noch zielgerichtet – zu erleichtern. Das würde nicht einmal mit einer einzigen klappen.

Man hatte also keine andere Wahl, als sich mit dem ärgerlichen Zufall abzufinden. Sollte man die Nummer aus dem Programm nehmen? Das wäre dumm, denn dadurch würden nur zusätzliche Gerüchte entstehen. Allerdings wäre es günstig, wenn die Tauben auch während der nächsten Vorstellungen jemanden beschmutzten. Das Publikum war zufrieden gewesen und hatte einmütig geklatscht. Das heißt, die Leute würden nicht gekränkt sein. Die Entscheidung war richtig, denn wenn die Tauben als Erste erschienen, gerieten die Zuschauer sofort in Begeisterung. Sie klatschten genauso heftig wie beim ersten Mal. Und nichts war wichtiger, als den Saal schon zu Beginn anzuheizen! Zwar konnte nicht festgestellt werden, dass sie noch jemanden verdreckt hätten, aber nach der ersten Vorstellung pfiff bei der Taubennummer ja auch niemand mehr.
Natürlich nicht! Jasja bewunderte ihre Schwester nun, denn in der ganzen Stadt erzählte man sich voller Häme, wie die Friedenstauben sämtliche sowjetische Diplomaten voll geschissen hatten. Sweta leugnete natürlich, dass sie den Applaus in dieser Sache verdient hatte. Aber ihre Augen waren dabei noch spöttischer und grüner als sonst. Jasja verzieh Sweta nun endgültig, dass sie Russin war. Es gab unter den Russen eben auch Ausnahmen.

*

Jacek erzählte Sweta, nachdem sie ihn darum gebeten hatte, weniger leidenschaftlich, aber dafür ausführlicher als Jasja seine eigene Geschichte und die seines Vaters. Wie die sowjetischen (er vermied das Wort »russisch«) Soldaten in Polen einmarschiert, alle polnischen Offiziere verhaftet und nach Kozelsk und sonst wohin gebracht hatten. Jacek

und sein Vater waren schon am ersten Kriegstag eingezogen worden. Sein Vater hatte 1920 im polnischen Heer gegen die Sowjetunion gekämpft und danach wieder als Arzt gearbeitet. Nun war er erneut als Leutnant eingerückt.
Jacek hatte Architektur studiert und interessierte sich besonders für Brücken und Schlösser. Vor dem Krieg hatte er sogar ein Buch über dieses Thema herausgebracht. Er war häufig durch Europa gereist, um sich die Hauptwerke der Architektur anzuschauen, und hatte auch Deutschland, England und Frankreich besucht. Bei der Armee wurde er wegen seines Interesses an Brücken und Festungen zum Pionierleutnant ausgebildet. Vater und Sohn wurden beide nach Kozelsk gebracht, wo mehrere tausend Männer ins Kloster gesperrt und wie in einem Lager gehalten wurden. Im Kloster selbst kam es zu keinen Gräueltaten – die erlebte Jacek erst später. Die Wächter in Kozelsk waren gutmütig und ließen keine besondere Strenge walten. Abgesehen von der völligen Isolation. Danach, im Frühjahr 1940, wurden die Offiziere gruppenweise fortgebracht. Nach Hause, wie sie dachten! Sie wurden sogar gegen Typhus und Cholera geimpft. Doch man hatte viele Gefangene nach Katyn transportiert und ausnahmslos erschossen. Jacek beherrschte sich zwar, wenn er davon sprach, aber man spürte, was in ihm vorging. Inzwischen wusste er, wie viele es gewesen waren: fünfzehntausend. Auch sein Vater hatte zu ihnen gehört. Jacek dagegen wurde vom NKWD verhört, weil er Deutsch konnte, ein Buch veröffentlicht und sich in Deutschland aufgehalten hatte. Man warf ihm vor, für den polnischen Geheimdienst gegen Deutschland gearbeitet zu haben. Dafür gaben sie ihm acht Jahre und schickten ihn in ein Lager, in dem er Mama kennen lernte.
1943 hatte man dann Männer aus den Lagern für die pol-

nische Armee rekrutiert. Das Weitere wisse Sweta. Ein typisches polnisches Schicksal eben. Ungewöhnlich daran sei nur, dass ihre Mutter und er überlebt hätten. Auch über die Verhaftungen und Hinrichtungen nach dem Krieg habe Jasja die Wahrheit gesagt. Solche Dinge wisse jedes Kind. Aber glücklicherweise wüssten sie nicht alles. Natürlich werde den Kindern nicht pausenlos Angst vor den Russen gemacht, aber Polen könne auch nicht mehr dauernd auf den Knien liegen.

»Das ist die Stille vor dem Sturm, verstehst du?«

»Ja, Onkel Jacek, das spürt man. Warum ist Jendrus so seltsam?«

»Du hast einen wunderbaren Bruder, Sweta. Bete für ihn. Das tun deine Mutter und ich auch.«

Andreika ging freundlich mit seiner Schwester um, aber er erzählte ihr fast nichts über sein Leben. Ja, er studiere an der Universität. Ja, er schreibe Gedichte. Nein, sie würden nicht gedruckt, aber es gebe viele Leser. Wieso, das sei nicht ihre Sache. Einverstanden, er werde den alten Freunden ein paar Zeilen schicken. Wenn Sweta Wert darauf lege. Aber eigentlich sei es sinnlos, denn ihre Wege hätten sich nun getrennt.

Also schrieb er doch nicht.

Das, was Sweta bei ihrem letzten Besuch in Mamas und Jaceks Wohnung als Luxus erschienen war – sie hatten sogar eine Dusche, und wie elegant alles wirkte! –, erwies sich, wie sie jetzt bemerkte, als säuberliche, behutsam gepflegte Armut. Trotzdem wurde sie so reich beschenkt, dass es ihr geradezu peinlich war. Sie reiste von Freundlichkeit umgeben ab, mit Geschenken beladen und glücklich darüber, dass sie ein so herrliches Wiedersehen erlebt hatte. Na ja, mehr oder weniger.

»Weißt du«, vertraute sie Aljoscha an, »ich hatte dauernd das Gefühl, dass von mir Entschuldigungen erwartet wurden. Als sollte ich mich dafür schämen, Russin zu sein.«
»Und haben sie lange genug gewartet?«, fragte Aljoscha.
»Ach was! Aber das ist ein Teufelskreis. Wer auf logische Art liebt, der kriegt nur das, was ihm die Logik zuteilt: nichts Gutes. Du kennst diese Debatten: Ihr habt unseren Kreml gestohlen und unsere Helden getötet und so weiter. Und ihr habt unser Warschau gestohlen und unsere Aufstände zusammengeschossen und so weiter. Und ihr habt unseren Patriarchen ... Das geht endlos so weiter. Übrigens kann man sie verstehen: Wir sind für sie Besatzer, und wir werden immer Feinde sein. Wegen der alten Erinnerungen bis ans Ende der Welt.«
»Und du?«
»Ich bin ja nicht logisch!«, lachte Sweta. »Wie hat Katka sich benommen?«
»Besser als du. Hör mal, sei ehrlich: Mit den Tauben – war das wirklich ein Zufall? Deinem Mann kannst du das doch ...«
»Dem schon gar nicht!«
Trotzdem erzählte Sweta ihm alles. Aber Aljoscha hielt sein Versprechen und teilte das Geheimnis mit niemandem.

Kapitel 21

»Haben Sie von der Rede gehört?«
»Schon gestern.«
»Aber sie ist doch erst heute gehalten worden.«
»Stimmt. Ich hab sie nicht gehört, sondern gelesen. Wer weiß, wann sie geschrieben worden ist!«
In den Zeitungen war Chruschtschows Rede nicht abgedruckt worden, aber sie wurde auf geschlossenen Parteiversammlungen verlesen.[4] Heimlich. Doch Odessa bewahrte seine Geheimnisse so gut, dass tatsächlich alle »schon gestern« Bescheid wussten.

*

Petrik kehrte als einer der Ersten zurück: fröhlich, nicht einmal sonderlich ausgelaugt. Im letzten halben Jahr hatten sie nicht arbeiten müssen, sondern ein schönes Leben geführt und sogar mit den Wärtern Fußball gespielt. Nun, das mochte er erzählen, wem er wollte, aber nicht seiner Mutter. Musja fütterte ihn nun jede halbe Stunde, und Petrik widersetzte sich kaum. Am liebsten hätte er jetzt lebenslänglich gefressen, wie er sagte. Jedenfalls hatte er im Lager nichts an Lebensfreude eingebüßt. Jakow und Musja wurden in jenen Tagen um

[4] Mit der Geheimrede Nikita Chruschtschows auf dem XX. Parteitag 1956 begann eine neue Phase der sowjetischen Politik: die Entstalinisierung oder das so genannte Tauwetter. *Anm. d. Übers.*

zehn Jahre jünger. Manja eilte aus Leningrad herbei, wo sie nun in einem Kammerorchester zweite Geige spielte. Aber sie hoffte natürlich, bald auf den ersten Platz vorzurücken.

Petrik sonnte sich in der allgemeinen Aufmerksamkeit. »So ist es richtig, tanzt nur um den Märtyrer der Wahrheit herum! Los, Katka!«

Die pummelige Katharina, die im allgemeinen Jubel zwischen den Beinen der Erwachsenen hindurchwuselte, trat eifrig mit den Fersen auf.

»Leute, ich halt's nicht aus! Andere haben gearbeitet, geheiratet, Nachkommen gezeugt – der ganzen Welt zur Freude. Aber mein Leben ist zu Bruch gegangen! Was ist aus meiner Jugend geworden! He, Swetka, gieß mir ein paar Baldriantropfen ein, sonst platze ich vor Neid! Vielleicht wünsche ich mir ebenfalls ein Privatleben, aber wer will einen schäbigen Kerl wie mich schon haben! Verdammte Bergwerke! Keiner will etwas von so einem Mummelgreis wissen, stimmt's, Katka?«

Am nächsten Tag schenkte er Katharina eine riesige Puppe mit allem Zubehör, darunter sogar kleine Glasperlen. Solche Puppen gab es in den Geschäften nicht, zumindest nicht in Odessa.

»Petrik, woher hast du das Prachtstück?«, staunte Sweta.

»Man muss sich auskennen, Swetka! Nur, wo man so etwas bekommt, das wird dir an Stellen beigebracht, die ich dir nicht aufzusuchen rate. Ich habe zwar keine Hochschulbildung, aber dafür habe ich vieles andere gelernt. Was hätte Gorki wohl über seine Universitäten schreiben können, wenn er nie gesessen hätte?«

Zwei Wochen später ließ er sich zwei Goldzähne einsetzen. Die benötigte er auch, denn bestimmt hatte Petrik im Knast nicht nur ein schönes Leben gehabt. Niemand wunderte sich mehr darüber, wie schnell er alles auftrieb. Offenbar hatte er im Lager genug Vorlesungen über den Untergrundhandel gehört, und zudem verfügte er über unglaubliche Kontakte. Nach einem Monat erhielt er einen bescheidenen Posten als Wächter in einem Gemüselager. Aber außer edlem Cognac lehnte er alle Getränke ab.

»Herrje, bald sitzt du wieder, Petrik!«, sorgte sich Mischa, dem Petrik gerade eine Wildlederjacke aus der DDR besorgt hatte.

»Sitzen wird der Direktor des zentralen Lebensmittelgeschäfts. Wir aber sind unwichtige, kleine Leute, niemand neidet uns die Beute.«

Bald erschien er bei Aljoscha und Sweta nicht mehr allein, sondern mit dem Mädchen Ritotschka. Sie hatte einen natürlichen Charme: von den Wimpern bis zu den in Lackstiefeln steckenden Füßchen. Sobald sie den Mund öffnete, eroberte sie alle Herzen. Petrik wechselte zum Dialekt von Odessa über, wenn er herumalberte oder wenn die Umstände es verlangten. Wie sie alle. Auf einem Fragebogen hätte jeder von ihnen in die Spalte »Sprachkenntnisse« verwegen schreiben können: Russisch und Odessitisch. Ritotschka dagegen hätte sich mit der Angabe »Odessitisch« zufrieden geben müssen. Zuerst dachten sie, Ritotschka verstelle sich, aber davon konnte keine Rede sein. Sie war ein bodenständiger Mensch, ihre Lackstiefel schritten fest durchs Leben, und sie kümmerte sich nicht um all das intelligenzlerische Getue. Ritotschka verkaufte Bier in einer Bude auf Langeron.

Eine Woche später wurde sie von Ljubotschka abgelöst, einer verträumten jungen Bibliothekarin. Dann von Tanetschka, einer Meisterin im Pistolenschießen. Danach machten sich Petriks Freunde nicht mehr die Mühe, die

Namen zu behalten. Doch Petrik verliebte sich jedes Mal auf den ersten Blick unsterblich.

*

Aljoschas Geburtstag im August wurde von der Clique immer noch »unser Tag« genannt, weil sich alle aus diesem Anlass trafen. Am schwierigsten war es für Manja. Aber ihr gelang es, sich für August Urlaub zu nehmen. Nur Andreika fehlte. Er schrieb nicht einmal mehr. Seine Mutter hatte mitgeteilt, er arbeite nun in Poznan. Mehr erfuhren sie nicht über ihn.

Sie bauten das Lagerfeuer nicht zu dicht neben den großen Felsen, damit der Wind den Rauch ungehindert fortblasen konnte. Zimperliches Getue wurde nicht geduldet, man musste von der Zeitung essen. In der Mitte der Zeitung war ein Häufchen Salz ausgestreut worden. Alle hatten einen Wolfshunger und trieben Mischa und Petrik an: »Los, raus aus dem Meer!«

Die beiden hatten bereits einen solchen Berg Miesmuscheln zusammengetragen, dass sie mit dem Tauchen aufhören konnten. Die Miesmuscheln spritzten Wasser auf das erhitzte Blech, das sofort zischte und zu dampfen begann. Dann öffneten sich die Muscheln, und man musste sie rasch vom Blech schnappen, damit sie nicht ankohlten. Dabei verbrannte man sich natürlich die Finger. Bei einem Bauern aus Fontan hatten sie für diese Gelegenheit einen Ballon Rosé von seinem eigenen Weinberg gekauft. Der Ballon war zu schwer, um im Kreis herumgereicht zu werden, aber sie besaßen zwei geschliffene Gläser, die ebenfalls in der Höhle verwahrt wurden.

Manja und Petrik saßen nebeneinander wie in ihrer Kindheit. Aber wer hätte jetzt noch erkannt, dass sie

Zwillinge waren? Als kleine Kinder waren sie einander sehr ähnlich gewesen, doch nun hatten sie nur noch die schwarzen Haare und die braunen Augen gemeinsam. Petrik war kräftig und breit und hatte Riesenpranken, die noch dazu einen dichten Haarbewuchs aufwiesen. Und seine Haare waren nur schwach gewellt. Manja dagegen wurde ihrem Spitznamen »Beine mit Augen« immer noch gerecht. Sie war zierlich, klein und hatte schwarze Locken. Lachend knuffte sie Petrik in die Seite. »Setz dich da drüben hin, du Schrank! Siehst du denn nicht, dass ich einen Sonnenbrand bekommen habe? Wirf einen Schatten auf mich!« Petrik warf nur einen kleinen Schatten, doch Manja fand mühelos Platz darin. Sie brauchte jetzt nur noch die Beine mit ihrem Handtuch zuzudecken.

Petrik war der Held des Tages, denn er hatte sich das originellste Geschenk für Aljoscha ausgedacht. Er hatte sich eine Bescheinigung aus dem Zoo von Odessa besorgt – wie es sich gehörte, mit einem runden Siegel und der Unterschrift des Direktors. Darin wurde bestätigt, dass Alexei Pawlowitsch Petrow, geboren 1930, Adresse so und so, tatsächlich kein Kamel sei. »So ein Papier wird dir dein ganzes Leben lang nützlich sein!«, meinte Petrik, als er das Geschenk überreichte.

Erst bei Anbruch der Dämmerung kehrten sie, von der Sonne gerötet und durch das Tauchen mit einem leichten Klingeln im Kopf, in die Stadt zurück. Am Abend waren Aljoscha und Sweta bei den alten Petrows eingeladen, und so trafen sie sich am nächsten Abend in der Hafenstraße, um den restlichen Wein auszutrinken.

»Manja, pfeif doch auf Leningrad! Willst du nicht in unsere Philharmonie eintreten? Ich hab da einen Kontakt«, meinte Petrik. Er konnte sich nicht damit abfinden, dass er

wieder zu Hause war und Manja in zwei Wochen zurückfahren musste. »In Leningrad machen dir die Antisemiten nur das Leben schwer.«
»Das glaubst auch nur du. Unsere Manja sucht sich den Hauptantisemiten aus und heiratet ihn, wart's nur ab. Und dann tanzt er nach ihrer Pfeife.«
Manja zog ihr Gesicht verdächtigerweise aus dem Lampenschein zurück, und Mischa rief: »Ei, ei, guckt sie euch an! Hat Swetka etwa ins Schwarze getroffen?«
»Er ist überhaupt kein Antisemit«, sagte die ertappte Manja entrüstet. »Das werdet ihr ja sehen.«
»Oho, Manetschka! Also kommt er hierher?«
»In vier Tagen, er ist jetzt auf Gastspielreise. Aber er muss ja mit Mama und Papa reden ...«
Doch die Hauptüberraschung bereitete ihnen Mischa. Er denke daran, von der Komsomolarbeit zum KGB überzuwechseln. Es gebe da gerade eine gute Möglichkeit. Alle hätten sich hingesetzt, wenn sie nicht bereits gesessen hätten.
»Mischa, hast du den Verstand verloren?«
»Wieso? Jetzt ist doch alles ganz anders als früher. Da ist zum Beispiel Tolik, der mit mir zusammen studiert hat. – Was glaubt ihr, womit der sich beschäftigt? Er sitzt an den Rehabilitierungen, und die Arbeit wächst ihm über den Kopf. Petrik ist rehabilitiert worden und durfte wieder mit allen Rechten ans Institut zurückkehren. Dass er sich fürs Fernstudium entschieden hat, ist seine eigene Sache. Oder, Petrik? Wer erledigt diese Dinge denn jetzt eurer Meinung nach? Grüne Männer vom Mars?«
»Ha, alles anders! Nein, Mischa, bei denen haben sich nur die Buchstaben geändert. Das Personal ist immer noch genau das gleiche.«
»Und warum werden dann junge Leute eingestellt? Du,

Petrik, bist schon zu Hause, aber über meinen Vater kann ich auf dem Amtsweg nichts Vernünftiges erfahren. Weil die mit der Arbeit nicht fertig werden.«

»Glaubst du etwa, dass du nur in den KGB einzutreten brauchst, um deinen Vater zu finden? Plötzlich kommt er raus, und wo findet er seinen Sohn? Glaub einem alten Häftling, er spuckt dir ins Gesicht!«

»Meinetwegen, wenn er nur rauskommt! Außerdem ist er klüger als du und wird Verständnis haben.«

»Immer mit der Ruhe, Mischa«, warf Aljoscha ein. »Du glaubst also, dass der KGB nur noch mit Rehabilitierungen zu tun hat? Aber wenn man einmal drin bist, ist es zu spät, seine Meinung zu ändern.«

Da explodierte Sweta: »Seine Meinung ändern? Merkt ihr denn nicht, dass er sich schon entschieden hat? Mit Rehabilitierungen fängt er an, und nach einiger Zeit sperrt er uns ins Gefängnis, sobald er den Befehl dazu erhält. Er ist doch kein kleiner Junge mehr, der das nicht begreifen kann. Mischa, ich sage dir: Wer zu denen geht, ist entweder ein Dummkopf oder ein Schweinehund! Und wir wissen, dass du kein Dummkopf bist.«

»Wie soll ich das verstehen?«, fragte Mischa leise.

»Wie du willst!«

Mischa stand auf und ging zur Tür. Sweta machte keine Bewegung, ihn zurückzuhalten.

Erst als er das Zimmer verlassen hatte, heulte sie ungehemmt los.

Am folgenden Tag sprach Aljoscha mit Mischa.

»Mischka, ärgere dich nicht über Swetka. Sie hat sich gestern danebenbenommen. Erst hat sie die Nerven verloren und dann darüber geweint. Sie ist eben schwanger, verstehst du? Sei ihr bitte nicht böse.«

»Sag ihr, dass ich ihr nicht böse bin. Petrik und Manja auch nicht. Ich bin niemandem böse.«
Aljoscha trat von einem Fuß auf den anderen und verabschiedete sich. Mischa schien sich auf etwas Unheimliches eingelassen zu haben, aber man konnte nichts mehr dagegen tun.
Mischa hatte gelogen. Er war über die Maßen beleidigt. Sweta hatte nur offen ausgesprochen, was insgeheim alle dachten: Wenn er sich dem KGB anschloss, war er ein Schweinehund. Er würde sich sofort dorthin aufmachen, direkt in die Bebel-Straße. Und um Anstellung bitten. Wenn man Tolik genommen hatte, würde man auch ihn akzeptieren. Diesen Dummköpfen würde er es schon zeigen. Aber er ging doch nicht sofort hin und am nächsten Tag auch nicht. Er ging überhaupt nicht hin. Deshalb sollte er auch nie erfahren, dass man ihn gar nicht genommen hätte.

Von Marina kamen keine Briefe mehr. Irgendetwas spielte sich in Polen ab, doch aus den Zeitungen ließ sich nichts Genaues erfahren. Aljoscha hantierte an seinem Empfänger und hörte vieles in verschiedenen Sprachen. Da Aljoscha in seiner Jugend genug Französisch gelernt hatte, konnte er Sweta berichten: »In Poznan ist ein Aufstand ausgebrochen. Man hat Leute verhaftet, und in ganz Polen sind Unruhen.«
Der Empfänger begann wieder zu blubbern und zu pfeifen. Aljoscha drehte an den Knöpfen, um die fortschwimmende Frequenz einzufangen. So setzten sie sich Stück um Stück ein Bild vom »Polnischen Oktober« des Jahres 1956 zusammen.
Aber auch nachdem sie sich das Bild zusammengesetzt hatten, wussten sie nicht, was aus Andreika geworden

war. Konnte er in Poznan gearbeitet haben, ohne an den Ereignissen beteiligt gewesen zu sein? Was war mit ihm? Lebte er noch? Hatte man ihn verhaftet? Und was war mit Mama und Jacek? Für sie interessierten sich die Behörden doch schon seit langem. Vielleicht konnte Onkel Fedja helfen. Sweta suchte den Zirkus auf. Dort erfuhr sie, dass er in Kasan sei, aber in einer Woche heimkehren werde.

Onkel Fedja hatte tatsächlich eine Menge Verwandte und Freunde in der Westukraine, schließlich stammte er selbst aus Lwow. Wie Sweta vermutet hatte, gab es zahlreiche Kontakte zwischen der Westukraine und Polen. Viele Menschen hatten Verwandte auf der einen oder der anderen Seite der Grenze. Also wurden mithilfe von Eisenbahnschaffnern und auf vielerlei andere Art Briefe und Päckchen hin und her gesandt. Manche schafften es sogar ganz ohne Visum, ihre Verwandten zu besuchen. Einen Brief übermitteln? Kein Problem, sagte Onkel Fedja. Allerdings konnte es mit der Antwort lange dauern.

Sweta schrieb einen Brief und gab ihn Onkel Fedja. Drei Monate später kam Onkel Fedjas Sohn Edik vom Trio Maretti vorbei und überbrachte Sweta ein Paket. Mama schrieb, Jendrus sei tatsächlich verhaftet worden, inzwischen aber wieder in Freiheit. Er bereite sich darauf vor, Priester zu werden. Seine Gedichte seien vertont und würden zwar nicht im Radio gespielt, doch überall im Land gesungen. Bei Marina und Jacek sei alles in Ordnung. Jacek und seine Freunde kämpften immer noch um die Wiederherstellung des Schlosses und seien zuversichtlich. Jasja schicke Grüße und Küsse. Überhaupt hätten sich die Dinge zum Guten gewendet, obwohl man natürlich noch mehr wolle. Swetotschka solle auf sich aufpassen, und Mama werde für sie beten. Auch müsse Sweta ihr

so rasch wie möglich mitteilen, wie es dem Neugeborenen gehe und wie es heiße. Und eine Million Küsse für Katharinka.
In dem Paket war ein Kleidchen für Katharinka: mit Spitzentäschchen und vier eleganten Nylonschleifen. Sweta hatte gar nicht gewusst, dass es so etwas gab.

Katharina trug das Kleidchen am 1. Mai. Es dämmerte bereits, und die Demonstration verlief sich. Nur Papierfetzen und bunte Hüllen von geplatzten Luftballons wehten über die gewölbten Kopfsteine und den Asphalt. Sie gingen zu dritt zur Theatergasse, um die Großeltern zu besuchen. Das heißt, Aljoscha und Sweta gingen, während Katharina es müde geworden war, die Füßchen aufzusetzen, und meistens an ihren Armen hing. So bewegte sie sich wie ein Äffchen voran.
Die erste Salve des Saluts ertönte, und über der Straße entfaltete sich ein vielfarbiger Fächer aus Leuchtraketen.
»Guck mal, Katka, da sind Sternchen!«
Aber Katka brüllte und zog ihre Eltern in Richtung des nächsten Torwegs.
»Was hast du denn, Katka, das ist doch nur ein Salut!«
Katharina war zu jung, um den Krieg erlebt zu haben, doch sie hörte nicht auf zu schreien. Als es erneut krachte, wurde sie von Entsetzen überwältigt. Sie zog keuchend an den Händen der Eltern und schrie aus Leibeskräften. Die Passanten blieben stehen und sahen schweigend zu, wie das kleine Mädchen mit den Schleifen zappelte. Es war instinktiv in Panik geraten – genau wie die Kleinen während des Krieges. Eine Frau begann zu weinen, jemand rieb sich die Augen, und Katharina zappelte weiter, bis sie ihre Eltern und mehrere Passanten in den Torweg genötigt hatte. Auch dort schrie sie bei jeder Explosion auf und

drückte den Kopf an Aljoschas Knie. Als der Salut verstummt war, wollte sie den rettenden Torbogen noch lange nicht verlassen.

»Ist es vorbei?«

»Ja, Katka, es ist vorbei.«

Jetzt erst ging sie hinaus.

Zwei Jahre lang blieben Sweta und Aljoscha mit ihrer Tochter während des Saluts zu Hause. Danach, schon mit fünf Jahren, hüpfte sie temperamentvoll auf eine Bank am Straßenrand, um den bunten Feuern zuzuschauen.

»Nochmal, Opa, nochmal!«

Sie nahm an, dass Pawel ihr dieses Schauspiel bereite, denn schließlich war er General. Und Pawel konnte nie glauben, dass Katharina – seine Enkelin! – vor dem Festsalut Angst gehabt hatte, wenn auch als ganz kleines Kind.

Das zweite Kind, ein Junge, kam ohne besondere Probleme zur Welt. Er erhielt den Namen Pawel Alexejewitsch. Es war kaum zu glauben, wie sehr sich Pawel in seinen Enkel vernarrte. Am liebsten hätte er das Kind ganz zu sich genommen, denn nun setzte sich das Geschlecht der Petrows fort! Und was für ein schönes Kind, noch schöner als Katharina! Er schenkte seinem Enkel eine Messingkanone, die einer seiner Militärschüler angefertigt hatte. Ein funktionierendes Modell. Der Enkel wusste sie offenbar zu schätzen, denn er brüllte mit kräftiger Stimme aus seinen Wickeltüchern hervor. Da sollte mal jemand behaupten, dass Säuglinge in den ersten Wochen nur Dinge sehen, die man ihnen unter die Nase hält!

Sweta machte der Kleine sehr zu schaffen, und sie war dankbar dafür, dass Tante Anna und Onkel Pawel ihr halfen. Aljoscha verdiente gut. Sein Gehalt war zwar nicht hoch, aber er wurde von seinem Institut mit anständigen

Prämien ausgezeichnet. Und das recht häufig. In den geschlossenen Verteidigungsinstituten geizte man nicht allzu sehr. Sie konnten leben, wenn sie nicht auf die Pauke hauten. Daher brauchten sie die letzten Goldmünzen nicht anzurühren, sondern konnten sie für schlechte Zeiten aufbewahren. In einem Versteck, das Aljoscha schlauerweise unter der Fensterbank angelegt hatte.

*

Petrik war nun der Einzige der Freunde, der sich noch einstellte, und Sweta freute sich über seine Besuche. Manja blieb jetzt natürlich in Leningrad bei ihrem Mann, wenn die beiden nicht getrennt auf Tourneen gingen. Ihr Mann schien ein genialer Violoncellist zu sein. Jedenfalls war er sympathisch, verhielt sich Manja gegenüber fürsorglich, und man fühlte sich wohl in seiner Gesellschaft.

Mischa wollte sie anscheinend nicht mehr besuchen. Aber warum sollte sie sich deshalb den Kopf zerbrechen, wenn es viel schöner war, sich auf die Liege sinken zu lassen, Kut zu umarmen und ein Stündchen zu schlafen. Noch besser wären zwei Stunden gewesen. Oder zwei Tage. Sweta seufzte, packte die Eimer und stapfte die Treppe hinunter. Wieder kam kein Wasser aus dem Küchenhahn, dabei hatte sie heute ihren Wäschetag.

Sie wusste, dass Mischa immer noch im Oktober-Bezirkskomitee arbeitete. Das hatte der umtriebige Petrik herausgefunden. Sweta bereute es überhaupt nicht, Mischa damals ordentlich die Meinung gesagt zu haben. Trotzdem war ihr nicht ganz wohl zumute, denn früher hatten Mischa und sie nie einen wirklichen Streit aufkommen lassen. Außerdem war er nicht zum KGB gegangen.

Als niemand mehr mit ihm gerechnet hatte, tauchte Mischa plötzlich auf. An »unserem Tag« in der Bucht. Zuerst ahnten sie nicht, wer dort am Abhang herunterlief, und tauschten verständnislose Blicke aus. Diese Bucht war gerade deshalb so schön, weil sich hier auch im Sommer kaum jemand einfand. Sie war klein und an allen Seiten umschlossen. Nur ständige Besucher waren hier gelitten. Alle kannten einander, und nur selten zeigte sich ein neues Gesicht. Wer also rannte dort über den Abhang?

»Leute, das ist Mischa!«

Er war, ein wenig außer Atem, bereits herangekommen. Die Ärmel seines weißen Hemdes hatte er bis zu den Ellbogen hochgekrempelt, und er trug etwas Schweres bei sich.

»Sind verlorene Söhne zugelassen?«

Aljoscha zog ihn an der Hand nach unten, und Mischa ließ sich auf ihre Matte fallen.

»Schlagt mich, aber lasst mich leben!«

Alle lachten. Zumal sich Mischa mit dem Arm auf die bereits geschnittenen Tomaten gestützt hatte. Sie machten ihn mit Slawa bekannt, dem Violoncellisten. Slawa war bereits einer von ihnen. Er war blond und wirkte nordisch, und da er noch ungebräunt war, hatte er sich ein Handtuch über die Schultern gehängt.

»Also, auf unsere Bekanntschaft!«

Die ganze Clique war versammelt, und der Neue fügte sich gut ein. Trotzdem war es Mischa in Slawas Gegenwart peinlich, das zu sagen, was er sich vorgenommen hatte. Niemand erwartete eine Erklärung von ihm: Er war gekommen, also gab es kein Problem mehr. Kurz vor Sonnenuntergang fasste er dennoch Mut.

»Leute, kratzt mir nicht die Augen aus. Kurz nach Ungarn ist mir ein Licht aufgegangen. Nachdem ich erfahren hatte, was dort gelaufen ist. Swetka, du hattest Recht.«

»Wer soll dir denn die Augen auskratzen? Wir wissen ja, dass du nicht zum KGB gegangen bist. Aber hat dein Tolik etwas über Onkel Iljuscha rausgekriegt?«
»Ja. Papa ist beim Transport gestorben. Sie haben mich von einer Behörde zur anderen geschickt. Weder im Untersuchungsgefängnis war er registriert noch im Lager. Die Transportunterlagen werden getrennt aufbewahrt, aber sie haben seine Akte bewusst verlegt. Er ist in Potma begraben worden. Ich habe eine Rehabilitierungsurkunde.«
Alle schwiegen. Nur Slawa hatte Onkel Iljuscha nicht gekannt.
Manja vergrub die Finger in Mischas borstigen Haaren. Der feuchte Kut lief herbei, schüttelte sich, und Tröpfchen sprühten auf die Zeitung mit den Tomaten und dem in Scheiben geschnittenen Weißbrot. Der Hund verlangte sofort etwas zu fressen. – Das Leben ging weiter und war trotz allem wunderschön.

Kapitel 22

Sweta mochte den Strand von Langeron nicht allzu gern. Für ihren Geschmack hielten sich dort zu viele Menschen auf. Außerdem war ein Lautsprecher im Einsatz, und dauernd brüllte jemand aus Leibeskräften Anweisungen: zum Beispiel, dass sich verloren gegangene Kinder an den Zwei Kugeln einfinden sollten oder dass man vorsichtig zu sein habe, damit niemand unterging.

»Das Mädchen mit der blauen Kappe! Schwimm nicht über die Begrenzung hinaus!«

An jenem Tag hatte Sweta Natascha besucht, um ihr Kleidungsstücke zu bringen, die Katharina nicht mehr passten. Da Nataschas Tochter ein Jahr jünger als Katka war, musste diese fürchten, bis zur Universität in Katkas abgelegten Sachen herumzulaufen. Natascha war geschieden und zog das Mädchen mit dem Gehalt einer Kindergärtnerin groß. Da sie unmittelbar neben Langeron wohnte, hatten Sweta und sie beschlossen, rasch ein Bad zu nehmen.

Sie waren gerade halb trocken in ihre Sandaletten geschlüpft und wollten aufbrechen, als sie eine gellende Kinderstimme hörten: »Ma-a-ma! Mama!«

Das Geheul war herzzerreißend. So schreien Kinder nicht zum Spaß. Sweta rannte auf einen Jungen von vielleicht sieben Jahren zu, aus dessen Fuß so viel Blut floss, dass man die Schnittwunde zunächst nicht ausmachen konnte. Ah, dort! Quer über die Fußsohle des Kleinen verlief ein tiefer Schnitt. Aus ihm sprudelte das Blut hervor. Sweta drückte die Ränder der Wunde zusammen, damit der Blutstrom nachließ. Andere Badegäste näherten sich bereits.

»Saukerle, die müsste man erschießen. Wie kann man hier Flaschen zerschmettern ...«

»Söhnchen, was hast du denn?«

»Ruft 'nen Unfallwagen! Jemand soll zum Telefon laufen!«

Der Junge verdrehte seine Augen und weinte nicht mehr. Aber seine Mutter war hysterisch vor Angst und rannte kopflos hin und her. »Er stirbt! Schnell! Einen Arzt! Einen Arzt!«

Ein Mann mit behaartem Bauch und in blauer Badehose zerteilte die Menge über Swetas Kopf.

»Geht zur Seite, gebt mir Licht! Ich bin Arzt.«

Gott sei Dank!, Das Blut war fast zum Stillstand gekommen, es tröpfelte nur noch. »Also. Her mit einem Handtuch. Halten Sie's hier fest, Fräulein, nun zuschnüren. Schnappen Sie nicht über, Mamachen, ziehen Sie sich lieber an. Wir bringen ihn sofort ins Krankenhaus, dort wird die Wunde genäht. Aber er ist am Leben! Steht nur unter Schock. Das ist nicht so schlimm. Gehen Sie nicht weg, Fräulein!«, befahl er.

Sweta gehorchte.

Der Junge wurde auf eine Bahre gelegt und zu dem Unfallwagen getragen, der erstaunlich schnell erschienen war. Der Mann in der Badehose teilte dem Sanitäter gebieterisch irgendetwas mit. Auch die schluchzende Mutter, die sich inzwischen ein orangefarbenes Kleid übergestreift hatte, wurde in den Wagen gestopft. Dann brausten sie ab. Nachdem der Krankenwagen außer Sichtweite war, erfuhr Sweta, dass es sich bei dem Mann in der Badehose um

Professor Bytschenko handelte, einen begnadeten Chirurgen, den »Einzigen in Odessa« – nicht, weil er der einzige Chirurg gewesen wäre, sondern weil es solche Chirurgen wie ihn wirklich kaum noch gab.
Im Krieg stand niemandem der Sinn nach einer Spezialausbildung. Und da bewies Bytschenko seine Fähigkeiten. Es gelang ihm, Soldaten Stück um Stück wieder zusammenzusetzen, sodass sie wieder kampffähig wurden. Er konnte die Haut eines verbrannten Gesichts erneuern, und zwar so, dass der Besitzer ein Jahr nach der Operation wieder schön genug war, um zu heiraten. Er konnte die Amputation einer Hand abwenden und sie auf eine Art zusammenflicken, dass die Finger danach noch zum Klavierspielen taugten.
Kurz und gut: Professor Bytschenko war ein anerkanntes Genie. Und er war ein unmöglicher Querkopf. Nach dem Krieg hatte man ihn nach Kiew, nach Moskau und sonstwohin locken wollen, aber als überzeugter Odessit hatte er sich nicht darauf eingelassen.
Und diesen Mann hatte Sweta durch ihr unerschrockenes Zupacken beeindruckt. Also machte er ihr ein Angebot: Sweta solle ihre bisherige Arbeit aufgeben; er brauche sie und werde sie bei sich einstellen. Sie solle seine Operationsschwester werden. Seine rechte Hand. Und wenn nötig, auch seine linke.
»Aber ich habe doch keine medizinische Ausbildung!«
Die werde sie erhalten. Es hätte ja noch gefehlt, wenn jemand ohne Ausbildung im Operationssaal arbeitete! Sweta könne ihr Studium ohne Aufnahmeprüfung beginnen und möge die Nase bitte unablässig in die Bücher stecken. Die praktischen Übungen werde sie bei ihm absolvieren. Und in der kürzestmöglichen Zeit ... Sie würden noch viele Jahre zusammenarbeiten.

Aber gebe es denn sonst keine Krankenschwestern? Warum solle gerade sie, Sweta ...
Weil ein Chirurg immer an der Grenze zwischen Leben und Tod arbeite. Dazu brauche man Intuition, eine leichte Hand und Glück. Letzten Endes brauche man ein Wunder! Er, Bytschenko, wisse, wer als Helferin für ihn geeignet sei. Er suche sich sein Personal selbst aus.
Verdutzt ging Sweta in Richtung Hafenstraße. Die Abenddämmerung war lila und der Himmel grünlich. Überall standen die Fenster offen, und hier und da brannten Lampen. Die Akazien waren schon verblüht; in den Sielen und am Straßenrand häuften sich die herabgefallenen, vertrockneten Blüten, die einem bei jedem Windstoß vor die Füße getrieben wurden.

Aljoscha hörte sich Swetas Geschichte wider Erwarten bis zum Ende an, ohne auf seine gewohnte Art zu reagieren.
»Weißt du, Swetka, das ist gar nicht so verrückt. Du bist eben ein Glückskind.«
»Wie bitte?«
»Ach, weißt du, der Kindergarten und auch das Pädagogische Institut ... Das ist nichts für dich.«
»Aber ich fühle mich wohl im Kindergarten.«
»Du fühlst dich überall wohl, sogar in den Katakomben. Du bist eben anders als die meisten. Ich will dich zu nichts überreden, aber was möchtest du selbst?«
»Wie stellst du dir das vor: wieder zu studieren und kein Geld zu haben?«
»Es dauert ja nicht sieben Jahre wie für einen Chirurgen. Das schaffen wir schon irgendwie. Und wir haben doch noch einen Notpfennig.«
Sweta bat auch Tante Anna um Rat, und die unterstützte den Gedanken leidenschaftlich.

»Swetotschka, Pawel und ich werden euch helfen – mit den Kindern und allem anderen. Das ist wirklich, wirklich etwas Vernünftiges! Ich habe das Recht, so etwas zu sagen, denn schließlich habe auch ich im Krankenhaus gearbeitet. Verstehst du, auf der Welt gibt es so wenige Arbeiten, bei denen man überhaupt nichts Schlechtes für die Menschen tun kann, nur Gutes! Und du bist vom Charakter her dazu fähig. Was für ein Gefühl das ist, wenn man aufs Ganze gehen muss und plötzlich weiß: Der Patient überlebt!«

Sweta zögerte, aber Bytschenko ließ ihr nicht viel Zeit, sich die Sache zu überlegen. Wenn sie sich doch spalten könnte! Dann würde sich die eine Sweta den ganzen Tag mit Katka und Paschka beschäftigen. Sie würden gemeinsam nach Herzenslust lesen, schwimmen lernen, an den Hängen entlanglaufen und Burgen aus Würfeln bauen. Die zweite Sweta würde studieren, die dritte Schlange stehen und die Mahlzeiten zubereiten – dass man sich die Finger leckt! Und rechtzeitig die Hemden für ihren Mann bügeln und sogar schöne Kleidungsstücke für die Kinder nähen. Und noch eine Sweta würde einfach ihre Freiheit genießen ...

Besondere Probleme hatte Sweta mit den Fachbegriffen. Außerdem schaffte sie es nur noch, die allernotwendigsten Dinge zu erledigen. Dauernd blieb etwas liegen. Kurz gesagt, jene Sweta, die einfach nur leben wollte, hatte kein Leben mehr. Du bügelst den gerade gewaschenen Kittel, gehst in die Küche, um den Borschtsch umzurühren, und schon haben die Kinder den Kittel heruntergezerrt und spielen damit Eisbär. Der Eisbär wohnt jedoch unter der Liege; dort ist seit einem Monat nicht gefegt worden, und außerdem steht morgen eine Prüfung bevor.

Sweta war hager geworden und hatte rote Augen. Aber die

Wochen und Monate verstrichen, und sie legte ihre Prüfungen ab. Professor Bytschenko war hartnäckig. Und sie auch.

*

Petrik hatte sich eine böse Suppe eingebrockt und besuchte Sweta und Aljoscha mit finsterer Miene. Einen Prozess konnte er abwenden, aber nur gegen eine solche Riesensumme, dass er den ihm fehlenden Betrag nicht sofort zusammenkratzen konnte. Doch er brauchte ihn sofort. Genauer gesagt morgen. Also lebt wohl, liebe Freunde, schickt mir Päckchen und flammende Grüße. Petrik alberte herum, aber er saß offensichtlich in der Klemme.

Aljoscha pfiff das Lied von dem Mädchen aus der kleinen Taverne und hantierte mit seinem Schraubenzieher unter der Fensterbank herum. Die Goldstücke waren nach bester Tradition in einen von Swetas Strümpfen gestopft worden. »Reicht das?«

»Mann o Mann! Kinder ... Woher habt ihr die denn bloß?«

»Verschwinde lieber, und bring die Sache in Ordnung. Dann erzählen wir's dir.«

Ein paar Tage später erzählten sie es ihm wirklich. Petrik schüttelte den Kopf »Ach, Swetka, du bist toll!«

Petrik erging sich nicht lange in Dankesbekundungen, aber beim Abschied sagte er mit etwas belegter Stimme: »Leute, das vergesse ich euch nie.«

Dann kam der Tag von Swetas Debüt. Furchtlos betrachtete sie die blutige Knochenwunde. Davon hatte sie schon in ihrer Kindheit genug gesehen. Sie erkannte, dass die Verletzung nicht lebensgefährlich war. Der Patient hatte noch nicht zu viel Blut verloren, da man ihn umgehend

von der Werft in die Unfallklinik eingeliefert hatte. Aber ob dieser kräftige Mann je wieder gehen würde ... Sein Becken war zertrümmert, Fragmente davon waren in die Bauchhöhle geraten – und dann seine Beine!
Sweta ahnte, was Bytschenko vorhatte. Dabei brauchte sie gar nicht nachzudenken. Sie tat einfach, was sie tun musste – leicht und präzise, mit der Geschicklichkeit einer Zirkuskünstlerin. Und anscheinend machte sie keinen Fehler.
Aber was für Kraftausdrücke Bytschenko benutzte! Sweta hatte natürlich schon manchen saftigen Fluch gehört, aber der war nie an ihre eigene Adresse gerichtet gewesen. Sogar die Gauner von Odessa hielten sich an die südliche Etikette und wurden Frauen gegenüber nicht ausfällig. Das Genie Bytschenko dagegen wurde es! Er überhäufte sie und den Anästhesisten und den jungen Chirurgen von der Station und alle Übrigen außer dem Patienten unaufhörlich und virtuos mit unanständigen Verwünschungen. Sweta gab vor, nichts zu hören. Sie musste sich um genug andere Dinge kümmern.
Nach der Operation schob man den Patienten hinaus und streifte Bytschenko die Handschuhe und die Maske ab. Strahlend sagte er zu Sweta: »Wunderbar, mein Kind! Ich gratu...«
Da verpasste Sweta ihm eine Ohrfeige. Keine symbolische nach Damenart, sondern eine richtige, die ihn schwanken ließ. Er blinzelte, und seine Lippen beschrieben den Buchstaben »O«. Dann fragte er erschrocken: »Kindchen, was ist denn mit Ihnen?«
»Wie können Sie es wagen, so zu fluchen!«
Bytschenko schaute sie verständnislos an und zwinkerte immer noch. »Habe ich denn geflucht?«
Alle Anwesenden brachen in schallendes Gelächter aus.

Auch Sweta lachte später, wenn sie sich an diese Szene erinnerte. Mit Bytschenkos unflätiger Sprache musste man sich abfinden. Damit reagierte er seine Nervenanspannung ab. Und die Flüche waren nicht an sie gerichtet, sondern sozusagen ans Weltall.
Aber mit ihm zu arbeiten war großartig! Er war kühn und erfolgreich. Besonders in jenem Grenzbereich, wo Wunder benötigt wurden. Er vollbrachte Wunder, und sie half ihm dabei.

Die Währungsreform berührte Aljoscha und Sweta kaum. Gewiss, alles auf dem Markt wurde teurer. Aber sie hatten keine Ersparnisse und fielen deshalb nicht in den Chor der Betrogenen ein. Auch Petrik beklagte sich nicht, denn er schaffte es irgendwie, auch von diesem Ereignis zu profitieren. Er ließ Sweta und Aljoscha einen nagelneuen Kühlschrank zukommen und befahl den Lastträgern, ihm bloß keinen Kratzer zuzufügen. Was war der Anlass? Kuts Geburtstag. Dabei wusste niemand, wann Kut geboren worden war! Also konnte die Feier an jedem beliebigen Tag stattfinden. Beglückwünscht mich, Leute, ich mache Karriere! Schön ist es, stellvertretender Direktor des Gemüselagers zu sein …
»Was, Petrik, du wirst bald Direktor?«
»Pfui. Bin ich denn belämmert?«
Sweta freute sich sehr über den Kühlschrank, denn bisher hatte sie die Lebensmittel zum Kühlen in einer Einkaufstasche aus dem Fenster gehängt. Oder sie zwischen die Fensterrahmen gelegt. Aber wenn es heiß war, verdarb alles, was nicht sofort aufgegessen wurde.
Petrik erzählte von Manja: Ihr Slawa sei berühmt geworden und habe sie mit in die Höhe gezogen. Doch Manja sei schwanger, und ihr stehe der Sinn jetzt nicht nach

Konzerten. Jedenfalls führten die beiden ein angenehmes Leben.

Mischa machte sich große Sorgen wegen Tolik, der ja seit langem beim KGB arbeitete. Tolik hatte die Nerven verloren, und Mischa erfuhr die Einzelheiten. Danach standen ihm die Haare zu Berge.

Tolik hatte seinen Mitarbeiterausweis auf den Tisch geknallt: Ich bin kein Tschekist mehr. Auch den Parteiausweis hatte er auf den Tisch geschleudert: Ich bin kein Kommunist mehr. Nun war er in der Irrenanstalt, weil sich normale Leute nicht so benehmen. Dort würden sie Tolik behandeln, vielleicht sein Leben lang. Aber was konnte man tun?

Geschickt fand Mischa heraus, was man tun konnte. Er selbst war Parteiarbeiter von niedrigem Rang, aber er kannte alle, die man kennen musste. So ging er seine Liste durch. San Sanytsch würde sich mit einer solchen Sache nicht beschäftigen. Sergei Iwanytsch normalerweise auch nicht, aber Mischa hatte ihm in einer grässlichen Wohnungsangelegenheit geholfen. Sergei Iwanytsch konnte über verdeckte Kanäle einiges ausrichten. Moment, und Petrowitsch? Petrowitsch hatte er vergessen! Dabei konnte der auf medizinischem Gebiet manches bewirken. Wenn sie Tolik in der Anstalt wenigstens nicht mit Psychopharmaka behandelten– zur »Ruhigstellung«.

Es gab nicht wenige, die versuchten, ihre Parteizugehörigkeit mit persönlichem Anstand zu vereinbaren, auch wenn Kompromisse natürlich nicht zu umgehen waren. Aber vielen, darunter auch Mischa, gelang es, auf dem Grat zwischen scheinbarem Gehorsam und Missachtung völlig unerträglicher Anweisungen von oben zu balancieren. Solche Anweisungen konnte man mit bewusster Einfalt in die Praxis umsetzen und dadurch allmählich scheitern lassen. Vorläufig zumindest. So ließ sich verhindern, dass Tolik behandelt wurde. Aber es gelang nicht, seine Entlassung durchzusetzen. Da durfte man nichts überstürzen. Man musste den richtigen Zeitpunkt abwarten.

Katharina wurde feierlich eingeschult. Sweta hätte die Erfinder der Uniform umbringen können, aber Katka war trotzdem hübsch: ein ernstes kleines Mädchen mit hellblonder Ponyfrisur und hellroten Astern in der Hand. Am ersten Tag war dieser Ernst vielleicht angebracht.

In jenem Jahr fiel der 1. September glücklicherweise auf einen Samstag. Drei Stunden und dann nach Hause, sodass man sich bis Montag ausruhen konnte.

Am Montag kehrte Katka nach dem Unterricht nicht zurück, und nach einer Stunde lief Sweta besorgt zur Schule. Die zerzauste Katka, deren Schürze bereits schwarz war, stand mit gespreizten Beinen in einem Tor aus zwei Schultaschen. Sechs Jungen, vermutlich ihre neuen Schulkameraden, jagten hinter einem Fußball her. Vom Schulhof hatte man sie verscheucht: Marsch, schleunigst nach Hause. Aber sie hatten stattdessen angefangen, auf der Straße zu spielen.

Sweta seufzte. Es war klar, dass aus ihrer Tochter ebenfalls kein »aniolok« werden würde.

Kapitel 23

»Kut, Kutenka! Lass uns spazieren gehen.«
Paschka hob Kut auf die Arme, und der Hund wedelte schwach mit dem kurzen Schwänzchen. Der Junge trug ihn zur Grünanlage, damit er wenigstens ein bisschen frische Luft bekam. Seit gestern stand Kut nicht mehr auf, lag auf dem Teppich und wollte nicht fressen. Die Eltern hatten erklärt: Kut ist schon alt, da kann man nichts machen. Hunde leben nicht so lange. Der Tierarzt hatte das Gleiche gesagt. Aber Paschka konnte schon lesen und hatte Brehms Tierleben zur Verfügung: sämtliche Bände! Deshalb wusste er, dass manche Hunde auch länger, sehr viel länger leben können. Vor allem so kleine wie Kut.
Nun, auf Paschkas Armen, war er noch kleiner als sonst. In der Grünanlage brannten Blätter, und blauer Rauch zog herüber. Das Gras war noch nicht welk. Paschka legte Kut auf den Rasen, damit ihm leichter wurde.
Zu Hause klaubten Katka und er die Flöhe aus dem Fell des Hundes. Schrecklich, wie viele sich nun dort niedergelassen hatten. Kut atmete mit hängender Zunge und blickte sich hin und wieder unruhig um.
»Kutenka, was willst du? Möchtest du Wasser?«
Kut spitzte die Ohren und versuchte aufzustehen. Im Schloss drehte sich ein Schlüssel – Mama kehrte von der Arbeit zurück. Kut rutschte in Richtung Tür, und Sweta setzte sich, ohne die Jacke auszuziehen, auf den Fußboden

und nahm ihn auf die Arme. Er leckte ihr Gesicht und schloss die Augen. Zu dritt saßen sie auf dem Boden und weinten.
Es dauerte sehr lange, bis sich die Kinder einen neuen Hund wünschten.

Aljoscha sollte seine Habilitationsschrift über eine geheime Thematik verteidigen. Zunächst jedoch hatte sich die Institutsleitung ein anderes Thema für ihn ausgedacht, und er konnte sich noch glücklich schätzen, dass es nicht zwei waren. Aber Aljoscha ärgerte sich. Überhaupt ärgerte ihn vieles: dass man bei jeder Patentanmeldung noch zwei, drei Personen hinzufügen musste und dass nicht jede in Moskau bestätigt wurde. In solchen Fällen erhielt zwei Monate später irgendein Knabe mit den nötigen Verwandtschaftsbeziehungen ein Patent für eine ganz ähnliche Sache. Allerdings an einem anderen Institut.
Doch Aljoscha kam nicht schlecht voran: höherer wissenschaftlicher Mitarbeiter, Kandidat der Wissenschaften, und das Thema seiner Habilitationsschrift war klar. Früher oder später würde er die Prüfung ablegen. In der militärischen Forschung wurde nicht gezögert, denn dort wusste man konkrete Resultate zu schätzen. Ein Huhn, das goldene Eier legte, missachtete man nicht so leichtsinnig wie an gewöhnlichen Instituten.
Die Aussichten sind gut, wir schaffen es schon, Swetka! Was meinst du, sollen wir dir nicht ein tolles Kleid kaufen? Schließlich können wir es uns erlauben!

Für Mischa wurde es Zeit, sich einen neuen Anzug zuzulegen, und er betrat das Modeatelier, zu dem Sergei Iwanytsch ihn geschickt hatte. Nach einem Blick auf Mischas

Kleidung. Ein verantwortlicher Mitarbeiter konnte doch nicht ... Man muss schließlich auch etwas für sein Ansehen tun.
Mischa war dankbar für den Rat, denn er hatte keinen Blick für solche Dinge. Anzüge und Krawatten konnte er einfach nicht leiden. Es kam ihm schon heldenhaft vor, dass er überhaupt welche trug. Na schön, wir müssen für alles bezahlen. Bringen wir die Posse hinter uns.
Das Modeatelier war in der Tat elegant. Und die junge Schneiderin belästigte Mischa nicht mit Fragen nach Bund und Aufschlag, sondern traf alle Entscheidungen selbst. Sie erkannte sofort, dass der etwas ungepflegt wirkende Mischa in Fragen der Mode und des Stils nicht beschlagen war. Dabei entging ihren weiblichen Augen auch nicht, dass sonst alles in Ordnung zu sein schien. Wahrscheinlich kümmerte sich niemand um ihn. Ob er allein lebte? Ein sympathischer Mann. Die weiße Haarsträhne gefiel ihr sehr, und er hatte so traurige Augen.

Mischa kam kaum zur Besinnung. Im Handumdrehen wurde er mit allen möglichen Köstlichkeiten gefüttert. Außerdem wurde seine Garderobe in Ordnung gebracht, und es kehrte Glanz in seine Wohnung ein. Dabei hatte er, als ihm die Wohnung zugeteilt worden war, gemeint, dass sie nicht feudaler hätte sein können: Sie war geräumig, hatte ein Badezimmer und fließendes Wasser. – Was wollte er mehr? Lena zeigte es ihm.
Wie sich herausstellte, waren ihre Eingriffe ganz angenehm, viel angenehmer, als Mischa erwartet hätte. Wie dumm von ihm, dass er Angst vor dem Verlust seiner Junggesellenfreiheit gehabt hatte. Und schließlich: Was war Aljoscha denn ohne Swetka? Sicher, eine wie Swetka gab es kein zweites Mal. Aber Lena hatte nicht die Ab-

sicht, Sweta nachzueifern. Sie war eine eigene Persönlichkeit mit ihren eigenen reichen Talenten.
Die Hochzeit wurde opulent gefeiert: im Restaurant »Krasny«. Die Eltern der Braut, Menschen von hohem Ansehen und Besitzer eines Häuschens mit Grundstück auf dem Weg nach Arkadia, traten in keiner Gesellschaft ins Fettnäpfchen. Lena selbst war umwerfend: mit einem weißen, ausländisch wirkenden Hut und in einem unglaublich eleganten Kleid. Den Freunden begegnete sie ungezwungen: Mit Petrik tauschte sie Witze aus, mit Sweta führte sie eine leidenschaftliche Debatte, und überhaupt fügte sie sich gut in die Clique ein. Ihr Vater war handwerklich interessiert und fand großen Gefallen an Aljoscha, zumal dieser ihm Epoxydharz besorgen konnte, das es nirgendwo zu kaufen gab, weil es als militärisches Produkt galt.
So begann Mischas neues Leben. Als linkischer Büchernarr konnte er die stürmischen Aktivitäten seiner Frau nur bestaunen. Die geschickten Hände hatte Lena offenbar von ihrem Vater geerbt. Mit Vergnügen gab sie ihre Arbeit auf und widmete sich dem, was ihr Spaß machte. Sie strich die Wände modisch in verschiedenen Farben. Einen Teil der Möbel warf sie hinaus; an Mischas Schreibtisch wagte sie sich allerdings nicht zu vergreifen. Sie schaffte niedrige, dreibeinige Tischchen und irdene Kerzenhalter an. Außerdem nähte sie modische Vorhänge mit abstraktem Muster. Auf eine Glasscheibe malte sie mit bunten Lacken ein Mosaik nach Art von Picasso. Um das Mosaik baute ihr Vater einen flachen Schrank, durch dessen oberen, offenen Teil das Tageslicht schien und dessen Leuchten die Gäste beeindruckte. Mischa hätte sich nicht gewundert, wenn Lena auch Steinfiguren gemeißelt hätte – an künstlerischen Ideen dafür hätte es ihr jedenfalls nicht gemangelt.

Sweta fand es wunderbar, dass Lena die Möglichkeit nutzte, einfach zu leben. – Doch mit was für einer Intensität! Und Sweta war auch bald an der Reihe: Lena zerzauste ihr die Haare, wie es dem Trend der neuen Zeit entsprach, und nähte ihr ein Kostüm. Sweta selbst war erstaunt darüber, wie sie unter Lenas Betreuung immer hübscher wurde. Lena hatte einen erlesenen Geschmack, und eine Freundin, die zur See fuhr, brachte ihr ausländische Zeitschriften mit. »Ich lege mir einen Liebhaber zu!«, neckte Sweta ihren Mann.

Auf den Straßen wurden ihr Avancen gemacht, und aus Übermut lud sie sogar einen besonders aufdringlichen Schnösel, offensichtlich einen Touristen, zu sich nach Hause zum Tee ein.

»Darf ich vorstellen, das ist mein Mann!«

Der Schnösel wurde bleich und nahm die Beine in die Hand. Sweta und Aljoscha lachten noch lange über ihn.

Inzwischen hatte Sweta hin und wieder freie Tage und Abende. Die Kinder wuchsen heran, und die Arbeit bereitete ihr Freude – ein herrliches Leben! Aber warum blies Aljoscha dauernd Trübsal? Er war finster und regte sich über alle möglichen Dinge auf. Schon wenn er zur Zeitung griff, fürchtete sie, dass er wieder in Fahrt geriet. Sweta las überhaupt keine Zeitungen, um sich die Nerven nicht zu strapazieren. Es war ja klar, in welcher Zeit man lebte und unter welcher Regierung. Was sollte man also tun – sich hinlegen und sterben? Oder eine Bombe auf Chruschtschow werfen? Sollte sich doch jemand anderes einsperren lassen.

Manchmal badeten sie nachts, was im August nicht zu übertreffen war. Wie jung Verheiratete, frei und ungebunden. Katka und Paschka verbrachten die Ferien bei den Großeltern auf der Datscha, wo man nicht einmal jeden Tag anrufen konnte. Es war so angenehm, in der kühlen Schwärze zu schweben, als wäre man schwerelos. Am Himmel sprühten die Sterne, und um sie herum funkelte das Meer. Sie küssten einander mit feuchten Lippen, tauchten ins Wasser und zogen einander, wobei eine Lichtspur entstand, unter die Oberfläche. In einiger Entfernung tauchten sie auf und freuten sich darüber, wie die Lichter der Küstenlinie schwankten.

Da wurden sie von Fernscheinwerfern geblendet. Man brüllte sie an, sofort ans Ufer zu schwimmen. Das hatte noch gefehlt! Grenzer! Die würden sie nicht abschütteln können.

Es war verboten, sich im Dunkeln am Strand aufzuhalten. Deshalb machten die Grenzer ihre Runden. Obwohl Sweta und Aljoscha ihre Kleidung und ihre Schuhe vorsichtshalber unter einem Busch verborgen hatten, waren sie entdeckt worden. Und nun blieb ihnen nichts anderes übrig, als an Land zu schwimmen.

»Ihre Ausweise ...«

Aber was für Dokumente sollten nackte Menschen bei sich haben? Wer geht mit seinem Pass baden?

»Wir müssen Sie festnehmen. Bis die Umstände geklärt sind.«

Sweta amüsierte sich einfach nur. Sie waren ertappt worden wie ein Liebespaar! Aljoscha dagegen verlor die Nerven und pochte auf seine Rechte. Daraufhin wurden sie wirklich zur Grenzstation mitgenommen. Dort hielt man sie zwei Stunden fest und zwang sie, eine Erklärung zu unterschreiben. Außerdem mussten sie sich eine Moralpredigt über die Grenzzone im Besonderen und den moralischen Verfall im Allgemeinen anhören.

Im Morgengrauen ließ man sie gehen. Die Grenzer wussten schließlich: Wenn sie alle nachts Badenden von Odessa ins Gefängnis werfen wollten, würden sämtliche Zellen nicht ausreichen. Die Menschen würden baden, solange es auf der Welt noch Meere und Sterne gab. Natürlich waren die beiden keine Spione. Aber warum wurden sie frech? Die Beamten taten schließlich nur ihre Pflicht. Aljoscha jedoch verzehrte sich in ohnmächtiger Wut. Während der Besatzungszeit hatten die Deutschen das Baden im Meer verboten, und diese Halunken taten nun das Gleiche! Aber was konnte er dagegen unternehmen? Nichts.

Sweta war der Situation langsam überdrüssig. Sie konnte sich vor Arbeit kaum retten, und ihr Mann wurde depressiv. Konnte er nicht etwas mehr Rücksicht nehmen?

Gut, Paschka hatte seine Socken nicht aufgesammelt, aber musste man ihn deshalb anbrüllen? Und warum sollte der Junge vor seinem Arithmetiklehrbuch sitzen, wenn die anderen Ferien hatten? Irgendwann würde er die Arithmetik hassen wie ein Hund seinen Maulkorb. Auch hatte es keinen Zweck, Paschka mit Katharina zu vergleichen. Die Mädchen in den ersten Klassen sind fast alle Musterschülerinnen, die Jungen dagegen Taugenichtse.

Wenigstens blieb Katka verschont. Ihr Vater und sie liebten sich innig, und die schlaue Katka konnte ihn um den Finger wickeln. Wenn er ein finsteres Gesicht machte, zerrte sie ihm die Lippen zu einem Lächeln auseinander. Und ihr Papa taute dabei natürlich auf. Sie tat recht daran, denn es hatte keinen Zweck, dass ihr Vater sich den ganzen Kummer der Welt auflud.

Als Aljoscha endlich einen vergnüglichen Zeitvertreib fand, freute sich Sweta: Er baute ein Boot. Unter seinen Bekannten waren Techniker von der Werft, und viele von ihnen konstruierten in ihrer Freizeit Motor- oder Segelboote. Aljoscha konnten sie gut gebrauchen, denn er hatte die Möglichkeit, nicht nur Epoxydharz, sondern auch Glasfaserplatten zu besorgen! Von seinen technischen Fähigkeiten gar nicht zu reden. Nun pfiff Aljoscha wieder das Lied über das Mädchen aus der kleinen Taverne und malte abends Skizzen aus. Er plante, eine kleine Motorjacht zu bauen, wendig und schnell.

Unter Lenas Einfluss fand er noch ein weiteres Hobby: die Neueinrichtung der Wohnung. Solange Paschka noch klein war, hausten sie zu viert im großen Zimmer, während das kleine, das früher Tante Klara gehört hatte, als eine Art Arbeitsstube diente. Swetas Schreibtisch, Aljoschas Schreibtisch, ein Bücherschrank, ein kleiner Diwan – mehr war dort nicht unterzubringen. Aber wenn man im kleinen Raum ein Etagenbett aufstellte, würde ein Kinderzimmer entstehen, und die Geschwister hätten je einen Tisch für ihre Hausaufgaben.

Aljoscha legte sich ins Zeug, und das Etagenbett wurde eine Augenweide. Damit Katka nicht verstimmt darüber war, dass sie die untere Etage erhielt, hängte er für sie einen schicken »Baldachin« auf, den Lena genäht hatte. Er zog ihn rund ums Bett, sodass Katharina eine eigene Höhle besaß. Das kluge Mädchen erkannte den damit verbundenen Vorteil sofort: Sie hatte es satt, unter der Decke mit der Taschenlampe zu lesen. Denn wenn sie nicht heimlich las, wurden ihre Eltern aufmerksam und nahmen ihr das Buch weg. Nachts sollen Kinder schlafen. Und man hat nie genug Batterien für die Taschenlampe. Deshalb brachte Katka unter dem Baldachin eine Glühbirne an. Sie hing an einer Wäscheklammer, und der Schalter war leicht zu erreichen.

Aljoscha, der die Konstruktion entdeckte, schimpfte nicht, sondern ließ sich erweichen, die Birne nicht zu entfernen. Er half ihr sogar, die Apparatur zu verbessern. Ein gescheites Mädchen wuchs da heran. Paschka dagegen hatte kein Interesse an der Technik, nicht ums Verrecken. Andere Jungen bastelten sich Rollschuhe aus Kugellagern, während er nur dasaß und wie ein Kindergartenzögling Bildchen zeichnete. Was meinst du, Katka, sollen wir einen Empfänger bauen – einen ganz kleinen, in einer Seifenschale?

Katharina hatte in jenem Jahr in der zweiten Schicht Unterricht. Deshalb musste sie sich in der Brotschlange anstellen. Brot wurde nur morgens verkauft – und dann meistens Maisbrot; von weißem konnte man nur träumen. Auch nach Milch stand sie an: drei Liter pro Person, mehr wurde nicht rausgerückt. Später nur noch zwei Liter. Und zwei Laibe Brot. War es zufällig doch Weißbrot, dann gab es nur einen Laib. Und wer sich zu spät anstellte, bekam zuweilen gar nichts.
Katka erschien früh. Man konnte aus der Schlange gedrängt werden, wenn man sich angeblich falsch angestellt hatte. Und es gab unverschämte Frauen, die sich vor ein Kind drängelten, besonders wenn es abgelenkt war und die Nase in ein Buch steckte. So lernte Katka zu leben. Das war interessant und ganz anders als in der Schule. Oma Anna hatte Katka so emsig auf die Schule vorbereitet, dass sie in den ersten vier Jahren nichts dazuzulernen brauchte. Sie ging nur in die Schule, um sich Einsen abzuholen. Und von Zeit zu Zeit eine Zwei fürs Betragen, denn es war so langweilig im Unterricht! In den Schlangen dagegen konnte man alles Mögliche lernen.
Einmal, als ihr Lieblingsonkel Petrik zu Besuch kam und sie wie gewohnt an den Knien kitzelte, obwohl sie schon in die dritte Klasse ging, fragte Katka ihn: »Onkel Petrik, wodurch unterscheidet sich eine Judenschnauze von einer Nichtjudenschnauze?«

»Durch die Perspektive des Blickes«, erwiderte Petrik, ohne eine Miene zu verziehen. Dann dachte er nach und strich ihr über den Kopf. »Katka, lass dir diesen Unsinn nicht einreden. Wir haben schon genug davon. Ihr Kleinen könnt darauf verzichten. Weißt du, manchmal möchte man in jede Schnauze schlagen. Ganz ohne Unterschied.«

Kurz darauf wurden in der Schule weiße Brötchen verteilt. Rund waren die. Katka und Paschka brachten sie, ohne sich abzusprechen, mit nach Hause. Die Eltern tauschten einen Blick aus: Wunderbare Kinder waren das. Sweta sorgte dafür, dass die beiden die Brötchen allein aßen: mit Erdbeermarmelade. Im Sommer hatte Lena ihr beigebracht, eine Marmelade zu kochen, dass man sich die Finger danach leckte!

*

Petrik heiratete endlich. Seine Freunde hatten schon gedacht, dass er sich nie die Hörner abstoßen würde, aber auch er wurde, wie er sich ausdrückte, von einer höheren Gewalt ereilt. Das Mädchen Ljaletschka, das sein Herz gewann, war nicht nur ihrem Aussehen, sondern auch ihrem Wesen nach genau der »aniolok«, dem Sweta nie ähneln würde. Wie er ein solches Geschöpf auf der Mjassojedowskaja gefunden hatte, blieb ein Rätsel. Womit er das Mädchen Ljaletschka für sich gewann, war ein noch größeres. Jakow und Manja jedenfalls konnten es nicht begreifen. Sie waren schon bereit gewesen, sich mit jeder Beliebigen abzufinden. Doch dann brachte Petrik einen solchen Sonnenschein, ein solches Goldkind als künftige Braut ins Haus!

Das Goldkind verlor keine Zeit und schenkte Petrik nach

genau neun Monaten einen bemerkenswerten Sohn. Unter allgemeinem Entzücken gab sie sich damit aber noch nicht zufrieden. In den folgenden drei Jahren wurde Petrik Vater von zwei weiteren Söhnen und einer Tochter. Fast wäre er vor Stolz geplatzt.

»Ach, Ljaletschka, wie wär's mit noch einem Püppchen? Damit wir fünf haben! Heldenmutter wird man doch mit fünf Kindern, oder?«

»Petrik, wie willst du uns denn alle ernähren?«

»Ach was, das schaffe ich schon! Und überleg mal, Ljaletschka, wie viel wir durch deinen Beruf sparen können. Du schneidest uns allen kostenlos die Haare!«

Ljaletschka war tatsächlich vor ihrer Ehe Friseurin gewesen. Und diese nützliche Fertigkeit hatte sie nicht verlernt.

Wenn sich die inzwischen weit verzweigte Clique später an jene Jahre erinnerte, sprach sie von den »Jahren des Kaninchens«.

Manja wusste nicht, was sie erwarten sollte, als sie Pater Andrzej in der Stadt Gdansk unter der Adresse aufsuchte, die sie von Marina erhalten hatte. Aber eine Konzertreise durch Polen zu machen und Andreika nicht zu sehen! Die Kirche betrat sie vernünftigerweise nicht, sondern ließ ihm einen Zettel durch eine der alten Frauen überbringen, die zur Messe hineingingen. Sie sei mit ihrem Mann in dem und dem Hotel, und ihr Zimmer habe die und die Nummer. Bis übermorgen würden sie dort sein. Wenn sich Andreika mit ihnen treffen wollte, würde er sie finden, wenn nicht, ließ es sich nicht ändern.

Andreika – der frühere blauäugige Andreika, nur inzwischen erwachsen – kam am selben Tag. Er trug schwarze Kleidung und hatte einen Strauß unglaublicher Rosen bei sich. Manja spürte nicht das geringste Unbehagen, so sehr freuten sich beide über die Begegnung. Sie fühlten sich wie vor vielen Jahren, als sie noch Kinder waren und er von der verschneiten Staroportofrankowskaja zu ihnen, den Katakombenbewohnern, gelaufen war und ihnen Eiszapfen zum Ablecken gebracht hatte.

»Manja, meine Liebe! Wie geht es dir und den anderen?«

Wenn es gewisse Spannungen zwischen Andreika und den alten Freunden gegeben hatte, so hatte Pater Andrzej sie inzwischen vergessen. Er war gelöst und freundlich und interessierte sich aufrichtig für jeden von ihnen: wie viele Kinder sie hatten und was für welche. Er griff nach einem Päckchen Fotos und schaute sie sich immer wieder an.

»Könnte ich die vielleicht behalten?«

»Deshalb habe ich sie dir mitgebracht!«

»Manja, erinnerst du dich noch an ›unser Gespenst‹?«

»Und erinnerst du dich noch, wie Mama damals aufgeschrien hat? Schlimmer als bei einer Ratte.«

Zu einem tief schürfenden Gespräch konnte es natürlich nicht kommen, dazu mussten sie zu viele Erinnerungen heraufbeschwören und einander zu viel erzählen. Außerdem galt es, Andreika mit Slawa bekannt zu machen. Am Abend gaben die beiden ein Konzert, und sie warteten bis zum letzten Moment mit der Fahrt zur Konzerthalle.

»Morgen bringe ich euch einen Brief für die anderen, in Ordnung?«

Alle lasen den Brief. Er war auf Russisch geschrieben. Pater Andrzej bat seine Freunde um Verzeihung dafür, dass er ihre Beziehung hatte abkühlen lassen. Er habe nämlich geglaubt, es sei nötig, Distanz zwischen ihnen zu schaffen. Heute wisse er mehr über die teuflische Politik und

sehe noch schlimmere Intrigen für die Zukunft voraus. Er diene Gott und Polen, doch nun kenne er den Unterschied zwischen Meinungsverschiedenheit und Hass. Er danke den Freunden für ihre Weisheit und ihre Toleranz. Und er liebe sie alle genauso sehr wie früher. Er werde für jeden Einzelnen und alle zusammen beten. Jedem von ihnen sende er seine herzlichsten Grüße. Die Unterschrift – auch sie war auf Russisch – lautete: Euer Andreika.
Wie schön, dass er ihr Andreika geblieben war. Es machte nichts, dass er sich in Polen niedergelassen hatte, denn schließlich gehörte er dorthin.
»Er schreibt so, als wäre er älter als wir alle, unser Kleiner«, sagte Aljoscha nachdenklich.
»Ein Glück, dass er für uns betet!«, rief Petrik fröhlich. »Ein direkter Draht zu Gott, das ist ist nicht zu verachten!«
»Hör auf zu spotten!«, fuhr Manja ihm über den Mund. Aber sie meinte es nicht böse, genau so wenig wie Petrik. Dazu freuten sich alle viel zu sehr.

*

Die Jacht wurde recht schön. Allerdings träumte Aljoscha inzwischen von einem Luftkissenboot. Möglicherweise würde sich auch sein Arbeitgeber für solch ein Projekt interessieren. Aber warum sollte er nicht einen Prototyp zu seiner eigenen Unterhaltung bauen? Ach, wie sie damit am Ufer vorbeirasen würden! Teils auf dem Wasser, teils durchs Schilf, teils am Strand entlang! Ein äußerst kompakter Motor wurde benötigt. Den zu beschaffen würde schwierig sein. Na schön, das waren Pläne für die Zukunft. Für diesen Sommer würde die Jacht genügen.
Die Hauptteile hatten Schurik und Stepan aus der Werft

besorgt: unter Metallspänen als Abfallprodukte getarnt. Danach stachen sie sich noch lange die nackten Füße an den winzigen Eisenspänen, die sich nicht völlig wegfegen ließen. Alles Übrige fügten sie im Jachtclub hinzu. Durch den Club erhielten sie auch eine Registrierung, ohne die sie ohnehin nicht mit dem Schiff hätten hinausfahren können.

Die Jacht tauften sie auf den Namen »Kleopatra«: wegen ihres schönen Profils. Bei der Schiffstaufe zertrümmerten sie eine Flasche Champagner am Vorsteven. Anschließend machte sich der Ästhet Schurik noch den ganzen Tag daran, die dadurch entstandenen Kratzer wieder zu entfernen. Außerdem tranken sie mit dem Jachtclub zwanzig weitere Flaschen auf »Kleopatras« Gesundheit. Es war kein schlechter Champagner: ein »schäumender aus Sewastopol«. Eigentlich war er kaum zu bekommen, doch Petrik hatte seine Kontakte spielen lassen.

Die erste Probefahrt machten sie nur zu dritt. Später konnte man Frauen und Kinder mitnehmen, aber beim ersten Mal sollten nur die Konstrukteure dabei sein. Nicht weit: bis zum Kap und zurück.

Wie wunderbar die »Kleopatra« dahinglitt! Wie bei Homer über das weingrüne Meer. Aljoscha war von der Erregung des Neulings ergriffen. Er hatte im Jachtclub mit den anderen die Bespannung des Bootes erörtert, aber er war noch nie gesegelt. Ganz im Gegensatz zu Schurik und Stepan! Die beiden waren während der Bauarbeiten auch mit anderen Jachten gefahren, und Stepan, der bald fünfundvierzig wurde, war ein alter Seebär.

Besonders beeindruckte Aljoscha allerdings, mit welcher Seelenruhe Stepan den Papierkrieg erledigte und all die Fragen beantwortete und die Genehmigungen beschaffte, die man sogar für einen kleinen Ausflug in unglaublicher Zahl vorlegen musste. Stepan brachte Aljoscha bei, sich nicht zu ereifern: Bürokratie sei eben Bürokratie. Was heißt: Und wenn wir nun keine Genehmigung kriegen? Natürlich kriegen wir sie. Solange Aljoscha morgen seinen Pass nicht vergisst, denn alles Übrige ist bereits ausgefüllt. »Reg dich nicht auf, wir fahren nach Koktebel. Dann wirst du erleben, wie es ist, wenn einem die Grenzer richtig zusetzen.«

Aljoschas Freude hatte nachgelassen: Auf dem Meer war es also auch nicht anders? Aber nun, als die »Kleopatra« mit straffen Wanten dahinschoss und das warme Deck die nackten Füße liebkoste, fühlte er sich glücklich und stark. Ein Fischer, ein Seemann, ein gewiefter Abenteurer. Er spürte ein herrliches Gefühl der Freiheit. Er war frei! – Natürlich in den Grenzen der Zweimeilenzone.

Sweta war erleichtert darüber, dass Aljoscha so munter und lebhaft wie in alten Zeiten wirkte. Es war eben die Arbeit, die ihn so ermüdete. In seiner Freizeit sollte er sich frischen Wind um die Nase wehen lassen. Die Männer brauchten nun einmal ihre Freuden im Leben. Männliche Freuden.

Sie verbrachte jenen Sonntag friedlich mit ihren Kindern, auch wenn der Tag mit einem Streit und sogar mit Gebrüll begann. Glascha vom zweiten Haupteingang hatte Kätzchen gekriegt. Und die Kinder wollten unbedingt ein schwarzes haben.

»Und was macht das schwarze mit den Vögeln, die wir immer füttern?«

»Ach, Mama, nichts macht es, es ist ja noch ganz klein.«

»Und wenn es größer wird?«

»Wir dressieren es, damit es die Vögel nicht anrührt.«

»Katzen kann man nicht dressieren.«

»Doch, doch! Bitte, Mama ...«

Sweta stellte sich die Ergebnisse dieser Dressur vor: Flaum und Federn, und die Vögel würden nie wieder herbeifliegen. Aber Paschka heulte nun schamlos, und Sweta hatte eine Idee. »Wozu denn einen Kater? Der ganze Hof ist voll von Katern. Wollt ihr nicht lieber ein Meerschweinchen?«

Sie gingen auf den Alten Pferdemarkt und kauften das allerschönste Meerschweinchen, das es gab. Ein Rosettenmeerschweinchen. Es erhielt den Namen Fedossei. Den Rest des Tages gaben sich die Kinder mit Fedossei ab und brachten ihn in einem Karton mit allem Komfort unter. Als Aljoscha mit einer Einkaufstasche voller Kaulköpfe hereinstürmte, schliefen die Kinder schon.

»Guck dir die mal an! Nimm die Beute entgegen, Frauchen!«

»Aljoschka, mir fallen die Hände ab. Lass sie uns bis morgen in den Kühlschrank legen, einverstanden?«

»Wieso, die müssen doch gesäubert werden!«

»Das dauert zwei Stunden. Und ich muss morgen um acht aus dem Haus. Lass uns lieber schlafen.«

»Dann verderben die Fische!«

»Zum Teufel mit den Fischen!«, erboste sich Sweta. »Wie stellst du dir das vor – eine völlig übermüdete Krankenschwester bei der Operation?«

»Also, Geliebte, das hatte ich nicht erwartet! Eine solche Kleinigkeit ...«

»Wenn es eine Kleinigkeit ist, dann setz dich doch hin, und mach sie selbst sauber. Wer hat sie denn gefangen?«

»Widerlich bist du geworden, Swetka!«

»Brauchst du etwa auf meine Kosten eine Selbstbestätigung?«

»Gut, du hast das letzte Wort.«

Er stellte die Einkaufstasche auf den Fußboden und zog eine neue Hose und das cremefarbene Hemd mit den kurzen Ärmeln an. Dann knallte er die Tür hinter sich zu. Sweta stopfte die Kaulköpfe wütend in den Kühlschrank und legte sich ins Bett, aber sie konnte erst gegen morgens um vier Uhr einschlafen.

Aljoscha übernachtete bei Schurik. Der bezog ein Klappbett mit einer schmuddeligen gelben Decke und belehrte Aljoscha: »Jede Frau, auch wenn sie herzensgut ist wie keine andere, will ihren Mann beherrschen. Von Zeit zu Zeit muss er deshalb das Weite suchen. Das hast du völlig richtig gemacht.«

Von Schuriks Wohnung aus ging Aljoscha sofort zur Arbeit. Erst am Abend kehrte er nach Hause zurück und ließ Sweta wissen: »Ich habe mir zwei Wochen Urlaub genommen. Morgen fahren wir nach Koktebel. Wo ist meine Taschenlampe? Und mein Rucksack?«

Sweta griff genussvoll nach einem der Teller mit gewelltem Rand. Dann nach einem zweiten. Ein Glück, dass die Kinder heute bei den Großeltern waren. Da konnte man sich so etwas erlauben.

»Was geht denn bei Ihnen vor? Ist bei Ihnen ein Schrank umgefallen?«, war Madam Swanskajas interessierte Stimme aus dem Flur zu hören.

Natürlich half Sweta ihm, seinen Rucksack zu packen, denn er wusste nie, wo seine Sachen waren. Nicht einmal daran, wohin er die Schnorchelmaske gesteckt hatte, konnte er sich erinnern. Von der Windjacke gar nicht zu reden.

Aljoscha wurde allmählich klar, dass er unüberlegt gehandelt hatte, denn nun würde er an »unserem Tag« nicht zu Hause sein, und das war überhaupt nicht schön.

»Swetka, sei bitte nicht böse. Wir haben alles durchgerechnet, es geht nicht anders. Schließlich muss es für uns drei passen. Schurik hat die zwei Wochen kaum herausholen können. – Soll er seinen Urlaub jetzt etwa wieder rückgängig machen? Hör, Swetka, was soll ich den Jungs denn sagen?«

Sie versöhnten sich mehr oder weniger. Am nächsten Tag fuhr die »Kleopatra« natürlich noch nicht ab, denn man musste jede Menge Formulare ausfüllen. Sie stach einen Tag später in See und auch dann erst in der zweiten Tageshälfte. Nach Koktebel würden sie ohnehin nicht fahren können, weil der Kurs nur bis Kap Sarytsch bestätigt worden war. Aber das reichte. Auch dort war es schön. Sie wollten ein bisschen tauchen.

Kapitel 24

Und wie sie tauchten! Es war eine herrliche Gegend! Aljoscha ärgerte sich ein wenig darüber, dass Stepan nirgends festmachen wollte. Sie mussten ihre Ankunft am Grenzübergang registrieren lassen, um möglichst rasch weiterfahren zu können. Schließlich legten sie an, Stepan nahm einen Ordner mit Dokumenten, verschwand für ein, zwei Stunden und kehrte dann mit einem zufriedenen Lächeln zurück. »Habt ihr aufgetankt? In anderthalb Stunden geht's weiter!«

Anscheinend kannte er irgendeine Grenzerparole, denn anders war die Schnelligkeit ihrer Abfertigung nicht zu erklären. Aljoscha bekam keine Gelegenheit, sich Jewpatoria anzusehen – und Sewastopol schon gar nicht. Dort ging er nicht einmal ans Ufer, wenn man den Anlegeplatz in der Kamysch-Bucht nicht mitrechnete. Doch sobald Balaklawa ins Blickfeld rückte, verzieh Aljoscha dem Kapitän seine Eile. Stepan kannte diese Gegend offenbar und wusste, was er tat.

Sie fuhren weiter, und der Anblick wurde immer verblüffender: Rosa und lila Felsen türmten sich über dem dunklen Wasser. Dann folgten noch höhere Felsen, die sich in der Tiefe spiegelten. Stepan betrachtete Aljoscha mit der Miene eines großzügigen Gastgebers: Fühl dich wie zu Hause.

»He, ich hab Lust auf Fischsuppe!«, rief Schurik mit einem Zwinkern.

Sie gingen vor Anker. Die »Kleopatra« stand gleichsam in der Luft – in dem unglaublich klaren Wasser, das unterhalb der Felsen von grüner Dunkelheit verschlungen wurde. Aljoscha legte Maske und Flossen an. Er packte die Gummizugharpune, die er schon im Winter liebevoll angefertigt hatte, biss auf das Mundstück und sprang ins Wasser.

In den folgenden drei Tagen fühlte er sich wie im Paradies und versuchte, so selten wie möglich an die Oberfläche zurückzukehren.

Sie lichteten früher Anker als geplant. Irgendwie gefiel Stepan der Dunst bei Sonnenuntergang nicht, und er beschloss, diese Nacht nicht in der Bucht zu verbringen. Sie wären ohnehin in der Morgendämmerung nach Sewastopol gefahren, aber es war besser, sofort aufzubrechen. Wir schaffen es vor dem Unwetter, wenn wir nicht rumtrödeln. Der Sturm begann vor Tagesanbruch. Sie mussten in der Dunkelheit die Segel wechseln, und Aljoscha riss sich die Hände an der Takelage auf. Die »Kleopatra« segelte vor dem Wind und wurde heftig hin und her geworfen. Stepan schrie etwas durch die spritzende Gischt hindurch, aber Aljoscha konnte ihn nicht verstehen. Dann erwischte ihn der Giekbaum und fegte ihn wie ein Kätzchen in die Wellen.

Benommen tauchte er auf. Immerhin konnte er klar genug denken, um einzusehen, dass die »Kleopatra« mit ihren Sturmsegeln nicht gegen einen solchen Wind ankam. Die anderen würden nicht wenden und ihn aus dem Wasser ziehen können. Er streifte sich die Shorts vom Leib. Es waren abgeschnittene Jeans, die sich sofort voll sogen. Das Matrosenhemd behielt er an. Das Wasser war nicht allzu eisig, aber trotzdem …

Er wurde auf eine Welle gehoben und blickte sich um. Auf welcher Seite war das Ufer? Aus der Schwärze zur Linken funkelten zwei weiße Lichter. Dorthin schwamm Aljoscha. Wie weit das Ufer entfernt war, ließ sich in der Finsternis nicht erkennen. Aber er war ein vorzüglicher Schwimmer und brauchte nicht die Nerven zu verlieren.

Als er bereits die Brandung hörte, packte ihn plötzlich ein Krampf. Es war ekelhaft: beide Waden. Wenn auch seine Schenkel erfasst wurden ... Aljoscha blieb nichts anderes übrig, als nur mit den Armen zu rudern. Die Lichter konnte er nicht mehr sehen. Wahrscheinlich wurden sie von der Uferböschung verdeckt. Das Einzige, was er erkennen konnte, waren trübe schimmernde Wellenkämme. Er schwamm dorthin, wo sie am niedrigsten zu sein schienen. Eine abflutende Welle warf ihn zurück. Noch einmal. Und noch einmal. Er spürte, wie eine dumpfe Müdigkeit in ihm aufstieg. Aber er durfte jetzt nicht aufgeben, sondern musste sich ans Ufer vorkämpfen. Doch er wurde wieder und wieder zurückgeworfen.

Die Kräfte verließen Aljoscha jetzt rasch. Der Schmerz in seinen Beinen wurde unerträglich, und orangene Flecke tanzten ihm vor den Augen. Erst als er keine Kraft mehr hatte, sich mit den Armen über Wasser zu halten, schleuderte ihn die Brandung ans Ufer. Eine Welle warf ihn flach wie eine Scholle auf die Steine. Aljoscha krümmte sich auf den glitschigen Steinen. Er versuchte, zum Land hin zu kriechen. Um den Krampf zu überwinden, bog er seine Fußspitzen abwechselnd zum Körper. Dann verlor er das Bewusstsein.

Als er wieder zur Besinnung kam, waren die Krämpfe schon verebbt. Er verspürte nur noch Schmerzen in den Knien und an der Brust, mit der er aufs Ufer geschlagen

war. Erstaunt bemerkte Aljoscha, dass er schluchzte. Er ließ seinen Tränen eine Zeit lang freien Lauf. Schließlich ermahnte er sich, seine Energie zu sammeln und aufzustehen.
Beim ersten Versuch gelang es nicht, und er sackte wieder in sich zusammen. Aljoscha sog die feuchte Luft durch die Zähne und rappelte sich erneut auf. Er taumelte unsicher, doch er blieb auf den Beinen.
Später wusste er nicht, wie lange es gedauert hatte, bis er die in der Dunkelheit dahinhüpfenden Lichter entdeckt und laut geschrien hatte. Er sah, dass mehrere Personen auf ihn zu liefen. Sie richteten ihre Taschenlampen auf ihn. Es konnten nur Grenzer sein, aber das war ihm gleichgültig.
Auf der Wache zogen sie ihm das zerrissene Matrosentrikot aus, rieben die Schürfwunde auf seiner Brust mit Jod und seine zerschundenen Knie mit Salbe ein. Dann wickelten sie ihn in eine blaue Flanelldecke und reichten ihm ein Gläschen Wodka und dann sofort noch eines.
»Ostanenko, stell den Teekessel auf!«
Sie servierten ihm heißen Tee und schnitten ihm ein Stück Wurst und eine Scheibe Brot ab. Aljoscha glaubte, nicht essen zu können, doch zu seiner Verwunderung verschlang er das Stück Wurst so rasch, dass Ostanenko ihm noch eines abschnitt.
»Kau nur, armer Kerl!«
Der Chef der Wache befragte Aljoscha nur kurz. Er begriff sofort, was vorgefallen war, und rief die Grenzstation in Sewastopol an.
»Ja, er ist über Bord gegangen. ›Kleopatra‹, Jachtclub von Odessa ... Ja, wir liefern ihn am Morgen ab. Name: Petrow. Nein, keine ernsten Verletzungen, nur ein bisschen angeschrammt. Setzt sich am Morgen in Bewegung.« Er drehte

sich zu Aljoscha um, lächelte ihm gutmütig zu und erklärte: »Deinen Leuten wird mitgeteilt, dass du unversehrt bist. Morgen kriegen sie dich gesund und munter wieder. Schlaf erst mal. Zibuljak, sieh zu, dass du ein paar Sachen für ihn findest, wenigstens eine Hose. Sogar seine Badehose ist zerrissen.«

Nachdem sie in Odessa angelegt hatten und in die Stadt hinaufgestiegen waren, verabschiedeten sich die Seefahrer voneinander.

»Hör mal, beschreib deiner Frau die Geschichte lieber nicht zu genau. Sonst wird sie beim nächsten Mal entweder verrückt vor Angst, oder sie macht dir eine Szene«, riet Stepan. »Das war vielleicht eine Taufe für dich! Jetzt bist du abgehärtet.«

Sweta war noch nicht von der Arbeit zurückgekehrt, und Aljoscha breitete, um sich einzuschmeicheln, sämtliche Steine und Muscheln, die er den Kindern mitgebracht hatte, auf dem Tisch aus. Auch die Kinder waren nicht zu Hause und hatten Fedossei mit auf die Datscha genommen. In den Zimmern herrschte eine ungewohnte Stille.

Nun wird alles anders, dachte Aljoscha. Der jahrelange Kampf um ein besseres Leben hatte den eigentlichen Sinn des Lebens verschüttet. Aber jetzt sollte alles leichter werden.

Von der Treppe her waren fröhliche Stimmen zu hören. Sweta und Petrik kamen gemeinsam herauf.

»Aha, der Seefahrer! Segelt zurück ins heimische Ithaka, aber da findet er keinen einzigen Freier, und kein Bogen ist gestrafft!«

Aljoscha trat auf Sweta zu, doch er zögerte, als wage er sie nicht zu umarmen. »Bestrafe mich nicht, Gebieterin, ich werde dir treu ergeben dienen!«

Die Gebieterin versprach, dieses Versprechen nicht zu vergessen. Immerhin ließ sie zu, dass er ihr die Hand küsste, und legte das Geschirr klappernd auf den Tisch. Petrik griff in seine Aktentasche und holte die Goldimperiale hervor. »Die bin ich euch schuldig.«
»Was soll das, Petrik, hast du sie damals etwa doch nicht gebraucht?«
»Ohne sie würde ich jetzt sonstwo sitzen. Und weißt du, wie viele Jahre?«
»Woher sind die denn?«
»Na ja, vielleicht sind es nicht dieselben, aber jedenfalls sind es auch keine Geldscheine. Habe ich in all der Zeit etwa nicht genug verdient, um sie zu kaufen? Ihr habt mich nämlich auf eine Idee gebracht! Bis dahin hatte ich nicht ernsthaft nachgedacht und nur mit Geldscheinen hantiert. Aber es gibt Leute, die ernsthaft nachdenken. Deshalb will ich euch nicht einfach nur Bargeld zurückgeben. Was ist denn, wenn man mit den Scheinen morgen wieder nur den Boden aufwischen kann? Also Kinder, ich danke euch von ganzem Herzen. Ihr habt mich damals rausgeboxt.«
Sie schoben die Goldmünzen erneut unter die Fensterbank. Wer weiß, wann wieder finstere Zeiten kommen.

*

Aljoscha beschloss, die Kinder taufen zu lassen. »Bist du vom Mond gefallen?«, fragte ihn Sweta, als er ihr seine Absicht mitteilte.
»Wieso? Das sind schließlich meine Kinder, und warum kann ich denn nicht …«
»Deine, deine! Aljoscha, über dieses Thema musst du mit deiner Mutter sprechen.«

»Und warum nicht mit dir?«
»Meine Meinung ist nebensächlich, weil ich selbst nicht getauft bin.«
Anna schmunzelte, als sie von Aljoschas Vorhaben erfuhr. »Aljoschenka, hast du etwa gedacht, ich würde warten, bis du zur Vernunft kommst? Sweta ist die Klügste von uns. Sie hat es geahnt, und du bist wirklich vom Mond gefallen ...« Sie nahm zwei silberne Kreuze aus einem Schächtelchen. »Das gehört der Gottesdienerin Katharina und das dem Gottesdiener Pawel. In der Schule konnten sie natürlich nicht getragen werden, da hätte man auf die Kinder eingehackt. Und mit den beiden regelmäßig in die Kirche zu gehen ist sinnlos, wie ich an dir gesehen habe. Vorläufig wollen sie es noch nicht von sich aus.«
»Und wie ist es mit dem heiligen Abendmahl?«
»Sie haben es zuletzt vor Pfingsten empfangen. – Bist du jetzt zufrieden? Für sie ist das ein seltener Feiertag, und er soll in naher Zukunft auch selten bleiben. Überlass am besten mir die Sache. Es gibt gewöhnliche Gottesdienste, deren Besucher nicht so genau registriert werden. In den Sommerferien ist das Risiko am geringsten. Es ist ein Geheimnis, das sie nur mit ihrer Großmutter teilen.«
Katka und Paschka konnten also durchaus Geheimnisse bewahren. Auch vor ihrem eigenen Vater. Das war richtig so, er hatte es nicht anders verdient.
»Aber wenn es für sie nicht ernst wird?«
»Für dich muss es also ernst geworden sein. Lass den Kindern Zeit. Ach, ich kenne diese Neubekehrten. Am liebsten würden sie alle mit dem Stock ins Paradies jagen! Aljoscha, du magst ja der festen Überzeugung sein, die Kinder zum Glauben führen zu können, aber in Wirklichkeit tust du das Gegenteil. In unserer Zeit wird genug Druck auf alle ausgeübt, sogar auf die Kinder. Auch heute

streicht man ihnen in der Schule nicht über den Kopf, wenn herauskommt, dass sie überzeugte Christen sind. Sie müssten einen sehr festen Glauben haben, um standzuhalten. Überfordere sie nicht. Der Herr weiß selbst, wann die Zeit gekommen ist. Denk lieber erst einmal an dich. In der Uspenski-Kathedrale ist ein sehr guter Priester.«

Vater Wladimir war tatsächlich ein sehr guter Priester. Aber Aljoscha machte einiges durch, bis er zu ihm vordrang. In seiner Kindheit hatte er gelernt, wie man eine Kirche betritt, wie man sich bekreuzigt und Kerzen aufstellt. Aber nun zischten ihn gleich zwei Weibsbilder an: »Hier wird nicht spazieren gegangen! Bleib stehen, wo du bist!«

Also blieb er stehen, wo er war. Daraufhin zischte eine dritte: »Weg vom Durchgang!« Dann fuhr sie ein Mädchen an: »In die Kirche kommt man nicht ohne Kopftuch!«

Seine Mutter hatte, wenn er sich nicht täuschte, beim Kirchgang nie ein Kopftuch getragen, sondern einen Hut. Aber seitdem war viel Zeit verstrichen. Vielleicht hatten sich die Regeln geändert, und er wusste nicht Bescheid?

Als Aljoscha ihn fragte, lachte Vater Wladimir: »Ich weiß, ich weiß! Ich werde auch manchmal ungeduldig! Es gibt Leute, die sogar mich belehren wollen! Da muss man aufpassen, sonst treten bald sie anstelle des Väterchens an den Altar. Aber man muss bedenken, was sie in dieser Kirche alles durchgemacht haben. Schließlich sind sie alt und erinnern sich an die unterschiedlichsten Zeiten. Da kommt zum Beispiel ein Haufen junger Burschen, um während des Gottesdienstes zu pfeifen und zu miauen – eine Aktion, die der Komsomol befohlen hat. Sogar Prügeleien zetteln sie an. Aber der Priester kann die Liturgie nicht unterbrechen. Außerdem hat keiner das Recht, sie aus der Kirche zu jagen. Die Frauen sind da wie ein Schutztrupp.«

»Und die Männer? Gibt es denn keinen, der die Rowdys kurzerhand rauswirft?«

»Solche Männer sind in den meisten Fällen am Betreten der Kirche gehindert und weggeschickt worden. Warum besuchen nach deiner Meinung nun wohl mehr Frauen die Kirche? Sind die Männer etwa nicht zum Glauben fähig? Sie sind durchaus dazu fähig, aber einem Mann fällt es schwerer als einer Frau, Spott zu ertragen. Solltest du in Zukunft übrigens Zeuge eines solchen Vorfalls werden, so rate ich dir nicht, dich einzumischen. Du hast vorläufig nur die Aufgabe, dich um dich selbst zu kümmern.«

Der Priester klang fast wie Aljoschas Mutter, und seine Worten fielen nur zum Teil auf fruchtbaren Boden.

Taranteln zu fangen ist eine aufregende Sache. Man braucht nur klebriges Wachs, am besten aus gekautem Wabenhonig. Außer dem Wachs benötigt man nur noch einen kräftigen Faden. Die Tarantel, erschreckend und behaart, krallt sich ganz fest in die Wachskugel, und dann braucht man sie nur noch herauszuziehen. Sie kann nicht mehr entkommen.

In den städtischen Parks gibt es natürlich keine Taranteln. Man findet sie außerhalb der Stadt, bei Lusanowka. Da gibt's Stellen – schwindelig wird einem. Und Paschka durfte mit auf die Expedition.

Gemeinsam gingen sie los. So weit hatte sich Paschka noch nie von zu Hause entfernt, aber mit Fedka hätte er sich bis ans Ende der Welt aufgemacht! Dieses Weltende war keiner Gegend ähnlich, die Paschka je gesehen hatte. Und es roch auch anders. Der Geruch der heißen Steppe

war Paschka nicht vertraut, und er überwältigte ihn sofort.
»Guck mal, Paschka, das ist Thymian.« Ljodik riss ein duftendes Sträußchen ab. »Steck ihn dir unters Hemd – er bringt Glück. Auch wenn er ausgetrocknet ist, kannst du ihn noch hundert Jahre behalten.«
Paschka schob sich die warmen Stängel genussvoll unters Hemd, das, genau wie sein Bauch, sofort nach Thymian zu riechen begann. Er würde Mama den Strauß mitbringen.
»He-e!«, ertönte Fedkas Stimme. »Seht mal, was wir hi-ier haben!«
Paschka war der kleinste der Gruppe und lief nicht so schnell wie die anderen. Als die Granate explodierte, war er weiter als die Übrigen von ihr entfernt. Er wurde nur von der Explosionswelle erfasst und in einen Dornenstrauch geschleudert.

Professor Bytschenko zog die Dornen und Zweige Stück für Stück aus Paschkas Körper heraus. Die Verletzung am Auge sei nicht so schlimm, meinte er. Man brauche nur die Braue und das Lid zu nähen, das Auge sei unversehrt. Er werde sich bemühen, keine Narben im Gesicht zu hinterlassen.
Ljodik würde wieder gehen können, vielleicht sogar ohne Stock. Seine Hand war jedoch abgerissen worden und ließ sich nicht wieder annähen. Aber von Fedka war nichts übrig geblieben.
Sweta saß in der Grünfläche vor dem Gebäude und wartete. Der Professor hatte sie aus dem Operationssaal geschickt. Nach zwei Stunden kam Bytschenko zu ihr heraus. An seinem Lächeln erkannte Sweta, dass alles gut gegangen war.
»Zwei Wochen Ruhe, Ruhe und nochmals Ruhe. Ich gebe

Ihnen frei, setzen Sie sich an sein Bett. Mit Ihnen ist jetzt sowieso nichts Vernünftiges anzufangen. Nehmen Sie ihn schon heute mit, ich stelle Ihnen ein Auto zur Verfügung. Wenn etwas ist, rufen Sie mich an, aber ich bin sicher, dass es nicht nötig sein wird. Und ich möchte nie wieder im Leben solche Hände sehen!«
Sweta betrachtete ihre Finger. Sie zitterten noch immer schändlich. Bei ihr! Einer Operationsschwester!
»Na, na, Kindchen.«
Bytschenko berührte beruhigend ihre Schulter. Am liebsten hätte sie seine Hand geküsst, aber natürlich tat sie das nicht.

Es verging kein Jahr, ohne dass es in der Umgebung der Stadt zu solchen Vorfällen kam. Niemand wusste, wie viele scharfe Minen und Granaten dort noch herumlagen. Schließlich konnte man nicht jede Schlucht, jedes kleine Steppental und jede ungenutzte ebene Fläche absuchen. Jakow zweigte sogar von den Mathematikstunden wertvolle Minuten ab, um den Kindern einzuschärfen: Wenn ihr einen Metallgegenstand seht, fasst ihn nicht an, geht nicht auf ihn zu. Vielleicht wartet er seit dem Krieg auf euch. Macht ihm nicht die Freude. Merkt euch die Stelle, und sagt einem Erwachsenen Bescheid.
Die Kinder saßen mit einsichtiger Miene da. Aber diese Einsicht bewahrten sie sich nur bis zur nächsten Schrottsammlung. Das wusste Jakow.
Er schaute sie an und dachte, dass er den Halunken, der sich die Kampagne zum Sammeln von Altmetall ausgedacht hatte, mit Freuden erschießen würde. Und zwar persönlich. In Taschkent durfte nach Belieben gesammelt werden, aber wie konnte man hier, wo der Boden mit allen möglichen Blindgängern gespickt war, Kinder auf die

Suche nach Eisenstücken ausschicken! Doch genau das geschah jedes Jahr von neuem. Auch das war eine Schulaktion.

Die ganze Sippe verwöhnte Paschka. Wie ein kleiner König lag er im Bett, natürlich bei Großmutter und Großvater in der Theatergasse. Dort gab es eine Badewanne und allen übrigen Komfort. Wenn die Kinder erkrankten, wurden sie immer dorthin geschickt.

Sweta wich nicht von Paschkas Seite, von den Großeltern gar nicht zu reden. Vorerst hatten sie ihm nichts über Fedka und Ljodik mitgeteilt. Er konnte jetzt keine weiteren Erschütterungen gebrauchen.

Also lag er da, streichelte Fedossei und überzeugte sich immer wieder, dass niemand den wie durch ein Wunder unversehrt gebliebenen Thymianstrauß weggeworfen hatte. Doch der Thymian, schon ein wenig verwelkt, lag auf dem Tischchen, das Pawel neben das Bett gestellt hatte.

Als Paschka sein Kreuz umbinden wollte, band Großmutter ihm das Kreuz um. In jenen Tagen wurde Paschka nichts verweigert. Und auch Katka, die sonst ungemein bissig sein konnte, erhob keinen Widerspruch.

Aber Paschka selbst fühlte sich weniger wie ein König denn wie ein Pirat. Er hatte nämlich eine schicke Binde über dem Auge. Und Piraten besaßen Schätze – viel wunderbarere als alle Könige!

Onkel Mischa brachte ihm einen Fotoapparat der Marke »Smena« mit. Jedes Hobby war besser als das Fangen von Taranteln, wenn einem Kind dabei solche Dinge zustoßen konnten. Und Onkel Petrik schenkte ihm ein Fahrrad der Marke »Orljonok«: Soll er über Asphalt fahren; das ist weniger gefährlich, als sich in der Steppe herumzutreiben.

All dies bewies nach Paschkas Meinung, dass der Thymian ihm unerhörtes Glück beschert hatte.
Aber als er das Bett verlassen konnte und erfuhr, was geschehen war, warf er den Thymian fort. Ohne seine Eltern um Erlaubnis zu bitten, brachte er Ljodik den Fotoapparat. Ihm auch das Fahrrad zu schenken hatte keinen Sinn, denn Ljodik würde wegen einer Rückgratverletzung noch lange auf einem Brett liegen müssen. Den Geruch von Thymian konnte Paschka viele Jahre lang nicht mehr ausstehen.
Sweta musterte sein Gesicht immer wieder: Bleiben Narben zurück oder nicht? Sein Augenlid beunruhigte sie besonders. Aber Professor Bytschenko hatte nicht übertrieben. Paschka blieb ein hübscher Junge mit glatter Haut und klaren Augen. Nur an der Augenbraue sah man eine ganz kleine Kerbe. Aber einem Mann verdarb sie das Aussehen nicht.

*

Aljoscha befolgte den Rat seiner Mutter und mischte sich nicht in die religiöse Erziehung der Kinder ein. Sie waren ja noch jung. Aber zumindest Sweta mit ihren sechsunddreißig Jahren müsste doch eigentlich begreifen ...
»Aljoschka, ich weiß: In meinem Alter wird es Zeit, an die Seele zu denken.«
»Genau.«
»Aber erlaubst du mir bitte, selbst daran zu denken? Oder meinst du, ich brauche nur zu tun, was du sagst, um gläubig zu werden?«
»Du weißt eben nicht, wie oft Menschen getauft werden und danach zum Glauben finden.«
»Gibt es nicht auch solche, die nicht zum Glauben gefun-

den haben? Und ihr ganzes Leben sündig geblieben sind? Wirklich, Aljoschka, lass die Seele in Ruhe. Du sagst, du hättest eine Art Erleuchtung gehabt. Ich aber nicht!«

»Glaubst du mir denn?«

»Ich glaube dir. Aber du möchtest doch, dass ich an Gott glaube? Oder reicht es in der orthodoxen Kirche, an den Mann zu glauben, damit er im Namen Gottes orakeln kann?«

»Du verdrehst aber auch alles!«

»Aljoschka, fang mir nicht mit Logik an. Dann schnappst du immer über. Wenn Tante Anna über solche Dinge spricht, ist das was anderes. Aber du bist noch feucht hinter den Ohren.«

Zu Aljoschas Verwunderung unterstützte seine Mutter Sweta auch in diesem Punkt, obwohl sie ihr ganzes Leben lang gläubig gewesen war.

»Aljoscha, du leidest unter dem Eifer des Neubekehrten. Bedräng Sweta nicht. Sie ist ein prächtiger, lauterer Mensch. Übrigens wird sie, auch wenn sie sich zum Glauben bekennt, keine Betschwester werden.«

»Ist das an meine Adresse gerichtet?«

»Aljoschka, mein Aljoschka! Mein Kleiner! Ich weiß doch, dass du ein guter Mensch bist.«

Aljoscha musste häufig geschäftlich nach Moskau reisen, was ihm sehr zupass kam. Dort konnte man sich nämlich orthodoxe Literatur beschaffen und sie mit nach Odessa nehmen. Entsetzlich, wie rar diese Literatur war. Nicht einmal die Evangelien konnte man ergattern. In der Bibliothek brauchte man eine Sondergenehmigung, um sie einsehen zu können, und solch eine Genehmigung bekam nur, wer nachwies, dass er die Lektüre für eine wissenschaftliche Arbeit benötigte. Das heißt für eine atheistische. Die Synodalausgaben erschienen nur in kleiner Auflage und wurden durch die Priester verteilt – einzeln und in aller Stille. Mittlerweile hatte Aljoscha neue Bekanntschaften geschlossen – mit Rechtgläubigen, die fast alle jünger waren als er. Sie waren keine Romantiker, jagten nicht hinter Pullovern mit Rentiermustern her, Wanderungen konnten sie nicht ausstehen, und wenn sie die Stadt hinter sich ließen, unternahmen sie Expeditionen mit Geologen oder Archäologen und widmeten sich realen Dingen. Und wie viel sie wussten! Manche hatten keine eigenen Bücher, sondern liehen sich die Texte untereinander. Anna und Pawel besaßen noch eine vollständige Bibel aus alten Zeiten. Aber sie weigerten sich, das Buch aus dem Haus zu geben.

»Heute herrscht eine neue Mode unter der Intelligenzija: Man kann Bücher stehlen, ohne dass es für Diebstahl gehalten wird. Sogar eine neue Bezeichnung hat man sich ausgedacht: sich etwas zulegen. Und dann kriegst du deine Bücher nicht zurück. Soll ich meine eigenen Enkel der Bibel berauben? Und deine Mutter liest sie auch fast jeden Tag. Schlag dir das aus dem Kopf, Alexei.«

Pawel sagte dies mit sehr entschiedener Stimme. Es war sinnlos, sich mit ihm zu streiten, zumal er Recht hatte.

»Aber fotografieren lassen darf ich sie? Seite um Seite?«

»In Ordnung, wenn du dich beeilst.«

Wowa, einer von Aljoschas neuen Bekannten, war Berufsfotograf. Er arbeitete nicht nur in einem Atelier in der Deribassowskaja, sondern auch für die Untergrundfirma »Raus aus dem Sarg, Augen auf«. Im Sommer fuhren die Fotografen durch die umliegenden Dörfer. Viele Dorfbewohner wünschten sich Fotoporträts ihrer Verwandten, um sie eingerahmt an die Wand zu hängen. Doch häufig gab es nur ein einziges Bild von nicht allzu guter Qualität.

Beispielsweise ein Passfoto, das schon vor dem Krieg entstanden war. Der Mann war im Krieg gefallen, und man hatte nur dieses vergilbende, drei mal vier Zentimeter große Andenken an ihn. Aber das Bild konnte erneut fotografiert, vergrößert, retuschiert und sogar koloriert werden, bevor man es einrahmte.

Dafür bezahlten die Auftraggeber gern, zumal sie das Geld erst beim Empfang des Porträts auf den Tisch zu legen brauchten. Die »Handelsreisenden« schickten jeweils mehrere Filmrollen mit einer Liste der konkreten Aufträge zu jedem Bild nach Odessa: Augen blau, Anzug grau, Krawatte dunkelblau, ein Lächeln, Hochglanz, 20 mal 30 Zentimeter. Ein Auftrag hatte knapp gelautet: »Raus aus dem Sarg, Augen auf.« Denn der Betreffende war nur ein einziges Mal fotografiert worden, nämlich bei seiner Beerdigung. Nachdem man den Auftrag ausgeführt hatte, wurden die Worte zum Slogan und zum Namen des Unternehmens.

Wowa verdiente in der Firma nicht schlecht hinzu. Er hatte zu Hause eine eigene Trommel zum Trocknen und verwahrte die gesamte Ausrüstung in einer Kammer, die von der Küche abgetrennt war. Nun machte er sich daran, eine Fotoausgabe der gesamten Bibel herzustellen. Eine vierbändige natürlich – Fotopapier ist dick. Das Papier ließ er aus dem Atelier mitgehen, was er nicht für Diebstahl hielt. Denn sie alle wurden dort noch schlimmer ausgeraubt.

Pawel war von dem unermüdlichen Fotografieren, das bis weit nach Mitternacht dauerte, außerordentlich beeindruckt. Aljoscha blätterte die Seiten um und drückte sie jeweils mit einer Glasplatte flach, während Wowa sie ablichtete. Er benutzte für Luftaufnahmen vorgesehene Filme, die besonders feinkörnig, aber sehr schwer zu be-

schaffen waren. Anna kochte den Männern Tee und reichte ihnen als Zeichen ihrer Gunst auf Kristalltellerchen Quittenmarmelade.
Pawel ließ sich von der Leidenschaft der illegalen Drucker anstecken und brummte zustimmend. Er hatte zu Unrecht angenommen, dass diese jungen Leute nur die Beatles im Kopf hätten. Offenbar war er in die Nörgelei des Alters verfallen. Dabei leisteten sie erstaunliche Dinge ...
Er fühlte sich verjüngt und entkorkte sogar eine Flasche Cognac. Natürlich erst in der Morgendämmerung, als sie die Arbeit beendet hatten. Und er stieß sogar mit ihnen an. Vor dem weit geöffneten Fenster wogten die Zweige der Kastanien im Morgengrauen, und aus dem nahen Hafen waren Sirenen zu hören.

Kapitel 25

»Unser Tag« wurde nun nicht mehr in der Bucht, sondern auf Petriks Datscha gefeiert. Ja, Petrik hatte sich inzwischen ein Häuschen in einer feudalen Gegend, neben Arkadia, zugelegt und seine Freunde stolz zur Einzugsfeier eingeladen. Die Datscha sah von außen betrachtet nicht gerade wie der Louvre aus. Der Bretterzaun war zwar hoch, aber so schief, dass er nicht der geringsten Berührung standgehalten hätte. Anscheinend wusste Petrik, dass der Zaun nur von Gottvertrauen gestützt wurde, weshalb er sich nicht die Mühe gemacht hatte, ihn zu streichen. Und das Dach schien ebenfalls sein letztes Lebensjahr erreicht zu haben, denn die kreuz und quer über Bretter und Polyäthylen genagelte Dachpappe war bereits zerbröckelt. Kurz, eine typische Bruchbude.

Aber wer durch die Pforte trat, hätte vor Entzücken jubeln können: mit Ziegeln gerahmte Plattenwege, eine von Weinreben überwucherte Ziegelwand, an die sich die Pfeiler des äußeren Bretterzauns lehnten, dahinter ein Steinhäuschen mit breiter Veranda unter gleichmäßigen Schindeln und eine eigene Wasserversorgung – Petrik hatte extra einen Brunnen bohren lassen. Zur Datscha gehörte ein riesiges Grundstück voller Blumen und Kirschbäume, es gab einen Kinderspielplatz mit Schaukeln und einer Rutschbahn und einen Eisensteg, der direkt zum Meer führte. Das war ein Luxus, der die Grenzen des Anstands überschritt. Nur ein Schwimmbecken hätte noch gefehlt!

»Petrik, warum sieht die Datscha von außen so fürchterlich aus?«

»Ist Bescheidenheit denn nur für Mädchen eine Zier? Bei uns im Handel war einer, der sich ein Anwesen geschnappt hatte, das geradezu ein Palast war. Da fuhr der Gebietsstaatsanwalt vorbei und dachte sich: Wer kann im Kommunismus so leben? Mit welchen Mitteln des Volkes? Also schlug er Alarm. – Und nun ratet mal, wer die Datscha gekriegt hat?«

Die Erklärung leuchtete ein. Da Petriks Sommerbleibe sämtlichen Ansprüchen gerecht wurde, traf man sich von nun an hier. Was wollte Petrik jetzt noch in der Bucht, wenn jedes Jahr bei ihm ein neues Wickelkind erschien. Dann hätte er Ljaletschka mit der ganzen Schar zu Hause lassen müssen. So aber war alles bestens: Man kam mit den Kindern zu Petrik auf die Datscha, und die ganze Clique war vereint. Katharina führte den Befehl über das Kleinzeug: Mal wurde gebadet, mal fing man Kaulköpfe. Jedenfalls hatten die Erwachsenen ihre Ruhe.

»Wenn sie solche Schlingel wären wie wir in unserer Kindheit, könnte man sie niemals allein lassen!«, sagte Sweta lachend. Aber von oben konnte man die Kinder gut hören und sämtliche Stimmen unterscheiden: von Katkas tieferer bis hin zum feinen, fast mückenhaften, doch energischen Stimmchen des pummeligen Sjoma. Er war Ljaletschkas und Petriks Jüngster.

In diesem Jahr kam ihnen »unser Tag« besonders gelungen vor: Keiner hatte Probleme, und alle waren beisammen. Mischa strahlte verhalten, denn endlich war Tolik in Freiheit! Gewiss, Mischa hatte dabei nicht die erste Geige gespielt, denn Tolik besaß noch andere Freunde außer ihm. Aber es war geschafft! Tolik wurde zwar noch psychiatrisch betreut, doch er war nun wieder zu Hause. Ach, Kinder, wird es nicht Zeit, sich einen hinter die Binde zu gießen?

Andreika hatte allen einen Brief mit Grüßen geschickt. Das Leben sei nicht leicht, aber er sei glücklich. Dem Brief war ein Bändchen seiner im Selbstverlag veröffentlichten Verse beigelegt. Dort in Polen kannte man sich mit so etwas aus.

Schön, die Jugend war vorbei, und die Reife hatte ihnen all das beschert, was sie so mühsam angestrebt hatten: eine Familie, ein Dach über dem Kopf, ein erträgliches Leben und eine gebräunte Kleinkinderschar, die man kaum dazu bringen konnte, wieder aus dem Meer herauszukommen. War das wirklich alles? Darüber wollten sie jetzt lieber nicht nachdenken! Das Leben ist das Leben.

Vermutlich wird sich jetzt nicht mehr viel ändern, sinnierte Sweta. In der Kindheit vergeht die Zeit auf normale Art, aber dann beschleunigt sie sich, wer weiß, warum. Im Handumdrehen naht schon wieder ein neues Weihnachtsfest. Und kaum hast du das Geschirr abgewaschen und Katka neue Winterstiefel besorgt – fürchterlich, wie rasch ihre Füße wachsen! –, da kommt auch schon der Sommerurlaub. Überhaupt geschieht eigentlich nichts Wesentliches, und du hast nur Zeit, auf die Ereignisse jedes einzelnen Tages zu reagieren. Und im Grunde sind das gar keine Ereignisse, sondern es ist nur ein endloses Pingpongspiel. Aber wehe, wenn du einen einzigen Ball verfehlst!

Bei Petrik zeichnete sich schon ein Bäuchlein ab, und auch Sweta hatte im Frühjahr zwei Wochen lang heimlich fasten müssen, um noch in ihre Lieblingsjeans hineinzupassen, die Lena aus echtem Segeltuch für sie genäht hatte.

Als Einziger von ihnen hatte es bisher nur Slawa zur Weltberühmtheit gebracht. Da saß er, und man konnte ihn um ein Autogramm bitten! Mit abgepellter Nase und dem ihm eigenen Grinsen erinnerte er überhaupt nicht an eine Berühmtheit. Und er spielte sich nicht als musikalisches Genie auf. Jedenfalls hielt er sich nicht die Ohren zu, wenn sie ihre Lieblingslieder sangen. Alles war, wie es sein sollte: Sweta zerteilte die Tomaten, Ljaletschka reichte die kantigen Gläser herum, und Slawa entkorkte eine Flasche Weißwein. Er nörgelte: »Wann gehen wir Miesmuscheln holen?«
Diese Beschäftigung liebte er wie ein Kind. Und wie gut ihm die Muscheln schmeckten! Ein Mann aus Leningrad, aber nicht verwöhnt.

Manja und er hatten Sweta und Aljoscha immer wieder zugeredet, sie in Leningrad zu besuchen. Aber in diesem Jahr hatten sie nur eine Woche gleichzeitig Urlaub gehabt, weshalb Sweta allein gefahren war. Sie hatte ihr ganzes Leben lang davon geträumt, sich anzuschauen, wie die Brücken hochgezogen werden.
Sie war voller Emotionen zurückgekehrt und hatte übersprudelnd von ihren Erlebnissen berichtet: wie sie Slawa bei einem Konzert zugehört hatte; wie seltsam es war, dass es schöne Straßen ganz ohne Bäume gab; und wie man sich fühlte, wenn man neben der Peter-und-Pauls-Festung badet, während die Eremitage gegenüber zu schaukeln scheint!
Aljoscha freute sich: Wie schön seine Swetka war! Besonders wenn sie, so wie jetzt, leidenschaftlich erzählte und ihre Augen noch viel grüner zu sein schienen als sonst. Er musste sie häufiger auf Reisen schicken: zum Durchlüften. Jede Reise – jede! – würde ihr Leben bereichern. Er hatte gar

nicht gemerkt, dass sie in letzter Zeit wehmütig gewesen war. Erst jetzt, nach ihrer Rückkehr, wurde es ihm bewusst.
»Meinst du, dass Steine Radioaktivität enthalten können – jedenfalls ein wenig –, wenn man sie anwärmt?«, fragte sie plötzlich.
»Tja, das kommt darauf an. In kleiner Dosis strahlt jeder Kieselstein, wie alle Dinge auf der Welt. Aber das hängt nicht von der Erwärmung ab. Und es ist nicht das, was die Zeitungen normalerweise als Strahlung bezeichnen. Es ist ungefährlich.«
»Aber könnte es nützlich sein?«
»Swetka, heraus mit der Sprache. Worauf willst du hinaus?«
»Auf Folgendes.«
In Leningrad hatte sie eine ganz außergewöhnliche Frau kennen gelernt. Gut, das war bei Sweta nichts Neues, ihr kam fast alles auf der Welt außergewöhnlich vor. Aber diese Jewgenija Iwanowna war Biologin und hatte sich vor dem Krieg eine ganz erstaunliche Sache ausgedacht: einen Karneol zu erwärmen und damit kranke Stellen zu bestrahlen. Nicht aus nächster Nähe, sondern aus einer gewissen Entfernung. Auf diese Weise hatte sie in einem Militärlazarett Soldaten geheilt, und seither hatte sie vielen tausend weiteren Kranken geholfen. Sie sagte, dass alles von der Strahlung abhänge: Der Karneol habe die gleiche natürliche Radioaktivität wie ein Mensch. Er fördere die biochemischen Prozesse, sodass der Organismus selbst mit der Krankheit fertig werden könne, weil seine Heilungskräfte durch den Stein angeregt werden würden. Wenn Aljoscha ein Stück Karneol an einem Haartrockner anbringe, könne Sweta sofort einen Versuch machen. Sie habe ein Stück bei sich.
Es lag auf der Hand, dass Sweta von dieser Geschichte be-

geistert war, und Aljoscha wollte ihr lieber keine Vorhaltungen machen. Außerdem konnte ein Versuch keinen Schaden anrichten. Er schnitt einen Streifen Blattmessing zurecht und bog ihn zu einem kleinen Rohr.

»Gib mir dein Steinchen. Und wie weit soll es von der Düse entfernt sein?«

Sweta kramte sofort in Schulheften mit verklebten Umschlägen, um die Aufzeichnungen zu finden. Jewgenija Iwanowna hatte ihr sämtliche Unterlagen mitgegeben. Sie selbst war müde geworden und wollte sich nicht mehr mit dem Verfahren beschäftigen.

»Sie ist schon sehr alt, musst du wissen. Immer wieder hat sie dem Gesundheitsministerium die Methode vorgeschlagen, aber von dort war natürlich nur zu hören, das sei Pseudowissenschaft. Sie hat an alle möglichen Instanzen geschrieben und medizinische Abhandlungen beigefügt. Aber meistens hat man die Sache mies gemacht. Wie es bei uns Brauch ist.«

»Gut, Swetka. Aber verschone deinen Bytschenko erst einmal mit der Sache.«

»Was, bin ich etwa eine Quacksalberin? Zuerst führe ich Versuche durch und lege eine Statistik an. Vielleicht kommt ja tatsächlich nichts dabei heraus.«

Im tiefsten Innern aber war sie vom Gegenteil überzeugt. Grauhaarig, schlecht frisiert, mit krummem Rücken, blau geäderten Händen und eingefallenen Augen, blieb diese Frau, Jewgenija Iwanowna, gleichwohl ein beeindruckender Mensch – jemand, der von seiner Sache besessen war. Doch nun fehlte ihr die Kraft, und sie freute sich, ihr Werk in gute Hände legen zu können.

»Vielen Dank, Aljoschka. Schade, dass mir nichts wehtut.«

»Hüte deine Zunge. Sieh mal, wie man das Rohr wieder abnimmt.«

»Weißt du, ob Madam Swanskaja von ihrer Radikulitis geheilt ist?«
Sweta war Feuer und Flamme, keine Frage.

*

Petrik lag auf dem Bauch am Strand von Arkadia und drehte gemächlich am Transistorradio. Neben ihm plärrte ein Kind. Es wollte entweder ein Eis oder ein Stück Huhn. Eine vorübergehende Frau mit den Ausmaßen des Panzerkreuzers »Potemkin« trat auf Petriks Decke. Ein Ball wäre ihm ans Ohr geflogen, hätte er sich nicht den Transistor an die Ohrmuschel gepresst. Der treue Sony-Empfänger nahm den Schlag hin, winselte jedoch, weil sich die Sendereinstellung verschoben hatte. Petrik warf den Ball zurück und drehte zerstreut an dem Rädchen.
»Hier spricht Jerusalem. Die ›Stimme Israels‹. Sondermeldung.«
Der neben ihm liegende Mann mit dem verschossenen Panamahut bewegte sich jäh auf Petrik zu. »Was?!«
Die Augen des Mannes glänzten fieberhaft, und er neigte sich von der anderen Seite zu Petriks Transistorgerät hin. Sie hörten sich die gesamte Übertragung an, begannen, auf anderen Frequenzen zu suchen, fingen die BBC ein, hörten sich die dortige Nachricht ebenfalls an und suchten weiter. Sie verließen den Strand gemeinsam und schüttelten sich noch unter den Eindrücken.
Solche Eindrücke mussten geteilt werden, und deshalb saß Petrik am selben Abend in Borjas überfüllter Küche, noch bevor er sich mit irgendjemandem vernünftig bekannt gemacht hatte. Borja, der noch immer den Panamahut auf dem Kopf trug, goss Rotwein in sämtliche Gefäße,

und die Emotion ließ ihn einiges davon auf seine Sommerhose schütten.

»Lechaim!«

Die Ereignisse beflügelten Petrik und nahmen ihn ganz in Anspruch. In ihm erwachte das Blut eines alten siegreichen Volkes, und der sowjetische internationalistische Unsinn fiel ihm wie ein Schleier von den Augen. Ach, es war eine Zeit der Offenbarungen und des Entzückens: Gaza ... El Arisch ... Wo ist El Arisch auf der Karte? Der sowjetische Rundfunk leierte etwas von israelischer Aggression und entschiedenem Widerstand. Petrik war bedrückt: Hatten sie Tel Aviv wirklich erobert? Nein. So etwas denken sich die bei uns nur aus! Ein kleines, fast nur mit Uzis bewaffnetes Land besiegte die Feinde wie der biblische David. Und es war sein Land! Das Gelobte Land.

Die Freunde merkten, was in Petrik vorging. Sie hätten es auch kaum übersehen können. Zu Swetas Geburtstag brachte er eine Liste bedeutender Juden mit, um alle zu beeindrucken. Er erzählte Mischa vom Purim-Fest und wollte Lena beibringen, wie man »Hamanohren« backt. Mischa sollte seine neuen Freunde kennen lernen, und Petrik warf ihm vor, auszuweichen und nicht Hebräisch lernen zu wollen. Kurz, er machte zügig sämtliche Stadien der jüdischen Selbstfindung durch.

Ljaletschka war nicht allzu besorgt darüber. Petrik ließ sich eben leicht begeistern und besaß einen Überschuss an Energie. Sie wusste, dass der Trinkspruch »Nächstes Jahr in Jerusalem!« nichts anderes als ein Trinkspruch war, denn wer würde Petrik dort hinreisen lassen? Nach Jerusalem ... Also brauchte sie sich keine Gedanken zu machen. Sollte er sich doch seinen Launen hingeben. Fiel es ihr etwa schwer zu lernen, wie man Tsimmes kocht?

Auch Jakow lächelte nur, nahm jedoch an den Diskussionen nicht teil. Israel war für ihn trotz allem nichts anderes als der Mars. Das Einzige, was er in seiner Jugend aus der kommunistischen Lehre übernommen hatte, war das Prinzip, dass die Nationalität keine Rolle spiele. Alles Übrige lehnte er ab, doch daran hielt er fest. Sein ganzes Leben lang. Und er vermittelte diese Überzeugung auch den Kindern. Petrik wird diesen Anfall schon überwinden, dachte Jakow.

Ich werd euch was husten, dachte Petrik.

Ähnliches spielte sich in ganz Odessa und in der gesamten Sowjetunion ab. Für die Freunde war es ein sich wiederholender Prozess. Das Leben wollte sie erneut in unterschiedliche Richtungen führen. Und Petriks Verhalten ließ vermuten, dass dies nun endlich gelingen würde. Denn sie bekamen ihn in letzter Zeit kaum noch zu Gesicht. Er verkehrte nun in anderen Kreisen. Petrik entfernte sich von ihnen, und dagegen ließ sich nichts tun. Also viel Erfolg, alter Junge! Denn jeder hat sein eigenes Schicksal und seinen eigenen freien Willen.

Sweta und Aljoscha tranken bei den älteren Petrows Tee. Es war ein schwacher Tee, denn Pawel machte in den letzten Monaten das Herz zu schaffen. Sein fülliger gewordenes Gesicht hatte jedoch den Generalsausdruck behalten. Er unterrichtete nicht mehr an der Artillerie-Hochschule, sondern war nun ganz in den Ruhestand getreten und widmete seine gesamte Zeit Katka und Paschka. Die beiden verehrten ihn und waren bereit, für ihn durch dick und dünn zu gehen und sogar unregelmäßige Verben zu lernen. Nur musste der Großvater von Zeit zu Zeit seine Orden vor ihnen ausbreiten, darunter an erster Stelle den Georgsorden, und ihnen erneut erzählen, wie er, noch als Soldat in einem Strafbataillon, keinem Geringeren als

Schukow über den Mund gefahren war: Der Marschall sei nicht der einzige Ritter des Georgsordens, man habe noch nicht alle anderen umgebracht. Und wie Schukow ihn aus dem Strafbataillon geholt hatte und wie sie gemeinsam durch Europa gezogen waren und wie es dort ausgesehen hatte. Allerdings konnte es sich mit Russland nicht vergleichen, denn es besaß weder Festigkeit noch eine wirkliche Seele.

An jenem Abend waren die Kinder schon ins Bett geschickt worden, sodass nur noch die Erwachsenen im Esszimmer saßen.

»Papa, unser Petrik ist Zionist geworden. – Es ist nicht zu glauben!«

Pawel verzog keine Miene. »Wieso, das ist ganz normal. Wie ich höre, habt ihr keinen Kontakt mehr zu ihm? Jedenfalls nicht mehr so wie früher? Gut, besser spät als nie. Das mag euch eine Lehre für die Zukunft sein.«

Sweta betrachtete angelegentlich die Tischdecke. Sie schwieg, doch Pawel hielt es für nötig, auch das Ungesagte anzusprechen. »Lies nur ›Taras Bulba‹. Erinnerst du dich, Anetschka, wie wir das Buch als Gymnasiasten gelesen haben und wie du geweint hast? So, wie es damals war, ist es auch weiterhin, und so wird es bleiben. Für immer. Mach dir keine Illusionen, Sweta, für Nationalismus muss man oft teuer bezahlen. Ich weiß das, denn ich hab's am eigenen Leib erlebt.«

»Aber Pawlik, man kann doch …«, versuchte Anna sich einzumischen.

»Auf keinen Fall. Du bist ein Engel, Anetschka, genau wie früher. Deshalb hast du damals auch geweint. Aber Völker aus Engeln gibt es nicht. Also urteile nicht nach deinen eigenen Maßstäben.«

Da Anna merkte, dass Pawel sich aufzuregen begann,

brachte sie das Gespräch auf ein anderes Thema: Ein Lehrer von der Grekow-Kunsthochschule habe sich Paschkas Aquarelle angesehen und sie sehr gelobt.

Petrik wohnte fast gegenüber von seinen Eltern: dort, wo die Koblewskaja in die Soborka mündet und wo es noch Marmorstufen gab. Diese Wohnung hatte er sich ein Jahr nach der Währungsreform beschafft. Sie lag sehr praktisch, denn nun konnte er jeden Tag bei seinen Eltern vorbeikommen. Musja fiel es bereits schwer, auf den Markt zu gehen, und er ließ sich einen Einkaufszettel von ihr geben und besorgte alles mit dem Auto. Ljaletschka kümmerte sich mit Vergnügen um die zwei Haushalte und brachte es fertig, den Eindruck zu erwecken, dass die Befehlsgewalt weiterhin in Musjas Händen lag.

Bei seinen Eltern sah alles unverändert aus: ein Porträt seines Bruders Sjoma, um das ein schwarzer Trauerflor geschlungen war, die laut tickende Uhr mit den altmodischen Medaillons auf der Kommode, die rosa Waschbecken, die einer von Vaters Schülern ihnen geschenkt hatte, und die grüne Samttischdecke.

Musja ging in die Küche, um etwas auf den Tisch zu zaubern. Petrik erörterte friedlich mit seinem Vater, ob die Fußballer des »Tschernomorez« diesmal gegen Kiew verlieren würden. Später konnte sich Petrik nicht mehr daran erinnern, wie das Gespräch auf den ukrainischen Nachbarn Chomytschenko gekommen war, der gestern wieder einen über den Durst getrunken und sich mit der Pförtnerin geprügelt hatte. Und wie es ihm, Petrik, eingefallen war, von einer »ukraimlichen« Sauerei zu sprechen.

Jedenfalls brüllte Jakow ihn sofort an: »Das will ich nicht mehr hören!«

»Was denn?«, fragte Petrik verständnislos.

»Das Gerede von ukraimlichen oder kapkasischen oder jüdischen Sauereien will ich in meinem Haus nicht hören! Schon gar nicht von dir.«
Und das von seinem Vater, der ein großer Anekdotenerzähler war und über alle Völker und auch über die Juden Witze auf eine Art vortrug – noch dazu mit einem herrlichen Akzent –, dass sich alle kugelten. In den Anekdoten und Witzen konzentriert sich schließlich die Volksweisheit. Warum also darf man über solche Begriffe scherzen, während es tabu ist, ernsthaft über sie zu sprechen? Das heißt, die anderen dürfen sogar Pogrome veranstalten, während wir den Mund halten müssen?
»Sie haben uns den Deutschen ausgeliefert – und das soll in Ordnung sein? Die Parole ›Schlagt die Juden tot‹ haben sie im Blut. Da hast du dir wirklich schöne Schützlinge ausgesucht, Papa!«
Jakow holte Luft und donnerte: »Und was hast du im Blut, du großmäuliger Schwätzer? Du prahlst damit, Jude zu sein, und ich habe geschwiegen. Aber wie kannst du dich über die Ukrainer lustig machen? Gerade du! Betrachte dich mal im Spiegel, du Blödmann! Vielleicht wird dir dann klar, weshalb man dich nie als Judenfresse beschimpft hat.«
Petrik starrte ihn verwirrt an und verstand kein Wort. Aber Jakow war wütend und platzte jetzt mit allem heraus: mit dem Jahr 1933, dem Hunger und der Frau, die ihm auf der Eisenbahnböschung ein Lumpenbündel in die Hand gedrückt hatte: »Bitte nimm, Onkelchen, das ist mein Petrik!«
Jakow erzählte weiter, dass er das Bündel mitgenommen hatte, weil Petrik sonst im militärischen Sperrgebiet verhungert wäre. Denn von ganz oben war befohlen worden: Ukrainische Kinder sollen an der vertrockneten Mutter-

brust verrecken – für die Kollektivierung und die lichte Zukunft. Und dass sie, um die illegale Rettung zu verbergen, ihn, Petrik, als Manjas Bruder hatten eintragen lassen, sodass sie plötzlich Zwillinge besaßen. »Und wer war damals der oberste Kommunist in der Ukraine? Kaganowitsch, damit du es weißt! Und wer der höchste Soldat? Jakir – vergiss den Namen nicht! Wen sollte deine Mutter wohl für die Hungersnot verantwortlich machen? Sie hat einem Juden ihr kleines Kind anvertraut! Sicher, ihre Augen waren so stark vereitert, dass sie mich möglicherweise nicht so genau sehen konnte. Sie stand schon kurz vor dem Tod, das werde ich nie vergessen, und du hattest bereits blaue Lippen ... Musja und ich wollten es dir nie sagen, denn deine Nabelschnur war kaum ausgetrocknet, als du schon unser Kind warst! Und das bist du immer gewesen! Aber wir haben dich zu einem Trottel herangezogen und nicht ...«
Petrik konnte nicht länger zuhören. Er strauchelte zur Tür und drehte sich nicht wieder um. Beim Hinauslaufen hätte er fast seine erbleichende Mutter Musja angestoßen, die sich beide Hände an den Mund drückte.

Den Juden Petrik gab es also nicht mehr. Es hatte ihn nie gegeben. Aber Jakow hatte Recht, was die Judenfresse anging. Tatsächlich hatte man ihm dieses Schimpfwort nie an den Kopf geworfen, und er brauchte sich deshalb kein einziges Mal zu prügeln. Im Gegenteil, einige seiner neuen Bekannten behandelten ihn mit äußerstem Misstrauen. Er hatte gedacht, sie seien aus Sicherheitsgründen vorsichtig. Man öffnet einem neuen Bekannten nicht sofort die Seele, so wie die Zeiten sind ... Aber nun waren all seine neuen Kontakte hinfällig. Er war kein Jude und gehörte zu niemandem.

Es stimmt nicht, dass Ljaletschka ihn fast aus der Schlinge zog. Er wollte sich das Seil einfach nur anschauen und herausfinden, wie so etwas geknüpft wird. Doch dass sie ihm mit dem Handtuch ins Gesicht schlug und ihn anschrie, das stimmt. Bis er Schmerz verspürte und sah, dass Ljaletschka heulte und zitterte.

Es stimmt auch nicht, dass er nach diesem Vorfall fast ein halbes Jahr lang wegen eines Nervenzusammenbruchs behandelt wurde und Psychopharmaka schlucken musste. Ljaletschka hatte ihn geheilt. Mit dem Handtuch.

Am Morgen ging er, mit einem Gefühl der Benommenheit im Kopf zu seinem Vater, um sich zu entschuldigen. Eine halbe Stunde später tauchte auch die wachsame Ljaletschka bei seinem Vater auf, um sich zu überzeugen, dass alles in Ordnung war. Dann erst weinte sie sich hemmungslos in Musjas Armen aus.

Kapitel 26

Später, als Petrik seinen Humor zurückgewonnen hatte, lachte Mischa: »Petrik, du hast wegen dieser Geschichte schon damals zusammen mit Manetschka und mir gesessen. Im Keller und in den Katakomben. Also gräm dich nicht. Wir machen dich zum Juden ehrenhalber, wenn du willst!«

Außer Aljoscha und Sweta erfuhr niemand etwas. Borja rief noch mehrere Male an und gab es schließlich auf. Petriks ausweichendes Gefasel konnte man interpretieren, wie man wollte, zumal am Telefon. Was soll's, nicht jeder ist kühn genug, für die Rechte seines Volkes zu kämpfen.

Nur die feinfühlige Katka strich Petrik manchmal, wenn er nachdenklich dasaß, mit der Hand über die Wange und fragte: »Haben Sie vielleicht Zahnschmerzen, Onkel Petrik?«

Sweta führte zahlreiche Experimente mit ihrem Karneol durch. Die Ergebnisse waren nicht sonderlich überzeugend. Ja, Kratzer und Risse heilten, aber es ließ sich nicht nachweisen, dass der Karneol den Vorgang radikal beschleunigte. Katka brachte den Mumps rasch hinter sich, doch auch diese Genesung sprengte nicht den Rahmen des Üblichen. Kurz, es ereignete sich kein Wunder, das einen zweifelsfreien Beweis geliefert hätte. Man musste eine exakte Versuchsreihe durchführen.

Sie zog Aljoscha hinzu, und er schloss die elektrische

Kochplatte an einen Labortransformator an, damit die Platte ständig ein bisschen warm war. Auch Wowa spannte sie ein. Er besorgte ihr bei einem Geologen einen scheibenförmigen Karneol. Auf die eine Hälfte der Kochplatte wurde ein Ziegelstein gelegt, auf die andere der Karneol. Dann stellte Sweta auf jeden Stein eine Petrischale mit feuchten Samenkörnern. Welche würden rascher sprießen? Und es gelang, es gelang! Jeder Zweifel war ausgeschlossen! In dem Schälchen auf dem Karneol sprossen alle Körner ohne Ausnahme, während in der Schale auf dem Ziegelstein vorläufig nur eines auszuschlagen begann. Das war der Beweis!

Sie triumphierte den ganzen Tag hindurch, bis Aljoscha von der Arbeit heimkam und ihre Schlussfolgerung widerlegte. »Was soll das denn beweisen? Dass dein Ziegelstein eine geringere Wärmeleitfähigkeit hat – mehr nicht. Der Karneol hat eine größere, denn er ist ein Monokristall. Die Körner auf dem Ziegelstein sind entsprechend kälter und sprießen später. Wenn du unbedingt willst, säge ich dir eine Scheibe von dem Ziegel ab, die dünner ist als der Karneol. Dann kannst du noch einen Versuch machen.«

Zu Swetas großem Kummer zeigte sich, dass er Recht hatte: Nun sprossen nämlich die Körner auf dem Ziegel schneller!

Aljoscha gab sich Mühe, sie zu trösten. »Experimente gehen selten so aus wie erwartet. Vorausgesetzt natürlich, man ist ehrlich. Außerdem ist Medizin keine Wissenschaft.«

»Wieso denn nicht?«

»Weil man keine genau identischen Experimente durchführen kann. Jeder Patient ist anders, und jeder Arzt auch. Zum Beispiel hat Aspirin nicht bei allen die gleiche Wirkung. Na gut, Medizin ist vielleicht eine Wissenschaft, aber keine exakte. Also pfeif auf die Exaktheit. Es könnte sein, dass die Subjektivität der entscheidende Faktor ist.«

»Das hört sich nach Oma Gruscha an.«

»Apropos Oma Gruscha. Ich wollte dich schon lange fragen, ob sie dir irgendwelche Zauberkunststücke beigebracht hat.«

»Mit Zauberei hatte das nichts zu tun. Heute weiß ich, dass es dabei um etwas Psychologie, etwas Quacksalberei und sehr viel Lebenserfahrung ging.«

»Und hast du in der Kugel wirklich etwas gesehen, oder war das ein Trick?«

»Bei der Kugel weiß ich selber nicht, was los war. Irgendetwas schwebte mir tatsächlich vor, als wäre es ein Traum. Aber vielleicht war das einfach kindliche Fantasie oder Autohypnose. Es hat ja nicht lange gedauert. Oma Gruscha hat gesagt, dass nur ein Kind etwas in der Kugel erkennen kann. Sie hat es nicht weiter erklärt, und jetzt kann man sie nicht mehr fragen.«

»Und die Kugel hast du noch?«

»Ja, schon. Irgendwo unter der Liege in einer Kiste.«

»Zeig sie mir.«

Sweta wühlte in den Sommersachen, die sie in die Kiste gelegt hatte, und fand die Kugel in einer Socke unter Riemenschuhen. Sie wickelte die Kugel aus und ließ sie, durchsichtig, doch mit metallischem Glanz, über ihre Handfläche rollen.

»Und jetzt siehst du nichts?«

»Absolut nichts.«

»Ein Glück«, seufzte Aljoscha erleichtert. »Das sind nämlich Hexereien ... Am besten lässt man sich nicht darauf ein.«

»Ich habe mich auch nicht darauf eingelassen«, lachte Sweta. »Oma Gruscha hatte mit Geistern wirklich nichts zu tun! Nur für Menschen hat sie sich interessiert. Sie sagte immer, dass die einen eine umfassende Beziehung zu allen Lebewesen auf der Welt haben und die anderen nicht. Natürlich verstand ich nicht, was das bedeuten sollte.«

Paschka steckte den Kopf zur Tür herein. »Mama, haben wir noch Grütze? Oh, was ist das denn? Kann ich sie mal anfassen?«

»Auf keinen Fall«, sagte Aljoscha streng. »Versteck sie bloß, Sweta, damit nichts passiert. Oder besser noch, wirf sie weg. Ich habe genug von fragwürdigen Experimenten.«

Sweta hätte es gereut, die Kugel wegzuwerfen. Aber der listige Paschka beobachtete, wo sie den interessanten Gegenstand versteckte. Irgendwann, wenn seine Eltern das Ding vergessen hatten, würde er die Kugel herausfischen.

Sweta räumte schon bald ein, dass sie ihre Pläne mit dem Karneol leider aufgeben musste. Jewgenija Iwanowna hatte wohl nur eine große Überzeugungsgabe besessen. Ihr ganzes Leben lang hatte Jewgenija Iwanowna aufrichtig an ihre Methode geglaubt und diesen Glauben dann auf Sweta übertragen. Mehr als ein Jahr hatte Sweta auf die Experimente verwandt. Nur gut, dass sie nichts hinaustrompetet hatte.

*

Lena wusch die ersten Süßkirschen des Jahres. Sie hatte gleich zwei Eimer voll gekauft und die Sippe zum Schmaus eingeladen. Den Anteil der Kinder schüttete sie in einen großen Topf und jagte alle in die Küche. Dort hing am Kühlschrank eine bemerkenswerte Pappzielscheibe, die sie speziell zu diesem Anlass gebastelt hatte.

»Mit den Kernen müsst ihr hierhin schießen. Seht mal,

drei Ringe: der rote – zehn Punkte, der gelbe – fünf, der blaue – einen. Und wer ein anderes Kind trifft – minus 15! Iljuscha, hör mir gut zu! Lenetschka hat eine Brille auf, also untersteht euch!« Iljuscha machte ein unschuldiges Gesicht, und Lenetschka steckte ihre Brille in die Tasche ihres karierten Hemdchens. Wenigstens für eine halbe Stunde waren Ruhe und Frieden gewährleistet. Man konnte ins »große« Zimmer gehen.

Mischa wirkte in letzter Zeit bedrückt. Er witterte etwas: Bestimmt würden sie die Schrauben bald kräftig anziehen. Das Tauwetter war vorbei.

»Leute, das ist kein Witz. Ich weiß nichts Konkretes, aber bald geht es los. Bitte seid ein bisschen vorsichtiger, hört ihr?«

»Mhm. Wir werden strammstehen und antworten, was sich gehört.« Petrik nickte und spuckte einen Kirschkern in Mischas Richtung. »Und wenn etwas passiert, lässt du deine Beziehungen spielen und haust uns raus. Wozu bist du denn sonst auch da?«

»Und wie lange kann ich lavieren? Das geht nur eine Zeit lang gut. Schließlich bin ich nicht aus Eisen. Vielleicht werde ich genauso in die Pfanne gehauen wie Tolik.«

»Bloß nicht wie Tolik«, sagte Lena energisch. Ihre rosa Kirschohrringe schaukelten gewichtig und unterstrichen ihre Worte. »Wenn's unerträglich wird, soll Sweta lieber einen Infarkt für dich vortäuschen. Das schaffst du doch, Sweta?«

»Irgendwas werden wir uns einfallen lassen«, schnurrte Sweta. »Aber denk daran, dass du eine Familie hast, Mischa. Halt dich zurück.«

»Wegen der Versorgung brauchst du dir keine Sorgen zu machen«, erklärte Lena fröhlich. »Man hat mir beim Film eine Stelle als Kostümbildnerin angeboten.«

Ljaletschka seufzte und spuckte sich einen Kern in die Faust. »Es stimmt, auch im Radio hört man irgendwie andere Töne. Gomulka treibt die Juden nach Israel, deshalb wird überall Lärm gemacht. Hat es vielleicht damit zu tun?«
Mischa zuckte die Achseln. »Wenn man mich nach Israel jagte, würde ich mich bedanken. – Swetka, könntest du mir beim Umzug nach Polen helfen? Du hast dort doch Kontakte.«
»Das könnte dir so passen – nach Polen!«, rief Lena und drohte ihm mit der Hand.
»Genug gescherzt«, unterbrach Petrik. »Willst du nicht ins Baltikum übersiedeln? Dort werden die Juden nach und nach rausgelassen.«
»Dummes Zeug. Wenn sie die Schrauben anziehen, dann machen sie auch alle Ausgänge dicht. Und du setz dich hin, Mischa, und hör auf, den Zionisten zu spielen.«
»Davon kann doch keine Rede sein! Aber wenn sie auch bei uns mit den Ausweisungen anfangen, dann habt ihr später wenigstens Beziehungen in Jerusalem!«, lachte Mischa. »Schnapp deine Gitarre, Swetka, und sing ein Lied! Ich wünsche mir Heiterkeit und schöne Frauen!«

Paschka raste über den ausgetrockneten Rasen und schlug Haken wie ein Hase.
»Bleib stehen, Saukerl! Ich reiß dir die Beine aus!«, tönte es hinter ihm her.
Nach dieser Drohung rannte Paschka zu den Sitzreihen und sprang immer höher hinauf, als wären es Treppenstufen. Aber der Einäugige war ein kräftiger Bursche und blieb kaum hinter ihm zurück. Paschka bekam es wirklich mit der Angst zu tun. Bis zur obersten Stufe blieben noch mehrere Reihen, und ihm zitterten schon die Beine. Sonst

war niemand im Stadion, nur die Sonne brannte: still und unerbittlich.

Eine unbeschädigte Flasche brachte zwölf Kopeken ein. Wie viele Flaschen musste man sammeln, um einen Rubel zu kriegen? Außerdem musste man für zehn Flaschen immer eine gratis abgeben, denn sonst wies die Frau an der Annahmestelle alle zurück.

Man darf Kinder nicht verwöhnen, schon gar nicht Generalsenkel. Die muss man besonders streng behandeln – zu ihrem eigenen Nutzen. Und Taschengeld dürfen sie schon gar nicht bekommen.

»Alles, was du brauchst, kaufen wir dir.«

Vor allem in den Ferien reicht das einem Kind nicht. Während der Schulzeit gibt es zumindest das Geld fürs Mittagessen, das man nicht unbedingt in den Speisesaal zu tragen braucht. Und hin und wieder erhält man einen halben Rubel fürs Kino: Denn du und Katka, ihr habt ja alles, sogar Fahrräder. Aber es gibt Dinge, um die man seine Eltern einfach nicht bitten kann. Zum Beispiel wurden in der Passage kleine Rennautos verkauft, die noch dazu zerlegbar waren. Sie konnten mit dem Fahrer, als wäre er ein Schlüssel, zugesperrt und geöffnet werden. Und alle Teile hatten unterschiedliche Farben. Wenn man mehrere Autos besaß, konnte man sie je nach ihren Farben miteinander kombinieren. Ein prächtiges Bild: ein schwarzes Auto mit einem gelben Streifen in der Mitte, einem roten Fahrer und ebensolchen Rädern. Man hatte die Wahl zwischen acht Farben. Und außerdem waren die Autos der Einsatz bei den Rennen der Jungen. Allerdings kostete ein Auto vierzig Kopeken – war das eine Kleinigkeit? Erklär mal deinem Vater, wozu du die vierzig Kopeken brauchst. – Er lacht dich mit Sicherheit aus. Spielst du etwa noch mit Plastikspielzeug wie ein Knirps?

Also musste man sich etwas Taschengeld verdienen, etwa durch das Einsammeln von Flaschen. Die sammelte man am besten in den Torwegen und in den Grünanlagen, aber es herrschte eine scharfe Konkurrenz. Schenka und er waren nicht als Einzige auf diesen klugen Gedanken gekommen. In den Herzogsgarten steckte man besser nicht mehr die Nase, denn man konnte von den dortigen Jungen verprügelt werden. Auch am Strandboulevard gab es eine Bande. Schließlich waren Schenka und er auf die Idee gekommen, dass das Stadion eine wahre Goldgrube sein musste. Deshalb hatten sie sich hineingeschlichen. Wer hätte ahnen können, dass dieser Einäugige das Stadion für sich beanspruchte. Überhaupt hätten sie nie erwartet, dass ein erwachsener Mann Flaschen sammelt.

Paschka sprang atemlos bis zur höchsten Bank und blickte sich suchend nach dem Ausgang um. Vor Angst konnte er sich überhaupt nicht mehr daran erinnern, wo der Ausgang war. Der Einäugige hatte ebenfalls die letzte Bank erreicht und lief mit ausgebreiteten Armen auf Paschka zu. Der Junge schrie auf, rollte sich zusammen und warf sich dem Mann vor die Füße. Dieses Rollmanöver hatte Fedka ihm beigebracht – für den äußersten Notfall. Der Einäugige stürzte der Länge nach auf den Asphalt, und Paschka sprang auf. – Dort war er, der Ausgang!

Als er Schenka erreichte, der vor dem Stadion auf das Fahrrad aufgepasst hatte, merkte Paschka, dass seine Hand die Flasche immer noch umklammert hielt. Er hatte nicht einmal daran gedacht, sie fallen zu lassen, so plötzlich war der Einäugige auf ihn zugestürzt. Wahrscheinlich war er wegen dieser Flasche hinter dem Jungen hergelaufen und hätte ihn sonst nur fortgejagt.

Paschka kam zerzaust und verschwitzt in einem zerrissenen Fußballtrikot nach Hause. Am Wangenknochen und am Ellbogen hatte er Abschürfungen und Schmutzstreifen. So trat er vor die häusliche Gemeinschaft hin, die sittsam an dem mit einer weißen Decke geschmückten Tisch saß. Eine ältere Dame von erschreckender Eleganz hob die Augenbrauen und lächelte. »Das ist mein Enkel Paschka?«

Ach du meine Güte! Paschkas Augen trübten sich. Er hatte völlig vergessen, dass die ganze Familie zum Bahnhof fahren sollte, um Oma Marina aus Warschau zu begrüßen! Um drei Uhr ... Wie spät war es jetzt? Was für Lügen sollte er sich einfallen lassen? Schließlich konnte er nicht von dem Einäugigen und den Flaschen erzählen, schon gar nicht gegenüber der polnischen Großmutter!

Oma Marina sah mit unterdrücktem Lachen zu, wie Paschka sich um ein tugendhaftes Aussehen bemühte. Wie sehr er Sweta als Kind ähnelte – einfach entzückend! Ihrem Enkel musste aus der Patsche geholfen werden. Marina hatte ihm ein Fußballtrikot aus Nylon mitgebracht und schlug ihm nun vor, es anzuprobieren. Also zog sie ihn mit sich in die Gemeinschaftsdusche, säuberte ihn rasch, streifte ihm das Fußballtrikot mit den rotweißen Streifen über und führte ihn zurück zum Tisch. »Es passt. Ich hatte schon befürchtet, dass es zu groß ist!«

Paschka begriff, dass es sich um eine Rettungsaktion handelte, und war Marina dankbar. Den Rest des Tages wich er ihr nicht mehr von der Seite und schmeichelte sich nach Kräften bei ihr ein. Er konnte sie gut gebrauchen, diese polnische Oma! Infolge ihrer gemeinsamen Bemühungen kam Paschka denn auch mit einer lächerlichen Strafe davon: Er durfte zwei Wochen lang nicht mehr mit seinem Rad fahren. Paschka selbst musste jedoch nicht zu Hause

bleiben, denn die Großmutter wollte mit den Enkeln durch die Stadt gehen.
Vielleicht war es ein Abschied für Marina, denn wer konnte wissen, ob sie die Stadt noch einmal besuchen würde. Die Stadt, in der sie zunächst so glücklich gewesen war und dann so viel Kummer durchgemacht hatte; die Stadt, die ihr die Tochter geraubt hatte. Auch zu dem Haus, in dem sie mit Andrei gewohnt hatte, und zu allen Erinnerungen und zu ihrer ersten Liebe wollte sie zurückkehren.
Sie hatte nie von Andrei Abschied nehmen können. Dies war seine Stadt, und er hatte sich so sehr gewünscht, dass sie Odessa liebte: mit seinem Meeresgeruch, den geschäftigen Märkten, dem an den Wurzeln des Ginsters hängenden Lehm und den Jungen, die »Hoppla!« riefen.
Inzwischen brüllten die Jungen: »Vorsicht!« Die hübsche Seilbahn, die klingelnd die Potemkintreppe hinauf- und hinuntergefahren war, gab es nicht mehr. Und auch Andreis geliebte Greife waren aus dem Alexandrowski-Garten verschwunden.
Aber der Bronzeherzog, der Beschützer der Stadt, war weder durch den Krieg noch durch den Machtwechsel in Mitleidenschaft gezogen worden. Dort stand er und hielt die Hand über die Bucht. Wie früher spielte er noch eine zusätzliche Rolle: die des Beschützers von Schulabgängern. Sie versammelten sich weiterhin vor jeder Prüfung unter seiner segnenden Hand und verbrachten dort die ganze Nacht nach der Abschlussfeier. Unsichtbar stärkte er die geplagten Abiturienten auch bei ihren Aufnahmeprüfungen. Erst wenn sie Studenten geworden waren, übergab er sie der heiligen Tatjana zur weiteren Obhut. Denn um Studenten zu beschützen, bedurfte es schon einer Heiligen.

Katharina wusste das alles und erzählte es der Großmutter, obwohl sie selbst noch weit vom Schulabschluss entfernt war. Erst in drei Jahren würde sie sich unter die Hand des Herzogs stellen. Und ohne Zweifel würde er auch dann noch hier sein.

Das Haus, in dem sie früher mit Andrei gewohnt hatte, wollte Marina allein aufsuchen, ohne die Kinder. Sie schickte die beiden ins Kino und machte sich auf. Die Stadt hatte sich verändert, doch weniger radikal, als man hätte erwarten können. Ein gespenstisches graues Tolstoi-Denkmal – ein abgetrennter Kopf auf einer Säule – verschandelte die früher gemütliche Grünanlage. Neben dem Denkmal schmachteten Birken. Birken auf dem Boden von Odessa anzupflanzen konnte nur jemandem eingefallen sein, der ebenfalls seinen Kopf verloren hatte.

Marina schritt durch den Eingang, der wie früher mit gelber Farbe gestrichen war. Sie wollte nur den Hof durchqueren, aber die Wohnung nicht betreten. Dort waren nun andere Mieter eingezogen. Der Eisenzaun um mehrere Ahorne herum, der Wasserhahn, die bläulichen Fliesen auf dem Weg ... Diesen Weg entlang hatte Andrei sie auf Händen getragen, als er sie nach der Hochzeit in seine Wohnung zurückbrachte.

»Tantchen, zu wem wollen Sie?«, fragte ein kleiner Junge, dessen Gesicht mit schwarzen Maulbeeren beschmiert war.

»Zu niemandem«, sagte Marina lächelnd.

»Also zur Toilette. Geradeaus und dann nach links.«

Marina lachte und schenkte ihm einen Kugelschreiber mit durchsichtiger Hülle, in der ein orangenes Fischchen schwamm. Der Junge, von dem Fischchen bezaubert, bedankte sich hastig und stürmte zu einem Vorgarten voller

Petunien, wobei er die Faust mit der Trophäe über dem Kopf schwenkte.
Marina gehörte nicht zu denen, die unbedingt in die Vergangenheit zurückkehren wollen. Nicht aus diesem Grund war sie in ihren früheren Hof gekommen. Die Worte an den Jungen stellten ihren Abschied dar: Marina und die Stadt hatten einander ihre Sünden vergeben.
Außer einer. Marina überlegte bis zum letzten Tag, ob sie die Sprache darauf bringen sollte. Sweta war so glücklich über den Besuch ihrer Mutter, und Marina freute sich über ihre Tochter: welch edles Blut! In jeder Bewegung und in jedem Lächeln kam Swetas Rasse zum Ausdruck. Diese Art, den Kopf zu halten ...
Sie stellte fest, dass ihre Tochter mit siebenunddreißig Jahren eine charmantere Frau war als damals mit achtzehn. Und er wagte es ... Er, der ihr ganzes Leben seinem russischen Wesen unterworfen hatte. Doch sie schien blind zu sein! Dabei stand es ihm auf die Stirn geschrieben: mit großen Buchstaben! Marina rang sich zu einer Entscheidung durch. »Hast du gemerkt, dass er eine Liebschaft hat?«
Sweta blickte ihre Mutter verblüfft an. »Wer? – Aljoschka?« Sie lachte laut. »Ach Mama! Ich bitte dich! Mamotschka, wie kommst du bloß darauf?«
»Er hat das typische Aussehen eines Mannes, der seine Frau betrügt.«
»Wieso denn das?«
Aber wie konnte sie es erklären, wenn ihre erwachsene Tochter dieses typische Aussehen nicht bemerkte! Was gab es hier logisch zu erklären? Die häufigen Dienstreisen ... Marina blieb nichts anderes übrig, als zu schweigen und ihre Äußerung von Sweta ins Lächerliche ziehen zu lassen. Sie küsste ihre Enkel auf dem Bahnhof ab und

schenkte beiden ein kleines Bild der Gottesmutter von Czestochowa. Heilige Jungfrau, bewahre und erlöse diese Kinder. Ach, wie sehr sie die beiden bereits liebte. Wie sehr sich alle heimischen Züge in ihnen abzeichneten – prächtige, prächtige Kinder! Hoffentlich würden sie von all dem Bösen verschont bleiben, was sich zwischen ihrer Mutter und ihrem Vater ereignen konnte. Sweta amüsierte sich köstlich: O je, Mama! Wohin die polnische Eifersucht führt! Aljoschka zu verdächtigen, ihren Aljoschka! Aber später ertappte sie sich dabei, dass sie Aljoscha nicht auffordern wollte, gemeinsam mit ihr über die Angelegenheit zu lachen. Einen Augenblick lang fühlte sie sich unbehaglich, aber dann schüttelte sie den Kopf, und es ging vorbei.

Aljoscha musste tatsächlich häufig nach Moskau reisen. Er bereitete sich auf seine Habilitation vor, und sein Projekt war eines der wichtigsten für das Institut. Dass er auf Moskauer Fotokopierern vervielfältigte Literatur mitbrachte, wusste Sweta natürlich. Außerdem besorgte er ausländische Kompaktausgaben der Evangelien: auf dünnstem Papier und in braunem Einband.

Sweta kannte auch den Fotografen Wowa, das junge Künstlerehepaar Dmitri und Alla und die übrigen Mitglieder von Aljoschas russisch-orthodoxem Kreis. Sie alle waren sehr liebenswürdig, besonders nachdem sie sich ein wenig an Sweta gewöhnt hatten und sie nicht mehr zum rechtgläubigen Leben bekehren wollten. Die illegale Seite von Aljoschas Tätigkeit störte Sweta nicht. Im Gegenteil, sie half ihm bereitwillig und behielt stets im Gedächtnis, wer vorbeikommen und wem man etwas übergeben sollte. Andreika tat in Polen bestimmt das Gleiche, wenn auch in katholischen Kreisen.

Aljoschas Moskauer Kontakte wuchsen von ganz allein, aber er blieb vorsichtig. Seit langem hatte er die Illusion aufgegeben, sich in der orthodoxen Kirche auf alle verlassen zu können. Er wusste, wer in der Gemeinde die Gottesdienste beobachtete und Berichte über Pater Wladimir schrieb.

Auch Vater Wladimir wusste Bescheid. Er nahm die Situation gelassen hin und erklärte Aljoscha: »Jede Gemeinde ist ein kleines Abbild der Welt. Überall gibt es einen Petrus, eine Martha und einen Zachäus. Und einen Judas. Was ist verwunderlich daran? Du aber bete, und überlege dir: Wie trete ich selbst vor Gott hin?«

Deshalb war Aljoscha im Allgemeinen auf der Hut. Aber in Moskau herrschten andere Verhältnisse: Dinge, derentwegen man in der Ukraine sofort eingesperrt worden wäre, galten in der Hauptstadt als Kindereien, für die man nicht einmal zur Ordnung gerufen wurde. In Moskau musste man schon ganz schön über die Stränge schlagen, um zu einer Gefängnisstrafe verdonnert zu werden, und jede Verhaftung erregte viel Aufsehen. Die Produkte des religiösen Selbstverlags hätte man in Moskau schon fast ungestraft in der Metro lesen können.

Mit Inna hatte Aljoscha zufällig Bekanntschaft geschlossen: auf einer privaten Vernissage in einer Moskauer Wohnung. Sie war die Urheberin von zwei dort ausgestellten Arbeiten, die Aljoscha nicht verstand: gewölbte braune Fische, die schräg von graugrünen Flächen durchtrennt wurden, und eine Vielzahl von Augen mit roten Flecken. Aber alle taten ihre Begeisterung kund, genau wie Aljoscha. Denn er wollte sich nicht mit seinem provinziellen Kunstverständnis blamieren.

Auch Inna selbst machte keinen überwältigenden Eindruck auf ihn. Sie war gewagt gekleidet und ungehemmt.

Wahrscheinlich war er einer so ungehemmten Frau noch nie begegnet. Anscheinend gehörte sie zu den abweichlerischen Künstlerkreisen. Sie war über sämtliche Dissidentenprobleme bestens informiert und persönlich bekannt mit fast allen, die regelmäßig in den Kurzwellensendern erwähnt wurden, und sie nannte diese Leute einfach nur Wolodka, Nataschka oder Larissa. Sie selbst wurde seit etwa einer Woche von KGB-»Schatten« verfolgt, für die sie nur eine herzliche Verachtung übrig hatte. Nach Aljoschas Meinung redete sie zu viel, und auch deshalb war er nicht sehr entzückt von ihr.

»Sie sind aus Odessa, stimmt's? Dann kennen Sie die Schurawljows!« Aljoscha hatte nie etwas von den Schurawljows gehört, aber sie setzte nach: »Die müssen Sie einfach kennen! In Odessa gibt es doch sonst niemanden!«

»Wieso denn das? Ich dachte, Odessa hätte eine Million Einwohner ...«

Sie lachte und schlug ihm mit der Hand auf den Arm. »Sie Witzbold! Wen können Sie mir denn sonst noch in Odessa nennen? Oder halten Sie Wachstuchzeichnungen etwa für unsterblich?«

Ach so, sie redete von Künstlern. Über dieses Thema wollte er sich lieber nicht mit ihr streiten. Damit sie ihm nicht die Augen auskratzte. Aber sie hatte auch gar nicht mit Widerspruch gerechnet.

»Dimka stellt Holzskulpturen her, natürlich kennen Sie ihn. Das ist das 21. Jahrhundert! Und Alka ist Konzeptionistin. Na?!«

Endlich erriet Aljoscha, dass sie Dmitri und Alla meinte. Er hatte ihren Familiennamen einfach vergessen. Es waren die Freunde von Wowa, dem Fotografen. Einmal waren Aljoscha und Swetka sogar zu ihnen gefahren. Sie wohnten unweit der sechsten Station. Dmitri hatte damals ein Loch in einen kräftigen Balken gemeißelt, und niemand konnte ergründen, was daraus werden sollte.

»Welch eine Ehre, endlich erinnert er sich an die armen Leute! Man könnte glauben, dass Sie sich bei Ihren Bekanntschaften nie unter Dali herablassen, Sie unverbesserlicher Snob. Wann fahren Sie zurück? Ich habe Alka versprochen, ihr ein Dali-Album zu besorgen. Könnten Sie es ihr übergeben?«

Also besuchte er sie vor seiner Abreise, um das Album abzuholen. Am helllichten Tag. Aber Inna kümmerte sich nicht darum, ob es Tag oder Abend war: Aljoscha musste sofort mit ihr Bruderschaft trinken. Der Kuss zog sich recht lange hin, und es war zu spät, sich zimperlich anzustellen, weil sie die Hand schon in seine Hose geschoben hatte.

Anschließend war Aljoscha ein wenig verstört, während Inna den Anschein erweckte, als habe sie nur eine Zigarette geraucht.

»Hat's dir Spaß gemacht?«

»Mhm.«

»Dann ist's ja gut.«

Die Schurawljows freuten sich über das Album, und auf Aljoschas nächster Reise schickten sie Inna einen Brief und drei Bilder: eine Serie, die Alla dem aufgeklärten Publikum in Moskau zeigen wollte.

Aljoscha war überzeugt, dass er diesmal keine Sünde begehen würde. Aber er beging sie, sogar zweimal. Denn mit Inna war alles sehr einfach: Sie wollte nichts von Aljoscha und stellte keine Ansprüche: »Och, ich bumse eben gern!« Die reine Fleischeslust.

Auch er war nicht verliebt in sie. Das hätte gerade noch gefehlt! Aber natürlich wurde es Zeit, die Sache zu beenden. War er denn ein unreifer, pubertierender Knabe?

Ende Juni wollte Inna die Schurawljows in Odessa besuchen und bei ihnen in Fontan wohnen.

»Auf den Barrikaden werden wir uns wiedersehen!«

Im Juni riefen die Schurawljows Aljoscha an und luden ihn »zum Schaschlik« ein. Das bedeutete: »Es gibt etwas zu lesen.« Wahrscheinlich hatten sie eine weitere Literatursendung erhalten.

Er kam vorsichtshalber zusammen mit Sweta. Tatsächlich gab es eine reichliche Menge neuer Bücher. Inna hatte sie mitgebracht. Auch Schaschlik wurde gebraten. Das Wetter war gut, und die Schurawljows stellten einen Grill am Abhang auf. Inna alberte herum und betrank sich sogar ein wenig, aber sie warf Aljoscha keinen längeren Blick zu. Vielmehr widmete sie sich dem U-Bootfahrer Sergei.

Umso besser. Aljoscha stand vor dem Abschluss seines Projekts, und danach wollte er mit Sweta zusammen Urlaub machen.

»Swetka, lass uns irgendwo hinfahren, nur wir beide! Vielleicht nach Koktebel? Die Kinder sind schließlich schon groß. Sie können zwei oder drei Wochen beim Großvater auf der Datscha bleiben. Und wir führen ein ungezwungenes Leben.«

Kapitel 27

Aljoscha erfuhr genau wie ganz Odessa von den Ereignissen: Die Kriegsschiffe waren ausgelaufen. Was hatte das zu bedeuten? Etwa Krieg?

Dann informierten »feindliche Stimmen«: Besetzung der Tschechoslowakei! Sowjetpanzer in Prag! Die Demokratie wird niedergewalzt! Und der russische Rundfunk erklärte: Internationale Pflicht, Umtriebe der Weltbourgeoisie, Verteidigung der Demokratie.

Wer an den geschlossenen Parteiversammlungen teilnehmen musste, hörte auch noch folgende Version: Amerikanische Flugzeuge waren bereits in den tschechischen Luftraum eingedrungen. Hätten wir auch nur einen Tag länger gezögert, wären die Tschechen schon von der Nato einverleibt worden. Denn Dubcek ist, wie jeder weiß, ein durch listige Konspiration eingesetzter Nato-Söldling. Ob man sich nun empören wollte oder nicht – alle wussten, dass nichts mehr zu ändern war. Wir können nicht größeren Widerstand leisten als die Tschechen selbst. Aber mit jeder Stunde wurden neue Einzelheiten bekannt, und sie erregten die vertraute Übelkeit.

Aljoscha war froh, dass es sich um eine geschlossene Parteiversammlung handelte. War sie offen, mussten gewöhnlich alle Nichtmitglieder erscheinen. Aber so konnte er seine Dokumentation in aller Ruhe abschließen. Es war keine unangenehme Arbeit. Sie verschaffte ihm sogar eine stille Befriedigung. Dieses Projekt war ausgezeichnet gelungen, und Aljoscha konnte sich etwas darauf einbilden. Dem Abschluss der Formalitäten stand nichts mehr im Weg.

Er hätte fluchen können, als in der zweiten Tageshälfte dann doch sämtliche Abteilungen in die Aula gerufen wurden. Dem Institutsdirektor war es allerdings gelungen, einen anderen dringenden Termin vorzuschützen.

Parteiorganisator Iwan Sawitsch fühlte sich, als wäre er zehn Zentimeter gewachsen. Und genauso benahm er sich auch.

»Genossen! Ihr seid alle auf dem Laufenden, sodass ich die aktuellen Ereignisse nur kurz zu schildern brauche.« In den nächsten vierzig Minuten schilderte er also die Ereignisse kurz mit den überwältigenden Worten der *Prawda*. Wenn ihm plötzlich all das zugestoßen wäre, was ihm die erschöpften Mitarbeiter an den Hals wünschten, hätte sich ein Grauen erregendes Bild geboten. Aber Iwan Sawitsch hustete nicht einmal. Stattdessen holte er zum Abschluss ein vorbereitetes Geschenk aus seiner Mappe hervor.

»Die Mitarbeiter unseres Instituts ergreifen die Initiative und wenden sich mit einem offenen Brief an Partei und Regierung. Gestattet mir, den Text zu verlesen.«

Der Text brachte, wie sich versteht, die inbrünstige und einmütige Unterstützung aller für die Maßnahmen zum Kampf gegen die Ausschreitungen der Weltbourgeoisie in der Bruderrepublik und auch sämtlicher Maßnahmen, die in Zukunft erforderlich sein mochten, zum Ausdruck.

Alle schwiegen mit scheinheiliger Miene. Vermutlich würde sich die Sache darauf beschränken, dass man sich dieses elende Geschwätz widerspruchslos anhörte. Aber darauf beschränkte sie sich nicht. Abteilung für Abteilung sollten alle unterschreiben. Das fehlte noch! Aljoscha beschloss, sich vor der Unterschrift zu drücken. Die Regierung würde ohne seine Unterstützung auskommen. Doch sein Plan schlug fehl. Man packte ihn gleichsam bei der Gurgel: Nennen wir die Dinge beim Namen – du weigerst dich also!

Zwei aussichtsreiche junge Kollegen weigerten sich ebenfalls. Offenbar brodelte es auch in anderen Abteilungen.

Aber Partei und Regierung konnten in einer so wichtigen internationalen Frage keinesfalls auf ihre Unterschriften verzichten. Einer nach dem anderen wurde zum Parteikomitee beordert. Ein Sowjetmensch wollen Sie sein …

Wadik, den Jüngsten, nahm man sich als Ersten vor. Alle hielten den Mund und taten so, als ob sie sich auf ihre Arbeit konzentrierten. Wenn die Halunken ihnen nur die Möglichkeit dazu geben würden!

Nach einer halben Stunde kehrte Wadik wütend und entschlossen zurück. Sein blondes Haar war schweißverklebt, der oberste Knopf seines Hemdes aufgeknöpft und die Krawatte locker und schief. Kurz, ein heldenhafter Anblick. Es war klar, dass der Parteiorganisator keine Zeit verschwendet und ihn zu uneingeschränkter Solidarität mit den Tschechen aufgerufen hatte.

Er setzte sich hin und schrieb einen offenen Brief: seinen eigenen. Auf Verlangen der Parteiorganisation erfülle er seine Bürgerpflicht und äußere seinen persönlichen Standpunkt über die Besetzung der Tschechoslowakei. Er halte diese Aktion für eine Schande und sei weder mit einer direkten noch einer indirekten Beteiligung daran einverstanden, was er hiermit durch seine Unterschrift bestätige.

Garik, der bald promovieren sollte, ging als Nächster. Er kehrte erhaben und bleich in die Abteilung zurück.

»Wadik, darf ich auch bei dir unterschreiben?«

Aljoscha hielt es nicht mehr aus. Die beiden würden knisternd verbrennen! Verrückt waren sie geworden.
»Leute, hört auf einen guten Rat: Lasst euch auf so was nicht ein. Das ist schlimmer, als mit faulen Tomaten auf Panzer zu werfen.«
Doch sie ließen sich nicht von ihrem Vorhaben abbringen und verachteten ihn von der Höhe ihres zivilen Ungehorsams herab. Dann wurde auch Alexei Pawlowitsch höflichst vor das Parteikomitee geladen.

Zu Hause traf Aljoscha nicht gerade in bester Stimmung ein. Nach dem herzlichen Gespräch mit dem Parteikomitee vermochte er die Gefühle von Wadik und Garik, die kaum dreißig Jahre alt waren, sehr gut zu verstehen. Aber als er die Unterhaltung noch einmal vor seinem geistigen Auge ablaufen ließ, konnte er nichts Tadelnswertes an ihr entdecken. Er hatte eiserne akademische Zurückhaltung an den Tag gelegt und sich kein einziges Mal danebenbenommen. Vorläufig wollte er Sweta nichts von der Sache mitteilen, denn noch waren die Folgen nicht bekannt. Warum sollte er ihre Nerven umsonst strapazieren?
Als sie gerade ihr Kompott zu Ende löffelten, klopfte Madam Schirokaja aus der zweiten Etage an die Tür.
»Aljoschenka, haben Sie sehr viel zu tun?«
Sweta und er schmunzelten einander zu. Alljährlich wussten sämtliche Nachbarn ganz genau, wann Aljoscha in den Urlaub fuhr. Und in der letzten Woche brachten sie ihm dann alles, was reparaturbedürftig war. Es wäre ja schlimm, wenn man einen Monat lang ohne Bügeleisen oder mit doppelten Konturen auf dem Fernseher dasitzen müsste.
Schon seit langem verdiente er sich nichts mehr mit Reparaturen hinzu, aber die Bitten der Nachbarn schlug er

nie aus. Das wäre eine Sünde gewesen. Und natürlich nahm er kein Geld. Deshalb wurde Aljoscha auf dem ganzen Hof verehrt, und diese Haltung erstreckte sich auch auf Sweta. Dadurch wurde sie von den stürmischen Skandalen der Gemeinschaftswohnungen verschont, ja nicht einmal am Rande von ihnen gestreift. Das verschaffte Aljoscha und ihr den Luxus, das schrille Küchengezeter ignorieren zu können. Solche Streitigkeiten waren im Rahmen herzlicher Nachbarschaftsbeziehungen nun einmal üblich.

Madam Schirokaja hielt in der einen Hand ein zerbrochenes Thermometer und in der anderen ein Stück Zeitung mit Glassplittern und hin und her rollenden silbernen Kügelchen. »Hier, Aljoschenka, ich hab Ihnen alles mitgebracht. Können Sie was ausrichten? Es vielleicht irgendwie zusammenschweißen?«

Aljoscha biss sich auf die Wangen und nahm beide Mitbringsel unerschütterlich entgegen. »Ich werd's versuchen. Kommen Sie am Abend vorbei.«

Madam Schirokaja hielt es für sicherer, ihre Dankbarkeit im Voraus zu bekunden. Wenn man jemandem bereits gedankt hatte, wie konnte er dann den Wünschen nicht gerecht werden? Aber schließlich wabbelte sie zurück in die zweite Etage, und Aljoscha warf sich auf die Liege, um seinem Gelächter freien Lauf zu lassen. Je länger man sich zurückhalten muss, desto länger kann man sich danach nicht mehr beruhigen.

»O Sweta, ein Genie wird anerkannt! Küsse, Unglückliche, diese geschickten Hände! Kein Mensch auf der Welt hat sich bisher zugetraut, ein zerbrochenes Thermometer wieder zusammenzuschweißen! Ich schwöre es bei der heiligen Einfalt! Damit werde ich bis an mein Lebensende prahlen!«

Sweta prustete ebenfalls, doch mit einer Spur von Besorgnis. »Aljoschka, worauf hast du dich eingelassen? Wie kannst du einem Menschen ohne jeden Grund Hoffnung machen ...«

»Soll ich diesen heiligen Glauben etwa zerstören? Diese goldene Seele aus dem Gleichgewicht bringen? Wofür hältst du mich denn?«

Er holte aus der Kommodenschublade einen Pappzylinder hervor und zog ein Thermometer heraus. Es war der Zwilling des verblichenen Thermometers und offenbar in derselben Gajewski-Apotheke gekauft worden.

»Wir schicken Paschka los, damit er noch eins holt, und fertig.«

Madam Schirokajas Entzücken kannte keine Grenze. »Gute Leute, seht mal, wie ordentlich er das gemacht hat. Habt ihr so was je erlebt? Ohne eine einzige Naht.«

Sie beruhigte sich erst, als sämtliche Hofbewohner das Thermometer begutachtet hatten. Schön, der gehässige Rentner Nikolaitsch erspähte trotz allem eine kleine Naht, aber er hatte eine Brille mit irgendwelchen Doppellinsen. Doch mit bloßem Auge war nichts zu sehen, und es zeigte die richtige Temperatur an: 36,7 Grad! Denn Madam Schirokaja hatte stets eine um ein Zehntel höhere Temperatur.

Genau dazu taugt ein Hof in Odessa: Er kann jeden Stress innerhalb eines einzigen Abends beseitigen. Sicher, manchmal schafft er es auch, anstelle des alten einen neuen Stress zu erzeugen. Aber das kommt viel seltener vor als in allen anderen gesellschaftlichen Institutionen.

Am folgenden Morgen erschien Aljoscha frisch und gut ausgeschlafen am Arbeitsplatz. Mit ungerührter Miene, die er bis zum Abend beibehielt.

Wadik und Garik wurden, wie er vermutet hatte, zur Rechenschaft gezogen. Seit 10 Uhr wusch man ihnen den Kopf, und um 16 Uhr waren sie immer noch nicht wieder da. Schließlich kehrten sie still und wie begossene Pudel zurück. Nicht nur, dass sie ihren Protest nicht abschickten. Nein, sie unterschrieben auch das, was man ihnen von Anfang an aufgetragen hatte.
Die Unterschriftenverweigerer aus den anderen Abteilungen wurden ebenfalls unter Druck gesetzt, doch nicht in allen Fällen mit Erfolg. Aljoscha rührte man nicht an. Sergei Innokentjewitsch, der mit allen Wassern gewaschene Abteilungsleiter, schüttelte vorwurfsvoll den Kopf – und das war's.
Aljoscha saß ruhig da und arbeitete. Wenn er den folgenden Tag auch noch hinter sich brachte, dann war es gut. Denn ab Montag war er im Urlaub, und dann würde die Angelegenheit vielleicht im Sand verlaufen. Allerdings war Aljoschas Hoffnung darauf nur schwach.

Der Institutsdirektor, der Leiter der ersten Abteilung und der Parteiorganisator hielten an jenem Tag eine Konferenz ab. Insgesamt waren drei Unterschriftenverweigerer übrig geblieben.
»Wie viele waren es am Anfang?«, erkundigte sich der Direktor mit abwesender Miene.
»Elf, Juri Nikitytsch«, meldete der Parteiorganisator. Hätte er einen Schwanz gehabt, so hätte er in diesem Moment damit gewedelt. »Bei den drei letzten sind meine Möglichkeiten der Einflussnahme, fürchte ich, erschöpft.«
An dieser Stelle warf er dem Leiter der ersten Abteilung einen fragenden Blick zu. Der wartete eine Zeit lang und sprach ins Leere: »Mit Lipowski und Tarassenko werde ich Gespräche führen. Aber auch Sie, Iwan Sawitsch, sollten

die beiden mit Ihrer Aufmerksamkeit bedenken. Fragen im Kollektiv zu lösen ist in den meisten Fällen einfacher. Was Petrow angeht, werde ich unserem Kurator über ihn Meldung machen. Ihnen, Iwan Sawitsch, würde ich empfehlen, nicht mehr mit Petrow zu reden.«

Danach empfahl sich der Leiter der ersten Abteilung mit zufriedener Miene und kehrte in sein Büro zurück. Er hoffte, die Verantwortung für diese Sache auf höhere Vorgesetzte abwälzen zu können.

Der Parteiorganisator, der nun mit dem Direktor allein im Zimmer war, gestattete sich, die Augen weit aufzureißen. Der Direktor holte ohne Eile eine Zigarette hervor, zündete sie an und fragte endlich mit väterlichem Lächeln: »Was verstehst du an dieser Situation denn nicht, Wanetschka?«

»Warum dürfen wir Petrow nicht anrühren, Juri Nikititsch? Ist er etwa ... Das hätte ich nicht von ihm gedacht!«

»Das ist auch nicht nötig. Für die Geheimen arbeitet Petrow nicht. Aber um ihm an den Kragen zu gehen, brauchen wir eine Genehmigung von so hoher Stelle, als wäre sie für mich selbst.«

»Entschuldigen Sie, Juri Nikititsch, aber Sie sind Akademiemitglied und Institutsdirektor, und Petrow, wenn auch begabt, ist noch nicht einmal habilitiert!«

»Ach, Wanetsch, Wanetschka, Alexei Pawlowitsch hat zwar seine Habilitationsschrift noch nicht verteidigt ... Aber du als Parteiorganisator müsstest die führenden Spezialisten unseres Instituts doch kennen. Und das nicht nur in beruflicher, sondern auch in familiärer Hinsicht. Es geht nicht nur darum, dass er mehr als ein Drittel unserer Institutsthemen bearbeitet, sondern auch darum, dass sein Vater, Pawel Iwanowitsch, Generalleutnant ist.«

»Aha«, machte der Parteiorganisator, in dessen Augen endlich ein Funken von Verständnis aufgeblitzt war.
»Ja, so ist das.«
»Ich bedanke mich herzlich, Juri Nikititsch«, sagte der Parteiorganisator ohne jede Schmeichelei. »Sie können die Dinge so gut erklären ...«
»Na ja, ihr jungen Leute müsst eben belehrt werden«, erwiderte der Direktor herablassend. »Los, Wanja, an die Arbeit. Wie kommst du mit deiner Dissertation voran?«
Ohne eine Antwort abzuwarten, stand er auf, und das Gespräch war beendet.
Gegen Abend ging Juri Nikititsch in die Abteilung, wo, wie er vermutet hatte, nur noch Aljoscha an der Arbeit war. Beim Anblick des Direktors sprang er auf und erwiderte dessen Händedruck. Juri Nikititsch ließ sich gemächlich in Aljoschas Sessel hinter dem Schreibtisch nieder und machte eine einladende Geste. Aljoscha griff nach einem dreibeinigen Hocker und setzte sich neben ihn. Nach einem flüchtigen Blick auf die Papiere wandte sich Juri Nikititsch mit einem Lächeln an den Jüngeren.
»Möchtest du den Bericht vielleicht schon früher abgeben? Laut Plan bist du erst im November dran ...«
»Ich könnte ihn schon morgen vorlegen, Juri Nikititsch, noch vor dem Urlaub.«
»Eile, mein Lieber, braucht man nur beim Flöhefangen«, erklärte der Direktor und fügte vielsagend hinzu: »Ohne dich beendet sowieso niemand den Bericht. Lass dir vorläufig Zeit. Du mutest dir manchmal zu viel zu.«
Aljoscha neigte einsichtig den Kopf.
»Wie geht's deinem Papa? Hab ihn lange nicht mehr gesehen.«
»Mit dem Herzen hat er in letzter Zeit weniger Probleme, Juri Nikititsch.«

»Bitte, grüß ihn von mir.« Der Direktor erhob sich und klopfte Aljoscha auf die Schulter. »Du Protestant!«, knurrte er und ging hinaus.

*

Aljoscha war vernünftig genug, am nächsten Tag nicht zur Arbeit zu fahren und den Bericht abzuschließen. Einen Teil davon hatte er allerdings mit nach Hause genommen. Nach dem Gespräch mit dem Direktor hatte er begriffen, dass die Institutsleitung ihn nicht zwingen würde, sich der tschechischen Initiative anzuschließen. Damit nicht genug, sie würde jeden Versuch, ihn zur Ordnung zu rufen, sabotieren! Das war angenehm. Im Übrigen musste man abwarten.

All das erzählte er Sweta.

»Das heißt, wenn sie dich kassieren wollen, dann können sie das jedenfalls nicht am Arbeitsplatz, oder?«

»Na, nicht unbedingt. Wenn von oben der Befehl kommt, mich zu entlassen, dann bleibt ihnen natürlich keine andere Wahl. Aber der Direktor ist ein vernünftiger Bursche. Er hat mir angedeutet, dass er mich nach Möglichkeit unterstützen wird.«

Sweta verschränkte die Hände hinter dem Kopf und fuhr sich über die im Nacken kurz geschorenen rötlichen Haare. Unter Bytschenkos Fittichen ging es ihr gut, denn dort tauchten solche Probleme nie auf.

»Mein Armer. Marsch zum Markt mit dir. Statt dir dummes Zeug durch den Kopf gehen zu lassen, nimm lieber schwere Sachen in die Hand. Kauf drei Kilo Huhn, außerdem Tomaten und Zwiebeln. Und eine Wassermelone. Dazu zwei Kilo Aprikosen.«

Sie krümmte die Finger, um das Gesamtgewicht anzudeuten, das der Olympischen Spiele würdig gewesen wäre.

Aljoscha kehrte schwankend wie ein Gewichtheber nach dem Training zurück und klingelte mit dem Kinn. Niemand öffnete die Tür. Mit einem wütenden Zischen stellte er die ausgebeulten Einkaufstaschen auf den Boden, massierte seine von den geflochtenen Griffen fast durchtrennten Finger, stocherte mit dem Schlüssel im Schloss herum und öffnete die Tür. Sie war nicht abgeschlossen.

Auf dem Tisch lag ein Zettel mit Swetas schrägen Buchstaben: »Bin in die Bebel-Straße gerufen worden. Bleib zu Hause, und reg dich vorläufig nicht auf. Die Kinder sind bei Onkel Pawel und übernachten dort auch. Kuss. S.«

Aljoscha setzte sich hin und rieb sich mit den Fäusten über die Wangenknochen. In die Bebel-Straße – das hieß: zum KGB.

Kurz darauf klingelte es. Seltsam, war Swetka etwa so rasch zurückgekommen? Aber es war Mischa, der eine betrübte Miene aufgesetzt hatte.

»Alter Knabe, was hast du da angerichtet?«

»Wieso?«

»Ein KGB-Mann ist direkt zu mir ins Büro gekommen. Hat sich nach dir erkundigt. Ob du gläubig bist und ob ich selbst an illegalen Zusammenkünften teilgenommen habe und woher du ausländische Literatur beziehst und ob ich über die Einzelheiten der Verbreitung unterrichtet bin. Ich hab mich natürlich dumm gestellt. Daraufhin hat er mich aufgefordert nachzudenken; er werde nochmal mit mir reden. Außerdem hat er mir für alle Fälle seine Telefonnummer hinterlassen. Er war sehr liebenswürdig. Begreifst du, was sich da abzeichnet?«

»Ich fürchte, ja.«

Kaum hatte Aljoscha begonnen, Mischa die Ereignisse der

letzten beiden Tage zu schildern, als Petrik, gerötet, verschwitzt und schnaufend, eintraf. Er war am Morgen ins Kontor gerufen worden. Dort hatte ein KGB-Vertreter gesessen und wissen wollen, was für Versammlungen auf seiner Datscha stattfänden und mit welchen Mitteln er das Häuschen gekauft habe. Petrik hatte die Frage nach den Versammlungen nicht verstanden, woraufhin der Mann erläuterte, dass Petrow wohl auch zu den Besuchern gehöre. Seien sie nicht alte Bekannte? Petrik erwiderte, sie seien Jugendfreunde und kämen manchmal mit Frauen und Kindern zusammen. Dann wurde er erneut nach der Datscha gefragt. Und nach dem Auto. Ob es wahr sei, dass er Antiquitäten sammele? So ein Schlamassel, Jungs. Wer da wohl Aufsehen erregt hat?

Aljoscha holte Luft und begann erneut. Er erklärte, wer Aufsehen erregt hatte.

Mischa war wütend. Ein so dummes Benehmen habe er von Aljoscha nicht erwartet. Gut, dessen Prinzipien ließen es nicht zu, den offenen Brief zu unterschreiben. Aber war es nötig gewesen, sich unverblümt zu weigern? Man merkt doch, in welche Richtung sich die Versammlung bewegt. Also kriegt man plötzlich Durchfall und stürzt aus dem Saal. Eine Magenkolik, eine schwere Vergiftung, was auch immer. Aber warum eine Weigerung?

»Glaubst du etwa, dass dir die Tschechen dafür danken werden? Oder dass du ihnen dadurch hilfst? Ein Glück, dass du nicht zum Demonstrieren gegangen bist wie die anderen Idioten!«

Auch Petrik zeigte kein Mitgefühl, obwohl er seine Worte zunächst sorgfältig wählte. »Ich verstehe deine Haltung. Aber wenn du denkst, dass du Recht hast, dann muss ich dir sagen, dass du dich irrst. Das Ganze bringt dir nichts außer jede Menge Unannehmlichkeiten. Du siehst es doch: Mischa hängt am Haken, ich hänge am Haken. – Und weshalb? Klar, um Aljoschas Ehre zu retten! Alle anderen sind im Unrecht, nur du nicht – oder? Hast du an Swetka gedacht?«

Das ging unter die Gürtellinie. Jäh stieß Aljoscha den Sessel zurück und stand auf. Er war nicht in der Stimmung, sich Standpauken anzuhören. »Ich habe all die Kritik satt. Schön, ich habe mich geweigert, ein ekelhaftes Papier zu unterschreiben. Es tut mir Leid, wenn euch dadurch Unannehmlichkeiten entstanden sind, und ich bin euch nicht böse, wenn ihr dem KGB alles erzählt, was ihr für nötig haltet.«

Petrik fuhr zusammen, und seine Augen verengten sich. Er verpasste Aljoscha einen Schlag an die Kinnlade und knallte die Tür zu, bevor sich Aljoscha aufrappeln konnte.

Sweta wurde unterdessen sehr freundlich von einem Mann in grauem Anzug und mit grauer Krawatte empfangen, der sich als Nikolai Iwanowitsch vorstellte. Sogar ein Tässchen Kaffee ließ er ihr bringen. Er holte weit aus. Es freue ihn, ihre Bekanntschaft zu machen, denn er habe viel von Professor Bytschenko und seiner Helferin mit den geschickten Händen gehört. Wie erstaunlich, dass eine so charmante, moderne, gebildete Frau, der religiöse Engstirnigkeit natürlich fremd sei, ihren Kindern trotzdem gestatte, in die Kirche zu gehen. Ob sie sich in der Familie denn nicht durchsetzen könne? Gebe es denn irgendetwas Nützliches, was die Kinder in der Kirche lernen könnten? Dort beginne es mit Weihrauch, und es ende mit der Verwahrung und Verbreitung antisowjetischer Literatur. Na schön, solche Büchlein wie dieses stufen wir natürlich nicht als ganz und gar antisowjetisch ein ... Dann legte er das Neue Testament mit dem vertrauten braunen Einband auf den Tisch.

Aber damit beginne es immer, und später fließe durch dieselben Kanäle ein Strom schmutziger bourgeoiser Propaganda von ganz, ganz anderer Art in unser Land. Und es sei sehr schade, dass diese Kreise, die sich als rechtgläubig bezeichneten, ihren außerordentlich begabten Mann in solche Machenschaften hineinzögen. All die so genannten Fotografen und Künstler. In Wirklichkeit handele es sich um eine leichtfertige, moralisch verrottete Boheme, die anständige Menschen zu sehr, sehr unschönen Dingen verleite. Zum Beispiel dazu, Dienstreisen für, milde ausgedrückt, ungute Zwecke zu benutzen.
Sweta konnte das Herumreden um den heißen Brei nicht mehr ausstehen. »Was meinen Sie eigentlich?«
»Tja, Swetlana Andrejewna, Sie haben diese Gesellschaft doch gesehen – was soll ich wohl meinen? Sie wissen doch Bescheid ... Rechtgläubigkeit – dass ich nicht lache. Aber davor, eine ordentliche sowjetische Familie zu zerstören, schrecken sie nicht zurück. Das erlauben ihnen die Evangelien anscheinend.«
»Ich weiß überhaupt nicht, wovon Sie reden.«
»Also, wenn Sie darauf bestehen ... Glauben Sie mir, ich wollte es nicht so weit kommen lassen, aber es gibt Beweise.«
»Was für Beweise?«
Nikolai Iwanowitsch breitete mit mitleidiger Miene eine Reihe Fotos auf dem Tisch aus. Damit sie sich von den Beweisen überzeugen konnte.
Keine Frage, das auf den Fotos war Aljoscha, ihr Aljoscha, mit dieser Moskauerin Inna in höchst pikanten Situationen. Offenbar wurden sie schon lange beobachtet. Und ihre Mutter hatte Recht gehabt: Er, Aljoscha ...
Außerdem war das Herzchen vermutlich eine Spitzelin. Hätte man solche Aufnahmen ohne ihr Wissen machen

können? Nun sitzt sie dort und feiert in der Nähe der sechsten Station ...
Sweta brach in Tränen aus. Sie konnte sich einfach nicht beruhigen. Die Tränen hinderten sie daran, einen Gedanken zu fassen und irgendeine Frage zu beantworten. Man brachte ihr Baldrian und etwas kaltes Wasser. Beinahe hätte sie nichts trinken können, so sehr schlugen ihre Zähne an das Glas.
Nikolai Iwanowitsch erlebte offenbar nicht zum ersten Mal einen Ausbruch weiblicher Verzweiflung. Jedenfalls ließ er Sweta, nachdem er sich eine halbe Stunde lang ihre Tränen angesehen hatte, rücksichtsvoll ziehen. Vorher schrieb er eine Nummer auf einen Zettel, die sie anrufen sollte, wenn sie in der Lage war, das Gespräch fortzusetzen.
Als Sweta ans Ende der Bebel-Straße kam, bog sie um die Ecke, dann um noch eine, ging in eine Telefonzelle und warf zwei Kopeken in den Schlitz ein. Sie wählte irgendeine Nummer und beobachtete die Straße, während sie dem diffusen Summen lauschte. Anscheinend war ihr niemand gefolgt. Gott sei Dank hatte sie daran gedacht, Geld mitzunehmen. Wie viel kostete es bis zur sechsten Station?

Die ganze Gesellschaft hatte sich bei den Schurawljows am Abhang, neben dem Grill, versammelt. Würstchen brutzelten, Wowa klimperte auf der Gitarre. Inna hatte eine Decke auf das hohe Gras gelegt und sie an den Seiten mit Steinen beschwert, um die Grashalme hinunterzudrücken. Sergei, der U-Bootfahrer, ließ seinen Bizeps spielen und tat so, als könne er den Korken nicht aus der Flasche ziehen. Eine Idylle.
Man erblickte Sweta schon von weitem, als sie den Pfad hinaufstieg. Alle winkten freudig.

»Sweta, wie schön, dass du gekommen bist! Und wo steckt dein Mann?«

Nachdem Sweta die anderen hastig begrüßt hatte, ergriff sie Inna am Arm. »Eine Sekunde, Kinder, wir haben ein kleines Geheimnis.«

Kapitel 28

Inna begriff erst, was vor sich ging, als sie bereits am äußersten Rand des Abgrunds standen. Ihren Arm konnte sie nicht losreißen, denn Sweta hatte ihn umgehebelt und drückte bei jeder falschen Bewegung, die sie machte, mit großer anatomischer Kenntnis gegen die Sehnen und Nerven an der Hand. Ungefähr zwanzig Meter unter ihnen schwappten die Wellen gegen sehr scharfe Felskanten.

»Und nun, du Luder, erzählst du ihnen alles, oder wir springen zusammen nach unten.« Dann rief Sweta den anderen mit fröhlicher Stimme zu: »He, Kinder! Inna hat umwerfende Neuigkeiten für uns!«

Inna hegte nicht den geringsten Zweifel. Diese Wildkatze war mit Freuden bereit, genau das zu tun, was sie angedroht hatte. Inna spürte es mit allen Fasern ihres Herzens. Deshalb leistete sie nicht den geringsten Widerstand. Sie erschlaffte und machte keine Bewegung.

»Wie lange arbeitest du schon beim KGB?«

»Ich ... arbeite nicht dort. Ehrenwort, ich gehöre nicht zum Personal!«

»Meinetwegen. Wann hast du das letzte Mal jemanden angezeigt?«

»Noch in Moskau. Hier nicht ...«

»Was sagst du da? Lauter, meine Liebe!«

»Also ... ich bin nach religiöser Literatur gefragt worden. Und auch nach anderer.«

»Wen hast du angeschwärzt?«

»So wenige wie möglich. Nach Wowa haben sie von sich aus gefragt ...«
»Innotschka, mir reißt der Geduldsfaden. Wird's bald!«
Sweta schwankte ein wenig. Ach, mit welchem Genuss wäre sie gesprungen! Mit dieser ... Einfach so, mit dem Rücken zuerst. Aber die Sache war noch nicht beendet. Unten plätscherte etwas, doch Sweta achtete nicht darauf.
»Los jetzt, in einem Zug! Und vergiss bloß keinen, Schätzchen!«
»Dima und Alla, Wowa, Sergei, Aljoscha, dich, Sonja Baryschew, das war in Moskau, außerdem Marina und Petja Kusin ...«
Es folgten unbekannte Namen, und Sweta unterbrach sie barsch: »Hier in Odessa – wie solltest du deine Meldung machen?«
»Im Stadtpark, übermorgen, auf der Bank bei der Löwin, um elf Uhr. An Schurik.«
»Wer ist Schurik?«
»Das weiß ich nicht: Er soll auf mich zukommen und sagen, dass er Schurik ist.«
Inna versuchte, ihr Zittern zu unterdrücken, um Sweta nicht noch wütender zu machen, aber es gelang ihr nicht. Nun heulte sie: »Ich ... wollte doch nicht ...«
Sweta ließ Innas Hand los und schüttelte ihre eigene aus. Was diese Schlampe nicht gewollt hatte, sollte sie nun ohne Swetas Hilfe erzählen. Sie schritt durch den Halbkreis der verblüfften Freunde und kletterte den Abhang hinunter, ohne sich umzuschauen.

Nun konnte sie nach Hause fahren. Bis zur Stadt würde sie ungefähr eine Stunde brauchen, und währenddessen konnte sie über ihren nächsten Schritt nachdenken. Die

Sachen packen und mit den Kindern bei Natascha unterschlüpfen? Oder Aljoscha mit seinen Habseligkeiten aus der Wohnung werfen?
Nein, zunächst musste sie ihm einfach in die Augen sehen. Es war entsetzlich, einen Menschen so sehr zu lieben und dann etwas so Unverständliches von ihm hinnehmen zu müssen. Vor Schmerz konnte sie kaum atmen.
An ihrer Wohnungstür klingelte sie nicht, sondern öffnete die Tür mit ihrem Schlüssel. Im Zimmer saß Mischa und drehte vor dem Aschenbecher, der mit Kippen gefüllt war, an Aljoschas Empfänger. Er fragte hastig: »Wo ist Aljoschka?«
»Weiß ich nicht.«
»Moment, bist du allein gekommen? Und Aljoschka?«
»Was hast du dauernd mit deinem Aljoschka!«
»Er ist dir doch entgegengefahren. Jemand hat angerufen und ihm gesagt, dass es dir schlecht geht. Da ist er sofort los ...«
»Von wo hat man angerufen?«
»Von irgendwoher ... Hast du ihn nicht gesehen?«
Sweta setzte sich hin, und Mischa servierte ihr etwas Kompott aus dem Kühlschrank. »Swetka, reg dich nicht auf. Ich habe gehört, dass nur die Leute verhaftet werden, die in Moskau auf den Platz gegangen sind. Sonst keiner. Und Aljoscha hat nicht mal einen Protest geschrieben, sondern nur den Quatsch nicht unterzeichnet. Löffle dein Kompott, und dann warten wir ab. Er hat mich gebeten, hier am Telefon sitzen zu bleiben.«
Schon vor einem Jahr hatte man vor ihrer Wohnung ein Telefon angeschlossen. Es stand auf dem Schränkchen im Gemeinschaftskorridor. Aber niemand rief an, und gegen 22 Uhr war klar, dass Aljoscha nicht mehr nach Hause kommen würde. Nun telefonierte Mischa in der Gegend

herum. Damit Sweta ihn nicht störte, schickte er sie zum Teekochen.
Sie stellte die Tassen mit den blauen Untertassen auf den Tisch und schnitt ihm ein wenig Speckwurst und Brot ab. Dann setzte sie sich auf die Liege und balancierte einen Löffel auf der Fingerspitze.
Schließlich trat Mischa strahlend ins Zimmer. »Ich hab alles aufgeklärt! Sie haben ihm fünfzehn Tage wegen Rowdytums angehängt, und er ist jetzt in der Sammelstelle. Um 15 Uhr haben sie ihn festgenommen. Also kommt er auch um 15 Uhr wieder frei. Keine Sorge, Swetka, das ist doch nur eine Verwaltungsstrafe. Die wollen ihm bloß Angst einjagen. Eine kleine Plackerei statt des Urlaubs. Sonst hätten sie ihm gleich ordentlich was aufgebrummt.«
Mischa log. Er wusste, dass man für ein paar Tage eingesperrt werden konnte, bevor die Anklageschrift fertig war. Sweta musterte ihn und begriff, dass er log.
»Swetka, lass uns abwarten. Morgen versuche ich, durch meine Kontakte herauszufinden, was los ist. Jetzt rufe ich nur noch Lena an. Einverstanden?«
Er ließ seine Frau wissen, dass er bei Sweta übernachten werde. Man dürfe sie im Moment nicht allein lassen. Später werde er Lena alles erklären. Am besten wäre es, wenn sie auch käme. Aber natürlich könne Iljuscha über Nacht nicht allein bleiben. Dann am Morgen! Er selbst müsse am Morgen zur Arbeit, und Swetka, wie gesagt …
Lena erschien pünktlich um acht Uhr in der Hafenstraße. In der zweiten Tageshälfte kam auch Petrik. Mischa traf gegen Abend ein. Er hatte alle ihm verfügbaren Informationskanäle ausgeschöpft, aber solche Dinge ließen sich nicht ohne weiteres klären. Schließlich konnte man nicht einfach beim KGB anrufen und nachfragen. Das waren keine Dummköpfe, die warteten nur darauf, dass jemand anrief.

Aber man konnte sich die Umstände folgendermaßen zusammenreimen: Aljoscha hatte sich nicht lange beim KGB aufgehalten. Das Gespräch war anscheinend nicht glatt verlaufen. Als er das Gebäude verließ, wurde er auf der Straße unter einem Vorwand festgenommen. Wäre er für längere Zeit verhaftet worden, hätte man seine Wohnung schon nach Literatur durchsucht. Übrigens müsse die Literatur – welch ein Esel er war, dass er nicht schon gestern daran gedacht hatte! – sofort aus der Wohnung geschafft werden. Für alle Fälle. Ach, Lena und Sweta hätten das schon getan? Wie gut, mit einer klugen Frau verheiratet zu sein!

Doch da bisher keine Durchsuchung stattgefunden hatte, würde sie nun wohl überhaupt ausbleiben. Vermutlich hatte sich Aljoscha einfach geweigert, mit ihnen zu reden, und sie dadurch erzürnt. Eine erzieherische Maßnahme. Um ihm Dampf zu machen. Das geschehe häufig. Auch brauche sich Sweta nicht zu beunruhigen, wenn er dort auf der Sammelstelle noch einen halben Monat zusätzlich bekomme. Das sei die übliche Praxis.

Petrik legte fünfhundert Rubel auf den Tisch. »Keine Widerrede, Swetka. Hör mir zu. Du wirst das Geld brauchen, während er weg ist. Damit du bis dahin nicht dauernd mit der Straßenbahn fahren musst. Morgen lassen wir ihm ein Päckchen zukommen. Ich weiß besser als du, was sie nicht annehmen! Deine Sache ist's, alles vorzubereiten. Etwas zu essen und so weiter. Zahnbürste, Pullover. Bettwäsche gibt's da nicht. Außerdem besorge ich ihm Putzwolle. Die werden nämlich zur Arbeit in die Konservenfabrik geschickt.«

Petrik fuhr Sweta zu Pawel auf die Datscha, damit sie ihm mitteilen konnte, was vorgefallen war. Sweta war über-

zeugt, dass Pawels Herz die Nachricht verkraften würde. »Bleib du mit den Kleinen dort«, schlug Pawel vor. »Mischa und ich werden herumtelefonieren.«
Paschka empfing sie an der Pforte, die von wildem Wein überwuchert und kaum noch zu sehen war. »Onkel Petrik, guten Tag! Mama, ich zeig dir mal, was ich gemacht habe!« Er rannte mit langen Sprüngen los. Sie war noch an der Pforte, als er bereits mit einem kuppelförmigen schwarzen Gebilde zurückkam. »Guck, Mama, guck! Ich hab's heute schon ausprobiert: Klasse! – Ist Papa lange auf Dienstreise?«
Aha. Onkel Pawel und Tante Anna hatten also schon etwas erfahren und vorbeugende Maßnahmen ergriffen. Sweta gab ihrem Sohn einen leichten Nasenstüber und kraulte ihn hinter dem Ohr. Er roch nach warmer Kinderhaut und Honigklee.
»Lass mich nur alle begrüßen, und dann kannst du mir's zeigen.«
Petrik betrat das Haus nicht. Er schaltete die Scheinwerfer ein und wirbelte beim Wenden Staub auf. Sie winkten hinter ihm her und drehten sich zum Haus um.

Sweta wurde empfangen wie immer. Nur Anna umarmte sie ein wenig kräftiger. Pawel, der aus den Augenwinkeln lächelte, gab Paschka die Möglichkeit, seine geniale Konstruktion anzupreisen. Nun bemerkte Sweta, dass die Basis der Erfindung ein schwarzer, an mehreren Stellen geflickter Regenschirm war. Von den Enden der Speichen verliefen straff gespannte Nylonschnüre zum Griff. »Damit er nicht umklappt«, erklärte Paschka. Wenn man im Wasser auf einen aufgeblasenen Luftreifen kletterte – Katharina und er hatten sich den Luftschlauch eines alten Autoreifens beschafft – und dieses Gerät in den Wind hielt, konnte man es auf eine ordentliche Geschwindigkeit bringen. Heute seien die Wellen nicht allzu hoch und der Wind genau richtig. Sie hätten den halben Tag im Wasser verbracht. Nur dass man sich abwechseln müsse, mache keinen Spaß. Ob Sweta zu Hause vielleicht noch einen Regenschirm in Reserve habe? Oder ob man die Nachbarn fragen könne?

Sweta bewunderte die Gelassenheit der alten Leute: kein fragender Blick, kein Zeichen von Besorgnis. Auch ihre Hände waren ganz ruhig. Sweta hatte früher nie bemerkt, wie ähnlich die Hände der beiden einander waren. Solange die Kinder noch nicht im Bett lagen, konnte man das wichtige Thema nicht anschneiden.

Katharina war hübscher geworden; die Bräune hatte die ärgerlichen Pickel an Stirn und Kinn verschwinden lassen. Sie war indisch gekleidet: Über ihrem Badeanzug trug sie einen um den Bauch gewickelten Streifen blumigen Kattuns. Zum Abendessen zog sie natürlich einen sittsamen Trägerrock an und steckte sich die Zöpfe zu einem Kranz hoch. Sie saß gerade und neigte den Kopf nur ein wenig auf dem schmalen Hals. Welche Manieren die Großeltern ihren ungestümen Enkeln beigebracht hatten – lobenswert!

Nachdem sie die Kinder ins Bett gebracht hatten, gingen sie hinaus auf die Veranda. Unten rauschte das Meer. Sein Geruch mischte sich mit dem Duft von Wermut und wildem Tabak. Auf dem Meer konnte man einen großen, hell erleuchteten Vergnügungsdampfer erkennen, der langsam die Schwärze durchschnitt.

Pawel wusste ungefähr so viel wie Mischa. Als Soldat hatte er natürlich keine Freunde oder Bekannten beim KGB. Zu Swetas Überraschung billigte er die Weigerung seines Sohnes, die Erklärung zu unterzeichnen. Wären die Tschechen einfach überrollt und zur Ordnung gerufen worden, hätte der alte Mann keine Miene verzogen. Die Weltkarte wurde von Zeit zu Zeit umgestaltet, da brauchte man sich nicht zu schämen. Aber so zu tun, als hätte man die Tschechen dadurch gerettet und beglückt – was sollte das? Wenn die Bande im Kreml es wirklich so eilig hatte, dann konnte sie schließlich auf ihre Zeitungsschreiber, ihre Geschichtsklitterer und ihre übrigen Lakaien zurückgreifen. Die Petrows hatten nie als Lakaien gedient, und sein Sohn sollte damit auch nicht anfangen.

»Verhaftet. – Na und, da reißen sie ihm nicht den Kopf ab. Wir werden hier mit den Kindern schon durchhalten, stimmt's Töchterchen? In der Etappe ist's nicht schlecht!«

Er nannte Sweta selten »Töchterchen«, und wenn er das tat, dann stets unter dem Einfluss starker Emotionen: zum Beispiel als Katharina aus der Entbindungsklinik nach Hause gebracht worden war. Und als Paschka nach der Explosion gesund gepflegt wurde.

Sweta küsste ihn auf das faltige, unerbittlich glatt rasierte Kinn.

»Wir halten durch, was denn sonst!«

An neuen Informationen konnte Sweta nur hinzufügen, dass Aljoscha seit mehreren Monaten wegen seines religiösen Engagements beschattet worden war. Über die Fotografien sprach sie selbstverständlich nicht, denn in diesem Punkt musste sich Aljoscha nur vor ihr verantworten. Doch alles Übrige erzählte sie den Schwiegereltern.

»Mein armes Mädchen!«, seufzte Anna.

Pawel lachte und warf vergnügt den Kopf zurück. »Am Abhang? Es gibt noch echte Frauen in unseren russischen Landen! Besonders Zirkuskünstlerinnen! Nein, stell dir

vor, Anetschka, was für eine herrliche Kulisse die zerklüftete Landschaft für den Zweikampf abgegeben hat!«
Sie verzichteten darauf, Tränen zu vergießen oder die Hände zu ringen, diese alten Leute, die lange Jahre durch Lager und Kriege voneinander getrennt gewesen waren und alles überstanden hatten.
Pawel vermutete aus irgendwelchen Gründen, dass die ganze Sache für Aljoscha mit einem Monat Wassersuppe ausgestanden sein würde. Auch mit seiner Entlassung aus der Universität rechnete er nicht. Vielleicht werde man seine Habilitation um ein Jahr verschieben – mehr nicht. Allerdings müssten sie auch auf den schlimmsten Fall gefasst sein, denn die Zeiten änderten sich. Die Hauptsache sei, die Kinder nicht zu belasten und ihnen eine gute Ausbildung zu ermöglichen. Sweta wurde es zum ersten Mal seit Tagen wieder fröhlich zumute. Bei einem solchen Schwiegervater – wie konnte man da die Zuversicht verlieren!
Anna merkte, dass Swetas Stimmung umgeschlagen war. »So ist das, mein Kind, manchmal sind die Umstände so schlecht, dass man sich schämt, lustig zu sein. Man möchte keine Freude aufkommen lassen, aber das ist ein Fehler. Dann hält man nicht lange durch. Das gelingt nur, wenn man Freude am Leben empfindet und sich dabei nicht schuldig fühlt. Das weiß ich aus eigener Erfahrung. Katharina und ich haben Rosenkonfitüre gekocht. Möchtest du sie probieren?«

*

Einige Tage später war bereits klar geworden, dass niemand verurteilt werden würde, nicht einmal wegen schriftlicher Proteste. Dafür waren es zu viele gewesen.

Das Volk war aufgebracht. Deshalb durfte man hoffen, dass Aljoscha keinen zusätzlichen Tag sitzen musste. In dieser Hoffnung wurde die Familie auch dadurch bestärkt, dass der KGB Petrik und Mischa in Ruhe ließ. Vielleicht wurde der Fall niedergeschlagen.

Der August ging zu Ende, und Sweta musste die Kinder auf das neue Schuljahr vorbereiten. Katharina würde im September die achte Klasse besuchen und Paschka die fünfte. Zusammen mit Katharina inspizierte sie deren Garderobe und stellte fest, dass das Mädchen aus allem herausgewachsen war. Ein kleines Fräulein war sie bereits. Zum Glück brauchte die grässliche braune Uniform an ihrer Schule nicht getragen zu werden.

Sie riefen Lena zu Hilfe, die darauf brannte, Katka zu einer modischen jungen Dame zu machen. Und Ljaletschka riet, auch die Frisur zu ändern. Ein präziser Schnitt sei nötig, um die Kopfhaltung zu betonen.

Während die beiden an Katka herumzauberten, eilten Sweta und Paschka über die Märkte und durch die Geschäfte, um alle möglichen Schreibsachen zu kaufen. Und Schuhe und Sportkleidung. Dazu eine Menge anderer Dinge. Hier vergaßen sogar die Großeltern ihre übliche Strenge, denn Anna hatte früher auch dem kleinen Aljoscha die Schulpille durch neue Sachen nach Kräften versüßt. Er hatte die Farbstifte geliebt und immer am Lack geschnuppert. Besonders an dem der mehrkantigen Stifte.

Mischa und Petrik fuhren zu zweit los, um Aljoscha vom Gefängnis abzuholen. Sweta sollte zu Hause bleiben und eine gute Mahlzeit zubereiten. Petrik saß fröhlich am Steuer.

»Wie fahren wir bloß zurück, Mischa? Stell dir vor, ich begrüße ihn, und er begleicht eine alte Rechnung und haut mir eins ans Kinn. Ich falle um, und ihr habt keinen Chauffeur mehr. Dann müsst ihr das Auto bis zur Hafenstraße schieben.«

Die beiden warteten vier Stunden. Schließlich riefen sie bei Sweta an: Nein, er müsse noch fünfzehn Tage länger sitzen. Man habe sie lange hingehalten und ihnen keine Einzelheiten mitgeteilt, weshalb sie sich nicht früher gemeldet hätten.

»Das ist normal, Swetka, alles läuft so, wie wir gedacht hatten. Aber Hunger haben wir trotzdem. Deckst du schon mal den Tisch?«

Die Kinder stellten keine Fragen. Entweder hatten sie sich an die dringenden Dienstreisen ihres Vaters gewöhnt, oder sie hatten etwas aufgeschnappt und beschlossen, vorläufig zu schweigen. Doch es war klar, dass es so nicht weitergehen konnte. Wenn Aljoscha auch nach Ablauf der zweiten »Haftstrafe« nicht entlassen wurde, stand es schlecht. Dann würde er Jahre im Knast sitzen müssen, da brauchte man sich nichts vorzumachen. Und den Kindern auch nicht.

Es war ein sehr warmer und trockener Herbst. Aber nachts wurde es bereits ein wenig kühler, und sie beschlossen, Aljoscha noch einen Pullover zukommen zu lassen. Doch sie konnten nichts ausrichten. Petrik erfuhr, dass Aljoscha nicht mehr zur Arbeit in die Konservenfabrik gebracht wurde. Von denen, die weiterhin dort arbeiteten, wusste keiner über Aljoscha Bescheid. Ein Säufer bot sich an, das Päckchen zu übergeben, doch er schwindelte offensichtlich. Wahrscheinlich brauchte er einfach selbst einen Pullover.

Aber das hatte noch nicht viel zu bedeuten. Vielleicht war Aljoscha in eine andere Zelle verlegt oder zu sonstigen Arbeiten abgeordnet worden. Der Bestand der kurzfristig Einsitzenden änderte sich rasch, und sie waren keine wirklichen Häftlinge mit einem gut ausgebildeten »Telegrafensystem«. Man konnte nur abwarten.

Die Zeit zog sich immer länger hin, und der September schien nicht zu enden. Sonnenstrahlen und ein leichter Lufthauch liebkosten die Stadt. Nur die Fische ahnten die Herbststürme bereits voraus und zitterten mit den Flossen.

Sweta war froh, zur Arbeit gehen zu können. In einem Kommissionsladen kaufte sie sich neue Schuhe. Den Feinden zum Trotz: braune Wildlederschuhe mit Plastikabsätzen und dünnen schwarzen Streifen. Wie angenehm es war, damit die zitronen- und orangefarbenen Blätter auf den gewölbten rötlichen Straßen hochzuwirbeln.

Bytschenko behandelte sie sehr zuvorkommend und versuchte am ersten Tag sogar, nicht zu fluchen. Aber am zweiten Operationstag wollte sich eine schlüpfrige Bauchvene nicht nähen lassen. Da hielt er es nicht mehr aus, und seine obszönen Verwünschungen hallten durch alle Etagen. Danach vernähte er die Vene mit virtuosen Stichen.

An jenem Tag befahl er ihr, der Arbeit fernzubleiben, und schickte sie nach Hause. Woher er es wusste, versuchte Sweta nicht zu ergründen. Odessa ist ein großes Dorf. Geheimnisse können dort nicht lange bewahrt werden. Und er hatte sie zu Recht nach Hause geschickt.

Sweta schälte Kartoffeln. Bald würde Paschka aus der Schule zurückkehren. Die Messer waren scharf, denn Sweta hatte sich ohne große Mühe beigebracht, sie selbst zu schleifen. Ihre Hände zitterten nicht. Das war ihr nur ein einziges Mal passiert, und es würde sich nicht wiederholen. Selbst wenn Katka und Paschka ohne Vater auf-

wachsen mussten. Wir gehen nicht unter. Nur die Nerven dürfen wir nicht verlieren.
Sie merkte zu spät, dass sie sämtliche Kartoffeln, die noch im Sack gewesen waren, geschält hatte: sechs Kilogramm! Erst jetzt wurde es ihr bewusst, als ihre Nägel über die Erdkrumen in dem leeren Sack kratzten. Was sollte sie mit einem solchen Berg anfangen? Schön, stampfen wir die Hälfte zu Brei und braten daraus Kartoffelpuffer.
Paschka eilte herbei. Offenbar beabsichtigte er nicht, dem jungen Führer des Weltproletariats nachzueifern. Weder in Latein noch in Geographie, noch in den übrigen wesentlichen und unwesentlichen Fächern hatte er eine Eins erhalten. Im Gegenteil, in Geschichte sogar eine Vier. Irgendetwas hatte er im Zusammenhang mit den Ägyptern, den Vorfahren unserer jetzigen Verbündeten, falsch wiedergegeben. Sweta verpasste ihm einen Klaps und schickte ihn zum Lernen ins Zimmer. Essen konnte er später; die Mahlzeit war ohnehin noch nicht fertig.
Sweta brauchte sich mit dem Essen nicht zu beeilen. Es war fünf vor drei. Noch mindestens zwei Stunden würde man Mischa und Petrik faulen Zauber vormachen und ihnen versichern, dass Aljoscha nicht auf der Liste stehe und nie hier gewesen sei. Gleichzeitig würde man ihnen vorhalten, dass sie keine Verwandten des Häftlings seien, was immerhin einige Detailkenntnis bewies. Es konnte noch mehrere Tage – bestenfalls Tage! – dauern, bis sie erfuhren, wohin man Aljoscha gesteckt hatte. Aber erfahren würden sie es, da brauchte sich Sweta nicht zu sorgen.
Das Telefon klingelte, und Sweta ging ohne große Eile hinaus auf den Flur.
»Ja bitte.«
Petriks Stimme ertönte aus der Muschel. »Sie haben ihn entlassen! Alles ist in Ordnung, Swetka, wir haben Glück!

Aber er ist abgemagert, und den Schädel haben sie ihm rasiert. Hör zu, er hat hier einen leichten Knacks gekriegt. Er möchte nämlich wissen, ob du ihn in die Wohnung lässt. Entweder kapiere ich irgendetwas nicht, oder er ist ein Trottel!«
»Ein Trottel«, bestätigte Sweta nicht allzu sanft.
»Aha, das werde ich an ihn weitergeben. Mit Freuden! Swetka, ich rufe von einer Telefonzelle aus an; hier klopft schon jemand. Bis gleich!«

Ein bisschen würde es noch dauern, denn sie mussten ja noch die Fahrt hinter sich bringen. Sweta hatte keine Lust, Kartoffelbrei zu stampfen oder Salat zu schneiden. Am liebsten hätte sie sich mit untergeschlagenen Beinen auf die Liege gesetzt und an nichts gedacht. Zum Teufel mit dem Essen.
Also setzte sie sich hin, zog die Beine in der polnischen Strumpfhose hoch und schaute aus dem Fenster. Dort flog ein einziges Blatt vorbei und drehte sich gemächlich hin und her. Still war es, nur unten am Wasserhahn quietschte ein Eimerbügel.
Auch Paschka war im kleinen Zimmer still geworden. Er raschelte nicht mit den Seiten. Wahrscheinlich schlief er über seinem Lehrbuch den Schlaf des Gerechten. Sweta schaute ins Leere und tat nichts, überhaupt nichts.

»Mama, Mama!«, brüllte Paschka plötzlich hinter der Tür. »Guck mal! Wie im Fernsehen, bloß dass alles bunt und wie in Wirklichkeit ist!«
Sweta rannte ins »Kinderzimmer«. Ihr Sohn saß auf dem Fußboden und schaute verzückt in Oma Gruschas leere, durchsichtige Glaskugel.
»Guck mal! Siehst du das, Mama?«

Auch er war mit allen Menschen und allen Gegenständen verbunden, ihr Sohn. Aber in der Kugel war nichts zu sehen – nichts außer einem metallischen Glanz. Doch im Grunde kam es auf die Kugel gar nicht an. Ihr Junge würde einen langen Weg beschreiten. Und für alle, denen er auf jenem Weg begegnete, würde er mit seiner eigenen Freiheit bezahlen ...

Sweta durchfuhr ein Schauder, und sie bekreuzigte sich langsam.

Nr. 92158

Mirjam Wilhelm

DER MANN, MIT DEM ICH FORTGING

Eigentlich hält sich die Psychologin Lisa für eine glückliche Frau. Interessanter Beruf, netter Mann. Dass ihr Leben eine sinnentleerte Hülle ist, wird ihr schlagartig klar, als sie auf einem Kongress dem Israeli Daniel begegnet, der in ihr die widersprüchlichsten Gefühle auslöst. Mit Staunen und Zittern folgt sie dem geheimnisvollen Fremden in ein unbekanntes Land – und macht eine Endeckung, die alles verändert.

BLT

Mit der Welt
auf Buchfühlung